Miki Lazović

IZABRANIK
BORBA DUHOVA

SUPER Izdatelstvo
Saint-Petersburg
2017

УДК 82-312.9
ББК 84(4)
Л 17

Lektura: Dragana Tipsarević
Dizajn i priprema: Dariya Davydova
Artist: Dariya Davydova

Miki Lazović

Л 17   IZABRANIK. Borba duhova. Fantasy/ Lazović Miki — Saint-Petersburg
SUPER Izdatelstvo, 2017. — 482 стр.

ISBN 978_5_9500118_7_0

U zabačenom crnogorskom selu, dečak Miki prima od svog deda tajna znanja i sveske s receptima za lečenje mnogih teških bolesti, uključujući i rak. Deda je otkrio svom nasledniku tajnu kako da stekne nadprirodne sposobnosti, kojim vladaju samo izabrani. Kada je Miki odrastao, za te sveske su saznali mnogi moćni ljudi i kriminalci, koji su želeli da iskoriste tajna znanja za ostvarenje svojih sebičnih ciljeva. Da li će Miki moći zaštiti nasleđe svog deda i odupreti se svim snagama djavola.

U knjizi, zajedno sa mistikom i fantazijom, tu su i stvarni likovi i događaji iz prošlosti, sadašnjosti i... budućnosti.

Miki Lazović — pisac iz Srbije, koji piše po naredbi srca. U svojoj zemlji je poznat kao nasledni iscelitelj i bioenergetičar.

You Tube : Bioenergija Bozji dar cudaka sa stapom
www.mikilazovic.com
www.vitalworld-gaco.com
https://mk-mk.facebook.com/public/Miki-Lazovic
Facebook: Miki Lazovic

http://landing.superizdatelstvo.ru/

ISBN 978_5_9500118_7_0

Miki Lazović
IZABRANIK
BORBA DUHOVA

PROLOG

Kažu da postoji priča da je jednog od svojih najvernijih anđela Bog izbacio iz raja kada je on pokušao da mu preotme presto. Prozvao ga je đavolom i bacio u paklenu tamu. Bog je nastavio da pomaže svom narodu na Zemlji i narod se širio na sve strane. Davao im je svega u izobilju. Neki su imali ovo, a neki drugi ono i međusobno menjali, tako da nikom ništa nije nedostajalo.

Videvši koliko Bog voli svoj narod, a koliko je on sklon grehu, đavo jednoga dana pođe da ih obiđe. Preobrati se u čoveka kojem svi džepovi i nekoliko kesa behu puni nekih kovanica koje on prethodnu noć načini u svom paklenom carstvu. Tada se umeša među narod na pijaci i poče se mešati prilikom svake pogodbe. S obzirom da ga niko nije poznavao, mnogi ga upitaše ko je, a on im odgovaraše da je izaslanik Božiji i da im Bog šalje ove kovanice sa kojima će od sada trgovati. Manje kovanice vrede manje a veće više. Tako će se ljudi od sada pogađati. Za neku vredniju stvar će davati više kovanica, dok će za prostiju stvar davati manje kovanica ili novca. Ne može se krava dati za jedan džak krompira ili svinja za kokošku. Ako se na primer svinja zakolje, nju će cela porodica jesti bar deset dana, dok kokoška neće biti dovoljna ni za jedan ručak. To se narodu svidelo i narod sa oduševljenjem prihvati ovu ponudu. Đavo ih poređa i svima razdeli kovanice. Održa im još jedan govor kojim svi behu oduševljeni:

„Svi ste dobili istu količinu novca i svi možete kupiti šta želite. Na vama je da taj novac što više uvećate, jer kada ga imate mnogo, vi ćete imati sve što poželite. Ko bude imao mnogo novca, taj će pored uživanja na Zemlji, moći da kupi još udobniji život na nebu. Narode, sve sam vam rekao, neka vam je sa srećom i ja vas sada napuštam.“

Svi su imali nešto da kažu, da pitaju, svako držeći svoje sledovanje novca, dok se đavo neprimetno udaljavao. Došao je do žbuna gde se preobratio u čoveka i tu, ne obraćajući pažnju, dok se ponovo preobraćao u đavola, izgovorio rečenice koje je čobanin, koji je u međuvremenu tu doterao stado, ležeći u hladu, čuo: „Narode Božiji, znajući koliko vas Bog voli, a nemoćan da se njemu osvetim, reših da preko vas to uradim. Posejah seme mržnje i zla među vama i znam da ćete to seme od sada samo uvećavati, da ćete zbog njega varati, ubijati i sve za njega prodati. Zbog njega ćete sve, pa i sopstvenu dušu izgubiti. Zbog njega ćete padati u greh zbog kojeg će vas Bog kod mene u paklenu tamu poslati. Tako ću se, umesto Bogu, svetiti narodu Božijem. Proći će mnogo vremena dok moje seme zla u potpunosti zavlada svetom, a tada, kada deca budu spremna da prodaju roditelje ili roditelji decu da bi imali više novca ili moga semena zla, tada će doći carstvo moje i tada ću ja biti apsolutni gospodar sveta i cele vasione. Tada ćeš, narode, prodati za moje seme zla i Boga koji te stvorio."

Posle tih reči đavo napusti Zemlju, a prestrašeni čobanin, videvši da je čudna pojava nestala, potrča u narod iz sveg glasa vičući. Narod se okupi oko njega i sasluša sve šta im on ispriča. Svi pođoše na mesto koje im on pokaza, ali osim nekoliko kovanica ne nađoše ništa drugo. Te kovanice dadoše njemu da i on nešto ima i niko ne poverova njegovim rečima.

Jedino Bog, videvši da njegov narod kreće putem kojim on ne željaše, uze pero i pergament i poče pisati Knjigu spasenja o čoveku koji će se zvati Izabranik. Jedino će njemu biti pristupne tajne tih zapisa do trenutka njegovog nastupa i spasenja čovečanstva od zla i propasti koje ga očekuje. Dugo je Gospod razmišljao, a onda odluči da među narod svoj, koji je stvorio po svojoj volji, prvo pošalje Sina svog, da on ukaže narodu na grehe koje počiniše, da ih natera da se povuku sa staze koja vodi ka propasti i paklu. Stvori proroke među njima koji im ukazivaše na put carstva Božijeg, na njegovog Sina kojeg će poslati da ih izleči od svih bolesti i da od naroda preuzme breme greha na svoja pleća, tako da se oni, oslobođeni od svega, opet posvete njemu i da više ne greše. Oni grešiše a on ih mnogo puta opominjaše.

Tada posla Sina svog. On rukama svojim izleči mnoge koji behu bolesni od neizlečivih bolesti. Pokaza silu i slavu Božiju da se mnogi diviše i mnogi se učvrstiše u verovanju svom. Njegov dolazak mnogima otvori oči i oni se istinski okrenuše Bogu, verujući u svaku reč koju on izgovori. Beše i onih koji mu ne verovahu. Predstavnici vlasti i crkveni poglavari ne verujući da je on Božiji sin a videvši da narod sve više ide za njim, plašeći se da će izgubiti svoje pozicije, nađoše tri lažna svedoka i njega okriviše za bogohuljenje. Osudiše ga i razapeše na krst. Gospod tada reče da se i na ovaj način ostvariše reči njegove koje izreče preko proroka. Velikodostojnici mišljahu da su ga ubili, ali treći dan na krilima anđela Gospod uze njegovo telo, odnese ga u carstvo svoje i postavi ga sa svoje desne strane, a njegov duh ostade na Zemlji da se pokaže njegovim učenicima i mnogim vernicima koji poslušaše reči njegove. Posle četrdeset jedan dan i njegov duh se smiri u carstvu Oca njegovog.

Gospod tada donese odluku da pustiti narod svoj da ispašta grehe narednih hiljadu godina zbog dela koja počiniše Sinu njegovom. Tek će tada u svet pustiti prvog Izabranika kojem će dati moći da rukama pomaže narodu, kao što je i njegov Sin radio. Pokazaće mu i način na koji će steći i mnoge druge moći: moć hipnoze, teleportacije ljudi i stvari do određenog mesta, moć govora iz stomaka a da se usne ne otvaraju, moć razvijanja i osetljivosti auričnog polja, moć čitanja tuđih misli i komandovanja tuđoj svesti, moć izdvajanja duha iz tela i sa njim za devet minuta tri puta obići kuglu zemaljsku, kao i moći razvijanja i pojačanja funkcije ljudskog mozga. Nikako, po cenu sopstvenog i života cele porodice, ne sme nikome o ovome pričati, niti te moći upotrebiti da bi došao do nekog materijalnog dobitka. Sve što mu pokaže i čemu ga nauči, on će sledećem Izabraniku morati da pokaže i da ga nauči. Tako će se to znanje, u najvećoj tajnosti, prenositi sa kolena na koleno ili sa Izabranika na Izabranika. Duh prethodnog Izabranika će biti u duhovnoj vezi sa budućim Izabranikom sve dok on sve vežbe i svo znanje ne preda sledećem Izabraniku. Tako da će Izabranik, pored svih moći koje će steći, uvek imati duh prethodnog Izabranika koji će ga štititi i pomagati mu u svemu u čemu on ne mogne naći rešenje.

Onda se Bog doseti da će jednog takvog čoveka mnogo brzo zapaziti drugi ljudi i da će iz ljubomore poželeti da ga unište kao i njegovog Sina, pa odluči da dopusti mnogima da u rukama dobiju njegovu energiju i da sa njom pomažu narodu, da bi na taj način zavarao trag pravog Izabranika. Zato je i sada, dve hiljade godina kasnije, narod u nedoumici ko je pravi i ko zaista pomaže a ko je samo kopija pravog. Tako je i u Bibliji zapisano, da će se pojaviti mnogi, ali da će samo jedan biti pravi. Tada će se Gospod, kada njegov sluga koji je pokušao da ga svrgne sa prestola, prigrabi vlast i postane apsolutni gospodar neba i zemlje, sa moćima svog Izabranika, suprotstaviti sili zla i opet čovečanstvo okrenuti na pravu stranu.

Do tada, Izabranik mora ostati sakriven u masi njemu sličnih i nikom ne sme govoriti o tajnama Božijim.

1.

Vreme pauze u našem studiju. Marko, naš kamerman je došao sa godišnjeg odmora. Doneo je svašta za jelo i piće. I naš direktor je sa nama. Posle uobičajenih pitanja: kako je bilo, kako si proveo odmor, jesi li se malo odmorio... počinje priča zbog koje polako zaboravljamo na jelo i piće. Svi primećujemo da se i direktor uključuje i sve pomnije prati šta Marko priča.

„Morao sam ove godine, dragi prijatelji, na insistiranje mog oca, prvih par dana svog godišnjeg odmora, umesto na moru, da provedem u jednom selu u Crnoj Gori. Svi znate da sam poreklom Crnogorac, ali ovo što mi se desilo nećete moći tako lako da poverujete. Otac me već nekoliko godina uporno tera da ga povedem u njegovo rodno selo da poseti brata. Pokušao sam i ove godine da to izbegnem i da odem sa porodicom na more bez njega, ali je on bio uporan. Uz malu raspravu sa ženom, uz obećanje da ćemo ga ostaviti u njegovoj porodičnoj kući i da ćemo istog dana nastaviti našim putem, dođosmo do dogovora. U povratku ćemo svratiti i povesti ga sa nama. I vuk sit i ovce na broju.

Na kraju, moja žena popusti, a deca ko deca – samo da im je da šetaju, pa nije bitno gde. I tako krenusmo. Put kao put, ništa naročito. Ali kada dođosmo u to selo, zaista sam se oduševio. Netaknuta priroda. Blaženstvo i neki spokoj koji se teško može opisati ako se ne doživi. Stigosmo pred stričevu kuću. Stric i strina nas toplo dočekaše. Samo su oni ostali da čuvaju kućno ognjište. Pogledam tatu, njemu oči prosto plamte kao da se tog trenutka ponovo rodio. Grle se braća, a suze samo što im ne pođu na oči. Zaista se nisu dugo videli. A strina, kao prava domaćica, poče da viče na svog muža: 'Mišo, šta si sta ka kip i ne uvodiš goste u dom. Ajte blagoš strini, ajte ulaste!' Tapka mene i ženu po ramenima. 'Ajde i ti đešo, ulaz unutra pa ćemo se tamo ispričat a ne stajat vođe na Sunce!' gurka tatu i mi svi polako uđosmo. Povede se razgovor o svemu i svačemu, dok strina marljivo sprema ručak. Na stolu razne đakonije. I tako uz ručak, sve polako dođe na svoje mesto. Svi se opustismo. Na moje iznenađenje, žena poče da objašnjava kako ćemo ostati kod njih u gostima dva – tri dana, a onda ćemo produžiti na more, pa ćemo u povratku navratiti da uzmemo tatu. Svima se to dopalo. Izađosmo pred kuću. Sedosmo za sto pod starim dudom i tu nastavismo da pričamo, dok su žena i strina prale sudove. Tog trenutka, putem prođe neka žena. Moj stric ustade, pozdravi je uz poziv da svrati na kafu. Posle kratkog vremena, on se vrati i reče da je to doktorka koja radi u njihovom selu i koja je mnogo poštovana.

'E moj brate, koliko se otišlo naprijed!' reče mu moj otac. ,A sjećaš li se u naše vrijeme, ili bi odavljen iz Murine išli za Berane kod ljekara ili bi nas poveli tu (pokazuje rukom) do Velike kod Gaca i on bi ne izlijećio bolje no svaki doktor.'

Uh, da li je moguće da je moj tata skroz podetinjio – prođe mi kroz glavu, pa se opet vraća na one iste priče koje je bezbroj puta pokušavao meni da isprča! Priče o nekom čudaku. Ma daj, molim te, stotinu puta sam ga prekinuo. Znaš li ti tata koji je ovo vek, znaš li da te neko čuje da bi te odmah proglasio ludim – bezbroj puta sam ga opominjao kada bi meni počeo da priča. Nisam mu branio da te priče priča deci, ali ga ja nikada nisam saslušao. I evo sada, on opet počinje po starom. Baš sam bio spreman da se razbesnim, kad moj stric poče da potvrđuje njegove reči. Bože, da li je moguće da sam sada ja poludeo? Počeo sam da slušam nešto o čemu sam godinama mislio da nije moguće. Njih dvojica su o tom čoveku govorila kao o najvećem čudotvorcu ovoga sveta, a ja sam slušao, slušao i upijao svaku reč kao žedna zemlja što upija vodu! Pa da li je zaista moguće da je takav čovek postojao i da je živeo skoro do samog kraja dvadesetog veka, a da o njemu zna tako mali broj ljudi!

'Miro, aj do Radenka i reči mu nek dođe itno,' reče moj stric strini da pozove komšiju. Strina ode i brzo se vrati rekavši da će Radenko doći oko osam jer je zauzet nekim poslom.

Blaga letnja noć. Čuju se zrikavci i dosta noćnih ptica. Selo je to, ljudi moji, a ne ko ovde kod nas u Beogradu. Mir. Tišina. Deca pospavala a mi pod dudom sedimo i opet pričamo o čoveku, čudaku, a svaka reč zavređuje posebnu pažnju.

Radenko priča kako su i njega vodili kod tog čudaka. Danima je imao visoku temperaturu i veliku glavobolju. Vodili su ga kod lekara u Berane. Primao je injekcije, pio tablete, ali mu to ništa nije pomoglo. A onda su ga poveli kod tog čudaka i on mu je stavio ruke na glavu. Držao ih je par minuta, a on je imao osećaj da mu je u glavi sve proključalo od toplote. Ali eto, od tada ga više nikada glava nije zabolela.

Priča Radenko, priča moj otac pa moj stric i sve u krug, a ja slušam i ne mogu da verujem. Tako ostasmo skoro do dvadeset tri časa. Dogovorismo se da se opet sutra uveče sretnemo i da oni pozovu još komšija i komšinica koji su bili kod tog čudaka, pa će svi ispričati neke svoje doživljaje. Svima je bilo interesantno da mi ispričaju svoju priču, jer svi znaju da ja radim na televiziji, pa su mislili da će se tako i oni pojaviti u nekoj emisiji. Celu noć sam se prevrtao po krevetu. Nisam mogao da spavam. Bože dragi, da li je moguće da mi je ovakva priča godinama bila pred očima a ja je nisam primećivao?

Prođe i taj dan. A uveče, kod strica se okupilo, pored Radenka, još šestoro i svi strpljivo čekaju da ispričaju svoju priču. Ama to nije priča, to je istina koja se desila ovim prostodušnim ljudima i koja će sada, po prvi put, biti ispričana nekome, ko će moći o tome da priča dalje, jer to što zna samo mali broj ljudi ovog i susednih sela, treba da sazna ostatak čovečanstva.

'E moj sine,' počela je prva da priča komšinica Gordana jer je morala odmah da se vrati. ,Mogu ti reć da sam toga čoeka poštovala, al sam ga se vjeruj mi i bojala. On bi često projaha na konja i iša bi do Plava. Tamo bi đe što kupio, može bit kome od poznatijeh ponijo koji melem ili čaj i ondak bi se vrća. Tako je bilo i toga dana. Ja sam kuvala vareniku. Veća šerpa a vako široka' – pokazuje rukama kako je zamotala kecelju na uši od šerpe. ,Čekam. Varenika vri i ja taman da je izmaknem sa šporeta kad neko od đece povika: 'Eve ga đed Gaco!' Da li je sudbina tako šćela, tek ja trgnu onu šerpu i cijelijeh dvanajes litara vrele varenike se izli na mene. Lele mene, viknuh ka ljuta kukavica. Peče ka živa vatra, samo što se ne onesvijestim. Svi potrčaše ka meni. Đeca počeše da plaču a moj se Savo izbezumijo. Ja, kako sam pala pored šporeta, varenika me i po licu poparila. Načinio se plik od brade skoro do oka. Čini mi se sve gori na meni. Savo pokušava da mi skine odjeću. Ene viđi – pokazuje mi deo ramena gđe je nekada davno koža bila poparena i oguljena. ,Tu se još primećuje ožiljak, to mi je Savo odra dok mi je skida majicu. Otvoriše se vrata i odjedamput kao da je sve stalo, ka da se sve umirilo. Vjeruj mi sine, nestade svakoga bola sa mene. Ulazi Gaco ka neko Božije priviđenje.

,Polako Savo, polako, smirite se, sve će nad na Boga bit u redu!' Plače i leleče moj Savo, a đeca se zbila jedno pored drugoga pa i oni cvile sa rukama na usta. ,Šta me snađe Gaco. A viđi brate što će ostat od moje lijepe Goce!'– krenu Savo da me zagrli i da me njegovijem zagrljajem zaštiti od svijeh bolova ili ako je moguće da ih sa mnom podijeli, dok su mu suze nemoćnice klizile niz lice. ,Stani Savo,' uhvati ga Gaco za ruku. ,Tako joj nej pomoj no ćeš joj samo odrat kožu. Pušći mene i ne boj se.' Krenu ka meni čoek za kojega sam čula da su mu ruke vazdan vrele. On ik vako okrenu ka meni i ja umjesto njegove vreline počeh osjećat kako se nešto razliva po meni i kako mi neka sila prosto ladi tijelo. Imala sam osjećaj ka da sneg i led sipa na moje tijelo. ,Savo, dajte vode s bunara!' reče Gaco.

U tom trenu sam osjetila taki spokoj da mi se činilo da mogu zaspat. A moja đeca i Savo, svi mirni, niko ne plače. Savo iziđe da donese vode a pred kućom masa komšija. Svi se tiskaju na prozore i vrata da bi viđeli što se zbiva. Začudo, niko ništa ne pita. Naš komšija Đoko napunio kofu vode donoseći je Savu. Savo je dodade Gacu a on je svu izli na mene. Viđi sine. Ođe je voda vazdan ladna ka led, ali se meni tada učini da je mlaka. ‚Sad ću ja’ – reče Gaco i krenu do konja. Ljuđi mu ćutke napraviše prolaz, on ojde, iz bisaga uze neki njegov melem, i tog trena nikoga ne pozdravi. Uđe unutra i sa tijem melemom poče da me maže. Prvo me namaza na lice. Kad me maza po tijelu, tad sam bez ikakoga bola mogla da svučem ođeću a da mi se koža ne zalijepi za nju. ‚E, oprosti sađ’ reče mi on. ‚Sada ćes morati ostatak tijela đe te varenika poparila sama da namažeš, da sačekaš petnajestak minuta pa se preodeni, a za to vrijeme će nam tvoja Zlata skuvat po jednu kavu.’

‘Zlato, ćerko, umiješ li kuvat kavu?’ pita je on, a ja, kunem se ovijem krstom i jednijem Gospodom, idem u drugu sobu bez ikakoga bola.

‘Umijem đedo, kako ne umijem!’ Čujem kako mu moja Zlata odgovara i vidim kako on odlazi među ljude i sa njima se pozdravlja. Savo dohvatio flašu i čaše i samo sipa lozu ljuđima da popiju, jer veli on: ‘Vidim da joj je mnogo bolje.’ Nudi i Gaca, a on odbija jer veli nikada ne smije pit rakiju dok pomaže ljuđima. Pred kućom se svi raspričali i svi bi da znaju što se sa mnom zbilo. U toj njihovoj priči prođe tijek petnaes minuta, a ja se preodenuta pojavik na vrata. Taki muk i tišina vele da postoji samo na oni svijet. Niko da se mrdne. Oči nevjerovanja uprte u mene. A ja gledam u njik i ne znam što je. Bože, da nijesam zaspala? Krenuh da se štipnem za obraz đe mi je bio plik. Niti bola niti plika. Tog trena ka da se svi probudiše i svi se u isti mah sjetiše da postave po neko pitanje. A Gaco? On srknu još gutljaj kave koji mu je preosta, dođe do mene, uze melem koji sam još nesvjesno stezala u ruku i krenu ka svojemu konju. Savo se prvi pribra. Dohvati ga za ruku i poče da mu zahvaljuje pitajući ga koliko mu duguje za spasenje mojega života. ’Savo brate’ – opet blage umirujuće riječi iz njegovijeh usta ’ko sam ja da meni zahvaljuješ, ko sam ja da bi moga spasit nečiji život! Sve je to Božija volja i Božija promisa, što me je posla da se kroz mene jopet proslavi ime njegovo.’ Jopet tišina. I jopet kako je nečujno doša tako je nečujno i otiša. Eto sine, to je priča mojega života u koju je teško povjerovat, al ti se kunem da je istinita. Taki ti je bio moj kontakt s tijem Božijem čoekom kojega posljen nazvaše svakojakijem imenima.’

Drugu priču je počeo Pero. Ni ona nije ništa manje interesantna od prve. Ispričao je ovako:

‘Viđi sine, znam da su se granice medicine ka i granice tehnike proširile do savršenstva, ali isto tako znam da dođe vrijeme kada se, i pored najveće tehnike i pored najsavremenije medicine, nekome ne može pomoj, pa makar taj ima svo blago svijeta. E tako ti je bilo i sa mnom. Dobik temperaturu oko četeres. Ođe u Berane me pregledaše te me pod itno prebaciše u Podgoricu. Ni tamo

nijesu znali što će sa mnaom te pravac na VMA u Biograd. Ljuđi moji, tempe-
ratura ne pada cijelik dvades dana, a ja kopnim ka snijeg na Sunce. Smrša sam
ciglih dvades kila. Roditelji da polude. Ljekari vele: Spremajte se za najgore.
Žena plače, ne prestaje. Dođe nam jedan rođak da pita za moje zdravlje. Rodi-
telji mu sve ispričaše a on im dade predlog da ojdu kod Gaca i da vide, može
bit, će mi on pomoj. Roditelji ojdoše ka bez glave i bez duše kod njega. Namje-
ra im bijaše da ga mole da pomogne a oni će dat sve što mogu od svoje siroti-
nje. Svi znaju da su moji roditelji najsiromašnije živjeli u selu. On ik primi ka
rod najrođeniji. Ugosti ik i reče da će šnjima pravac za Biograd. Ponijo je sa so-
bom trave i korijenje i doša. Ja tad ništa nijesam zna za sebe, nijesam zna ni da
li je dolazijo, ali mi je tata reka kasnije da je on bijo, da je njegove ruke drža na
mene, da mi je da neki odvar koji je skuva u bolničku kuhinju, da sam ja to izi-
jo i da je reka tati da ga čeka tu kod mene do sjutra dok se on ne vrne. A on je
poša kod Zorana Vasovoga sina da se saš njime vidi. Ja sam se za po sata rasvi-
jestio iz beude. Temperatura je nestala ka da je nikad nije ni bilo. Konzilijum
ljekara je doša čudeći se kako sam ja za tren oka ozdravio, a oni me nijesu mo-
gli dvades dana izliječit. Jopet su uradili sve analize i jopet je sve pokazalo od-
lične rezultate. Posljen jutarnjih analiza su me otpustili iz bolnice. Sve smo po-
kupili i baš da krenemo kad ete ga Gaco.
,Što ste šćeli, otić bez mene, jel? E ne može !' Našali se on sa nama i mi zajed-
no pođosmo. Pred bolnicom nas čeka Zoran koji nas kolima prebaci do autobuske.
,E moj čika Đuro – veli Zoran mojeme ocu – nej vjerovat a ja ti se mogu za-
klijet na đecu da je sinoć lično predsjednik Tito zva našega strica Gaca do ojde
da ga posjeti. Sta sam ka ukopan kad sam to čuo. Nije šala moj sine, u to vrije-
me, da se ojde kod Tita.
Mnogo kasnije, meni je đedo ispričao da je on sa svojim moćima uticao na
Tita da bi ga on pozvao na razgovor. Rekao mi je da je kod svih ljudi postizao
uspehe uticajem na njihovu svest, pa je rešio da to isproba na najuticajniju lič-
nost toga vremena. Tito ga je primio i sve je prošlo u najboljem redu, a kada je
đedo otišao, Tito je otresao glavom kao da se probudio iz nekog sna.
Mi smo se vrnuli kući a posjen su po selu pričali kako ga je Tito zva da bi
moga popričat s najmudrijim čoekom Crne Gore. Vele i da su se slikali i da su
neki viđeli tu sliku, a među njima i moj otac Đuro, kad je iša u posjetu kod nje-
ga kući. Pa ako koza laže rog ne laže, vele naši stari. Ete ti sine, to je priča moje-
ga života đe sam se uvjerio da je njegova energija i da su njegove trave i korije-
nje mnogo delotvornije no sve tablete i injekcije ovoga svijeta.'
Treću priču je počeo Tomo: ,Slušaj sine, moja je priča malko drugačija no
njine. Rej ću ti samo da sam iša kod toga čoeka više puta i vazda mi je pomoga.
Ali jednom ja svrnu kod njega, više da ga posjetim no što mi je išta treba. Kad
tamo, kod njega neki ljuđi i žene. Bog ti ga zna oklen su došli. Pozdravik se sa

svijema pa rekoh: Neću sjeđet, no sam doša samo da ti zahvalim i da ti rečem da od moje malaksalosti i bola u nogama nema niđe ništa. Viđi me, stojim ka stijena. Širim ruke i svima se pokazujem. Nikakva me sila ne može mrdnut s mjesta.' ,Misliš Tomo?' upita me Gaco sa njegovijem vazdan blagijem glasom. Ne mislim, no znam Gaco - odgovorih mu. ,Dobro Tomo, ondak se nej ljutit da ti nešto pokažem.' A đe Gaco da se ljutim, ti da mi ruku posiječes ja se na tebe ne bi naljutio.

Tad on pruži ruke ka meni. Malo malo i ja poček osjećat ka da neka sila prolazi kroz moje tijelo. Ene čuda, dok sam staja vako uspravan a tijelo mi se poče samo micat čas tamo čas vamo, čas naprijed čas nazad. Ruke mi uz tijelo a ono se savija skoro do zemlje. Pomislim, sad ću padnut a jopet me neka sila podiže, a da me on nije ni prstom dotaka. Kad me ispravi, šlapnu rukama a ja ka da sam se iz nekoga sna probudijo. Sve znam, sve sam viđeo a jopet ka da sam spava. Rekok: Bože dragi, čudnog li čoeka i čudne li sile u njemu obitavaju. Ete ti sine moje priče. Nije duga ali je čudna i istinita.'

Zatim nam se Marko ovako obrati: „Direktore, a i svi ostali, obratite pažnju na ovu priču jer mi je ona bila najinteresantnija, a nekako je, kad čovek malo bolje razmisli, veoma prihvatljiva."

,E sluša sad mene da ti ja rečem par rečenica. Ada znam da je nemoguće vjerovat, ali tu je selo, pa ti oni svi mogu potvrdit' – poče svoju priču komšinica Ljuba. ,Mojega muža Mikana strefi šlog. Ukočiše mu se ruka i noga i ne mogaše ni jednu jedinu riječ progovorit. Liječili su ga svi ljekari Crne Gore. I moj sin je doktor, ali džabe, ni on ni ostali mu ne mogaju pomoj. Osta mi čoek ukočen, ni da se mrdne, ni da progovori. Sve moguće banje i sve moguće terapije ne davaju nikake rezultate. Đe smo čuli tu smo ga vodili. Niđe ništa da pomogne. A on gljeda u nas i sve bi šćeo nešto da nam reče, ali ne može. Tako prođe oko šest mjeseci. Mi više izgubismo svaku nadu za njegovo ozdravljenje. Dolazi rodbina i komšije sa svijek strana da ga posjete. Dođe Panto, Stojanov sin. Oni žive na kraj sela i on, kroz razgovor, pomenu Gaca. Tog trena, moj Mikan ka da dobi neku snagu. Poče klimat glavom mučeći se da nešto progovori. Što je Mikane? Šta te toliko uzbudilo? Jel ti što teško? Pitamo mi, a on samo odmahuje glavom. Tad Panto reče: ,Me se čini da se on uzbudijo kad sam ja pomenuo.' Tad Mikan jopet zaklima glavom i ondak ga ja upitak: Mikane, oli da te povedemo kod Gaca? On jopet zaklima glavom. E moj sine, tad mi bi jasno što nas je on onako gleda. Htijo nam je reć da ga vodimo kod Gaca, ali nije moga. Mi se spremismo i bogme ga s teškom mukom povedosmo kod njega. Primi nas čoek, sve redno i poče š njime da radi. Kako on pomjera ruke, tako se Mikanu pomjeraju čas ruke, čas noge. On se znoji, sve mu niz obraze voda curi. Stade čoek, uze malo vazduha, pa ondak poče da nam objašnjava: ,Viđi Ljube, neću ve lažat jer nikad nijesam laga, pa neću ni sad. Njegovo stanje je baš mnogo loše. Jedino me raduje što mi pokazuje da prolazi tako malo energije da se jedva na prste osjeća. A što ćemo. Ova se bolest i tako i tako ne može izliječit sa dvije, tri masaže. To ti je isto Ljube ka da peglaš veš pa ti pregori kabal. E tako ti je kod njega. U mozgu izgorio nerv koji prenosi komande tijelu, pa sad tijelo nema što pokrenut. Neću ve ohrabrit, ali vi iskreno moram reć da me raduje i to malo energije koje prolazi kroz njegovo tijelo. I to malo je za mene veliki pokazatelj. No sluša – lakše je meni pojakat na konja i doj do vas, no vama da se š njime prtite, pa ću tako ja dolazit jedno petnaes dana, dok on ne počne sam da odi.'

Kako on to izreče, tako Mikan poče da klima glavom i prvi put poslijen toliko vremena poče da izgovara. Ja ja ja. On ka malo dijete koje tek počinje pričat, a nama suze na oči od radosti. Tad se Gaco okrenu i saš njime poče pričat: ,Viđi Mikane, ja znam da me ti sve razumiješ. Jel tako?' Mikan klimnu glavom i jopet reče – ja. Svi se tome začudismo.

,Ja ću ti Mikane otvoreno ispričat o nečemu što mali broj ljuđi na ovi svijet zna. Ovo mi je zapis koji je osta još od mojega prađeda i biće ti čudno kad ga budeš sluša, ali znaj da je istina.'

On ojde do sobe i vrnu se sa nekom prastarom sveskom. 'Eve Mikane, sve je ođen zapisano. Ljudski mozak rabota od četiri do sedam, a kod fenomena do deset procenata. E viđi, sve ono što je pregorjelo u onijeh četiri do sedam procenata to se sa ovijem vježbama i sa mojijem radom može zamijenit, popravit i izliječit. To je rabota isto ka da uzmeš jedno stablo obima oko petnaes centi i kroz njega se trudiš golijem prstima da načiniš rupu. Nije lako, ali moraš bit uporan i moraš vjerovat, jer kad čoek vjeruje, ondak može postić sve na ovi svijet.'

Svi smo tada mislili – e Bože čudna čoeka! A mojeme Mikanu oči sjaje, klima glavom i samo veli – Ja.

'Ođe su ti, moj Mikane, napravljene take vježbe da se ljudski mozak može razvit do takijeh razmjera da oni čoek koji vježba može samo stajat i gledat u drugoga čoeka a ovome će glava puknut ka da mu je neko turija bombu u nju. Eno pogledaj.' Mikan je seđeo na krevet a nas troje za stolom. ,Dršte svi troje taj sto što možete jače.' Mi ga dohvatismo i stegosmo a Gaco samo ispruži ruku i pomjeri je. I nas i sto neka sila pomjeri jedno po metra. Svi smo se sledili od straha a Mikan poče da se smije. Gaco jopet pomjeri ruku i mi se vrnusmo đe smo bili. Gledamo po stolu da nije đe što zakačio pa da nas je to povuklo, ali niđe ništa nema. A on se smije i veli: ,Što je, ne vjerujete?' A nije da ne vjerujemo, no se čudimo Gaco. 'Pa dobro, eve vam ondak da se još malo čudite i da još više povjerujete.' Pruži ruku i flaša sa sredine stola sama ustade i svima nam dopuni čašice sa rakijom. Nije je ni taka, očiju mi mojijeh. Ojdosmo mi od njega srećni i zadovoljni, a bogme pomalo i zbunjeni, a posljen on poče dolazit kod nas. Da si moga viđet kad je radio sa Mikanom kake je neartikulisane zvuke ispušća, ali se ubrzo viđahu rezultati. Za par dana, Mikan poče po neku riječ izgovarat i sve se više i bolje pokretaše. Svi smo bili zapanjeni njegovijem ozdravljenjem. Malo prije rekoh da mi je sin doktor. On je priča svojijem prijateljima, doktorima, o čudnom ozdravljenju svojega oca. Normalno da mu nijesu vjerovali. Jednoga dana, moj sin ga je pita bi li moga doj s drugijem doktorima koji bi se šćeli š njime upoznat i viđet kako on to radi. A Gaco ga je pita: 'A je li sine, oni tebi ne vjeruju to što si im ispriča?'

'Bogme đede Gaco, svi smo mi doktori taki i ne vjerujem, ničemu drugom osim medicini' – odgovori mu sin spušćene glave ka da ga bijaše stid da ga gljeda u oči. 'Dobro sine, dobro. Zovni ik pa će se uvjerit.'

To se desilo petnaestoga dana od kako ga je Gaco masira. Toga smo dana zaklali jagnje i spremili svašta da bi dočekali doktore a bogme da bi i Gaca ugostili. A moj Mikan već odi i već izgovara đe – đe po koju rečenicu. Jes da mu još teško ide i da ga je teže razumjet, ali on zbori. I taman toga dana Gaco završava njegovu masažu, kad čusmo u dvorištu kako stigoše kola. Moj sin i drugi doktori. Njik petoro. Otvorismo širom vrata i izađosmo da ik dočekamo. Ja rabotam oko pripremanja jela, a Gaco sedi pored Mikana na krevet. Oni taman došli do vrata i oće da uljegnu, kad Gaco maknu rukom. Vrata otvorena, a oni ne mogu ući. Ha tamo, ha ovamo, nikako, ka da je neko postavio neku nevidljivu barijeru ili staklo, ili ne znam što bi drugo rekla. Tek Gaco se nasmija i reče: Što je drugovi doktori? Ne vjerujete? Da li ovako što postoji u vašoj medicini? Ajde ajde, slobodno uđite.,Reče im i mače ruku sa kojom je prethodno maknuo pred njima. Jedan od najstarijih doktora se u čudu prekrsti i oni uđoše. Svi se pozdravismo. Kad viđeše Mikanov oporavak u očima im se mogaše viđet poštovanje koje ukazivaše Gacu. Posijedasmo i počesmo ručat. A ondak ga doktor Rade upita da li je zaista moguće da on posjeduje taki zapis koji je u moći da aktivira dio ljudskog mozga koji je uspavan, i da li bi on bio spreman da te zapise pokloni medicini da bi to išlo u korist čovječanstva. Gaco se malo nasmeja pa on upita njega: ,A bi li ti bio spreman da svoju ruku prekineš i da je dadneš nekom, ne kome je neophodna, no nekome ko će je zloupotrijebit? Ljudska pohlepa za vlast, za moć i za bogatstvo, znajte da nema granice. Ne prijatelju, nemam namjeru da jednoga čoeka koji bi se dokopa ovijeh moći prosto podignem na nivo moći Gospoda.'

Nastade taka tišina da si moga čut zujanje komarca ka da je kaki avion proletio. Prvi se sabra moj sin koji ga upita: ,Đede Gaco, bi li nam moga pokazat, bar površno, da iz znatiželje te spise pogledamo?' ,E moj sine, ja i kad bi ti da sve moje sveske, ni ti ni iko na svijet ne biste uspjeli bez mojijeh formula ni jedan jedini recept otvorit i viđet šta piše. Sve ti je tamo zapisano u šiframa. Svaka šifra, iako je ista kao druga, uvijek pokazuje drugu riječ ili drugo značenje. 'A bi li nam moga pokazat ono sa stolom ka što si učinio kad su moji bili kod tebe?' ,Što je, jopet ne vjerujete?' reče on. 'Tako je i Isus reka svojijem učenicima: Kad bi u vas bilo vjere kao zrno gorušično, vi biste ovom brdu rekli pomjeri se i ono bi se pomjerilo. Dobro, držite se svi za sto.'

Oni se svi uhvatise, a Gaco poče pomjerat ruke. I oni i sto se pomjeraju po kući ka da su načinjeni od pamuka, a ne što to bijahu ljuđi od sto kila i više. Poslijen ovoga svi sedosmo i objedovasmo. Gaco usta, pozdravi se sa svima i ojde, a mi ostasmo da prepričavamo ove i druge događaje. A normalno da smo pričali o njemu. Tad jedan od doktora reče: ,A pušći brate, matori hvalisavac.'

Tad moj Mikan ustade, lupnu rukom po stolu i veoma polako, ali su ga svi čuli, reče: 'Ne... hvali... se... on... nego... zaista... pomaže...'

Eto ti sada moga Mikana – i hodi, i priča, ka da nikada nije bio bon. To ti je sine, moja priča."

2.

Kada je Marko završio ovu priču, direktor se samo prekrsti i reče: „Bože, svašta. Ako zaista poseduje te spise o funkcijama mozga, onda bi to bilo najveće otkriće za čovečanstvo ! Marko, uzmi ekipu i kreni tragom tog čudnog čoveka. Želim vam uspeh – nadam se da je sve to istina, a ne samo prazna priča.“

Naša ekipa se spremila i mi pođosmo u najčudniju ekspediciju.

3.

Ispod Čakor planine, svilo se jedno prelepo selo – Velika. Brda sa svake strane a po njima, pored prelepih šuma i livada vidi se po neko obradivo parče zemlje, drvena ograda i kuća. Nema ih mnogo. Sve su stare kao i malobrojni stanovnici tog divnog sela. Sve bi te kuće mogle ispričati istoriju svog postojanja kao što bi i ti malobrojni stanovnici imali šta da kažu o svojoj i istoriji svoga sela. Mnogi se i dan danas sećaju jednog čudnog starca kojeg su, kako kažu, različito nazivali: Čudak sa travama, Vidilac, Iscelitelj, Čovek koji pogledom pomera stvari i koji beše u moći da razgovara sa duhovima predaka.

„Da, da. Sjećam se Gaca. Kako ga se ne bi sjeća. I kada sam bija mali mnogo sam sluša od mojijek roditelja, od babe i đeda, a i mnogi drugi su pričali nevjerovatne priče o tom čudnom čoeku" – reče nam jedan od retkih stanovnika ovoga sela. „Meni je on bija rođak, Bog mu da onoga svijeta" – objašnjavala nam je njegova rođaka. „Sjećam se, sine, svega. Kako da ne. Kaki je to čoek bio i kaku je silu nosijo u sebi. Ama Bog mu je sve to da. Dostan bi bilo kad je ko bon, samo da mu se primakne i odmak bi ozdravio. Kake je samo trave i meleme š njima pravijo. Vjeruj mi, nije mu bilo premca na svijet bijeli. Zna je sine on samo da te pogledne i da ti reče sve sto ti je bilo u životu i što će ti bit. A viđi, moga je vako, eve vako, (pokazuje nam sa staračkim rukama u pravcu klupe i bureta koji se nalaze blizu česme), učinjet s njegovijem rukama i vjeruj mi moga je pomjerit i bačit i ovu klupu i ovo bure ka od šale. Jeste sine bio je čudan. Još ti mogu reć, a znam da mi ovo nej vjerovat, da sam mnogo puta od mnogijeh čula da je on zna pričat sa njegovijem pokojnijem ocem, đedom, pradedom i ne znam s kime sve ne. Sluša. Kuća mu je bila blizu groblja pa su Bogme pričali da su ga mnogo puta o ponoći viđali kraj groblja" – objašnjavala nam je starica krsteći se. „E jedino to mi se kod njega nije sviđalo."

Upitasmo je da li nam može reći kod koga bismo se mi mogli raspitati o njemu i o tim njegovim sposobnostima.

„A kako ne mogu sine! Sluša, ima on sina i dvije ćerke, ali vele da je sve svoje znanje, sveske i zapise ostavijo svojeme sestriću Mikiju. On je živio u Peći a poslijen sam čula da se sa porodicom odselio u Kraljevo. Bogme i za njega vele da je čudak nad čudacima."

Završili smo razgovor sa prostodušnim stanovnicima ovoga sela i krenuli ka Kraljevu da upoznamo tog „Čudaka nad čudacima."

4.

Naša ekipa je putovala ka Kraljevu da bismo tamo našli tog čudnog čoveka. Zoran je vozio.

„Veruj mi Marko, pričala mi je prijateljica da je bila kod nekog bioenergetičara Mikija iz Kraljeva"– objašnjavala nam je Tanja. „Kaže da su je leđa bolela dugo vremena, da je probala sve fizikalne terapije i sve moguće tablete, ali joj ništa nije pomoglo. Onda je na youtube naišla na reportažu, mislim da se zvala 'Bioenergija – Božji dar čudaka sa štapom' Da, da, mislim da se tako zvala. Ti Marko možes pogledati na youtube, pa ako se tako ne zove, ja ću je pozvati telefonom pa će nam ona reći. Zainteresovao je naslov „Čudak sa štapom" pa je zbog toga pogledala reportažu i rešila da ga pozove. „Bilo bi dobro da je to on, jer bismo ga tako i mi brže našli" reče Zoran.

„Kaže da je taj čudak izmasirao u nekoj staroj kući, da se prvo uplašila, ali kada je on završio, videla je da od njenog bola nije ostalo ništa" dovrši priču Tanja.

U jednom usputnom restoranu, dok smo pili kafu da se malo okrepimo od puta, Marko je izvadio lap-top i počeo po njemu da pretražuje. Ubrzo je našao željenu reportažu. Gledali smo je sat i sedamnaest minuta a da se nismo pomerili s mesta. Obraćali smo pažnju na svaku izgovorenu reč. Mnogo toga je objasnio, ali nigde ni jednom rečju nije pomenuo mogućnosti razvijanja mozga do neslućenih granica. A nas je ta tema najviše interesovala. Na kraju emisije su bili brojevi njegovih telefona koje smo memorisali i krenuli dalje.

„Društvo, mi smo odlično plaćeni, ali mislim da smo sa mrežom za leptire krenuli da uhvatimo duha" – komentarisao je Zoran.

„Zašto misliš da je tako" - upitala ga je Tanja.

„Pogledaj realno. Medicina, ekonomija, poljoprivreda, tehnika i sve ostale nauke su doživele toliki razvoj da se ne može opisati, a mi jurimo čoveka koji ima formulu za razvijanje mozga. Ma daj, Tanja, molim te! Sa magnetnom rezonancom se snima i uveličava ljudski mozak i do sto puta i još nikom, pa ni najsavremenijoj medicini nije uspelo da pronađe tu formulu, a kako će uspeti jednom nepismenom ili polupismenom čoveku!"

„Možemo, naravno, za tu tvoju tvrdnju reći da je sto posto tačna. Ali postoji još nešto. Zamisli, ako se čovečanstvo povodi za tom tvojom tvrdnjom jer je ona zaista realna, a onda, sa druge strane, ostane neprimećena neka naizgled sitnica, a ona je, ustvari, rešenje za ogroman napredak i razvoj nauke i čovečanstva."

„Pobogu Tanja, koja sitnica, koji napredak? Gluposti!" – počeo je da viče Zoran još više iznerviran i sasvim ubeđen u svoju tvrdnju.

„Ti si Zorane neopisivo tvrdoglav. Gledaš jednostrano kao i mnogi drugi i ne želite ni da pogledate ni da čujete nekog za koga smatrate da nema šta pametno da vam kaže, jer nije fakultetski obrazovan kao vi" – nastavila je Tanja da se prepire sa njim.

„Halo bre, halo!" – viknuo je Marko zaustavljajući kola jer je on posle odmora vozio. „Da li je moguće da se vas dvoje svađate i raspravljate oko nečeg što je za sada samo pretpostavka? Što se tiče tog zadatka, mi smo odlično plaćeni i hajde da ga uradimo najbolje što možemo. Normalno, bez ikakve svađe i rasprave."

Nastavismo vožnju uz druge priče i komentare i u večernjim satima stigosmo u Kraljevo. Uzesmo sobe u hotelu „Đerdan" jer nam neki ljudi objasniše da je on udaljen samo par kilometara od kućice gde radi taj Čudak sa štapom. Dok smo čekali večeru, rešismo da pozovemo Mikija – bioenergetičara, zbog koga smo i došli i da sa njim dogovorimo kada nas može primiti. Pored ostalih gostiju koji su bezbrižno večerali, za prvim stolom do našeg je sedeo jedan veoma elegantan gospodin i kuvarica tog hotela.

Marko je uzeo telefon. „Da li je to gospodin bioenergetičar Miki?" „Da, da, naravno. Potrudiću se da ne persiram." Marko je nastavio razgovor: „Mi bismo zamolili kada imate, to jest kada imaš vremena da nas primiš. Troje, danas smo troje došli. Ne, ne, nismo došli za to, samo trenutak sačekajte, da, da sačekaj" – stavio je dlan na slušalicu i rekao nam da zakazuje za sve sutra masažu, a onda nastavio sa njim da priča. „Važi, gospodine Miki, onda se vidimo sutra u jedanaest." Prekide vezu.

„Bog te video, pogledajte mi dlanove!" Zaista behu vlažni kao da je ruke izvukao iz vode. „Ja sam novinar, kamerman, reporter a ovako da se ušeprtljam, da ne znam da progovorim– to mi se nije desilo od najranijeg doba moga detinjstva.

„Ha ha ha" – čuo se smeh a mi se kao po komandi okrenusmo u tom pravcu. Elegantni gospodin za susednim stolom koji se smejao, je upravo ustao i krenuo ka nama.

„Ja sam Cigo i vlasnik sam ovog hotela." Sa svima se rukovao i upoznao. „Vidim da niste odavde i da ne poznajete Mikija" – njegove su reči više zvučale kao tvrdnja nego kao pitanje, a mi smo klimnuli glavama.

„Da li vam je zakazao?"–upitao je Marka.

„Jeste, za sutra u jedanaest nam je zakazao masažu, mada nam to nije bila namera, ali hajde, i na to smo pristali samo da bismo stupili u neki kontakt sa tim čovekom. Zapravo, mi smo sasvim slučajno došli do nekih priča o njegovom dedi koji je živeo u Crnoj Gori, koji je imao neke čudne moći, pa smo, da bismo to proverili, pošli tim tragom i evo, stigli dovde. A kada smo dovde došli, onda smo rešili da isprobamo njegove masaže, da vidimo da li će nam on reći bilo šta o ovome što nas najviše interesuje" –objasnio je Marko razlog našeg prisustva.

„Siguran sam da će vam njegove isceliteljske masaže i prijati i pomoći. Dolazili su ovde kod mene ljudi sa svih strana sveta. Bolesni, savijeni, ukočeni. On bi ih masirao. Nekog tri, nekog pet i više puta, ali sam se, verujte mi, nagledao čuda. Mnogo puta su ljudi koje su doneli na nosilima odavde odlazili na svojim nogama, srećni i zadovoljni. Jednom prilikom, mislim da je bilo krajem novembra, došla je neka žena i dovela svog sedmogodišnjeg sina. Primetio sam da joj je teško, pa sam nastojao da sa njom popričam. Rekla mi je da nisu hteli njeno dete da upišu u školu jer nema moć povezivanja. Nisam znao šta je to, a ona mi reče da bilo šta pitam njenog sina. Pitao sam ga: 'Kako se zoveš'– a dete je samo izgovorilo –a–a, kako se zoveš. I uvek, nakon bilo kojeg pitanja dete bi samo dodalo slovo – a – i ponovilo isto pitanje koje je njemu postavljeno. Nisam znao šta da kažem i kako da utešim ovu napaćenu ženu. Počeo sam da joj pričam kako su ovde kod mene dolazili ljudi sa svih strana sveta, kako sam se nagledao raznih čudesa, kako su ljudi odlazili srećni i zadovoljni, a medicina im nije davala ni jedan procenat uspešnosti izlečenja njihovih problema. Video sam da su ženi od sreće zasijale oči. Zamolila me je da joj kažem broj bilo kojeg taksija koji bi je prebacio kod Mikija, jer se bližilo vreme kada joj je zakazan tretman. U trenutku sam doneo odluku da je ja prebacim i da vidim šta će taj čudak uraditi u ovom slučaju. Ponudio sam joj i ona je pristala. Tada mi ona u kolima reče da su mu na VMA u Beogradu uradili elektromagnetnu rezonancu i da su mu našli na kori mozga neki živac koji nije aktivan. Tog trenutka pomislih: E draga gospođo, izgleda da si uzalud dolazila jer tvom detetu ni Miki ni iko na svetu ne može pomoći. Odosmo kod njega, i on, kada završi prethodnog pacijenta, primi nas. Pogleda mene, pogleda ženu a onda uze dete i blago ga zagrli. Poče pomerati ruke po njegovom telu a onda ih spusti na glavu. Gledao sam, blago ih pomeraše po glavi a na licu mu izbijaše znoj. To potraja nekih par minuta, on pusti dete blago ga pomazivši po kosi i okrenu se ka njegovoj majci. 'Slušaj' – neopisivo blago je zazvučala ta jedna a kasnije i sve ostale reči koje je izgovorio – 'svuda gde sam rukama prošao po telu tvog deteta tuda je i energija koju mi je dao Bog prolazila bez ikakvog problema.' Tog trena je žena zaustila nešto da kaže, a ja sam pomislio da ovaj čovek nema pojma. Miki je brzo mahnuo rukom a toj ženi kao da su se reči skamenile na usnama. 'Svaka funkcija njegovog tela je u redu, samo mi je pokazalo na glavi, to jest na jednom delu kore njegovog mozga da jedan živac u potpunosti ne prenosi komande koje mali mozak naređuje velikom da izvrši.' Tog trenutka se iz ženinih grudi čuo toliki izdisaj kao da se neko ogroman bacio na kovački meh. Ja sam se zaprepastio. Da li je moguće da sam dobro čuo? Ovaj čovek mi je pokazao da on prstima postiže ono što najsavremenija medicina jedva uspeva sa elektromagnetnom rezonancom. 'Prijatelju, ne ljutim se, ali si dva puta bio izvor negativne energije koja je bila usmerena prema ovom detetu' – obrati mi se on veoma blago. Samo sam pocrveneo i poželeo u zemlju da propadnem, a on se opet okrenu ka ženi i nastavi sa njom da priča. 'Gospođo, zakazaću vam sutra u dvanaest da dođete kod mene, a ujutru te molim da odeš na jutarnju službu ovde kod nas, u sveti manastir Žiču.'

'A možete li mi reći' ... krenu gospođa nešto da ga pita, ali je on prekide:

'Gospođo, molim te zapamti da kod mene nema persiranja. Slobodno mi se obraćaj kao da se znamo sto godina i da smo najbolji prijatelji.'

„I meni je isto rekao i ja sam se zbog toga ušeprtljao" –prekide ga Marko.

'Joj ... zaista ne znam da li ću uspeti, ali ću se svakako potruditi' – nastavi svoju priču vlasnik hotela.

'Gospođo, od toga mnogo zavisi izlečenje tvoga deteta.' Njegov glas je zazvučao tako molećivo kao da od njene odluke zavisi izlečenje koje je njemu potrebno, a ne njenom detetu.

'Da, da, da. Normalno da ću za njegovo zdravlje sve uraditi, ali se plašim da mi se ne desi da pogrešim jer je to navika stečena godinama' – zamuckujući poče da objašnjava stanje u kojem se našla.

'Samo se ti potrudi' – reče Miki i ode da pozove sledećeg pacijenta koji je čekao svoj red.

'Nisi mi samo rekao da li kod njega postoje šanse za ozdravljenje '–upita ga žena kada je stigao do vrata.

'Sve je u Božijim rukama i onako kako on kaže. Mogu ti samo reći da je mozak najčudnija mašina i da se može razviti do neslućenih granica i mogućnosti, ali ti do sutra ništa neću reći. '

E sada ću reći da je ta žena uradila sve što joj je on rekao. Znam da je dovodila dete još nekoliko meseci. Uvek kada je kod njega bila gužva, kada nije mogla tamo da spava, ona je dolazila kod mene u hotelu i tada bismo pričali o njegovom čudnom izlečenju. Uglavnom sada, posle nešto više od godinu dana, njeno dete ne samo da je upisano u školu, nego je jedno od najboljih učenika. Jeste dragi gosti, istina je to i verujte da nema dana da bar neko sa strane ne odsedne u mom hotelu da bi mogao da ode kod njega na masažu."

Zazvoni telefon, on se javi, mahnu nam udaljavajući se i mi opet ostasmo sami.

„Zaista ne znam sta da kažem" – reče Zoran u neverici. „Prosto, kao da ljudi znaju o čemu razmišljamo i za čim tragamo, pa nam upravo na tu temu ispričaju po neku baš interesantnu priču.

„Stari ljudi kažu – gde ima vatre ima i dima" – obrati mu se Tanja.

„Jeste Tanja, u pravu si, ali pogledaj realno … Ma to je prosto nemoguće u današnje vreme!"

„Da li je moguće da si opet neopisivo tvrdoglav?" – upita ga Tanja ljutitim glasom.

„Ma daj, molim te! Pobogu Marko, što nisi uzeo nekog drugog u ekipu, ko je razložniji i ko neće poverovati u svaku bapsku priču" – poče Zoran da se nervira i da podiže glas.

„Zaista ću, ako ovako nastavite, pozvati direktora" – zapreti Marko. „Zar moramo i ovde, u kafani gde nas drugi slušaju, da pokazujemo svoju nekulturu. Hajdemo lepo svak u svoju sobu, pa ćemo videti šta će nam sutrašnji dan doneti."

„Da budem iskren, jedva čekam sutrašnji dan da bih upoznao tog čudaka" –reče Zoran malo povređen Markovim rečima jer je računao da će ga podržati.

Pođosmo na spavanje svako sa svojim mislima.

Nedaleko od manastira Žiče ka Kraljevu nalazi se predivan hotel „Đerdan". Verovatno čist vazduh i umor od napornog putovanja učiniše da smo tu noć prespavali kao jagnjad. Probudi nas ljubazno osoblje hotela. Jutarnja kafa i doručak nas potpuno okrepiše. Razdragani kao da sinoć nije bilo prepirke među nama, polako se spremasmo da posetimo manastir Žiču, da malo prošetamo pa ćemo onda na zakazani termin. Gazda hotela nam objasni kako ćemo najlakše naći Mikija i mi krenusmo. Lepota manastira Žiče se ne može opisati rečima. Treba to doživeti, treba upiti u sebe tu duhovnost, imati svest o vekovima kroz koje ova svetinja zrači.

Onda smo krenuli ka Mikiju. Ovde navigacija ne pomaže. Ulice koje još nisu ucrtane ni u jednu kartu se jedino mogu naći ako nekog upitamo za njih. Mnogo puta smo zaustavljali prolaznike i konačno dođosmo na odredište. Kuća stara a pored same kuće potok. Prizemlje od pečene cigle a prvi sprat od drveta. Prosto podseća na neka davna vremena kada se živelo po Božijem nahođenju bez lekara i bez tableta. Par livada i prelepa šuma behu ukras ovog starinskog doma. A sa druge strane neke šupice i još jedna drvena građevina. U toj građevini su prethodni vlasnici držali stoku. Sve prosto odiše mirisom prošlih vremena. Od mostića pa do te drvene kućice napravljena je betonska staza koja je sa obe strane ukrašena raznoraznim cvećem. Kasnije nam ispriča da mu je izgradnju ove staze pomogla prijateljica Sara koja živi i radi u Švajcarskoj, a koja je kod njega dolazila na masaže. Stazom stigosmo do male terase. Na terasi klupa, sto i krevet.

„Dobar dan" – pozdravismo čoveka koji seđaše na tom krevetu.

„Dobro vam Bog dao – otpozdravi on.

„Da li i Vi čekate da Vas gospodin Miki izmasira?" upita Tanja.

„Ne sine, ja sam završio pa rekoh ajde da ispušim jednu cigaretu dok on izmasira moju ženu."

„Kako Vam se svidelo kako Vas je gospodin Miki izmasirao?" – nastavi Tanja komunikaciju.

„Slušaj sine. meni se možeš obraćati kako hoćeš, a što se njega tiče, mogu ti reći da on ne voli ni da mu se kaže gospodin ni da mu se persira. U jednu ruku to mu je pametno. Neka se bar ovde kod njega ne oseća da se neko uvažava i uzdiže. Svi smo mi isti. I bogati i siromašni i lepi i ružni, svi smo od krvi i mesa. A što se tiče masaže, mogu reći da su sve reči i pohvale suvišne. To je potrebno doživeti pa o tome imati svoje mišljenje."

Nastavili bismo sa njim da pričamo, ali se u tom trenutku otvoriše vrata. Izađe jedna starica a za njom Miki. Pozdraviše se sa nama a onda nas baba i deda napustiše.

Miki nas pozva i mi uđosmo u prostoriju od oko trideset kvadrata.

„Sedite slobodno, a ja se vraćam za par minuta"– reče Miki i izađe.

Gledamo po prostoriji. Na zidovima neke starinske slike i par Mikijevih diploma. Desno od vrata furuna, do nje stolčić na kojem behu oprane i uredno složene čaše a ispred neka drvena ćasa, u njoj nekoliko novčanica, pet šest jaja i isto toliko jabuka, krevet i u ćošku veliki televizor. Desno od televizora još jedan krevet i na kraju, ugaona garnitura, a na njenom uglu napravljen neki plakarčić u kojem behu poređani peškiri, ćebad za masažu, flaše i teglice sa raznim melemima. U trećem uglu električni šporet i frižider, do njih fotelja za masažu. Do samih vrata sa leve strane beše neka drvena vitrina. U njoj uredno poslagane čaše, tanjiri i ostalo posuđe. Na sredini prostorije neka sprava a odmah iza nje krevet za masažu.

„Moram samo da te pitam – da li ovo liči na ordinaciju nekog čoveka koji toliko pomaže ljudima i koji je u stanju da razvije mozak do neslućenih granica?" – zajedljivo upita Zoran Tanju.

„Pravo da ti kažem, nisam impresionirana ovim što vidim, ali šta je tu je. Sada ćemo sa njim porazgovarati pa ćemo videti šta ima da nam kaže. Ne znam zbog čega, ali ja i dalje verujem ovom čoveku."

Opet su bili spremni da počnu sa raspravama ali se vrata otvoriše i oni ućutaše.

„Znači, niko od vas troje nije došao da bi se masirao" – reče Miki. „Dobro, ipak ću vas ja izmasirati a uz masažu ćemo malo i popričati. Hajde, svlači se do pojasa i legni ovde" – reče on Zoranu i pokaza mu gde da stavi glavu a gde noge. „Znaš li ti Zorane zašto sam prvo tebe izabrao da izmasiram?"

„Ne znam" – odgovori Zoran slegnuvši ramenima dok je svlačio triko majicu.

„Lezi, ja ću ti polako sve ispričati." Zoran leže, Miki mu stavi nekog melema po leđima i poče da priča. „Zapravo bih na tebe trebalo da budem ljut jer si osoba koja je usmeravala svoju negativnu energiju ka meni."

Oboje smo mogli zamisliti kakvu je facu iznenađenja Zoran napravio. Sva sreća što mu je lice u onom otvoru od stola pa se ništa ne vidi.

„A moj đed Gaco bi imao običaj da kaže: ,Nikada nemoj zbog ludog Nikole da psuješ svetog Nikolu.' Sada ću ti objasniti zbog čega te razumem. Na svakom koraku se pojavilo na stotine travara i iscelitelja koji obećavaju – te ovo te ono, koji maltene samo što mrtve ne dižu iz groba, a na kraju, kada uzmu pare, od tih obećanja ni traga ni glasa. Zbog toga shvatam tvoj stav prema meni. A ti bi trebalo mnogo da napreduješ u ovom poslu jer imaš neki istančani osećaj koji vodi ka istini i koji te, ma na kakvom zadatku bila, uvek dovede do cilja" – obrati se on Tanji.

Potpuna istina, a onda Marko reče: „Zbog toga je direktor odlučio da je pošalje sa nama u ekipi".

„Vidim to i znam da ste došli sa namerom da dođete do određenih obaveštenja, a ne zbog masaže" –reče Miki, a oni pomisliše da je pred njima prorok koji iz njihove svesti čita sve što želi da sazna. „Ne znam da li ću i koliko uspeti da vam ispričam, za ovo vreme dok sam tu, jer za nekih petnaestak dana putujem u Nemačku da tamo pomažem mojim prijateljima. Oni su poreklom iz Rusije a žive u Nemačkoj, a vidite, skoro svakoga dana imam po nekog na masaži. Pacijenti će nas prekidati, ali ću se ja potruditi da sve uskladim" – objašnjavao je Miki masirajući Zorana. „Da znate, ako počnem da vam pričam o mome đedu Gacu, to neće biti neka pričica od par sati, nego ćete morati ovde da se zadržite mnogo duže nego što ste planirali. Zato bih vam predložio da se preselite ovde, da ne biste trošili pare za hotel. Nije nikakva raskoš, ali može da se prespava, a vi ćete imati osećaj da ste se vratili bar jedan vek unazad. Najvažnije da ste mi pri ruci i da, kad god se ukaže slobodno vreme, mi možemo nastaviti sa našom pričom. Mnogo puta sam poželeo da napišem roman o mom đedu Gacu, ali mi to nikako nije polazilo za rukom – zahteva mnogo vremena, a ja vremena najmanje imam. Svaki trenutak moram da posvetim pacijentima koji dolaze kod mene. Zato se radujem što ću sa vama podeliti ovu priču. Ona će zadovoljiti vašu znatiželju, a ja ću na taj način doći do cilja – da objavim roman o mom đedu".

„Gospodine Miki"... krenu Marko nešto da ga pita, ali ga on prekide:

„Marko, Zorane, Tanja, eto tako ću vam se obraćati, bez ikakvog persiranja i uvažavanja i molim vas troje da se i vi tako meni obraćate". „Možeš li nam bar objasniti zbog čega na tome insistiraš? Svi ljudi na svetu uživaju da im se persira i da budu uzdignuti u odnosu na druge, a kod tebe je to drugačije" – upita ga Marko.

„Zamisli jednu osobu koja je u moći da ti pokloni veliko bogatstvo. Moći te osobe su takve da može to isto bogatstvo da ponovo uzme od tebe. Da bi uživao u blagodetima tog bogatstva, ti moraš da ispoštuješ neka pravila koja ta osoba odredi. E tako je i sa mnom i sa svim onim pravim energetskim izabranicima. Ja sam iskreni vernik. Samo ona osoba kojoj je od Boga dato da pomaže drugima, shvata koliko je veliki taj dar koji joj je Bog poklonio. Kao pravi vernik, normalno je da se molim Gospodu. Moja molitva počinje rečima – Oče naš koji SI na nebesima – a ne koji STE na nebesima. Pa kada ne persiram Gospodu, kako mogu persirati drugim osobama i uzdizati ih iznad Gospoda, ili kako mogu zahtevati od drugih da meni persiraju i da me na taj način uzdižu iznad imena Gospodnjega? E, to su razlozi, jer onaj koji mi je dao tu moć, može je od mene uzeti, kao što može osoba, koja nekom pokloni veliko bogatstvo, to bogatstvo tražiti nazad."

„Miki, sada nam je sve jasno. Svim silama ćemo se potruditi da to ispoštujemo" – reče Marko. „Hteo sam još da pitam da li je moguće da montiramo kamere koje će beležiti sve naše razgovore – posle će nam biti lakše da napravimo kompletnu priču?" „Možete, ali ne mogu biti usmerene ka krevetu za masažu – ne bih želeo da povredimo nečiju intimu" – reče Miki lupkajući Zorana da ustane. „Sada nam reci kako ti se svidela masaža?"– upita on Zorana. Nabrajajući na prste, Zoran uzbuđeno reče: "Kao prvo – dužan sam sva moguća izvinjenja koja postoje na ovom svetu, jer sam zaista bio skeptičan i nepoverljiv. Doduše, došli smo sa drugim ciljem. Saznali smo da je tvoj deda bio vidovit, što vidim da se prenelo i na tebe, jer si osetio da sam negativno govorio, dok je Tanja sve vreme bila na tvojoj strani. Kao drugo – mene su masirali mnogi fizioterapeuti i bioenergetičari. Niko od bioenergetičara me nikada nije doticao jer bi na taj način došlo do stapanja moje i njegove energije, a kod tebe sam prvi put u mom životu osetio da su ti ruke tople tokom cele masaže. Prilikom svakog prelaska tvojih ruku po mom telu, imao sam osećaj kao da mi se sve više i više skida neki teret i grč koji se vremenom tu gomilao. Svaka čast! Zaista se osećam kao da lebdim!"

„Sada si ti na redu" – Miki pokaza na Marka.

Dok je njega masirao, počeo je da da govori o onome što je čitavo vreme visilo u vazduhu, a o čemu sam ja pitao Tanju u trenutku kada smo ušli u ovu prostoriju.

„Vidiš prijatelju" – reče pokazujući sto na kojem su bile čaše i drvena ćasa, a u njoj behu pare, jaja i jabuke – „ovo je plod moga rada. Da, da. Eto, to što vidite. A imao sam šest masaža pre vas! Ne, ne, nisam to rekao da biste vi pomislili da očekujem da mi platite."

(Mi smo, zaista, tog trenutka to pomislili).

„Rekao sam to da bih vam objasnio da ovde kod mene dođu bolesni i nevoljni i ja im pomognem onoliko koliko mi dragi Bog podari, a narod, iako su teška vremena, ostavi ko šta ima. Poneko par jaja, poneko jabuke ili drugo voće i povrće, a poneko ostavi po neki dinar. Kako i koliko ko može. Bitno je da nikad nikom nisam tražio pare, ma kako teška bila njegova bolest. Mnogo puta sam mnogim osobama spremao meleme. Dešavalo se da mene više koštaju trave koje sam kupio, jer ja nemam vremena da idem sam da ih berem, nego što bi mi ljudi platili za neki melem koji bih napravio od tih trava. Ali šta ću? To je najmanje važno. Bitno je da pomognem ljudima."

„Za koje sve bolesti praviš meleme?" – upita Tanja.

„Uglavnom za sve one bolesti za koje medicina nema nikakvog rešenja: pesak i kamenje u bubrezima i žučnoj kesi, za prostatu, ešerihiju koli, psorijazu, alergije, astmu, pritisak, čir u želucu i razne druge. Verovali ili ne, đedo mi je ostavio, pored mnogih drugih, i melem za izlečenje raka."

Da li je moguće? – svo troje u neverici upitaše.

„Moguće je jer sam ga već isprobao na dve osobe. Dao sam ga jednom čoveku u okolini Novog Sada. On je imao trideset šest metastaza na plućima. Neke su bile veličine do trideset pet milimetara. Doktori su ga otpustili iz bolnice sa recima da mu je ostalo još najviše dvadeset do dvadeset pet dana života. Njegova sestričina je došla kod mene i uzela te čajeve. Počeo je da ih pije i odmah je osetio poboljšanje, a nakon par dana je počeo da ustaje. Za dvadeset tri dana je, na zaprepašćenje svih doktora, potpuno ozdravio. Drugi čovek je iz Nemačke a poreklom je iz Rusije. Njegov rak se nalazio u kičmi a bolovi su bili nepodnošljivi. Kada sam prošli put bio u Nemačkoj da masiram i lečim ljude, poneo sam čajeve za lečenje jedne osobe. Nameravao sam da ih dam jednoj prijateljici koja je iz Moskve došla u Nemačku, ali se ona vratila tog dana kada sam ja stigao. Čajevi su ostali kod mene. Pomenuo sam Marini našu zajedničku prijateljicu koja se vratila u Moskvu, a ja nisam uspeo da joj predam čajeve, pa ako ona ikako može da ih pošalje. Tada je Marina zamolila da te čajeve dam njenom ocu koji ima rak u kičmi. Rekla je da se nikakvom uspehu ne nada, ali će bar pokušati da mu malo ublaži bolove. Kada je rekla da su mu lekari dali od sedam do deset dana života i da je njegovo telo počelo da se koči, ja sam se uplašio. Rekao sam joj da ne želim komplikacije, da će on verovatno umreti a da me i ona i medicina posle mogu optužiti da sam ga ja ubio. Molila me je da pokušamo jer dosadašnji način nije davao nikakve rezultate: 'Miki, to mu je poslednja šansa. On ovako nema leka. Zar mu nećeš pružiti poslednju mogućnost za ozdravljenje?' Nešto se prelomilo u mojoj duši i ja sam joj, ne obraćajući pažnju na rizik, dao te čajeve. Skuvala ih je i on je po uputstvima moga đeda počeo da ih pije. Prvog dana kada je ispio prvu količinu, bolovi su splasnuli. Svakog sledećeg dana se osećao mnogo bolje. Četvrtog dana, na svoju odgovornost, nije želeo da primi morfijume koje su mu prethodnih dana davali. Sedmog dana je ustao, oslanjajući se na stvari po kući, prvi put posle par meseci sam je uspeo da ode do wc–a. Desetog dana se nije oslanjao na stvari, hodao je. Petnaestog dana je pozvao taksi i sam otišao u bolnicu da mu izvrše kontrolu. Osoblje bolnice je bilo u šoku. Ustanovili su da se potpuno izlečio. Za nekoliko dana, kada budem otišao opet da radim, imam narudžbine da ponesem čajeve za osamnaest osoba. Ako se čajevi pokažu uspešni kod svih osamnaestoro bolesnika kao što su se pokazali kod ova dva, onda mi je Saša, i on je poreklom iz Rusije a ja kod njega radim, rekao da ćemo u Nemačkoj patentirati ove čajeve i da ćemo ih regularno prodavati po celom svetu. Verujte mi da je to bila želja moga đeda i ja ću se potruditi svim silama da je ostvarim. Zamislite samo koliko ima bolesnih ljudi od raka? Možete li zamisliti njihovu sreću kada saznaju da se mogu izlečiti od te opake bolesti!"– govorio je Miki pun ushićenja. Njegova radost nije bila zbog novca koji će zaraditi na taj način. Radovao se sreći tih ljudi koji će se izlečiti. „Ja znam da će se sve to ostvariti, mada sam svestan ogromne opasnosti koja mi preti. Predosećam, ali još ne mogu tačno odrediti šta je to."

Završio je i Markovu masažu. Kada je mene masirao, njih dvojica su izašla na terasu. Odmah posle mene je došla jedna žena a posle nje neki čovek. Dok je njih masirao, nas troje smo se dogovorili da pređemo kod njega da spavamo. Imaćemo par sati da postavimo kamere i bubice da bismo mogli u svakom trenutku i u celoj prostoriji da ga pratimo. Inače, mogli smo najiskrenije da kažemo da su njegove masaže nešto najprijatnije za ljudski organizam, ali smo se isto složili da još ni jednom rečju nismo dotakli temu o toj tajni famoznog razvijanja mozga. Miki je završio masažu čoveka koji je došao, a onda smo se sa njim dogovorili da ostajemo da spavamo kod njega i da ćemo postaviti kamere i ozvučenja. On je pristao – poći će kući da ruča, posle ručka ima da izmasira još jednu ženu a onda počinjemo našu priču. Dok je on bio odsutan, brzo smo postavljali kamere i ozvučenja, proveravajući njihovo funkcionisanje. Bili smo zadovoljni.

5.

Popodne, Miki otpoče svoju priču: „Ispričaću vam sve ono čega se sećam i sve što mi je dedo ispričao. Normalno, neke tajne moraju ostati tajne, ali ću ispri-

čati sve ostalo što mogu.

Kažu da je neki dedov pra, pra, pra deda u njegovom plemenu prvi osetio da može rukama da pomaže ljudima. Kažu da je imao fantastične moći. I još kažu da je on prvi na svetu uspeo da otvori način razvijanja mozga do neslu-ćenih mogućnosti. Nije bio pismen kao što i drugi nisu bili u to vreme. Onda su se tajne po nekoliko stotina i hiljada puta prepričavale Izabraniku koji je morao da ih nasledi. Taj Izabranik bi ih, opet, pri kraju svog života prepriča-vao sledećem Izabraniku, i tako bi se to znanje prenosilo sa Izabranika na Iza-branika ili sa kolena na koleno. U njegovoj porodici se uvek rađalo dosta dece. Pored ostale braće i sestara rodio se i moj ded Gaco. Tako je to nasledno zna-nje, uz saglasnost prethodnih Izabranika došlo do mog deda, tj on ga je na-sledio i postao Izabranik. Pošto je učio da piše u jednoj crkvi, on je sve to što mu je prethodni Izabranik objasnio kasnije zapisao u sveske. Tada su deca od malih nogu počinjala nešto da rade i na taj način, ma koliko, doprinose svo-joj porodici. Tako je i moj ded sa nepune tri i po godine počeo da čuva stoku sa svojim starijim bratom. Uz brata se učio a kasnije je to radio sam. U to vre-me, još dok je moj dedo bio malo i slabašno dete, njegovom se dedu Dimitri-ju, koji beše Izabranik, a da to ni njegov sin Mitar nije znao, jedne noći pojavi prethodni Izabranik i od njega zahtevaše da sve svoje znanje prenese na svog unuka da bi on, po volji Božjoj, postao Izabranik. Nekoliko noći je Dimitrije razgovarao sa prethodnim Izabranikom pokušavajući da dete sačuva od pre-teškog bremena koje mu je bilo suđeno. Opirao se i prepirao da je prerano da se detetu koje još ne zna dobro da govori, koje ne zna ozbiljnost situacije, poveri tolika odgovornost. Sve je bilo uzalud. Volja Božija i prethodnih Izabranika se morala ispoštovati. Tako je njegov đedo tužna srca počeo da vežba budućeg Izabranika. Probudio ga je u ranu zoru jednog ponedeljka i sa njim otišao u šumu. Dugo se krstio pred njim, nemo mičući usnama a onda mu je tri puta dunuo u nos. Dete kao da se preobratilo. Lice mu je sijalo nekom čudnom svetlošću. Tu svetlost je mogao videti prethodni Izabranik ili svako produhovljeno biće. Tada je đedo počeo učiti dete predajući mu najsvetije tajne koje je i on nasledio. Svakodnevno su trajale te vežbe, po nekada čitav dan a po nekad kraće. Dete obdareno svetim duhom sve to upijaše u svoju dušu nikom ne govoreći o svetoj tajni koju nasledi od svog đeda. Shvatio je, iz đedovih reči, a obdaren svetim duhom kolika bi opasnost bila ako bi se te tajne saznale, pa je zato ćutao, nikom, pa ni svojim najrođenijim ne pominjući ni jednu jedinu reč razgovora između njega i njegovog đeda. Savladavao je i najteže vežbe pred kojima se nalazio. Uspesi su se nizali neshvatljivom brzinom. Imalo je tu još mnogo da se uči, ali je njegov đedo Dimitrije bio prezadovoljan. Jednom prilikom, posle Petrovdana, ug rećalo letnje Sunce, njemu obukli neke pantalonice i pustili ga da čuva stado. Ovce se uskomešale pa se rastrčale na sve strane. Detetu od četiri i po godine beše interesantno da juri za njima i da ih pokupi u stado, a one kao da nešto predosećaju pa jur tamo, jur ovamo, udaljiše se mnogo više nego što su se udaljile bilo koji put do tada. I verni šarplaninac Garindža se nešto uzmuvao pa samo reži. Da neće neki vuk da napadne stado, pomisli dete i baš da potrči da vrati ovce, Garindža skoči da mu prepreči put, ali kasno. Ogromna zvečarka zabode svoje oštre zube u njegovu potkolenicu. Garindža skoči, uhvati ogromnog reptila rastržući ga svojim zubima. Dođe do mog đeda i poče da cvili, a njega sve više hvataše nesvestica zbog otrova koji mu je ubrizgan u telo. Već je slabašno čuo cviljenje svog vernog Garindže, osećajući da mu se sve više spava. Utonuo je u san i više ništa nije čuo. Nije znao da su se ovce vratile kući. Nije znao da su se u kući svi uplašili i da su krenuli da ga traže. Nije znao da je verni Garindža ostao pored njega, neprestano ga ližući po licu, u očekivanju da se probudi. Spuštao se mrak. Ukućanima se pridružio i po neki komšija iz sela i sa upaljenim bakljama su krenuli u potragu.

'Vjerovatno je i njega i Garindžu izijo vuk' – komentarisao je jedan od komšija. 'Vele da ođen ima jedan stari i vele da je opasan ka crni vrag. Još vele da ne ostavlja ništa u životu' – nastavljali su da komentarišu svak na svoj način i dalje pretražujući šumu. Ođednom se negde u daljini čuo lavež. Svi su zastali osluškujući. Onda su opet, kao po komandi, svi počeli da pričaju.

'Viđi, vuk je izijo samo Gaca a Garindžu je ranijo te se sad ni on ne može dovuj do kuće' – govorio je jedan a onda je drugi prokomentarisao: 'More bit svašta. Ljuđi, nemojmo razglabat, no ajd da jopet pozovemo Garindžu i da čunemo đe je, pa da se uputimo i da ik nađemo.'

Tako i uradiše. Opet se ču lavež iz smera Mačkove stene. Ta je gola litica, visoka preko sedamdeset metara, u čijem su dnu sami šiljci od stena. Naziv je dobila po jednom mačku koji je svima u selu provaljivao u pušnice ili ostave i uvek im pravio štetu. Jednoga dana ga je jedan seljak u večernjim satima uhvatio, stavio u prteni džak i sa vrha te litice bacio na šiljke od stena. Mislio je da ga je ubio i srećan došao kući. Na njegovo, a i zaprepaštenje svih seljaka, mačak je tu noć išao po selu i tako glasno mjaukao da su svi mislili da su u njemu zli dusi. Posle te noći više ga nikad niko nije video. Zbog toga su, od kad se zna za tu priču, svi seljaci izbegavali tu stenu. Sada su svi složno krenuli u tom pravcu. Nedugo zatim oni nađoše Garindžu i opruženo telo mališana. Kada su u blizini videli rastrgnuto telo zvečarke svima je bilo jasno šta se desilo. Prađed i prababa zakukaše bacivši se na nepomično telo svoga deteta.

'Lele nama sine' – leleče prađed i grli nepomično telo. Pored njega, baba vrišti i čupa kosu. I mnogi od ostalih plaču, a opštem stanju se pridružilo i Garindžino cviljenje. Sami Bog zna dokle bi to trajalo da se negde u blizini ne ču zavijanje vuka. Garindža poče da reži a oni se svi prenuše. Prađed Mitar uze moga đeda, podiže ga na grudi i oni svi krenuše put kuće. Totalna tišina. Svi iščekuju da opet čuju zavijanje vuka. Svima se po svesti vrzmala misao da mu je verovatno negde u blizini jazbina, pa su ga uznemirili. U tom nemom napredovanju glas moga pradede Mitra ođeknu kao grmljavina : 'Kosana, men se čini da osjećam da je naše dijete živo!' Svi se primakoše i prineše baklje. I zaista, moj đedo beše živ. Totalno iscrpljen zbog otrova, ali ipak živ. Stigoše do kući i upališe lampe. Podložiše vatru da ug reću sobu a mom đedu svukoše odeću i staviše ga u sirovu vunu. Iscrpljeni pretragom, komšije odoše a kod naše kuće ostadoše umorni članovi porodice. Svi polegaše samo ostade moj pradeda Mitar da zalaže šporet i da čuva mog đeda da mu se, ne daj Bože, nešto ne desi. Tu je noć moj šukunđed Dimitrije duhovno stupio u kontakt sa prethodnim Izabranikom tražeći od njega objašnjenje za nastalu situaciju. Dugo je prethodni Izabranik ćutao a onda je veoma lagano odgovorio:

'Dimitrije, volji Božjoj i prethodnih Izabranika se ne smije suprotstavljati. Dijete mora proći kroz iskušenja zbog tvog suprotstavljanja našoj volji. O ovome niko od tvojijeh ne smije ništa saznati a dijete će poslije ovoga dobiti još veće moći od svijeh prethodnijeh Izabranika.'

Sutra i narednih dana su dolazili komšije i rođaci sa svih strana, da bi videli i da bi se raspitali za zdravlje moga đeda. A njegovo stanje se uopšte ne menjaše. Koma. Ni živ ni mrtav. Samo što diše a inače se ni jednim delom tela ne pomera ni milimetar. I tako iz dana u dan. Svaki dan, svaku noć po neko kraj njega. On ništa ne jede. Samo mu na levak sipaju po malo rastvorenog meda i čajeve. Ponešto se slije niz usne a pomalo se provuče između stisnutih zuba. I tako, po nekoliko puta dnevno. Dođoše do dvadeset prvog dana. Tog jutra prababa Kosana ustala i mesi hlebove a prađed Mitar, posle probdevene noći i dalje sedi na stolici, nedaleko od kreveta koji od dasaka napraviše za dete, kojeg napuniše sa sirovom vunom, sa rukama se naslonio na mačugu a glavu položio na ruke i drema. Čeka da prababa ispeče hleb, da doručkuje pa da onda nešto poradi. Uspava ga blago škripkanje starog drvenog stola na kom je prababa mesila hleb. Dok je on dremao, a prababa mesila hleb, oči mog đeda se otvoriše i on pogleda po sobi. Posle Bog zna kojeg vremena, vide svog oca kako drema i svoju majku kako mesi hleb. Vidi je a ima čudan osećaj kao da čuje njene misli: 'Bože dragi što se ovo naše jadno dijete namuči. Da oće Bog da se smiluje i da ga uzme, da mu prekrati muke, da bi se i ostali članovi porodice odmorili.' 'Majko, ja neću umrijet' – progovori moj đedo slabašnim glasom. Prababa se trže u čudu a prađed poskoči iz sna.

'Bože, ovo je naše dijete poluđelo' – beše mu prva pomisao posle prekinutog sna. I tu je misao moj đedo osetio. 'Tata, ja nijesam poluđeo' – opet progovori moj đedo. Oboje su zanemeli u čudu. Nisu mogli da veruju ni ušima ni očima. A onda se prađed pokrenu, dođe do deteta, uze slabašno telo u svoje naručje i poče plakati od sreće. Toj radosti se pridruži prababa a iz susedne sobe poče izlaziti ostatak đedove porodice. Svi su tog trenutka bili srećni. Opet se po selu proču glas, kao i prošlog puta kada je nastradao, da se probudio iz kome. I opet komšije, rođaci i prijatelji dolaziše da ga posete. Mnogo puta je moj đedo zbog iscrpljenosti prespavao mnoge posete, ali je mnogo puta, kada je bio budan, pozivao svog oca i tiho mu šaputao ko šta misli od tih gostiju. Prađed bi ga ućutkivao ne dozvoljavajući mu da bilo šta kaže pred gostima, da ne bi oni saznali tu đedovu tajnu.

'Samo sine ti da mi ozdraviš i da u potpunosti ojačaš, pa će tebe tajo poves kod popa da ti on čita molitve da se to zlo mikne od tebe' – šaputao bi prađed milujući ga po kosi. I tako iz dana u dan, iz nedelje u nedelju, negde posle mesec i po dan, moj đed potpuno ozdravi. Njegov đedo Dimitrije opet poče sa njim da vežba. Sada je dete pokazivalo još više uspeha. Njegov otac ga jednog dana uze sa sobom i povede u crkvu. Dođe kod popa Gavrila ispričavši mu sve šta se dogodilo. Na kraju reče:

'Ne smijemo što loše pomislit od njega. Čita nam misli ka da je najpismeniji i ka da čita neku knjigu.'

'Da li ti Mitre moš ostat kod nas u konake da prespavaš dvije tri noći, jer se nadamo da će prekosjutra ili prektan kod nas u crkvu doj vladika pa će on odlučit što će učinjet s đetetom.'

Prađed pristade, oni prespavaše dve noći a treći dan dođe vladika Teodosije. Pop Gavrilo mu sve ispriča a vladika reče da uzmu to dete u crkvu, da ga opismene i da iz njega isteraju zle duhove. To saopštiše mom prađedu a on, nemajući kud, ostavi svoje dete i vrati se sam kod kuće. Otac Dimitrije ga sačeka pred vratima.

'Sine, šta učini s đetetom?'

'Tajo, ti znaš da je naše dijete opsjednuto nečistijem duhom pa ga ja ostavik u crkvu, po volji vladike Teodosija da mu u narednoj godini čitaju molitve da bi se njegovo tijelo očistlo od grijeha. Uz to će, tajo, naučit da čita i piše.'

'Sine, sine. Još ti ne mogu reć jesi li ili nijesi pogriješio.'

Te je noći moga đeda đedo opet pozivao prethodnog Izabranika i od njega zahtevao da mu objasni novonastalu situaciju. Dobio je odgovor da se ne meša, da pusti dete da provede u crkvi narednih godinu dana, da se opismeni a onda da nastavi sa njim da vežba do njegovog savršenstva. Tada se šukunđed Dimitrije primirio.

Od prijema u crkvu moj đedo je počeo živeti sasvim drugačiji život od onoga kojim je prethodno živeo. U crkvi je morao da radi sve poslove koje su zahtevali od njega. Morao je da čita i piše brojeve i slova i da se neprestano moli da iz njegovog tela izađu zli duhovi koji su se tu nastanili. Tako su prolazili dani. On se molio Bogu sve više se spajajući sa sferom duhovnog, učio i neprestano čuvao tajnu Izabranika koju će do kraja usavršiti sa svojim đedom kada izađe iz crkve. Tako prođe ta duga godina. Tačno nakon godinu dana, opet vladika pri kraju toga dana dođe u crkvu. Svi se skupili da ga dočekaju. Svi se sa njim pozdravljaju ljubeći ga u ruku a on kada dođe do moga đeda reče:

'Sine moj kako si?' 'Dobro Bogu hvala'– odgovori moj đedo.

'Eve je danas godina kako smo te primili ovđen, sjutra će doj tvoj otac da te uzme a ja sam doša da vidim šta se poradilo sa tobom i da te nad na Boga vrnem tvojijem roditeljima.'

Neopisiva radost se razli dušom moga đeda. Opet će kod svoje kuće sa svojim roditeljima, sa svojom braćom i sestrama. Suze radosnice mu krenuše niz lice.

'Nemoj plakat sinko. Sve je to Božja volja i Božja promisao. Javljali su mi da ti je duh Božji pomaga i da si neopisivo brzo savlada čitanje, pisanje, sabiranje i oduzimanje' – govoraše mu stari vladika. 'No sine, da viđu koliko smo uspjeli u svom naumu, da istjeramo zle duhove iz tvojega tijela.'

A moj đedo, dete ko svako dete. Nije zapravo ni znao zbog čega su ga ostavili u crkvi. Svom dušom se molio da iz njegovog tela izađu zli duhovi a nije u potpunosti ni znao šta je to. I sada, obradovan pred polazak kući reče vladiki da se svakodnevno molio i da u njegovom telu nema više zlih duhova. Neki unutrašnji osećaj mu je govorio da ti nepoznati zli duhovi mogu pokvariti njegov odlazak kući. A onda ga je vladika upitao.

'Možeš li nam reć da li ti vidiš da će se uskoro desiti neke promjene ođe kod nas i da li osjećaš šta bilo ko od prisutnijeh misli?'

Moj se đedo obradova i tog trenutka pomisli: konačno njemu mogu da kažem sve ono što vidim i osećam jer mi drugi to nisu dozvoljavali. I moj đedo poče da govori:

'Vidim presvetli vladiko da će uskoro ovi Turski nasilnici izgubit svu vlast na ovim prostorima. Mi ćemo izgubit Skadar i dosta naše zemlje a onda će doći dani kada će se mnogo ratovati. Ginuće se na svaki korak i mnogi će nevini stradati'. Pričao je moj dedo i na trenutak pogledao vladiku, mati igumaniju, sveštenike, sestre monahinje i na svim licima primetio izraz zaprepaštenja. 'Opsednut je demonskim silama! ' – viknu vladika i poče da se krsti. Za njim se svi ostali počeše krstiti. 'Ne krsti se demonska silo jer nas nećeš zavarati! ' – opet viknu vladika na mog deda kada je, videvši da se svi krste i on počeo da se krsti. A moj ded, videvši da su se svi usmerili protiv njega, htede da ih ubedi pa reče:

'Presvetli vladiko, kunem se Bogom da sam rekao ono što sam video.'

'Ućuti sotono! – viknu opet vladika i sa rukama poče pokazivati ko će šta raditi. Popovi i svi ostali se rastrčaše i počeše izvršavati naređenja. Počeše da zveče zvona. Pale se sveće, a popovi sa kandilima počeše osvetljavati prostor gde je on stajao. Dva sveštenika izneše neku spravu stavivši je na sred dvorišta. Zvuk zvona u tihoj noći nagoveštavaše teške trenutke koji se spremaše za moga deda. Nekoliko popova priđe nejakom detetu, uhvatiše ga za ruke i staviše u tu spravu.

'Presvijetli vladiko, ovo je sprava za mučenje odraslijeh osoba tako da se i njegova glava i ruke iz nje veoma lako mogu izvuj' –objašnjavaše jedan pop vladiki.

'Ruke i glavu mu vežite okovima te ik provucite kroz otvore da bik ja moga da ga kaznim i konačno iz njegovoga tijela istjeram sve moguće demonske sile' – govoraše vladika opet se krsteći. Oni brzo uradiše kako im je naređeno i mog deda okovanog i golih leđa pričvrstiše za tu spravu. Poče molitva a zvona prestaše da zvone. Vladika je prvi počinjao a onda su svi ostali u horu pevali za njim. Na kraju se sve umiri. Vladika priđe mom dedu. Uze leskov štap debljine palca a dužine osamdesetak centimetara od jednog popa i poče da se moli.

'Gospode Bože naš, oprosti slugi tvojem sva sagrešenja koja svjesno i nesvjesno učini, i pomozi Gospode da iz njegovoga tijela, zahvaljujući tvojoj sili, istjeramo sve nečiste sile.'

Pričao mi je dedo da je on tada zapao u neku ravnodušnost. Osećao je strah nadolazećeg trenutka ali nije znao da je odredi a nije mogao videti šta se dešava iza njega. Od uzbuđenja mu se ništa nije otvaralo od njegove vidovitosti. Mislio je da je tako najispravnije i prepustio se tom trenutku. A onda leskov prut fijuknu kroz vazduh i spusti se na njegova leđa. Moj ded vrisnu. Odmah mu pade na pamet da izvrši komandu svesti koju je vežbao sa svojim dedom i da zaustavi ovo mučenje. Pokuša, ali ga opet stiže još jači udarac našta on još silnije vrisnu. A onda mu do svesti dopreše reči njegovog deda: „Ako se nekada desi da ne moš izvršiti komandu svijesti osobi koja ti zadaje bol, ti tada izvrši komandu svojoj svijesti i ona će ti eliminisati bol ma kako jak bio'.

Moj đedo izvrši novu komandu, ali ovoga puta samom sebi. U trenutku prestade bol i iz njegovih usta više ne izlete ni jedan jauk. Vladika je udarao i udarao a onda prestao i naredio da se svi povuku. Mog đeda su ostavili tako da prenoći pokrivši ga samo sa nekom dekom. Sabravši se od dobijenih batina, prvo požele da izvrši komandu svesti i natera vladiku da ga oslobodi i da ga pusti da spava unutra, a onda se seti da će mu sutra doći otac, pa je odlučio da tako provede noć, da pokaže svom ocu gde ga je i u kakve ruke ostavio. Ne zna tačno kada je zaspao, jer kada je popustio komandu svesti, onda je počeo da oseća sve veći i veći bol od dobijenih batina. Samo je kučence pet šest puta u toku noći došlo, liznulo ga nekoliko puta na taj način mu pokazavši da ovde ima jednog pravog prijatelja. Odlučio je da će je uzeti sa sobom kada pođe kući. Tada mu je bilo sve jasno. Shvatio je da su te demonske sile u njegovom telu o kojima je govorio vladika, zapravo njegove moći koje su mu svakog trenutka sve više nadolazile. Činilo mu se da je u toj jednoj noći sto puta ojačao.

Svanuo je novi dan i u manastiru sve poče da se budi. Poče jutarnja služba... Svi se u crkvi mole samo je moj đedo u okovima. Završi i jutarnja molitva i svi pođoše da doručkuju. Baš su završavali doručak kada se začu zvekir na kapiji manastira. Znao je moj đedo da to njegov otac dolazi. Svi iz crkve izašli i stoje oko mog đeda. Čeka se dolazak vladike. Đedov otac stoji kao da se skamenio. Gleda u đeda, gleda u njih a ni reč ne progovara. Izlazi vladika i polako ide ka mom đedu. Kada se skroz približio, obrati se mom pradedu: 'Brate Mitre, moram ti reć da je tvoje dijete opsjednuto demonskijem silama. Mi smo ga prijen godinu dana primili u naš manastir da bi postom i molitvama doša do pročišćenja, ali je sve to bilo uzalud. Pred svijem osobljem manastira on je hulio na Boga i reka take riječi i taka viđenja koja su dostupna samo Božjim prorocima. Kada sam pokuša da ga zaustavim, on se jopet kleo u Božije ime i jopet je hulio na Boga. Kao vladika ovoga okruga i ovoga manastira ja sam preduzeo mjere i počeo da čistim njegovo tijelo sa prutom koji je Bog iz raja posla da bi moga preobratit grešnike i neposlušne. I brate Mitre ja ti moram reć da moram ponovit čišćenje koje sam sinoj primijenio, jer se desilo da je njegovo tijelo par puta prihvatilo čišćenje, jer je par puta jauknuo a ondak su ga te demonske sile zaštitile i ni jedanput više nije jauknuo iako sam ga udara pedeset puta, a za odrasloga čoeka je dozvoljeno četeres udaraca.'

'Da li je moguće da oni ništa ne shvataju, da li je moguće da ovaj monstrum namerava opet da me tuče? Da li će moj otac stati u moju odbranu?' Pričao mi je đedo da su mu tog trenutka padale razne pomisli na pamet. Pradeđ je samo stajao a niz lice su mu tekle suze. Ni on ni iko drugi od običnog sveta nije smeo da se suprotstave Vladiki. Tada je ogroman bes provrio u mom đedu: učiniće ono što ga je njegov đedo naučio! Svi će čuti glas koji niko ne progovara. Ni njegov otac Mitar nije znao za te njegove sposobnosti nego je mislio da on poseduje samo vidovitost.

'Vladiko Teodosije ' – začu se glas kao da šapuće neki starac, vadiko Teodosije, opet odjeknu isti glas našta se svi počeše krstiti a vladiki ispade prut iz ruku. Kad to vide, mom dedu sinu jedna ideja i reši da se osveti za pretrpljeni bol. Za to što ste mučili mog Izabranika svi ćete sada biti kažnjeni. Trebalo bi da kaznim i tebe Mitre, jer je tvoja sveta dužnost da štitiš svoje dijete po cijenu sopstvenog života, ali ti opraštam jer se nijesi moga oduprijeti odluci Božijeg sluge, a mog vladike Teodosija. U poslednjem trenutku se moj dedo predomisli da ne kazni i svoga oca. A onda, na zaprepašćenje svih prisutnih, prut se sam diže i nekoliko puta udari prvo vladiku a onda i sve ostale. Na kraju, moj dedo izvrši komandu svesti da ga puste i naredi svima da niko o ovome ne sme nikome progovoriti ni reči jer će ga nemilost Božija snaći. Oslobodiše moga deda iz okova. On ode i pokupi svoje stvari. On i otac krenuše a dedo usmeri svoju svest ka kučencetu i ono krenu za njima. Niko ni reč da progovori, samo se usne nemo pomeraju a ruke sa tri prsta neprestano prave krst na grudima. I tako moj dedo posle godinu dana izađe iz manastira. Mnogo je stvari tu naučio. Prvo: da čita, piše i računa. Drugo: da iskreno veruje u Božiju silu koja je nebrojeno puta jača od sile koju on poseduje. Znao je da je Izabranik i da ima čudne moći, ali je tek ovoga puta isprobao to da uradi. Uspeo je. Verovao je da će uspeti i uspeo je. Došao je do saznanja kome ga je dedo učio: kada mu neko nanosi bol, tada on njemu ne može izvršiti komandu svesti. Ili će morati da deluje pre nego što neko njega počne da muči, ili će nastaviti sa započetom vežbom i dovesti telo do savršenstva. Moraće o tome da porazgovara sa svojim dedom. Ili će morati da istrpi bol pa tek onda da deluje. Bolja je prva varijanta, pomislio je i nasmešio se.

On i njegov otac su išli peške. Konja je držao za povodac a kučence je trčkaralo oko njih kao da je sto godina sa njima živelo. Njegov bi se tajo malo malo pa prekrstio. U trenutku je pomislio da mu otkrije tajnu, pa se setio dedovih reči da sve to što mu je povereno, po cenu sopstvenog i života cele porodice ne sme reći nikome, osim Izabraniku koji će mu se vremenom uz Božju volju i predskazanje prethodnog Izabranika prikazati. I tako, uz malo priče, konačno stigoše do kuće. Svi potrčaše da ih zagrle. E tada moj dedo oseti svu bol od ožiljaka. Kada su ga pitali od čega mu je to, on je rekao da se spotakao niz jedno brdo, da je upao u kupinjar i da je tako zaradio te rane. Prababa Kosana mu je prvo sa mlakom vodom oprala rane a onda ih namazala nekim melemom. Rane zaceliše a život nastavi da teče kao što je i ranije bio. Svakodnevno sa njegovim dedom Dimitrijem nekud odlazaše i vraćahu se kasno uveče. Dedo je koristio svaki trenutak da prenese tajne koje su sačuvane čitavih hiljadu godina svom unuku i da ih on u potpunosti zapamti. Uvek mu je na kraju svih priča ponavljao da će doći vreme kada će i on tu tajnu podeliti drugome Izabraniku, da će on biti iz drugog plemena, a ipak njegov bližnji rod. Kada se uverio da je dete sve zapamtilo i da može da primeni sve moći tih tajni, onda je on, uz milost Božiju napustio ovaj svet, srećan i zadovoljan što je tajna prešla kod drugog Izabranika. Sahrana je bila ogromna.

'Slava mu i milost što je mojem ocu da i u njegovoj dubokoj starosti da bude priseban i pametan. Draga braćo, sestre, rođaci, kumovi, komšije i prijatelji svima bih poželjeo da doživite njegovijeh sto tri godine i da izgledate u toj starosti kao što je on izgleda.' Sa tim rečima se moj praded Mitar oprostio od svog oca Dimitrija. Ni u poslednjim danima svog života njegov otac mu ne otkri najsvetiju tajnu koju je nasledio.

<h1 style="text-align:center">6.</h1>

A moj đedo, iako još mali, beše svestan svih reči koje mu je njegov đedo ispričao i svestan tereta odgovornosti koji je sada pao na njegova pleća. Mnogo puta

je, dok bi sam čuvao ovce, ispitivao te moći. Zagledao bi se u Garindžu ili u Bubicu, njihove verne pse, i ne progovorivši ni jednu reč izdao naređenje njegovoj ili njenoj svesti da odu da vrate ovce. Psi bi ga odmah poslušali. Onda je, uvek u samoći, da ga niko ne bi video i da o tome ne bi drugima pričao, počeo da naređuje ovnu predvodniku. Pa ovci. Pa drugom ovnu. Uvek je uspevao da prenese komandu svesti. Jednom je probao da natera magarca jednog komšije da njače. Njemu je bilo interesantno a magarac je njakao dok se komšija dobro naljutio i uzeo motku da ga istuče. On je brzo preneo komandu svesti na razbesnelog komšiju koji je u trenutku stao. I magarac je prestao da njače jer je u njegovoj svesti prestala komanda. Moj đedo je to u momentu primetio. Kada vrši komandu jednoj svesti, tada prestaje komandu koju je prethodno vršio. Moraće to da vežba i postiže veće i bolje rezultate.

Moj đedo je često pričao svome ocu kako vidi da će mnogi iz njihovog i iz drugih sela izginuti jer se sprema nešto još gore od turske okupacije. Jednoga dana je rekao taju da ponesu pušku i sekiru i da zajedno odu do Mačkove stene. Kada su stigli, đedo mu reče da naprave čeku i da neprestano posmatra stene sa leve strane.

'Tajo, tu će se pojavit vuk, ti ćeš ga ubit, a onda ću ti ja pokazati nešto što niko od našijeh seljana ne zna.'

Nije prošlo pola sata, kada se na dvadesetak metara od moga đeda pojavi ogroman vuk. Precizan metak pogodi svoj cilj. Vuk pade kao pokošen. Onda mu je moj đedo pokazao dobro skriveni ulaz u pećinu u kojoj su se nalazile kosti životinja koje je ovaj vuk pojeo.

'Tajo, o ovome ne smijemo nikome ni riječ kazat jer će doj vrijeme kad će ni ova pećina živote spašavat. Prvo je tajo moramo dobro očistit. Viđi tajo' – pokazivao je usmeravajući baklju – 'moram ti pokazat onođe na kraj đe voda izvire. Nije mnogo ali se od te vode mogu održavat u životu trides –četres ljuđi. A znaš li još što je ođen dobro, tajo?'

'Što sine?' pita ga prađed.

'Kada se ođen upali vatra, postoje mali propusti kroz stijene koji dim vode na sasvim drugu stranu brda. Ajmo da je prvo očistimo pa ćemo poslijen donijeti granja te ćemo zapalit vatru i ti ćeš viđet ovo što sam ti reka.'

'To ćemo drugi dan. No ti sine idi te dovedi konja a ja ću načinjet nosila od granja, te ćemo tako odnijet vuka kod kuće.'

Tako i uradiše a onda moj prađed poče dozivati komšije da dođu i vide šta je ulovio. Tada beše običaj kada se ubije vuk da svako donese po neki poklon. A kada se svi razišli, moj đedo upita svog oca: 'Tajo, zašto im nijesi reka da sam ti ja pomoga da ubiješ ovoga vuka?'

'E moj sine – poče prađed dok mu se oči puniše suzama – da samo znaš šta se sve o tebi priča i kako te sve nazivaju ljudi iz našega sela, i u kakvoj sam ja poziciji đe god se pojavim, ti bi sine mene razumijo što te nijesam spominja.'

'Nemo plakat tajo, ka Boga te molim. Znaš li da mi se zbog tvojijeh suza srce cijepa?'– pokušavaše moj đedo da ga umiri.

'A misliš li sine da se meni srce ne cijepa kad čujem što sve ljuđi o tebi pričaju.'

'Ko priča tajo? Reči mi ko priča i što priča?'

'A neka sine. Neću i tebe nervirat. Pušći mene da nosim svoje breme.'

'Tajo, moraš mi reć. Ako mi ne rečeš, kunem ti se da to mogu saznat i na drugi način. A ako krenem tako saznavat, ondak ću se tome čoeku osvijetit.'

Tako je progovorio moj sedmogodišnji đedo a moga prađeda je oblila neka hladna jeza. Prvi put se upitao kakvu je to silu osetio kod svog deteta. Imao je osećaj, iako je dosta stariji i pun snage, da ovo dete nikako ne bi mogao pobediti. To ga je malo uplašilo. Ne što se plašio sopstvenog deteta i borbe sa njim, nego što se pribojavao nekog njegovog pokušaja da se osveti nekom od seljaka koji su o njemu ispredali bajke.

Počeo je da mu priča: 'Viđi sine. Dvije me muke muče i ja ću ti ik obije ispričat. Prije nekoliko dana kada sam oćera našega vola Galonju u Plav da bi ga proda i da bi od tijek para platijo poreze i pokupova sve ostale potrpštine za kuću, sreo sam se sa dućandžijom Gojkom. Svake godine je njegova stoka proglašavana ka najbolja u regijonu. I on je doveo vola da bi ga proda. Sve živo se pokupilo oko njega. Gledaju vola i cjenkaju se. A ondak stigosmo ja i Galonja. Toga mu je trena kadija Idriz nudija cijenu, ali neko viknu: – 'Eve još boljega vola no što je njegov!' I narod se poče oko mene okupljat. Sada pružaju ruke i cjenkaju se sa mnom. Dođe i Kadija. Prvo se rukova pa me pita za cijelu porodicu, a ondak mi reče: 'Tako ti Boga

Mitre, oli mi reć, sa čime si ti hranijo ovoga vola te je ovako lijep?'

'Presvetli Kadijo, samo sa travama, jer mi nijesmo porodica kojoj ostaje da bi mu moga davat splačine.'

'A reči ti meni Mitre, bi li ga proda za dva dukata i petnaes akči? Toliko sam htijo platit i za Gojkova vola. Ti znaš da se na ovome bazaru nikad do sada nije vo proda za te pare.'

'Pa presvetli Kadijo, ako je za tebe, ondak ću ti ga prodat po toj cijeni.' Tada se, sine, umiješa Gojko.

`Presvetli Kadijo, prije no što zaključiš pogodbu ja ću ti kazat par riječi pa ti odluči oli kupit toga vola ili nej.' 'Kaži Gojko. Ja ću te čut ali ne znači da ću te poslušat.'

'Presvetli Kadijo, narod priča, a đe ima dima ima i vatre. Vele da je njegovo dijete opsjednuto'

'Nu, nu Gojko što reče? ' – upita ga kadija.

'Jeste presvetli Kadijo, svi o tome pričaju. '

'Prvo mi Gojko reči kakve to veze ima sa volom a ondak mi ispričaj i o ovome te si počeo.'

'Pa viđi presvetli Kadijo,' poče da mu objašnjava Gojko a masa svijeta sluša a ni riječ ne progovara. 'Svi ste čuli kako je malo prijen reka da nije imućan i da je vola hranijo samo sa travom i sijenom, pa kako je moguće da je njegov vo bolje uhranjen no moj a svi znaju da ja mojemu jutrom i večerom dajem zobi. Reči mi presvjetli Kadijo kako se njik dva mogu mjerit.' Tad narod poče gunđat a Gojko nastavi: 'To mu je presvjetli Kadijo njegov sin – poče upirat prstom u mene – koji je opsjednut, nešto učinija i zato je on tako napredova.' Tada su svi počeli glasnije komentarisat a Gojko jopet nastavi: 'Zamisli presvijetli Kadijo, pečila ga je najotrovnija guja a on je i to preživijo.'

'Tada su se prisutni pravoslavci počeli krstiti a Turci i muslimani počeli klanjati. Oni bliži meni se izmicahu odgurkujući me, dok su od nekolicine iz daljine doletjele kamenice u našem pravcu. Tog trenutka Kadija podiže ruku i svi se umiriše.

'Sluša Mitre, prvo da kažem da sam reka da ću tvojega vola kupit za dva dukata i petnaest akča, i kupiću ga za te pare, ali ti neću isplatit sada, no ću se uvjerit da li u tvojem volu obitavaju zle sile. Ako ik bude, ondak ćemo tvojega vola zaklat i svi ga zajedno ovđen pojesti.'

Narod ućuta, niko reč da progovori

'Presvetli Kadijo, kako ćete vi saznati da li su kod njega zli dusi? ' – upita ga neko iz mase a Kadija svima odgovori: 'Ako za ovijeh deset dana vo bude udara moje sluge, ondak je opsjednut. Tada ćemo se ovđen svi naći za dvije neđelje i ondak će se Mitrov i Gojkov vo nadmetati u nekoliko disciplina, te ću onoga vola koji pobijedi kupiti a gubitnika ćemo zaklati, ispeći i zajedno pojesti. Jel pristajete vas dvojica na ovu pogodbu?'

'Gojko je odma prista jer je njegov vo krupniji no naš, a ja nijesam ima kud no sam i ja prista. I tako mi Kadija uze vola i na kraju mi reče:'Mitre, nemo zaboravit no obavezno dovedi i to dijete da vidimo da li je istina sve to što narod priča.'

'Kada sam video da će mi tebe uzet, ondak sam počeo molit kadiju da uzme vola a da mi tebe ne dira, ali je on reka da odluku neće mijenjat. Sada sine živ nijesam što će se i kako desiti. Uzeće ni vola i zaklat a mi nećemo dobit ni akča a uz sve to i tebe će sine proglasit opsjednutim. Ete ti muke za cijelu porodicu. Mislim se sine da sve ovo ođe ostavimo i da neđe porodično pobjegnemo.'

'E nećemo, tajo, niđe bježat no ćemo mi zajedno tamo otić' – osmehnu se moj đedo na nešto što se rodilo u njegovoj svesti.'Tamo će naš Galonja pobijedit, mi ćemo dobit i dukate i akče, a ti ćeš uzet sve što imaš para u kući pa ćeš se tamo kladit i na taj način jopet zaradit još mnogo više. Posljen ćeš viđet što će bit sa Gojkom i njegovijem volom.'

'Dobro sine. poslušaću te. Od ovoga zavisi opstanak naše kuće. Ako izgubimo, i tako i tako od nas ništa ostat neće, a ako pobijedimo ondak ćemo obezbijedit porodicu za cijelu godinu. A i to je manje važno koliko je važno da mi tebe više niko ne uznemirava.'

'Ne boj se tajo. Samo se strpi ovijek par dana i viđećeš svojijem očima.'

Tako prođe i tih par dana."

Tada su došli neki ljudi da ih izmasira i Miki prekide priču, a mi pođosmo do seoske kafane „Kod Jolića", koja se nalazi nedaleko od Mikijeve kuće. U njoj smo jeli najbolji i najjeftiniji roštilj na svetu. Jeli smo, sačekali da se završe masaže pa onda došli. Miki nas obavesti da će sutra imati baš malo vremena za razgovor sa nama jer su mu se najavili mnogi ljudi za masažu.

Pošao je da se posle napornog dana i on odmori, a mi smo odmah pregledali snimke da bismo još jednom preslušali sve što smo pričali. Zatim smo svi zaspali kao mala deca. Sutradan ujutru se svi saglasismo da njegove ruke, očigledno, imaju čarobnu moć. Ali mi nismo došli da se uverimo u moć iscjeljenja njegovih ruku, nego da otkrijemo tajnu razvijanja mozga. Na dobrom smo putu da nam to pođe za rukom.

Počeše ljudi da pristižu, a mi napustismo prostoriju prethodno je sredivši i provetrivši. Krenusmo u obilazak Kraljeva i okoline – Manastir Žiča, Krstovgrad u Progorelici, Mataruška Banja, Vrnjačka Banja, Goč, Kopaonik – mesta neverovatne lepote, koje samo priroda može da stvori. Kada smo u kasnim popodnevnim časovima došli kući, Miki je i dalje radio. Sačekali smo malo pred kućom a onda smo, kada su svi pacijenti otišli, sa Mikijem započeli razgovor.

„Prvo da pitamo jesi li se umorio?" – započe Marko.

„Mogu da kažem i jesam i nisam."

„Ja ću vas ispoštovati i ispričaću sve što smo se dogovorili, pa se nadam da ćete i vi ispoštovati mene."

„Danas je bilo poprilično ludi na masaži, pa mislim, posle ovolikog rada da te bole ruke i da se osećaš iscrpljeno" –nastavljao je Marko sa pitanjima.

„Naprotiv. Svaki bioenergetičar, ako je pravi, uživa u svom radu. Nama je dato da energiju iz prirode, jer samo je to čista i prava energija koja se pravilno kreće, usmeravamo prema blokadama u ljudskom telu, koje su se zbog raznih nepravilnosti u ishrani, piću ili bilo čemu drugom delimično ili potpuno stvorile. I dok to radimo, ta čista prirodna energija, usmerena na pacijenta, prolazi i kroz naš organizam, tako da, ma koliko radili, na kraju naš organizam ne oseća nikakvu iscrpljenost. Dešava mi se da se posle svih masaža, na kraju napornog dana, moje telo oseća kao da ništa nisam radio. Zamislite jednu baru. Da li ona može da bude mutna ako se u nju non–stop uliva čista voda?"

„Čuli smo da bioenergetičari rukama skupljaju negativnu energiju sa bolesnih pacijenata, pa im ta negativna energija može izazvati zdravstvene probleme"– primeti Tanja.

„Istina je.. Za naše prste se, dok razbijamo blokade, po malo, ali sve vreme, lepi ta negativna energija koja je skupljena u tim blokadama. Na kraju svakog posla, svi mi bioenergetičari moramo držati ruke pod mlazom vode ali ih ne trljamo, da bi se na taj način oslobodili negativne energije koju smo tokom rada pokupili sa pacijenata. Ko ovo pravilo ne zna, taj ne treba ni da radi sa bioenergijom."

Sada nam je bilo mnogo jasnije kako funkcionišu ovi čudni ljudi koji imaju taj dar prirode a o kojima se ispredaju razne legende. Ima tu priča koje su istinite, a ima i onih koje su izmišljene i koje se preuveličavaju. Bioenergija kao bioenergija je poznata svuda u svetu, ali naš cilj je nešto sasvim drugo.

„Da li će sutra biti više termina za naš razgovor?" – upita ga Tanja.

„Slušajte, ujutru će moja žena napraviti kačamak, donećemo i kiselo mleko, pa ćemo zajedno da doručkujemo, a ja ću nastaviti priču jer do popodne nemam zakazanih masaža."

On se povukao da meditira, jer to obavezno čini, ma koliko posla imao i kada god ga završio, a mi smo ostali da pregledamo snimke njegovog rada. Masaže kao masaže. Izgleda ništa posebno. Ali kada na kraju vidimo da ljudi koji su jedva došli ili oni koje su donosili da bi stigli do njega, posle tretmana sami hodaju, onda i skeptici poput nas polako dobijaju sasvim drugačiju sliku o njegovim moćima i o sposobnostima da isceljuje ljude. Jedan pacijent, drugi, treći, peti … Svi dolaze po nekom ustaljenom redu. Miki bez prestanka masira po nekoliko sati. Dok bi mnoge od nas ruke zabolele od neprestanog rada, on je rekao da se na kraju dana oseća kao da ništa nije radio.

„Kako bismo voleli da i mi to možemo" – reče Tanja a mi se nasmejasmo.

A onda se pojavi snimak čoveka koji je imao moždani udar, kojeg je Miki mnogo drugačije tretirao nego prethodne pacijente. Stavljao mu je ruke na glavu naprežući se, tako da smo imali osećaj da će mu svakog trenutka popucati vene koje su se ocrtale na čelu. Muči se da natera ovog pacijenta da progovori neku reč. On, doduše, izgovara „ Pa ne pa še " i još po koju polurazumljivu reč ali ne može ništa jasno da objasni.

„Sutra moramo nekako da navedemo temu na ovu ovu masažu da bi nam Miki objasnio da li je moguće da se ovom čoveku može pomoći – reče Zoran.

„Ja mislim da je on pristao da nam ispriča sve i sada ide po redu, a mi ćemo biti strpljivi i čekati da ta famozna tema dođe na red" – odgovori Marko.

Ponovo pažljivo pogledasmo snimak i posebnu pažnju obratismo na Mikijeva objašnjenja upućena pacijentu: „Dragane, mnogo si kasno došao kod mene. U postojećem stanju, sve ono što bih uspeo u početku tvoje bolesti da postignem za par dana ili nedelja, sada mi je potrebna godina i više da bih te naterao da počneš da pričaš. Uglavnom smo uspeli da pokrenemo tvoju nogu i ruku tako da sada možeš da se krećeš."

Taj nama nepoznati čovek je samo klimao glavom i izgovarao:"Pa ne pa še…"

Tog trenutka je Marku zazvonio telefon.

„Da direktore" – javi se Marko."Pa dobro smo. Jeste, da, da. Evo da objasnim u par rečenica. Vidite direktore, počeli smo sa njim da pričamo i on je pristao da nam ispriča celu priču o njegovom dedi. Dotakao je i tu temu, ali je odlučio da nam ispriča sve po redu. Postavili smo kamere i bubice tako da snimamo svaki njegov potez. On nam je rekao da će nam sve ispričati ali ga neprestano prekidaju pacijenti koji dolaze kod njega na masaže. Početak njegove priče je veoma interesantan jer opisuje detinjstvo, rani uzrast i učenje njegovog dede da postane Izabranik. Malo je duža priča o tome, ali je neopisivo interesantna. Sutra će imati mnogo više vremena tako da ćemo čuti mnogo više od njega. Dobro, dobro. Hoćemo direktore." Prekinuo je vezu a onda se obratio nama: „Društvo, direktor nam je dao odrešene ruke, poželeo da istrajemo i čujemo najinteresantniju priču do sada."

Ujutru je stigao kačamak pripreman na crnogorski način. Što bi rekli stari – prste da pojedeš koliko je ukusno! Doručkovasmo a onda, dok Mikijeva supruga i Tanja počistiše sto i opraše sudove, Miki nastavi priču tamo gde je stao:

„Osvanu jutro ko i svako drugo. Moj đed i praděd poranili i pravac za Plav. 'Ovo je dan,' mislio je moj praděd, 'kada će moja porodica ili opstati ili propasti.'

'Tajo, nemo mislit da ćemo propasti. Viđećeš tajo koliko ćeš para donijet doma!'

'Sine, mene više brinu kadija Idriz i ljubomorni Gojko no naš Galonja i sve pare ovoga svijeta.'

'Tajo, jopet ti velim, viđećeš kako će se Gojko obrukat da mu više nikad neće padnut na um da bilo koga potcenjuje. A Kadija će danas bit s naše strane a već nakon nekoliko dana, šta goj da pokuša, neće mu poj za rukom da ostvari.'

'A šta misliš sine ako kadija zahtijeva od mene da te odvede u Tursku da služiš sultanu. Mnogo đece su tamo odveli i od njih načinili janičare.'

'Danas će se tajo izdešavati mnogo stvari pa će Kadija bit zanešen time. Pokušaće jedan čoek koji će bit zajedno saš njime to da mu predloži ali ću ga ja u tome spriječit.'

I tako njih dvojica, na njihovom vernom konju Putka stigoše u Plav. Sila sveta se pokupila jer se od usta do usta pročulo da će biti borba bikova u deset sati, a odmah nakon borbe će se zaklati bik koji izgubi. Kada stigoše moj đed i prađed svi ućutaše. Kadija i neki Paša sede na podijumu od dasaka koji je za taj dan spremljen za njih. Prađed veza konja pa oboica priđoše i pokloniše se kadiji i paši.

'Presvetli Kadijo, evo ka što si reka doveo sam moje dijete da ga vidite – reče moj prađed. Kadija ustade sa stolice pa poče da obilazi oko mog đeda zagledajući ga sa svake strane.

A moj đedo, vižljavo i nejako detence od nepunih osam godina. Niko ne bi rekao da može podignuti nešto teže od kašike a ne da on poseduje neke moći. Tada se Kadija obrati Gojku:'I ti veliš da je ovo dijete moglo da opčini njihovoga vola da bi on moga bit onako napredan?'

'Da,presvetli Kadijo. Eve mnogijeh svjedoka koji će posvjedočit da niko u regijonu ne drži i ne hrani stoku bolje nego ja. Pa đe se presvijetli Kadijo može uporijedit vo koji se hrani samo sa travom sa volom kojeme se daju zob i splačine?'

Onda se Kadija okrenu ka mome đedu:'Da li je istina da te ljuta guja pečila i da li je istina ovo što ovi čoek priča o tebi?'

Moj đedo se opet pokloni pred Kadijom i poče pričat:'Presvetli Kadijo, danas je najsretniji dan za tvojega nejakog slugu koji je eve kleka pred tvojijem skutima i kojeg će saslušati i presvetli Kadija i presvetli paša i mnogi veziri i časni vojnici velike Turske imperije. Pa koje dijete može bit srećnije od mene?'

'Aferim dijete, aferim. Ovo si lijepo reka ali nijesi odgovorio na moje pitanje.'

'Presvetli Kadijo, istina je da me guja pečila prije više od godinu dana i da me samo milost Božija sačuvala u životu. Moj me je tajo, da bi se zahvalio Gospodu što me je sačuv, poveo u manastir đe sam proveo godinu dana služeći i moleći se za oproštaj grijeha, i zahvaljujući Bogu na njegovoj milosti. Tamo sam, presvetli Kadijo, naučio da čitam i pišem, da brojim i računam. Tamo sa, presvetli Pašo, slušaj mnoge priče. Najviše mi se sviđela priča o presvetlom kadiji Idrizu koji je, kada je služio u Mostaru, ne razmišljajući ni jednog trena skočio u bunar da bi spasijo dijete jedne pravoslavne sirotice.'

Neopisivo zadovoljstvo se ogledalo u Pašinim i Kadijinim očima.

'Dijete, obrati se on mome đedu, o ovome nikom nijesam priča, ali vidim dobri pop Nikifor, koji je bio prisutan, se potrudio da se to delo ne zaboravi.

Znači, i o tome se pričalo u manastiru.'

'Jeste, presvetli Kadijo.' Opet poče moj đedo da objašnjava, a narod ćuti, sluša i ni jednu riječ ne progovara. 'Pričalo se i o tvojoj velikoj pravednosti kada si izda naređenje da se kazne turski vojnici koji nisu dali pravoslavnim vernicima da se pričeste pred Vaskrs.'

'E slušajte ljuđi' – viknu Kadija – 'i sada i uvijek sam vika da se svačija vjera mora poštovati, a evo ovo dijete je svjedok moje pravičnosti i glasina koje se prenose o meni. Ko god tuđu veru ne poštuje imaće posla sa mnom.'

Tako je... živeo Kadija... aferim... Čuše se uzvici oduševljenja sa svih strana a onda Kadija podiže ruke i svi se umiriše. Okrenu se ka mom đedu i pita ga: 'Imaš li još sto da ispričaš dijete?'

'O pohvalama koje su upućene Vama presvjetli Kadijo, imalo bi se pričat još mnogo dana ali ću ja odgovorit i na drugo pitanje, to jest na optužbe koje su sa strane jednog bogataša usmjerene ka jednome siromašku. Istina je, naš vo se hranio samo travom, ali smo ga držali i voljeli ka člana porodice pa je zato on mnogo bolje napredova no Gojkov vo, iako su njemu davali splačine i zobi. Da li je obavezno, presvijetli Kadijo, da sve ono što je najbolje mora da posjeduje onaj što je bogataš? Ako ćemo tako, ti si presvetli Kadijo, stotinama puta bogatiji i od Gojka i od mnogijeh drugijeh bogataša, pa ni jednom nijesi krenuo da oduzmeš ni našeg ni njegovog vola no si nam pošteno ponudijo po dva dukata i petnajes akči, a svi znamo da po tako skupoj cijeni još niko dosad nije platijo jednoga vola. Eto presvijetli Kadijo, i u tome se vidi tvoja pravičnost i poštenje.'

Opet narod zagalami i opet kadija podiže ruku da ih smiri.

'Dijete, ja u tebi nijesam naša nikakvu grešku, i zbog tvoje pameti se ne bi postiđeo kod sultana da te pošaljem. Ali ovoga trnutka smo se pokupili da bi se vaši volovi nadmetali. Ja bih voleo da vaš vo pobijdi, ali po svemu sudeći Gojkov je i veći i jači.

'Narode, možete pristupiti kod Paše i možete se kladiti' – viknu Kadija, a svetina stade u red i počese padati opklade.

'Vidiš tajo,' šapnu mu moj đedo 'Kadija je na našoj strani, ali će na kraju Paša biti protiv nas. Aj ti sad tajo uloži sve sto imaš na našeg Galonju.' Pređed ode i za po ure se vrnu namrsten.

'E moj sine, svak se živi kladijo na Gojkovog vola, bez ja na našeg Galonju.'

'Odlično tajo, jos malo ćemo viđet jesam li bio u pravu il nijesa. A ja znam da jesam.'

Izvedoše volove. Oko Gojkovog vola se skupila masa ljudi i neprestano ga hvale, a oko Galonje moj đed i prađed.

'Tajo, zagrli Galonju oko vrata sa jedne strane a ja ću sa druge' – reče mu moj đedo. I taman oni zagrlili Galonju, kad Kadija viknu: 'Narode, došo je trenutak da vidimo čija majka crnu vunu prede. Prije nego što počne borba, moram da vas obavestim da su se svi kladili na Gojkovog vola osim Mitar na Galonju. Ako pobijedi Gojkov vo, dobicete po pet akči, a ako pobjedi Mitrov Galonja, onda će Mitar dobiti jadan dukat i 25 akči!' Masa naroda se nasmeja. Napravi se prostor i volovi krenuše jedan prema drugom. Moj đed gleda Gojkovoga vola i oči ne miče sa njega, a onda pruzi ruku i šapni da ga je samo tajo čuo: 'Ajde Galonja !' I zaista, naš Galonja poče napadati a Gojkov vo poče uzmicati, ovaj napada, ovaj uzmiče i na kraju poče bježat. Narod se poče smejati. Neki počese da viču i tada Kadija opet podiže ruku. Narod se smiri. A moj đed opet šapnu mojem prađedu: 'Tajo, viđi sada što će bit. Kadija smiri ljude i poče da proglasava pobednika. Tada se umesa Gojko sav rumen u licu: 'Presveti Kadijo, dok je trajala borba ja sam neprestano gleda u Gaca. Onoga trena kada je pružijo ruke ka njegovom volu, tog trena je njegov vo počeo da navaljuje kao lud i tada je moj vo počeo da bježi.'

'Ne budali Gojko, nego priznaj poraz, jer si dosta pravio komediju od sebe – reče mu Kadija i poče da se okreće ka masi, a onda, tog trena, kao da je grom udario, čuše se reči „Turski lopove". Sve zanemelo od straha, Kadija se polako okreće ne verujući svojim ušima, a Gojko se jednom rukom uhvatio za vrat a drugom za usta. Sretoše se dva pogleda. Jedan besan, a drugi unezveren od straha.

'Presvetli Kadijo, nisam… Nisam ništa rekao ' – poče da muca Gojko.

'Gojko, ti si najveći lazov koji postoji na ovi svijet. Stotinu ljudi te čulo kako me vrijeđaš i sada tu tvrdiš da ništa nijesi reka.'

'Sramota, sramota, treba ga ubiti! '– čuli su se sve češće povici iz mase. Kadija podiže ruku i reče prisutnima: 'Svestan sam toga da je Gojko danas izgubijo vola i da je zbog toga ljut, ali mu to ne daje pravo da bilo koga vrijeđa. Imam potpuno pravo da naredim njegovo pogubljenje, ali sam danas posebno raspoložen, a vidim da je došla masa naroda sa svijeh strana, pa će im jedan vo biti malo, tako da ćemo mu u zamjenu za njegov život uzeti još jednoga vola i zaklati ga, a za ovo što je mene uvijredio dobiće dvades batina po turu, ovđe na trgu, na ovoj bini koju je on sam napravijo.'

Narod poče oduševljeno da kliče. Svi se uskomešali. Narod se vrti kao bez glave. Kadija izdao naređenje da se zakolju volovi a Gojko zavezan čeka da se izvrši kazna nad njim. Moj đed i prađed dobili pare pa pošli da kupuju sve što im je za porodicu potrebno. Nikad do tad moj prađed nije imao toliko para. Đedo mu kaže da kupi jedan dušek.

'A što će nam sine? ' Trebaće nam tajo, viđećes da će nam trebat. I prađed kupi. Malo po malo, uz svu kupovinu, prođe vrijeme koje je preostalo do ručka. Narod kupi somune i čeka da mu se podeli po parče mesa. Ali prije ručka Kadija naredi da se nad Gojkom izvrši kazna. Kako ga je dželat koji put udario, tako je Gojko sve jače i jače vrišta, a raja se sve glasnije smejala. Poslijen toga se počelo dijeliti meso. Kada su oni dvoje došli na red, tada se Paša pokrenuo ka Kadiji. 'Presvetli Kadijo, hteo bih nešto da predložim.'

Moj đed se tog trena okreno i usmerio ruke ka Paši. Mnogi to nisu ni primetili, ali moj prađed jeste. A Paša se tog trena uhvati za glavu i poče da se savija. 'Što je Pašo? Jel ti došlo teško' – pridrža ga Kadija. 'Presvijetli Kadijo, toliko me zaboljela glava da mi se učinilo da će da pukne. Ojdoh samo malo da se odmorim.' Ode paša i ne reče Kadiji što je hteo.

Tada odoše moj đed i prađed.

Putuju tako oni i kada se malo izmakoše od naroda, moj prađed glasno izusti misao koja ga je mučila:

'Sine, meni se čini, ođe nijesu čista posla.'

'A što tajo?'

'Kada sam čuo oni glas u manastiru, mislio sam da je to Sveti duh progovorio. Nijesam se dugo moga smirit. Kleo sam sebe što te nijesam zaštitio od Vladike, a to mi je kao roditelju dužnost koja mi je od Boga data. A danas sam se dvaput uvjerio da kod tebe postoji naka sila, a ti ćeš mi sine sad ispričat što je to.'

'Tajo, ja ti nemam što ispričat bez...'

'Muči – prekde ga prađed. 'Viđeo sam svojim očima kada si pružio ruke ka Paši, njega je zaboljela glava i zamalo je padnuo. I jopet sam danas čuo oni glas kao ondak u manastiru. E pa sine, to već namože bit slučajno. I otkud si zna da će naš Galonja pobijedit Gojkovoga vola iako je on mnogo veći i jači?'

Moj đedo, priteran u ćošak, poče objašnjavati svome ocu onoliko koliko je mislio da može.

'Tajo, ti vjerovatno znaš da u našem plemenu od vajkada postoji *Izabranik* i znaš da Izabranik posjeduje odgovarajuće moći koje ne mogu posjedovati ostali ljudi. Eto tajo, to ti mogu reć i molim te nemoj me pitat ništa više jer ti ništa više preko toga ne mogu reć pa makar me ubijo. Pamti da ovo te sam tebi reka ni po cijenu života ne smiješ nikome kazat jer bi toga trena ja umrao. No slušaj, imamo dva ili tri dana da sve sredimo u onu pećinu jer će Paša podgovorit Kadiju da pošalje vojnike da me otmu i poćeraju za Tursku. Moram sve spremit a onda ćes ti otić kod rođaka Miljenka i reć ćeš mu da gljeda i muze našu stoku, a mi ćemo se vrnut za desetak dana.'

Tako su i uradili. Brižljivo su sve pripremili i treće jutro prađed ojde kod rođaka i sve reče kao što su se dogovorili. Dok ih je rođak ispraćao, moj đedo pusti vernog Garindžu, a Bubica krenu za njima. Posle stotinak metara, prađed ga upita što je pustio Garindžu.

'Tajo, ako ga ostavimo, Turci će ga pustit i krenuće za njim, a on će ih dovesti pravo do nas. Zato je bolje da bude sa nama.' Prađed se saglasi sa tom odlukom. Nastaviše da pešače. Mnogi iz sela ih pozdraviše, a oni svima objašnjavahu da idu kod rođaka na Kosovo i da neće biti tu najmanje deset dana. A onda kad zamakoše, skrivenim stazama se uputiše ka pećini.

Kad se popne petnaestak metara iznad pećine, sa te zaravni se odlično vidi dvorište i kuća u kojoj su živjeli.

Kada je odred turskih vojnika krenuo iz Plava, svi su znali da se nekome loše piše. Na čelu tog odreda je bio ozloglašeni Selim paša. O njegovim zlodelima se pričalo na sve strane. Sirotinja raja se sklanjala sa puta da se on ne bi naljutio i počeo nekoga da tuče. A kada počne da tuče, tada nije znao da se zaustavi. Kad odred stiže pred pradedovu kuću, Selim paša poče da doziva: 'Ooo Mitree! Otvori, šta si se zaključo u kući!' Lupa po vratima, ali mu niko ne otvara. On posla tri – četiri vojnika da se raspitaju po selu. Miljenko trči od svoje kuće da bi obavestio pašu da su mu ostavili i kuću i stoku na čuvanje a da su oni otišli kod rođaka na Kosovo i da će se vratiti za desetak ili više dana.

'Miljenko, mi smo po Kadijinoj zapovijesti došli da uzmemo njegovog sina i da ga pošaljemo da služi sultanu. Ali, pošto oni nijesu tu, a mi smo se dobro umorili, ti odma kolji jednog brava, donesi rakije i vina inače ćemo tvoje dijete uzeti.'

Uto se vratiše vojnici i oni potvrdiše Miljenkove reči. Oni posedaše i polegaše po livadi a Miljenko požurio kod kuće da donese rakiju i vino. Doneo piće i krenuo da zakolje ovn, a kad mu Selim paša doviknu: 'Miljenko, pusti tog ovna da zakolju moji vojnici a ti idi do kuće i dovedi mi tvoju ženu. Dok čekam da se ovan ispeče, hoću malo da se razonodim.'

Miljenko mu pade pred noge i poče da ga moli da mu ne bruka ženu i porodicu. On ga udari nogom u glavu i naredi da mu dovede ženu inače će ga nataknuti na kolac.

Razdaljina od Mačkove stene do naše kuće je više od kilometra vazdušne linije i nije bilo moguće da se bilo što čuje od razgovora koji je vođen između Miljenka i Selim paše, ali je tada moj đed, samo na njemu svojstven način, osjetio što se tamo zbiva i rekao sav besan: 'E nećeš Selime, da si jedan na svijet.' Tog trenutka je pružio ruku i malo pognuo glavu. Nije prošlo pola minuta, Miljenko je kao bez duše krenuo ka kući da dovede ženu, a tog trena je Selim paša vrisnuo kao da mu je neko zabo nož u stomak. Svi su odjednom stali u neverici, a Selim paša se poče previjati od bolova. Počeo ga je oblivati znoj. 'Brže, dajte konje, idemo, jer sam ja gotov' reče on vojnicima slabašnim glasom. Vojnici se brže – bolje pokupiše i krenuše svojim putem. Miljenko se prekrsti, vrati se, uze rakiju i vino i sav srećan ode kući.

Prođe i ta neprijatnost i život se nastavi kao da ništa nije ni bilo. Prođe i tih deset dana, a onda opet ista skupina turskih vojnika dođe pred našu kuću. Isto ih Miljenko dočeka i reče da moj prađed i njegova porodica još nijesu došli.

'Slusaj Miljenko, obrati mu se Selim paša – 'zamalo sam umro od bolova, kada sam bijo prošli put ovđen. Onog trena kada sam te udario, ka da se sav

tvoj bol prenijo na mene. Da ti Miljenko nijesi vestec? Sada bi naredijo moji-
jem vojnicima da te ubiju ali mi je hodža Ismet reka da mogu da te ubijem ali
bi ti noću dolazio i mučio me ka onaj dan, sve dok mi dušu ne bi uzeo. Zato
neću dirat ni tebe ni tvoju ženu, ali ti ćeš prenijeti Mitru da obavezno dođe i
dovede sina kod Kadije. Ako im to ne kažeš, i ako ne dođu, onda će telal obja-
viti ferman da si ti veštac. Posljen toga znaš šta te očekuje. Bilo kome u selu da
umre dijete odmak će tebe okriviti pa će narod počet da ti se svijeća. Prvo će
palit tvoju ljetinu a ondak će ti poubijati stoku. Na kraju će ubiti tvoju porodi-
cu pa će tebe živoga spaliti.'
    Oni odoše, a nedugo posle toga dođoše prađed i njegova porodica kući.
Miljenko dođe i sve potanko ispriča mome prađedu. Prađed mu tad objasni da
će oni ostati kod kuće i da će ubrzo otići do Plava da ispune Kadijinu zapoved.
I zaista su pošli posle nekoliko dana, ali su umesto kod Kadije otišli kod jednog
rođaka i kod njega se zadržali do predveče. U povratku su prošli pored Kadiji-
ne kuće. Podobro je pao mrak kada su tuda prolazili. Đed je opet sa nekih sto-
tinka metara pružio ruke ka Kadijinoj kući. Otud se čuo vrisak užasa. Oni su
nastavili put, a u Kadijinu kuću su nagrnuli paše, veziri i vojnici.
    Kadija se kleo da mu se u toku namaza pojavio Prorokov duh i da mu je na-
redijo da nikako ne dira Mitrovog sina.'Vjerujte mi da je Prorok reka da će nam
se brzo carstvo raspasti, tako da će mnogi od nas ostati ovđen. Paše i veziri, šta
činimo raji, to će nam raja i vratiti'. Posle ovih vesti svi odoše tužni i pokunjeni.
    Od tog dana i „Besni Selim" kako je narod zvao Selim pašu, ponašaše se
mnogo pristojnije. Ni mog đeda i pređeda više nisu dirali.

7.

Tako prođoše i tih nekoliko godina do početka Prvog svetskog rata. Propade

Turska imperija, ali se nad svetom nadvila druga muka i problem. Opet je pe-
ćina koju je moj đedo otkrio odigrala ključnu ulogu za očuvanje naše porodi-

ce. Prođe i taj rat. Dođe vreme obnove. Iscrpljenom narodu ne osta ništa dru-
go nego da se upregne u neprestane poslove i da na taj način zemlja opet sta-
ne na noge. Odmah posle rata, odluči prađed da oženi moga đeda. Tada je bio
običaj da se devojke udaju po preporuci. Tako su neki naši rođaci došli kod
moga prađeda dogovarajući se da isprose Maru, koja bijaše prva žena moga
đeda. Isprosiše je i oženiše moga đeda iako se on o tome ništa nije pitao. Ži-
veo je sa tom baba Marom deset godina, ali sa njom nije imao dece. Jednom
prilikom sam ga pitao zašto je sa njom živeo deset godina, iako je kao vido-
vit mogao da zna da sa njom neće imati dece. Đedo mi je odgovorio da je on
to osećao, ali se svim silama trudio da to potisne i da stvori osećaj komande
svesti da će dobiti dete. Zavoleo je, jer je bila lepa kao anđeo Božiji i svoje je
moći usmerio ka tome da ona zatrudni. Tada još moj đed nije pravio mele-
me za razne bolesti, još nije koristio sposobnost vidovitosti da bi s tim mo-
ćima sastavio trave koje će pomoći kod raznih oboljenja, nego je samo ko-
ristio moći usmerenja svesti. Sve je bilo uzalud. Baba Mara ne mogaše nika-
ko da ostane trudna. Videvši svoju manu, ona odluči da napusti moga đeda i
ode ostatak svog života da provede u manastiru. Žalio je moj đedo za njom.
Pokušao je da je odgovori od njenog nauma, ali ona beše nepokolebljiva u
svojoj odluci. Patio je dugo. U svom bolu, jednoga dana reče svom ocu: 'Tajo,
oženiću se još jedanput i dobiću svoju đecu, ali ću se tajo poslije rata posvi-
jetit i pronaći taki melem koji će pomoć mnogijem ženama koje ne mogu
imat đece.'
    'Koji rat sine Bog s'tobom? Samo što se rat završio. Još nijesmo dobro sta-

li na noge, a ti jopet pominješ rat. Nemo sine, kumim te Bogom da te ko čuje!'
'Tajo, ja sam ovo tebi reka a viđećeš da će ovi rat koji dolazi bit mnogo veći i razorniji no ovi što je bio. Proć će tajo još mnogo godina ali to nećemo moj da izbegnemo.'
Tako i bi. Đedo se oženi i dobi prvo ćerku Radmilu pa sina Miša i jos jednu ćerku Borku. Onda mu se dve i tri godine pre rata odmoriše roditelji. Prvo otac pa onda majka. Posle njhove smrti moj đedo prionu da obezbedi što više pećinu jer vikaše: 'Ona će nam biti važnija no kuća, jer će nam kuću zapaliti.' Krišom je tamo unosio drva, brašno, kukuruz, so, šećer i još mnogo potrepština koje će im biti neophodne u teškim danima koji dolaze. U pećini je bilo prostora za vise od dvesta, trista osoba, ali je bilo malo vode koja se slivala sa svoda i koja je bila dovoljna za tridesetak do četrdeset osoba. Potok nije bio daleko, pa je moj đed skupljao dosta flaša. Tada je počeo da ide od kuće do kuće i od svih je tražio da mu pozajme po pedeset do sto kilograma kukuruza, pšenice, ovsa pasulja, krompira, kupusa... Ljudi su mu davali šta je ko imao a on je sve to beležio u svesku i potajno ubacivao u pećinu. Uzimao je od ljudi suvo meso, čvarke, kobasice i sve ostalo što je moglo da se smesti u pećinu. A onda dođe naređenje da se svi muškarci stariji od osamnaest godina prijave u vojne centre, jer se Švabo sprema da nas napadne. Tada moj đed pozva sve stanovnike sela na zbor i reče da se spremaju teška vremena i da će mnogi izginuti. On se potrudio da od svih njih pozajmi sve što se moglo pozajmiti i da će im sada to sve što je pozajmio biti zalog za opstanak njihovih porodica. Ljudi će morati da ratuju ali će starci, žene i đeca moći da se sklone u tu pećinu koja je maltene tu u sred sela a za koju niko od njih ne zna. Prvo su pomislili da on priča neke gluposti, ali kad ih je poveo i pokazao im pećinu, svi su zanemeli.
'Ljudi, bilo bi dobro da pokoljemo stoku, da sve osušimo i da ostavimo svojim porodicama, jer ako ostavimo stoku, drugi će nam ih poklati.'
Tada se ljudi užurbaše i poklaše svoju stoku, a onda malo prosušiše meso i sve to složno doneše u pećinu. Tada su svi složno pošli da brane svoju domovinu. Drugi je rat, kao što je i rekao moj đedo, bio mnogo veći i razorniji nego Prvi. Ginulo se na sve strane. Nije bilo dana da nečija majka ne zakuka. Seljaci se organizovaše pa postaviše straže i pod budnim okom obrađivaše zemlju. Đe đe se održalo po nekoliko kokošaka koje su se raskvocale i svaka je vodila po deset i više pilića. Bilo je i nešto koza koje su u odsustvu ljudi prosto podivljale. S vremena na vreme, kada bi Arnauti preko Čakora krenuli da pljačkaju, naši bi seljaci brže – bolje pobegli u pećinu, vodeći računa da nikako ne odaju to svoje, života vredno sklonište.
Mukotrpno prolazaše godina za godinom. Sve kuće u selu zapališe, ili švabski vojnici ili razni lopovi i odmetnici, ali nikom ne pođe za rukom da otkrije pećinu. I tako se starci, žene i đeca sačuvaše od ratnog pogroma. Mada mno-

gi od tih, starijih osoba, a i od nejake đece ne dočekaše kraj rata. Mnogi ratnici, vojnici naše domovine, ostaviše kosti po raznim bojištima. Na kraju tog ratnog vihora koji trajaše pet godina, od bataljona vojnika koji su pošli da brane domovinu, vratiše se samo njih petnaestak. Opet su svi složno krenuli da obrađuju zemlju i da obnavljaju domovinu. Deca, odrasli, starci, svi su složno i zdušno pomagali jedni drugima, a naročito porodicama koje su ostale bez domaćina kuće. Tuga se polako zaboravljala jer su se rađali novi naraštaji. Deca su opet počela da ispunjavaju domove. Nastupilo je vreme oskudice i gladi. Došla je Titova vlast i Komunistička partija Jugoslavije. Bratstvo i jedinstvo. Odjedanput smo postali braća sa onima koji su do juče krali i ubijali članove naših porodica. Doneti su zakoni koji se mnogima nisu sviđali, ali narod kao narod – tu ništa nije mogao da izmeni. Mnogi su i posle rata izgubili glavu samo ako bi se požalili na sistem Titove vladavine. Pored mnogih drugih naređenja, izdato je naređenje da se obavezno prijavljuju vidoviti ljudi ili osobe koje gledaju u šolju. Tako je moj đedo bio prinuđen da svoje sposobnosti i vidovitost nikome ne pokazuje. One nisu nestale, ali ih je on počeo usmeravati na drugu stranu. Mesto gde je živeo, čista priroda i neprestani dotok čiste energije, učiniše da se njegova moć mnogostruko uvećala. Tada je počeo pažnju da usmerava na moć razvijanja mozga, sposobnost koju mu je kao Izabraniku u naslestvo ostavio njegov đedo. Počeo je sa tim moćima da usmerava svest ka raznim travama, to jest da traži u kombinaciji više trava lekovitost za mnoge bolesti. Držao bi određenu travu po nekoliko sati, neprestano gledajući u nju i posle toga ili posle određenih otkrivanja u njegovoj svesti, on bi tu travu ili odbacio, ili bi je sklonio i počeo da zapisuje recepte za meleme koje mu je njegova svest otvorila.

Prolazili si i dani i godine a on je marljivo radio i sastavljao recepte za meleme koji će izlečiti mnoge neizlečive bolesti. Pored melema koje je sastavljao, svakodnevno je vežbao proces razvijanja mozga. Zbog nedostatka pravih komunikacija sa ljudima, on je bio prinuđen da ih opite isprobava na životinjama. Mnogo puta se čudio sam sebi sa koliko procenata uspešnosti mu to polazi za rukom. A onda je počeo da zapisuje koliko mu puta neće poći za rukom u toku jednog meseca da izvrši komandu svesti nad nekom životinjom. U prvim mesecima nije uspeo jedanput, dvaput ili najviše tri puta. A onda je, par godina, postizao stopostotne rezultate. A onda je, da niko ne zna, odlazio na pijac gde uvek ima gužve i te svoje moći počeo da isprobava na ljudima. Ušao bi u kafanu da ruča i tamo za trenutak svoje moći usmerio na konobara. On bi odnosio pića i hranu osobama koje mu to nisu naručile. Onda bi, kada bi se vlasnik kafane dovoljno iznervirao, počeo da usmerava moći ka njemu, a ovaj bi onda krenuo da sam služi nezadovoljne goste. Pun samopouzdanja, sa rečima izvinjenja, vlasnik bi radio, a kad bi i on počeo da greši, ljudi su se grohotom smejali i nesu obraćali pažnju sa čim su usluženi. Onda bi usmerio svest na nekog gosta koji je pio samo sokove, a on bi počeo da se povodi kao da je najpijaniji na svetu. Ljudi bi se još više smejali, ali niko nije mogao da dokuči ko je inicijator svih tih šala. Dešavalo bi mu se da počne da usmerava svest i da onda počne da oseća šta ta osoba misli. To osećanje mu je bilo novo i bilo mu je mnogo interesantno. Počeo je sve više da ga upražnjava. U početku nije imao stopostotni uspeh. A onda je u tome postizao izvanredne rezultate i što je najčudnije, primetio je da može da čita misli svakoj od prisutnih osoba na koje bi usmerio svest. Mogao je da im pročita misli, a mogao je da im naredi da izvrše njegovu volju.

Sve češće je vežbao i moći da govori tuđim glasom, a da ne otvara usta. Usavršio je i moć, da ako počne da misli o nekim osobama, te osobe obavezno za dan – dva dolaze da ga posete. Nisu znale razlog, ali bi govorili da ih je naka sila naterala da dođu.

Nikada nije zaboravio, kada je, dok je bio u manastiru, usmerio svest ka štapu kojim ga je Vladika tukao. Tada se taj štap, po mišljenju svih prisutnih, istrgao iz Vladikine ruke i počeo da udara po vladiki. Niko tog trenutka nije ni pomislio, da je istrgnuti štap, i udarci koji su se sručili na Vladikina leđa, delo nemoćnog dečaka, koji je bio zavezan ispred njih. Nastavio je sa tim. Počinjao je da podiže i pomera razne predmete a da ih nije ni prstom dirnuo. Vežbao je i verovao da do pravih rezultata jedino tako može da se dođe.

Velikom upornošću, on je dolazio do ostvarivanja ciljeva za koji ljudski um još nije mogao da pojmi da postoje, a kamoli da ih je moguće ostvariti.

8.

Eto, to je neka priča o mom đedu. Moram opet da pomenem moju babu Đurđu, jer je ona bila rođena sestra moga đeda, a majka moje majke Dare. Moj đedo je živeo u selu Velika, a moja baba Đurđa se udala u Ljevošu. To prelepo selo se

nalazi na Kosovu. Ugnežđeno ispod Volujka i Pakljine a iznad Pećke Patrijaršije, beše poslednje odmaralište putnika koji su preko Rugovske klisure krenuli put Crne Gore. Tada beše običaj da roditelji daju deo imanja ženskom detetu, kako bi pomogli ako ona teško živi. Kao što rekoh, par godina pre rata, kada im se roditelji odmoriše i kada im dadoše poslednju daću, tada moj đedo reče mojoj babi: 'Slušaj Đurđa, ostasmo bez roditelja, ali da su nam ostali živi i zdravi. Da da Bog da se bratski slažemo i volimo dok smo goj živi. Sestro moja, ide vrijeme đe će se mnogo ratovat i ginuti. Ova su ti vrata i ovi dom vazdan otvoreni, jer je ovo i tvoj dom. Znam sestro da za vrijeme života našijeh roditelja nijesmo podijelili ovu imovinu te imamo. Evo sad ostasmo bez njih, a ja i ti smo brat i sestra, pa ti velim da zovnemo odbornika sela pa da ja i ti uz njegovo i prisustvo drugijeh svjedoka podijelimo ovo imanje te nam je od roditelja ostalo.'

'Dobro brate, kad veliš tako, ti ondak zovi odbornika i dva svjedoka i tako ćemo učinjet.'

Dođoše ljudi i moj đedo im ispriča da ih je zvao da prisustvuju podeli imanja između njega i njegove sestre Đurđe. Tad moja baba reče: 'Slušajte ljudi. Znam da ima dosta sestara koje od braće uzimaju dijo i znam da vas je moj brat zato zva, ali vam ja ovog trenutka velim da svi čujete i da se ove riječi ne mogu povrgnuti. Ja od mojega brata neću uzet babovinu ni koliko se može na opanak zalijepit.'

Niko ni riječ ne progovori a ona nastavlja: ' Brate moj, ko što sam veliš, dolaze zla vremena. Ako mi se što ne daj Bože desi, onda na moje ćerke gljedaj ka da su tvoja đeca, a što se zemlje tiče, neka ti je sa srećom nasledstvo i babovina.'

Ljudi popiše po rakiju i kao svedoci odoše svako svojoj kući. Nasledi moj đedo sve. Moja se baba vrati na Kosovo i više se do posle rata ne vide sa bratom. Posle rata nastupi kriza. Nema hleba ni ostalih namirnica. Moj đedo natovari dva konja i donese mojoj babi dva džaka pšenice i dva džaka žita. Doneo je u tršelj suvoga mesa, pasulja i drugih namirnica koliko se može na konje natovarit. Dođe kod svoje sestre i zeta i to im predade. To im je sačuvalo porodicu jer nijesu imali šta da jedu. Mara, moja tetka stasala za udaju. Đevojka preko dvadeset godina, a moja majka Dara još detence. Posede moj đedo kod njih dva tri dana pa se onda vrati svojoj kući. Prolazi vreme. Udade se moja tetka Mara. Ostade još moja mama u kod svojih roditelja. Poraste i ona napunivši petnaest godina. Već tada, iako beše devojčurak, počeše da je traže sa svih strana. A ona, dete ko dete , razgovaraše sa svojom majkom: 'E vala majko, ja ti se neću udavat ovako na neviđeno, kao što rade ove po selu. Dođu, isprose devojku, a ona momka, to jest svog muža, nikad nije ni videla i sa njim nije progovorila ni reči. Ja ću, majko, prvo sa svojim budućim mužem popričat, pa ako mi se svidi, ja ću mu reć da dođe da me prosi i onda ću se udati za njega.'

'E moja ćerko '– govoraše joj majka, 'vidiš li sine da je rat pokosio svu mladež a Šiptari čim čuju za naku mladu devojku, oni vrebaju da je otmu, pa zbog toga roditelji daju decu i starijim osobama, samo da bi sačuvali čast i obraz familije, a da im dete ne bi palo u Šiptarske ruke. Zato se sine ide po preporukama. Ako je neko momče od poštene porodice za ženidbu, onda kod njih dođe provodadžija, ispriča im za tu i tu devojku i ako se oni odluče, onda odu i isprose je. Posle su i mladoženjina i mladina kuća dužne da časte provodadžiju, jer je on, ili ona, bio posrednik tog braka. A to ćero da se ti upoznaš sa nekim momkom, pa da se sa njim viđaš i da se sa njm dogovaraš dal da dođe da te prosi ili ne, to će ćerko možda biti u neko buduće vreme, ali zasad od toga nema ništa.'

Padoše u vodu sve iluzije i maštanja moje majke. Kao i svakoj devojci u to vreme, tako se i njoj pred njen šesnaesti rođendan pojavi prosac iz cenjene i bogate kuće Lazovića. Ona o tome nije htela ni da čuje, ali je niko ništa nije ni pitao. A provodadžija – njena rođena sestra Mara. Ona priča, objašnjava i garantuje za tu cenjenu porodicu, a moja baba i deda pristadoše da udaju svoju ćerku. Dadoše reč. Dogovoriše se kada će biti svadba a prosci se srećni i zadovoljni vratiše svojim kućama. Sutradan se na vratima kuće pojavi moj đedo. Opet je doneo mesa od divljači, krompira, pasulja, pšenice i kukuruza. Uđoše u kuću. Moja baba mu poče objašnjavati šta je sve bilo, kako su dali reč i da se sada čeka vreme do njene udaje. Moj đedo uze sestričinu u krilo i mazi je po njenoj dugoj kosi, pa je teši: 'Nemoj se ćerko moja nervirat. Što ćeš. Takva je sudbina. Znam ćerko da ga sada ne voliš, al će doć vrijeme da ćeš toga čoeka voljet više no samu sebe. Nemo brinut ćerko moja, sve će to doj na svoje mjesto.'

Moja se majka umiri i izađe iz kuće da bi dopustila starijima da razgovaraju.

'Moja sestro, poče moj đedo, ne mogu ti reć koje su me muke spopale. Znam da ste dali riječ i da je ne možete pogazit, jer svi znamo da bi to bilo rav-no samoubistvu, znam da si dala dijete u najbogatiju i najugledniju porodicu na Kosovu, ali znam da će se na to momče sručiti sve muke i tereti ovoga svije-ta i da će ti ona sa njime mnogo teško živjeti.'

'Brate, molim te nemoj me plašiti, jer ako to bude, ja ti preživjeti neću!'

'Bogme sestro, dok mu je živ otac, a on je stub te porodice, do tad će biti sve u redu a posljen njegove smrti biće njihova propast. Daj Bože da ne bude kao što se meni prikazalo.'

Provedoše opet dva – tri dana zajedno dogovorivši se da se opet vide pr-voga maja kada su se sa prijateljima dogovorili da bude svadba. Đedo ode svo-jim putem a baba i deda ostaše sa svojim mislima. Dođe i prođe svadba. Moja majka se preseli u novi dom. Sve je u početku bilo kao u bajci. Činilo se mojoj majci da je mog oca zavolela više od svog života. Kako i ne bi kada je bio vre-dan i pažljiv, tako da je imala osećaj da bi joj svakog trenutka dao srce iz njeda-ra. Neizmerno je voleo i sa njom se u svemu slagao. U svemu beše među naj-boljima. A kada bi zapevao svako bi sa oduševljenjem slušao njegov milozvu-čan glas. Nije se mogla izmeriti njihova sreća kada su dobili prvoga sina. Nje-gov otac Sretko dočeka trenutak da dobije unuče a onda se, posle duže bole-sti, preseli na onaj svet. To beše prva žalost za celu porodicu. Prođe malo više od godišnjice njihovog oca, kada se Olga, najstarija tatina sestra, udade za Al-banca. Taj šok moj otac nije mogao da podnese. Svuda je tražio da ubije svoju sestru da bi tako sačuvao čast svoje porodice i plemena. Uzalud. Nigde je van kuće nisu puštali. A moj otac, večito nasmejan i raspoložen, postade ćutljiv i povučen. Njegov bol, mržnja i želja za osvetom prema sestri Olgi se ne stišava-hu iako prođe više od mesec dana. A onda, kao grom iz vedra neba, dođe glas da mu se i druga sestra, Natalija, udala za Albanca. To ga je skroz dotuklo. Više niko sa njim nije mogao da priča. Počeo je sve češće da se opija. Često bi, dok je bio trezniji, dolazio kod mame koja je bila trudna i pred njom plakao zbog tako zle sudbine koja ga je zadesila. Nekako u to vreme kada su kod njega bile najveće krize, prvo umrije majkina majka, a nedugo za njom i njen muž Sre-ten. Valjda ih je ubila nervoza zbog proročanstva mojega đeda koje se počelo ostvarivati. U drugom maminom porođaju na svet dođe prelepa devojčica. Mi-slila je da će ga to umiriti i obradovati i da će se opet vratiti starom načinu ži-vota. Beše uzalud. Opet je moja majka zatrudnela i rodila još jednog sina. Ni to dete ih nije zbližilo. Jednoga dana, dok se moj tata bavio seoskim poslovima, u njihovu kuću dođe neki rođak i ispriča očevoj majci, a mojoj babi, da se sreo sa njenom ćerkom Natalijom i zetom Nazifom. Reče da su ih sve pozdravili, da su poručili da bi bili presrećni ako bi ih moja baba primila u kuću. Baba mu reče da im prenese da će ih verovatno primiti samo da porazgovara sa ostalim članovima porodice. Kada je to baba, uveče dok su svi bili u kući pomenula, moj tata se zamalo nije šlogirao. Da je mogao, tog trenutka bi ubio majku, brata i preostale dve sestre jer su ga ubeđivali da život mora da ide dalje i da treba da se pomire. Nastade svađa i otac na kraju zapreti – ako dođu, on će ih poubijati usred kuće! Baba se naljuti i reče da ako on ne poštuje njene odluke, onda će ga ona izbaciti iz kuće. Te noći je prvi put udario moju majku. Onda je izašao i nije prespavao u kući. Ni sutradan ga nije bilo. Došao je kasno uveče i kao lopov se uvukao u svoju rođenu kuću. Nije bio pijan. U večernjim satima, u tišini sobe, pokušao je sa mamom da izgladi odnose. Mama je u početku bila ljuta, a onda je popustila i sa njim počela da priča. Dogovorili su se da im je tu, u krugu porodice život nemoguć, da će porazgovarati sa svima i zatražiti da se podele, da će uzeti svoj deo na kojem će napraviti kuću, u njoj će živeti sa svojom porodicom i u njoj primati onoga koga on hoće.

Kada je ujutro to pomenuo pred majkom, bratom i preostale dve sestre koje su bile neudate, tada je opet nastala svađa. Njegova majka je uletela u sobu gde su spavali i počela kroz prozor da izbacuje garderobu i stvari koje su moji roditelji stekli u toku svog braka. Nije želela više ni jedan dan da provedu pod istim krovom. Izbacila ih je iz kuće a zemlju nije želela da podeli dok je ona živa. Beše lepo vreme i oni su se, nemajući gde drugo, smestili ispod jedne stare šljive. Tu su proveli nedelju dana. Kao i u svakom selu tako se veoma brzo proširio glas o svađi majke i sina. Svi su se nadali da će to veoma brzo proći i da će ga baba pozvati pod kući krov. Ako ne zbog njega, a ono zbog troje male dece. To se nije desilo. Tata je svuda tražio stan. Posle sedam dana provedenih pod vedrim nebom, prebaciše to malo garderobe i stvari i odoše da stanuju kod kume. Tata je, sa nešto malo novca koje je uštedeo, kupio kod jednog rođaka plac od osam ari. Na njemu je marljivo radio i počeo da gradi kuću. Retko kad bi popio po čašicu – dve. Opet se okrenuo porodici ali i dalje kod njega nije bilo one vedrine i raspoloženja. Mnogo je radio trudeći se da tu kućicu pošto–poto završi pre zime. Tada je mama bila trudna sa mnom. On sa članovima svoje porodice nije uopšte komunicirao. Jednoga dana, pred kućom koju građaše, dođe nekolicina njegovih rođaka, koji pojedinačno nisu smeli da mu kažu ni jednu ružnu reč, ali su ovako u grupi svi bili hrabri i počeše da ga izazivaju. Tako su ga do samog kraja avgusta svakodnevno izazivali i svađali se sa njim. Govorili su mu kako bi oni da su na njegovom mestu odavno završili tu dramu, kako bi poubijali i sestre i zetove ne dozvoljavajući im da se šire po njegovoj očevini, dok on živi kao poslednji bednik. Pod uticajem tih rasprava i neprestanih svađa, on opet poče da pije. I opet je počeo, ni krivu ni dužnu, da tuče moju majku. Nervoza koju je trpeo od svojih rođaka učini da i on postane nervozan i razdražljiv. Majka sa njim nije mogla da progovori ni jednu lepu reč. Sudbina učini da se jednog pazarnog dana na pijaci susretne sa svojom sestrom i zetom. Pod uticajem neprestanih svađa sa rođacima, u njemu proključa krv i on napade zeta. Izbi takva tuča da su svi mislili da će ga golim rukama rastrgnuti. Odnekuda se stvori policija i uz pomoć nekolicine dobrovoljaca nekako istrgnuše zeta iz njegovih ruku. Milicioneri uzeše izjave od nekoliko svedoka a njega momentalno odvedoše u zatvor. Sutradan ga sprovedoše sudiji. Pretila mu je zatvorska kazna od par meseci, ali ga sudija oslobodi uz obrazloženje da je njegov zet dao izjavu da je on kriv a da mog oca oslobode.

Izašao je iz zatvora sa toliko gorčine u duši da mu se činilo, ako bi ga đavo liznuo, otrovao bi se od njega. Posle ovakvog gesta njegovog zeta, odlučio je da mu se više neće svetiti, ali je doneo još jednu, za njega pogubnu odluku: piće, i na taj način će ubiti samoga sebe. Od tog dana je svakodnevno pio. Retko kada je bio trezan. Kada bi bio iole trezan, majka bi pokušala da ga urazumi a on bi je tada tukao. Kao da je svu mržnju i bes koji je osećao prema sestrama, iskaljivao na njoj. To više nije bio šamar, to su bile batine koje se nisu mogle podnositi. A onda, krajem oktobra, kada je mama ušla u osmi mesec trudnoće, on odluči da je povede kod njenog ujaka a moga đeda i da je tamo ostavi da se porodi. On će se brinuti za moju braću i sestre. Opirala se ona, ali je sve bilo uzalud. Neko mu je ubacio u glavu da su se njegove sestre udale za Albance zato što se on oženio sa njom, a ona je poreklom Crnogorka.

Jednoga jutra oko tri sata posle ponoći ili u sami osvit zore, pri samom kraju oktobra, oni krenuše put Crne Gore. Prethodni dan je bio vedar i sunčan, pa je moj otac računao da će takav biti i naredan, mada se u planinama nikada sa sigurnošću nije moglo računati da se vreme neće promeniti. Prvo su išli peške a posle nekoliko kilometara, zato što je mama bila trudna i nije mogla da izdrži, tata je pope na konja i oni nastaviše dalje. Kako prolazaše vreme, tako i oni sve više odmicahu i sve se više približavahu Čakoru. Od Čakora do đedove kuće ima još trinaest kilometara, ali se ide niz brdo pa se brže napreduje. Nisu se mogli tačno orjentisati, ali od prilike na jedan kilometer pre nego što se popeše na Čakor, poče padati sneg. Prvo po malo, a onda sve više i više. Bilo im je mnogo teže da napreduju u ovakvim uslovima, ali oni nastavljahu. Tati, jer je hodao pored konja, nije bilo hladno, ali je mama, koja je sedela, cvokotala zubima od hladnoće. Na par kilometara od kuće, moj đedo je izašao da ih dočeka i poneo ćebad da bi mogao da zaštiti i ogrne mamu. Pokri je i oni nastaviše put kuće. Đedo je osećao muke koje su razdirale dušu moga oca i nije hteo razgovorom da ga provocira. Počeše da pričaju i moj đedo pokuša da mu usmeri naređenje svesti. Nije mogao da objasni da li je u pitanju bio sneg ili nadolazeći bol koji je osećao kod mame ili prevelika doza gorčine u očevoj duši, tek njemu ne uspe da postigne šta je želeo. Računao je - kada uđu u kuću, kada sednu da se odmore, da će bez ikakvog problema uspeti da kontroliše njegove postupke i da će uspeti da izda naređenje njegovoj svesti. Da ne bi ćutali dok pešače,

moj dedo ga nehte prekorevati zbog ovog dolaska nego ga ispitivaše o kući, sto-
ki i ostalim manje važnim stvarima. On mu je odgovarao preko volje, pa ga na
kraju dedo upita: 'Sine. što te je toliko otrovalo? Zašto sine truješ i svoju i dušu
svoje porodice? Namjera mi je, sine, da ti pomognem, da iz tvojega srca izba-
čim čemer i da izliječim tvoju ranjenu dušu.'
 Taj razgovor je vođen na par stotina metara od kuće. Računao je da će bla-
gim rečima probiti oklop njegove patnje. Međutim, moj otac, pun gorčine, ne
slušaše njegove reči nego poče da se raspravlja. Reč po reč i rasprava, zbog gru-
bosti moga oca, pređe u svađu. U toj svađi dedo nije učestvovao, slušao je nje-
govu viku i tako stigoše pred kuću. Izašla baba, tetka i ujko pa zajedničkim sna-
gama pokušavaju promrzlo telo moje majke da spuste sa konja i unesu u kuću.
Dedo je sve vreme bio smiren pokušavajući da smiri tatu koji je neprestano vi-
kao i svakog od njih optuživao. Ni jednog trenutka nije hteo da optuži samo-
ga sebe. U trenutku kada su mamu spustili sa konja, on se pope na njega. Dedo
uhvatio dizgine i ne dopušta da krene. Računa, samo da uđu pod kućni krov pa
će uspeti da mu usmeri naređenje svesti i tako mu pomoći. A kada mu jednom
pomogne, znao je, onda će mu pomoći do njegovog konačnog ozdravljenja. Me-
đutim, otac trgnu uzde, konj poskoči a moj ga dedo nemajući kud, pusti. Poku-
šao je da usmeri svest na konja, ali mu zbog bola koji je osetio kod svoje sestri-
čine ni to nije pošlo za rukom. Tata je krenuo nazad iako je sneg bio skoro do
konjskog stomaka.
 U kući se svi uzmuvali jer je majka bila skoro u bezsvesnom stanju. Prome-
na temperature je na nju loše uticala tako da je jedva disala. Tada uđe moj dedo
i reče da otvore prozore. Hladan vazduh ispuni prostoriju dok se na šporetu gre-
jala voda. Napunili su nekoliko flaša sa mlakom vodom i stavili ih do maminog
tela koje je bilo pokriveno sa par ćebadi. Onda su u drugih nekoliko flaša stavi-
li malo topliju vodu i tako su, na svakih petnaest – dvadeset minuta stavljali fla-
še sa sve toplijom vodom, dok se soba napunila hladnim planinskim vazduhom.
Na taj način joj je omogućeno da lakše diše i da ne padne u nesvest. Tek posle
dva sata neprestane borbe za život, moja majka se umiri i poče ravnomerno da
diše. Zaspala je. Moj dedo reče da spreme još tople vode jer će se mama, kada
se probudi, poroditi. Borba za njen život se nastavlja. Svi su znali da on ne priča
bezvezne priče, ali niko osim njega nije znao koliko će biti teška borba da preži-
vi. Posle pola sata, oštar bol probudio je moju majku. Vrisnula je. Kao što se bol
iznenada pojavio tako je iznenada i nestao. Nakon petnaest minuta, još jači i još
prostrelniji. Kao da joj je neko zabo nož u stomak. Probadajući bolovi su bili sve
češći i češći i ona, na kraju, poče da gubi svest. U datom trenutku joj dedo snaž-
no pritisnu stomak i ona prodorno vrisnu a onda se iz njenog međunožja začu
dečji plač. Dedo preseče pupčanu vrpcu.
 Mene spustiše u neki improvizovani krevetac i opet svu pažnju usmeri-

še ka mami. Nisu obraćali pažnju i nikom nije smetalo što ja plačem. Đedo je spustio ruke na moju majku i svim silama se trudio da joj pomogne. Verovatno njen mozak, zbog napetosti koju je izazvalo odvajanje od dece, optužbe da je ona kriva za udaju tatinih sestara, nije mogao više da izdrži, pa je, kako to narod kaže, nešto puklo u njoj. Pala je u neku vrstu kome. Čula je, razumela sve šta joj govore, ali ona nije mogla ni jednu reč da kaže. To stanje je potrajalo desetak dana. Meni su, u tom vremenu, davali razblaženo kozje mleko kada bi se rasplakao. Kasnije su mi pričali da me je đedo posle porođaja uzeo u naručje i rekao: 'Živeće moj Parapanac.'

I kasnije me je đedo zvao Parapanac. Đedo je upotrebio sve svoje iscelitelj-ske moći i mami je ubrzo bilo mnogo lakše. Kada se sve primirilo, moj đedo je obratio pažnju na nekoliko sitnica koje je zapazio onog dana kada je tata doveo mamu kod njih. Desilo mu se, ili zbog snega koji je padao ili zbog bola koji je osetio kod mame, da nije mogao da usmeri komandu svesti na tatu, a kasnije ni na konja, pa se sada posvetio rešavanju tog problema. Izdvojio se iz kuće i počeo da vežba. Hladnoća mu nije smetala da postigne željeni cilj. Konačno je i u tome potpuno uspeo. Znao je da mu je jedino mesto odakle nikome ne može usmeriti komandu svesti ili gde mu se neće pojaviti moć vidovitosti, poljski klozet. On se nalazio nekih pedesetak metara daleko od kuće da se tokom leta od njega ne bi osećao smrad. Mnogo puta je đedo iz njega pokušao da usmeri komandu svesti ili da mu se pojavi vidovitost, ali mu to nije polazilo za rukom. Tada mu se pojavio njegov đedo Dimitrije koji je bio prethodni Izabranik, objasnivši mu da se uzaludno muči jer otud neće moći ni da usmeri komandu svesti niti da mu se prikaže bilo koja slika vidovitosti. Taj dar koji poseduje je Božiji poklon i on, kao prosvećena ličnost, sa tako prljavog mesta ga ne može ni upotrebljavati ni kontrolisati.

Posle desetak dana, mama je već bila svesna svega što se dešava oko nje a i ona je učestvovala u razgovorima. Sve češće me je uzimala u naručje. Počela je i da me doji, ali nije imala dovoljno mleka pa su nastavili da mi daju razblaženo kozje ili kravlje mleko.

Tako sam se ja rodio i tako su protekli moji prvi dani. Niko od prisutnih, zbog situacije koja je nastala i zbog brige za mamin život, ne zapamti tačan datum mog rođenja. Prijaviše me par meseci kasnije, tako da ja od tada slavim rođendan petog januara. Mama je pomalo padala u depresiju u trenucima kada bi se setila svoje dece.

A tamo kod kuće, onoga dana kada je tata bio na putu, okupili su se isti rođaci koji su mu mnogo puta pravili svađe i probleme. Kada su videli da se u hladnoj kući nalazi troje uplakane i gladne dece, mnogi od njih su se sažalili i pošli svojim kućama da donesu ponešto i da ih nahrane. Neko je doneo drva, neko hleb, neko jaja, neko mleko, neko meso a jedan od njih je doneo kolače.

Založiše vatru i gladnoj deci dadoše da jedu. Kada se deca najedoše, dadoše im kolače i deca im ispričaše kako njihov tata svakog dana bije mamu i kako je krivi za sve loše što se dešava u njihovoj porodici.

'Sada je poveo negde daleko i mi je više nikada nećemo videti"– objasnio im je najstariji sin i počeo da plače. Njegovom plaču se priključiše i ostalo dvoje dece kao i mnogi od prisutnih. Jedan od njih reče: 'Ljudi, gde će nam duša! Vidite li šta smo uradili sa našim glupostima? Upropastili smo jednu porodicu i samo dragi Bog zna šta će biti sa ovom dečicom i sa njihovom trudnom majkom. Veliki je greh koji počinismo. Ja ću prvi, kada se Nedeljko vrati, doći da mu se izvinim i da mu kažem da smo preterali. Valjalo bi da se svi okupimo i da mu u svemu pomognemo. Vidite koja je ovde beda i sirotinja. Malo mu je njegove muke što ga je majka isterala iz kuće bez nasledstva i bez ikakve nadoknade, nego smo mu se i mi natovrzli na vrat, pa je zbog nas oterao ženu i ostavio ovo troje male dece bez majke.'

Svi su ćutali kao zaliveni. Stid ih je bilo da jedan drugom pogledaju u oči. Onda su se svi razišli svojim kućama. Kada je tata iscrpljen i kvasan došao sa puta, imao je šta da vidi. Kada je pošao da odvede mamu u kući nije bilo ni drva ni ostalih namirnica a sada je u kući bilo toplo i bilo je svega. Najstariji sin je počeo da mu objašnjava šta se desilo, a tada se na vratima začulo kucanje. Otvorio je i pred sobom ugledao omrznuta lica svojih rođaka. Dopustio im je da uđu, mada nisu imali gde da sednu, jer je u kuhinji bilo samo četiri drvene stolice a njih je bilo sedmoro. Ponudio im je i oni su posedali po stolicama i krevetu. Jedan od njih je u ime svih počeo da priča: 'Videli smo te kako dolaziš a s obzirom da smo i pre posetili tvoju decu, da smo videli šta su sve prouzrokovale naše šale, svesni da smo preterali, svi smo se okupili i došli da te zamolimo da nam oprostiš i da ovoj dečici opet vratiš majku, jer ona za naše gluposti nije kriva.'

Za njega nije bilo stolice pa je seo na jedno trupče koje se nalazilo u ćošku. Nije imao čime da ih posluži, nikakvo piće nije imao u kući. Gledao je u njih kao da ni jednu reč ne razume. Gledao, a onda počeo da se smeje. Sada su u čudu oni gledali njega, a on se smejao sve jače i jače. Tada je njegov smeh prerastao u plač kojem su se i deca pridružila. Sav jad, nemoć, tuga, bol i razočarenje koje se skupilo u njemu u prethodne dve godine, bilo je u ovom plaču. Hteo je da im kaže da mu je mnogo teško, ali je tog trenutka, zbog prevelike napetosti koja je bila u njemu, počeo da viče. Čas se smejao, čas plakao, čas vikao i na kraju ih je sve isterao iz kuće. Oni su videli da je vrag odneo šalu i da je on doživeo nervni slom. Pozvali su hitnu pomoć. Kada su lekari došli, utvrdili su njegovo zdravstveno stanje i odmah ga poveli u bolnicu. Isti ti rođaci, zbog kojih je zapao u takvo stanje, prihvatili su da se brinu za dečicu koja su ostala sama kod kuće. Neki su se angažovali da pronađu mamu, poručujući da se što pre vrati, ali u planinsko selo vesti su stigle nakon dvadeset sedam dana. Očev oporavak je trajao više od mesec i po. Za to vreme, deci zaista ništa nije falilo. Dvadeset osmog dana nakon što su poveli tatu u bolnicu, đedo dovede mene i mamu kući. Kasnije, kada sam malo odrastao, đedo mi je pričao da nas braća i sestra nisu prepoznali. Onda ih je majka uzela u naručje i deca instiktivno osetiše da im je to majka. Đedo je na dva konja doneo razne namirnice. Sutradan su on i mama pošli u bolnicu da posete tatu. Zbog injekcija i tableta on se osećao mnogo bolje. Sada se sa njim moglo pričati o svemu. Opet je postao onaj stari dobri muž. Mama ga je pitala da li je neko od njegovih dolazio da ga poseti.

' Za sve ovo vreme koje sam proveo ovde, jedine osobe koje su me posetile ste vas dvoje, a prema vama sam se najviše ogrešio. Gaco, molim te oprosti mi, a ona mi je žena i njena je dužnost, ako ne zbog mene a ono zbog one male dece, da mi oprosti.'

'Muči se toga Neđeljko. To nije važno pomjenut. Da si ti zdravo i da što prije izljegneš odavljen pa ćemo za sve ostalo lako' – odgovarao mu je đedo dok je majka brisala suze. Na njegovom licu je blistao osmeh kao nekada, na početku njihovog braka kada su bili srećni. Pričao im je kako su se rođaci okupili da bi mu se izvinili jer su videli da su preterali. Tada im je obećao da više nikada neće piti. I njemu je bilo žao što se onako ponašao kada je bio kod đeda. To je bolest, napetost njegovih nerava učinila. Posle dva sata, kada su se dobro i o svemu ispričali, đedo i mama pođoše kod doktora da se raspitaju za njegovo zdravstveno stanje i da saznaju kada će ga doktor pustiti kući. Doktor im ispriča da je njegovo zdravstveno stanje promenljivo. Određeno vreme je odlično, zna sve šta priča i radi ali se dešava da se potpuno izgubi, da ne zna ni gde je ni šta priča i da će njegovo izlečenje potrajati najmanje još deset – petnaest dana.

Đedo se sutradan uputi nazad, a mama ostade da se brine o nama. Donosili su i rođaci ali je bilo namirnica koje je đedo doneo tako da smo bezbrižno živeli za sve vreme tatinog oporavka. Konačno, mama je pošla da uzme tatu kojeg su otpustili iz bolnice, a mi smo ostali kući u iščekivanju. U ovih petnaest dana, niko od njegovih ukućana nije došao da ga poseti. Nije ga posetila ni mamina sestra koja se svim silama trudila da uda svoju sestru za njega.

'Sirotinjo, i Bogu si teška' – često bi šaputala moja mama. Bilo je sasvim malo trenutaka kada moj tata nije znao šta radi i šta govori. Opet je prestao da pije. Koliko god je mogao, trudio se da sredi tu kućicu koju je svojim rukama napravio. Marljivo je radio i stvarao. U naredne dve godine od kada je u potpunosti ostavio alkohol, u svemu se primećivao napredak jer se baš dobro skućio. Mama je opet zatrudnela.

Za to vreme, dok se kod nas vodila borba za preživljavanje, u tatinoj porodici se udala njegova sestra i oženio njegov brat. Pravili su svadbe i za sestru i za brata. Naravno da ga nisu pozvali jer sa njim nisu imali nikakav kontakt. Ti događaji su mnogo pogodili moga oca. Posle svih injekcija i tableta koje je primio dok je bio u bolnici, doktori su mu strogo zabranili upotrebu bilo kojeg alkoholnog pića. On je to upravo uradio. Opet je sve što su mukotrpno gradili palo u vodu. Tata se iz dana u dan sve više opijao. Mama je rodila ćerku. U takvim uslovima, gde smo bili više gladni nego siti, prođoše još dve godine. U našem kućerku, tj kuhinji i sobi, nije bilo ni poda ni struje a za vodu i kupatilo da i ne govorim. U kuhinji drveni krevet, sto, četiri rasklimane stolice, dve klupice na kojima su mogla deca da sede, šporet na drva i u uglu jedna stalaža za sudove. A u sobi, pored tri veća kreveta koje je tata sam napravio, beše i jedan plakar za robu. Mi, deca, smo imali neki svoj svet. Igrali smo se ćorebake i drugih igara jer nismo imali igračke da bismo se igrali kao druga deca. Malo je ko dolazio kod nas pa smo se igrali sami.

Tako je bilo i tog dana. Ja sam imao oko tri i po godine kada sam se, dok smo se igrali ćorebake, udario u levo koleno. Malo sam plakao ali sam posle određenog vremena nastavio da se igram sa svojom braćom I sestrama. Sutradan je došao đedo i doneo svašta za jelo. Tata je toga dana bio polupijan. Mama je pripremila ponešto da bi što bolje ugostila svog ujaka. Sećam se, iako sam bio mali, da me je đedo stavio na kolena, a onda je njegove ruke stavio na moje koleno. Držao je ruke a ja sam osećao sve veću toplinu. Đedo rekao da moraju da me povedu kod lekara. Osetio je pod prstima da sam povredio neki nerv koji će mi prouzrokovati sušenje mišića na nozi. Mama se uplašila jer je znala za njegove moći, ali se tata, onako polupijan, počeo svađati sa đedom.

'Jesi li ti Gaco normalan? Vidi dete ko od zlata jabuka, a ti se tu nešto praviš i pametuješ. Sa takvim rečima da mi više nikad nisi preskočio prag!'

'Slušaj Neđeljko' –počeo je đedo umirujućim glasom. ' Ti znaš koliko te ja poštujem i cijenim.'

'Miči se tamo. Da me poštuješ, ti mi nikada ne bi nabacivao prokletstvo na dete '

'Bog s tobom Neđeljko, kako moš to reć, kakvo prokletstvo, pa to je i moje dijete!'

'Neka Gaco, neka. Svi znaju da ti umeš svakojake budalaštine da praviš …'

'Fuj, sram te bilo!' – pljunula je majka u tatinom smeru. 'Kako možeš takve reči da kažeš ujaku? '

'Ćuti veštice, verovatno si ti podgovorila ovog vešca da tako priča!' – nastavljao je tata polupijanim glasom. Đedo je pokušao da ih umiri, ali majka, zbog sve muke i poniženja kroz koja je prolazila a ohrabrena đedovim prisustvom, nije mogla da prećuti nego mu je uzvratila na najbolniji mogući način: 'Ja znam da većih veštica i kurvi od tvojih sestara ne …'

Stigao je iznenadni udarac koji je oborio sa stolice. Tata je, onako polupijan, krenuo da je tuče. Đedo je pokušao da ga zaustavi ali ga je tata udario i on je pao na drugu stranu. Mi smo počeli da plačemo i vrištimo. Bilo nam je žao majke i đeda. 'Ubiću te kurvo! Rastrgnuću te na stotinu komada! –vikao je tata i počeo besomučno da udara po mami koja se skupila i rukama pokušala da zaštiti glavu. Đedo se podigao od zadobijenog udarca, pružio ruke u tatinom smeru i on je pao kao da ga je udarila ogromna pesnica. Pomerio je ruke u drugom smeru a moj tata je odleteo na drugu stranu kao da je krpena lutka. Udario je leđima u drvenu stalažu na kojoj su bili poređani sudovi. Dosta tanjira se porazbijalo. Još jedanput je đedo pomerio ruke, još jedanput je telo poletelo i leđima razbilo dve – tri stolice. Tata je bio dosta krupan čovek, ali sam tog trenutka imao osećaj da se njegovo telo ponaša isto kao peškir koji neko istresa. Iako sam bio tako mali, tada sam pomislio da je ovo tati odlična lekcija, da će se posle ovoga popraviti, biti bolji za mamu i za nas. Neka i on jedanput vidi kako je nama kada nas svakodnevno tuče! Prošlo je nekoliko minuta a tata se nije mrdnuo sa mesta. Onda je počeo da otresa glavom. Mi smo još pomalo plakali, a mama nas je umirivala. Mislili smo da će se, kada ustane, svima osvetiti. Tata je nekako, sa teškom mukom, seo za sto. Uzeo je bokal i svu vodu izlio na glavu. Zatresao je, a voda je prsnula na sve strane.

'Sluša Neđeljko što ću ti reć i zapamti to za čitav život. Nemoj više da ti padne na um da mi biješ ovo dijete. Znadni, ako čujem da si je još jednom tuka da ćeš me zapamtit i da to nej nikad zaboravit. Sestra mi je ostavila amanet da brinem o njoj a ti zbog tvoje lude i pijane glave da je tučeš! Aj da ima neki razlog, pa da razumijem, al ovako, zbog tvojega pića, e to ti vjeruj mi, neću dozvolit.'

Tata se za tih nekoliko minuta u potpunosti rastreznio.

'Kažu da svako kuče pred svojom kućom laje. Tako sam se i ja ponašao u mojoj kući. Pusta rakija i ljutina od mene napraviše nečovjeka.'

'Neđeljko, ja neću da te vrijeđam i da velim da si ti nečovjek. Ne bi ni ovo nikada učinio, ali nijesam moga gledat đe mi tučeš sestričinu. Znam, ti ćeš mi sad obećat da je nećeš tući i da nećeš piti, ali to će te trajat do prve prilike dok jopet ne dohvatiš flašu. Rakija te ubi, Neđeljko. Viđeo si i sam da možeš bez nje. Više od dvije godine nijesi pio. Za to vrijeme si radio, napredova i bio poštovan među ljudima.'

'Nemoj me Gaco, nemoj kada te molim. Ne znaš ti kako je mojoj duši. Bol Gaco, bol me razara. Mučio sam se za porodicu. Od oca mi je ostao amanet da se za sve njih brinem, a moje sestre… One me ubiše, Gaco. Da smo neka loša porodica pa ajde da razumem … A ovako, em bogati em ugledni a one nas obrukaše. A gde Gaco ja poštovan? Gde god se pojavim ljudi mi se smeju i isprdavaju se sa mnom. Izbegavaju da pričaju sa mnom a i kada se to desi to je sve površno. Imam osećaj da sam svuda suvišan i da nisam nikom potreban. I moja porodica nas je izolovala. Ne Gaco, neću ti obećat da neću da pijem. Piću dok sam živ ali ću se truditi bar porodicu da ne maltretiram. U pravu si. Oni mi ništa nisu krivi.

Kriv sam ja što imam ovoliku porodicu i što sam ih ovoliko upropastio.'
'Neđeljko, ti treba da živiš za njih a šta će drugi da kažu, to te baš briga.'
'Uzalud Gaco, sve je uzalud. Jedino kada se napijem ne vidim podsmehe na tuđim licima i ne čujem njihove uvrede. Evo sam potpuno trezan i ovo što ti sada obećam, veruj mi da će biti do poslednjeg dana moga života. Piću dok sam živ ali porodicu neću maltretirati. I još nešto Gaco – ja jesam siromašan ali te molim da više nikada dok sam ja živ ne dolaziš i ne donosiš nam poklone.'

Majka je opet počela da se raspravlja ali je đedo umirio obećavajući da neće dolaziti. Posle te rasprave đedo je otišao a tata je ispunio obećanje koje mu je dao. Zaista je besomučno pio, kao da se trudio da pićem ubije samoga sebe. Nas nije bio i maltretirao kao ranije. I sa mamom se ponašao dosta pristojno. Bilo je i lepih trenutaka u te dve godine, tako da je ona opet ostala trudna. Nekako u to vreme, mi smo se kao deca igrali i ja sam se opet udario u levo koleno. Ta noga mi je od prethodne povrede bila tanja od desne. Valjda su se mišići, kao što je rekao đedo, počeli sušiti. U početku nije bilo ništa strašno ali me je već nakon nekoliko dana noga počela neopisivo boleti. Nije bilo mog đeda da opet stavi ruke na koleno i da mi opet pomogne kao nekada.

Majka me povela kod doktora jer nisam mogao da hodam. Pregledali su me i osim otoka ništa drugo nisu mogli pronaći. Dali su mi neke tablete protiv otoka objasnivši da je otok nastao od udarca. Pio sam tablete od kojih mi je bilo malo lakše. Za par dana me opet počelo boleti. Opet kod doktora. Tada su uradili detaljniji pregled. Onda su me poslali za Beograd. Tamo su pronašli da mi se neki nerv, zbog udarca, počeo sušiti. Vratili su me iz bolnice sa objašnjenjem da što više budem rastao, to će mi razvoj leve noge zaostajati u odnosu na desnu. Ta dijagnoza je bila potpuno tačna. Iz dana u dan, ja sam sve više rastao, telo mi se razvijalo ali je leva noga postajala sve tanja i tanja. Ne samo što je bila tanja, nego je zaostajala u dužini. Trpeo sam bolove i stalno plakao. Mama me vodila kod svih lekara ali ništa nije pomagalo. Drugoga maja 1970. godine, u mojih šest godina i četiri meseca, prvi put u mom životu me tata poveo u bolnicu. Bolje da nije. Ili je to sudbina, pa je moralo sve da se desi, kako je bilo zapisano negde u Božijim knjigama. I toga dana je tata bio pijan. Valjda mu je dosadio moj plač pa me on odveo kod doktora koji je, kada nas je video, odmah počeo da viče na njega: 'Slušaj gospodine Lazoviću, zašto ste opet doveli to dete kada smo Vašoj supruzi nekoliko puta rekli da mu jedino možemo pomoći ako mu amputiramo nogu!'

Tata je polupijano gledao u njih ništa ne shvatajući. Onda mu je doktor opet objasnio: 'Kada smo dobili izveštaj iz Beograda sa VMA, u kome su nam kolege objasnile da se njegov nerv na nozi suši, odmah smo znali da je operacija neizbežna. To smo objašnjavali Vašoj gospođi koja nije htela da prihvati. Nije htela da potpiše saglasnost za operaciju. Ne znam da li Vas je ona obavestila o tome šta smo zahtevali od nje i ne shvatam što se do sada niste pojavili, ali znam da je svaki dan odlaganja rizičan za život Vašeg deteta' Tada je tata počeo da psuje mamu i da govori kako mu ona ništa nije rekla. Onda je upitao doktora šta treba da uradi da bi mi pomogli. Doktor je rekao da kao roditelj treba da potpiše saglasnost da mi amputiraju nogu. Tata je pristao. Pred sami kraj radnog vremena, negde oko pola tri, tata je potpisao da mi sutra u deset sati amputiraju nogu do kolena a po potrebi do kuka. Ostavili su me u bolnici. Pričali su mi kasnije da se tata tog dana ljutio i svađao sa mamom. Njihova svađa nije ništa dobro donela mami. Posle dugo vremena, a on je opet pretukao do besvesti. U tom stanju je zavezao sa lancem oko vrata a drugi kraj je zavezao za šljivu koja je bila u dvorištu. Ruke joj je vezao na leđima a u usta joj stavio neku krpu i omotao lepljivom trakom da ne bi vikala. Tako je mama tu noć, zavezana i pretučena, prespavala napolju. Kada se osvestila, osetila je bol po celom telu. Taj bol je bio ništavan u poređenju sa saznanjem da će joj detetu amputirati nogu. Pokušavala je na svaki način da se oslobodi, ali to nije bilo moguće. Onda se opustila i tako dočekala zoru sa nadom da će se njen muž u toku noći rastrezniti i da će ujutro spasiti svoje dete. To se nije desilo. Nije znala da je on u toku noći popio još pola litra rakije. Bio je potpuno pijan a vreme je neumitno prolazilo.

Jutro pred operaciju u bolnici. Došle su dve sestre, stavile me na neki sto ili krevet koji je imao točkiće i pošle put operacione sale. Bio sam pokriven nekim zelenim čaršavom i znam da sam se mnogo plašio. Nisam znao šta znači amputacija, ali sam osećao da je to nešto strašno za mene. Taj strah je potvrdila jedna od sestara koja je rekla drugoj: 'Žalost. Vodimo ga da mu amputiraju nogu a niko od njegovih nije došao da bude sa njim i da mu bar na taj način da podršku i smanji bol.'

Da sam mogao, sakrio bih se pod onaj čaršav da me niko nikada ne pronađe. A one su gurale, točkići se okretali a krevet se veoma brzo približavao sali gde ću uskoro biti operisan. Kada su prošli poslednju krivinu hodnika, kada smo izbili pred operacionu salu, tada sam pred samim vratima ugledao, nikog drugog nego mog đeda Gaca. Prošlo je više od dve i po godine od kada se nismo videli. Činilo mi se da se nikada nikom nisam toliko obradovao kao njemu. Zaustavio je sestre a onda mene uzeo u naručje.

'Dođi moj mali Parapanac' – progovorio je njegovim blagim glasom. Svi strahovi su nestali kada me je uzeo u naručje. Ušli smo u salu. Oko stola gde je trebalo da se operišem, nalazili su se dva doktora, tri asistenta i dve sestre. Samo su očekivali moj dolazak pa da operacija počne.

'Dobar dan' – čuo sam đedov glas koji je u tišini odjeknuo kao grmljavina. Svi su zanemeli. Đedo me držao u levoj ruci a desnu je neprimetno okrenuo ka njima i nekoliko puta mahnuo levo – desno. Ne znam šta da kažem i kako da objasnim, ali sam tog trenutka video totalni preobražaj koji se desio doktorima i svim prisutnima. U očima lekara sam u početku video bes zbog pojavljivanja i ulaska mog đeda u operacionu salu. Prosto sam im na usnama video reči ljutnje koje nisu uspeli da izgovore. Sve to kao da je u trenutku nestalo. Na njihovim licima se pojavio osmeh i iščekivanje šta će im đedo reći. Tada je đedo počeo da objašnjava da je došao da me uzme – on će me lečiti na svoj način jer je tata dao saglasnost da me operišu zato što je notorna pijanica i nije znao zbog pijanstva šta radi. Doktori su ga slušali neprestano se smeškajući. Onda je moj đedo rekao da sekretarica otkuca saglasnost gde će se lekari potpisati da ova operacija nije potrebna. Opet je komanda svesti učinila da su doktori bez pogovora izvršavali naređenja koja je on zahtevao od njih. Pored svih zahteva koje su ispunili, on im je usmerio komandu svesti da pozovu policiju i da nas odvezu kući. Pošli smo, dva policajca, dva doktora, đedo i ja. Kada smo došli pred kuću, svi su se silno iznenadili. Pred kućom, za stolom, na drvenoj stolici u poluležećem položaju sedi moj otac a pred njim flaša rakije skoro do dna ispijena. Ne vidi nas niti zna šta se oko njega dešava. Oko majke se okupila ostala izgladnela deca koja pokušavaju na bilo koji način da joj pomognu. Jedan policajac se u čudu krsti. A onda, kao po nekoj komandi, svi se pokrenuše. Lekari počeše pregledati mamu. Ni oni nisu mogli da je odvežu. Skidoše joj lepljivu traku i izvadiše krpe iz usta. Onda policajci pretražiše tatu da nađu ključ sa kojim će otključati katance i skinuti lance kojima je bila vezana moja mama. Uspelo im je. Mama je bila mnogo iscrpljena. Zbog krpe koja joj je bila u ustima ,još neko vreme nije mogla da progovori. Prve slabašne reči su joj bile:

'Ujko, opet si spasao i mene i moju porodicu!'

Tog trenutka je jedan od doktora prokomentarisao: 'Bože dragi, ovo ni životinja ne bi uradila! Ova žena je u drugom stanju, a on je naterao da ovako vezana prespava napolju.'

Onda su mog tatu, onako pijanog, strpali u kola i odveli u zatvor. Otišli su i doktori sa njima. Rekli su mami, ako oseti bilo kakvo pogoršanje, da se odmah javi u bolnicu. Mama, Bogu hvala, nije imala nikakvih problema. Ušli smo u kuću a tamo jad i beda. Mami neprijatno što nema sa čime da posluži đeda. Tada on progovori: 'Ćerko moja, nijesam ima vremena da bilo što spremam da donesem, jer bi zakasnio da spasem mojega Parapanca. Nemoj da ti bude neprijatno, jer i ja znam što je nemaština. Donijo je ujko para, pa ću što prije mogu pokupovat sve što je ovoj đeci i tebi potrebno.'

Prvo je u prodavnici koja je bila nedaleko od kuće pokupovao hleba, pašteta, kobasica i nekih kolača. Mi smo, kao sva gladna deca, odmah navalili da jedemo. Dok je đedo pošao na pijac i mama se pridružila da utoli glad. Kupio je dva džaka brašna, dva džaka krompira, deset kilograma pasulja, dve gajbe jabuka, dve kantice džema, pedesetak mesnih narezaka, pet kilograma sudžuka, kafe, šećera, pirinča, ulja, soka, nekoliko kesa raznih kolača i mnoge druge sitnice. Kupio nam je i jednu kozu. Reče: 'Da deca imaju sa malo mlijeka da okvase usta da ne bi jeli suvoga hljeba.'

Tako prođoše tri dana. Mama i dedo su o svemu pričali a jedan od mnogobrojnih dogovora beše da ja pođem sa njim da bi me on na njegov način izlečio. Onda odoše do policije da bi tatu izveli iz zatvora. Pustili su ga, a on ni dedu ni mamu nije mogao da pogleda u oči od stida. Kada su stigli kući, tada je dedo počeo da mu objašnjava: 'Viđi Neđeljko, neću te korit što si vako učinijo svojemu detetu, niti ću te korit što si mi jopet tuka sestričinu iako si reka da to više neš radit. Ovi put sam doša da dijete spasim katastrofe, da ga povedem sa mnom da bi mu ja pomoga da ozdravi. '

Tata je samo ćutao a dedo je nastavio: 'Znam da sam ti obeća da više neću dolazit. I ne bi doša da ti nijesi prekršio obećanje.'

(Pomislio sam: otkuda dedo sve ovo zna kada živi toliko daleko od nas? Mora da su on i mama o svemu pričali i da mu je sve ona rekla.)

Ali neka, prekršio ti, prekršio ja pa smo se sada našli ođe ka da obećanja nijesmo ni davali. Ja sam, Neđeljko, riješio da ti uplatim priključak za struju, priključak za vodu, da ti kupim daske da bi moga stavit patos u kuću, da ti deca ne gaze po zemlji. Ostaviću ti dosta para da moš sve to uradit, da moš platit majstore i da možete živjet. A ja ću sjutra ovo dijete poves sa mnom, pa kad budem doša sledeći put neka sve to bude urađeno ka što smo se dogovorili.'

9.

Jedva sam čekao sutrašnji dan. Prva misao mi je bila da ću tamo imati da jedem. Mislio sam da će biti dosta dece kao što ima u našoj kući, pa ću moći sa

njima da se igram. Mama mi je spakovala nešto malo robe što je imala i nas dvojica odosmo. Malo mi je bilo teško dok sam putovao jer mi je to bilo prvo odvajanje od kuće. Stigosmo na Jabuku, a tamo jabuke ni od korova. Tako se zvalo to mesto gde staje autobus. Samo što prolazi put, inače bi pomislio da sam negde u planini. Tek malo kasnije, kada izađosmo iz šume, ukazaše se prelepe livade, kuće i bašte. Tamo negde daleko, prvi put sam čuo zvuke nekog instrumenta. Stali smo da se odmorimo jer ja nisam mogao da hodam, pa mi đedo objasni da se taj zvuk čuje iz frule. Znam da sam tada zavoleo taj instrument iako ga nikada nisam video. Nastavismo laganim hodom i stigosmo do kuće. Pred kućom nas dočeka baba Stana. Veliko dvorište se pružaše ispred đedove kuće. U dvorištu, malo dalje od kuće, ograda a u njoj nekoliko desetina košnica. Dole, malo po strani od kuće, bašta. Tek posijani beli i crni luk, krompir, boranija, kukuruz i ostalo što se može naći na seoskom imanju. Ispod kuće, još jedna ograda, samo što je napravljena od pruća kao plot i u njoj dvadesetak ovaca, dve krave, pet – šest koza i jedno prasence. Sve sam to registrovao dok sam ulazio u kuću. Starinska vrata koja se sa unutrašnje strane zatvaraju zasunom a zid od kamena debeo preko osamdeset santimetara.

'Dođi kod bake sine' – raširila ruke pa me prihvati u svoj zagrljaj. Tako me nežno izljubila i izmazila da su meni pošle suze od neke topline koju sam osetio. Kod kuće me nikada nisu tako mazili. Od kada sam se udario u nogu, svima sam bio smetnja jer sam zbog bolova skoro uvek plakao. Prisetih se tada da u poslednjih par dana, tačnije od dana kada me je đedo uzeo u naručje, uopšte ne osećam bolove. Baba se ušeprtlja i poče da nam sprema da jedemo.

Da li zbog čistog vazduha, ili zbog puta, ili zato što sam do sada uvek gladovao, tek tada sam se prvi put najeo da ću to pamtiti celoga života. U poređenju sa našom kućicom, đedova beše kao prava palata. Dve velike sobe, kuhinja i još veća ostava. To je gornji deo kuće, dok je donji deo, koji je do pola ukopan u zemlju, služio kao štala gde se zatvarala stoka. Baba i đedo su prepričavali sve šta se izdešavalo kod nas za ovih par dana a ja sam izašao ispred kuće da prošetam i da razgledam. Odmah sam se vratio jer sam u blizini tora za stoku ugledao dva velika psa. Kada sam došao do vrata, čuo sam đeda kako govori babi: 'Ostalo mu je još par mjeseci Stano. Poslijen njegove smrti će laknut porodici.'

Instiktivno sam osetio da su ove reči odnose na mene. Ušao sam unutra i uplašeno upitao: Đedo je li to meni ostalo još par meseci života?

Tada me đedo uze u naručje, dugo me milovao i objasnio da me je uzeo iz bolnice da bi me izlečio, jer ako bi mi se desilo bilo šta loše, ili ako bi, ne daj Bože umrao, onda bi đedo čitav život morao da bude u zatvoru. Objasnio mi je, umirio me, ali je u meni ostala neka iskrica sumnje. Tada je đedo rekao meni i babi da će sa mnom pričati srpski, bez crnogorskog dijalekta, jer će im sutra, kada se budem vratio svojoj porodici, biti neobično da me slušaju. Sa drugima će normalno, kao i dosad govoriti. Rekao sam đedu da sam kod stoke video dva velika psa. On je uzeo hleba i poveo me da ih nahranim.

'Sada će on, u mome prisustvu, da te onjuše i zapamte, pa ćeš im uvek bit prijatelj. Gledao je u njih mašući desnom rukom. Kada su oboje spustili glavu, on im je dobacio hleb. 'Zapamti sine, pas je čoveku najveći prijatelj, ali dok jede namoj ga nikako dirati.'

Kada su psi pojeli hleb, đedo mi je rekao da odem da ih milujem. I oni su mene lizali i vrteli repovima. Kasnije sam mnogo vremena provodio mazeći i češkajući ova dva psa. Zavoleo sam i ostalu đedovu stoku a posebno prasence. Tako je prošao moj prvi dan kod đeda. I ostali su bili slični. Đedo mi je svakodnevno pravio odvare privijajući ih na moje koleno. Svako jutro i veče sam jeo meda tako da su se ubrzo primetili rezultati. Popravio sam se a i noga mi je bolje funkcionisala.

Đedo me jednog dana stavio na konja i poveo u Plav. To je varošica, ali je od davnina, još iz turskog doba, poznati trgovinski centar. Đedo mi je uz put pričao bajke: Ivicu i Maricu, Pepeljugu, Crvenkapicu, Tri praseta i druge. U Plavu mi je kupio nekoliko majica, pidžama, pantalona, opanke i kondure. To su cipele koje su optočene metalom da bi duže trajale, a bile su nekoliko brojeva veće da bih mogao dve – tri godine da ih nosim. Nisam mogao sebe da prepoznam. Bio sam srećan ali su mi već počeli nedostajati članovi moje porodice. Iz dana u dan mi je bilo sve teže zbog njih, a sa druge strane, na nozi, zbog koje sam došao, primećivao se ogroman napredak. Savijao sam je skoro do kraja. Nisam imao nikakav bol a ona je postajala sve deblja i deblja. Činilo mi se da je i u dužinu porasla pa više nisam hramao kao ranije.

A onda su došli Vesko, Rade i Saša. To su đedovi unuci, od njegovog sina Miša. Oni su živeli u Ivangradu, a svako leto su provodili kod babe i đeda na selu. To su bili najlepši dani u mome životu za period koji sam do tada upamtio! U osvit zore bismo pustili stoku i čuvali je do prepodnevnih vrućina, a onda bismo i popodne isto uradili, sve dok sumrak ne počne da pada. Đedo nas je svakodnevno savetovao i u svemu podučavao. Po šumi je bilo dosta divljih životinja pa smo uvek morali da budemo obazrivi. Brali smo jagode, maline, kupine i drugo divlje voće a od toga je baba pravila razne džemove. Mene je đedo svakodnevno masirao i stavljao odvar, pa mi se noga udebljala skoro kao desna. Više je nisam vukao, nego sam sa njom mogao da uradim skoro sve što sam mogao sa desnom. Moj oporavak je bio prosto neshvatljiv.

A onda je došao drugi avgust. Đedo me je toga dana lepo obukao i mi smo pošli na put. Kao i uvek kada bismo putovali, nismo mnogo razgovarali. Putovali smo autobusom i došli pred našu kuću u Peći, a tamo je bilo dosta ljudi. Mnogi od njih su plakali. Prilazeći im, setih se đedovih reči koje sam čuo kada me je poveo sa sobom.

'Ostalo mu je još par mjeseci života.' Sada sam znao da se to odnosilo na mog tatu. Prišli smo. Mama nas je zagrlila sva u jecajima. I ja sam počeo da plačem. Bilo me je strah. Onda sam otišao kod braće i sestara. Oni su me u početku začuđeno gledali jer nisu mogli da poveruju da sam se za tako kratko vreme oporavio. I ja sam njih u čudu gledao. Činilo mi se da sam samo ja porastao a oni ostali isti, mršavi i neuhranjeni. Tu su bila deca naših rođaka i mi smo se, udaljivši se od svih, počeli igrati. Malo kasnije je došao pop i moga tatu su poneli da sahrane. I sve se brzo završilo. Došli smo kući. Ostalo je još nekoliko rođaka koji su posle ručka pošli svojim kućama. Đedo je ostao da prespava. Mislio sam da ću da ostanem sa svojom porodicom, ali mi đedo i mama objasniše da moram, zbog mog oporavka, opet sa njim da odem. Rekoše mi da se sada sve promenilo i da ćemo se ubrzo vratiti.

Tada je počeo novi period u mom životu. Đedo me je upisao u školu i ja sam svakodnevno morao da pešačim oko pet i po kilometara. Tek sam se daleko oko kilometer i po od naše kuće, sretao sa prvim đakom a onda bi nam se pridružilo još četvoro. Bilo nas je šestoro, četiri dečaka i dve devojčice. U tim septembarskim danima je bilo sve lepo. Niko deci nije branio da iz voćnjaka uberu bilo koju voćku i da se na taj način zaslade. Često bi nam stariji ljudi sami nudili da uzmemo jabuku, krušku, dunju, grožđe ili ono što bi sami izabrali. Dok je dan, mogli smo ubrati šta smo poželeli a kada bi pao mrak, nismo smeli ući u ni u čiji voćnjak, jer se tada smatralo da krademo. Niko od dece po mraku nije ušao u tuđi voćnjak ili baštu da nešto ubere. Ni mi niti neko od starijih.

Dva dečaka i jedna devojčica su bili godinu stariji, a dečak i devojčica prvaci kao ja. Putem za i iz škole smo se igrali i jurili a ja ni u čemu nisam zaostajao za njima. Takmičili smo se ko će sa kamenom sa određene daljine da pogodi drvo, ko će najviše da skoči, ko će dalje da baci kamen sa ramena, ko je najbrži, itd. U početku su me skoro svi pobeđivali, ali sam veoma brzo preuzeo vođstvo. Gotovo uvek sam ih pobeđivao. Niko nikada ne bi rekao da je pre par meseci trebalo da se operišem i da su hteli da mi amputiraju nogu. Bilo mi je lepo sa tom decom. Jedino taj kilometer i po što sam išao sam, bio mi je najteži i najdosadniji.

Prolazili su dani, nastupila je pozna jesen. Kod đeda su manje dolazili ljudi da im pomaže. Sa žutim lišćem došli su hladniji dani. Pao je prvi sneg iako zima još nije počela. Takve su bile ćudi prirode na ovoj planini. Na taj sneg napadao bi drugi, treći, četvrti, tako da se nije otapao do kraja aprila. U ovim zimskim danima smo izmišljali nove igre u kojima smo uživali. Skoro uvek smo bili kvasni kada smo dolazili u školu. Približili bi se do furune i tu se sušili dok dođe učiteljica. Ništa bolje stanje nije bilo ni kada smo se vraćali iz škole. To, međutim, nikom nije smetalo jer smo uvek bili u pokretu a vunene čarape i džemperi nisu dozvoljavali da se prehladimo. Đedo me je svaki dan pratio i na istom mestu dočekivao kada sam se vraćao iz škole. Bio sam odličan đak. Đedo mi je napravio pucaljku koju je u šali nazvao mali top. To je, zapravo, bila limena kutija od marmalade sa limenim poklopcem. Bila je duguljasta tako da je ličila na cev od topa, pa je zato đedo tako nazvao. Na početku i kraju je probušio, kroz te rupe provukao remen tako da sam je mogao nositi oko vrata. U zadnjem donjem delu je ekserom probušio tri rupe. Unutra je stavio parče karbida, zatvorio je limenim poklopcem a onda, na zadnjem delu gde se nalaze rupice, prineo vatru od upaljača. Karbid bi se zapalio. Došlo bi do jake detonacije kao da je neko bacio bombu. Dao je meni da i ja isprobam kako puca mali top. Uspelo mi je. Bio sam presrećan zbog toga. Objasnio mi je da je neophodno da ga nosim sa sobom kada idem i kada se vraćam iz škole. 'Kažu sine, da je lisica lukava, a ja ti mogu reći da je vuk još lukaviji od nje. On nikada neće napasti čoveka, niti neku životinju a da pre toga ne proveri je li to za njega sigurno. Zato ćeš, sine, ti ovaj top nositi sa sobom ako vidiš vuka, a on će ti se uvek pokazat da ga možeš videti pre nego što te napadne. Ako vidi da si se preplašio i da počneš bežati od njega, on će te odmah napasti jer od njega ne možeš pobeći. Ta je zver mnogo brza. Obično se pojavi ispred čoveka na petnaest – dvadeset metara i posmatra njegovu reakciju. To posmatranje traje oko pola minuta. Većinom se ljudi prestraše a to vuk oseti i onda on slobodno napada. Sa strahom parališe protivnika i na taj način osigurava pobedu. Zato se ne smeš plašiti nego moraš biti pribran. Dohvatićeš upaljač koji ti uvek mora biti u džepu i njime potpaliti mali top. Kada iz njega sune plamen i eksplozija, vuk će se prestrašiti i pobeći od tebe. Taj te više nikada neće napasti, ali se ne smiješ opustiti jer ima i drugih vukova.'

Ne znam koliko desetina puta mi je đedo dopuštao da isprobam svoj top i da iz njega pucam. Činilo mi se da sam to potpuno usavršio. Nekoliko puta sam prestrašio neke kučiće koji su na nas lajali dok smo išli ka školi.

Dramatično iskustvo desilo se na delu puta kada sam ostao bez društva. Deca su otišla svojim kućama a ja sam morao još kilometer i po da idem uzbrdo, kroz šumu. Prošao sam oko sedamsto, osamsto metara. Imao sam neki predosećaj, tako da sam sve češće hvatao upaljač. Čas bih ga vadio iz džepa, čas ga opet stavljao unutra. Osećao sam neko nespokojstvo. Onda sam na samoj krivini, kuda sam morao da prođem, ugledao vuka. Zbog straha mi se učinilo da je ogroman. A ogroman je zaista i bio. Stajao je i gledao u mom pravcu. Prvo sam se prestrašio i hteo da pobegnem, a onda sam se setio đedovih reči da je to brza zver i da čovek od njega ne može pobeći. Smirio sam se i počeo da se spremam da potpalim moj top. Ruke su mi neopisivo drhtale. Kada sam izvadio upaljač iz džepa i hteo da kresnem, ispao mi je iz ruke u sneg. Pokušao sam što hladnokrvnije da se sagnem i da ga izvadim iz snega. Vuk je i dalje gledao u mom pravcu. Posmatrao sam i ja njega dok sam prstima stezao po snegu i konačno uspeo da ga pronađem. Osetio sam ogromno olakšanje i sigurnost. Sada mi, dok sam prinosio upaljač topu, ruke nisu drhtale. Ovog puta neću tako lako ispustiti upaljač, uspeću da potpalim moj top – razmišljao sam siguran u sebe. Kresnuo sam. Ništa. Drugi put, treći put. Opet ništa. Okvasio se kremen – prolete mi kroz glavu i tada uhvati ogromna panika. Vuk kao da je čekao upravo taj trenutak. Napravio je prvi korak, drugi … I baš kad je hteo da skoči ka meni, odjeknu pucanj. Gledao sam u njega i nisam ništa video, ali sam, u magnovenju, pomislio da je to moj top opalio. Nije. Iza jednog stabla, petnaestak metara iznad vuka, pojavi se moj đedo sa pištoljem u ruci. Vuk je ležao između nas još pomalo se trzajući.

Đedo, ovaj put je bilo baš opasno – jedva smogoh snage da izustim ove reči.

'Ne boj se, đedov Parapanac' – privi me on u zagrljaj prišavši do mene. 'Tu je đedo da te zaštiti od svake opasnosti.'

Šta bi se sa mnom desilo da si zakasnio samo par sekundi!

'Da sam pustio vuka da skoči, on bi ti zubima iskidao grkljan ili slomio vrat pa makar ga u letu moj metak pogodio. Ja sam se ovde sakrio pre deset minuta i čekao kada ćete naići.'

'Opet ti se, đedo, prikazalo šta će se desiti? '

'Jeste sine, jer moj duh uvek bdi nad tobom i čim osetim da ti se nešto loše sprema, ja vidim gde će se to desiti i odmah požurim da ti pomognem. Ajmo sada odrat ovoga vuka pa ćemo kožu odneti. Stani' – reče đedo vadeći nož iz kanije.

Ja sam vuku pridržavao noge, a on je veoma brzo i vešto radio. Kada je za vršio skupi kožu, uveza je kanapom a onda dohvati telo vuka i odvuče ga stotinka metara dalje od puta.

'Noćas će ga drugi vukovi nanjušiti i rastrgnuti. Odvukao sam ga da ne bi bio na putu, da se ne bi prestrašio neko ako slučajno tuda prođe...'

Đedo uprti kožu i mi pođosmo kući. Opet sam se divio njegovim vidovnjačkim moćima. Njemu je sve ono što je izgledalo nemoguće, veoma lako polazilo za rukom.

Došlo je dugo očekivano proleće. Đedo mi je pomagao da naučim i školsko gradivo i mnogo drugog što je važno za život na selu. Uvek me je u prolećnim, letnjim i jesenjim danima vodio sa sobom da zajedno beremo razne trave i plodove od kojih bi on pravio meleme. U mom najranijem detinjstvu sam naučio kako se zove i kako izgleda svaka lekovita trava. Pričao mi je mnogo dogodovština iz njegovog života. Ispričao mi je kako ga je ujela zmija i kako je posle toga postao vidovit. Objasnio mi je da zbog toga mnogo ljudi dolazi kod njega. Tada sam ga upitao da li zahvaljujući tim moćima vidovitosti masira i pomaže ljudima.

'Ne sine, sa tim ne pomažem, nego im pomažem sa silom koju mi je Bog dao i koja je, pored ove vrućine koju imam u rukama, još važnija. To ti je, sine, isceliteljski dar.'

Đedo, i ja bih najviše na svetu voleo da imam taj isceliteljski dar!

'Sine, sve ono što voliš, što želiš i u šta veruješ, znaj da će ti se ostvarit. Da znaš sine kolika je snaga jedne misli, nikada je ne bi usmerio u negativnu stranu!'

A otkuda bih ja đedo znao kako ću usmeravati svoje misli?

'E pa sine, moraš me pustiti nekoliko dana da đedo napravi duhovni kontakt sa svjim pomagao pa onda ću ti, nadam se, sve ispričati. Upamti sine, ja sam bio mlađi nego što si ti sada kada sam postao Izabranik.'

Šta je to đedo Izabranik?

'Ako bude suđeno, đedo će ti sve ispričat, a ako ne bude, onda ni ovo nisi čuo' – reče mi đedo dok se sećao reči koje je njemu rekao njegov prađed: 'Doći će vrijeme kada ćeš i ti tu tajnu podijelit sa drugijem, ali će to dijete bit iz drugoga pljemena, a ipak tvoj bližnji rod.'

Nekoliko puta me je, u tišini sobe oko ponoći, đedo probudio dok bi u potpunom mraku kraj prozora šuškao, prelistavajući sveske i nešto šaputajući. A onda, petog dana me pozva i reče: 'Sine, osetio sam da si se dva puta probudio i da si želio da čuješ šta sam šaputao sa mojijem prađedom. Čuo si zvuke ali nisi mogao razaznati reči.'

Đedo, kako si ti mogao pričati sa svojim prađedom kada je on odavno umro?

'E moj sine, sada će ti đedo sve ispričati pa ćeš videti kolike su moći kod čoveka ako zna pravi način da ih upotrebi. Saznaćeš zašto nam je Bog odredio da moramo umreti. Čudićeš se mnogo čemu, ali ćeš se uveriti da je sve isti na. Samo će tebi biti stotinama puta lakše da naučiš, jer sam ti sve zapisao, a meni je prađed morao stotinama i hiljadama puta da prepričava dok sve nisam sto posto zapamtio. Ti ćeš to moći da čitaš. Tek kada sve bez greške zapamtiš, tek tada ćeš moći da počneš da upravljaš tim moćima. Znači, dok sve dobro ne zapamtiš, nikako ne počinji to da koristiš. Ako u tebi ne bude potpuna moć, onda nećeš moći potpuno i pravilno da reaguješ i da sa njom upravljaš. U ovome nema šale. Shvati, ako kreneš sa duhovnim kontaktom a nisi dovoljno spreman, a tvoj duh napravi kontakt sa mnogo jačim duhom od tvoga, onda, kada tvoj duh hoće da se vrati u tvoje tijelo, taj drugi, mnogo jači duh ga neće pustiti i ti ćeš tog trenutka umreti. Iako misliš da imaš samo jedan život, da ga moraš čuvati, znaj da će ti se posle smrti duh smiriti četrdeset i jednu godinu, to je vreme duhovnog pročišćenja, a posle tog duhovnog pročišćenja duh ide veoma kratko vreme u raj. Tamo mu Gospod daje da dođe do spoznaje dobra i zla. Dobro je u raju a zlo u paklu. Posle tog veoma kratkog vremena provedenog u raju, Bog duhu dozvoljava da pređe u telo nekog novorođenčeta koje se rodilo Bog sami zna gde, pa će ti se u tom novom telu otvoriti nova sudbina. Sine, malo sam požurio sa objašnjenjima misleći da sve ovo što ja znam i ti možeš odmah shvatiti. Znam kako je meni bilo kada sam počinjao, pa ću zato početi iz početka.

Kada je Bog stvorio svet, stvorio je i čoveka po liku i naličju svom. Onda je rekao da će čovek biti gospodar nad svim živim na moru i kopnu. Dade mu da koristi sve darove prirode i još mnogo drugih mogućnosti. A onda reče: 'Sve sam ti dao, ali ću ti dati samo četiri do sedam, a pojedinim deset procenata mojih moći, ili najviše deset procenata funkcije mozga, jer ako bih ti dao sve moći koje imam ja, onda bi ti veoma brzo krenuo da me svrgneš sa prestola.' Tako je čovek, zahvaljujući Bogu, postao gospodar nad svim živim na ovome svetu, zahvaljujući mozgu kojim je mogao da razmišlja.'

Đedovi zapisi se slažu sa zapisima iz Biblije. I on kaže da ljudski mozak funkcioniše od četiri do sedam a fenomenima do deset procenata, dok najsavremenija medicina tvrdi da je funkcija mozga kod običnih ljudi dvanaest do petnaest a kod fenomena osamnaest procenata. Da uzmemo i tu procenu kao moguću. Nameće se pitanje što je sa onim ostalim delom mozga? Šta, po medicini, radi onih osamdeset dva do osamdeset pet procenata mozga koji je neiskorišćen? Ako je kod fenomena mozak razvijeniji samo tri procenta u odnosu na mozak običnijeh ljudi i ako su fenomeni u stanju sa tim procentom da stvore inovacije koje utiču na promenu sveta, šta će se desiti ako nekom čoveku uspe da dođe do saznanja kako se funkcija ljudskoga mozga može povećati dvadeset, trideset pa i više procenata? Kakav bi fenomen bio taj čovek u odnosu na ostatak čovečanstva i kolike bi bile njegove moći? Za čovečanstvo su tajne bioenergija, hipnoza, vidovitost, telepatija, telekineza, teleportacija i mnoge druge pojave za koje nauka ne može dati objašnjenja. A osnova svega je verovanje da će se u tome u šta se veruje uspeti. Medicina ništa od ovoga ne priznaje jer tu nema hemije, formula i rešenja tih zadataka. Ako osećamo toplinu iz radijatora, mi znamo da je to topla voda, a ako osetimo toplinu iz čovekovih ruku, onda nauka nerado priznaje da je to bioenergija. Ili moći hipnoze. Ili moći vidovitosti u koje se čovečanstvo milionima puta uverilo. Isti je slučaj sa telepatijom, telekinezom, teleportacijom i mnogim drugim nepoznanicama koje savremena nauka, umesto da ih bolje ispita, uopšte ne prihvata.

'Nećemo se, sine, baviti naukom ni medicinom i njima dokazivati šta je moguće a šta nije. Mi ćemo raditi na postizanju naših uspeha a oni neka rade svoje. Naši uspesi će biti postizanje moći do kojih se dolazi razvijanjem procenta mozga koji je trenutno u stanju mirovanja. Sad da se vratim i završim predanje o Bogu i čoveku:

Postade gospodar i nad mrtvom prirodom, ne znajući tada da se u kamenu i ostalim metalima i nemetalima koji su skriveni u nedrima prirode kriju neograničene količine neiskorišćene energije. Od postanka sveta, ljudi su na milion načina pokušavali da dođu do puteva saznanja, da na taj način postanu besmrtni ili da u potpunosti nadvladaju sve bolesti na ovome svetu. Kako je napredovala tehnika i medicina, tako je i čovek uspevao na mnogim poljima nauke i stvarao sve novije i modernije tablete, ali mu nikako nije uspevalo da dođe do tajne besmrtnosti. Kako bi pronašli lek za neku mnogo tešku bolest, tako bi im Bog pusto neku drugu, još mnogo težu nego što je bila prethodna. A onda, nakon hiljadu godina od Hristovog postojanja, Bog reši da jednome čoveku kojeg po predanju prozva Izabranik, otkrije tajnu kako može povećati funkciju mozga, kako će moći da koristi energiju iz vode, kamena, gvožđa i svih drugih metala, koja ostatku svijeta nije dostupna. Korišćenjem te energije i pojačanjem funkcije mozga Izabranik će dobiti neopisivo velike moći.

Reče mu da je on Izabranik Božiji i da je to najsvetija tajna koju mora čuvati po cenu života. Na kraju svoga života će sve svoje znanje preneti na sledećeg Izabranika i tako, do polovine trećega milenijuma. Tada će se pojaviti mnoge sluge nečastivog koje će početi po svetu da seju mržnju, zlobu, razdor i sve najgore što će dovesti do uništenja ljudskoga roda na Zemlji. Taj razdor će trajati nešto više od pola veka. U mnogim zemljama će doći do ratova i masovnog uništenja. Sluge nečastivog će sa puno zadovoljstva uništavati sve ono što je ljudsko i što je duhovno. Mrzeće brat brata, sestra sestru, roditelji decu i deca roditelje. Pojaviće se netrpeljivost među rodbinom i komšijama. Želeće što više jedno drugom da napakoste. Kada jedan krene malo da napreduje, desetine drugih će nastojati da ga unište. Uništavaće se sve duhovno na ovom svetu. Nestaće uglja, nafte, benzina, plina i svih drugih prirodnih bogatstava. Zemlja će postati sasvim jalova. Broj stanovnika na planeti će se drastično smanjiti. Mržnja i zavist će uništavat porod Božiji. Tada će mnogi pomisliti da je došlo carstvo nečastivoga jer će se svuda po svetu dešavati kataklizme. I zaista, tada će mnogi pokušati da svrgnu Boga sa njegovog prestola ali im neće uspeti. A onda će se pojaviti Izabranik. Tada će opet Božija svetlost obasjati svet. Opet će ljudski rod uvideti da je stvoren po liku i naličju Božijem i da treba da hodaj putem koji im je Bog odredio a sa kojeg su oni, par stotina godina unazad, skrenuli. Taj ostatak naroda, a to će biti desetak posto od sadašnjeg broja stanovnika, će biti u potpunosti predan Bogu. Tada će se čovečanstvo izdignuti na drugi nivo, dobiće moći koje je do sada imao samo mali broj odabranih ljudi. Tada će opet zemlja početi da daje svoje plodove. Opet će se narod množiti i nastanjivati svet. Samo će tada taj narod biti mnogo superiorniji u odnosu na ovaj sada.' Eto, ispričah vam deo priče moga đeda"

10.

Slušali smo ne trepćući, ni sami ne znajući koliko je potrajalo. Došli su neki pacijenti koje je morao da izmasira. Trebalo je da sačekamo sledeću priliku pa da čujemo nastavak ove čudne priče. Sve što nam je do sada ispričao, imalo je osnova i više smo verovali da je istina nego da su izmišljotine. A po izjavama mnogih osoba koje je on izlečio, dolazimo do zaključka da ovo nije samo obična priča. Oko devetnaest i trideset je završio rad sa pacijentima i nastavio priču: "Verujte da mnogo šta od svega što je đedo pričao nisam shvatao. To sam mu i rekao.

'Da sine, i meni u početku ništa nije bilo jasno, ali kada kreneš sa ovim, onda će ti iz dana u dan biti sve jasnije i jasnije.'

A šta treba da krenem đedo? 'Prvo ćeš morati da odradiš sve ove vežbe a onda će doći na red sve ostalo.'

Pokazao mi je sveske i ja sam već sutradan počeo.

Morao sam trista dana da gledam u Sunce. Počeo sam da vežbam po desetak sekundi u prvom jutarnjem satu ili u zadnjem satu kada Sunce zalazi. Svakodnevno sam ovu vežbu produžavao po deset sekundi. I tako, do dvesta sedamdesetog dana, odnosno trajanje gledanja u Sunce od četrdeset pet minuta, a onda sam trideset dana smanjivao po jedan minut i sa četrdeset pet došao na petnaest minuta. Bilo je i oblačnih dana kada nisam mogao gledati u Sunce, ali bih, čim se Sunce pojavi, nastavljao započeti proces."

Dogovorili smo se da Mikija ne prekidamo, ali u tom trenutku Marko upita: "Možeš li nam objasniti zašto je važno to gledanje u Sunce?"

"I ja sam se tada to pitao. Kada sam počeo da vežbam, uopšte nisam imao strpljenja. Želeo sam sve da postignem za par dana. Đedo me je stotinama puta opominjao da niko nije uspeo da napravi kuću od krova nego da sve ima svoj redosled. Mora se prvo napraviti temelj, sazidati zidovi pa tek krov. Zato sam morao da idem po redu. Uz gledanje u Sunce, kada se u ljudskom telu formiraju energetske baterije koje se za tih trista dana u potpunosti napune, morao sam da se posvetim meditaciji da bih sa postigao strpljenje i duhovni mir. U mojoj ranoj mladosti to nije bilo ni malo lako. Majka, braća, sestre i sve ono što sam najviše voleo, što mi je bilo najdragocenije u životu, lagano je prelazilo u neki drugi plan a ove vežbe i meditacija su postajale najvažnije u mom životu. Jedva sam čekao sutrašnji dan da bih mogao da nastavim sa vežbama. Svaki dan je donosio novu radost. Uvek se otvaralo nešto novo što bih, pun ushićenja, brže bolje ispričao đedu. Svaku moju promenu je upoređivao sa sobom kada je bio u mojoj poziciji. Neke su se poklapale a neke su bile skroz različite. Posle devedeset dana gledanja u Sunce i svakodnevnog statičnog meditiranja, đedo mi je doneo leskov štap koji je pri dnu bio malo oljušten i rekao da sada moram meditirati sto trideset i tri minuta dok bosonog hodam i neprestano izgovaram rečenice koje je on zapisao. A u tim tajnim rečenicama koje su izgledale beznačajno, zapravo je bila tajna svih moći koje je on posedovao i koje je hteo da prenese na mene. Mogu hodati po travi, pesku, betonu, asfaltu, kamenu, zemlji i vodi ali kada gledam u Sunce, ne mogu biti na travi ili u vodi. Nastavio sam. Uspevao sam sve više i više. Te godine sam uspeo da dođem do sto osamdeset i šestog dana gledanja u Sunce jer su počeli kišni dani. Posle tih kišnih dana počeli su snegovi i to je potrajalo do polovine aprila. Otopio se sneg a ja sam opet nastavio sa mojim vežbama. U nastavku, posle pauze od nekoliko meseci, prvih trideset i jedan dan sam gledao u Sunce po minut, svakodnevno povećavajući po minut dok nisam postigao vreme do kojeg sam prošle godine stigao a onda sam opet svakodnevno dodavao po deset sekundi. Đedo mi je rekao da ću uspeti sledeće zime da kontrolišem svoja osećanja, da ću moći bos da idem po snegu a da neću osećati hladnoću. Kada je temperatura prešla dvadeset stepeni, đedo je stavio vodu u belu staklenu flašu koju je zatvorio čašicom od rakije na kojoj nije bilo nikakve nalepnice i izložio je sunčevim zracima. Svako jutro u osam sati je stavljao svežu a u petnaest sati je micao sa tog mesta izloženog suncu dajući mi da pijem tu vodu. Bila je topla i bljutava ali sam primetio da mi je telo mnogo svežije. I na taj način sam dodatno unosio sunčevu energiju u organizam. Stvorio sam, kako je đedo rekao, energetske baterije i svakodnevno ih punio. Jednom prilikom, dok sam bos meditirao po šumi, naglo sam se približio ogromnoj zmiji koja je sklupčana čekala svoju žrtvu. Kada sam se približio na nekih pola metra, ona je reagovala. Umesto da me napadne, odjednom je počela da beži od mene. Uplašio sam se. Prekinuo sam meditaciju i onako prestrašen pošao kući. Pred kapijom me je, sa osmehom na licu, dočekao đedo.

'Jesi li se dobro uplašio sine?'

Kako nisam đedo. To je bila najveća zmija koja se može zamisliti. Dvaput je bila veća od mene. Nisam je video i kada je trebala da me upeči ona je naglo pobegla od mene.

'Znam sine, sve sam video. I to me posebno raduje.'

Opet sam se začudio. Mada sam znao za njegove sposobnosti, ipak sam se pitao kako je on mogao da zna, kako je video i šta ga je tu posebno obradovalo.

'Moj sine' – poče da mi odgovara đedo kao da mi čita misli. 'Video sam kako si se prestrašio ali sam video i da se zmija koja je bila spremna za napad, prestrašila od tebe i pobegla. A znaš li zašto je to učinila?'

Ne znam đedo.

'Zato sine, što je ona osetila tvoju bioenergiju pa umesto da te vidi kao dete, ona te je videla kao plamen i za to je pobegla. Zmije se ne plaše vode ali zato od vatre beže kao lude. Današnja vežba i meditacija ti je propala ali ćeš je sutra ponoviti. I ne boj se sine. Ako bi neko uhvatio pun džak zmija i pustio ih na pola metra od tvojih bosih nogu, sve bi one pobegle na drugu stranu i ni jedna te ne bi upečila.'

Ove reči koje je izgovorio moj đedo su me uverile u čudne moći koje sam postizao sa ovim vežbama i meditacijom. Normalno da sam nastavio i da sam postizao odlične rezultate. Ulazio sam u neki novi, za mene drugi, nepostojeći svet. Kada bih pružio ruke sa dlanovima okrenutim ka nebu ili ka nekom drvetu, osetio bih da se sa neba ili sa tog drveta vodopad energije uliva u moje dlanove. Ili kada bih svoje gole grudi i lice naslonio na hrast, prosto bih osetio kako njegovim žilama i stablom prolaze sokovi života koji se ulivaju u moje telo. Đedo bi me vodio u hrastovu šumu i tu me ostavljao da po nekoliko sati potpuno go posmatram stabla. U početku se ništa nije dešavalo. Dosta kasnije se i sa jedne i sa druge strane stabla počela pojavljivati žuta boja. Pohvalio sam se đedu a on mi je objasnio da je to odlično i da samo nastavim. Upornošću i napornim vežbama uspeo sam oko stabala da vidim spektar boja koje su iz dana u dan postajale sve vidljivije. Đedo me je uvek stavljao na nova i nova iskušenja. Ovaj put sam potpuno go morao da budem u vodi nekoliko sati. Planinska voda i u letnjim danima ne može biti topla a provesti u njoj po dva – tri i više sati nije ni malo lako. Ni jedan moj korak, vežba ili meditacija nisu bili laki. Shvatio sam da ništa u životu nije lako. Put do bilo kog uspeha je težak, a ovaj put koji sam ja izabrao, koji mi je sudbina odredila, izgledao je najteži od svih mogućih puteva. Uvek kada bi mi bilo mnogo teško i kada bih pomislio da više ne mogu, kao nekom čarolijom đedo bi se stvorio kraj mene i podržavao me. Pred njim su se sve moje prepreke rušile kao kule od karata. Uspeo sam u potpunosti da savladam sunčev proces. Đedo je mnogo puta usmeravao svoje ruke ka meni. Pomerao me je iako je bio po nekoliko metara daleko od mene. Pokušavao sam da mu se oduprem ali mi nikako nije uspevalo. Đedo mi je i tu tajnu potanko objasnio.

'Sine, moj duh, moja vera, moja želja i procenat mozga koji je razvijeniji nego tvoj, omogućavaju mi da postižem sve ono što želim. Još dosta moraš da vežbaš ali ćeš ubrzo i ti to uspevati.'

Dokle će više trajati moje vežbe i meditacije i kada ću ja početi da postižem ciljeve? Mnogo puta sam se to pitao a odmah nakon toga bi se setio đedovih reči da su strpljenje i mir najbolji saveznici za postizanje ciljeva.

Ćuti, vežbaj i sve će doći na svoje mesto. Znao sam da su njegove reči da ću i ja to ubrzo uspeti samo ohrabrenje i da mi treba dosta meseci da bih to ostvario. Nebrojeno puta sam posumnjao da li ću imati strpljenja da toliko vremena provedem da bih došao do jednog cilja, ali sam se odmah po ostvarenju jednog, potpuno predavao drugom bez obzira koliko će trajati. Bio sam tvrdoglav, uporan i sasvim ubeđen da ću uspeti. A onda je đedo došao sa još jednim predlogom: 'Sine, evo si napunio deset godina pa ćeš uskoro morati da se podvrgneš gladovanju.'

Zašto đedo? Pa ima svega za jelo, a ti znaš kako ja volim da jedem sve što baka sprema.

'Znam sine, sve znam. Opet ti kažem da ovo nije lako ali ćeš videti koji će ti se uspesi otvoriti posle ovoga procesa. Ja ću biti sa tobom i u bilo kom trenutku ako ne budeš mogao izdržati, mi ćemo prestati sa gladovanjem.

Opet su me njegove blage reči ubedile. Počeo sam i taj proces. Mislio sam da će mi biti teško ali sam ta početna gladovanja veoma dobro podnosio. U početku sam gladovao po dvadeset četiri sata nedeljno a onda mi je đedo povećavao na trideset šest, četrdeset i osam, šezdeset, sedamdeset i dva. I to je trajalo više od dve godine. Začudo, posle tog perioda gladovanja sam jedva čekao kada će da dođu dani kada ću opet da gladujem. Đedo mi je objasnio da mi energetske baterije koje su formirane u mom telu pomažu da mogu izdržati gladovanja ma koliko dugo ona trajala. Posle gladovanja koja su trajala po tri dana, đedo mi je predložio da gladujem deset dana. Ovaj put se nisam plašio nego sam jedva čekao da počnem. Ovo malo duže gladovanje je bilo drugačije nego ova kratka. Morao sam svakodnevno da pešačim oko pet kilometara i da uz pomoć đedovih čajeva svaki drugi dan čistim creva. U toku gladovanja sam pio osunčanu vodu i to po tri, četiri litra. Uspeo sam da izdržim gladovanje a onda sam se prvi put u toku svih mojih vežbi i meditacija na velikom odmoru pohvalio jednom svom drugu iz odeljenja. On je to ispričao drugoj deci i za čas je cela škola znala za moju tajnu. Mnogi su se smejali, sprdajući se sa mnom. Nikada kao tada nisam bio ljut. Nisam ni znao da sam tog trenutka usmerio ruke ka tom izdajniku ali se on u trenutku dok mi se smejao sa drugom decom, naglo uhvatio za glavu, previo se i odjedanput počeo da povraća.

Šta mu bi odjedanput? Pitao sam se kao što su se pitali i svi ostali. Jedan nastavnik je izneo bokal vode i počeo da ga umiva. Njemu nije bilo bolje. Jedva je dolazio do vazduha. Nisam znao da sam ja uzrok njegove slabosti. Tog trenutka me je đedo, koji se ne znam otkuda stvorio pored mene, lupnuo po rukama, koje su u neznanju i dalje bile usmerene ka mom drugu. Niko taj potez nije primetio jer je sva pažnja bila usmerena ka bolesniku. Prišao mu je i samo ga rukama pomazio a dete je ustalo kao da nikada nije bilo bolesno. Nastao je potpuni muk. Neki pas iz komšiluka je počeo da laje. To kao da je bio signal da se svi razgalame. Đedo je prišao mom nastavniku koji mu se zahvaljivao za pomoć koju je pružio bolesnom detetu. Đedo je smatrao da je to nebitno i onda on zamolio nastavnika da me danas oslobodi nastave. Nastavnik me pustio i mi pođosmo kući. Kada smo se malo udaljili da nas drugi ne mogu čuti, poče da me kritikuje. Ali i kritike su bile izrečene nekim blagim, autoritativnim glasom koji je morao da se posluša.

'Šta misliš sine, da sam kasnio samo pet minuta, bi li tvoj drug ostao živ?'

Đedo, ja sam se začudio šta mu bi odjednom. Samo se počeo previjati i povraćati.

'A jesi li obraćao pažnju na svoje ruke?'

Znam da si me po njima lupnuo kada si došao, ali ne znam zbog čega.

'Sine, rekao sam ti mnogo puta da nikada, ni po cenu života, o ovome nikom ne smeš ništa da pričaš.'

Mislio sam, đedo, da mi je dobar drug i da nikom neće pričati o ovome.

'Sine, tvoje misli moraju uvek biti samo tvoje misli i one uvek moraju biti usmerene ka uspehu. Kada bi čovek znao kolika je moć jedne misli, nikada je ne bi usmeravao na pogrešnu stranu. To sam ti jednom već rekao. A ti si sada to uradio. Dozvolio si sebi da zbog svoje greške izgubiš mir, veru i samopouzdanje. Dozvolio si da tobom preovlada ljutina. Moraš shvatit da postoji pozitivna i negativna energija. Ljutina, bes, nespokoj, bol i druge neprijatnosti privlače negativnu energiju. Ti si ovaj put tu negativnu energiju uspeo da privučeš i da je usmeriš prema svome drugu.'

Ali đedo, ja nisam ni znao da to radim.

'Da sine, iako nisi znao, učinak je bio mnogo jak, a da si je sa znanjem usmerio, onda bi to bilo pogubno za tvoga druga. Zato sam te uzeo iz škole, da se ne bi opet naljutio I da u neznanju ne bi nekoga povredio. Svako negativno usmerenje energije stvoriće ili tebi ili onom ka kome je usmeravaš gomilu neprijatnosti ili bola.'

Njegove reči su mi se duboko urezale u svest. Uplašio sam se. Svim srcem sam želeo da pomažem ljudima, da ih energijom izlečim od svih bolesti a zamalo mi se nije desilo da pogrešnim usmerenjem ubijem svog školskog druga. A šta ako mi se desi da nekada, kada mi najveća želja bude da nekome pomognem, energija bude negativno usmerena pa toj osobi nanesem neopisive probleme? Opet mi je đedo pročitao misli i opet je odgovorio na nepostavljeno pitanje.

'Vidim sine da si se uplašio. Dobro je to jer će te strah zaustavljati da ne napraviš greške. Još si ti sine mali i još ne umeš da kontrolišeš sebe. Zato ti se ovo desilo. Ne brini, ideš veoma dobrim putem, pa ćeš uskoro i to savladat. A kada sve savladaš, onda ti se nikako bez tvoje volje ne može desiti da energija pođe pogrešnim pravcem i da na taj način naudiš osobi koju hoćeš da izlečiš. I meni je moj prađed u početku pomagao. I meni se u početku dešavalo slično kao i tebi. I ja sam se jedamput u jednoj crkvi tako naljutio da sam usmerio energiju ka jednom vladiki, oteo mu prut kojim me tukao i bez mog dodira taj isti prut je njega nekoliko puta udario. Zato nikada, zapamti nikada, ne smeš da se ljutiš. Nešto što je najpotrebnije svakom ljudskom biću to je mir i Božiji blagoslov.'

Oću li đedo i ja moći tako da pomeram prut ili bilo šta drugo?

'Oćeš sine, kako nećeš. Kada budeš završio gladovanje od četrdeset jedan dan, onda ti dolaze na red vežbe kojima ćeš sve to postići.

U tom razgovoru smo stigli kući. Odavno me je opomenuo da ni babi, iako on živi sa njom, o ovome ne smem ni reč progovoriti. Pošli smo do šume i tu me je đedo ispitivao koje sve boje vidim oko kojeg stabla. Skoro uvek su se sve boje poklapale kako kod mene tako i kod njega. Poveo me je malo dalje i doveo do jedne ogromne topole. Upitao me je koje boje tu vidim. Pomislio sam da će ovo ogromno drvo ispustiti mnogo više boja pa sam bio razočaran što ih nisam video. Rekao sam to đedu a on se nasmejao.

'Moraćeš sine, isto tako da gledaš i ljude. Nemoj misliti ako je čovek veliki da je zdrav. Te boje koje vidiš oko drveta to je aura ili energetski omotač oko svakog živog bića. Što ima više jasnijih boja, to je energetski potencijal veći. A kada nema boja, kada su te boje iskrzane ili ispresecane, onda ta osoba ima dosta zdravstvenih problema. Što je aura jača, to je čovek zdraviji. Ima ljudi koji poseduju više i manje energije. Isto je tako i sa drvećem. Ovo drvo je ogromno, ali ima mali energetski potencijal.'

Posle tih objašnjenja smo se vratili kući, a onda se đedo sa mnom igrao kao da je imao moje godine. Ipak sam još bio samo dete. Svaki naredni dan je zahtevao neku novu vežbu. Opet me je đedo poveo u šumu. Napravio je avion od lista papira i poneo ga sa sobom. Mislio sam da ćemo se igrati sa njim, ali ga je on stavio na metar daleko od mene rekavši da moram sve misli usmeriti ka tom papirnom avionu, neprestano gledati u njega, ništa drugo ne misliti sve dotle dok

ga mislima ne nateram da poleti. Ostavio me je a ja sam prionuo na novi zada-
tak. Mislio sam da je papir lak i da ću odmah uspeti. Prevario sam se. Mučio sam
se nekoliko sati bez ikakvog rezultata. Kada sam došao kući, đedo mi je rekao da
je on to savladao pre njegove pete godine. Tada sam se baš razočarao.

'Sine, sine, reka sam ti da nikada ne smeš da se ljutiš i nikada ne smeš do-
zvoliti sebi trenutke razočarenja. Dobar si, dobro ti ide i sve što ne postigneš
danas, postići ćeš sutra ili za određeno vreme.

I zaista, posle par nedelja sam uspevao taj avion da pomerim bez ikakvog
problema. Kasnije, opet posle nekoliko nedelja je đedo počeo da stavlja razne,
veće i teže stvari ispred mene. I to je zahtevalo još dodatnih muka i vežbi ali
sam uspevao sve da ih pomeram. Sećam se da mi je jednog dana, dok smo se
odmarali, rekao da moram pomeriti babu.

Kako ću đedo? Ona je živo biće koje će se odupirati mom nastojanju da je
pomerim.

'Pokušaće, ali neće uspeti, sine. Ti moraš biti jači od svakog ljudskog bića,
pa jednoga dana i od mene što se tiče tih moći.'

Tada je baba mesila hleb a đedo izlazio iz kuhinje dajući mi znak da izvr-
šim zadatak. Pružio sam ruke, usmerio energiju i baba je počela da se odmiče
od stola iako to nije želela.

'Gaco, vraže jedan. Što ti je? Što me jopet pomjeraš a imam stotinu poslo-
va!' Vikala je baba misleći da je đedo pomerio.

Sledeći moj zadatak je bio da mislima savijem jednu metalnu kašiku. Ovaj
put je bilo mnogo teže da postignem svoj cilj. Mučio sam se više od dvadeset
dana. Kada je kašika počela da se savija, likovao sam od sreće. Onda sam usme-
ravao misli terajući kašiku da se nekoliko puta uprede. I tu mi je trebalo neko-
liko dana da uspem. Kada mi je i to pošlo za rukom, bio sam presrećan. Uzeo
sam kašiku i sa rukama pokušao da je odmotam. Začudio sam se koliko je bila
tvrda. Da li je moguće da sam mislima uspeo da je savijem a da prstima ne
mogu da je ispravim. Otišao sam kod đeda i to mu rekao. On se nasmejao i re-
kao da nema toga na svetu što ja ne mogu postići.

'Uhvati prstima početak i kraj kašike i naredi joj da se ispravi.'

To sam uradio. Bez ikakvog problema sam postigao željeni rezultat. Onda
su na red došle veće i deblje stvari. Đedo mi je rekao da mogu sam vršiti ek-
sperimente. Mogu sve te stvari savijati i ispravljati a istovremeno ih mogu po-
dizati i pomerati. Sada sam radio dve vežbe odjedanput. Uspevao sam. Mi-
slio sam da sam došao do savršenstva i sa jednom i sa drugom vežbom a onda
mi je đedo zadao novi zadatak. Opet je doneo list papira, zgužvao ga i stavio
ispred mene. Rekao je da moram usmeriti misli i naterati papir da se zapali.
Opet sam bio izložen iskušenjima. Opet su strpljenje i upornost dali rezultate.
Sve ono što se u početku čini nemogućim, uz upornost i određene vežbe se ve-

oma brzo realizuje. Navršio sam tačno četrdeset dana kada sam uspeo prvi put da zapalim papir. Neko bi rekao mnogo vremena a moj đedo je rekao da vreme ne predstavlja problem kada se pokazuju rezultati. Palio sam papir bez problema. Đedo bi izlomio grančice, stavio ih na gomilu i od mene zahtevao da i njih zapalim. Ovo mi nije bilo teško. Tokom prvog dana sam uspeo. Onda je stavio iscepkana drva. Tu sam se prvih par dana mučio a onda sam i u tome uspeo. Posle toga sam uspevao da zapalim i oblice. Jednoga dana je sipila sitna kiša a đedo je rekao da i po tom vremenu probam da zapalim papir.

Kako ću đedo kada je papir kvasan?

Tada je on pružio ruke i na moje zaprepaštenje papir se zapalio.

'Shvati da je kod tebe takva moć da sve što poželiš možeš uraditi samo ako u to veruješ sto posto. Nikada nemoj reći – kako ću. nego samo idi napred i sve će ti se ostvarivat pa ćeš tada videti da će ti sve biti lako. Tvoje su ruke usmerivač energije bez obzira što očima ili sa svojom svešću hoćeš da dođeš do određenog uspeha. Usmeravaj rukama energiju i pre ćeš postići uspeh. I sutra, kada budeš lečio narod, ti ćeš rukama postizati rezultate.'

Od tada sam uvek usmeravao energiju rukama, uvek postižući odlične rezultate. Sve ono što bih uspevao da postignem za nekih par sati, sada sam uspevao za desetak – petnaest minuta. Ja sam bio prezadovoljan ali moj đedo nije. Morao sam još da vežbam da bi sve to postigao u trenutku kada to poželim.

'Nekada i jedna sekunda odlučuje o životu i smrti. Zato moraš izvežbati da sve postižeš brzinom misli. I zapamti. Nema – kako ću ili – možda ću uspeti! Stoprocentna vera u uspeh je najsigurniji uspeh. Zato sto posto vjeruj i sto posto ćeš uspeti.'

U narednih mesec dana sam došao do pravog savršenstva. Ali ovaj put zaista do savršenstva. Poželeo bih da nešto pomerim ili podignem i istog trena bi to uspeo. Poželeo bih da neki metal savijem ili da nešto zapalim i to bi mi u momentu pošlo za rukom. To sam uvežbavao još nekoliko dana a onda mi je đedo rekao da se skoncentrišem i usmerim svest na jednog učenika u odeljenju dok ne počnem da osećam njegove misli. Pokušavao sam nekoliko stotina puta ali nikako nisam uspevao. Tvrdoglavo i uporno sam nastavljao. Tada nisam hteo da kažem đedu da ne mogu jer sam bio ubeđen da ću sigurno uspeti iako nisam znao kada. Jednom prilikom, posle ni sam ne znam koliko pokušaja, kada sam već počeo nešto da osećam, nastavnik me je nešto pitao. Nisam ga čuo jer je moja svest bila preokupirana drugim mislima. Kada me je i drugi put pitao, a ja mu ni tada nisam odgovorio, svi đaci su počeli da se smeju. Ni to nisam čuo, ali sam osetio po talasanju energije da nešto nije u redu. Kao da sam se probudio a oni su se još glasnije smejali. Čuo sam reči mnogih drugara da sam potpuno poludeo. Opet je u trenutku bes proključala u meni. Odmah sam se setio đedovih reči da nikada ne smem da se ljutim. Brzo sam se smirio i počeo sa njima da se smejem sam sebi. Nastavnik nas je smirio a onda mi se obratio: 'Interesuje me šta je sa tobom u poslednje vreme? Primećujem da si nezainteresovan i da uopšte ne pratiš nastavu.' Nastavniče, ja sve znam i pažljivo pratim nastavu ali sam se ovaj put nešto zamislio pa nisam čuo šta ste me pitali.

'Hoćeš da kažeš da znaš sve šta smo učili na prethodnim časovima?'

Znam nastavniče.

'Onda ću, ovog trenutka, prekinuti predavanje i tebe ću ispitivati, jer ti tvrdiš da ja nisam u pravu što se tiče tvog praćenja nastave.'

Nema problema nastavniče, slobodno me pitajte sve šta želite iz gradiva koje smo učili. Kada sam izgovorio te reči, opet sam osetio talasanje energije. Tada sam osetio misli nekoliko učenika i učenica.

Mili Bože, nikada se ne zna kada ćeš mi pomoći, a sada si mi pomogao iako sam se tome najmanje nadao. Svi su bili na nastavnikovoj strani. Svi su iščekivali da počne da me ispituje da bi mogli da mi se smeju i da se naslađuju zbog mog neznanja. Onda sam osetio da su i nastavnikove misli iste kao i njihove. Učio sam, znao sam celo gradivo, pa sam bio spreman da odgovaram. Nastavnik je počeo da me unakrsno ispituje iz gradiva koje smo učili. Ja sam se skoncentrisao na njega dok sam odgovarao. Osećao sam da se razbesneo posle svakog mog odgovora. Osetio sam da se u njegovoj svesti formira odgovor na svako pitanje koje bi meni postavio. Odgovarao sam mu i na pitanja koja nismo prošli u našem gradivu jer sam odgovore čitao u njegovoj svesti. A onda sam mu rekao da više neću odgovarati na ta pitanja koja mi postavlja jer to nismo učili. On je bio preko svake mere ljut, ali je morao da se povuče. Pohvalio me je i rekao da moram da budem malo skoncentrisaniji i da pratim nastavu. Dao mi je peticu. Istog dana sam odgovarao još kod dva nastavnika i dve nastavnice. Svi su me unakrsno ispitivali. Odgovarao sam i sve sam znao. Nije mi bilo teško jer sam odgovore dobijao iz njihove svesti odmah čim bi postavili pitanje. Kada bi postavili pitanje iz gradiva koje nismo učili, ja bi ih opomenuo da to nismo učili ali da znam odgovor.

'Pa odgovori ako znaš ' – rekli bi u nadi da bar na neko pitanje neću znati da odgovorim. Kada sam im i na to pitanje odgovorio, onda nisu imali drugu mogućnost nego bi mi davali petice. Toga dana sam dobio pet petica. U toku tog jednog dana moja popularnost je toliko porasla da je o meni pričala cela škola. Svi drugovi i drugarice koji su mi se prethodno podsmehivali su želeli da mi nekako budu što bliže. Osećao sam njihove misli. 'Blago njemu, kako on sve zna' i mnogo sličnih. Došao sam kući sav srećan. Opet me je đedo dočekao sa osmehom na licu.

'Bravo sine. Bravo đedov Parapanac' – govorio je dok me grlio.

Đedo, brinem se da mi se ovaj osećaj ne pokvari pa da sutra i ostalih dana ne mogu osetiti njihove misli.

'Opet si, sine, napravio grešku. Rekli smo da nema „kako ću?" ili "možda ću uspeti". Kada se jednom mozak otvori u tom smeru i u tom saznanju, on će večito u tome postizati odlične rezultate. Nemoj se brinuti jer ćeš i sutra i narednih nekoliko dana biti na tapetu da te svi ispituju. Kada se budeš svima dokazao, doći će direktor da te zamoli da ideš na takmičenje. Pristani da ideš. Predstavljaj školu iz tri najteža predmeta. Direktor će ti ponuditi jedan predmet, ali ti mu reci ili tri ili ne idem na takmičenja.'

Tako se zaista i desilo. Posle svakodnevnog ispitivanja iz predmeta iz kojih nisam odgovarao i njihovog neverovanja da posedujem toliko znanje, nastavnici se pomiriše sa činjenicom da nema pitanja na koje ne znam odgovor. Svakodnevno sam dobijao petice. Onda je došao direktor. Mi se dogovorismo da idem na takmičenje i da prestavljam školu iz tri predmeta. Osvojio sam tri zlatne medalje. Nastavnici iz drugih škola su govorili o mom neverovatnom znanju. Bio sam presrećan.

'Sine, imaćeš još jednu vežbu, jedno dugo gladovanje, a kasnije još nešto i posle toga se može reći da si ispunio svaki zadatak koji je bio pred tobom. Vidim da si odlično savladao metod čitanja tuđih misli. Sada ti je potrebno da mislima narediš drugoj osobi da uradi ono što ti želiš. Videćeš da je ova vežba najinteresantnija i da ćeš je veoma rado vežbati. Zapamti, opet ti kažem, da ovu kao i sledeću vežbu koja dolazi posle gladovanja, nikada ne smeš zloupotrebiti.'

Đedo, ti znaš da ja poštujem I slušam sve što mi kažeš.

'Dobro sine. Ovo ćeš moći da vežbaš i na životinjama. Nateraj mislima psa da laje ili ovce da idu gde ti hoćeš. Nateraj petla da kukuriče. A kada dođe neko od ljudi kod mene, kada ja završim tretman kod njega, ti mu onda naredi po nešto što hoćeš, ali nemoj preterivati.'

Počeo sam i to da vežbam. Posle petnaestak, dvadeset dana su se pojavili prvi rezultati. Prvo sam naterao Marinkovog magarca da njače. Onda našeg Žućka da laje. Milovanovog petla da kukuriče. Ovce skoro da i nisam morao da čuvam, išle su tamo gde bih ja poželeo. Onda sam jednog čoveka, koji je prilično bolestan došao kod đeda, posle njegovog tretmana naterao da se smeje. Čovek je presrećan otišao kući. Jednoga dana smo ja i đedo otišli do Plava. Izrastao sam pa je želeo da mi pokupuje raznu odeću i obuću. Sve smo završili pa smo ušli u jednu poslastičarnicu da se osvežimo. Mislima sam naterao vlasnika da nas časti limunadom i kolačima. Đedo je izvadio pare i platio iako je vlasnik navaljivao da nas on časti. Kada smo izašli, prve reči su mu bile: 'Pratio sam te tokom cele trgovine da li ćeš uticati na prodavce da nam smanje cenu. Nigde nisi uticao ali si sada pogrešio. Izgleda da si zaboravio da komandu na tuđu svest nikako ne smeš zloupotrebiti.'

Đedo, to je bila samo šala.

'Jeste sine, ali ako na taj način uzmeš nešto što ti ne pripada, onda će ti se na duhovnoj strani stostruko gore vratiti. Bog sve daje, Bog sve uzima. Nemoj nikada uzimati umesto njega jer će ti on dati sve ono što ti je najpotrebnije. A ako poželiš da zauzmeš njegovu ulogu, on će ti uzeti sve ono što ti je prethodno dao. Ništavan si došao i bez moje milosti ćeš ništavan i umreti. tako piše u Bibliji. Ako iskoristiš taj Božiji dar da bi na taj način došao do materijalnog bogatstva, znaj da ćeš izgubiti duhovnu stranu a ona je milijardama puta važnija nego sve bogatstvo ovoga sveta. Zbog toga sam te opominjao da ovu i sledeću vežbu nikako ne smeš zloupotrebiti.'

Sada sam u potpunosti sve shvatio. U toj euforiji su mi prolazili dani a onda je đedo rekao da moram gladovati četrdeset jedan dan. Izdržao sam gladovanje od deset dana bez nekih teškoća tako da sam bio ubeđen da ću i ovo izdržati. Sada sam morao da ispunim i ovaj zadatak. Đedo mi je objasnio da ću posle toga moći da lečim ljude. To mi je nekako bila najveća želja jer sam želeo i ja da budem kao đedo. Rekao mi je kada da počnem i ja sam počeo. Bilo je to za post pred Petrovdan. Da li je moguće da nisam obratio pažnju na letnji raspust koji je počeo. Opet sam se u potpunosti predao novom zadatku. Trećeg dana mog gladovanja đedo me je poveo u jednu prostoriju koju je on napravio od dasaka da bih ja u njoj mogao da obavim sve što je potrebno za uspeh mog gladovanja. Tamo su bili naopačke okačeni plastični bidoni za vodu. Jedan je imao tri a drugi pet litara. Đedo je u onaj manji bidon nasuo tri litra vode koja je prethodno u staklenim flašama bila izložena Suncu osam sati. Zavio ga je poklopcem na kojem je bilo prikačeno neko tanko crevo. Vratio je bidon tako da je opet naopačke visio. Držao je palac na otvoru creva da voda ne bi iscurila. Rekao mi je da se svučem, da legnem na stomak i da to crevce stavim pozadi da bi voda iz bidona ušla u moje debelo crevo. Bilo mi je neprijatno ali sam ga poslušao. Kada je sva voda ušla u mene, izvadio sam crevce, okrenuo se, sve po đedovim zapovedima i on mi je ispritiskao stomak. Unutra se čulo klokotanje vode od njegovog pritiskanja. Rekao mi je da čučnem nad otvorom koji je sličan poljskom klozetu. Iz mene je izašla sva voda i mnogo nečistoća koje su se skupile u mom debelom crevu. Đedo mi je objasnio da ćemo to čišćenje morati da obavljamo svake dva dana dok iz organizma ne počne da izlazi potpuno čista voda. Onda me je poslao da pešačim.

'Moraš ići putem a ne prečicama do Slobove kuće.' Uh Bog te video đedo, pa ona je skoro na samom vrhu Čakora. 'Neka je, sine. Do nje moraš svaki dan pešačit bosonog.'

Kada sam pošao nisam osećao nikakav umor ali kada sam stigao, imao sam osećaj da je preko mene prešao brzi voz. Tabani su me boleli od bosonogog pešačenja. Morao sam da se vratim. To mi je bilo mnogo lakše jer je bilo nizbrdo.

'Moraćeš sine, svakodnevno da pešačiš bosonog kao danas a svaki drugi dan ćemo čistiti tvoj organizam. Sa čišćenjem ćemo izbaciti sve otrove iz tvoga organizma, a sa pešačenjem ćeš pojačati motoriku i na taj način ti se neće jesti. Moći ćeš veoma lako sve da podneseš. Čim osetiš glad odmah mi javi.'

Mada sam svakodnevno dosta pešačio, te noći sam zbog dodatnog pešačenja spavao kao malo dete. Što bi rekli stari nisam se ni okrenuo. Primetio sam, dok sam vršio sledeće čišćenje, da je u toj prostoriji đedo zakačio još jedan ogroman lonac. Kada sam mu sutradan rekao da osećam veliku glad, on me je uveo unutra, rekao mi da se svučem a onda je povukao neku ručku. Na mene se izlilo preko trideset litara hladne vode. Doživeo sam mali šok. Brzo sam se obukao a onda me je đedo poslao da pešačim. Opet sam kao i svaki dan išao do Slobove kuće. To mi je bila maršuta koju sam svakodnevno morao da prepešačim. Sada sam je sa lakoćom prelazio.

Dani su odmicali kao minuti. Dešavalo mi se da osetim neopisivu glad, a tada me je đedo polivao hladnom vodom i terao da pešačim. Kriza bi odmah prestala a ja bih nastavio po starom. Kada sam se čistio dvadeset šestog i dvadeset osmog dana, iz mene je izlazila potpuno čista voda. Đedo je bio prezadovoljan ali smo ipak nastavili gladovanje i čišćenje do četrdeset i prvog dana. Dosta sam smršao pa sam mislio da ću se sada najesti da nadoknadim sve ono što sam gladovao. Đedo mi nije dao, nego sam morao da unosim minimalne količine hrane. U početku su to bili samo sokovi od ceđenog voća i povrća. Posle dvadesetak dana sam prvi put pojeo malo kašaste hrane. Tako sam, po đedovim upustvima, nastavljao iz dana u dan. Teže mi je bilo sada kada sam unosio minimalnu količinu hrane nego dok sam u potpunosti gladovao. Prošli su i tih četrdeset i jedan dan izlaska iz gladovanja. Tada sam jeo kao izgladneli vuk. Brzo sam nadoknadio izgubljenu težinu. Đedo mi nije dozvoljavao da jedem previse da se ne bih udebljao.

'Vidiš sine da je velika greška kada neko kaže da će gladovanjem smršati. Ma koliko gladovao, kada čovek počne da jede, opet nadoknadi svu izgubljenu kilažu. Zato je mnogo bolje, ako hoće neko da smrša, samo da izbegava hleb i da ništa ne jede posle pet sati.'

11.

Prošao je skoro ceo školski raspust. Za nekoliko dana počinje nova školska go-
dina. Bože, kako vreme leti! Iz dana u dan sam sve više osećao toplinu u mojim
rukama. Radovao sam se tom trenutku kada ću početi da pomažem ljudima.
Dva dana pre početka školske godine, došla je mama da me obiđe. Ne mogu
opisati koliko sam se obradovao. Svi su mi mnogo nedostajali a ja sam ih zbog
mojih vežbi potpuno zaboravio. Majka me je privila na grudi i dugo me mazila.
Prvo je pitala đeda da li sam dobar, da li slušam i kakav sam bio u školi. Đedo
me je u svemu pohvalio a onda je pokazao tri zlatne medalje koje sam osvojio.
Činilo mi se da je to bilo pre Bog zna kog vremena, a prošlo je samo nekoliko
meseci. Đedo je objasnio mami da posedujem isceliteljske moći ali nije hteo da
joj kaže za ostale sposobnosti. To je morala da bude tajna i za najrođenije. U
kasnijem razgovoru majka se požalila da je odjednom zabolela glava. Đedo mi
je dao znak i ja sam ruke spustio na njenu glavu. Usmerio sam energiju i njoj
je odmah prestao bol. Sutradan se vratila kućnim obavezama i podizanju mo-
jih najbližih. Ja sam malo tugovao zbog njenog odlaska i zbog svih ostalih a
onda sam se opet posvetio vežbama koje je đedo zahtevao od mene. Đedo mi
je priznao da je on izazvao maminu glavobolju da bi joj dokazao da ja posedu-
jem isceliteljske moći.

'To možeš i ti uraditi i kod više osoba odjednom. Izazvati im bol a onda ga
u momentu zaustaviti.'

Sva sam znanja upijao kao sunđer vodu i sve sam to isprobavao stotinama
i hiljadama puta. Sada mi je sve polazilo za rukom u trenutku kada bih pomi-
slio i poželeo da se to ostvari.

Sećam se, bila je nedelja. Sami kraj oktobra. Na vrhovima planina se belio sneg. Pozavršavali smo sve poljske poslove tako da nam je ostalo samo da hranimo i napajamo stoku. Tog dana me đedo upitao:

'Sine, jesi li čuo da se mnogim ljudima u večernjijem satima, kada legnu da spavaju, a još nisu utvrdili san, pojavljuje neka sila od koje nikako ne mogu da se odbrane, a ta sila počne da ih guši tako da im se čini da će svakog trenutka umreti.'

Pomislio sam da hoće da mi ispriča neku strašnu priču, što bi često radio, a kada je nastavio shvatio sam da je ovo nešto važno i da će mi biti neophodno u budućnosti.

'Mnogi tu silu nazvaše „ Nečisti duh„ . Ja ti kažem, kada uspeš da savladaš još ovu vežbu, imaćeš najmoćnije oružije na ovom svetu, i to neće biti „ nečisti", nego tvoj lični duh. Osobe kod kojih se pojavi duh, tj koje duh napadne, ne mogu nikako da se pomere niti da kažu ijednu reč. Imaju osećaj da im je nešto ogromno i teško pritisnulo telo. Želeli bi da se pomaknu ili da vrište, ali su nemoćni da bilo šta urade. A tvoj duh će ih pritiskati do totalne iscrpljenosti. Kada vidi da duša počinje da se odvaja od tela, tada će ih napustiti. U čoveku se stvara panika do samog ludila. Ako se ti napadi ponavljaju nekoliko noći uzastopno, onda ne postoji čovek na svetu koji će to moći da izdrži.'

Prvo sam se malo uplašio a onda sam shvatio da će to biti moj duh i da sa njim mogu upravljati kako hoću. Ono što je izgledalo strašno, sada mi je postalo interesantno. Veoma pažljivo sam slušao đeda dok me je učio, da bih uspeo to da uradim. Morao sam da legnem u krevet i da nateram moj duh da izađe iz mog tela. Mučio sam se i mnogo puta zaspao u tom položaju ali cilj nisam postizao. Jedne noći, posle bezbroj promašenih pokušaja sam uspeo. Moje telo je ostalo na krevetu a moj duh se izdigao kao da sam se nalazio u ćošku sobe, i gledao na moje telo. Imao sam devet minuta na raspolaganju. Za to vreme sam mogao svojim duhom tri puta da obiđem zemaljsku kuglu, ili da posetim neku osobu koja me neće videti.

'Ako bi se u samom početku upustio u posetu drugim osobama, postoji mogućnost da bi naišao na nekog čiji je duh mnogo jači od tvoga ' – sećao sam se đedovih reči koje mi je govorio podučavajući me. 'I najjači duh živog čoveka može odsustvovati iz tela najviše devet minuta. Ima ljudi koji su istrenirani, a to ćeš veoma brzo i ti postati, pa oni svojim duhom, iako su u snu, osete duha koji im se približava i znaju da li je taj duh jači ili slabiji od njihovog. Ako su slabiji, njihov duh će se braniti a ako osete da su jači, njihov duh će napasti tvoga i pokušati da ga uništi. Uskoro, kada i ovo sve usavršiš, biće veoma mali broj ljudi na svetu čiji će duh biti jači od tvoga. Čuvaj se, sine, jer sam ti rekao da nekada jedna sekunda odlučuje o životu i smrti. Zato nikada nemoj zloupotrebiti svoj duh i bilo koju osobu ma koliko ona bila zla, izložiti preteranom napadu, jer joj na taj način možeš uzeti život. Ako tako nešto uradiš, u bilo kojem sledećem pohodu, ma koliko on bio važan za tvoj život, duh pokojnika kojeg si ubio će te ometati da dođeš do cilja. Ili će ti se pojavljivati u noćima kada si iscrpljen i na taj način pokušavati da on tebe uništi. Ako ne mogne tebi ništa, napadaće i uništavati tvoje najbliže i najmilije. Znam šta hoćeš da me pitaš ' – preduhitrio me je đedo. 'I to sam ti jednom rekao. Ne možeš ubiti duha ali možeš ubiti telo u kojem je duh živeo. Ako mu na ovaj način ubiješ telo, to jest ako mu uhvatiš duha i ne dozvoliš da se vrati u njegovo telo nego on umre, onda njegov duh neće naći spokoj i večni mir. Seti se kada popovi na sahranama pri opelu kažu: "Gospode Bože, telo si stvorio od zemlje i neka ide zemlji a svetom duhu daj da nađe spokoj i večni mir."Ako duh ne nađe spokoj i večni mir, on će četrdeset jednu godinu lutati po zemlji s željom da se osveti. Posle tog vremena taj duh će se useliti u neko novorođeno dete. Na čudo roditelja tog deteta, ono će čim malo odraste, biti sklono svađama i nasilju. Zato ti još jedanput kažem – čuvaj se i nikada sebi nemoj dozvoliti, ma koliko bio ljut, da pređeš granicu i da uništiš nečiji život. Ovaj metod možeš koristiti za dobrobit, tvoju, tvoje porodice i svih ostalih koji su pravedni. Znam zbog čega ti ovo pričam jer znam da se može koristiti da se nekome osvetiš. Znaj da u tvom pozivu nema osvete. Zato ovu moć nikako ne smeš upotrebiti za to. Ako ti neko nanese veliki bol i neoprostive uvrede, ni tada ne ubijaj osobe nego ih tvojim večernjijem posetama nateraj da nemaju sna, da je njihovo telo razdraženo i da iz trenutka u trenutak sve više i više psihički pucaju. Šta će nekom sva bogatstva ovoga sveta ako je on osoba koja ništa ne zna o sebi i ni o kom drugom oko sebe. Zbog toga sam ti rekao da je ovo najmoćnije oružje koje postoji na ovom svetu. Zamisli, ako bi počeo sa ovim i sa svim ostalim moćima koje poseduješ da utičeš na nekog, ta bi se osoba osećala kao da će se na nju sručiti cela planina. Ne postoji mogućnost da bi mogla da se odupre bilo kom tvom zahtevu. Zato ove tajne moraš čuvati i od svojih najbližih da te neko ne bi nehotice izdao i da sve znanje ne bi palo u ruke pogrešnih ljudi. Mnogi od njih bi iskoristili ove moći i za tili čas bi zagospodarili svetom.'

Ne brini đedo, sve ću ove tajne čuvati kao zenicu oka svog.

'Dobro sine. A sada nastavi sa vežbama i uvek ih koristi u dobrotvorne svrhe.'

Opet sam svim silama krenuo da i ovu vežbu usavršim. Kao i sve prethodne, tako je i ova vežba zahtevala određeni vremenski period da se usavrši. Uverio sam se kao i mnogo puta do sada da čovek može postići svaki cilj samo ako zna pravi put da do tog cilja stigne. Preda mnom su se otvarali mnogi putevi. Svaki je, zahvaljujući đedovim putokazima, bio pravi i svaki me vodio stazama uspeha. Ja sam neprestano vežbao. Đedo me uvek bodrio i uvek nalazio još po nešto što sam morao izvežbati.

12.

„I ova vežba će ti biti interesantna, ali je nemoj olako shvatiti. Veoma lako ti polazi za rukom da pomeraš predmete i druge ljuđe pa ćeš sada izvežbati da pomeraš samoga sebe."

Znam đedo da mi sve polazi za rukom, ali nikad nisam probao sam sebe da pomerim – odgovorio sam mu.

'Sada ćeš probati i kao kod svih vežbi i ovde ćeš postići odlične rezultate.' Oću đedo. Svaku vežbu koju mi pokažeš ja ću izvežbati do savršenstva. 'E sine, ovaj put ti neću ništa pokazati nego ćeš morati sam da se snalaziš da bi uspeo. Uglavnom, rezultati moraju biti odlični.'

Do sada sam uvek usmeravao energiju ka drugima a sada sam morao da je usmerim ka sebi. Pokušavao sam stotinama i hiljadama puta ali nikako nisam uspevao. Mučio sam se kao nikada do sada. Đedo je rekao da će biti interesantna i da je ne smem olako shvatiti, a ja sam na sve moguće načine pokušavao, prilazio sa svake strane al ipak nisam uspevao. Dao mi je zadatak očekujući ili rezultate ili apel za pomoć. Dok mu se ne obratim za pomoć, on mi je neće sam pružiti. Nisam imao kud. Zamolio sam ga a on mi je objasnio suštinu. Podsetio me je da je svaki čovek sastavljen iz duha i tela. Duh je sila a telo je materija. Samo mi je te dve rečenice rekao i meni je sve bilo jasno. Shvatio sam zašto je ova vežba bila posle prethodne, odvajanje duha od tela. To sam postizao bez problema. To sam isto i sada uradio. Razdvojio sam duh i telo i za devet minuta pokušao da postignem cilj. Postao sam nestrpljiv pa mi zbog toga nije uspelo. Smirio sam se i opet još mnogo puta pokušavao. Tek sam trećeg dana uspeo.

Pomerio sam sebe za nekih desetak – petnaest santimetara. Javio sam to đedu a on je na to odgovorio: 'Nastavi još do savršenstva.' Nastavio sam. Postalo mi je jasno da moj duh, ako ja ne želim, niko ne može videti. A ako poželim, onda ga mogu videti samo osobe kojima se želim pokazati. Može biti grupa od nekoliko desetina ljudi, ali ga mogu videti jedan, dvoje ili onoliko osoba koliko ja hoću.

Odjedanput mi se pojavila sasvim jasna slika pred očima: Video sam nekog, meni nepoznatog pedesetogodišnjaka, kako sedi u nekoj drvenoj kući a njegov duh, koji je izašao iz tela, je bio vidljiv i jednoj i drugoj grupi, nepoznatih ljudi koji su se nalazili udaljeni jedni od drugih sa dve strane te kućice. I jedna i druga grupa su bile naoružane puškama i neprestano su pucali u njegovog duha. Nisu ga mogli pogoditi, ali su zato pogađali jedni druge. Nisam u potpunosti znao da objasnim kakvo mi se snojavljenje pojavilo pred očima, ali je moj đedo sve shvatio. Počeo je da vrti rukama oko moje glave, ja sam osećao sve veću toplinu i na kraju zaspao. Probudio sam se na mestu gde sam vežbao. Kao kroz maglu sam nešto naslućivao, ali se ničeg nisam sećao. Ispričao sam sve đedu našta mi je on rekao da sam zaspao i da sam verovatno sve sanjao. Ostao sam u tom ubeđenju. Mnogo, mnogo godina kasnije ta slika, koja mi se tada otvorila postala je surova stvarnost.

Đedo je zahtevao da vidi do kojih sam rezultata došao ovom vežbom. Sav srećan, počeo sam pokazivati da svoje telo mogu pomeriti čitavih pet, šest metara. Tada je on pružio svoje ruke prema meni i ja sam se našao čitavih trideset – četrdeset metara dalje. Bio sam oduševljen.

'Je li ti dosadno da pešačiš?' – upitao me je dok sam mu se približavao.

Mislio sam da me pita zbog tih trideset, četrdeset metara pa sam mu odgovorio da mi nije ni teško ni dosadno. Pružio je opet svoje ruke prema meni i ja sam se našao na susednom brdu koje je od naše kuće udaljeno više od dva kilometra. Radost i ponos su preplavili moju dušu jer sam znao da đedo ovo nije slučajno uradio. Hteo je da mi pokaže da ću i ja to isto, posle upornih vežbi, moći da uradim. Tada se i on pojavio pored mene. Sa mojim đedom iznenađenjima nikada kraja!

'Sine, meni je dosadno da pešačim pa ću se teleportovati do kuće a ti, kada ne možeš to da uradiš, dođi pešice.'

Nestao je, a ja sam pokušao da se teleportujem. Uspevalo mi je pet šest metara, koliko sam do sada izvežbao. Išao sam pešice i razmišljao da je đedo ovaj put, kao i uvek, bio u pravu.

'Moraš ovladati svojim duhom da se tvoje telo oseća kao perce. Tada ćeš moći u trenu sebe da prebačiš i po nekoliko kilometara ili nekoliko desetina ili stotina kilometara dalje od mesta na kojem se nalaziš. Kada prebacuješ svoje tel, moraš biti na otvorenom prostoru ili u kući na kojoj su ili vrata ili prozori otvoreni. Duhom možeš proći i kroz zatvorena vrata i kroz zid ali sa telom to nećeš uspeti jer je ono materija' – savetovao me je đedo. 'I nikada ne zaboravi da imaš moći koje nema niko na svetu, ali ih možeš koistiti samo u dobrotvorne svrhe. Nikada nikog samovoljno ne smeš ubiti, jedino ako braniš svoj ili živote članova svoje porodice.'

Sve sam shvatio i nastavio još upornije da treniram. U ranijim vremenima sam mislio da su moje telo i duh istih vrednosti a sada znam da je duh zapravo, sva moć organizma a telo je samo materija. Znači, telu sam kao materiji mogao dati težinu ili lakoću. Ako poželim sebe da teleportujem na drugo mesto, onda ću telu dati lakoću a ako poželim da stojim na jednom mestu dok pet šest ili više ljudi gurajući pokušavaju da me pomere, onda ću telu dati težinu jedne planine i oni će primetiti da su im uzaludni pokušaji. Saznao sam da telo kao materiju mogu prebaciti gde god hoću, a odmah nakon prebacivanja moj duh će ući u telo i ja ću obavljati radnje kao da sam sve vreme bio na tom mestu. Odlično naučena lekcija je veoma brzo dala odlične rezultate.

'Neznanje nikoga nije izvelo na pravi put.' – nasmejao sam se citirajući ove đedove reči. Opet sam zahvaljujući njegovoj pomoći došao do još jednog savršenstva.

Mnogo puta sam u noćnim satima, kada su svi spavali, dolazio do naše kuće. Video bi majku, braću i sestre. Obišao bih naše i dvorišta svih naših rođaka i komšija. Video sam mnoge izmene. To se uvek dešavalo noću a ja sam poželeo da to mogu da uradim kada je dan. Ispričao sam to đedu, a on mi je rekao da mogu to uraditi kada poželim. U početku je bilo lakše da radim noću jer mi je tokom dana bila potrebna veća koncentracija. Tada, kada sam sve izvežbao, mogao sam, bez ikakvih problema, svojim duhom i tokom dana obavljati sve radnje kao i noću. Niko, ako ja ne želim, nije mogao da vidi moj duh nezavisno da li je dan ili noć.

'Budi obazriv kada to radiš danju jer tu ima jedna smrtna opasnost' – opomenuo me je đedo kada sam prvi put tokom dana izdvojio svoj duh iz tela. 'Ako se ne izdvojiš gde te niko neće smetati i ako tvoj duh napusti telo a neko od tvojih, misleći da spavaš, počne da te drmusa, tog trenutka te ništa na svetu ne može spasiti jer tvoj duh neće uspeti da se vrati u tvoje telo i ti ćeš umreti. Zaključaj se. Nije bitno ako neko lupa na vrata ili na prozor. Bitno je da tvoje telo niko ne pomera. jer, ako ti se telo pomeri duh ga u povratku neće prepoznati i neće se vratiti u njega, a telo bez duha je mrtvo telo.'

I ovo sam veoma dobro zapamtio. Sledeći dan sam prvi put mojim duhom posetio moju porodicu preko dana. Uživao sam gledajući ih a oni mene nisu videli. Išao sam i kod mojih rođaka. Bilo mi je interesantno i lepo.

13.

Došlo je drugo polugodište mog sedmog razreda. Opet sam zastupao školu na takmičenju. Opet sam iz tri predmeta osvojio tri zlatne medalje. Đedo je nadgledao moje učenje, svaki moj rad i svaki moj uspeh. Kada je video da u svim vežbama postižem stopostotne rezultate, pozvao me je ka sebi i rekao.

'Sine, kod tebe je sve išlo usporenije nego kod svih prethodnih Izabranika. Ti si prvi Izabranik koji ne nosi potpune korene našeg plemena pa je zbog toga tvoje usavršenje trajalo tako dugo. Nije mi žao mog truda ni sve tvoje muke jer vidim da je dalo rezultate kao da si čistokrvni član našeg plemena. Neka ti je sa srećom sine. Ovo da nosiš kao najveći dar i najveću Božiju tajnu na ovome svetu.'

Pošle su suze niz to staračko lice a mene je obuzela neka tuga. Zagrlio sam ga i zamalo što nisam zaplakao.

'Ovo su i tužni i srećni trenuci sine. Tužni su, jer postajem svjestan da ćeš nas za malo više od godinu dana, kada završiš osnovnu školu, napustiti. Poći ćeš da živiš svoj život i da vodiš svoju borbu. Kod mene i babe neće više živeti moj Parapanac." Tada su mi suze granule niz lice. Počeo sam da plačem kao malo dete. I đedu se po neka suza skotrljala, natapajući staračke bore njegovog lica, ali je on umeo bolje da se obuzda. Baba se, koja je upravo ušla, videvši nas da plačemo, uplašila da se meni nije nešto loše desilo. Objasnismo joj da smo pričali o vremenu kada ću ja završiti školu i kada ću morati da odem od njih.

'Jeste da nijesu lijepi, ali za te trenutke živimo. Zbog toga je tužno svako odrastanje. Do tada ima još dosta vremena tako da se nećemo unaprijed rastuživat' – reče nam baba i mi nastavismo vedriju stranu razgovora.

'Srećni trenuci moga života su ispunjenje zaveta mojih pradedova da sve znanje i moći koje su mi oni ostavili prenesem tebi. Sa tim sam ispunio najveći zadatak u mom životu. Stvorio sam novog Izabranika. Ni jedan procenat tvojih moći nije manji nego kod mene ili kod prethodnih Izabranika. Kada dođe vreme i ti ćeš morati isti zadatak da ispuniš. Možda će sledeći Izabranik biti tvoj sin ili neko od sinova tvoje braće. Možda će se opet vratiti da bude u našem plemenu ali ga nikako ne smeš svojevoljno i na silu forsirati. O tome ćemo se tada konsultovati.'

Samo da si ti meni živ i zdrav đedo, pa ćemo se o svemu dogovoriti.

'Ne sine, ja tada neću biti živ. Seti se da sam i ja moga pradeda pitao da li si ti predodređen da budeš Izabranik. Čuo si šuškanje ali nisi mogao da razaznaš reči. Pet noći me uzastopice praded ispitivao proveravajući da nisam šta od njihovih zaveta zaboravio da upišem u moje sveske. Kada je video da ništa nije preskočeno, dao mi je znak da možemo da počnemo. I evo smo ispunili zavet. Svo znanje sam ti preneo, samo ti nisam mogao preneti vidovitost. Ono se meni pojavilo kada sam preživeo ujed zmije. U suštini, nije ti ni potrebno jer imaš moći da osetiš tuđe misli i da svojom svešću narediš drugim osobama da izvršavaju tvoje zapovedi. Sa svim moćima koje poseduješ ćeš biti srećan jer ćeš mnogima pomoći, a vidovitost bi ti bila ogroman teret. Kao što sam hiljadama puta video mnogo lepih stvari, tako sam video i problem koji će snaći mene i moju porodicu. Mnoge stvari sam moga da izmenim ali ono što je suđeno, na šta nisam mogao da utičem, to mi je stvaralo neopisivu bol. Najviše boli ono što vidiš da će nastupiti a na to nikako ne možeš uticati da se izmeni. Znam da u početku nećeš raditi sa ovim i da će te život odvesti na sasvim druge puteve. Isto znam, kada počneš da pomažeš ljudima, da ćeš imati velike uspehe. Upoznaćeš čoveka iz daleke zemlje, mislim da će biti iz Rusije koji će spasiti tvoje dete. Krenućeš da se odužiš za učinjeno dobro i na taj način ćeš pokazati kolike moći kriješ u sebi. Sprijateljićete se. Dolaziće kod tebe i ti ćeš ići kod njega. Sa njim ćeš obići mnoge zemlje svijeta. Ispričaće ti sve muke i probleme koji su ga snalazili u životu i ti ćeš se angažovati da mu pomogneš. Drugi će čovek, kojem je tvoj prijatelj u svemu pomoga, sa kojim će, zajedničkim radom stvorili ogromno preduzeće, prevariti tvog prijatelja i sa prevarom mu oduzeti bogatstvo koje mu je on stvorio. Uzvratićeš mu za svo dobro koje ti je učinio i od tog prevaranta izvući deo bogatstva koje pripada tvom prijatelju. Tada će se saznati za tvoje moći i tada će nastupiti mnogi problemi. Ne mogu ti sve o tome ispričati jer na mnoge događaje ne mogu uticati.

Mnogi moćnici će poželeti da saznaju tvoje tajne i da dobiju tvoje moći. Moćnicima i bogatašima nikada moći i bogatstva nije dosta. Oni će poželeti da tvojim znanjem koje je zapisano u ovim sveskama, uzdignu sebe do Božijeg prestola. Nećeš imati problema samo sa jednim čovekom, nego sa mnogo njih. Razni mafijaši će pokušati da ti doskoče, da ti otmu sveske a ti ćeš morati da upotrebiš svo znanje i lukavstvo ovoga sveta da, biti uz tebe i u svemu ti pomagati. Pokušaće, uz pomoć raznih crnih magija, da te slome ali im neće uspeti jer ću ti u tome ja pomoći, sklanjajući sva negativna usmerenja ka tebi. Tada će ti život biti prepun avantura i opasnosti. Dobijaćeš ogromne pare da bi prodao duhovno bogatstvo koje ti je u amanet dato. Seti se reči iz narodne pesme: Bolje ti je izgubiti glavu nego svoju ogriješiti dušu. Nema bogatstva na ovome svetu sa kojim se to znanje i moći mogu platiti. Zato nikada ni za kakve pare nemoj te sveske prodati.'

Završio je a ja sam uzdahnuo: Đedo baš si me zabrinuo ovim rečima.

'Nema šta da brineš sine. Još mnogo godina će proći, ti ćeš skoro zaboraviti sve što sam ti rekao a onda će početi da se dešava sve ovo što sam ti ispričao. Moraš se unapred spremiti za ove događaje jer kada oni počnu, nećeš imati vremena i tada možeš izgubiti sve. Naučićeš da igraš šah. U toj igri ćeš biti među najboljima. Zahvaljujući svojim moćima pobeđivaćeš i velemajstore. Iz njihove svesti ćeš čitati najbolje poteze pa ti neće biti teško da ih pobediš. Ta igra će te naučiti da u sudnom trenutku života povučeš najbolji potez ili da uradiš ono što je najpotrebnije. Tada, kada se svi urote protiv tebe, moraćeš da povučeš poteze vrhunskih šahovskih velemajstora da bi opstao. Ako odigraš samo jedan pogrešan potez, ili ako ne budeš spreman za ovu borbu, znaj da ćeš izgubiti sve. I tajne i život i porodicu.'

Video je zabrinutost na mom momačkom licu pa me je umirio rečima: 'Ne brini sine, reka sam ti da će još mnogo godina proći pre nego što počne to da se dešava. I kada počne da se dešava ja ću biti uz tebe. A sada idi malo da se igraš jer ćeš posle morati da vežbaš.'

Pošao sam. Uvek sam se nekako sećao tih njegovih reči ali su vremenom ipak polako počele da blede u mom sećanju.

Završio sam sedmi razred. Đedo je odlučio da polovinom jula posetimo mamu braću i sestre. Ja sam ih mnogo puta posećivao tokom dana i noći. Znao sam skoro sve šta se sa njima dešava. Jedne sam noći slučajno duhovno prisustvovao kada je jedan bogataš ukrao jagnje mog siromašnog rođaka. Imao je dosta svojih ovaca ali je, da bi ugostio prijatelje koji su mu dolazili u posetu, ukrao jagnje i zaklao ga. Tu noć nikako nisam mogao da obavestim rođaka pa sam rešio da to uradim kada dođemo kući i da javno optužim bogataša. Kada sam ujutro to rekao đedu on mi je objasnio da na taj način 'Bogataš će se snaći, ubediće narod da ste mu to podmetnuli a onda će reći da su to tvoja majka i braća uradili.'

Đedo, ja sam video gde je on zakopao kožu. „Ni to nije nikakav dokaz. On isto može reći da je neko od tvojih to uradio pa sada okrivljujete njega." Đedo, nateraću ga sa svojom svešću da prizna…

'I stvorićeš sebi večnog neprijatelja' – nastavio je dedo moju nedovršenu rečenicu. On mi dedo ne treba kao prijatelj kada znam da je lopov.'Većina ljudi su lopovi sine moj. Ima siromašnih ljudi koji na pijaci ukradu kilo krompira, uhvate ih i čitav grad o tome bruji a ima bogataša koji ukradu ogromne pare, o tome niko ništa ne zna i oni su uzorni građani. Ima bogataša koje uhvate u krađi ali oni plate advokate, potegnu veze i poznanstva i na kraju ispadne da ništa od njihove krađe nema.'

Pa kako ću ga dedo naterati da mom siromašnom rođaku nadoknadi štetu?

'Nikada se nemoj isticati jer će se o tvojim moćima prepričavati i one će se uzdizati do nebesa. Budi tih i smeran. Kad god hoćeš nešto da uradiš, uradi to u potaji da niko ne zna. Na taj način ćeš ispuniti pravdu a niko te neće mrzeti ni osuđivati.'

Te noći sam svojim duhom posetio bogataša. Bila mi je to prva poseta kojom sam želeo nešto da postignem a ne kao do sada što sam obilazio moje kod kuće da vidim šta rade. Malo sam ga gušio a onda sam ga pustio da se probudi. Skočio je iz kreveta kao poparen

'Kuš sotono, odlazi od mene!' počeo je da viče u paničnom strahu. Bio sam svestan da me ne vidi. Blejao sam i zakrkljao isto kao jagnje koje je zaklao. Tog trenutka je ušla njegova žena koju su probudili njegovi uzvici i roptaji.

'Bog s, tobom Pero, šta si se razvikao usred noći kao da te svi đavoli iz pakla kolju!'

'Joj ženo, daj malo vode.' Oči su mu bile iskolačene od straha, drhtao je celim telom a čašu sa vodom je jedva prineo usnama. Kada je popio par gutljaja, osetio je da mu je lakše.

'Šta ti je bilo pobogu?' pitala je žena dok je on i dalje podrhtavao.'Smiri se pa mi ispričaj.'Duh od jagnjeta ženo.

'Sto puta sam ti govorila da ne piješ a ti me nikada nisi poslušao. Vidiš šta ti se sada desilo' –ogovarala mu je žena malo strožim glasom dok se u neverici krstila.

'Nije to ženo od pića. Veruj mi da sam ovaj put mnogo manje popio jer ni gosti nisu pili. Legao sam i lepo zaspao a onda sam osetio kako se na moje noge naslanja nešto teško. Hteo sam da viknem, da se pomerim, da zovem u pomoć ali ništa od toga nisam uspeo. Teret se sa nogu pomerao čitavim telom dok nije došao do vrata. Imao sam osećaj da ću se ugušiti. Onda se taj teret sklonio sa mene. Kada sam pomislio da je sve nestalo čuo sam da je jagnje zablejalo i zakrkljalo kao one noći kada sam ga zaklao."

„Grešni Pero. Lepo sam ti govorila da ne kradeš a ti se okomio pa ukrao od najsiromašnijeg čoveka u selu. Idi, ispovedi se i vrati čoveku trostruko pa će ti Bog oprostiti i to ti se više neće pojavljivati.'

'Jesi li ti luda ženo? Znaš li koja bi to bruka bila za mene? Srozao bi mi se

ugled na totalnu nulu. Svi bi se sprdali najbogatijem čoveku u Pećkom okrugu.'
'Kako god hoćeš Pero. Ja bih ti rekla da to uradiš a ti ako nećeš ne moraš.
Ajde sada da spavamo, pa će novi dan doneti novu nafaku, a mi ćemo videti
šta ćemo dalje.'
Opet sam ih posetio dva sata kasnije. Žena je spavala a on je i dalje bio
budan. Pročitao sam njegove misli. Tražio je na koji način da se oslobodi ove
muke. Tu noć ga više nisam dirao. Sutra uveče sam ih opet posetio. Da se ceo
dan borio sa medvedima, Pero bi bolje izgledao. Tek sam tada shvatio znače-
nje đedovih reči da je ovo najmoćnije oružje na celom svetu. Samo je jedna noć
brige i straha učinila da se onoliki čovek ovoliko povije i zgrči. Posetio sam ga
da bih saznao da li je šta uradio oko priznanja svog greha. Opet sam u njego-
vim mislima osetio da se mnogo muči. Bio je spreman da da deset ovaca sa ja-
ganjcima samo da ne prizna da je on to uradio. Zaklinjao se da više nikad ni-
kom ništa neće ukrasti. Bilo mi ga je žao pa sam odlučio da večeras malo izme-
nim plan. Prvo sam pošao u drugu sobu, kod njegove žene i usmerio koman-
du svesti u njene snove. Sanjala je da mora ona da mu pomogne. Reći će mom
rođaku da mu je jagnje tokom noći zalutalo u njenu baštu, da je htela da ga po-
tera i da ga je nehotice udarila. Jagnje je palo i nije više ustalo. Pero je hteo da
da drugo jagnje da bi nadomestili štetu, ali to jagnje ne bi pristalo da doji dru-
gu majku, pa bi se otkrilo da smo pokušali neku podvalu. Onda je Pero rekao
da nas je jagnje poharalo i da sam ga ja nehotice ubila. Odlučio je da ga zako-
pa i da nikom o tome ne priča. Tako smo i uradili. Ja sam uveče usnula san da
ti moram trostruko nadoknaditi štetu jer smo istinu sakrili od tebe.
Naterao sam je da vidi u snu kako moj siromašni rođak neće da primi to-
liki dar. Onda sam joj naredio da mora to da mu poklone inače će se njenom
mužu svako veče u snu pojavljivati duh od jagnjeta. Tada sam je naterao da se
probudi. Dok je ona popila par gutljaja vode i bila onako u bunilu ne znajući
šta će da radi ja sam prešao u sobu njenog muža. I dalje je bio budan i unez-
veren od straha. Ja sam opet zablejao i zakrkljao kao jagnje. Opet je skočio i
počeo da viče. Kao i sinoć, i večeras njegova žena donela čašu vode i došla da
mu pomogne. Kada se malo smirio, rekla je da mu veruje da to nije od pića jer
se njoj prikazalo u snu šta treba da urade. 'Moramo mu trostruko nadoknadi-
ti štetu. Umesto onog jednog koje si ukrao i zaklao, moraćeš da mu vratiš tri
birana iz stada.'

14.

Toga sam dana čuvao stoku. Kod đeda je došao njegov prijatelj. Seli su pred kućom da bi se ispričali. Baba je iznela flašu sa rakijom i dve čašice. Na stolu je bila sveska u kojoj je đedo zapisivao meleme. Uz priču su se dotakli i te teme pa mu se đedo pohvalio kako je napravio melem protiv svih kožnih oboljenja. Pokazao mu je svesku, rekao da se on zanima čitajući dok đedo ode do klozeta. U to vreme nije bilo kupatila a poljski nužnici su se pravili što dalje od kuće da se preko leta ne bi osećao smrad. Tada moj đedo nije pisao recepte sa šiframa. Njegov drug je iskoristio priliku i prepisao recept. Baba je prinosila kafu a on je ustao i pošao objasnivši joj da se setio da ima nekog drugog hitnog posla i da se zbog toga žuri. 'Doj ću drugi put, Stano, pa ćemo popit kavu a ti mi puno pozdravi Gaca.'

Kada se đedo vratio, njegov drug nije bio tu. Rekao je babi da oseća neku uznemirenost zbog njegovog odlaska, ali nije znao šta je to. Bio je svestan da nešto nije u redu. Uz put su Milorada, koji se vraćao od đeda, sreli Marinko i Milovan. Nije imao strpljenja, nego je uz put još jedanput pročitao recept koji je na brzinu prepisao. Prošlo je par meseci kada je đedo čuo da je Milorad patentirao njegov melem. Tada sam prvi put video mog đeda da se naljutio. Tada mu je sve bilo jasno. Shvatio je što je onog dana Milorad pobegao i zbog čega je on osećao uznemirenost. Osećao je stari lisac, ako ostane, da će đedo saznati za njegovu prevaru i da će ga obrukati. Tada sam ja njega umirivao govoreći mu da ga javno ne optuži da sebi ne bi stvorio neprijatelja.

'On je svestan da je onoga dana kada mi je ukrao recept postao moj neprijatelj. Ovde je on mene povredio i ja moram da se branim. Ovo sine nije isti slučaj kao tvoj. Vinovnici tvog događaja su osobe sa kojima ti tog trenutka nisi ima ništa zajedničko. Hteo si da svedočiš protiv čoveka koji bi mogao tebe da napadne da si ti to delo počinio. Tada si napravijo najbolji potez. Natera si ga da trostruko vrati za greh koji je počinio. A kako ću ja ovde da zahtevam od Milorada da mi vrati tri recepta kada se on nikada u životu nije bavio travama i nikada nije sastavio ni jedan recept. Učiniću sine nešto slično onome što si ti uradio: nateraću ga sa svojom svešću da sve prizna.'

Tako je i uradio. Sveti Nikola. Crkva puna ljudi. Svako doneo da mu pop preseče kolač i osvešta žito. Svi čekaju da dođu na red, da kažu imena živih da bi ih pop pomenuo, da bi uputio molbu da ih Bog sačuva i blagoslovi. I Milorad je bio u redu kada smo ja i đedo ušli. Odmah smo ga videli a on nas nije jer smo bili iza njega. Dolazio je na red pred popom kada je đedo neprimetno od drugih ali ne i od mene, usmerio ruke ka njemu. Primetio sam da se stresao kao da mu je dunuo hladan planinski vetar niz kičmu.

'Oče, grešan sam'– počeo je da priča dok su svi ostali u redu iza njega zanemeli. I pop je stao sa rezanjem kolača.

'Da, da oče. Mnogo sam grešan. Iznevjerio sam čoeka koji mi je bio pravi prijatelj. Na prevaru sam od njega uzeo nešto i od toga sada imam materijalnu dobit. Iako nas do tada nije video, okrenuo se i pokazao na mog đeda.' 'Tog čoeka svi znate, on se nalazi ovđe sa nama.'

Svi su se okrenuli i pogledali u našem pravcu a đedo je usporenim korakom krenuo ka njima. Stavio je kolač na sto, onda je popu poljubio ruku pa se okrenuo ka Miloradu zagrlivši ga. Njemu su suze potekle niz lice.

'Milorade, dragi moj Milorade. Prijateljstvo se stiče cijeloga života a može se nehotice izgubiti za par sekundi. Ne prijatelju, nijesi se sa mnom ogriješio. Učinio si stvar za dobro cijelog čovečanstva a i mene si mnogo čemu naučio. Ovoga puta ja tebi zahvaljujem za dobru lekciju i neka ti je Bogom prosto za to što ti misliš da je grijeh.' Odvojio se od njega, uzeo torbu u kojoj je bio kolač i opet došao kod mene da zajedno sačekamo svoj red.

'Oprosti Bože i pomiluj raba svojega'–posle tišine koja je nastala popove rreči su odjeknule ispod crkvenog svoda. I nama je pop presekao kolač pa smo izašli pred crkvu. Pred crkvom su se mnogi pozdravili sa nama sa znatiželjom da saznaju šta se to desilo. Đedo nikom ništa nije objašnjavao nego je samo komentarisao:'A ništa, vjerujte ništa važno.'

Kada smo se malo izdvojili iz naroda, dok smo kretali kući, upitah ga: Đedo, mislio sam da ćeš ga više kazniti i prosto me je začudilo za šta si se ti njemu zahvaljivao?

'Mogu li sine uzeti Božiju ulogu u svoje ruke i kažnjavati onog ko šta zgreši? Ako bi ubijali sve one koji zgreše, onda na svetu ne bi ostalo ljudi. U molitvi Božijoj postoje reči: Oprosti nam dugove naše kao što i mi opraštamo dužnicima svojim – pa kako se mogu pomoliti Bogu i od njega zahtevati da mi bilo šta pomogne ili oprosti svesni ili nesvjesni greh ako ja mom prijatelju nisam oprostio greh koji mi je počinio? Oprosti i biće ti oprošteno. Pomozi, Bog će tebi pomoći. A ono što sam mu se zahvalio, imao sam potpuno pravo. Ovo što je on uradio je sitnica u poređenju sa onim šta je mogao neko drugi da mi uradi. On je prepisao jedan recept, patentirajući ga. Zamisli da je došao neko drugi a da sam ja bio u klozetu, a znaš kada sam tamo da kod mene prestaju sve moći koje posedujem. Ne bih ništa osetio a ta bi osoba, zavirivši u sveske, videla da tamo postoje izvanredni recepti, umesto da prepiše jedan recept, ukrala sveske i sav moj celovečni trud bi pao u propast. Manje je važno za recepte koliko bi zlo bilo ako bi kod pogrešne osobe otišle tajne i znanja koja se odnose na cilj razvijanja mozga. Vidiš da si se ti mučio sedam godina da postigneš cilj i sada sve to da nam neko upropasti! Zato ću napraviti tri sveske u kojima ću zapisati sve tajne ali u šiframa i bilo ko da pokuša da ih dešifruje neće mu poći za rukom. Ako otvori sveske i pokuša nešto da pročita, neće mu uspeti, biće mu nezanimljivo pa će odustati. Neće uvek isti brojevi označavati istu travu nego će se preklapati kao lanac DNK i na taj način će stvarati ogromnu pometnju a istovremeno biti veoma lako rešivo. Ako bi neko uzeo samo jednu svesku, onda se ništa ne bi moglo iskoristiti ni iz nje ni iz ostale dve, jer rekoh da će biti povezane kao lanac DNK. Zato ću, sine, ja sada raditi, prepisivati u formulama i postići cilj kao što si ga ti postigao a mnoge stvari koje ne budem uspeo da završim, to ćeš ti nastaviti. Sve će ove tajne đedo staviti u tvoje ruke a kada dođe vreme ti ćeš ih preneti dalje.'

Mnogo se pričalo o đedovom podvigu koji je napravio toga dana u crkvi. Svi su govorili da je oprostio zlo delo koje mu je prijatelj počinio a da o tome nikom nije hteo da kaže ni reči. Stara izreka kaže da ono što prođe preko dvadeset četiri zuba znaju dvadeset četiri druga. A ako saznaju dvadeset četiri druga, tu će se od usta do usta izmeniti verzija i od slamke će se napraviti balvan. Zato je najbolje da se o onom što je oprošteno više ne raspravlja. Kažu da svako čudo traje tri dana, tako da su i ova dešavanja veoma brzo zaboravljena.

Opet je kolosek života zauzeo svoj pravac i život je tekao sa određenim usponima a ponekad i sa malim padovima. Sada moje vežbe nisu bile tako naporne ali sam ih morao upražnjavati celoga života. Neosetno su prolazili dani, nedelje, meseci. Počeo zimski raspust.

15.

Večernji sati. Nahranili smo i napojili stoku, pa sada sa gostima u miru divanimo. Došli su nam ded Đuro i njegov unuk Simo. Đuro je Perov otac a Simo sin. Prođe po par meseci pa nas ili Đuro ili Pero posete. Uvek bi nešto doneli iz zahvalnosti što im je đedo pomogao kada je Peru bilo najteže. Te noći su došli njih dvojica da prespavaju kod nas. Između ostalih priča, oni se setiše događaja kada su se slikali u Andrijevici. Upita on đeda da li još čuva tu sliku jer je njegovu unuk Simo pocepao kada je bio mali. Đedo mi dade ključ i reče da je potražim u drvenom sanduku u kojem je on čuvao razne zapise, sveske, slike, neku staru garderobu, starinski novac, kubure iz turskog doba i mnoge druge dragocenosti. Sve je to bilo lepo nasloženo. Vadio sam po jednu i jednu stvar a sve su one kod đeda budile uspomene kojih se rado sećao i sada sa Đurom komentarisao o njima. Došao sam do đedovih slika. Bilo ih je oko pedesetak. U to vreme nije bilo aparata, kamera, kompjutera ni mobilnih telefona. Nije bilo mogućnosti kao sada da se čovek slika koliko mu volja. To su većinom radili fotografi. Te su slike čuvane kao najdraže uspomene. Sve smo ih gledali a đedo bi o svakoj govorio. U jednom trenutku se pojavi slika gde je đedo bio slikan sa predsednikom Titom. Kada je Đuro video, poče da se krsti.

'E Gaco, oba mi oka ispala ako sam ovo vjerova Zoranu kada je priča! Viđi brate maršal Tito. E moj Gaco moj brate, znam da se ti ponosiš zbog ove slike ali mene podsjeća na najteže trenutke mojega života. Sjećaš li se da mi je Pero tada bio na samrti. Da nije bilo tebe Bog dragi zna bi li ozdravijo.'

'Neka Đuro, pušći to, nećemo se sada rastuživati, no si doša da prenoćiš da ti bude lijepo da evociramo uspomene da se sjetimo svega i da nam u radosti noć prođe.'

'E jeste Gaco, nego eto. Čoek se sjeti svega a najpre mu na pamet padnu teški trenuci. Nego što rekoh, da nije bilo tad da ojdemo kod Pera, možda ti sada ne bi ima ovu sliku sa Titom.

'Vjerovatno da ne bi Đuro' – odgovori đedo. 'Gaco, kako je tebi pošlo za rukom da posjetiš Tita?'

Kao da se u trenutku zbunio jer se nije nadao tom pitanju, tek đedo poče nešto smušeno da odgovara. Tada sam prvi put u životu osetio đedove misli. Znao sam da će se brzo snaći i odgovoriti ali sam osetio da taj odgovor neće biti iskren i istinit. Da li je moguće da sam osetio misli čoveka koji je duhovno bio stotinama puta jači od mene.

Đedo je nekim odgovorom, koji ja zbog svojih misli nisam mogao čuti, zadovoljio Đurovu znatiželju a onda su u mojoj svesti zagrmele reči: istina je. Uspeo si!

Meni se učinilo da je neko te reči izgovorio najglasnije moguće i baš sam se začudio kada sam pogledao u sve prisutne oko sebe. Oni su mirno sedeli i tiho razgovarali. Samo se đedo tajanstveno osmehivao: 'Stano, već je devet sati. Ljegni đecu jer oni treba da odmaraju.'

Mene i Sima smestiše u krevet a oni ostaše i dalje da razgovaraju. Nas dvojica u drugoj sobi u potpunom mraku još malo šaputajući nastavismo razgovor a onda utonusmo u snove. Tada su deca veoma rano legala da spavaju. I stariji bi, ako im niko ne bi došao u goste legli najkasnije do deset sati.

Osvanuo prelep zimski dan. Sunce se po malo pomalja kroz oblake obasjavajući smrznutu površinu snega. Sneg nije velik ali je hladnoća poprilična. Zubato je ovo sunce i ne sme mu se verovati. Za čas posla se može naoblačiti pa umesto sunčanog dana može padati sneg. I mi se probudismo jer se iz kuhinje osećao miris krofana koje je baba pržila. Na sto postavila sira, kajmaka, vodene turšije i krofne. Đedo i đed Đuro popiše po jednu čašicu orahovače i svi počesmo da doručkujemo. Posle doručka gosti krenuše kući.

'Eto sine, lepo je kada nam neko u ove zimske dane dođe u goste. Prekrati nam noć i lepo se ispričamo.' Đedo, mogu li te ja nešto pitati?

'Možeš a i ne moraš sine. Đedo će ti odgovoriti i na pitanje koje mi nisi postavio sine. Ponosan sam jer vidim da si i meni uhvatio misli. To ti je odličan putokaz da ideš ka pravom cilju. Samo naprijed i ne brini! Sve ti se moći otvaraju sve više i više. Dugo si se mučio i to vežbao ali su ti rezultati odlični. Moram ti odgovoriti i na tvoje drugo pitanje koje mi nisi postavio. Jeste, malko me iznenadilo što me je Đuro pitao u vezi Tita, pa sam se morao dosetiti šta ću mu odgovoriti. Njemu sam morao umiriti znatiželju i ispričati ono što sam i drugima pričao, ali tebe nisam mogao prevariti. Sada ću ti ispričati sve kako je bilo. Beše to pre petnaestinu ako ne i više godina. Pero, Đurov sin beše mnogo bolestan. Odvedoše ga u Beograd na lečenje. Lekari mu nisu mogli pomoć pa pozvaše mene. Palo mi je na pamet: i njemu ću pomoći i posetiću Zorana Vasovoga sina a on je u to vreme radio kao Titov kuvar. Kada su prvi put došli kod mene da me zamole da odem sa njima da pomognem Peru, ja sam počeo uticati na Zoranovu svest da bi on pričao Titu o meni. On je to pod mojim dejstvom uradio. Kada mu je počeo pričati o meni ja sam to osetio, pa sam preko Zorana uticao na Titovu svest da bi Tito rekao Zoranu čim ja dođem da ga obavesti da bi me mogao pozvati u svoj kabinet. Toga dana mu je Zoran javio i Tito me pozvao. Kod svih ljudi sam uspevao da prenesem komandu svesti pa sam hteo to da probam i kod njega. Preda mnom je bio najuticajniji čovek toga vremena. Poželeo sam da se jedanput slikam sa njime. Nisam mu ništa rekao nego sam samo usmerio svest i on je pozvao poslugu, naređujući im da pozovu fotografa da bi se slikao sa mnom. Ja sam to želeo a ispalo je ka da on to želi. Pred tobom je sinoć bio dokaz da su nas slikali. Uticao sam na njegovu svest kako sam želeo i video da mi sve polazi za rukom. Večerali smo i sve nam je bilo lepo a kada sam ja pošao on je otresao glavom kao da je bio pijan. To sine nisam mogao i nisam smeo pričati ni Đuru ni nikom na svetu osim tebi. I znaj da posedujemo takve moći da možemo sa komandom svesti naređivati i predsednicima, ne samo naše nego i svih država sveta. Čuvaj se sine, jer se to ne sme obelodaniti. Ako se o ovome sazna, ode nam koža na doboš.' Obojica se nasmejasmo.

Tako prođe i tih pola godine ili drugo polugodište. Dođe vreme da se odvojim od babe i đeda. Došli su mama i najstariji brat da me uzmu. Đedo im je još jedanput objasnio da imam bioenergiju i isceliteljske moći ali im o ostalom ništa nije pominjao. To mora ostati tajna. Tada je moj brat imao fiću. Sve je prolazilo u prijatnoj atmosferi. Završio se ručak i mi smo morali da krenemo. Brat i majka su se prvo pozdravili sa babom i đedom. Kada sam zagrlio babu ona je briznula u plač. Čim je ona, zaplakali smo ja, brat i mama. Đedo se suzdržavao do trenutka kada sam ga zagrlio i rekao mu: Đedo spasitelju moj, da tebe nije bilo ja bih sada imao samo jednu nogu.

Tada je i on počeo da plače. Zagrlio me i stegao snagom očajnika koji gubi nešto što mu je najmilije, dok su mu suze nemoćnice neprestano tekle niz lice. Zagrljaj satkan od bezbroj osećanja i želja.

'Sine, sine moj. Nisi više mali Parapanac. Sada si đedov soko. Đedova krila i đedova radost. Udaja mojih ćerki i odlazak moga sina od mene nije mi ovako teško pao kao rastanak sa tobom.' Grlio me je i mazio đedo dok mi je ovo pričao: 'Biće nam teško sine, jer smo na tebe i ja i baba navikli, ali ćemo znati da si dobro pa će nam biti lakše. Bio si smisao našeg staračkog života i radost koja se ni sa čim nije mogla uporediti. Želeo bih ovoga trenutka da ostaneš, ali, to bi bilo sebično. Zato moram osloboditi svoja osjećanja, želje i dozvoliti ti da odeš stazama svoga života. Nikada nemoj biti pohlepan, gramziv, sebičan, zavidan, ljubomoran, osvetoljubiv, zao ... Budi onakav kakvog sam te učio da budeš. Bori se, jer svaka borba daje rezultate. Uspećeš. Pomaži svakome i Bog će tebi pomoći. I nikada ne zaboravi da je mir najbolji saveznik svakog čoveka. O drugom ti više nemam šta pričati jer i sam znaš šta smo se o tome dogovorili.'

'Sestričino moja'– obratio se mami, 'imaš finu porodicu i ja sam srećan zbog toga. Ovo je dete, moj mali Parapanac, mnogo puta bilo na ivici života i smrti ali je sve to bilo od Boga dato, da bi Bog kroz njega pokazao sve svoje moći. Njegovi putevi su predodređeni Božijim promislima i mnogi će ga nazvati čudakom, ne shvatajući da se iza te reči krije Božija volja. A on će ići putem koji mnogi neće razumeti, ali će videti rezultate isceljenja koje Gospod učini kroz njegove ruke. Zato sestričino moja, neka vas dragi Bog sve sačuva i blagoslovi'– završio je moj đedo dok sam mu ja još bio u zagrljaju.

Dok me je ljubio izdvojio me je da ostali ne bi čuli i tiho mi prošaputao:'Sine, sveske sa svim mojijem prepisima ćeš dobiti nakon moje smrti. Poslušaj me jer znam da ćeš zbog njih imati mnogo problema pa napravi duplikate. I to nekoliko duplikata. Neka u tvojim sveskama sve bude slično kao u mojim, neka budu šifre trava, neka bude objašnjenje kako se postiže veća funkcija mozga i mnogo šta ostalo, ali neka sve to bude pogrešno da se ne bi moglo iskoristiti. A moje sveske neka budu na nekom usamljenom mjestu koje će biti samo tebi znano. Kada dođe vrijeme da i ti predaš tajnu Izabranika, biće ti potrebno da se mnogih stvari podsetiš, da se ne bi nešto zaboravilo.'

Tada sam se začudio što me je đedo izdvojio baš na tu stranu da bi mi saopštio ove reči. Kasnije, posle njegove smrti, sve mi je bilo jasno. Izdvojio me u smeru pećine gde ću sakriti originale. Krenuli smo od đeda ispraćeni mahanjem ruku i sa još po nekom suzom iz staračkih očiju. Krenuo sam u novi život.

16.

Kao da sam došao u neki nepoznati svet. Moji najrođeniji me u početku nisu prihvatili. Nisu se navikli na mene, činilo mi se da sam im suvišan. Setio sam se detinjstva. Tada sam im smetao jer sam stalno plakao zbog bolova u nozi. A sada? Nisam znao odgovor. Mnogo puta sam poželeo da se vratim kod đeda. Mnogo puta bih uključio svest i osećao šta ko od njih misli. U njihovim mislima sam osetio da me ne mrze, ali sam im u mnogo čemu smetao. Osećao sam da me mama najviše od svih voli.

Ipak sam nastavio da se prilagođavam i da se sjedinjujem sa porodicom. Ovde je bilo sve drugačije nego kod babe i đeda. Tamo sam bio sam a ovde nas je bilo šestoro. Tamo i u susednim kućama koje su bile dosta udaljene nije bilo mojih vršnjaka, a ovde, u našoj kući i u kućama naših rođaka i komšija su živela deca sa kojima sam mogao da nađem dosta zajedničkog. Igre kojih su se oni igrali ja nisam znao. Obično bi me uzimali da igramo fudbal, ali kako nisam bio vešt, puštali su me da branim. Oni nisu znali moje tajne a ja bih usmeravao svest na protivničke igrače terajući ih da šutiraju na stranu koju bih ja izabrao, tako da sam lako branio sve njihove šuteve. Ubrzo sam postao veoma traženi golman.

Tako se završio i taj školski raspust. Đedo je dao mami dosta para da mi kupi sve što je neophodno za školu, ali ih je ona u oskudici raspodelila pa je svima kupila po nešto novo od garderobe i obuće. Počela je nova školska godina.

Dragi Bože, koliko učenika na jednom mestu! U mojoj školi od prvog do osmog razreda je bilo šezdeset i četiri učenika a ovde ima više od hiljadu! Išao sam u EŠC „Mileva Vuković" u Peći. Ovde je bilo raznih nacionalnosti a ne kao tamo gde sam učio – samo Crnogorci. Prvi dan je prošao bez obaveza, a već sledećeg dana su formirana odeljenja. U mom razredu je bilo trideset i tri učenika i učenice. Bilo je tu Srba, Crnogoraca, Muslimana, Hrvata i Roma. U drugim odeljenjima je bilo Albanaca i Roma koji su nastavu želeli da pohađaju na albanskom jeziku. Sve mi je bilo novo i drugačije pa zbog toga i mnogo interesantnije. Bilo je dosta devojaka mog uzrasta. Sve su bile lepe na svoj način. Nekako se u mojoj duši otvorilo neko novo, nepoznato osećanje. Bio sam dosta stidljiv, ali sam primećivao da mi je drago da se družim sa devojkama iz mog kao i iz drugih odeljenja. Nisam se najbolje snalazio sa njima ali su one same dolazile da budu u mom društvu. S obzirom da se do tada nikada nisam zaljubio, taj osećaj mi se sve više i više obuzimao. Sve su mi bile drugarice, sve sam ih voleo na neki drugarski način. Mene je bilo stid da bilo koju od njih pitam da mi bude devojka a izgleda je i kod njih bila ista situacija. Tako su prolazili dani, a onda me je Tanja, devojčica sa kojom sam se najviše družio, upitala: 'Miki, mogu li nešto iskreno da te pitam? Hoćeš li iskreno da mi kažeš da li ti se sviđa Bilja?'

Učinilo mi se da mi je srce zakucalo u grlu. Mučio sam se da progovorim. Osećao sam se kao riba na suvom. Kako je osetila da je to devojčica koja mi se najviše sviđa. Ćutao sam, a ona je to protumačila na svoj način:'Miki, ako ti se ne sviđa, ti mi to slobodno reci, a ja ću joj preneti.' Ma ne Tanja, ona mi je posebno draga, ali me je iznenadilo pitanje. 'Miki, ja sam sa njom razgovarala o tebi. I ona kaže za tebe da si joj simpatičan i da si joj posebno drag.'

Opet mi je srce zalupalo kao ludo.'Slobodno joj se udvaraj i ona će pristati da se zabavlja sa tobom.' Spustio sam glavu i grozničavo razmišljao.'Miki, šta je sada? Budi iskren i reci mi ako ti se ne sviđa.' Nije to Tanja. Kunem ti se da mi se sviđa.'Pa što joj se onda ne udvaraš?' Tajče, ja bih joj se udvarao, ali ne znam kako se to radi. Nikada se ni jednoj devojci nisam udvarao a niko me nije učio kako se to radi.

Ona se nasmejala od sveg srca. Osetio sam se neprijatno dok se ona neprestano smejala. Onda se izvila na prste, zagrlila me i poljubila u lice. 'Dragi moj prijatelju, ti ne znaš da se udvaraš a tamo o tebi pričaju da si uobražen.' Sada sam se iznenadio – ko je bio tako bezobrazan da tako nešto kaže?

'Većina devojčica je u početku pokazivala naklonost prema tebi, a kada sa tvoje strane nije bilo nikakvog odgovora, takoreći ni jedne lepe reči, one su odustajale i počele govoriti o tebi da si uobražen. Ni jedna od njih nije znala da ti ne umeš da se udvaraš'–opet se nasmejala.

Lako je tebi da se smeješ, a ne pitaš kako je meni! 'Miki, pa to je toliko prosto. Samo joj kažeš: Biljo, mogu li nešto da te pitam? Ona će ti reći – pitaj ili – slobodno. Ti joj onda kažeš: Mogu ti reći da si mnogo lepa devojčica i da mi se sviđaš od prvog trenutka kada sam te sreo. Bio bih najsrećniji momak na svetu ako bi pristala da mi budeš cura. Ona će ti tada odgovoriti da pristaje i onda ćete biti momak i devojka.'

Nisam verovao sopstvenim ušima. Da li je moguće da je potrebno da se kaže samo tih par rečenica? Odlučio sam da te lepe reči odmah isprobam. Prišao sam Bilji ponovivši iste reči koje me je Tanja rekla. Pristala je ali joj je glas podrhtavao dok je potvrđivala našu vezu. Postali smo momak i devojka. Ne znam za nju, ali za sebe mogu reći da mi je bilo mnogo lepo i da sam neprestano mislio o njoj. Svuda smo išli zajedno. Smejali se i radovali svemu što nas okružuje.

Posle par dana je Tanja opet došla kod mene sa rečima prekora:'Miki, vidim da se slažete i volite. Vidim da ste uvek zajedno i da ste srećni ali te još ni jedanput nisam videla da si je zagrlio i poljubio.' Opet sam se našao u neobranom grožđu: Tanja, veruj mi da nisam znao da to treba da uradim, mada sam mnogo puta poželeo.

Opet se nasmejala. Posle njenih saveta sam mnogo puta zagrlio i poljubio Bilju. To je, očigledno, iritiralo neke kojima se Bilja sviđala. Prišao mi je učenik iz drugog odeljenja koga sam površno poznavao:'Ti misliš da si neka faca?'

Osetio sam signale u mozgu koje nikada do sada nisam osećao. Impuls opasnosti je signalizirao kao da je neko pritisnuo sirenu od kamiona. Osetio sam da mi se sa leđa približavaju još četiri slične osobe. Prosto je bubnjalo u mom mozgu da nameravaju da me pretuku, a ja se nikada ni sa kim nisam tukao.

'Oteo si curu mog najboljeg druga i sada se sa njom šepuriš po školi!'

Slušaj prijatelju, nikoga ja nikome nisam oteo … pokušao sam da objasnim ali sam osetio da bi moje objašnjenje bilo uzaludno jer su njihove namere bile da izazovu tuču. Uzdali su se u brojnu nadmoć pa su zato bili sigurni u sebe. Bilja je dotrčala do mene i stala između nas dvojice. 'Slušaj, mrcino uobražena'… viknula je nekom iza mojih leđa. 'Misliš na ovaj način da me nateraš da se zabavljam sa tobom? To ti nikada neće poći za rukom. Šta ti je on kriv? Hoćete da ga tučete zato što je bolji i veći frajer od tebe. Praviš se važan jer ste se okupili i napravili najjaču bandu u školi pa mislite da možete da radite šta vam je volja!'Taj momak iza mojih leđa je uhvatio za ruku i počeo da se smeje: 'Videćeš mačkice kako će tvoj dragi ubrzo proći. On će te moliti da ga ostaviš i da se zabavljaš sa mnom, jer neće moći da trpi batine koje će dobijati.'

Video sam ogromnu masu učenika koja nas je okruživala isčekujući borbu. U mnogim očima se video strah. Odnekuda su se progurala još trojica i stala na stranu mojih neprijatelja.

Bio sam sam protiv svih. A onda sam, negde između tih učenika, video đeda. Njegove reči su jasno doprle do moga mozga:'Ne boj se, tebi niko ništa ne može. Koristi svijest i neka izgleda da se tučeš sa njima a ja ću biti uz tebe i voditi tvoju borbu.' A onda je nestao. Bilja je pokušala da opali šamar nasilniku koji je držao za ruku. Jače joj je iskrenuo ruku i ona je vrisnula. To kao da je bio znak za početak okršaja. Učenik koji me je presreo, koji je bio ispred mene, zamahnuo je da me udari po licu, dok su ostali krenuli ka mojim leđima. Izmakao sam se ni sam ne znam kako, a onda sam telo tog učenika odgurnuo od sebe. Sudar sa njegovim drugovima koji su mi prilazili sa leđa je bio veoma jak. On i još dvojica su popadali po zemlji dosta ugruvani. Preostala četvorica su me opkolila dok je njihov šef i dalje držao Bilju koja se otimala i nekako pokušavala da mi pomogne. On joj je još više zavrnuo ruku i ona je prodorno vrisnula. Sada sam ja morao da pomognem njoj. Usmerio sam svest na protivnike levo i desno od sebe i naredio im da me napadnu. Krenuli su. Silovito su i jedan i drugi zamahnuli. Kada je izgledalo da sam gotov, moje telo se našlo na zemlji a oni su jedan drugog udarili kao da su najveći neprijatelji. Zastali su malo ošamućeni a onda, pod uticajem moje svesti, navalili jedan na drugog. Prestao sam biti sfera njihovog interesovanja. Zato su se ostala dvojica brzo snašla. Videli su da će izgubiti bitku pa su potegli, jedan nož a drugi lanac. Njihov šef je odgurnuo Bilju na zemlju. Neke od njenih drugarica, među njima i Tanja, su požurile da joj pomognu. Tada je šef krenuo da pomogne svojim drugovima. Vikao je na dvojicu koji su se međusobno tukla ali ga oni nisu poslušali. Nisu ni mogli, kada im je od mene bila usmerena komanda svesti. Trojica koja su prva pala, sada su bili spremni da nastave borbu. Šestorica protiv mene. Njihov šef je sagnuo glavu, ugnuo ramenima i potrčao prema meni. Morao sam da ga udarim jer bi on mene udario glavom u stomak. Moja pesnica ga je pogodila u rame. Kao da su ga noge izdale. Sručio se u prašinu dvorišta a izgledalo je kao da sam ga sasvim malo zakačio.

'Nabodi idiota!' viknuo je učenik naglo krenuvši lancem ka meni. Isto je uradio i drugi učenik u čijim rukama je bio nož. On mi je bio mnogo bliži. Zamahnuo je ka mom stomaku. Ni ovoga puta nisam znao kako, ali je moja leva ruka blokirala njegov udarac dok sam ga desnom udario po šaki u kojoj je držao nož. Sečivo je izletelo iz njegove ruke i zabolo se u butinu sledećeg napadača. Zbog naglog bola koji je osetio u nozi, ispustio je lanac kojim je zamahnuo ka meni. Svest je opet odigrala najbolju ulogu i za nekoliko santimetara me sklonila sa putanje lanca. Proleteo je pored mene i svom silinom udario u tri preostala napadača. Prvog je zakačio po licu a ostalu dvojicu po grudima. Tišinu koja je nastala su remetili bolni uzdasi napadača koji je dobio udarac lancem po licu i učenika kome se nož još nalazio u butini. Svi ostali su ćutali u neverici. Ja sam se približio Bilji i nežno je obgrlio oko ramena. Osetilo se meškoljenje u masi a onda su u krug koji su napravili učenici ušli direktor i dva profesora. Profesori su krenuli ka učenicima koji su bili povređeni a direktor je viknuo: 'Ko je napravio ovakav pokolj ovim jadnim učenicima?'

Pogledi su bili usmerili ka meni i Bilji. Direktor me uhvati za podlakticu počevši da me drma i viče: 'Za ovo se ide u zatvor. Nožem i lancem si upropastio ovoliko učenika!'

Drmnuo sam ruku izvadivši je iz njegovog stiska. I drugi profesori su dolazili da vide šta se desilo. Niko od njih u prvom trenutku ne bi poverovao da sam ja sam napadnut od osam protivnika. Zato sam potražio pomoć svedoka koji su sve videli: Prvo pitajte prisutne ko je koga napao i kod koga su se nalazili lanac i nož, pa me onda drmajte za ruku!

Direktor se zaprepastio zbog moje drskosti, a onda su, polako, do njegove svesti doprele moje reči. Neverica se ogledala na licima prisutnih. Prvo niko nije verovao da ću ovako odgovoriti direktoru a ni on nije mogao da poveruje da sam ovo sam uradio. Da bi malo povratio svoj poljuljani ugled, podigao je ruku sa ispruženim kažiprstom i viknuo:'I da svi posvedoče da su te oni napali, ni u kom slučaju nisi smeo da upotrebiš nož i lanac. Zbog toga ću te momentalno isterati iz škole a policiji je već prijavljena tuča.'

Okrenuo sam se ka učenicima i upitao: Ko je koga napao? Masa njih je povikala:'Oni njega!' Ko je na koga potegao nož i lanac?'Oni su potegli a on se samo branio.'Sada se mnogo glasnije čuo povik iz mase.

Tada se začula policijska sirena. Učenici su se razdvajali na dve strane. Vozilo je stalo ispred nas. Policajci su se osvrtali da vide koga treba da uhapse. Ugledali su mene i Bilju ispred direktora i ostale povređene učenike koji su se lažno previjali od bolova, da bi kod njih izazvali sažaljenje. I oni su pomislili da sam upotrebio nož i lanac i krenuli ka meni. Direktor ih je zaustavio objasnivši im da su mene napali, da su oni upotrebili nož i lanac a da sam se ja samo branio. Izraz tuposti na njihovim licima pokazivao je njihovu nevericu. Jedan od policajaca reče da je zakonom i zabranjena upotreba borilačkih veština. Da bi neko pobedio osmoricu vršnjaka, uz to da oni poseduju nož i lanac, mora da bude majstor u nekoj od borilačkih veština. Opet su se ustremili ka meni. Morao sam odmah da odreagujem: Nemam nikakav pojas i nisam majstor ni u jednoj borilačkoj veštini. Direktore, da li sam ja ovde optužena strana ili sam osoba koja se branila od osmorice napadača? Pogledajte koliko ima svedoka na mojoj strani!

Masa učenika je opet zažagorila. Ohrabreni porazom nasilnika, mnogi učenici su ih prijavljivali i govorili da da su i njih maltretirali. Policajci su pozvali kola hitne pomoći. Učenici su se, nemajući više šta interesantno da vide, povukli u svoje učionice. Za par dana su ih sve kaznili. Dvojicu, koji su upotrebili nož i lanac, su isterali iz škole. Takozvanog šefa bande su kaznili poslednjom opomenom pred isključenje a ostale ukorom.

Ubrzo je sve počelo da pada u zaborav. Bilo je sporadičnih tuča ali mene više niko nije dirao. Sa Biljom sam nastavio da se zabavljam. Bilo nam je lepo. Pored nje sam zapostavio učenje i sve ostalo.

Nekako tih dana, kada mi je sve bilo nevažno, kada su sve misli bile usmerene ka Bilji, majka mi reče da moramo sutra putovati jer je baba Stana pošla na večni počinak. Mnoge vesti čovek ne može prihvatiti pa mu se čini da nisu istinite. Tako se meni tada učinilo da to ne može biti istina. Uopšte nisam verovao da je to moguće. Kako je to đedo mogao dopustiti? Postavljao sam sebi pitanja kao da je u đedovim rukama bila moć da odlučuje o nečijem životu ili o smrti. Te noći gotovo da nisam spavao. Što bi rekli stari – nisam ni oka sklopio. Ujutru smo otputovali u selo u kojem sam proveo detinjstvo. Posle sahrane mog oca, nisam prisustvovao sahranama. Bilo mi je teško. Setio sam se koliko me je volela i koliko mi je ugađala. Setio sam se pesme koju mi je pevala:

Stara baka čuva me i pazi
i sve moje ispunjava želje
Ali niko na svetu ne može
Da zameni deci roditelje.

I sada sam, kao nekada kada sam bio mali, i kada sam prvi put čuo ovu pesmu, gorko zaplakao. U mojoj svesti su odzvanjale njene milozvučne reči a suze su tekle niz lice. Prilazili su sa svih strana da me uteše. Prišao je đedo obujmivši me svojim toplim rukama. Tada sam se malo smirio. Sva moja tuga, bol i patnja bile su pretočene u par reči, u to jedno pitanje koje sam mu postavio: Đedo, što joj nisi pomogao da živi?! Opet me je zagrlio a ja sam osetio da mu se celo telo zatreslo:'Sine, šta misliš da to ja ne bih uradio? Ja mogu pomoći svakom kome je Gospod dao da živi, ali zato ne mogu pomoći ni sebi ni bilo kome gde je po volji Božijoj došao kraj života. Neka joj Bog podari rajskoga mira. Ne može se protiv Boga i sudbine. Kada je kome od Boga suđeno, tada će umreti. To ti je, sine, odmor telu. Videćeš u sveskama koje ću ti predati posle moje smrti, da sam sve to opisao i sve će ti tada biti jasno.'

Kažu da čovek uči dok je živ a ja sam i na babinoj sahrani naučio još jednu životnu lekciju. Shvatio sam da smo i mi Izabranici, iako smo imali neopisivo velike moći u odnosu na ostatak čovečanstva, zapravo smrtnici kao i sav ostali svet. To saznanje me nije baš obradovalo.

Tada me je đedo umirio rečima:'Sine, sve je to Božija volja i mi joj se moramo prikloniti. Ti moraš zauvek zapamtiti da ne smeš klonuti duhom, nego moraš biti uzdignut jer si Božiji Izabranik.' Te su mi reči bile melem i uvek sam ih se i kasnije sećao kada bi mi bilo najteže. I uvek sam uspevao da povratim raspoloženje i da ne klonem. Tačna je narodna izreka da veselo srce kudelju prede. Od toga dana sam i ja preuzeo đedov stav. Uvek sam bio veseo a reči su mi bile blage. Na taj način sam postizao i najtužnije osobe da razveselim, najbolesnije da umirim i da im odagnam svaku bol. Tu sam lekciju naučio na bakinoj sahrani.

Vratili smo se sa sahrane. Patio sam nekoliko dana a onda sam nastavio školovanje. Dobio sam nekoliko jedinica. Bio sam uveren da ću ih lako popraviti, a one su se nizale sve jedna za drugom. Na polugodištu sam imao osam jedinica. Nisu mi smetale. Bilo mi je bitno da se sa Biljom slažem i da o njoj neprestano razmišljam. Bio sam zaljubljen u nju a ona je imala sve petice. Na samom početku drugog polugodišta, Tanja je opet došla kod mene da porazgovaramo:'Miki, Bilja je u totalnoj dilemi. Mnogo puta kada odem kod nje ona plače.' Da li je moguće? Šta je to sa njom što ja ne znam? – ispitivao sam Tanju. 'Vidiš Miki, ja sam sa njom mnogo puta razgovarala jer smo najbolje drugarice. Uvek si u našim razgovorima. Tada, kada si je odbranio od onih nasilnika, ona se totalno zaljubila u tebe. Kako su dani prolazili, tako si joj sve manje pažnje poklanjao. Po neki put bi je poljubio, zagrlio i to bi bilo sve. Ona je od tebe očekivala mnogo više. Zbog toga je mnogo puta plakala.'

I ovoga puta kao i onog dana kada sam čuo za babinu smrt, moja svest nije želela da prihvati reči koje sam čuo, a ona je nastavila:'U poslednje vreme joj je mnogo teže jer su njeni saznali za vašu vezu.' Opet sam osetio da mi srce lupa kao u početku kada smo počinjali da se zabavljamo.'Njeni stalno navaljuju da prestanete da se zabavljate. U početku im je odlučno odolevala, ali u poslednje vreme, od kada su saznali za tvoje jedinice, neprestano je opsedaju. Kakva bi to veza bila ako ti ponavljaš? A i ako prođeš, u šta oni čisto sumnjaju, to će biti sa nekim mršavim dvojkama. Kako ćeš sa tim uspehom nastaviti školovanje? U mnogo čemu su u pravu, jer ako pogledamo logično, tvoji nisu dobrostojeći da bi mogli da ti plaćaju školovanje ako ne upadneš na budžet.'

Svaka njena reč me je pogađala kao ubod igle u srce. Da li je moguće da sam zaslužio ovakve reči? Da li je moguće da je ona od mene zahtevala više ljubavi? Po neki poljubac, zagrljaj i ništa više. Pa šta je više mogla da očekuje i želi od toga? Ja sam joj poklonio srce i svaki treptaj tela. Priznajem da smo teško živeli, ali nisam zaslužio te reči i uvrede.U trenutku je sve proključalo u meni. Hteo sam da joj uzvratim za sve uvrede. Hteo sam svešću da je nateram da ispred svih kaže da me voli i da je morala sa mnom da raskine jer su je roditelji naterali. Hteo sam još mnogo toga reći u toj ljutini, ali sam se setio đedovih reči i u trenutku smirio. Samo sam jedva čujno prošaputao: Tanja, ako treba da raskinemo, želeo bih to da čujem iz njenih usta. 'Važi Miki. Ti nemoj na mene da se ljutiš što sam ti ovo prenela.'

Otišla je a ja sam ostao sa kovitlacem u glavi. Naljutio bih se pa bih se opet smirio. To stanje me držalo nekoliko dana. Ako su ona ili njeni rekli onakve reči na moj ili račun moje porodice, onda mi ni ona ni njeni nisu potrebni – razmišljao bih napadajući je a onda bih nalazio reči opravdanja. Istina je, i ako su to rekli, imali su pravo, jer moja porodica zaista nije bila imućna da mi plaća fakultet.

Stotinama puta sam je optuživao i stotinu puta opravdavao. Kada je Bilja došla da bi potvrdila reči koje sam prethodno čuo od Tanje, zamalo sam zaplakao. Hteo sam da joj kažem da je volim. Hteo sam da je zamolim da ostane i da mi oprosti sve grehe koje nisam počinio. Hteo sam, a ipak se nisam pomakao. Gledao sam dok je prilazila onim njenim gracioznim korakom. Stala je ispred mene. Hladno i proračunato je počela da objašnjava:"Tanja ti je objasnila razlog mog nezadovoljstva." Jeste, ali sam potvrdu tih reči voleo da čujem iz tvojih usta. 'Mi smo najbolje prijateljice, tako da sve ono što ti ona kaže važi kao da sam ti ja rekla.' U redu, Biljo. Ne treba više da mi ponavljaš. Želim ti sreću i daj Bože da te svi budući momci vole mnogo više nego što sam te ja voleo. A ja mislim da moja ljubav prema tebi nije imala granice. 'I ja tebi želim sreću, i želim ti da popraviš sve jedinice. Svesna sam da će se pre tvoja želja obistiniti nego moja. Da dođe do ostvarenja moje želje je potreban baš veliki trud, a za tvoju nije uopšte, jer mene nije teško voleti'– rekla je, nasmejala se, i otišla.

Sebi sam postavio pitanje: da li je moguće da sam je onako iskreno voleo a da je uopšte nisam poznavao? Tada sam rešio da joj se osvetim za njenu drskost. Ovakve reči ja njoj ne bih mogao nikada da uputim. Dokazaću joj da greši. Već nakon pet , šest dana sam se javio da popravim prvu jedinicu. Profesorica me ispitivala pred sami kraj časa. Zazvonilo je. Ona je rekla da sam dosta naučio i da mi može, za pokazano znanje, dati trojku. Nisam pristao, nego sam zahtevao da sledećeg časa nastavi ispitivanje da bih dobio peticu. I ona i svi đaci su se nasmejali. 'Da bi dobio peticu iz mog predmeta, moraš znati kompletno gradivo a ne samo dve zadnje lekcije.' Profesorice, zapamtite i Vi i svi ovde prisutni, da ću od sada dobijati samo petice i da ću iz svih predmeta iz kojih trenutno imam jedinice, pri kraju godine ići na takmičenje. Iz osam predmeta ću zastupati našu školu i dobiću osam zlatnih medalja!

Mnogi su se usiljeno nasmejalo čuvši moje reči a profesorica je gotovo preteći rekla: 'U redu, neka bude do sledećeg časa. Dobro se spremi jer ako ne budeš znao, potvrdiću ti jedinicu i više nećeš moći kod mene da odgovaraš do samog kraja školske godine.'Pristajem profesorice – spremno sam rekao.

Sledeći čas je bio posvećen samo meni. Postavljala je sva moguća pitanja koja su joj pala na pamet iz gradiva koje smo prošli. Na svako sam odgovorio. 'Nemam reči. Zaista nemam reči'– progovorila je posle svih pitanja i odgovora.'Ovakvo znanje mi nikada ni jedan učenik nije pokazao. Da postoji deseteka u srednjoj školi, odmah bih ti je dala. Zaslužio si peticu, ja ti je dajem i čestitam!' Ustala je, došla do moje klupe pružajući mi ruku. Neki su se odvažili i šljapnuli nekoliko puta rukama. Onda je i ona počela daaplaudira, u čemu su joj se pridružili svi učenici u odeljenju. Sledećeg dana sam se prijavio da popravim drugu jedinicu. Ovoga puta je bila hemija. Najopasniji profesor u celoj školi. Kažu da je nekada rekao da nema učenika koji će kod njega dobiti pravu trojku jer je hemija ispunjena formulama i da nema toga ko će sve formule zapamtiti. I on me je počeo ispitivati pri kraju časa. Zazvonilo je. Bio je zadovoljan mojim znanjem i rekao:'Miki, zadovoljan sam sa ovim što si odgovarao, pa ću ti zato pokloniti trojku.' Profesore, i ja bih bio zadovoljan sa poklonom da neko od pitanja nisam znao, ali ne volim niko ništa da mi poklanja pa zbog toga ne pristajem da mi sada poklonite trojku. Zadovoljiću se kada dobijem peticu a ona mi uopšte neće biti poklonjena.

Zatvorio je dnevnik zalupivši ga iz sve snage:'Videćemo uobraženko. Videćemo sledećeg časa.' Ljutito je ušao u zbornicu i sa vrata počeo da viče:'Drage kolege i koleginice, prvi put mi se desilo da me jedan učenik ovoliko iznervira. Naučio je, ne mogu reći da nije i kada sam mu rekao da ću mu pokloniti trojku, ta uobražena neznalica je rekla da će sledeći čas odgovarati za peticu – viknuo je i lupio dlanom o dlan. Svi su ćutali samo se profesorica kod koje sam prethodno dobio peticu nasmejala. Svi su se okrenuli ka njoj. 'Kolega, da li je o Mikiju reč?' On se zamalo onesvestio od zaprepašćenja:'Otkuda znate, koleginice?' 'Ja sam ga ispitivala pre par časova. Znate šta mi je rekao?' Svi su u isčekivanju gledali ka njoj, niko ne progovarajući ni reč.'Da će iz osam predmeta iz kojih je na polugodištu imao jedinice, zastupati školu na takmičenju.'

'Ma daj, koleginice!'počeli su da neguduju profesori.'U to može poverovati totalno nepismen čovek!' 'I ja sam tako mislila drage kolege, dok nisam počela da ga ispitujem. Nije bilo pitanja na koje nije znao odgovor. Nikada mi niko nije tako lepo i potpuno odgovarao kao on. Verujete li da mi je rekao da će od sada dobijati samo petice?' Svi su ćutali a profesor fizike je rekao: 'Koleginice, bez ljutnje ili uvrede, ali se vaš predmet ne može uporediti sa hemijom, matematikom ili predmetom koji ja predajem. 'Svaki predmet je težak ako se ne nauči. Ne kažem da to nije istina, ali da ste videli znanje koje je meni pokazao, verujem da se ne biste ljutili zbog njegove izjave.''Za tri dana ću imati čas u njihovom odeljenju, pa ću Vas, draga koleginice, naterati da povučete te reči pohvale'–rekao je profesor hemije. 'A ja se, kolega, kladim u kilogram kafe da će on biti prvi učenik koji je dobio peticu iz vašeg predmeta!'

Formule, pitanja. Formule, pitanja…unakrsno se odvijalo ispitivanje koje je profesor započeo čim je upisao čas. Kada sam, umesto odgovora koji je očekivao da neću znati da odgovorim,rekao: Profesore, hemiju sam naučio od A do Š, tako da mi ne smeta što ste mi ovo pitanje postavili iako nije u redu. Odgovoriću i na njega iako još to gradivo nismo prošli. 'Oho ho ho' – počeo je profesor da širi ruke.'Genije deco. Nisu mu ravni Alfred Nobel, Dimitrij Ivanović Mendeljejev, Antoan Lavoazje ni svi ostali velikani ove nauke. Verujte, sve ih je nadmašio. Ovo je prvi put da jednom učeniku dam peticu. On je potpuno zaslužio. Ako za nekog mogu da kažem da zna hemiju bolje od mene, onda je to on. Izgubio sam kilogram kafe na opkladu ali sam presrećan jer je naša škola po prvi put dobila takmičara sa kojim ćemo pobediti sve škole. Deco, molim vas da budete mirni ovih deset minuta dok zvoni jer ću lično da odem i kupim kilogram kafe koju dugujem za opkladu.' Otišao je. Počeli su da mi prilaze sa svih strana. Opet mi se dešavalo isto kao i u osnovnoj školi. Svi su želeli da mi budu prijatelji. Kada je počeo sledeći čas, profesorica je rekla da o meni priča cela škola. I direktor je obavešten da je prvi put neko dobio veću ocenu od poklonjene trojke. – Zaslužio sam je, profesorice! 'Samo mi reci da si ovog trenutka spreman i kod mene da odgovaraš za peticu, pa ću odmah napustiti školu!' Vi ste najbolja i najdraža profesorica. Nikada sebi ne bih oprostio ako biste zbog mene morali da napustite školu! Svi su se nasmejali, a ja sam nastavio: Da budem iskren, nisam baš u potpunosti spreman za čistu peticu a ja ne volim da mi se poklanja, pa ću Vas zbog toga zamoliti da mi dozvolite da odgovaram sledećeg časa. 'Ja te neću pustiti da recituješ lekcije koje si nabubao, nego ću te unakrsno ispitivati.' Neće mi biti prvi put jer su me i prethodni profesori tako ispitivali. 'Dobro, onda ćemo se videti sledeće nedelje, kada budem imala čas ovde.'

Završio se taj, a sledeći čas je bio čas matematike. Profesorica matematike kao da je bila ljuta na mene:'Za nepunih nedelju dana dve petice – biologija i hemija. Uz to, zakazuješ da odgovaraš iz srpskog. Šta misliš da si ti? Fenomen?' Ćutao sam.'Ustani da odgovaraš.' Profesorice, mogu li dobiti pauzu od nekoliko dana? Naporno sam učio hemiju pa nisam u potpunosti matematiku uspeo da savladam.'Ustani kada ti se kaže. Nećeš ti meni odlučivati kada ću da te pitam a kada neću. Hajde ustaj. Odmah, odmah.' Počela je da maše rukom u kojoj joj je bila hemijska, tim gestom pokazujući da treba da ustanem.Dobro, odgovaraću i dobiću peticu. Pocrvenela je kao da joj je neko opalio šamar.'To ćemo tek videti.' I ona mi je postavljala razna pitanja, formule, zadatke i sve što joj je palo na pamet. Odgovarao sam i sve rešio tačno. Ispitivanje je trajalo četrdeset minuta. 'Dosta si dobro naučio i zato ću ti dati četvorku.' Ha, ha, ha –nasmejao sam se da je cela učionica odzvanjala: Profesorice, i Vi i svi ostali profesori morate shvatiti da meni možete dati samo peticu, jer jedino tu ocenu zaslužujem. Nema ni jednog pitanja, ni jednog zadatka na koje nisam odgovorio, pa kako mi možete dati četvorku? 'Sam si rekao da nisi matematiku potpuno savladao.' Da, rekao sam. Vama niko nije kriv što niste naišli na lekciju koju nisam naučio. Ako mi ne date peticu, zahtevaću da me ispituje komisija. Znala je šta to znači pa se usiljeno nasmejala:'Nastavićemo ispitivanje sledećeg časa.' Profesorice, imam trideset svedoka da ste me ispitivali čitav čas, iako znate da po zakonu ispitivanje jednog učenika traje najviše petnaest minuta. Za sve vreme mog ispitivanja niste uspeli da nađete ni jedno pitanje na koje nisam znao odgovor i vi biste želeli da nastavimo sledećeg časa. Ne može tako profesorice.

Rekao sam da ću odgovarati i dobiti peticu, i dobiću je ovog trenutka jer sam je zaslužio! 'Ko ti daje pravo da sa mnom tako razgovaraš?' - uzviknula je sva usplahirena. Znanje i pravo na ocenu koju zaslužujem. 'Ti ćeš mene da učiš o pravima!' Neću Vas ja učiti - izašao sam iz klupe i krenuo ka izlazu iz učionice. Ovog trenutka ću otići kod direktora i požaliti se na Vaše ponašanje. Kod samih vrata me je zaustavila:'Vrati se na mesto. Pobedio si. Dobićeš peticu ali ću te svakog časa proveravati.' Biće mi zadovoljstvo tri puta da odgovaram. Posle trećeg odgovaranja ću zahtevati da mi potvrdite peticu, a ako to ne uradite ni ja više neću odgovarati.

Tim rečima se završila naša rasprava. Moji drugovi i drugarice su mislili da sam preterao i da mi ovo neće ništa dobro doneti. Posle tog časa, kao da je cela škola eksplodirala. Profesori su se podelili. Neki su me napadali a neki branili. Među mojim braniocima su bili profesorica biologije i profesor hemije. Normalno, najviše me je napadala profesorica matematike jer je iznela potpuno netačne podatke o prethodnom događaju. Svi su odjednom želeli da mi postave po nekoliko pitanja. Svi su hteli da provere moje znanje. Dobijao sam peticu za peticom. Nekada po dva tri dana ne bih odgovarao, a onda bi dobio po jednu ili po dve petice istog dana. Svakodnevno su me, iz različitih predmeta, po nešto ispitivali. Uvek sam sve znao. Do polovine marta sam imao sve petice. Važio sam za najboljeg učenika u školi.

Bilja je počela da se zabavlja sa sinom jednog profesora. Svuda uz nju je bila Tanja. Meni se od raskida nikada nije javila. Uvek ih je bilo petnaestak – dvadeset u grupi. Sve su to bila deca advokata, doktora, profesora i drugih bogatijih ljudi. Niko od njih nije hteo da se druži sa decom čiji roditelji nisu bili na visokim funkcijama. Rešio sam da im napravim jednu malu zvrčku. Za vreme odmora su se okupili iza škole a ja sam se naslonio na prozor. Uticao sam na Tanjinu svest i ona je počela da me hvali. Zapravo ja sam počeo da utičem a onda sam se iznenadio kako su sa njenih usana potekle reči pohvale o meni. Bilja se prvo počela ljutiti. Tada sam uticao na njenu svest i ona je rekla da sam momak koji zaslužuje svaku pažnju i da se niko ne može uporediti sa mnom. Onda sam uticao na njenog momka. 'Tanja, ti si osoba koja mi se neopisivo sviđa. Kada neka cura raskine sa prethodnim dečkom, počne da se zabavlja sa novim, a onda o prethodnom počne da priča ovakve reči, onda ta osoba ne zavređuje moju pažnju, jer ću i ja sve moje emocije usmeriti ka njenoj najboljoj drugarici pa će ona videti šta je izgubila.' Nastala je opšta vika i galama. Ja sam se, završivši osvetu koju sam hteo, sklonio sa prozora.

Sutradan me je pozvala jedna od novih najboljih Biljinih drugarica. Pitala me je, kao da Bilja ne zna, da li bih hteo da se vidim i da porazgovaram sa Biljom. Odgovorio sam joj: Ja sam joj poželeo svu sreću ovoga sveta. Poželeo sam da je svaki sledeći momak voli mnogo više nego što sam je ja voleo. Tada mi je sa podsmehom odgovorila da nikada neću popraviti jedinice. A sve sam te jedinice dobio zato što sam je voleo i što ni o čemu drugom nisam razmišljao. Rekla je i ako ih popravim da će to biti mršave dvojke. Ja sam joj za malo više od mesec dana dokazao da sam uspeo. Ako sam sa njom bio u najgoroj poziciji u mom životu, a bez nje sam se izdigao i postao najbolji učenik generacije, zašto bih sebi dopuštao da joj se vratim i da sebi opet dozvolim prethodni pad. Puno je pozdravi. Želim joj sreću od sveg srca i želim da joj neko pruži mnogo više ljubavi i svega za čim njeno srce žudi, od onoga što sam ja uspeo da joj pružim. Šta ću? Moja porodica nije imućna da bi mi obezbeđivala da nekom ispunjavam želje. Za sve u životu ću se sam izboriti.

Otišla je. Pratio sam je mislima. Prenela joj je sve kako sam joj rekao. Prvo je bila besna, a onda je priznala da sam za sve u pravu. Nekada je ona mene vređala i potcenjivala, pa je zaslužila sve što joj se vratilo. Od tada mi je ostao stav, kada se sa nekom curom posvađam da se nikada više sa njom ne pomirim. Možemo biti prijatelji, ali momak i devojka više nikada.

Došlo je vreme takmičenja. Hteo sam da se prijavim iz svih osam predmeta iz kojih sam nekada imao jedinice, ali me Razredno veće odbilo i jedva prihvatilo da se takmičim iz tri predmeta. Takmičiću se iz hemije, fizike i biologije. Bilja se takmičila iz matematike. Bilo je i drugih učenika tako da smo zajedno iz mnogih predmeta branili ugled naše škole. Sa svima sam nekako komunicirao ali sa Biljom nikako. Ona nije htela ni da me pogleda a kamoli da progovori bilo koju reč. Bilo joj je krivo što sam joj uzvratio za poniženja koja mi je nanela. Nije bilo fer sa moje strane jer znam da sam uticao na svađu koja se desila njoj i njenom dečku, ali sam se tešio da je ni jednim prethodnim a ni sadašnjim gestom nisam potcenio kao ona mene. Pred samo takmičenje sam, u razmišljanjima o njenim postupcima, uticao na blokadu njene svesti. Mučila se ali ništa nije mogla da reši, dok sam ja prvi rešio sve moje zadatke. Pogledao sam u njenom smeru. Preznojavala se u panici. Došlo mi je žao. Tada sam usmerio svest pomogavši joj da sve zadatke reši. Iz dvanaest predmeta iz kojih je bilo takmičenje, mi smo osvojili pet zlatnih i dve srebrene medalje. Od toga sam tri zlatne osvojio ja. Svi smo bili srećni. Pevali smo veseleći se. Slučajno se desilo da smo se u tom slavlju Bilja i ja zagrlili. Prokomentarisao sam: Primetio sam da si u početku imala tremu i da si se jedva setila formule, a posle ti je sve išlo veoma lako.'Zaista sam se u početku ušeprtljala i umalo da ništa ne rešim. Kao da mi se pojavila blokada. Na sreću, sve je brzo prošlo i sve sam uspešno rešila. Vidim da si, kao i svaki put do, sada i ti brilirao. Svih dvadeset pet škola koje su se takmičile pričaju samo o tebi i tvom znanju.' Ja sam čuo nešto sasvim drugo. Kažu da jedna takmičarka, ne samo fantastična matematičarka, nego je lepotom zasenila svaku vilu. Nasmejala se sva srećna. I mene su preplavile uspomene. U trenutku sam poželeo da se pomirimo ali sam ipak odustao. Bićemo samo prijatelji. I ona je osetila da sa moje strane postoji želja za iskreno prijateljstvo. U redu. Ne zabavljamo se ali se ne moramo svađati. Tako smo se i kasnije ponašali.

17.

Desetak dana pre letnjeg raspusta, sinu direktora banke se slošilo. Pao je ispred mene i nekoliko drugih učenica. One su vrisnule udaljivši se nekoliko metara. Prišao sam mu i stavio ruke, jednu na vrh a drugu na potiljak glave. Učenici su počeli da prilaze sa svih strana. Neko je otrčao u zbornicu da javi šta se desilo. Kroz hodnik se nije moglo proći. Profesori su se gurali kroz učenike da bi što pre stigli. Kada su stigli do nas, on je stajao kao da mu ništa nije bilo. Ispitivali su ga šta mu se desilo a on je objasnio da mu je nestalo vazduha, da je osetio kako se guši i pada. 'Kada mi je Miki stavio ruke na vrat i glavu, pored velike topline, osetio sam kao da mi se u totalnoj tami sve više i više pojavljuje svetlo. Ili kao da je u nekoj, totalno zagušljivoj prostoriji, neko otvorio prozor i uključio ventilator.' Njegove izjavbile tema komentara u zbornici. Odmah me pozvao profesor hemije. Postao sam njegov miljenik. Ušli smo u direktorovu kancelariju. Zamolio me je da stavim ruke na njegova leđa jer ga je kičma stalno bolela. Kada sam to uradio i kada je njemu prestao bol, podvrisnuo je od sreće 'Govorio sam ja njima da kod tebe postoji nešto posebno, ali mi niko nije verovao. Ovakvo znanje ne može postići običan učenik. Evo sada i ovo. Sami Bog zna još koja iznenađenja ćeš nam prirediti do kraja školovanja.'

Kada je u zbornici ispričao šta mu se desilo, tada je cela škola saznala o mojim novim sposobnostima. Dobro je što se uskoro raspuštamo. Čim je počeo letnji raspust, ja sam pošao kod đeda. Želeo sam da sa njim budem bar za vreme letnjeg raspusta ako ne mogu da budem cele godine. I dok sam tokom raspusta bio kod đeda, kod kuće su me tražile razne osobe da im pomognem. Sve je išlo putem sudbine. O meni su se širile priče kao vatra u preriji. Najviše im je doprinosio profesor hemije. Nisam mogao da izbegnem šta mi je suđeno. Pomagao sam narodu i postajao jedan od najpoznatijih iscelitelja. Đedova želja je bila da spojim bioenergiju i masažu i ja sam to uradio. Kao nekada sa školskim znanjem, tako sam i sa masažama postizao odlične uspehe. Dolazili su sa svih strana i ja sam im pomagao. Sve što nisam mogao postići masažama, postizao sam uz pomoć melema koje mi je đedo ostavio. Imao sam dosta devojaka. Obično su mi se same nabacivale, a onda odustajale od naše veze iz ljubomore što masiram druge devojke. Nekim danima se dešavalo da sam, čim dođem iz škole, počinjao da masiram osobe koje su me čekale pred kućom. Pomagao sam svima ne gledajući ko je ko. Mnogo puta se dešavalo da me je razredni starešina obaveštavao da su mi časovi opravdani, da mogu da odem kući da bih pomogao nekom moćniku koji je bio toliko uticajan da me zbog njega oslobode nastave. Bili su to obično neki direktori.

I drugu godinu sam završio sa odličnim uspehom. Opet sam bio na takmičenju ali ovoga puta samo iz hemije. Osvojio sam zlatnu medalju za našu školu. Osvojene su još i dve srebrene i tri bronzane. Svi su se čudili kako sam uspevao, pored toliko obaveza, da budem odličan učenik i da na takmičenju osvojim zlato. Tada sam osetio da me Bilja i drugi učenici koji su se takmičili za našu školu, iz ljubomore mrze. Pred svima sam rekao profesoru hemije da ću se sledeće godine takmičiti iz tri predmeta i da ću osvojiti tri zlatne medalje. To sam želeo da postignem, da bi se u njihovim očima i pokretima osetila mržnja koju su osećali prema meni. Profesor je primetio njihovo ponašanje pa im se obratio: 'Deco, nemate razloga da se ljutite. Da bilo ko od vas ima polovinu obaveza koje on ima, mogao bih da ga razumem, a ovako, on je u najvećim obavezama a ostvario je najbolje rezultate. I vi se ljutite na njega umesto na sebe! Da ste više učili, sada biste imali pet zlatnih medalja kao prošle godine, a ne samo jednu. Ovo nam je opomena koju moramo sledeće godine popraviti.'

18.

Opet je počeo raspust i ja sam opet bio kod đeda u selu. Dosta sam mu pomagao jer se na svakom koraku osećao nedostatak babine ruke. Posle nekih petnaestak dana, došli su ujko Mišo i njegova deca – Vesko Rade i Saša. To su sada bili momci. Snažni, izrasli u prave divove. Bratski smo se izgrlili, podsetili svih šala i igara koje smo kao deca ovde doživeli. Ujko je svim silama nastojao da ubedi đeda da se preseli da živi kod njih u Beranama.

'Tajo, drugo je bilo dok je mama bila živa. Ovako ne možeš sam. Nijesu za muško ovi poslovi koje ti obavljaš. Ona ti je prala, peglala, spremala hranu i sve čistila. Sve je to tebi palo na pleća a ti to nikada nijesi radijo.' Đedo je samo ćutao a ujko je nastavio: 'Tajo, ti imaš osamdeset i šest godina. Ne daj Bože da ti dođe teško ili da padneš i slomiš nogu! Sve su kuće udaljene tako da te niko ne bi čuo kada bi ga zva i ni da Bog tako bi moga okončat život na našu sramotu. Ljuđi bi pričali da nijesmo šćeli da te uzmemo a ne da ti nijesi htio da dođeš. Dođi dolje kod nas. Imaš svoju sobu a Mileva će spremati jelo i prati sve što bude potrebno. Ima u komšiluku nekoliko tvojijeh vršnjaka sa kojima ćeš se družiti i šetati. Znaš da u blizini ima park pa možeš kada hoćeš ići da meditiraš. Ako slučajno ne budeš moga izdržati, mi ćemo te jopet vrnuti ovamo. Krave ćemo prodati a ovce ćemo ostaviti kod Marinka i Milijane pa ako ne mogneš dolje živjeti, mi ćemo te vratiti, pa ćeš imati svoje stado ovaca.'

Nabrekla vena na đedovom čelu je pokazivala kakvu borbu vodi sa sobom. Navikao je na slobodu, na život u skladu sa prirodom, a sada ga ujko poziva da ostatak života provede u gradu. Predao mi je sve ono što je u duši nosio pa sam ga u potpunosti razumeo. Došlo mi ga je žao jer sam imao osećaj da su lava koji je bio gospodar džungle odlučili da zatvore u kavez. Uzeo me je u zagrljaj kao onda kada sam bio mali. Pogledao me je tužno njegovim blagim očima i progovorio sa večito mirnim glasom: 'Sine, vazda sam s tobom priča srpskijem jezikom da ti sjutra kad ojdeš od nas ne bi smeta ovi crnogorski dijalekt. E sad ću malo pričat ovijem naglaskom jer si ti otiša od nas. Jeste sine, prava ti se slika prikazala. Vjeruj mi da se baš tako osjećam. Navika sam na slobodu, na ove livade, rijeku, kuću, šumu, planinu i ovu prirodu. Tu sam živjeo kao car. Kao lav u džungli. A sada ću, sine, ostatak svojega života provesti kao da sam u kavezu.'

Suze su mi potekle niz lice. Kada mi je bilo najteže u životu đedo mi je pomogao a ja sada ćutim i čekam šta će oni da odluče bez ijednog pokušaja da mu uzvratim za svo dobro i pomoć koju mi je nekada pružio. Đedo, ja ću živeti sa tobom i u svemu ti pomagati – progovorio sam plačnim glasom u kojem se osećala odlučnost. Nastala je tišina da se mogla rezati nožem. – Ti si mi sačuvao život, izlečio nogu i u svemu pomogao kada sam bio nemoćan. Sada si ti u toj poziciji i ja ti moram uzvratiti za sve dobro što si mi u životu pružio. 'Sine, nijesam se prevario u tebi i presrećan sam zbog toga. Imaš dobru dušu i pljemenito srce a to je nešto najvažnije što će te krasiti u ovome što budeš radio. Tvoje je puteve Gospod odredio i ti moraš hodati putem sudbine. Da je to par mjeseci, godina ili dvije pa hajde da se žrtvuješ i pomogneš mi, nego će moj život potrajati još dvanaest godina. To sebi nikada ne bi dopustio. Da se toliko žrtvuješ, upropastiš život i skreneš sa staze sudbine koja ti je od Boga data. Ne sine. Ja moram ići tijem a ti ćeš ići putem svoje sudbine. Dolazićeš ti i tamo da posjećuješ svojega đeda.'

Znao sam. Tog trenutka se lav pomirio sa svojom sudbinom. Nisam plakao ali su mi suze nemoći tekle niz lice.

'Tajo, nemoj se brinuti. Bićeš u svojoj porodici. Sa svojijem sinom, snajkom i unucima. Cijeloga života si nam pomaga pa je sada red da malo uživaš a da mi potrčkujemo oko tebe i ugađamo ti u svemu.' 'Dobro Mišo. Eto, ubijedili ste me.'

Počesmo spremati po kući, izdvajajući stvari koje će đedo poneti sa sobom. Vesko ode do Marinka i Milijane i predade im stoku. Za par sati je sve bilo gotovo. Nekoliko puta smo prenosili robu i druge stvari koje smo spakovali na gepek ujakovih kola i oni pođoše.

Sećanja, uspomene i neka tuga se useliše u moju dušu. Prošlo je više od dvanaest godina od kada me je đedo prvi put ovde doveo. Sećam se da sam kao dete pomislio da smo stigli u neku džunglu. Evo me sada na istom mestu. Sam. Moram čekati autobus još tri i po sata da bih se vratio svojoj kući. Odlučio sam da prošetam do đedove kuće, da na taj način skratim vreme do mog polaska kući. Dočekala me tišina i beživotnost doma iz kojeg se uvek čuo smeh. Seo sam pod staru šljivu i gorko zaplakao. Kažu da je čoveku lakše kada se isplače a meni ni to nije pomoglo. Bio sam tužan kao nikada do sada u mom životu. Kao da mi je čitavo telo otupilo tako da ništa nisam osećao. Prošla su ta tri i po sata. Prošlo je i narednih pet sati a ja sam sedeo na istom mestu. Nesvesno sam zapao u meditacioni trans. Uveliko se spustio mrak a ja ni to nisam osetio. Pred mojim očima, u totalnom mraku, kao da se odjednom upalila neka mutna svetlost. U toj se mešavini žute i crvenkaste svetlosti počeo pojavljivati lik moga đeda:'Sine'– razgovetno se čuo njegov blagi glas –'što ćeš tu?' Znao sam da se nisam probudio, ali sam tog trenutka postao svestan da je oko mene totalni mrak. Đeda sam video kao da je dan. - Đedo, mora da sam zaspao pa sam zakasnio na autobus, ali ne znam što si se ti vratio? 'Nijesam sine, nijesam se vratio. Jednom sam ti reka da će moj duh vazda bit sa tobom i da ću ti vazda pomoj. Eve sam i sad doša da ti pomognem inače bi osta tu cijelu noć. Ne bi crka ali bi namučio sebe. Priča sam ti da je svaka osoba sastavljena iz duha i tijela. Ti si ovi put mučio tijelo i na taj način uništava duha koji je štit tvojega tijela. Doša bi kući i umjesto da pomogneš drugijem osobama, tebi bi bila potrebna pomoć. Energetski bi spa ispod svakoga nivoa. Zato više nikad nemoj dopušćit sebi da padneš u meditacioni trans. Tuga, briga i neraspoloženje te mogu do toga doves. Zato uvijek u tvojoj duši mora podariti radost. Ustani, uiđi u izbu i ljegni na sijeno da se ispavaš. Ujutro u pet sati imaš autobus. I od sada ćemo jopet kad goj se vidimo pričat srpskijem jezikom.' Opet je mahnuo rukom i rekao:'Nemoj se brinut, moj duh će te probudit.' A onda je nestao.

Po totalnom mraku sam išao bez ikakvog problema. Kao da me neka sila držala za ruku pokazujući mi put kojim moram proći. Legao sam na seno i istog trenutka zaspao. Ujutro me dedov duh pozvao i ja sam bez problema ustao i isto se tako bez problema se prebacio kući.

Dok sam pričao mami šta se dešavalo, opet sam počeo da osećam tugu i nespokoj. Neka svetlost je eksplodirala u mojoj svesti, kao da je neko upalio blic na foto aparatu. Shvatio sam. Odmah sam odbacio tugu i nespokoj a umesto njih radost je zagospodarila mojim telom. I od tada, u mojoj duši nema mesta za neraspoloženje, tugu, nespokoj, svađu i sve ono što je od nečastive sile. Kontrolisao sam svoje postupke i osećanja. Mnoge vežbe i meditacije koje sam upražnjavao u tome su mi pomogle. Nastavio sam sa svojim meditacijama, školovanjem i masažama. U školi sam, pored svih obaveza bio odličan. Posla sa masažama sam imao sve više i više. Dolazili su Albanci, Muslimani, Aškalije, katolici, Srbi, Crnogorci, Makedonci i mnogi drugi i svima sam podjednako izlazio u susret ne gledajući ko je ko. Nekoliko puta sam đedu napisao pismo detaljno ga obaveštavajući o svemu u mom životu. Stigao mi je odgovor od njega. Bio sam presrećan. Kada sam ga otvorio i izvadio list, samo što nisam zaplakao. Bio je totalno beo bez ijednog ispisanog slova. Nesvesno sam ga spustio na sto koji je bio izložen sunčevim zracima, a ja sam bio u hladovini. Razmišljao sam o njegovom potezu. Možda je ljut na mene pa mi je na ovaj način hteo to pokazati. Opet sam pogledao list i video slova. Odmah sam se setio. Đedo je pisao mlekom a Sunce je pomoglo da se vide slova..

'Sine, što će ti pismo? Napravi duhovni kontakt pa ćemo o svemu pričati.'

Samo su te reči bile ispisane, ali i to je bilo dovoljno da osetim radost. Odmah sam pošao u šumu. Zavukao sam se što dublje gde me niko neće uznemiravati, zauzeo pozu, zatvorio oči i počeo dozivati đeda. Brzo smo napravili duhovni kontakt. Đedo mi je rekao da će on ubrzo meni napraviti duhovni kontakt kada uđe u sobu jer se trenutno nalazio pred kućom. Ubrzo smo se ispričali o svemu što nam je palo na pamet. Đedo se dosta povukao. Nije hteo više da pomaže ljudima, kaže, jer je meni predao sve moći pa je želeo da se pod starost malo odmori od svega.

Kod mene su uskoro počeli da dolaze ljudi iz Crne Gore koje je on poslao da bi im pomogao. Peć je veliki grad i veoma brzo se pročulo o meni. Dešavalo se da su osobe dolazile i kada sam bio u školi, pa je mama, misleći da mi taj rad stvara ogromno opterećenje, pokušavala da me zaštiti:'Ljudi, on je još dete. Znate li da po neki dan nema vremena ni hleba da jede.' Objasnio sam joj da nije sve u hrani, da je važnija duhovna hrana od obične, da sam kod đeda gladovao četrdeset jedan dan i da mi ne prestavlja nikakav problem da li masiram jednu ili dvadeset osoba.

Od tada je počeo moj rad bez ikakvih smetnji i problema. Završio sam školu. Nisam hteo da nastavljam fakultet nego sam radio punih deset godina masaže sa bioenergijom. Mnogo puta sam sa đedom uspostavljao duhovni kontakt i svemu pričao. Jedne noći me iznenadio kada mi je došao u posetu. Pričali smo. Nije to priča kao kada razgovaraju dve osobe, to je nešto drugačije. Zapravo, čovek se uopšte ne pomera i ne otvara usta ali mozak preuzima funkcije i sve se odvija kao kada se normalno komunicira. Mozgovi komuniciraju a telo i usta se ne pomeraju. Tada mi je rekao da će doći čovek koji će kupiti našu kuću. Moramo se odseliti jer će doći vreme kada će se mnogi naši rođaci osloniti na nas i mi ćemo im pomoći.

19.

Tako se i desilo. Prodali smo kuću odselivši se u Kraljevo. Tada sam počeo da radim sa trgovinom jer me niko u ovom okruženju nije poznavao. I ovoga puta mi je pozitivna energija koju sam posedovao mnogo pomogla da dođem do poslovnih uspeha. Trgovina mi je išla od ruke i ja sam polako zapostavljao moje moći prepuštajući se drugačijem načinu života.

Tako su prošle dve godine. Opet me je jedne noći posetio đedo i zatražio da odem u Crnu Goru da ga posetim. Obećao sam da ću doći što mognem pre i to sam obećanje ispunio. Sa svima mi je bilo lepo mada sam osećao neku čudnu nelagodu. Pričali smo do kasno u noć a kada smo pošli da spavamo đedo me je upitao:'Sine, osećaš li nešto?' Ne znam đedo šta da kažem. Osećam neku čudnu nelagodu ali je ne umem objasniti. I sada je osećam, ali ništa ne vidim. Šta li je to đedo? Ti sigurno bolje znaš.

'Idi sine, mirno spavaj, pa ćemo se ujutro videti i đedo će ti sve objasniti.'

Nisam vidovit pa nisam znao da će nam tog jutra biti poslednje telesno viđenje na ovom svetu. Đedo je kao i uvek prvi ustao, obrijao se i doterao kao svakog jutra. Za njim su ustali ujko, ujna i njihova deca. Probudio sam se i ustao da zajedno popijemo kafu. Sve se odvijalo kao i svakog jutra. Ujko, Vesko, Rade i Saša su popili kafu i baš da krenu na posao kada ih đedo zaustavi: 'Sine, nemojte danas ići na posao.'

Svi su stali kao skamenjeni. Znali su za njegove moći ali im se učinilo da je u fantastičnom zdravstvenom stanju, da je u punoj kondiciji i da ne postoji šansa da mu se nešto može desiti.

'Mileva, molim te skuvaj mi još jednu kavu i oprosti ako sam te ikada namjerno ili ne namjerno uvrijedio'– reče on ustajući i hvatajući neki paketić pružajući ga ka meni, dok su ujko i deca izašli u hodnik da bi telefonom pozvali i objasnili da neće dolaziti na posao.

'Sine, ovo je za tebe ali ćeš ga otvoriti i pročitati kad odeš kući. Ne zaboravi da se duhovni kontakt može postići i sa osobom koja nije na ovaj svet'– prošaputao je da ga niko nije mogao čuti.

Kasnije sam razmišljajući došao do zaključka da nije moguće da su njegove reči izgovorene tiho da ih niko nije mogao čuti, nego je moj mozak registrovao reči koje su izgovorene normalnim glasom iz njegovog mozga koji je bio upućen samo meni.

'Oprosti sine. Oprostite moji unuci. Oprosti moj Parapanac. Ja sam sve svoje obaveze ispunio'– reče dedo i sede na dno kreveta gde je uvek sedeo. Ujko i ostali se vratiše i čuše njegove poslednje reči. Niko od nas ni jednu reč da progovori, samo ujna koja je bila okrenuta leđima, koja je skuvala i sipala kafu u šolju, poče da priča: 'Pobogu tajo, što će ti take riječi. Ispade ni da Bog ka da se ovoga trena opraśćaš od nas.' Prišla mu je i pružila kafu. On je gledao u njenom pravcu ali se nije pomerao. 'Tata, eve ti kafa.' Ništa. Ne pomera se. Ujko skoči a za njim i mi ostali. Sve je bilo kasno. Ujko mu je samo zatvorio oči i privio ga na svoje grudi. Dok su nam svima suze natapale oči, kroz moju svest prođe misao: Dragi Bože, bio je tvoj Izabranik. Dao si mu radost i spokoj. Celog života je bio srećan i zahvaljujući milosti tvojoj, mnoge druge osobe je izlečio i usrećio. Mirno i spokojno je hodao putevima tvojim i sada u poslednjim trenucima ovozemaljskog života dade mu isti mir i spokoj da pronađe put do rajskih vrata. Slava ti i hvala Gospode!

Kada sam završio sa tom mišlju, imao sam osećaj kao da sam se oprostio od mog đeda. Nekada sam mislio da taj trenutak neću preživeti. Kao da je neka čudna sila sa mnom upravljala. Nisam osećao ni tugu ni bol. Nešto mi je u srcu bilo toplo. Setio sam se njegovih reči: 'Ne zaboravi da se duhovni kontakt može postići i sa osobom koja nije na ovaj svet.'

Tada sam sve shvatio. Obazreo sam se po sobi. U samom ćošku sam ugledao duh moga đeda kako nas posmatra. Bio sam u telesnom sastavu tako da me verovatno ne bi, a možda i bi čuo da sam mu bilo šta rekao, dok bih kod drugih izazvao čuđenje, tako da sam odustao. Telo mog đeda je umrlo ali je njegov duh živ. To sam osetio i video pa zbog toga nisam bio tužan. Nekada davno se njegovom pradedu pojavio prethodni Izabranik i od njega zahtevao da sve svoje znanje prenese na mog deda. Tako je on u ranom detinjstvu postao jedan od najmladih Izabranika. Mislim da sam ja, posle mog deda koji je bio najmladi, postao najstariji Izabranik.

Sahranili smo deda i ja sam se par dana kasnije vratio kući. Doživljavao sam nova iskustva jer sam duhovni kontakt ostvarivao sa dedom koji nije bio među živima. Postalo mi je jasno, kada sam ja trebao da postanem Izabranik, isto je i on na ovaj način razgovarao sa njegovim pradedom. Sve je bilo mnogo lako za onaj mali broj osoba kojima je ovo dato, ali ipak neopisivo teško za one od kojih je ovo bilo sakriveno. Zna se da i Biblija navodi da je Gospod tvorac svega vidljivog i nevidljivog na ovom svetu. Nije vidljivo ono što se vidi po danu a nevidljivo ono što se ne vidi po noći, nego je vidljivo ono što je dato čoveku da vidi u ovoj sferi a nevidljivo ono što čovek ne može videti jer se nalazi u drugoj sferi. Ta druga sfera je dostupna izuzetno malom broju ljudi. Kojoj je osobi dozvoljeno da ima pristup toj drugoj sferi, ta osoba ima neograničene moći u odnosu na ostatak čovečanstva.

20.

Posle đedove smrti ja sam živeo sa majkom. Braća su mi se poženila i sestre poudale tako da sam samo ja ostao neoženjen. Svi smo se skućili i svak je živeo sa svojom porodicom. Malo po malo i ovde sam sve više uspevao da pomažem ljudima mojim masažama i bioenergijom.

Moje sestre su živele u Podgorici. Mlađa sestra me upoznala sa ćerkom načelnika Generalštaba Crne Gore. Bila je lepa, visoka, što kažu prava Crnogorka. Ne mogu lagati, mnogo mi se svidela. Te noći smo izašli na piće. U njenom društvu sam se osećao kao u raju. Mislio sam da ću se sto posto sa njom oženiti. Dogovorili smo se da sutradan veče izađemo na večeru. Ja sam ujutro pošao kod starije sestre. Ona me je upoznala sa devojkom koja je živela u drvenoj baraci. Bili su najsiromašnija porodica u okolini Podgorice. Kada smo se upoznali, kao da sam osetio neki unutrašnji glas koji mi nešto šapuće. Nisam želeo da ga čujem. Posle ručka, moja starija sestra je, uspavljujući svoje dve male ćerke, uspavala i sebe. I ja sam zapao u neki popodnevni dremež. Osetio sam kako stupam u duhovni kontakt sa đedom.

'Sine, ovo će bit izabranica tvoga života. Sa njom se moraš oženiti. Nemoj je menjati za bogatašicu, jer ćeš zbog njenoga bogatstva izgubiti sve duhovno.'

Sa njom sam se i oženio. U početku nije bilo lako. Bila je ljubomorna i zbog te ljubomore su dolazili razni problemi. Smetalo joj je što kod mene dolaze mlade žene da ih masiram. Došlo je do svađe a posle nje do konačnog dogovora: ili se morala pomiriti sa činjenicom da ću ja nastaviti da masiram i pomažem svakom ko dođe kod mene, ma koliko godina imao – ili ćemo se razvesti. Dogovor je učinio svoje i više se nikada nismo svađali. Dobili smo dve ćerke i sina. Radili smo ali smo i napredovali. Svake godine bismo izdvojili po desetak petnaest dana da odemo na odmor, da posetimo i njenu porodicu i moje dve sestre koje su živele u Crnoj Gori…

21.

Eto dragi prijatelji to je u nekim crtama priča o mom đedu. Rođen je 1898. a umro 1996, u svojoj 99 – toj godini života.

"Mnogo puta si dotakao temu o moćima postizanja veće funkcije mozga, ali nam to nisi detaljno opisao ili pokazao šta se sve time može postići, a nas ta tema najviše interesuje" – reče mu Marko.

"I tada sam rekao da ne znam, zbog puta, koliko ću uspeti da ispričam. Ako imate volje, dođite opet kada se vratim, pa ćemo nastaviti razgovor."

Zamolismo ga da ostavimo kamere i bubice koje su bile prikačene, da bismo po njegovom povratku iz Nemačke, mogli odmah da prionemo na posao. Pristao je. Tako smo se oprostili od ovog čudnog čoveka sa željom da, kada se vrati, nastavimo razgovor.

22.

Istina je da se dobra vest daleko čuje. Istina je i da je svet često mali i nedeljiv, da u njemu vladaju i zlo dobro u stalnom preplitanju. Neverovatne sile i moćnici kroje sudbinu sveta.

Viktor, Rus, koji je imao rak u kičmi, kojem sam dao đedove čajeve i koji je, na zaprepašćenje svih lekara ozdravio, pričao je svima o čoveku koji mu je pomogao. Glasovi su se širili neverovatnom brzinom. Kao što su vesti dolazile do osoba kojima je pomoć potrebna, tako i do onih koji su želeli da se domognu leka i prigrabe ga za sebe. Lekar koji je radio na onkologiji i radiologiji u Štutgartu, obavestio je svoje prijatelje iz organizacije "Kukasti krst" da postoji čovek koji je izlečio, do sada najteži slučaj ovog oboljenja. U početku se nije moglo reći da je ova organizacija bila nacistička, iako je naziv podsećao na to, ali se nije moglo reći da sa nacistima nema nikakve veze. To je bila mala grupa. Sačinjavali su je njih trojica i svi su imali potpuno ista prava. Uvek su se o svakom poduhvatu detaljno dogovarali i donosili odluku koju bi većinom izglasali. Niko za tu trojicu moćnika ne bi pomislio da pripadaju nekoj organizaciji. Njihov početni cilj je bio da ne dozvole da se po Nemačkoj šire bande iz raznih zemalja. Želeli su da zaštite decu i omladinu od svih iskušenja kojima su bili izloženi. Taj početni cilj se veoma brzo preobratio u nešto sasvim drugo. Pod maskom tog cilja, oni su dolazili do sve većih rezultata koji su se u potpunosti kosili sa njihovim početnim idejama. Njihova organizacija je upravo tu omladinu počela iskorišćavati i uništavati. Sva trojica su bili na odličnim funkcijama, zaštićeni poznanstvima drugih moćnika, tako da su potpuno uspevali da sakriju pravo delovanje organizacije. Sedište im je bilo u Minhenu u vili Hejnriha Kola. On je i osmislio ovu organizaciju pa su ga preostala dvojica prećutno prihvatila kao šefa. Bio je načelnik policije pa je shodno svojoj funkciji mogao da ih zaštiti. Ispričao je ideju svojim školskim drugovima i dugogodišnjim kućnim prijateljima Helmutu Klumu i Peteru Zigmundu. Oboica su sa oduševljenjem prihvatila da bi tako nešto trebalo da postoji.

Počeli su da vrbuju neke od svojih moćnijih prijatelja i tako su iz dana u dan postajali sve snažniji i veći. U početku su od svojih zarada izdvajali novac i plaćali određene usluge koje su bile potrebne organizaciji. Želja im je bila da njihova organizacija deluje u nekoliko većih gradova, pa da se kasnije prošire po celoj Nemačkoj i da na taj način steknu još veću moć. Za takve ideje im je nedostajalo novca. Znali su da se moć i slava ne postižu za jedan dan, pa su naporno i mukotrpno radili. Prvi dogovor im je bio da od Sergeja otkupe nekoliko lepih Ruskinja, da otvore kuću zabave i da od tih zarada finansiraju svoju organizaciju. Sve su uradili po dogovoru, ali posećenost nije bila takva da bi obezbedila dobit koja im je bila potrebna.

Oduvek se znalo koja vatra tinja u srcima njihovih sunarodnika a naročito omladine. U tajnosti su se širile glasine da se u njihovoj kući zabave sve više okuplja nacistička omladina, da se uz piće i lepe Ruskinje mogu zabavljati do mile volje. Mladi nacisti su počeli dolaziti sa svih strana i besomučno su trošiti novac. Onda su omladini počele smetati Ruskinje koje su tu radile. Ubrzo su njihovo mesto zauzele cure koje su bile nacistički nastrojene. Tada je sve počelo da teče u smeru koji su šefovi odredili.

Posle par dana se opet pojavio problem o kojem su zajedno morali da donesu odluku. Omladina je kod raznih dilera nabavljala drogu i donosila je u njihov lokal. Tu su se napijali i opijali. Mnoge zavedene devojke su se bavile prostitucijom bez sopstvene zarade da bi nacistička organizacija što bolje poslovala. Sva trojica su se složila da će nabavljati drogu i prodavati je samo svojim posetiocima. Profit je bio ogroman a oni su neosetno počeli da se šire. Tada su deo tog ogromnog bogatstva morali da izdvajaju za finansiranje političke stranke jer se njihov prećutni šef kandidovao za ministra. Od opstanka te stranke zavisila je njegova funkcija. Od njegove funkcije je zavisio njihov bezbedan rad.

Novoizabrani ministar i njegovi prijatelji su saznali o moćnom leku koji je doneo izlečenje umirućem pacijentu. Dogovorili su se da doktor mora preuzeti ovu akciju na sebe. Dali su mu zadatak da se dobro raspita o toj osobi koja je napravila lek, da sazna što više detalja o svemu i da dalje prati izlečenja drugih osoba.

Odmah je počeo da sprovodi svoj plan. Pozvao je Viktora na kontrolu i sa njim dugo o svemu razgovarao. Saznao je da se njegov spasitelj zove Miki, da se bavi bioenergijom, da živi u Srbiji i da će uskoro doći kod Aleksandra Proppa u Sindelfingenu. Doktor ga je zamolio, ako bi mogao da ga obavesti kada dođe, da bi nekim njegovim prijateljima, koji su teško bolesni, pokušao da pomogne. Viktor je veoma rado pristao a doktor je rekao da će obavestiti pet, šest prijatelja kod kojih je medicina bila nemoćna. Doktor je kao pauk počeo da plete svoju mrežu. Samo je čekao žrtvu da upadne u nju.

Druga osoba do koje je stigla ova vest je bila iz ruskog podzemlja. Sergej, čovek koji je imao za prijatelje najuticajnije ljude Evrope i Azije. Čovek koji je stvorio kanale za bezbedan prevoz droge, oružja, belog roblja i svega što je donosilo odličan profit. I njemu su ispričali o Viktorovom izlečenju. I on je poželeo taj moćni lek za sebe. Znao je koja je moć novca, ali je znao da čovek, ma koliko novca imao, ne može sebi kupiti izlečenje od ove opake bolesti. I medicina je tu bila nemoćna, pa je pomislio koliko bi još uticajnih osoba po svetu mogao na taj način da pridobije na svoju stranu i gde bi još mogao da proširi svoj biznis. Naredio je svojim ljudima da se kod Viktora, u potaji, detaljno raspitaju o svemu.

Kao i u svakoj organizaciji, i u Sergejevoj je postojao čovek koji je plaćeni špijun, koji je radio za njega ali i za drugu organizaciju koja ga je mnogo više plaćala. Njegov zadatak je bio da se dobro čuva i da prenosi sve važne vesti do kojih dođe. Bio je plaćen od američkog podzemlja koje je sprovodilo svoju samovolju na ovom delu kontinenta. I oni su želeli da prošire svoje moći, da prošire isti biznis i da potpuno zavladaju ovim i ostalim kontinentima.

Kada im je Aleksej preneo vesti i oni su se zainteresovali za te čajeve i moć koje bi sa njima ostvarili.

I prva i druga i treća organizacija su saznale iste vesti i svaka je, na svoj način, počela da se organizuje kako bi došli do istog cilja. Svaka organizacija je imala po nekoliko osoba koje su bile bolesne, kojima je pomoć bila neophodno potrebna. Svi su želeli na isti način da priđu tom čoveku, da se sa njim sprijatelje, a onda, u datom trenutku, kada saznaju tajnu, da je otmu a njega uklone.

23.

Osoba koja je bila predmet kompletne organizacije ove zavere je bezbrižno išla u njihovom pravcu. Nije bio vidovit, pa nije mogao naslutiti šta mu se sprema. Imao je specifičan zadatak. Želeo je da pomogne svom prijatelju Aleksandru Saši Proppu. Pre dvadeset tri godine Sašina porodica se iz Kazahstana preselila u Nemačku. Najbolji deo svog života je proživeo u prigradskom naselju Almate, tada glavnog grada Kazahstana. Teško se živelo u tim vremenima. Naročito su teško živele porodice kojima su tokom rata neki od članova bili ratni zarobljenici. Tako je bilo i sa Sašinim ocem. On se posle rata, kao zaostali ratni zarobljenik, oženio Ruskinjom i tu ostao da živi. Uz ženinu pomoć i poznanstvo, jer joj je otac bio general, on je dobio činovničko mesto u opštini. Ona je radila kao inženjer u hidroelektrani. Dobili su dva sina – Vovu i Sašu. Kada je dobio papire i postao državljanin Sovjetskog Saveza, Sašin otac je dobio izveštaj o nasleđu koje mu je ostalo posle smrti njegovih roditelja. Nasledio je kuću i dvadesetak ari zemlje. Nasledstvo nije prodavao, pa je devedesetih godina prošlog veka dobio obaveštenje da se sa porodicom može vratiti u svoju postojbinu. Dugo su se dogovarali. Videvši da im je tamo slaba perspektiva za život, odlučiše da se presele za Nemačku. U početku im ni tamo nije bilo lako. Roditelji su odmah dobili radna mesta a onda se i Vova zaposlio u fabriku Mercedes.. Saša je još neko vreme bio nezaposlen. Kada su ga savetovali da počne da radi na nekom radnom mestu koje će mu donositi određenu zaradu, on bi im uvek odgovarao:"Ako se zaposlim na takvom radnom mestu, od sebe ću napraviti robota. Radiću i na taj način ću samo preživljavati. Ovo je zemlja velikih mogućnosti i ja moram naći način da bar jednu od tih mogućnosti iskoristim."

Roditelji, prijatelji i malobrojna rodbina su smatrali da je sanjar. Smatrali su da mu se nikada ništa od tih snova neće ostvariti. Kao i mnogi Rusi, i on voleo da popije. Imao je i ideju da u Nemačkoj otvori fabriku za proizvodnju alkoholnih pića. Takvih fabrika je bilo u mnogim gradovima a pokretanje takvog biznisa je bilo preskupo. Onda mu je sinula ideja da bi takvu fabriku mogao napraviti u Kazahstanu. I to je bilo nemoguće, jer se otuda preselio. Počeo je intenzivno da razmišlja, da proračunava i stvara planove kako da to realizuje. Setio se svog komšije Gennija. Sa njim je provodio detinjstvo. Slagali su se kao da su rođena braća. Bezbroj puta su maštali kako će se izboriti i kako će svojim porodicama obezbediti bolji život od ovog kojim su oni živeli. Tada nisu bili svesni da će im se snovi ostvariti. Maštanja siromašnih momaka su ih dovodila do srećnih trenutaka a u toj sreći su jedan drugom obećavali da nikada jedan drugog neće zaboraviti, prevariti ili izdati.

Saša je dugo vremena razmišljao, beležio u sveske, brisao pa opet zapisivao i tako, malo po malo, slagao mozaik. Kada su sve kockice bile na svom mestu, on je krenuo u realizaciju svog plana. Prvo se čuo sa Gennijem, objasnio mu svoj plan a onda počeo da radi kod jednog seljaka na farmi da bi zaradio novac da kupi avionsku kartu svom prijatelju sa kojim je kretao u posao.

Genni je došao i oni su se o svemu detaljno dogovorili. Firmu je trebalo da vodi Saša, ali je direktor trebao da bude Genni. Da li je tako sudbina htela, ili je Genni umešao svoje prste, tek Saša nije mogao da dobije dozvole na svoje ime. Opet su počele konsultacije.

„Saša, sve papire i dozvole možemo dobiti na moje ime i sve može funkcionisati potpuno isto kao da si ti vlasnik a ja direktor, samo će biti obrnuto po papirima, a mi smo svesni da ti sve ulažeš i da je sve tvoje. Šta mogu ja što si se odselio i što sada vlasti ne dozvoljavaju da svi dokumenta budu na tvoje ime. Pa nije valjda da ne veruješ meni, svom drugu i bratu? Nikada se u životu nismo posvađali, pa sam siguran da nećemo ni sada. Saša, ovo je sada jedinstvena prilika i mi je moramo ostvariti. To bi bio tvoj ogroman uspeh, a i ja bih postao uvažena i cenjena ličnost"– danima ga je ubeđivao Genni.

Na kraju je Saša popustio dozvolivši Genniju da on bude vlasnik, da se firma vodi na njega a Saša da mu bude direktor i poslovni partner.

Mukotrpno su obojica radila pa su ubrzo počeli ubirati plodove svoga rada. Saša je proširio tržište po celoj Nemačkoj. Nije im bilo skupo ni daleko da se porodično sretnu kod jednog ili drugog na nedeljnom ručku. Firma se širila a sa njom je rasla zarada.

Tako je prošlo nekoliko godina zajedničke saradnje i uspešnog poslovanja. U početku su kupovali mašine i sve što im je bilo potrebno da bi firma što bolje funkcionisala.Za to vreme je Saša kupio kuću od četiristo kvadratnih metara u Nemačkoj i još jednu upola manju u Crnoj Gori. Kupio je sebi i ženi skupa kola i dosta finansijski pomagao roditeljima i bratu. Živeo je onako kako je oduvek želeo da živi.

Genni je jednom prilikom rekao Saši da je upalo u oči nekom političaru kako njihova firma odlično posluje, da moraju izdvojiti veliku sumu novca da bi finansirali tu stranku, jer bez njihovog odobrenja ni oni ne mogu da rade. To je bio prvi veliki rashod, a za njim su dolazili drugi, treći... I sve više i više.

Saša je tajno poslao tri eksperta, tako da jedan o drugom ništa nisu znali, da bi ispitali o čemu se radi. Od njih trojice samo se jedan vratio. Dvojica su na čudan način izgubila živote. Njih dvojica su uzeli sobe u dva različita hotela, dok je treći pošao kao turista da razgleda prirodu smestivši se kod neke porodice u planinskom selu. Preživeli je uspeo mnogo šta da sazna. Uzeo je kola na rent a car i postao nezanimljiv za Gennijeve doušnike. Svakodnevno je slušao šta se priča. Slušao je vesti i uvideo da se Genni pojavljuje svakih par dana na njima. Saznao je da je dao ogromne pare da bi nekog ministra svrgao sa vlasti tako da on zauzme tu poziciju. Predosećao je Genni da će Saša povući neki potez da proveri gde on nemilice troši njihove pare. Kada su se Sašini ljudi smestili u hotele, i kada je to njemu dojavljeno, on je poslao svoje poverljive ljude da se sa njima upoznaju, da o njemu pričaju loše i steknu poverenje, da saznaju kakvi su im ciljevi i koliko ih još ima. S obzirom da jedan o drugom nisu znali ništa, a nisu znali da postoji treći, oni su se ubrzo počeli otvarati pred novim prijateljima. Gennijevi ljudi su im odavali neke manje važne tajne. Pratili su, kako njih tako i sve njihove razgovore i zaključili da obojica rade za Sašu. Ustanovili su da jedan za drugog ne znaju a da im cilj isti. Napravili su plan. Dva Gennijeva čoveka su iz hotela prvo kidnapovala jednog a zatim iz drugog hotela drugog Sašinog poverljivog čoveka. Pokušali su, pod pretnjom oružja, još nešto o njima da saznaju a kada im to nije pošlo za rukom, nemilice su ih ubili.

Sutradan je u svim novinama osvanula vest kako su dva strana državljanina izgubila živote u pokušaju atentata na kandidata za premijera Kazahstana. Te vesti je pročitao i treći Sašin čovek. Setio se da ih je video u avionu. Morao je da bude obazriviji. Nije se javljao direktno Saši, nego je prvo pozivao svoju suprugu i njoj objasnio šta da prenese Saši. Najpre, da kaže Saši da se snima svaki razgovor koji je iz Kazahstana usmeren ka Sašinom broju. Kada je Saša saznao šta se desilo, odmah mu je naredio da se vrati i on je sutradan vratio kola koja je unajmio, uzeo kartu i poleteo.

Kada je video da je treća osoba bezbedna, Saša je pozvao svog komšiju, školskog druga ili brata, kako bi on imao običaj da ga zove. Javila se sekretarica i rekla da je na veoma važnom sastanku i da će mu se javiti kada se završi. Prošlo je tih par sati a onda je prošla i ta noć a on se nije javljao. Vremenska razlika između Nemačke i Kazahstana je pet sati, pa kada je Saša ujutro oko devet sati ustao jer je morao u jedanaest na aerodrom u Štutgartu da sačeka svog poverljivog čoveka koji stiže iz Kazahstana, kod njih je bilo četrnaest časova, i kada je video da ga Genni nije pozivao, sav besan je on pozvao njega. Opet mu se javila ljubazna sekretarica. Rekla je da je mnogo zauzet, da su iskrsli problem u firmi I da je morao da ode u opštinu da bi potpisao neke papire.

„Mi plaćamo knjigovođu i sve papire sa firmom on rešava"– rekao joj je Saša.

„Verujte da ne znam tačno a nisam ovlašćena da o tome dajem informacije pa Vas molim, ili da sačekate da on pozove Vas ili ga vi kasnije opet pozovite."

Saši je cela situacija bila sumnjiva pa je pozvao knjigovođu. On mu je objasnio da su juče raskinuli ugovor o poslovnoj saradnji i da ostalo ništa ne može da mu kaže. Saša ga je zamolio da sazna ko mu sada vodi knjige i da mu nabavi broj te agencije. Ubrzo je došao i do tih podataka. Kada je pozvao novu knjigovodstvenu agenciju, došao je do saznanja da ga je Genni izbacio kao partnera iz firme i da je sada on jedini vlasnik. Nije mogao da veruje sopstvenim ušima. Nastavio je uporno da ga poziva i da traži isključivo sa Gennijem da razgovara. Onda je usledio poziv i objašnjenje:"Čuo si da ću postati premijer pa si poslao dvojicu plaćenih ubica da me likvidiraju. Moji ljudi su ih presreli, od njih saznali za tvoje namere, pa su shodno tome i kažnjeni. Rekao bih ti da više nikada ne probaš takav ili sličan pokušaj jer ću u suprotnom uzvratiti istom merom. Imali smo mnogo lepih, zajedničkih trenutaka u životu tako da bi mi bilo žao da tvoja deca rastu bez oca."

Zalupio je slušalicu. Saši su suze bola i nemoći potekle niz lice. Da li je moguće da ga optužuje za nešto što on nikada u životu ne bi uradio? Tada je opet zazvonio telefon. Pomislio je da ga njegov školski drug i brat zove da mu kaže da je to sve bila šala. Smušeno je podigao slušalicu:"Zaboravih da ti kažem da sam te kao partnera i pomoćnika izbacio iz firme. Uvek sam se divio tvojoj promućurnosti pa znam da ćeš sada sa parama koje si uštedeo uspeti da pokreneš neki unosan biznis. Želim ti sreću i nikada više nemoj da me pozivaš ni uznemiravaš."

Bezbroj puta je Saša pokušavao da ga pozove, ali je sve bilo uzalud. Uvek bi se javila sekretarica ili neko od njegovih telohranitelja i uvek je dobijao iste odgovore:"Javićemo mu, a Vi sačekajte da Vas on pozove." Slao mu je hiljade poruka na mobilni telefon podsećajući ga na sve reči i dogovore koje su nekada sačinili. I to je bilo uzalud. Samo jednom mu je za sve to vreme odgovorio da je previse zauzet i da nema vremena, I to je bilo sve. U porukama je Saša objašnjavao da je to njegova firma, da su sve to njegove pare, da je prema njemu bio fer, da ga je izdigao iz pepela i da mu je sada na ovako podmukao način sve to oteo. U trenucima ljutine bi donosio odluku da ode u Kazahstan i da ga ubije, ali bi brzo od toga odustao.

Bilo mu je sve teže i teže. Iz dana u dan se sve više mirio sa sudbinom. Počeo je razmišljati kako će novac koji mu je preostao uložiti u neki biznis i na

taj način obezbediti materijalna sredstva za normalan život. Iako je Genni nje-
ga prevario, on je želeo drugima da pomogne. Počeo je da razmišlja o ideji da
otvori starački dom. Opet je počeo da kombinuje, stvara planove kao što je to
nekada radio. Opet je morao sve da radi iz početka, da piše, briše, pa opet piše
i uvek bi dolazio do istog problema. I da uspe da otvori starački dom, tu bi u
početku bilo mnogo više rashoda nego prihoda jer nije imao sa čime da privu-
če stare osobe da postanu korisnici njegovog doma. Bilo mu je potrebno naj-
manje trideset pacijenata da bi poslovao na nuli. On bi uspeo da privuče najvi-
še sedam ili osam. Nije odustajao od ideje i sve više poznanika je obaveštavao
o tome. I njegovi roditelji su bili stari i bolesni.

Tako se desilo da ih je poveo na letovanje u svoju kuću u Budvi. I tamo, kao
i u Nemačkoj, praktikovao je da jedan dan u nedelji gladuje. Roditelji i porodi-
ca su uživali na plaži i letnjem suncu, a on je pošao malo da prošeta. Svratio je
u Trsteno, najlepši biser Jadrana, na plažu kakva se poželeti može. Okupao se i
odmorio a kada je pošao nazad, pažnju mu je privukla reklama „ Bioenergeti-
čar Miki " Nešto ga je teralo da pogleda izbliza tog čoveka koji se bavi bioener-
gijom. Ugledao je čoveka, nešto starijeg od sebe kako masira neku osobu, drugi
sto je bio slobodan dok su na stolicama sedele dve plavuše, po njegovoj slobod-
noj proceni između petnaest i osamnaest godina. Još deca. Gledao je u tog čo-
veka kao da ga neki magnet ka njemu privlači. Prilazio je sve bliže. Nije dobro
znao srpski pa se pitao da li će uspeti da uspostavi kontakt. Pred salonom za
masažu je video sto i na njemu novine. Pročitao je naslov „ Glad je najbolji me-
lem " i video slike ovog bioenergetičara. Tada su dve plavuše ustale nudeći mu
uslugu masaže. Donekle ih je razumeo i odgovorio: "Možno toljko posmotret?"

One su se vratile na svoje mesto ali se tog trenutka Miki okrenuo ka njemu
i progovorio na ruskom. Izvolite. "Vi znate ruski?" Ne znam baš odlično, ali se
bez problema mogu sporazumeti.

„Drago mi je da sa nekim mogu razmeniti iskustva o temama koje me in-
teresuju. Da li smeta gospodinu kojeg masirate da sednem i malo porazgova-
ram sa Vama?" On je Nemac i ne razume šta mi razgovaramo, a svejedno, za
pet šest minuta ću mu završiti masažu.

„I ja živim u Nemačkoj pa će mi biti lakše da mu objasnim." Razmeni-
li su nekoliko rečenica a onda se Saša opet obratio Mikiju: "Kaže da ovako ne-
što nije u životu doživeo, da imate tople ruke i da mu je prvi put da doživi da je
neko spojio bioenergiju i masažu"– preveo je reči pacijenta kojeg je Miki upra-
vo masirao. Nastavili su konverzaciju jer su imali dosta zajedničkih tema, a is-
postavilo se da je Miki odlično znao da govori njegov maternji jezik.

Kada je završio masažu pacijenta, nastavili su da pričaju o svemu. Sašu je
najviše interesovala tema o gladovanju. On je više puta gladovao po par dana
pa se odvažio i dva puta gladovao najviše po deset dana. Saznao je, kao što je i

u Frankfurtskim vestima pisalo, da je Miki gladovao četrdeset i jedan dan. Pričali su o toj temi skoro dva sata. Saša je saznao da je Miki od dede nasledio ne samo bioenergiju nego i sveske sa receptima koji se prave od trava i korenja za razne bolesti. Nije bilo pacijenata, pa su vreme provodili razgovarajući o raznim temama koje su ga interesovale. Miki ga je upoznao sa dve devojke koje su sedele u salonu prestavivši ih kao svoje ćerke. Sin i supruga su mu bili u Podgorici dok su njih troje radili na plaži, jer su i njegove ćerke posedovale bioenergiju. Postideo se jer je ovom čoveku oduzeo toliko slobodnog vremena, dok mu je on sve potanko objašnjavao, pa je odlučio da ih pozove na ručak. Miki je to bez razmišljanja odbio objasnivši da im je Boro vlasnik Las Animasa, kod kojeg su radili, obezbedio hranu. Ništa mu ne duguje, jer je i njemu bilo zadovoljstvo da o tim temama razgovaraju.

Onda mu je Saša, ne znajući kako da mu se oduži za sva objašnjenja, ponudio da ih odvede svojoj kući da mu izmasira oca, majku, suprugu i njega. U početku je i to hteo da odbije jer je osetio da je i to iz zahvalnosti, ali je onda pomislio da im je zaista potrebna pomoć pa je pristao. Ugostili su ih kako priliči a onda je počeo da ih masira. S obzirom da su imali samo jedan sto za masažu, ćerke mu nisu pomagale pa je Miki sam radio. Prijala im je masaža. Sašin otac, koji je bio najbolesniji, je u jednom trenutku uhvatio Mikija za ruke dok mu je on masirao stomak i počeo da pipa njegove prste. „Tata, šta to radiš sa Mikijevim rukama?"– upitao ga je Saša." Želim da vidim šta je to u njegovim rukama pa su mu tako tople."

Svi su se tada nasmejali. Sutradan su se opet sreli u salonu. Saša je došao da bi Mikiju saopštio radosne vesti: "Miki, moj tata se oseća mnogo bolje. Sam je išao u prodavnicu a do sada nije mogao sam da ode iz sobe do wc–a. Da li bi mogao još nekoliko večeri, dok ne pođete kući, da dolaziš da ga masiraš?" Miki je pristao i oni su opet koristili svaki slobodan trenutak da nastave svoje razgovore. Dotakli su temu o različitim melemima koje mu je deda ostavio. Između ostalih, tu su bili melemi za izbacivanje kamenja i peska iz bubrega i žučne kese, za astmu, bronhitis, ešerihiju koli, heliko bakteriju, nesanicu, artritis, visok krvni pritisak, za smanjenje i regulisanje šećera u krvi, za proširene vene, melemi protiv celulita, opadanje kose, mnogo krema za lice, fantastičan melem protiv psorijaze i - najveći biser dedinih izuma, melem protiv raka. Sašu je posebno zainteresovao melem za artritis jer je od toga bolovala njegova majka, tetka i još nekoliko starijih osoba koje je on znao. Zamolio ga je da mu proda taj melem. Miki mu je objasnio da je sve zapisano u đedovim sveskama, da on ne zna napamet recepte i da ovde nema sve trave i korenje koji su mu za to potrebni, tako da bi taj melem morao kod kuće da mu pripremi. Dogovoriše se i oko svih pojedinosti.

Dok su njih dvojica razgovarala, njegove ćerke pođoše da se okupaju. Vremenom su se potpuno oslobodile pa su i jedna i druga odlično plivale. Dosta su se udaljile od obale. Došao je neki pacijent da ga Miki izmasira pa je i Saša krenuo u njihovom pravcu. Znao je ponešto srpski da govori, a i one su razumele ruski. Bilo mu je drago da sa njima pliva. Potražio ih je pogledom. Kada je video da su zaplivale u smeru glisera i on je zaplivao u tom pravcu. Bile su prilično udaljene, ali nisu žurile. Izgledalo je da dvoje dece na širokom vodenom dušeku sa njima nešto razgovaraju. Već su ušle u dubinu od preko tri i po metra i nastavile lagano da se udaljavaju. Dva mališana, uzrasta oko deset godina, koji su se neprestano smejali, su par puta zaveslali rukama i dušek je presekao smer kuda su one plivale. Nešto su im rekle i nastavile da plivaju dok im se Saša sve više približavao. Deca su nastavila sa svojom igrom. Opet su zaveslali i opet izbili ispred njihovih glava. Zastale su i počele ljutito da im se obraćaju. Primetile su da se deca smeju i govore nekim nepoznatim jezikom. Obratile su im se na engleskom, ali deca to nisu razumela. Videvši da ih deca ne razumeju, dogovoriše se da se vrate i baš kada su zaplivale unazad, videle su gliser koji je neshvatljivom brzinom išao u njihovom smeru. Vozač ih je primetio pa je napravio mali zaokret. Prošao je desetak metara od njih stvarajući ogromne talase. Obe su zagnjurile da bi izbegle talase koji bi ih potopili. Isto je uradio Saša koji je bio petnaestak metara iza njih. Deca koja su se nalazila na dušeku su nespremno dočekala ovaj trenutak. Jedno je palo sa dušeka i počelo da se davi mlatarajući rukama po vodi.

Mikijeva starija ćerka ga je primetila jer je bila okrenuta u tom pravcu, dok je mlađa, okrenuta na drugu stranu, isplivala na površinu. Gladila je kosu okrećući se da pogledom potraži sestru. U magnovenju je primetila samo jedno dete na dušeku. Kada se u samoj blizini dušeka počela pojavljivati glava njene sestre, ona je instiktivno pošla ka njoj, pitajući se zašto se ovoliko dugo zadržala pod vodom. Sve joj je u trenutku postalo jasno kada je njena sestra levom rukom uhvatila dušek i sa desnom izvlačila dete koje se davilo. Prvi udisaj vazduha je kod deteta probudio nagon za samoodržanjem. Koprcnuo se a onda sa obe ruke uhvatio njenu desnu sa kojom ga je držala za kosu. Nogama se omotao oko njenog tela grčevito je stežući i ne dozvoljavajući da mu pruži bilo koji vid pomoći. Mlađa sestra je doplivala i pokušala, trzajući ga, da je oslobodi od njegovih ruku koje su je stezale kao klešta. Trzajući dete, ona je trzala i sestru tako da joj je leva ruka, kojom je bila oslonjena na dušek lagano klizila i sada je pod teretom tela njena glava sve više doticala vodu. Mlađa sestra se trudila koliko god je mogla da joj pomogne. Obe je hvatala panika jer su uviđale da se ne mogu osloboditi neželjenog tereta koji je stariju sestru vukao ka dnu. Drugo dete se grčevito držalo za dušek vrišteći od straha.

Nekolicina udaljenih plivača, videvši šta se dešava, počeše dozivati čuvare plaže. Oni su velikom brzinom zaplivali, ali su bili suviše daleko da bi stigli na vreme. Sve je hvatala panika, samo je Saša, koji je doplivao do njih, bio smiren. Kada su ga Mikijeve ćerke primetile kako pliva u njihovom pravcu, znale su da će im on pomoći, jer one nisu dorasle tom opasnom zadatku. Saša je drmnuo mlađu ćerku da bi napravio sebi dovoljno prostora, izdigao se što je mogao više iznad vode, zamahnuo pesnicom i udario dete u potiljak. Morao je prvim udarcem da ga onesvesti jer drugu šansu neće imati – Mikijevoj ćerki je dušek iskliznuo ispod leve ruke. Da to nije uradio, i dete i Mikijeva ćerka bi potonuli. Uspeo je jer je davljenik ispustio svoju žrtvu. U nesvesnom stanju je isplivao na površinu, dok je devojka poslednjim atomima snage sa obe ruke dohvatila dušek. Ubrzano je disala da bi povratila izgubljenu snagu. Saša je dečaku izdigao glavu i počeo da ga izvlači na dušek dok su se one dve malo udaljile. Obe devojke su drhtale od straha i uzbuđenja jer im se prvi put desilo da su se borile, kako za tuđi, tako i za svoj život.

„Kako si samo smogla hrabrosti da mu pomogneš kada znaš koje sve opasnosti povlači takav potez?"– upitala je mlađa.

„Tog trenutka nisam o tome razmišljala. Videla sam da se dete davi, da mi je okrenuto leđima tako da sam odmah krenula da mu pomognem"– odgovarala je starija sestra.

Saša je uspeo da onesvešćeno dete izdigne na dušek, okrećući se da pogleda gde su njih dve i da li im je potrebna njegova pomoć. Video je da su bile prestrašene, ali je uprkos vodi video da im suze straha i sreće klize niz lice. "Ne bojte se"–umirivao ih je kako je znao i umeo. "Idemo kod vašeg tate"– govorio im je pokazujući rukom. Shvatile su ga i zaplivale ka obali. Tog trenutka su doplivali čuvari plaže. Po jedan dušek za spasavanje su dobacili Mikijevim ćerkama a oni su dohvatili dušek sa decom. Vukli su ga ka obali dok su Saša i devojke lagano plivale. Mnogi posmatrači sa obale, koji nisu videli prethodnu scenu, pomisliše da su čuvari plaže blagovremeno delovali i spasili još jedno dete koje se davilo.

Tek desetak minuta kasnije, preko razglasa se čula prava istina. Zauzet masažom, Miki ništa od toga nije video. Kada se Saša sa njegovim ćerkama pojavio, on se okrenuo poput munje: "Šta je bilo?" – upitao ih je uzbuđeno pun iščekivanja.

Saša je krenuo da mu sve objasni. Mogao je Miki sve događaje da pročita iz njihove svesti ali se odlučio da čuje njihovu priču, jer u uzbuđenju u kojem su se nalazili u njegovoj svesti bi se preplitali događaji.

„Miki, jesi li video šta smo doživeli"– upitao ga je a onda se još više začudio njegovom odgovoru.

„Ništa nisam video ali osećam da se desilo nešto strašno." Dok je Miki završavao masažu, Saša mu je sve potanko objasnio. Zagrlio je svoju decu dok su mu se na licu ogledali i strah i sreća. „Ponosan sam na vas dve. Jeste bile u smrtnoj opasnosti, ali ste pokazale izuzetnu hrabrost, ne razmišljajući o svom životu kada treba nekome pomoći. Saša, dužnik sam ti do groba jer si mi spasao dete koje sigurno ne bi uspelo da se izvuče jer se uvek pre udavi spasilac nego davljenik."

Tog trenutka su preko razglasa pozvali njegove ćerke jer su ih čuvari plaže prepoznali. Dete koje je ostalo na dušeku je sve ispričalo svojim roditeljima i o svemu se veoma brzo saznalo. Otac deteta koje se davilo, poreklom Belgijanac, je u njihovu čast napravio žurku. Srećan, čašćavao je sve prisutne.

I te noći, i još nekoliko dana su išli kod Saše da mu Miki masira porodicu. Dogovorili su se da mu napravi još neke meleme za decu koje će on, pri povratku za Nemačku, svratiti da uzme. Saša je polovinom septembra došao u goste, prespavao, uzeo meleme i sutradan nastavio svoj put. Rekao je Mikiju da će ga pozvati u posetu, da sa njim ima neke planove, da će se potruditi da te planove zajedno ostvare. Miki je znao je da su to reči čoveka koji će održati obećnje. Kao da je osećao da je nastupio period nekog zatišja u Mikijevom poslu, Saša ga je pozvao u trenutku kada mu je bilo najpotrebnije. Opet je ovaj divni čovek pokazao svoju blagu narav i dobrotu.

„Saša, mene je prosto stid zbog svega dobrog što si mi učinio. Ispade kao da sam ja tebi spasao ćerku a ne ti meni, pa umesto ja tebi da uzvratim dobrim, ti to neprestano meni radiš – rekao je Miki kada ga je Saša sačekao na stanici.

„Miki, i ti si meni spasio roditelje. Oni su, zahvaljujući tvojim masažama, sada odlično. Pozvao sam te da i drugima pomažeš, ali sam te prvenstveno pozvao da ti nešto pokažem, da vidiš da li te to interesuje i da ti predložim jedan posao.”

S obzirom da je u njegovoj zemlji bila kriza, interesovao ga je svaki posao da bi mogao da prehrani porodicu. Imao je dosta posla, mnogima je pomagao, ali zbog krize nikada nikom nije tražio novac pa su ljudi minimalno plaćali za njegove usluge. Sa tim novcem je jedva uspevao da svojoj porodici obezbedi egzistenciju. Nikada se nije žalio i uvek je pun vere, sreće i samopouzdanja išao napred. Zbog tih osobina koje su zračile iz njega, mnogi su želeli da budu u njegovoj blizini. Okupljali bi se oko njega svesni da će im njegova energija otkloniti mnoge bolesti i probleme koji ih pritiskaju. Ljudi su dolazili sa raznih strana. Deci je uvek, ma kakvu bolest da je u pitanju, pomagao bez ikakve nadoknade. "Oni su carstvo Božije"– uvek bi odgovarao kada bi ga roditelji pitali koliko mu duguju za učinjenu uslugu –"pa kako mogu bilo šta da naplatim od Onoga što mi je dao sve." Roditelji bi srećni i zahvalni napuštali ovog čudnog čoveka svesni koliko je pomogao.

„Sine, kada činiš dobro, i ako ti ljudi za to ne uzvrate, znaj da postoji viša sila i ona će ti kad tad izaći u susret i nadoknaditi svako dobro koje si bilo kome učinijo"– uvek se sećao dedovih reči i saveta i uvek bi te reči i savcti bili za njega osnovna moralna pouka. Zato je i ovde, daleko od svoje kuće, pomagao svim ljudima koji su, sve više i više, dolazili kod njega. Nekima masažom a nekima duhovnim smirenjem.

Jednoga dana, kada nije bilo pacijenata, Saša ga je poveo na neko, njemu nepoznato mesto. Brdoviti predeo obrastao šumom, a u sredini neko ogromno zdanje koje godinama nije korišćeno. „Šta misliš, zbog čega sam te ovde doveo?"– obrati mu se Saša. Izgledalo je da razmišlja o njegovom pitanju, a u stvari je iz njegove svesti pročitao sve planove. Zamalo da se odao jer je hteo da mu kaže da je ideja odlična. Umesto toga, on je progovorio: "Mesto je dosta zapušteno a zgrada ruinirana, ali se, uz određena novčana ulaganja i sa malo više rada mogu postići takvi rezultati da se za godinu dana ovo mesto ne može prepoznati. Toliko toga se može izmeniti da ovo mesto izgledati kao najlepši deo raja!"

Osmeh je obasjao Sašino lice kada je čuo ove reči. Počeo je Mikiju da priča o svojim planovima: "Najviše sam te zbog ovoga pozvao da dođeš. Zamislio sam da podnesem molbu da bi mi dozvolili korišćenje zgrade i ovog prostora ispred, jer više od petnaest godina ničemu ne služi. Ovde je nekada bila ski staza a ovo je bio hotel. Zapravo, na ovom brdu je nekada bila ski staza. Država je odlučila da sredinom brda prođe auto put, pa su tu ski stazu porušili a ovaj hotel bez staze je postao skroz nerentabilan. Svi su izgubili interesovanje za njega, tako da sada može poslužiti mnogo boljoj svrsi"– pokazivao mu je rukama. "Ovaj ogromni prostor koji je dosta zarastao u šiblje je korišćen kao parking a ono tamo kao auto kamp. Preko zime se ovde retko kad moglo naći slobodno mesto za parkiranje. Tražio bih od države dozvolu da ovo sve sredim i preuredim da bih ovde otvorio starački dom. Morao bih od države da uzmem kredit, pa bih sa tim parama sve ovo pokrenuo. Zamenio bih razbijena stakla, stavio roletne, okrečio i sve doveo u red. Sve unutrašnje prostorije bih preuredio da budu sobe za dve, tri ili najviše četiri osobe. U prizemlju je restoranska sala koja bi mi poslužila za istu svrhu. Na svakom spratu postoji po jedna srednja sala koja bi koristila za dnevni odmor i druženje penzionera. Tu bi mogli da se druže i zajedno gledaju televiziju, mada bih u svakoj sobi morao da obezbedim po televizor, jer mnogima neće odgovarati da gledaju samo u sali. Do samog doma bih posadio cveće da bih ulepšao spoljni izgled. Svuda po parku bih postavio klupe da mogu, kad god požele, da se šetaju i odmaraju u prirodi. U podrumu hotela je nekada bio ogroman bazen. Malo bi ga smanjio i dogradio maleni restoran gde mogu popiti kafu, čaj i druga pića. Smanjio bih ovaj parking jer je ogroman i tu napravio terene za tenis, košarku, mali fudbal, šah…za rekreaciju. Šta kažeš Miki za moje planove?"

„Mogu samo da kažem da su odlični, ali se moraš mnogo potruditi da ih ostvariš." „Miki, nisam ti još rekao ono što je najvažnije." Miki je sa osmehom na licu upitno pogledao u njega. „Davno sam o ovome razmišljao. Znam da po Nemačkoj ima na stotine ovakvih ili sličnih staračkih domova. Svi su oni sređeni po najnovijoj tehnologiji i standardima i imaju sve ugodnosti koje nude pacijentima. Kod njih je sve po uhodanom sistemu. Čitav život su živeli kao roboti pa im ni sada, kao starcima, ne žele ništa novo da pruže. Ja sam smislio nešto drugačije. Potreban si mi u ostvarenju mojih planova. Zamislio sam da tim starijim osobama omogućim da uživaju i da im povratim zdravlje. U mojim ranijim razmišljanjima uvek mi je nešto falilo i zato se do sada nisam usudio da ih realizujem. U početku, kada smo se upoznali nisam znao, a sada sam siguran da si ti ključ ostvarenja mojih zamisli. Video sam koliko si pomogao mojim roditeljima pa sam shvatio da bi mogao tako da pomogneš i drugim osobama. Na taj način bi se veoma brzo pročuo glas o mom staračkom domu. Ljudi bi dolazili i veoma brzo bi se popunio kapacitet. U početku bi nam bilo dosta teško a kasnije, kada bi dom radio sa pola kapaciteta, mi bismo mogli da budemo bogataši. Ne možeš ni zamisliti koliki ćemo prihod ostvarivati kada bude sve popunjeno. Kada tvoja deca završe školu, znam da svi posedujete bioenergiju, tada će i one doći ovde da rade. I ti i ostale osobe koje budu došle iz drugih država imaće u domu obezbeđen stan i hranu. Sa tobom ću se dogovoriti da ti ne dajem platu nego ćeš dobiti procenat, tako da ćeš sigurno zarađivati mnogo više nego da radiš u bilo kojoj firmi. Svestan sam da će najveći teret pasti na tvoja pleća, pa ti zato nudim ove pogodnosti. Od uspešnosti tvojih isceljenja zavisiće broj naših pacijenata. Ovde mogu naći stotine fizioterapeuta ali ja ne želim to. Zato sam o ovome dugo razmišljao i rešio da ti sve iskreno ispričam i predložim, pa ako pristaneš, da tek onda krenem da sve realizujem.“

„Saša, molim te da me pustiš dve – tri noći da o svemu porazmislim“ – odgovorio je Miki. Nije želeo da objašnjava da namerava u noćnim satima da se posavetuje sa svojim đedom. Iste noći je napravio duhovni kontakt i sa đedom se o svemu ispričao. Te noći mu je đedo rekao:"Sine, čoveku možeš stati na senku ali mu sreću ne možeš uzeti. I kod tebe je isto. Ono što ti je od Gospoda dato, kroz to moraš i proći. Sudbinu ne možeš izmeniti, samo je možeš poboljšati ili pogoršati. Sa ovim čovekom ćeš sebi poboljšati i život i sudbinu. Njemu će se u početku pojaviti mnogi nerešivi problemi, pa će ti on ispričati povest svoga života, priču o čoveku koji ga je prevario, ti ćeš mu pomoći, stvoriti sebi ogromne probleme, ali će na kraju sve doći na svoje mesto. Budi sa njim jer je iskren i pravedan. Na kraju krajeva, veliki si mu dužnik. Sećaš li se da sam ti o ovome ranije pričao?“

„Sećam se đedo. Vidim da sve ide putem sudbine i da je ne mogu izbeći.“

24.

Sutradan je Miki rekao Saši da je o svemu razmislio, ne pominjući da se posa-
vetovao sa đedom, i odlučio da prihvati njegovu ponudu.

Dok je narednih dana Miki masirao pacijente, Saša se posvetio prikupljanju
papira, pisanju molbi i ostalom što je bilo potrebno da se otvori firmu, dobi-
je kredit i počne sa adaptacijom hotela. Sve je išlo sporije nego što je mislio. Za
pet dana je otvorio firmu, ali je ostale dozvole morao čekati. Naročito dozvolu
za korišćenje hotela. Nisu mu odobrili kredit, a za hotel, koji se godinama nije
koristio, rekli su da će ga tri puta dati na licitaciju, pa ako ne bude zaintereso-
vanih klijenata, tek tada će ga dati njemu na korišćenje.

Totalno razočaran razvojem događaja, dva dana pre Mikijevog povratka dok
su u večernjim satima šetali po šumi, Saša mu je ispričao priču svog života. Sve
mu je ispričao o svom najboljem prijatelju, komšiji, drugu iz detinjstva, oso-
bi koja ga je zvala brate i na kraju prevarila. Pažljivo ga je slušao i na kraju re-
kao da će o tome sutra nastaviti razgovor. Opet se uveče posavetovao sa svojim
đedom. I te noći ga je đedo opomenuo da ni jednu tajnu ne sme odati, da mu
može ponešto objasniti, a da slobodno počne da mu pomaže.

Sutradan je Miki njemu ispričao čudnu priču u koju Saša nije mogao da
poveruje. Pokazavši mu po nešto od moći koje su date Izabraniku, a objasniv-
ši da je on taj, Miki mu reče da će na sebe preuzeti obavezu da natera Genni-
ja da mu vrati novac koji mu duguje. Video je Saša da Miki masažama mnogo
pomaže ljudima, ali da poseduje ovakve moći, nije poverovao. Nije se smeo na-
dati tolikoj sreći da može povratiti sve ono što mu je prevarom oteto. Sa druge
strane, ovo što mu je Miki ispričao ima mnogo logike. Ipak je odlučio da pro-

veri da li je Miki zaista može sve to da ostvari. Tada mu je Miki predložio da uzme pet, šest sveski i olovki, da pozove pet, šest prijatelja pa da zajedno sa njima pođe u šumu ali da im ne objašnjava zbog čega ih je pozvao. Saša im je dao po svesku i olovku rekavši im da se udalje jedan od drugog po desetak metara i da u sveskama napišu ko šta želi a da o tome niko ništa ne priča. Uradili su sve po dogovoru, prišli Saši i dali mu sveske sa svojim zapisima. Tada je Miki svima rekao ko je šta napisao. Neverica se ogledala na njihovim licima. Zatim je Miki zahtevao da ga i Saša i sva šestorica guraju da bi ga pomerili sa mesta. Nevericu je zamenio smeh. U blizini se nalazilo neveliko jezerce, duboko od prilike tri metra. Jedan od njih, koji se uzdao u snagu jer je bio najkrupniji i najjači reče:"Ne samo da ćemo te pomeriti, nego ćemo te baciti u jezerce da se malo rashladiš da ne bi umišljao da si svemoćan. Sigurno da postoji neki trik sa kojim si uspeo da pročitaš šta smo zapisali, ali u ovome nećeš uspeti."

Saša je hteo da izgladi situaciju pa ih je zamolio da ne preteruju, da ga ne bacaju u jezerce, nego samo da ga pomere. I on je bio siguran da Miki u ovome neće uspeti. Svi su bili snažni a bilo ih je sedmorica na jednoj strani, a na drugoj Miki sam."Izvolite prijatelji odmah možete da probate" rekao im je Miki.

Sva sedmorica su mu prišla sa prednje strane, položili su ruke na njegovo telo i gurali svom snagom koju su imali u sebi. Gornji deo njegovog tela se povijao nekih desetak santimetara dok su mu noge bile čvrsto priljubljene za zemlju i nisu se pomerale ni jedan milimetar. Obliveni znojem, videli su da im je uzaludan trud pa su skroz iscrpljeni odustali. Tada se Miki još malo našalio sa njima: "Rekli ste da ćete me baciti u jezerce, pa kada vi niste uspeli u tome, evo ja ću sam to da uradim. Šta mislite kolika je širina ovoga jezera?"„Dužina je oko dvesta pedeset a širina oko šezdeset metara"– odgovoriše mu."Imate zadatak da što pre obalom stignete na drugu stranu." Svi su složno otrčali i za par minuta bili tamo očekujući da vide još jedno iznenađenje koje im je priredio. Tada je Miki preko jezera pošao u njihovom pravcu.

Mnogi slučajni prolaznici i šetači koji su bili u blizini jezera su zastali da bi videli ovo nesvakidašnje čudo. Miki je lagano išao po površini jezera ne propadajući u vodu. Kada je došao do kraja, čuo se aplauz gledalaca. Divljenje je bilo na svim licima. Mnogi od njih su zastali da vide da li će videti još neko čudo ovog nepoznatog čoveka. Miki se tada obratio snagatoru koji mu je pretio da će ga baciti u vodu: "Šta misliš, za koje vreme možeš pretrčati dva kilometra?"

„Mislim da sam u punoj kondiciji i da mogu za osam do deset minuta"– odgovori mu."A da li znaš sve šumske staze?"„Sve ih znam jer sam tuda hiljadama puta prolazio."Da li ćeš se ljutiti da ti pokažem još jedan trik?"„Slobodno, baš sam znatiželjan."„Ta znatiželja će te koštati trčanja u našem pravcu a mi ćemo meriti vreme"– govorio je Miki pružajući ruke ka njemu. Sada se na licima prisutnih ogledalo čuđenje i strah jer je njihov prijatelj odjedanput iščezao. Posmatrači sa druge strane jezera, nisu videli šta se desilo, ali su za nekoliko minuta videli krupnog momka kako juri u njihovom smeru.

Više im Miki nije demonstrirao svoje moći. Vraćali su se kući. Svi su želeli što više da saznaju i nauče od Mikija a on im je kroz smeh objasnio da su to energetski trikovi koje ne može izvesti kada on to poželi. To može uraditi jednom godišnje a to se desilo da bude danas.

Snagatoru jedna lekcija nije bila dovoljna pa je opet počeo da komentariše:"Ja mislio da si stotinama puta jači i sposobniji od mene, a sada vidim da je to samo jednog dana. Prihvataš li sutrašnji izazov – pobediću te ali te neću baciti u vodu."

Miki se predao dopuštajući snagatoru da je izvojevao pobedu koju nisu vodili. Svi su se nasmejali pa se družina razišla svojim kućama. Saša i Miki su ostali sami. „Da li sam te dovoljno ubedio da mogu postići ciljeve i od Gennija naplatiti što ti duguje?" „Ubedio si me da mnogo možeš, ali ne mogu verovati da ćeš uspeti da mu priđeš a kamo li da sa njim uradiš bilo šta. Miki, moraš shvatiti da Genni nije bilo ko. Ima nekoliko desetina svojih telohranitelja koji ga čuvaju kao oči u glavi, a obezbeđuju ga državna bezbednost i policija kao budućeg premijera Kazahstana. Kako ćeš ti uspeti da mu priđeš pored svih tih ljudi koji ga obezbeđuju?" „Ja mu neću prići danju, mada mogu i tada."

„Onda noću nećeš imati baš nikakve šanse. Svaku noć je oko njegove kuće raspoređeno dvadesetak stražara. Menjaju se na svaki sat. Ulicu i prilaz kući obezbeđuje državna bezbednost." "Da se ja i ti ne bismo raspravljali, da mi lepo legnemo da spavamo. Molim te da se ne uplašiš kada ti se budem u snu pojavio, a sutra ćemo pre mog polaska nastaviti ovaj razgovor."

Pošli su svak u svoju sobu. Saša dugo nije mogao da zaspi. Stalno su mu pred očima bili događaji koji su se odigrali toga dana. Zbog tih događaja i hiljade različitih pitanja koje su mu se vrzmale po glavi, nije obratio pažnju na zadnju rečenicu koju mu je Miki uputio. U neko doba noći je počeo da ga hvata san. Činilo mu se da još nije najbolje zaspao kada je osetio da ga nešto pritiska. Pomislio je da sanja. Hteo je da se probudi, da se pomeri, da vrišti, ali mu ništa nije uspevalo. Osećao je kako ga neka sila sve više i više pritiska. Počelo je od nogu pa je nastavljalo sve više i više ne dozvoljavajući mu da diše. Kada je došlo do vrata, imao je osećaj da ga anakonda steže moćnim mišićima, ne dozvoljavajući njegovim plućima da udahnu ni zračak kiseonika. Pomislio je da je došao kraj i baš tog trenutka ga je ta sila napustila. Prvo se čuo hroptavi udisaj vazduha a zatim nagli skok iz kreveta. Čovek u mraku instiktivno juri ka svetlosti jer misli da mu je to spas od nepoznatog. Tako je i Saša skočio ka prozoru još nesposoban da ravnomerno diše. Otvorila su se vrata i u sobu je iz hodnika ušlo više svetlosti. Na vratima je stajao Miki. "Jesi li se mnogo uplašio?"– upitao ga je.

Ruke, glas i čitavo telo su mu podrhtavali tako da je jedva odgovorio :"Miki ... Ja sam ... Zamalo ... Umro!" "Rekao sam ti da se ne uplašiš kada ti se budem pojavio u snu" – odgovarao mu je Miki veoma blagim glasom prilazeći da mu pomogne da ponovo legne. Smestio ga je u krevet i nekoliko puta mahnuo rukama iznad njegove glave.

Veoma brzo je zaspao. Kada je ujutro ustao, Miki mu je opet par puta mahnuo iznad glave. Osećao se ošamućeno pa nije znao da li je sanjao ili mu se stvarno nešto desilo pa je o tome počeo da priča Mikiju. "Ne prijatelju, nisi sanjao. Ja sam to uradio, ja sam te smestio u krevet, umirio i naterao da spavaš.","Miki, mene je strah od tebe. Mogao si veoma lako da me ubiješ. Da me nisi oslobodio još deset sekundi, ja bih verovatno umro!" „Ne deset dragi prijatelju, nego samo jednu. Shvati da jedna sekunda odlučuje o životu i smrti. Baš u toj jednoj sekundi moj duh napušta žrtvino telo, ono nastavlja da živi ali se u mozgu formira nadljudski strah. Ja sam taj strah iz tvog mozga izbrisao i dopustio ti da se odmoriš spavajući. A sada mi reci šta si osećao kada ti se to desilo?","Rečima se ne može opisati. Ne daj Bože da se ikada to ponovi!"

„Tebi sam dozvolio da spavaš i da se odmoriš, a šta misliš kako je osobi koju nekoliko noći uzastopno posećuje moj duh, ne dozvoljavajući joj posle toga da zaspi.","Miki, ta osoba će sigurno poludeti od straha!" Sigurno bi se to desilo ako ja dopustim. Šta misliš zbog čega sam ti sve ovo pokazao?" „Verovatno da bi mi dokazao da su moći Izabranika veoma velike." " To je tačno, ali sam želeo da te uverim da me Gennijevi telohranitelji i sva obezbeđenja ovoga sveta ne mogu osetiti a kamo li zaustaviti kada ga budem posećivao u noćnim satima."

„Miki, on će uskoro postati premijer. Angažovaće sve moguće plaćene ubice da nas uklone samo da ne bi izgubio poziciju koja ga je stajala nekoliko miliona evra.","Svestan sam da postoje hiljade raznih naoružanja ali ni jedno nije moćno kao ovo. Strah je u ovoj situaciji najjače oružje ovoga sveta. On se može braniti protiv hiljade neprijatelja koje vidi, ali protiv mene se ne može boriti jer me ni on ni njegovi telohranitelji ne mogu videti."

„Kako će onda znati da treba meni da vrati ono što je moje ?","Neće ti on vratiti fabriku niti išta od imovine, ali ćeš se sa njim dogovoriti koju sumu novca treba da ti isplatiti."

„On sa mnom neće da priča. Evo, tri godine nismo progovorili ni jednu reč. Napisao sam mu hiljade poruka a on je samo na jednu odgovorio da je mnogo zauzet i da nema vremena."

„Sada će imati vremena i on će tebe moliti da se dogovorite. Ja ću prvo imati duhovni kontakt sa njim, a onda ću ga naterati da se dogovori sa tobom."

„Joj Miki. Nešto mi govori da će biti tako, a ja još ne smem u potpunosti da verujem i da se radujem da će se to ostvariti.","Ne brini. Od tebe su mi potrebni podaci o njemu i i podaci o svim članovima njegove porodice." „Sve njegove podatke znam, ali ne znam podatke o njegovoj porodici." „Moraćeš sve to da pribaviš i da mi pošalješ imejlom, a ostalo je moja briga."

Tada se Miki vratio kući a Saša je ostao sa svojim brigama i nadama da će u svemu uspeti. Za nekoliko dana je nabavio podatke o svim članovima Gennijeve porodice, poslao ih Mikiju a on je počeo da ostvaruje duhovni kontakt.

Saša je razmišljao koju sumu novca da odredi s obzirom da je firma njegovog nekadašnjeg ortaka sada bila jedna od najpoznatijih u Kazahstanu. Moraće kasnije i o tome da se konsultuje sa Mikijem. Posle toliko godina provedenih u patnji i iščekivanju nečeg nemogućeg, mogao je sebi da kaže da se nada sigurnom uspehu. Bio je jako nestrpljiv i po nekoliko puta je u toku dana zvao Mikija. Želeo je da sazna šta ima novo, ne shvatajući da Miki sada vodi njegovu borbu i da je teško da u potpunosti preuzme njegovu ulogu. Da bi to postigao, bio mu je potreban četrdeset i jedan dan. Saša je pak, zbog osoba koje su se interesovale za masažu, imao izgovor da ga stalno poziva da dođe. Mislio je, ako mu je bliži, da će brže ostvariti njegove želje. Dogovorili su se i Miki je ispoštovao dogovor.

Završio je razgovore sa novinarima i uputio se drugi put ka Saši ili ka stazi koju mu je sudbina predodredila.

25.

Kada je Miki doputovao, Saša je sutradan obavestio sve poznanike koji su prethodno dolazili kod njega na masažu. Javio je i Viktoru, a on je zakazao termin za sebe i nekolio prijatelja za tri dana. Prijavljivali su se i novi pacijenti. Vladalo je veliko interesovanje.

Miki je kod svoje kuće već postigao duhovni kontakt sa Gennijem pa je te noći rešio prvi put da ga poseti. Zamolio je Sašu da svi u kući malo ranije legnu, da bi uspeo prvu posetu da ostvari noću, jer je vremenska razlika bila pet sati. Poslušali su ga, a on je u svojoj prethodno zaključanoj sobi izdvojio duh od tela i pošao na put od nekoliko hiljada kilometara. Ovog puta njegov duh neće videti niko od stražara i telohranitelja. Neće ga videti ni on, jer će ga ove noći, kako kažu stari, pritisnuti nečastiva sila koja će kod njega izazvati ogroman strah.

Saša je bio u pravu. Sve puteve koji su vodili ka kući obezbeđivali su pripadnici državne bezbednosti. Kuća i dvorište su ograđeni ogromnim zidom preko tri i po metra visine. Lažna sigurnost i bezbednost bogataša koji se unutra skrivao! Okolo kuće, na svakih petnaest metara, nalazili su se stražari. Stalno su se kretali tako da između njih nije postojala mogućnost da prođe mačka, a o čoveku i da ne govorimo. Dobili su naređenje da bez upozorenja pucaju na svakog nepoznatog. Duž hodnika trojica, a pred samim vratima još dvojica koji su obezbeđivali miran san svome poslodavcu. Pored ovog obezbeđenja, u njegovoj sobi je bio krvoločni doberman i svake noći je bilo upaljeno svetlo.

Duh je prošao a da ga niko nije osetio ni video. Po lokalnom vremenu je bilo četiri časa i petnaest minuta. Mirno je spavao uljuljkan u sigurnost ogromnog zida i stražara koji su ga obezbeđivali.

Prvo mu je pritisnuo noge, a onda je nastavio pritisak uz telo. Pokušao je da se oslobodi od strašnog osećaja gušenja koji ga je sve više obuzimao. Nije mogao, kao i svi koje je duh napadao, da se pomeri niti da bilo koga pozove u pomoć. Gušio se sve više i više a onda ga je ta sila pustila. Vrisak užasa je prolomio jutarnju tišinu. Doberman je skočio sa svog ležaja i počeo da laje. Stražari su uleteli u sobu sa pištoljima spremnim za otvaranje vatre. Videli su svog poslodavca oblivenog znojem kako sa obe ruke masira vrat. Istog trenutka je pritisnut taster i alarm se uključio na svakom krevetu i mobilnom telefonu svih njegovih telohranitelja. Svi su skočili i brzinom misli pohrlili da pomognu. Njegov vrisak su čuli i pripadnici državne bezbednosti koji nisu imali dozvolu da upadaju na njegov posed, nego samo da ga čuvaju sa spoljne strane, pa su odmah obavestili svoje pretpostavljene. Za pet minuta je još nekoliko vozila specijalnih jedinica pritekle u pomoć, spremnih da svojim životima brane budućeg premijera. Stigao je i komandant specijalnih jedinica koji je imao dozvolu za ulazak na privatni posed. On, kao i svi ostali, su u čudu gledali budućeg premijera koji je izgledao kao ispumpani balon, dok mu se u očima video paničan strah. Pozvali su doktora koji je odmah izvršio detaljan pregled. Doktor je dao dijagnozu da je budući premijer nešto strašno sanjao i da ga je to prestrašilo. Dao mu je injekciju za smirenje, naredio da se otvore prozori da bi imao čistog vazduha i da mu obezbede tišinu da bi mogao dobro da se odmori.

„Doktore, on u deset časova ima prijem stranih izaslanika. U pitanju su ugovori o prodaji nafte"– objašnjavao je komandant specijalnih jedinica.

„Neka ga neko zameni ili otkažite sastanak. On u ovakvom stanju šoka ne bi bio u stanju da sa njima bude na sastanku a drugo, ne bi mogao da poveže dve potpune rečenice. Ne znam da li ste svesni da ga je jedna dlaka delila od nervnog sloma. Bilo koji napor bi mogao da ga ubije. Mora da se odmori najmanje osam sati, koliko traje dejstvo injekcije, a posle ću videti koju terapiju da mu prepišem." Injekcija je učinila svoje i on je utonuo u blaženstvo sna. Posle osam sati ga je probudio doktor koji je došao još jedan put da ga pregleda i da mu utvrdi terapiju.

„Gospodine ministre, kako se sada osećate?" Poznao je doktora koji je zadužen za zdravlje samo nekolicine najistaknutijih ličnosti u Predsedništvu. Naredio je svima da izađu. Ostali su samo on, doktor i njegova kućna pomoćnica ili tajna ljubavnica u koju je imao potpuno poverenje. "Doktore, možete li mi objasniti šta je to bilo?"– upitao je sa nadom da će dobiti objektivan odgovor.

„Medicinski je teško objasniti ovakav slučaj. Po svim pretpostavkama, sanjali ste san koji Vas je mnogo uznemirio. To je prouzrokovalo da Vam se pritisak skoro spojio i bez naše intervencije ne biste još dugo izdržali." „Doktore, nemoguće da je to bio samo san!"

„Gospodine ministre, oko Vaše kuće je prava armija stražara koji Vas obezbeđuju, tu su kamere a tu je i doberman, tako da ne postoji šansa da bilo ko može neopaženo da se približi a kamo li da uđe u Vašu kuću. Lično je komandant specijalnih jedinica pregledao sve video zapise i ispitao sve prisutne da nije slučajno neko nešto zapazio. Osim jednog pijanca koji je prošao ulicom, niko se nije približio Vašoj kući bliže od pedeset metara.“

„Ja sam imao osećaj da me nešto ogromno pritisnulo, da mi ne dozvoljava da se pomerim, da vičem i da mi svakog trenutka sve više nestaje vazduha.“ Kućna pomoćnica se prekrstila.

„To su simptomi kada se gornji i donji pritisak spajaju. Tada se pojavljuje grč koji parališe telo i bez brze i pravilne intervencije toj osobi ne bi bilo spasa.“

„Doktore, kada me je sve to popustilo, ja sam tek tada vrisnuo i počeo da dišem.“ To samo pokazuje da je Vaše telo pobedilo šok.“

„Šok je u meni trajao sve dok me je to pritiskalo. Da li možete da shvatite da sam imao osećaj kao da je neko disao kraj mog uva. Isto kao da je bilo nešto živo.“

„Gospodine ministre, još ste pod stresom i ja Vam moram dati još jednu injekciju radi Vaše sigurnosti. Ona će Vas u potpunosti opustiti i više Vam se nikada neće desiti da imate napad panike.“

Očigledno, prvi duhovni kontakt sa Gennijem je dao odlične rezultate.

26.

U to isto vreme, ka Mikiju su se, iz tri različita pravca, usmerile osobe koje su želele da uz njegovu pomoć otvare svoje mračne ciljeve.

Sa Viktorom je najpre došao doktor Helmut Klum. Nije znao ruski, pa je Viktor bio prevodilac. Njegovo prvo pitanje:"Kako možeš raditi kod nas a ne znaš nemački jezik?" je opomenulo Mikija da bude oprezan sa ovim čovekom. On je te reči prikrio lažnim osmehom i razgovor je nastavio da teče dalje. Izjasnio se da mu je čaj potreban za osam osoba. Kao direktor, imao je mogućnost da lek isproba na mnogo pacijenata, ali je odlučio da odabere bolesnike različitih stadijuma bolesti – od najlakših do najtežih slučajeva. Nadao se nekim rezultatima, ali pacijentima sa metastazama sigurno ne može pomoći – razmišljao je. Konačno, vredi pokušati pa videti učinak. Upitao je Mikija da li ima dovoljnu količinu čajeva i da li je potreno on da mu pomogne i nešto nabavi. Miki je, sa osmehom, iako je ponuda bila providna, odgovorio da svega ima dovoljno. Tada je Helmut insistirao da Miki odredi cenu tih čajeva.

„Gospodine Helmute, ja zaista ne mogu reći cenu za čajeve koje u našoj zemlji nisam uspeo da patentiram. Sa moje strane, postoji samo jedna mogućnost saradnje: uzmite čajeve, izlečite pacijente a onda mi platite koliko hoćete.

Kao čistokrvnom Nemcu, Helmutu Klumu takvi predlozi nisu odgovarali. Opet je insistirao da sazna koliko će koštati, inače će odmah prekinuti saradnju. I te su reči bile oštre i zapovedničke, i nisu se svidele Mikiju. Pripisao ih je nemačkoj preciznosti i opet blago odgovorio: „Viktore, reci mu ja novac nisam odbio, prihvatiću ga onog trenutka kada se pokažu rezultati izlečenja, a do tada neka bude strpljiv. Šta bi bilo ako bi na mom mestu bio drugi čovek, koji bi mu prodao neke trave koje ne daju rezultate, uzeo pare i jednostavno nestao? Ja to ne želim da uradim. Hajde prvo da izlečimo ljude. Oni će nas u početku samo častiti, i time ćemo pokriti troškove, pa kada se pokažu odlični rezultati izlečenja, patentiraćemo čajeve, odrediti cenu i tek tada zarađivati. Ako mu odgovara, jedino tako možemo sarađivati. Ako neće na taj način, ja onda ne prihvatam nikakvu drugačiju kombinaciju."

Kada je to čuo, uvideo je da je Miki u pravu: "Ako je takva situacija, ja mogu naći stotine i hiljade pacijenata jer radim u bolnici i pomažem ljudima koji su bolesni baš od teških bolesti." „To bi bilo odlično, jer bih svima pomogao. Ja u mojoj zemlji nemam mogućnosti da bih tako brzo mogao da testiram lek na tako velikom broju pacijenata."

Čuvši te reči i videvši u Mikijevim očima sjaj sreće što će uspeti tolikom broju ljudi da pomogne, a ne pohlepu za novcem, Helmut se obrati Viktoru koji odmah prevede šta mu je rečeno: "Miki, on bi želeo da te upozna sa svojim prijateljima pa nas je pozvao, kada nama odgovara, da odemo negde na ručak."

Prvo je hteo da ga odbije zbog zauzetosti oko pacijenata, a onda se predomislio i prihvatio. Rastali su se uz dogovor da će se sa Viktorom sve precizirati.

„Svuda sam pričao o tebi i o tome kako si me izlečio, pa je sada red da budeš nagrađen jednim ručkom"– reče Viktor prvo Mikiju na ruskom a onda prevede Helmutu na nemački i oni se nasmejaše. Tada su napustili Mikija.

I druga osoba je došla sa Viktorom. Bio je to Slim Rasel. Moćnik. Drugi čovek u bandi američke mafije koja nije znala za milost, sažaljenje niti neuspeh. Svestan moći svoje organizacije, on je nastupio sa ubeđenjem da će i njima Miki dati iste čajeve kao drugima jer im je tako Aleksej preneo. Nije hteo mnogo da priča. Direktno je prešao na temu i tražio od Mikija da mu proda dvadesetak mešavina a on će ih razdeliti bolesnim ljudima. Ako se pokaže učinak, onda će tražiti sledeći kontingent i tako će nastaviti saradnju. Bio mu je plan, kao i drugima koji su naručivali čajeve, da jednu količinu daju na analizu, pa kada se utvrde svi sastojci, onda bi mogli da se oslobode nezgodnog svedoka. Do tada im je potreban živ.

Znao je da će čajeve morati i drugima da podeli, pa je rekao da kod sebe nema dovoljnu količinu mešavina."Da li ih možemo ovde kupiti ili ih možeš naručiti od kuće?"– upita."Mogu ih naručiti, mada ni kod kuće nemam toliku količinu, a i vozači autobusa neće prihvatiti da ih dovezu zbog problema sa carinom."

„Carina, prevoz i ostalo je naša briga. Samo ako ti imaš kod kuće pripremljenu toliku količinu i ako imaš nekog da ti pošalje."„Morao bih da se čujem sa mojima pa da vidim sa čim raspolažemo."

„Možeš li odmah da ih pozoveš?"– insistirao je. "Mi se obično čujemo skype da ne bismo plaćali telefon jer sam u romingu."Izvadio je dvesta evra i bacio ih na sto."Pozovi slobodno i pitaj, za rashode nemoj da brineš. Sve će ti biti veoma dobro plaćeno."

Od kuće su mu javili da je ostalo čajeva još za petnaest osoba. Zahtevao da mu ih večeras pošalju autobusom „Pejić Tours" sa kojim je i on uvek putovao.

Objasnio mu je kao i prethodniku, da prvu količinu čajeva neće unapred naplatiti, ali ga osobe koje se izleče kasnije mogu častiti po svojoj volji i mogućnostima. Tada je Slim izvadio nekoliko hiljada evra i bacio na sto: "Ovo je samo predujam da bi shvatio da smo ozbiljni saradnici"– preveo je Viktor. „Ako ovaj novac ne uzmeš nazad, mi nikada nećemo biti saradnici" – blago mu je odgovorio Miki.

Pogrešno je protumačio njegove reči misleći da je malo platio pa je pokušao sa još više para da ga podmiti. Tada se umešao Viktor objasnivši mu da mora uzeti svoje pare, jer Miki nikome nije unapred naplatio, da ga tim gestom može povrediti i tako može u potpunosti prestati njihova saradnja."Kada se pokažu rezultati izlečenja, onda ga po volji možete častiti"– reče mu Viktor. „Viktore, prevedi mu da se još nikada nisam sreo sa ovakvim čovekom. Dok drugi ljudi uživaju u tome, on ne dozvoljava da mu persiraju. Drugi bi tražili još novca a on neće da uzme ni ono što želim da mu dam. Zamoli ga da prihvati i da sa mojim prijateljima izađemo negde na večeru."

Viktor se nasmejao prevodeći i objašnjavajući Mikiju da će se popraviti ako nastave sa svakim pacijentom da izlaze na ručkove ili večere. Miki je prihvatio i oni su ga po postignutom dogovoru odmah napustili.

27.

Tako je prošao i taj dan. Uveče se Miki spremao da opet napravi duhovni kontakt sa Gennijem. Sačekao je izvesno vreme, izdvojio duh iz tela i pošao. Sve je bilo kao i prethodne noći samo su bile pojačane snage bezbednosti i straže. Opet je duh prošao pored svih a da ga niko nije video ni osetio. I ove noći je doberman spavao pored nogu svoga gospodara obezbeđujući njegov miran san. Ni on ga nije osetio. Mikijev duh se približavao da bi i ovu noć postigao željene rezultate kao i prethodne. Ni jedno živo biće ga nije moglo zaštititi. Približio se do tela i video kosu na njegovoj glavi koja se instiktivno počela ježiti. Baš kada je hteo da počne da pritiska, guši i kažnjava ovog čoveka, Mikiju se pojavio se duh njegovog đeda: "Sine, ili ćeš ga ubiti ili će poludeti od straha. Ostavi ga večeras a sutra uveče ga samo malo uznemiri. Kada ulete stražari i obezbeđenje, ti se nasmej da svi čuju tvoj smijeh, a onda ih napusti. Kod svih će se useliti strah a Genni će u tvom smehu prepoznati Sašu. Kada se malo povrati od straha, doći će do zaključka da treba Saši da vrati šta mu duguje da bi se oslobodio noćne more. Ovo ti je prvi pohod ovakve vrste, zato budi oprezan sa njim jer je pred nervnim slomom. Ako se to desi, godinama kod njega nećete moći da postignete cilj. To ti sada kažem a sutra ćeš dobiti sledeće uputstvo od mene."

Otišao je, a odmah zatim, samo na drugu stranu, pošao je Mikijev duh. Ovoga puta đedov duh je zaštitio Gennija. Ne zato što je on bio nevin, nego što je mogao u potpunosti da nastrada, a kao takav im nije bio ni od kakve koristi. Duh je video telo koje je ostavio i odmah se spojio sa njim.

Ostatak noći je proveo odmarajući se. Sutradan su ga čekale nove obaveze.

28.

Bio je na polovini treće masaže kada ga je Viktor pozvao. "Miki, doktor Helmut bi želeo danas da odemo na ručak." "Ja završavam sa masažama u petnaest časova" – odgovorio je. " Mi ćemo tačno u petnaest biti pred kućom i čekaćemo te u kolima."

Bili su tačni. Dok je prao ruke od poslednje masaže, oni su stigli i on je krenuo ka kolima. Vozio je doktor Helmut a pozadi su bili Viktor i još jedan njemu nepoznat čovek. Otvorio je vrata sedajući na suvozačevo sedište kada mu se pojavio đedov duh pružajući mu pismo. Znao je da duh i pismo ne mogu biti vidljivi za druge, pa se prvo pozdravio sa prisutnima a onda otvorio pismo. Gledali su u njegove ruke koje su se pomerale, ali ništa nisu videli. Unutra je bio prazan list papira. U sledećem trenutku se list pretvorio u prah i pepeo. Znao je da đedo hoće nešto da mu kaže, ali nije znao šta. Večeras, kada pođe da poseti Gennija, verovatno će biti u kontaktu pa će ga tada upitati –pomisli a onda obrati pažnju na novostečenog poznanika.

Bio je par godina stariji od njega. Kosu su mu na zulufima krasile sede vlasi. Lepo lice je krasio osmeh, ali su oči kojima je u trenutku sve zapažao i poput kompjutera dolazio do veoma preciznih zaključaka, činile opasnim. Po njegovom odelu i držanju se videlo da obavlja neku veoma važnu funkciju. Moglo bi se reći – da ga čovek ne poželi za neprijatelja! "Dobro nam došao gospodine Miki. Ja sam Hejnrih Kol." Upoznali su se. Osmeh i prijatan glas su delovali kao melem za dušu. "Viktore, prvo mu zahvali za ove tople reči i reci da je i meni drago što sam ga upoznao, ali ga zamoli da mi ne persira" "Potrudiću se. Ako pogrešim, ti mu prevedi kao da nisam persirao." Nasmejali su se a kada su mu preveli i Miki se nasmejao. Poveli su ga u "Veneciju", najotmeniji Italijanski restoran u Sindelfingenu. Naručili su neka njemu nepoznata jela a on je naručio salatu sa tunjevinom. Dok su jeli, sve je bilo mirno. Suvišnim rečima nisu hteli da kvare apetit. Po završenom ručku je počelo veoma ljubazno ispitivanje. „Miki, moj prijatelj Hejnrih Kol radi kao načelnik policije, a ja sam načelnik onkologije i radiologije u našem gradu." Opet je video đeda koji mu se nasmešio i palcem dao znak da je sve u redu.

„Nismo želeli ovim da se pohvalimo niti da te uplašimo, nego hoćemo da kažemo da smo ozbiljni ljudi koji bi sa tobom želeli da naprave prijateljski kontakt i ozbiljnu saradnju." "Prevedi sada ti njima da mi nije prvi put da se sretnem sa načelnicima, ministrima, premijerima i da nikom nije uspelo da me zaplaši, pa neće ni njima, jer se ničega ne plašim, a što se tiče iskrene saradnje, uvek sam za to spreman."

Posle ovih reči je nastala tišina koja je potrajala više od pola minuta. Doktor Helmut je hteo da potkrepi svoje reči, u želji da dokaže da su oni ovde glavni, pa je nastavio sa polu pretnjama: "Mi znamo da ti ovde masiraš bez dozvole. Mogli bismo da namestimo da neko od tvojih pacijenata strada ili da te optužimo da su tvoji čajevi usmrtili nekog pacijenta koji je i tako morao umreti, tako da ti ne bi bilo ni malo lako da se izvučeš bez nekoliko godina zatvora."

„Stari kažu da je lako boriti se sa neprijateljem kada znaš koje oružje poseduje. Ja svoje nikada ne pokazujem ali znajte da je mnogo moćno. Da, mogli biste da me optužite. Ja bih te optužbe dokazima demantovao a vaše vlasti bi samo mogle da me deportuju."

„Kako možeš demantovati ako ti čovek umre u toku masaže, ili ako neko ima metastaze, ostalo mu je još par dana života, ti mu daš čajeve – a on umre." „Znate li vi, dragi prijatelji, šta je energija i šta se sve sa njom može osetiti?"- s blagim rečima je Miki pokušao da ublaži napetost."Mnogo smo čitali o tome, ali nigde ne postoje opipljivi dokazi da je bilo šta od toga istina.",,Helmute, neću te ni ja ubeđivati da je tako ili ovako, ali ću ti reći da u mojim rukama ni jedan pacijent, ma kako bio bolestan, ne može umreti. Isto tako osobe koje imaju ma koliko teške metastaze, ako mogu samo tri dana da piju čajeve koje mi je ostavio đedo, neće imati nikakve opasnosti za život nego će ozdraviti. Želim još da objasnim da me svako može napasti, ali ja ću se odbraniti." Opet je nastala tišina.

„Znam"– podigao je obe ruke u visini lica usmerivši ih ka njima "da me niste pozvali da mi pretite. Nemate nikakvog interesa od toga. Pozvali ste me jer vas interesuju đedovi čajevi. Zapravo, interesuje vas kome sam ih sve dao i ko je sve upoznat sa njihovim postojanjem."(Nisu znali da im je Miki čitao misli a on im je odgovarao na njihova ne postavljena pitanja)."Znam da ste moćnici i vlasnici jedne od najjačih organizacija u Evropi ako ne i dalje. Počeli ste veoma lepo da radite ali ste kasnije počeli da se širite po drugim gradovima i na taj način pravite greške. Znam da ste jednu količinu čajeva dali na ispitivanje i da se veoma brzo nadate fantastičnim rezultatima. Neće vam uspeti, jer sam u čajevima mešao razno korenje. Da biste svaki miligram ispitali, potrebno vam je najmanje deset godina rada u najsavremenijim laboratorijama. Tajna đedovih čajeva bi vam donela ogromno bogatstvo sa kojim biste svoju organizaciju proširili na još mnogo drugih zemalja. Bio bih nezgodan svedok i veoma brzo biste odlučili da me se rešite. Neće vam uspeti da otkrijete tajnu đedovih čajeva. Mogu vam otkriti neku od trava, ali nikada nećete otkriti u šta ih umačem i koliko puta, pre nego što ih stavljam da se suše. To je tajna njihove lekovitosti. Ha, ha, ha," – nasmejao se spuštajući ruke a oni su izbuljenih očiju gledali u njegovom pravcu, ne verujući sopstvenim ušima.

Prvi se sabrao načelnik policije Hejnrih Kol: „Odakle tebi svi ovi podaci"– upitao je ledeno hladnim glasom.

„Eto šta radi energija. Ispričao sam samo par rečenica zbog kojih ispada da ste se vi uplašili od mene. Ne interesuju me vaši poslovi. Ne dirajte me i ja neću dirati vas. Radite svoj a ja ću raditi svoj posao" – rekao je Miki ustajući i odlazeći. Sa pola restorana se opet vratio do stola. Obratio se Viktoru:"Reci im: ako se tebi nešto desi, da neću imati milosti ni prema njima ni prema njihovim porodicama." Viktor je prebledeo dok im je prevodio te reči.

„Pitaj ga: ko je on? Šta želi? Reci da mu ne verujemo ništa od onoga što je izgovorio"– prevodio je Viktor njihove reči mucajući od straha.

„Načelniku Hejnrihu će zazvoniti telefon kada ja budem shvatio sve u vezi njihovih namera. Zvaće ga žena da kaže da mu se dete iznenada razbolelo. Reci im, pozvali su me i ja sam poziv prihvatio. Hteli su saradnju, i to sam prihvatio. Onda su, sigurni u sebe, hteli da pokažu svoje moći. Ni to im nije uspelo. Na kraju su odlučili da se oslobode nezgodnih svedoka. Meni ne mogu ništa, pa su smislili kako tebi da se osvete. Žao mi je. Uz Božiju pomoć, ja sam ti produžio život, pa bi bilo nepravedno da sada, zbog mene nastradaš."

Pet sekundi posle ovoga zazvonio je telefon. Boja načelnikovog lica se naglo menjala kada je video da ga žena poziva: "Hejnrih, dete se odjedanput onesvestilo na sred sobe!"– vikala je histerično plačući.

„Reci mu, ako nešto bude mom detetu da ću mu iščupati srce!" "Reci ti njemu da će ga za pola minuta opet pozvati žena i da će mu reći da je dete odlično – time samo želim da im pokažem da se ne šalim." Tada ga je žena ponovo pozvala i rekla da je dete dobro.

„Energija je čudo, gospodine načelniče"– govorio je Miki dok je rukama mahnuo iznad Viktorove glave. Viktor je prvo počeo da se smeška a onda je upao u san. „Posle ovog sna se ničega neće sećati, tako da možete biti sigurni da vam sa njegove strane ne preti nikakva opasnost. Ako hoćete, i na vama ću demonstrirati ovaj isti metod i vi ćete do sutra sve zaboraviti."

Ni jedan ni drugi nisu pristali. Pošli su svojim putem. Miki je pozvao Sašu da dođe da ih uzme. Ispričao je Saši čitav događaj. „Miki, ja imam crni pojas, pa ću uvek biti sa tobom, štitiću te od svih koji hoće da te povrede." „Saša, ovo je opasno po život, meni ne mogu ništa, ali neću tebe da mešam u ove probleme."

Odvezli su prvo Viktora kojeg su, uz pomoć njegove žene, smestili u krevet. Sutradan su ga ćerke povele kod doktora, jer ničeg nije mogao da se seti.

29.

Iste noći je Miki pošao da poseti Gennija. Želeo je, po dedovoj volji, samo malo da ga uplaši. Proizveo je riku lava koju je samo doberman mogao čuti. Prvo je iz sna uplašeno zacvilio, a onda je počeo da laje. Opet su stražari i obezbeđenje uleteli u sobu. Genni je sedeo na krevetu, uplašen ali ipak mnogo smireniji nego pre dve noći. Smirili su psa proveravajući svaki kutak sobe. Tada se začuo smeh od kojeg se ledila krv u venama. Nikoga nisu videli, a smeh je dolazio sa svih strana. Osećao se strah kod svih prisutnih. Genni je drhtavim glasom, da su ga svi mogli čuti progovorio: „Saša!“

Mikiju je to i bio cilj. Odmah se vratio da se odmori. Sutradan je opet morao da radi.

Ujutru je ispričao Saši kako je protekla njegova poseta Genniju: "Mislio sam da ću opet sresti dedov duh, ali ga nije bilo. Juče mi je dao pismo i u njemu prazan list papira. Nešto je želeo da mi kaže ali nisam siguran šta. Mislim da sam se setio. Nekada mi je poslao pismo napisano mlekom. Sa praznim pismom mi je pokazao da možemo duhovno kontaktirati. I sada ću isto uraditi."

Izdvojio se u drugu sobu, zaključao i uspostavio kontakt sa svojim dedom. „Sve ide nekim tokom sudbine, tako da se za sada ništa ne brineš"– poručio mu je dedo.

„Šta znače te reči – za sada?"„Ovde će ti se otvoriti problemi koji će biti rešavani kada odeš kući. Ne zaboravi da sakriješ originale, jer će na mestu na koje si ih sada sakrio biti veoma brzo pronađeni. Uskoro ćeš imati kontakte sa veoma opasnim osobama. I oni će hteti da saznaju tajne koje su ti poverene. Protiv onih juče si odlično postupio. Hteli su da pokažu da su gospodari situacije, ali tvojim kontranapadom su izgubili poziciju. Spasio si Viktora. Od sada, kada neko hoće da priča sa tobom, neka dovedu sopstvenoga prevodioca u koga ima poverenja, jer osobu koju ti povedeš, dovodiš u smrtnu opasnost."

„Koliko ima smrtne opasnosti po mene, đedo?' 'Za sada nimalo. Svi oni žele tvoje tajne a ne tvoj život. Kada otkriju tajne, onda tvoj život neće vredeti ni pet para. Zato, čuvajući tajne, sačuvaćeš život."

„A šta ćemo uraditi sa Gennijem?" „Njemu će jedan čovek pokušati da pomogne, ali neće uspeti. Ti si osmi čovek na svetu koji poseduje moći duhovnoga kontakta. Svi ostali su mnogo, mnogo slabiji od tebe. Genni je mnogo tvrdoglav čovek. Pokušaće u svojoj tvrdoglavosti da se zaštiti uz pomoć čoveka slabijeg od tebe. Platiće mu ogromne pare samo da bi izbegao kontakt sa Sašom. Izgledaće kao da je uspeo, a onda će doći do razočaranja. Uvideće da ga od ovoga niko ne može zaštititi. Neću ti o svemu pričati, nego ću te pustiti da to sam doživiš, a kada ti bude potrebna pomoć, ja ću ti je pružiti."

Nestao je. Mikiju je mnogo šta postalo jasnije. Znači, predstoje mu borbe, i on će ih voditi, dok ne nadvlada zlo.

Oko podne, dok je masirao nekog pacijenta, na vrata je zakucao Slim Rasel. Sa njim je ušao najrazvijeniji čovek kojeg je Miki u svom životu sreo. Ruke su mu bile umazane melemom pa se nisu rukovali ni upoznali. Rekao im je da sednu i da ga sačekaju. Završio je. S obzirom da toga dana više nije imao pacijenata, dogovoriše se da odu na ručak. Saznao je da se krupan čovek zove Frenk Fišer, da je majstor karatea, da se uz karate bavi i bodi bildingom i da je šest godina živeo u Moskvi. Govorio je ruski bolje od Mikija, pa su se veoma lako sporazumevali. Miki se prvi put vozio tako luksuznim kolima. To im je rekao, našta mu je Frenk prethodno progovorivši par rečenica sa Slimom, odgovorio: "Posavetovao sam se sa Slimom i on se složio, ako sa nama sarađuješ, veoma brzo ćeš i ti imati ovakva kola i još par miliona dolara na računu!" Pomno je posmatrao Mikija dok je izgovarao ove reči nadajući se da će na njegovom licu videti neku reakciju. Svestan da niko nikom u današnje vreme, bez razloga neće pokloniti ni jedan dolar, znao je da su ova obećanja usmerena da ga opuste i da od njega što lakše saznaju tajne đedovih recepata. Setio se jedne stare izreke: Pokaži magarcu šargarepu i on će trčati za njom sve dok ne upadne u jamu!

Nije želeo da imitira magarca i da zbog uludo izgovorenih reči zaista upadne u jamu. Pustio ih je da misle šta žele svestan da će posle ručka doći do pravih ponuda i odlučujućih dogovora. Zamolio ih je da mu ne persiraju jer ni on njima neće persirati. Uz malo gunđanja, ipak su pristali. Vozili su se više od četrdeset minuta. Nije znao gde idu, jer mu je svaki deo tog grada bio nepoznat.

Na dodir nekog dugmeta u kolima, otvorila se kapija propustivši ih da pro-
đu u krug u kome se nalazila prelepa vila od najmanje sedam stotina meta-
ra kvadratnih, sa dvorištem oko pet hiljada kvadrata a sve je to okruživao zid
visine tri metra. Oko same kuće je raslo sedam, osam ogromnih hrastova koji
su obezbeđivali hladovinu. Celo prostranstvo parka bilo je pokriveno različi-
tim vrstama cveća. Tridesetak metara od kuće se nalazila upola manja pomoć-
na prostorija oko koje je bilo mnogo više hrastova nego oko glavne zgrade. Tu
su živeli telohranitelji. Sve je bilo obezbeđeno velikim brojem kamera koje su
danonoćno snimale, da ne bi došlo do posete nekog neželjenog i nepozvanog
gosta. Čovek, ne stariji od četrdeset godina koji je stajao na stepenicama tog
velelepnog zdanja, koji je dočekao gosta rečima dobrodošlice, oko čijeg vra-
ta je visio zlatni lanac debljine palca ukrašen dijamantima, na prstima prstenje
ukrašeno brilijantima i rubinima, tim gestom je hteo da pokaže Mikiju svoju
moć, da jasno pokaže da je on nekrunisani kralj tog kraljevstva. Čovek sa ve-
likim ambicijama da svoje kraljevstvo proširi što je moguće više. I on je, mada
mnogo sitniji od Frenka, svojim stiskom u toku rukovanja, hteo da pokaže svo-
ju superiornu moć i snagu.
    "Dobro došao Miki. Drago mi je da se upoznamo. Ja sam Džon Vest, inače
vlasnik ove vile, direktor kompanije za proizvodnju kompjutera i šef svih ovde
vidljivih i trenutno nevidljivih osoba. Mogli smo izaći u bilo koji restoran na
ručak, ali sam poželeo da se susretnemo u mojem domu. Tamo uvek ima oso-
ba koje mogu prisluškivati a ovde se možemo potpuno opustiti bez ikakve bo-
jazni da će nam bilo ko smetati. Verujte mi da imam kuvarice koje bi poželo-
li na francuskom dvoru, tako da će te biti zadovoljni što se tiče ukusa i izbo-
ra hrane." Pokazivao je Mikiju rukom uz blagi naklon da su mu vrata otvore-
na i da je dobro došao.
    Krenuo je i opet ugledao đeda. Držao je prazno pismo u rukama i odmah
nestao. „Znam"– odjeknulo je iz Mikijeve svesti. Sa đedom je duhovno pove-
zan tako da je znao da će ta reč koja je odjeknula kao topovska kanonada, a
koja je bila nečujna za sve prisutne, dospeti do njegove svesti i da će on znati
da je spreman da se uhvati u koštac sa svakom opasnošću i da mu za sada đe-
dova pomoć nije potrebna. Moraće da im čita misli da bi znao šta mu spremaju.

    Raskoš vile se teško mogla opisati rečima. Svaki delić nameštaja je imao
svoj sklad i sve urađeno sa savršenim ukusom. Takvu raskoš do sada u svom
životu nije video. Zauzeli su mesta za stolom. Domaćin je ponudio najrazličiti-
je vrste pića dok je sebi nalivao svoj omiljeni Kentaki viski. Ljudi pričaju da ga
lično za njega sprema njegov prijatelj iz Kentakija. Stigne mu pošiljka od pet-
sto litara, pa kada potroši četiristo, on naruči novu količinu koja treba da bude
spremna dok on potroši preostalih sto litara. Njegov prijatelj je pravio još bolji

viski nego što je bio original, pa ga je sa ponosom nudio svim prijateljima i sa-
radnicima. Svuda se hvalio da sa njim može izlečiti glavobolju i gorušicu. Zai-
sta je i bio fantastičnog ukusa. Ponudio ga je i Mikiju, ali je on odbio, zatraživ-
ši samo čašu vode.

„Miki, mi planiramo da zaključimo poslovni ugovor vredan nekoliko mi-
liona dolara i želimo sa tobom da nazdravimo kao sa sebi ravnim, a ti odbijaš
zahtevajući samo čašu vode!"– te reči bi svakog sagovornika i budućeg sarad-
nika naterale da popije čašicu tog eliksira. Nije bilo bojazni zbog te čašice, ali je
Miki u Džonovoj svesti pročitao da mu se kasnije u piću sprema zamka. „Ako
si me pozvao kao prijatelja, onda mi prijateljski dopusti da izaberem ono što
želim da popijem. Radim sa bioenergijom i zbog toga mi nije dozvoljena upo-
treba bilo kojeg alkoholnog pića."

„Shvatio sam" – odgovori mu Džon veselo, ponudivši mu izbor sokova. "Tre-
nutno ću piti vodu, a tokom ručka ću naručiti sok od ceđenog ananasa".

Kucnuli su se i sa Mikijem iako je on pio samo vodu. Ispred svakog od njih,
pored čaše sa viskijem u kojoj se nalazili po dve kocke leda, bila još po jedna
čaša sa vodom. Ljubazni domaćin je pljesnuo dlanovima što je bio znak da se
odmah pojavi posluga i počne serviranje ručka. Ručali su u tišini a onda je Džon
klimnuo glavom našta se iz kuhinje pojavila orijentalna lepotica noseći na po-
služavniku bokal soka od ananasa i tri iste čaše. Džon je počeo da objašnjavao
da će posle ručka imati popodnevni odmor, i da će Miki imati i privilegiju da
mu Džoana pravi društvo. Zaista je bila najlepši biser dalekog istoka.

Čuo je njegove reči, ali se usredsredio na njene misli da bi iz njih pročitao
kakvu mu opasnost pripremaju. Iza njene lepote se krila zmija u ženskom obli-
ku. Mnogi su, očarani njenom lepotom, zaboravljali razloge zbog koje su došli.
Neosetno su, zahvaljujući njoj, upadali u zamku koju im je Džon Vest vešto po-
stavio. Tako je trebalo da bude i sa Mikijem. Pročitao je njene misli dok im je
prilazila. Neosetno, kao da će dohvatiti čašu sa sokom, usmerio je desnu ruku
ka njoj izvršavajući naređenje njenoj svesti. Ona se i dalje smeškala, nesvesna
da sada, umesto Džonovih, izvršava naređenja koja je ka njoj usmerio Miki.
Čašu koja je bila njemu namenjena, ona je stavila ispred Frenka. Nasula je svi-
ma sok a onda prišla i vrhovima prstiju počela nežno dodirivati Mikija po vra-
tu. To uživanje je trajalo oko pola minute a onda je Džon ustao a njegov primer
su sledili Slim i Frenk. Dohvatiše čaše nazdravljajući gostu. Vešto je odglumio
smušenost rekavši Džonu da je mogao još malo da sačeka sa ovom zdravicom.
Svi su se veselo nasmejali ubeđeni da i ovaj put kao i ranije njihova klopka od-
lično funkcioniše. Još samo par trenutaka da do kraja ispije sok i Miki će oda-
ti, ne samo tajnu pripremanja čajeva protiv raka, nego i sve druge tajne koje je
napamet znao. Ako sve bude teklo po planu, odlučili su da saznaju gde se na-
laze sveske koje mu je đedo ostavio pa da zahvaljujući Mikijevom objašnjenju

dešifruju meleme i na taj način saznaju šta se sve u njima krije. Verovatno je u sveskama imalo još mnogo interesantnih melema. Kucnuli su se i svi ispili sokove. Džoana se, na Džonov mig, povukla. Njenim odlaskom Miki je usmerio svest na Frenka. Osetio je da je droga počela da deluje pa je, imitirajući ošamućenost, upitao: "Ha, ha, ha… Kako vam se sviđa posle viskija da pijete sok!"

Džon i Slim su se nasmejali iako nisu znali šta ih pita, dok je njihov prijatelj i prevodioc otresao glavom kao bokser koji je doživeo teški nokaut. Lako mu je čitao misli pa se i on ponašao poput Frenka. Džon i Slim su primetili da nešto nije u redu. Pomislili su da je posluga pogrešila, pa umesto na jednu, stavila drogu u dve čaše. Najmanje važno za Frenka, ali je problem što nemaju drugog čoveka koji će postavljati pitanja, jer oni ne znaju ni ruski ni srpski, a Miki ne zna nemački. Zbog ovog propusta, kada pregledaju video snimke, neko od posluge će sigurno dobiti otkaz. Znali su da će dejstvo droge trajati oko petnaest – dvadeset minuta, ali to vreme nisu mogli iskoristiti da bi došli do informacija koje su ih interesovale. Bes i nemoć su preovladavali u njima. Slim je predlagao da ga zarobe, da ga ostave u nekom delu podruma, i da nekoliko sati kasnije, kada Frenk bude potpuno sposoban, ponove isti metod sa drogom, iako su svesni da je i jedna doza opasna a da bi ponavljanje istog postupka u jednom danu moglo biti, ako ne potpuno pogubno, veoma opasno i da bi moglo ostaviti trajne posledice osobi na kojoj se postupak primenjuje. Znali su to, ali ih nije bilo briga. Miki bi, posle otkrivanja tajni, bio mrtav čovek.. Kakva je razlika da li će odmah umreti ili će njegov mozak, pod dejstvom droga, izgubiti funkciju, pa će on u takvom stanju umreti!

„A šta mislite, gospodine Džone, ako se pod većim dejstvom droge kod njega poremeti pamćenje pa ne uspe da se seti svih pojedinosti, mi ga ubijemo a od njega ne saznamo tajnu?"– pitanje koje je uputio Slim imalo je logiku, međutim, niko nije obratio pažnju na Mikijevu desnu ruku koju je usmerio ka Slimu i na taj način mu naredio da ta pitanja postavi. „To bi napravilo, umesto jedne, dve nepopravljive greške. Ovaj postupak moramo ponoviti, ali tek nakon nekoliko dana, kada mu se mozak potpuno smiri."– odgovorio mu je Džon. „Pa šta da radimo? On će se veoma brzo oporaviti i primetiti da se sa njim nešto čudno dešavalo. Svestan je da ne pije a osećaće se kao da se napio ."„Pala mi je na pamet jedna ideja. Hajde da ga prebacimo u Džoaninu sobu, neka ga svuku i neka bude sa njim, mada u ovom stanju ne postoji šansa za bilo kakvu akciju sa njegove strane, Sipaćemo mu jednu čašicu viskija u usta a drugu ćemo napuniti do pola, pa kada se osvesti, pomisliće da je sa njom vodio ljubav i da se u tom uzbuđenju opio."

„Bravo Džoni. Odlična ideja. Hajde da ne gubimo vreme"– rekoše i uhvatiše Mikija sa obe strane prebacujući njegove ruke preko ramena. „Miki Miki"… dozivao je Frenki i nastavio nešto da mumla što ova dvojica nisu razumela.

Brzo su objasnili Džoani šta se desilo i koja je njena uloga. Znala je da je niko od posluge ne sme ni pogledati a kamo li da joj nešto prebaci, jer je bila, kako je Džon imao običaj da kaže: „ Jedino blago vrednije od sveg njegovog bogatstva." Bila mu je ljubavnica zbog koje je ženu i dvoje dece vratio u Ameriku da žive. Voleo je svoju decu, pa je bar jednom mesečno izdvajao nekoliko dana i odlazio da ih poseti. Voleo je i Džoanu i to mnogo više nego svoju ženu. Zato je i njemu i njoj bilo veoma teško da odigraju ovakve uloge. U njenoj sobi je bilo nekoliko skrivenih kamera koje je on uključivao dok bi sa njom vodio ljubav. Kasnije bi, natenane, po nekoliko puta, pregledao te snimke i još jednom uživao posmatrajući njeno raskošno telo. To ga je posebno uzbuđivalo. I sada je, iz navike, uključio kamere ali je znao da zbog Frenka neće moći odmah da pogleda šta se dešava u ovoj sobi.

Sve je to Miki pročitao iz njegove svesti i rešio da mu priredi malo iznenađenje. Uticao je na Džoaninu svest i ona je počela da ga ljubi. Prepuštao se njenim milovanjima ne dozvoljavajući joj da prestane. Vodili su ljubav kakvu ona nikada ni sa kim nije doživela. Bili su to najlepši trenuci u njenom životu. Za kratko vreme je doživela nekoliko serijskih orgazama. Bila je potpuno ošamućena. Bila je svesna da bi, zbog ovog nepoznatog čoveka, bila spremna da ostavi Džona i svo njegovo bogatstvo. Sa njim se osećala kao ptica u zlatnom kavezu. Imala je zlato i bogatstvo ali joj je nedostajala sloboda i uživanje. Sa ovim čovekom je upravo to doživela, pa se u njenom mozgu formirala misao, za koju nije znala da joj je on uputio, da ovog čoveka ne sme izgubiti ni po koju cenu. Bila je spremna da žrtvuje sve Džonijeve ljude, a i njega, samo da bi sačuvala Mikija. Govorio joj je nežne reči koje nije razumela ali je dubinom svesti osećala da joj prijaju.

Za to vreme, Džon i Slim su vodili borbu oko Frenkovog povratka iz nesvesnog stanja. Bio im je neophodno potreban da bi pred Mikijem izgledalo da je sve isto kao pre. Dali su mu sodu bikarbonu pomešanu sa isceđenim sokom od limuna i on se odmah osećao kao preporođen. Bio je spreman da komunicira i prevodi sve, kao što je do sada radio. Kada su kod njega osposobili, odmah su pozvali Džoanu. U trenu se pojavio strah u njenim očima. Znala je koliko je Džon moćan, da joj se može desiti kao i mnogima pre nje, da je jednog jutro nađu razbijene glave u nekom kanalu. Ni za živu glavu ne sme priznati da je sa njim imala odnose. Onda je osetila neko talasanje u duši koje nije umela da opiše, ali joj je odmah posle toga neki unutrašnji glas naredio da mora Džonu sve da kaže. Biće šta biti mora. Nije više marila za svoj život. Ovaj čovek je potpuno zagospodario njenim mozgom. Znala je da će priznanjem dobiti potpuno poverenje kod Džona, kao što je znala da bi negiranjem onoga što se desilo, a što je Džon znao, doživela istu sudbinu prethodnica koje su pokušale da ga ubede u sopstvene laži.

Džoana je Mikija dopratila do njih. Bila mu je potrebna kao saveznik a ne kao neprijatelj u borbi protiv ove organizacije. „Miki, kako je bilo sa našom orijentalnom lepoticom?– upitao je Džon. „Mislim da nikada u životu neću zaboraviti ove trenutke kojih se sećam, ali sam, izgleda, popio viski pa me je on malo ošamutio, tako da se mnogo čega ne sećam. Čudim se kako joj je uspelo da me ubedi da pijem. Moraću odmah pri povratku kući deset dana da gladujem da bih izbacio ove toksine iz organizma."

Prekinuo ga je gromki smeh. Znali su u kakvom stanju su ga ostavili kod Džoane pa su pomislili da je sanjao ili umislio da je sa njom vodio ljubav. "Miki, onda ćemo mi morati celoga života da gladujemo jer svakodnevno popijemo po nekoliko čašica!" „To je vaš izbor, ali ja nikako ne mogu ići tim putem. „Miki, da li bi opet pristao da popiješ čašicu viskija ako bi to bila propusnica da sa Džoanom doživiš nezaboravne trenutke?"– upitao ga je Slim. Nadali su se da će pristati i da za par dana mogu ponovo da ga pozovu i opet primene iste metode. „Mnogi bi bili spremni da popiju čašicu otrova da bi sa njom doživeli ono što je meni Džon omogućio, ali ja sam napravio grešku koju drugom prilikom ne bih smeo da ponovim."

Tek tada je Džon svoj smrknuti pogled usmerio ka Džoani. Ništa je nije pitao, a ona je sama počela da priča: "Dragi Džone, ne mogu opisati kako je počelo niti kako sam dobila neverovatnu želju da sa ovim čovekom vodim ljubav. Verovatno me je ta energija, koja izbija iz njega, privukla i ja sam se ponašala kao leptirica koja je letela ka vatri da bi na njoj zapalila krila. Znam da sam ih zapalila i da ću pasti u tvoju nemilost, ali mogu reći da mi ni malo nije žao."

Dzon je počeo ludački da se smeje a onda prišao Mikiju i zagrlio ga. Lupkao ga je po ramenu kao dragog prijatelja. "Ne mogu da opišem koliko sam ovog trenutka srećan! Ovo mi se dešava prvi put u životu. Mislio sam da su sve žene iste. Prvo me je supruga Linda prevarila. Kada sam je pitao da li je to uradila, ona me je ubeđivala, klela se i plakala govoreći da to nije istina. Nisam mogao svoju decu da lišim majke, pa sam ih sve vratio za Ameriku. Hiljadama puta sam pregledao video materijal i neopisivo se uzbuđivao na sve ono što je ona radila sa tim čovekom. To mi je postala opsesija. Sve sam osobe sa kojima sam vodio ljubav snimao i opet pregledao snimke, uzbuđivao se i opet zamišljao Lindu koja je bila sa drugim a ipak pokušala da me ubedi kako među njima ništa nije bilo. Onda sam mojim ljubavnicama nalazio ljubavnike među mojim poslovnim partnerima. Svaka od njih me prevarila a onda se klela i plakala ubeđujući me da ništa nije bilo među njima. Odbacivao sam ih i nalazio druge. Uvek se sve dešavalo po istom scenariju. Ubeđivao sam sebe da su sve iste i da se to nikada neće promeniti, pa sam odlučio da sledeću ljubavnicu zadržim i ako me bude na isti način lagala. Međutim, sada se desilo nešto novo.

Ipak na ovom svetu postoji još iskrenih osoba. Ja sam sada najsrećniji, jer mi se desilo da je osoba u koju sam najzaljubljeniji prema meni najiskrenija. Pogledaću video materijal, pa ću se potruditi da isto postignem i ja."

„Džone, ne znam da li je u pitanju njegova energija, ali ovo što sam doživela sa njim nisam doživela ni sa jednim muškarcem u mom životu!" Iskrica ljutine je blesnula u njegovim očima, ali je, zbog euforije koju je osećao, brzo savladao.

„Želeo bih da zahvalim ljubaznom domaćinu na ovako lepom ručku i na još lepšim trenucima koje sam proveo u njegovom domu, ali sam se ovde zadržao duže nego što sam planirao, pa bih zamolio da me neko vrati kod Saše – umešao se Miki u njihov razgovor. „Dragi Miki"– prišao mu je Džon ljubazno se smešeći, hvatajući ga sa obe ruke za njegovu desnu da bi se pozdravili. "Imao sam želje da o mnogo čemu porazgovaramo i da ti ponudim veoma interesantnu saradnju, koja bi i tebi i meni donela milione, ali iz određenih razloga i zbog tvoje žurbe, naše razgovore ćemo odložiti za neki drugi put. U ovih par dana ću opet poslati Slima da te uzme, pa ćemo imati više vremena da o svemu porazgovaramo."

Slim ga je dovezao pred Sašinu kuću. Imao je vremena do duhovnog kontakt sa Gennijem, pa je sa Sašom razgovarao o svemu i svačemu.

30.

„Saša, ja ću odraditi sve što treba da ti isplati novac koji ti pripada, ali ćeš o konačnoj sumi ti morati sa njim da se dogovaraš." „Ja bih se rado dogovorio, ali on izbegava svaki kontakt sa mnom." „Nadam se da ću uspeti da ga nateram posle večerašnje posete da prihvati razgovor" – rekao mu je Miki i ne sluteći kakvu mu klopku Genni sprema.

Svaki put je bez problema ostvarivao duhovni kontakt sa Gennijem, pa je ovoga puta, osetivši neku jezu i nelagodu, prešao preko toga kao preko nečeg nebitnog. Ostavio je telo u tišini sobe a njegov duh je pošao u još jednu avanturu ne obazirući se na signale opasnosti koje je osećao. Opet je prošao pored svih stražara i opet ga niko nije osetio. Sve je bilo kao i prethodna dva puta. Genni je spavao a u dno njegovih nogu se nalazio verni doberman. I on je spavao. Nije se mogla primetiti nikakva razlika ali se u vazduhu osećala ogromna opasnost. Signali koje je osećao pre polaska sada su pojačano pulsirali najavljujući nešto, ali on nije znao šta je u pitanju. Veoma oprezno je prilazio Genniju, iako je znao da ga, bez njegovog dopuštenja, ni doberman ne može osetiti. Imao je nameru da ponovi prošli tretman. Ovoga puta će trajati mnogo duže da bi se Genni još više uplašio. Pri samom kraju, kada ga oslobodi stiska, čuće smeh isti kao Sašin. Biće ubeđen da ga niko ne može zaštititi. To će ga naterati da pozove Sašu i da se sa njime o svemu dogovori.

Nameravao je jedno, a desilo se nešto sasvim drugo. Približavao se veoma oprezno i baš da počne sa gušenjem, kada su se na svim plakarima, kojih je ove noći bilo mnogo više, naglo pootvarala krila. Na svakom krilu je, sa unutrašnje strane, bilo ogledalo. Dodatno su se upalila crvena svetla dajući odsjaj u ogledalima kao da su se otvorila vrata pakla iza kojih izbija večni plamen. Hteo je da izbegne pogled u ogledala, hteo je da se izmakne da ga večni plamen ne bi zapalio i u tom pokušaju izgubio tlo pod nogama. Upao je u bezdan. Svaka svetlost je nestajala u toj dubini. Telo, koje je kao materija ostalo u sobi, samo se malo trznulo u samrtnom strahu.

„Strah je najveći neprijatelj svakom živom biću"– sećao se đedovih reči. "Smiri se i razložno potraži izlaz, jer sa svakog mesta, ako ne postoji drugi put, onda ćeš se vratiti onim kojim si tu došao."

Odmah posle ove misli sve se umirilo. Nestao je osećaj propadanja a duh se nalazio u nekoj bezizlaznoj prostoriji ispunjenoj mrklim mrakom. Iako ništa nije video, osetio je pod nogama pod a rukama se naslonio na gole strane nekog zida. Pomerao se pokušavajući da nađe neki izlaz. Prstima je pretražio svaki milimetar na sve četiri strane zida, ali nikakav otvor, niti mehanizam za otvaranje nije mogao naći. Osećao je ogromnu toplotu kao da je u paklenom loncu. Vreme je neumitno prolazilo. Znao je: ako ostane zarobljen u ovoj prostoriji devet minuta, njegovo telo će izgubiti kontakt sa duhom i on će umreti. Spustio se i počeo pretraživati pod. Ni to nije dalo nikakve rezultate. Setio se đedovih reči:"Niko ti na svetu ne može ništa jer si osmi čovek koji poseduje nadljudske moći. Jedino duh a ne čovjek može zarobiti duha, zato ne brini. Ti si Izabranik i moj duh će ti uvijek pomoći." Sa ovim mislima osetio je kao da se upalio neki vrh od cigarete negde mnogo, mnogo daleko od njega. Ta mala svetlost se pojačavala dolazeći istim putem kojim je i on dospeo u ovu prostoriju. Iza svetlosti su se pojavljivale stepenice koje su prolazile između oblaka i nastavljale u beskraj Vasione. Niz njih je silazio đedov duh."Dobro si se setio da pomisliš na mene, da me na taj način pozoveš i potražiš pomoć! Požuri, nemaš mnogo vremena. Čovek kojeg je unajmio Genni i koji ti je ovo napravio, misli da si pokojnik, da te je pobedio i da je tvoj duh upokojio do jezgra Zemljine kugle. Svi su sada srećni, svi slave pobedu koju nisu zadobili. Ovo je jedan od malog broja ljudi na svetu koji izbacuje duhove iz ukletih kuća, koji je u moći da te duhove pokojnika koji lutaju po zemlji zarobi i poveže sa telom kojem su za života pripadali. Genni ga je opomenuo da je čuo Sašin smeh ali ga je on ubedio da mu se to od straha pričinilo. Sve mu je ispričao o Saši. On smatra da Saša ne poseduje nikakve moći nego da je u pitanju neka osoba koja je umrla i koja želi, zbog nekih razloga, da mu se osveti"– šaputao je đedo dok su prolazili kroz devet paklenih krugova. Sada je Mikiju sve bilo vidno. Grozio se na prizore koje je gledao.

„Ući ćeš u sobu i prevrnuti flašu sa viskijem iz koje sipaju u čašice i piju. Drugi neće obratiti pažnju ali će te taj čovek osetiti. Krenuće sa svojim mentalnim moćima da te zarobi. Pravi se kao da si ništavan i da hoćeš da pobegneš. Neka krene za tobom van kuće a onda ćeš … Brže jer ti je ostao još jedan minut da sve to uradiš i da se vratiš u svoje telo"– požurivao ga je đedo, a onda ostavio pred Genijevom vilom i nestao.

Unutra se slavilo. Najzaslužnija je bila Rina, njegova kućna pomoćnica i ljubavnica koja je odmah posumnjala da je duh u pitanju i pozvala svog prijatelja iz detinjstva za kog je znala da radi kao isterivač duhova. Stražari i obezbeđenje su bili u kući. Nazdravljali su smatrajući da je došao kraj noćnoj mori koja je proganjala njihovog gazdu. Većina je u rukama držala čaše sa viskijem. Novootvorena flaša koju su nameravali brzo da ispiju, nalazila se na sredini stola. Jedan od telohranitelja je pružio ruku da je dohvati ali se ona izdigla skoro do plafona i odozgo pala razbivši se u hiljadu delića. Piće je poprskalo prisutne. Iako su svi bučno razgovarali, čuli su da se nešto desilo, i tog trenutka su svi ćutali. Nastao je muk. Doberman je načuljio uši ali ništa nije osetio osim nagle tišine. Sve se odjedanput umirilo, samo je neznanac, koga su zvali Isterivač duhova, naglo skočio. Počeo je širiti i skupljati ruke usmeravajući ih ka svakom delu sobe. Svi su se čudili njegovim pokretima, a on je ličio na pauka koji plete svoju mrežu očekujući da muva upadne u nju. Osetio je, sa njemu znanim moćima, da je ta muva koju je hteo da uhvati pobegla iz njegove prethodne zamke. Nije mogao objasniti kako, ali je ipak uspeo. U toj mukloj tišini, Gennijeve reči su odjeknule kao grmljavina: "Šta je ovo sada Isterivaču?"

„Mora da je još jedan duh, jer sam onoga zatvorio za sva vremena." Paničan strah se pojavio u Gennijevim očima. "Ne brini se, ovaj duh je mnogo slabiji. Prestrašen je i pokušava da pobegne. Sada ću i njega zatvoriti ali će te to koštati dodatnih dvadeset hiljada evra."

„Dobićeš i više, samo ga uhvati i zatvori!"– glas mu se iz paničnog straha pretvarao u čvrstinu jer se nadao da će Isterivač uspeti u svom naumu. I sam je rekao da je ovaj duh mnogo slabiji pa će sigurno i njega zarobiti. Ubeđivao je sebe u to dok mu se na licu videlo bledilo. Opet sve utonulo u grobnu tišinu dok je Isterivač non–stop pomerao ruke izbacujući nevidljive niti kako bi uhvatio novog duha. Lepljiva nit je pala na rame Mikijevog duha. Isterivač je to osetio i krenuo brže, svestan da mu više nikako ne može izmaći. Mikijev duh je pobegao napolje dok se lepljiva nit rastezala za njim. Isterivač je došao do ćoška i naglo cimnuo rukama unazad. Video je Mikijevog duha koji se upecao kao nešto maleno i nemoćno. Pomerao je ruke ispuštajući i usmeravajući stotine nevidljivih niti koje su padale na Mikijevog duha. Izgledalo je da mu nema spasa. Tada se taj maleni duh okrenuo. Iz njegovih očiju su blesnule munje paleći niti koje su bile na njemu. Niti su gorele ali njegovo telo nije izgorelo.

Tako je nekada, dok je padala kiša, njegov đedo zapalio papir. Sada je on postizao iste rezultate. Plamen od niti je prešao na Isterivačeve ruke a on je, u paničnom strahu, ispustio avetinjski krik koji je proparao noćnu tišinu. Duh koji je u početku bio malen i nemoćan je naglo izrastao u nešto ogromno što ga je moglo svakog trenutka smrviti. Lovac je postao žrtva koja je u paničnom strahu bežala ka kući. Kada su čuli krik, svi su pomislili da je Isterivač uspeo da uhvati i ovog duha ali kada su videli da on kao bez duše uleće u kuću, da mu niz ruke, od rana nastalih vatrom, teče krv, svi su se uplašili od ovog jezivog prizora. Kod svih prisutnih su bila usta otvorena a oči raširene od paničnog straha. U nastaloj tišini se, kao pre par dana, čuo zagrobni smeh.

„Saša"– jedva je prošaputao Genni i pao u nesvest.

Opet su doktori blagovremeno reagovali. Isterali su sve prisutne, slušajući od njih neke naučno fantastične priče. Dali su Genniju injekcije za smirenje i napustili kuću zbunjeni.

U toku sutrašnjeg dana, kada je dejstvo injekcija prestalo, kada se osećao malo smirenije, pozvao je svoju kućnu pomoćnicu i sa njom poveo razgovor: "Rina, ne postoji šansa da se uz pomoć tvog poznanika mogu zaštititi od ovog zla. Videla si, a čula si i njegove reči da je nemoćan da pomogne jer ovo prevazilazi sve njegove sposobnosti. Nisam hteo da mu ispričam šta se sve desilo između mene i Saše, ali je on zaključio da neko želi za nešto da mi se osveti. On misli da je ovo duh mrtvog čoveka a ja sam ubeđen da je Sašin. Sećam se da je rekao da postoji veoma mali broj živih ljudi na svetu koji su u stanju da odvoje telo od duha i znam da Saša to nikada nije mogao da izvede, jer ga poznajem od detinjstva, ali sam ubeđen da je ovo njegovo delo. Možda je trebao bar nekada da mu se javim za sve ovo vreme od kada ne radimo zajedno. Stotinama puta me zvao i slao hiljade poruka a ja nikada nisam hteo da mu odgovorim. Sada sam primoran ja njega da pozovem i da pokušam da se dogovorimo, jer ovako više ne mogu da izdržim. Ako štampa sazna za prevaru, od moje karijere neće biti ništa. Da budem iskren, sada bih napustio ministarsku fotelju kada bih znao da ću se osloboditi ovog tereta."

„Šta misliš, da ti se nekako ne sveti prethodni ministar kojeg si svrgnuo sa vlasti? – upitala ga je Rina. „I o tome sam razmišljao pre par dana. Tada sam se sa njim sreo na Ministarskom kongresu gde mi je poželeo sreću i rekao da mu je na ovom radnom mestu mnogo bolje, ima manje obaveza i više je posvećen porodici. U početku se ljutio na mene, a sada mi se od srca zahvaljuje. Ne, on nije sigurno." „Onda ne znam više ni ja šta da kažem"– uzdahnu Rina."Ništa ne možemo reći ni ja ni ti, jedino mi preostaje da pozovem Sašu i da vidim da li ovo od njega dolazi ili ne. Mada sam siguran da je on u pitanju."

„Ako je od njega, on će ti verovatno tražiti da opet bude vlasnik firme a tebe će potisnuti iz nje kao što si i ti njemu uradio. To neće ostati nezapaženo i brzo će početi skandali."

„Rina, za ovo vreme sam uštedeo više od pola milijarde evra, tako da mogu ostaviti sve poslove i sa tobom ostatak života provoditi šetajući po svetu i uživajući. Svim ženama i deci sam obezbedio prihode. Kupio sam im hotele i fabrike tako da mogu bezbrižno nastaviti da žive bez ikakve moje pomoći.

Njegovi planovi su joj se veoma svideli. Kada je čula da sa njom želi da provede ostatak života, oči su joj od sreće zasijale. Već je videla sebe kako sa njim šeta po celom svetu i kako, kao njegova supruga, uživa trošeći bogatstvo koje je stekao. Nije joj bilo važno kako je do njega došao, niti kako će se izvući iz ove situacije za koju niko nije mogao da nađe rešenje, njoj je bilo bitno samo da se njeni snovi ostvare i da njen život bude lagodan i lep. U trenutku je poželela da sve opet pripadne Saši a da njih dvoje žive od ogromne gotovine.

„Svim silama ću se potruditi, kao dobar trgovac, da se sa njim, ako je ovo njegovo delo, dogovorim. Dosta toga se promenilo ali se sećam kada je trebalo da otvorimo firmu, da on nije mogao dobiti dozvole za rad u našoj zemlji jer se odavde odselio. Mislim da će mi to biti povoljnost, tako da ću se sa njim dogovoriti o ceni i isplatiću sumu novca koju bude tražio. Ako ne bude hteo da mu isplatim dogovorenu sumu, onda ću mu sve prepisati samo da ostanem u životu i da se oslobodim ovih muka. I sama si sinoć videla šta je uradio? Polovina mog obezbeđenja se nalazi u psihijatrijskoj bolnici a oni nisu doživeli ni deseti deo paklenih muka koje su meni prošle preko glave. Veruj mi, čini mi se da bi mi bilo lakše da umrem nego da još jednom sve ovo proživim" – bio je odlučan Genni.

„Ako tako kažeš, onda ga pozovi, porazgovaraj ali ne žuri, možda to nije on, a ako jeste, pokušaj da se dogovoriš. Možda će ti tražiti neku sumu novca. To mu isplati, a fabrika neka i dalje radi na tvoje ime. Mi možemo šetati po svetu a ovde možeš ostaviti poverljive ljude i ma koliko mi potrošili, stotinu puta više ćemo zaraditi" - nastavila je Rina.

„Sve će se razjasniti kada ga pozovem, mada mi je mnogo teško." „Mogao bi organizovati da ga neko od tvojih radnika, koji ga znaju iz vremena kada ste radili zajedno, pozove i sa njim porazgovara. On mu može reći kako si ga pominjao i da imaš nameru da se posle toliko vremena sretneš sa njim." „Super! Odlična ideja ti je pala na pamet!" – uzviknu Genni.

U Moskvi je radio Filip, čovek koji je od samog početka, od otvaranja firme bio sa njima. Njegovo zaduženje je bilo da organizuje prodaju Gennijevog asortimana pića na tu stranu. Na samom početku je bio na Sašinoj strani ali ga je Genni potkupio i on je kasnije, kao i svi ostali, nastavio da radi ne interesujući se ko je vlasnik firme. Nikada se sa Sašom nije čuo, ali se isto tako nikada sa njim nije posvađao. Njegovo zaduženje je bilo da pozove Sašu. Počeli su razgovor o nebitnim temama, a onda je pomenuo Gennija. Saša mu je bez okolišenja rekao: "Znam da je postao jedan od najmoćnijih ljudi Kazahstana, znam da ima zaštitu telohranitelja i obezbeđenja, znam da ne može ni ptica proleteti iznad njegove kuće, a da ne bude primećena, ali znam da ga u ovoj situaciji ni to ne može zaštititi. Reci mu slobodno, jer znam da ti je on rekao da me pozoveš, što se više bude opirao to će za njega biti gore jer ga niko ne može zaštititi. Ja sam ga stotinama puta zvao, hiljadama puta pisao poruke a on se nije javljao. Kada on mene bude pozvao, ja ću se njemu javiti i o svemu možemo da razgovaramo. „Saša, prijatelju dragi. Prvo ti moram reći da sam presrećan što si naterao prevaranta da ti se javi. Svi znamo kakva je situacija, ali smo se plašili da ćemo ostati bez posla pa smo svi ćutali. Sa srećom prijatelju, drago mi je što uspevaš da ga pobediš i u tome ti od srca želim uspeh. Budi ubeđen da ću mu svaku reč preneti kao što si mi rekao." Spustili su slušalice prethodno se pozdravivši.

„Miki, da li još spavaš?"– budio ga je Saša lupajući na vrata njegove sobe. Bilo je dosta rano i Miki se odmarao od napora koje je imao prethodne noći.

„Uđi Saša – otvorio je vrata promolivši glavu. Video je radost na Sašinom licu."Miki, srećan sam, mada još ne verujem u ono što se dešava!" „Prijatelju dragi, u svemu što radiš, najvažnije je da veruješ u uspeh. Ako ne veruješ, onda nikako nećeš uspeti. Ovde je velika sreća što sam ja preuzeo sve u svoje ruke, a ja sto posto verujem u uspeh tako da znam da ćemo pobediti. Saša, tebe je neko od zajedničkih prijatelja pozvao i ti si se obradovao, jer vidiš da si korak bliže cilju, a mene uopšte ne pitaš kako sam prošao dok sam ga sinoć posećivao!" „Izvini Miki. molim te. U ovom oduševljenju zaboravih da pitam kako je bilo tebi."

Miki mu je, u najkraćim crtama ispričao šta se sve dešavalo, a onda je Saši zazvonio telefon. „On je"– reče i uključi zvučnik. „Da."Dobar dan Sani"– čuo je glas svog nekada najboljeg druga. Koliko je vremena prošlo a da ga niko nije tako nazvao! Još kao deca su, dok su se igrali, jedan drugog prozvali Sani i Džoni. Bože, koliko je zajedničkog imao sa tim čovekom! Koliko ga je voleo i koliko mu verovao! Koliko se sa njim borio da postignu zajedničke uspehe u bespoštednoj životnoj borbi! – sve ove misli prostrujale su Sašinom svešću dok se u trenu dvoumio šta da odgovori.

„Dobro jutro, Džoni – začudio se svom glasu. Bio je hladan kao led, iako su ga sećanja i emocije podsetile na srećna vremena njihovog života. Odbacio je od sebe svaku emociju jer se setio kako ga je ovaj čovek prevario. Znao je da pred sobom ima hladnog i proračunatog čoveka koji mu je dao šansu jer nije imao drugog izbora, koji će ga, ako mu pođe za rukom, opet prevariti a onda potpuno uništiti. „Kako si? Kako ti je porodica?"– Gennijev glas mu je i dalje bio pun straha. „Dobro smo Džoni. Imam ćerku i dva sina. Ćerku i starijeg sina znaš jer si dolazio kod nas, a ovog mlađeg nikada nisi video. Roditelji su mi dosta iznemogli. Mnogo su se nervirali zbog situacije koja se desila između nas, pa su dosta oboleli." „Žao mi je ako sam ja prouzrokovao njihovu patnju"– odgovori hladno.

Mnoge osobe koje imaju bogatstvo, ne obraćaju pažnju šta će reći i da li će njihove reči nekoga povrediti. Jednostavno, oni su bogati, imaju pravo da kažu šta žele i mora sve da im se oprosti, jer im njihova moć daje to pravo.. Saši se podiže adrenalin od nerviranja, pa Miki mahnu rukama da ga smiri.

"Prijatelju moj i brate - obraćam ti se rečima kako si ti mene nekada zvao, nećemo sada pričati o tim temama jer imamo nešto mnogo važnije"- obratio mu se Saša. Nastala je tišina a onda je Saša nastavio da priča: "Dobro znaš koliko sam ti verovao, i šta sam sve uradio da bismo zajedno uspeli u poslu. Nikada nisam gledao koliko sam i šta uložio u moju firmu, ali sam sve to prepisao na tvoje ime i sa tobom delio zaradu kao da smo sve ravnopravno uložili i izgradili. Ni to ti nije bilo dovoljno. Želeo si sve i na pokvaren način si sve i dobio, odnosno oteo. Tada sam poželeo da te ubijem. Možda bi u besu to i uradio, ali nisam imao mogućnosti. Hiljadama puta sam hteo to da ti kažem ali nisam uspeo jer ti nikada nisi hteo da se javiš. Mirio sam se sa sudbinom i sve više zaboravljao sopstvenu firmu, koju mi je oteo najbolji prijatelj. Tada sam se vratio u Nemačku i počeo iznova da radim. Skoro sam potrošio sav novac koji sam uštedeo od firme, pa sam počeo sve više da se trudim da otvorim neki novi biznis sa kojim ću izdržavati porodicu. Želeo sam da pomažem ljudima, zaklinjući se da nikada nikog neću prevariti kao što si ti mene prevario Poželeo sam da otvorim starački dom i da tim ljudima, ili mojim pacijentima, pomažem na kraju njihovog života. Video sam da bih to mogao da radim, ali sam znao da mi nešto nedostaje da bih upotpunio usluge koje nudim. Sasvim slučajno sam susreo čoveka iz Srbije koji se bavi bioenergijom i masažama. Masirao sam se kod njega, a onda su se masirali i moji roditelji. Dobro, za mene, ja sam mlađi, ali je mnogo pomogao mojim roditeljima. Tada sam shvatio da je on ključ mog uspeha. Ako bi on radio u staračkom domu, i ako bi ostalima pomogao kao mojim roditeljima, onda bi to bio pun pogodak. Svi moji pacijenti bi bili zadovoljni, a i ja sa njima, jer bi mi se razvijao posao. Od želje do ostvarenja je dug put. Nedostajale su mi pare da krenem. Sa tobom nisam imao kontakt, pa sam pokušao da ih nabavim na drugoj strani. Hteo sam da uzmem kredit. Predao sam sve papire. Onda sam njega pozvao kod mene da opet masira moju porodicu i da mu ovde ispričam šta nameravam. Došao je. Pomogao je mnogim našim prijateljima i poznanicima. Ljudi koji su godinama imali probleme sa leđima, su se posle par njegovih masaža osećali kao preporođeni. Svi su bili zadovoljni. Jednoga dana sam mu ispričao sve moje želje i zamisli, i pitao ga da li želi da učestvuje u ovom poslu. Odgovorio mi je da je u njegovoj zemlji velika kriza i da bi to bio spas za njega i njegovu porodicu. Sve je išlo u smeru u kojem sam želeo.

Onda je stiglo iznenađenje kojem se nisam nadao. Odbili su moju molbu za kredit. Razočarao sam se i totalno tužan došao kući. On je odmah osetio moje neraspoloženje upitavši me koji je razlog. U početku nisam hteo, ali sam u ipak odlučio da mu sve ispričam. Pričao sam, ponešto preskakao, pa se opet vraćao na početak i tako mu ispričao sve što sam doživeo sa tobom. Tužan sam jer pored sveg bogatstva koje posedujem a koje mi je oteto, ne uspevam od države ni kredit da podignem."

Veoma pažljivo me saslušao, ni jedanput me ne prekinuvši. Kada sam završio, on je počeo da priča: "Saša, ja sam čovek koji pored bioenergije poseduje još mnoge druge sposobnosti o kojima ti ne smem sve ispričati, ali sam u tvojoj ispovesti, pored mnogo gorčine u glasu, osetio da si mi sve iskreno rekao. Opet ću kao i bezbroj puta ponoviti đedove reči da ništa na ovom svetu nije slučajno. Sigurno si morao kroz sve ovo da prođeš da bi se sreo sa mnom. Vidim da ti ne uspeva da podigneš kredit, a sigurno je i to put sudbine, gde ću se ja umešati i gde ćemo, zahvaljujući mojim moćima, jednim udarcem ubiti dve muve." Nisam ga najbolje razumeo pa sam zatražio da mi razjasni.

"Prvo moram napraviti duhovni kontakt sa mojim đedom, od njega saznati šta ćemo dalje a onda ćemo postići da ti Genni vrati novac i da tim novcem otvoriš starački dom. "Miki, ti me nisi razumeo. Hiljadama puta sam pokušavao sa njim da stupim u kontakt, makar da samo popričamo, ali mi nikako ne polazi za rukom. Pa kako ćemo uspeti? Pored svih pokušaja da ga pozovem, on neće ni da se javi, a kako da ga ubedimo da nam vrati novac?" "Doći će vreme da će te prvo pozvati neko od zajedničkih prijatelja, a posle toga on, će nastojati da se vidi sa tobom i da se o svemu dogovorite. Ja ću to sve uraditi, a onda ćeš ti morati da se sretneš sa njim. U vašim pogodbama ja neću učestvovati, niti ću o visini isplate odlučivati."

"Ostao sam zabezeknut. Opet sam se pitao kako će ovaj čudni čovek to postići kada znam koliko te telohranitelja čuva. Pored njih, u zaštiti tebe i tvoje kuće učestvuje državna bezbednost, policija i još neke tajne službe koje u svakom trenutku moraju reagovati. I to sam mu rekao, svestan da ti niko nepoznat ni jednog trenutka ne može prići. Rekao mi je da ga onde gde on prolazi, ako on ne želi, niko ne može videti niti osetiti. Podišla me jeza jer sam nekako osećao da su reči ovog čoveka istinite. A onda sam rekao i sebi i njemu da se uzalud ne nadamo. Nije želeo mnogo da komentariše. Rekao mi je da ga pustim nekoliko noći, prvo da vidi šta će mu đedov duh reći, a onda uz njegovu dozvolu da on obavi svoj zadatak. Posle toga će se videti rezultati u koje ću se i ja uveriti. I zaista sam se uverio.

Prijatelju moj i brate, sve ostalo znaš. Svestan si šta ti se sve dešavalo i kroz šta si sve prošao, pa sada znaš kolike su njegove moći. Sve što mi je do sada rekao, sve se obistinilo, a znam da će se obistiniti i sve ostalo."

Nastala je tišina koja je potrajala više od minuta. Genni je podsvesno znao da Saša nije imao nikakve moći i da mu on nije mogao na ovaj način nauditi, ali do sada nije znao ko mu pomaže. Opet se u njegovoj svesti pojavila želja za osvetom i dokazivanjem moći. Ko je taj ubogi seljak iz bedne Srbije koji želi da stane na put njegovim planovima! Uskoro postaje premijer, a za četiri godine mu se otvara funkcija predsednika države! Zar sve to da mu upropasti neko koga uopšte ne poznaje i kome nikada ništa loše nije uradio! Brzinom svetlosti su kroz njegovu svest prolazile misli. Želeo je da se osveti, ali nije znao kome, pa je postavio pitanje koje mu je prvo palo na pamet: „Sani, reci šta ćemo dalje i kakvi su ti planovi?"

„Džoni, mi više nikada nećemo raditi kao partneri. Uz Mikijevu pomoć ću otvoriti starački dom i sa njim ću raditi, a od tebe želim nadoknadu za sve što si mi prevarom oduzeo." Opet je Gennijeva svest funkcionisala neshvatljivom brzinom. Misli su se rojile kao pčele iz hiljadu košnica: "Pozivam vas da dođete kod mene na ručak". „Pitaću ga, mada se sećam da mi je u početku rekao da ćeš nas pozvati, i da ćemo se na tom sastanku o svemu dogovoriti. "Ti ćeš sa njim popričati, pa ću ja sutra pozvati da vidim šta ste odlučili."

I pred jednim i pred drugim bio je dan ispunjen preispitivanjima. Genni je pravio mnoge kombinacije, pa se kao i uvek posavetovao sa svojom ljubavnicom. Ispričao joj je šta je saznao, a onda i da planira da ih primi, da sa njima razgovara, da im obeća sve što budu poželeli, a onda, kada budu izlazili, da ih specijalci likvidiraju. Objasniće da su upravo pokušali da izvrše atentat na njega.

„Na taj način ćeš se osloboditi neprijatelja koji ima nadljudske moći, a koji ti, ako ga dobro nagradiš, može postati prijatelj i veliki saradnik. Zamisli koje bi uspehe mogao da postigneš zahvaljujući njegovim sposobnostima? Najvažnije ti je da isplatiš Sašu, pa onda sa njim da počneš da gradiš prijateljstvo. Svestan si da imaš oko pola milijarde evra, pa i ako Saši isplatiš sto miliona, tebi će ostati četiristo i mogućnost da ih bez problema umnogostručiš. Na taj način ti niko neće smetati, a ovako se može desiti da izgubiš sve"– objašnjavala je Rina koje su sve mogućnosti pred njim.

„Znao sam da se uvek mogu osloniti na tebe i tek sada vidim šta mi značiš. U svom besu i slepoj mržnji sam zamalo napravio neoprostivu grešku. Postoji jedna izreka koja kaže da sposobnog neprijatelja na svaki način treba pridobiti i od njega stvoriti prijatelja i saradnika. Sada kada si me smirila, znam ka kojem cilju treba da stremim. Da Rina, uz njegovu pomoć, uz moći koje poseduje, a s obzirom da je siromašan i da ću uspeti da ga potkupim za neke normalne pare, uz uticaje na određene osobe koje mi smetaju, postaću jedan od najmoćnijih ljudi u državi a možda i mnogo šire. Sašu ću isplatiti ma koliko da mi traži, a onda ću ga odbaciti od sebe. Pitam se samo kako mu je uspelo da pronađe tako moćnog čoveka da mu pomogne u ovoj situaciji."

„Verovatno mu je obećao veliki procenat novca koji će uzeti od tebe."„Ej... šta misliš da ja, kada se budem upoznao sa njim, i kada mu pokažem prijateljske namere, mu jednostavno ponudim mnogo veću količinu novca od one koju mu Saša može isplatiti. Na taj način ću ga pridobiti za sebe a Saši neću isplatiti ni jedan evro."

„Molim te budi obazriv sa tim čovekom jer si i sam video da poseduje ta-kve moći koje ne poseduje ni jedan čovek na svetu. Pokušaj izokola da dođeš do tog cilja, ali ako ne možeš, onda pristani da isplatiš Sašu, jer je njemu izgle-da stalo da Saša bude isplaćen. Tada ćeš ti ispričati priču kako su ti bile časne i poštene namere da sa njim sve radiš po dogovoru. Reći ćeš mu da te je reketi-rao jedan političar, o čemu si ga obavestio, a onda ti se otvorila mogućnost da upadneš u politiku, gde si potrošio veću količinu novca, ali si nameravao da je kasnije vratiš. On je to odnekud doznao i poslao dvojicu plaćenih ubica da te likvidiraju. Pričaj mu tu priču polako i ubedljivo. Znam da ti to možeš, jer tako pričaš narodu i oni ti veruju, pa kada on vidi da postoji razlika između tvoje i Sašine priče, on će početi da sumnja u njega, a mi ćemo ga sa još nekim smi-calicama ubediti u to, tako da će se okrenuti na tvoju stranu. Uz tu priču oba-vezno ćeš mu privesti neku mladu i lepu devojku, kojoj ćeš dobro platiti, da bi mu sve vreme kada ti nisi sa njim, ona pravila društvo, da ga u svakom pogle-du zadovolji i da mu dodatno priča o tvojoj dobroti i poštenju. To je način na koji ćemo ga sigurno privući na svoju stranu.“

„Rina, ja ne znam da li je on stariji ili mlađi, i ne znam da li bi taj potez sa devojkom bio pravilan.“

„Genni, svim muškarcima, ma koliko imali godina, prija društvo mladih i lepih devojaka. Ako se sve dešava po planu i oni dođu, ti ćeš tu curu morati par dana da podučavaš šta sve treba sa njim da razgovara, a ona će znati u osta-lom da ga zadovolji. Nemoj žaliti pare jer će ti se sve milion puta više vratiti.“

Do kasnih večernjih sati su tekli razgovori na Azijskom kontinentu, dok su u Evropi, nekoliko hiljada kilometara dalje, Miki i Saša imali malo drugačije teme. Saša je bio veoma uzbudjen, dok je Miki bio potpuno miran i staložen. Miki, ako on uradi ovo? Miki ako on uradi ono? postavljao je Saša bezbroj pitanja na koja mu je Miki smireno odgovarao i na kraju su pošli da spavaju.

Obojica su ustali dosta rano. Na stolu se pušila jutarnja kafa za Sašu, a Miki je pio pola litra tople vode i sok od pola limuna.

"Danas nećeš odgovarati na nepoznate pozive" – rekao mu je Miki. "Kako da se ne javljam kada očekujemo poziv od Gennija?“ „Zbog toga ti i kažem da se ne javljaš.“ „Kako ćemo onda uspeti da stupimo u kontakt sa njim, kada znaš da je obećao da će me pozvati da se o svemu dogovorimo?“„Zvaće te on mnogo puta, pa kada te ne dobije na mobilni, onda će te pozvati na fiksni tele-fon. Tada će se javiti Galja, porazgovarati sa njim i reći mu da smo otišli u dru-gi grad da pomognemo tvom prijatelju, a da si ti zaboravio telefone, pa neka te pozove oko dvadeset dva – dvadeset tri sata.“ „Miki, vremenska razlika izme-đu nas i Kazahstana je pet sati, pa ako me pozove u dvadeset dva ili dvadeset tri časa, to će kod njih biti tri ili četiri sata ujutro, a to je veoma kasno i ne verujem da će čekati do tada, jer će verovatno spavati." „To ti misliš, a ja znam da će te pozivati i kasnije, ali ćeš se javiti tačno u 23 časa."Ne znam zašto je to bitno?" Time ćeš mu pokazati da si ti osoba koja drži sve konce u rukama, i da je došlo vreme da sada on mora tebe da poziva kao što si ti njega nekada pozivao, ali je razlika u tome što ćeš se ti javiti kada ti odgovara, a nećeš bežati i izbegavati razgovor, kao što je on radio. Samo osobe koje znaju da su krive izbegavaju razgovor sa svojim prijateljima. On to odlično zna i zato te izbegava.

Tako je i bilo - tokom celog dana, on je zvonio a Saša se nije javljao. Onda je, oko osamnaest časova po evropskom vremenu, pozvonio na fiksni telefon. Javila mu se Galja, koja mu je sve objasnila. Nastavili su razgovor, gde ju je on ispitivao o porodici, zdravlju i svemu drugom. Onda ju je upitao da Saša i Miki nisu ostavili neku poruku za njega. Rekla je da ne zna ništa o tome i da će oni doći oko dvadeset dva ili najkasnije dvadeset tri sata. Još je zamolio da mu u par rečenica opiše Mikija. Koliko ima godina, kako izgleda i čime se bavi.

„Na youtube možeš pogledati u emisiji „Bioenergija – Božji dar čudaka sa štapom " kako izgleda i čime se bavi – odgovorila mu je Galja. Kada su prekinuli razgovor, Genni je odmah uključio kompjuter i počeo da gleda emisiju o Mikiju. Nije razumeo šta govori, ali je video njegov lik i shvatio čime se bavi. Osetio je neverovatno strpljenje i duhovni mir kod ovog čoveka. Boriće se svim silama da ga pridobije na svoju stranu. Prošlo je par sati, a onda je, tačno u četiri sata po azijskom vremenu, opet pozvao Sašu. Miki je rekao Galji da se javi i da kaže da upravo stižu i da će odmah dati Saši telefon. I Genni je čuo njene reči kada je rekla: "Saša, ceo dan te Genni zove. Zaista je neodgovorno sa tvoje strane da zaboraviš telefon!"

„Halo Džoni"–javio se Saša. "Pobogu Sani, gde si čitav dan?" „Izvini. Bili smo kod našeg poznanika Sora kojem je bila neophodna Mikijeva pomoć. Tek posle stotinak kilometara sam primetio da sam zaboravio telefon. Nismo mogli da se vratimo jer bi zakasnili da se u dogovoreno vreme sa njim nađemo, pa sam odlučio da se sutra javim svim osobama koje su me pozivale." „Ja sam rekao da ću se javiti da čujem šta ste odlučili, pa sam bio baš uporan. Zvao sam te mnogo puta, a onda sam pozvao na fiksni telefon i sa Galjom se lepo ispričao. Rekla mi je da Mikija mogu videti na youtube, pa sam tako prekratio vreme, gledajući tvog, a nadam se i mog prijatelja i rešio da još ovaj put pozovem, pa ako ne budete stigli da legnem da se malo odmorim." "Još jednom ti se izvinjavam, a mogu ti reći da sam se sa Mikijem dogovorio da dođemo da te posetimo. On ovde ima posla još par dana jer masira neke pacijente, pa kada završi sa njima, mi ćemo ti se javiti i dogovoriti kojeg dana možemo da pođemo. Moram da vidim kada ima let za Kazahstan da bih mogao da rezervišem karte, pa ću te o svemu obavestiti."

„Sani, prijatelju dragi. Ja sam vas obojicu pozvao u goste i ja ću se postarati da vam obezbedim karte, samo mi vi recite kada vam bude odgovaralo da dođete. Na aerodromu će vas sačekati moji ljudi i vi ćete biti specijalni gosti u mom domu. Nemaš potrebe ni o ničemu da brineš, samo nemoj da misliš da ću vas pustiti da se vratite za dan ili dva. Zapravo, mi ćemo o mnogo čemu morati detaljno da se dogovorimo, a moraćemo malo i da prošetamo, da bismo našem novom prijatelju pokazali lepotu i grubosti ove zemlje." "Važi Džoni, o svemu ćemo se dogovoriti kada dođemo tamo, a sada idi da spavaš jer će kod vas uskoro zora, a i nas dvojica smo umorni od dugog puta, pa da se i mi odmorimo."

Toliko je bilo iskrenosti u njihovim željama, da je neko mogao da sluša razgovor, rekao bi da su ovo najbolji prijatelji koji se nikada nisu posvađali. Stvarnost je bila sasvim drugačija.

31.

Novi dan je donosio nova iskušenja. Masaže su išle normalnim tokom, a zadovoljstvo izmasiranih osoba se ogledalo na njihovim licima. Negde pred samo podne, dok je masirao pacijentkinju sa najtežim oboljenjima, kada je svu pažnju usmerio ka njenom bolu, vrata su se naglo otvorila i prekinula tok njegovih misli i usmerenje energije. Video je nepoznatog čoveka iz kojeg su izbijale negativne emocije, i znao da za taj dan kod te žene neće moći da postigne energetski kontakt, i da joj za taj dan više ne može pomoći. Ipak je blagim glasom zamolio posetioca da ga sačeka ispred vrata. Čovek kao da se par trenutaka predomišljao, a onda je izašao zalupivši vrata za sobom. Zamolio je gospođu da ustane jer su za taj dan završili, iako joj nije okončao masažu. Videlo joj se u očima da je ljuta kada je posezala za novcem da plati, ali kada joj je on sve objasnio i kada je odbio ponuđeni novac, umirila se.

Dok se ona oblačila, on je analizirao čoveka pred vratima. Znao je da je on jedan od Sergejevih najboljih i najpoverljivijih ljudi. Bio je veliki majstor borilačkih veština, a uz to veliki brbljivac i hvalisavac. Zapravo, bio je zaljubljen u svoj glas i uživao je slušajući ga. Veliko zadovoljstvo pričinjavalo mu je to što su ga svi ostali bespogovorno slušali nikada ne pokušavajući da mu se u nečemu usprotive ili da mu nešto narede. On je naređivao a drugi su slušali. Nije on bio samo velika pričalica, voleo je da se praviti važan i razmeće svojim znanjem, koje nije bilo baš na zavidnom nivou. Bio je uveren da je najpametniji i najsposobniji čovek na svetu. Svojim nehajnim smeškom i kikotanjem, pokazivao bi koliko prezire ostale… Neznalice. Bio je bistar i pronicljiv i to mu se moralo priznati. Bio je lukav i nepoverljiv kao životinja. Pravi lisac. Ali, majka priroda mu je ipak nešto uskratila. Taj čovek nije imao osećaj milosti. Okrutnost stečena neprestanim borbama je bila u njemu duboko usađena da je postala najvažnija crta njegovog karaktera. Njegova opaka ćud bila je sastavljena od okrutnosti i umišljenosti otprilike u istim razmerama. Voleo je da priča, ističući svoju spretnost i onda bi odjednom učutao, prekinuo svoju misao u pola rečenice, i tog trenutka mogao ubiti čoveka, ili narediti drugima da ga ubiju. U njemu nije bilo razuma ni srca. Ostali, koji su ga okruživali, sa kojima je delio iste zadatke, bili su spremni da ga poslušaju u svemu što on kaže samo da mu se dodvore. Sve je to u trenutku Miki osetio. Shvatio je koliko je opasan i koliko mu je teško palo što mu je onako blagim glasom rekao da ga sačeka napolju. Znao je da je Sergej jedina osoba na svetu od koje se plaši, koga poštuje i uvažava i za koga bi bio spreman da žrtvuje i sopstveni život.

Žena je izlazila a Miki je pozvao nazovi nepoznatog posetioca. Ušao je. Znao je šta se sa Sergejem dogovorio, ali se ipak, na njegovom licu mogao videti potcenjivački osmeh.

„Ti nisi došao zbog masaže?" –upitao ga je Miki da bi započeo razgovor. Bahat stav i osmeh na licu nisu nestali ni kada je počeo da priča: "Moj prijatelj i šef smatra da ti poseduješ nešto za šta je on zainteresovan, pa me je poslao da te dovedem da bi od tebe uzeo to što njemu treba." Bez obzira na ovako drske reč, i Miki mu je opet blago odgovorio: „Reci tvom prijatelju i šefu da danas nikako ne mogu doći jer sam previše zauzet."

Ovo je nešto što se njemu nije desilo – ko zna koliko godina unazad! U roku od deset minuta ovaj čovek ga je prvo izbacio iz ordinacije a sada je odbio njegovo naređenje da pođe sa njim! Znao je svoju preku narav i znao je, ako ga u bilo čemu trećem odbije, ovaj čovek je tog trenutka potpisao svoju smrtnu presudu. Hteo je to da mu kaže najgrubljim rečima, ali nije ni bio svestan šta ga je nateralo da uzme telefon i pozove Sergeja. Nije znao da je Miki uticao na njegovu svest i naterao ga da to uradi. Nije se uplašio od ovog čoveka, već nije želeo da dođe do bespotrebnih svađa i okršaja.

"Šefe, ovaj čovek kaže da danas nikako ne može doći jer je previše zauzet"– telefonirao je. "Pitaj ga da li ima te čajeve ili balzame, i kada bi mogao da dođeš da ga uzmeš, da bi ja sa njim mogao da se sretnem i porazgovaram"– usledio je odgovor. "Šefe, ja bih na moj način i sada…" „Ne znam niti me interesuje šta bi ti, ali izvrši naređenje"– jedino je Sergej sa njim mogao tako da priča i da mu na taj način izdaje naređenja. Još pre sedam, osam godina njih dvojica se uopšte nisu poznavala. Jura je tada radio za neku bandu koja je harala Minhenom. Uvek je dobijao zadatke da nekog likvidira, i uvek ih je izvršavao. Ubijao je okrutno i sa uživanjem. Nije imao milosti ni prema kome. Ako bi dobio naređenje da ubije neku ženu, on bi je obavezno prethodno silovao, iživljavajući se nad njom, pa bi je u trenutku kada bi ona pomislila da se zadovoljio i da će je poštedeti, ipak ubio. Imao je dosta žrtava za sobom pa je to počelo da upada u oči njegovim šefovima. Počeli su međusobno da se dogovaraju da ga smaknu jer je znao mnogo, a bio je suviše agresivan pa im je smetao. Nekako u to vreme kada se on besposleno šetao po gradu, neka treća banda, za koju on nije znao, spremala se da počini zločin nad Sergejevom porodicom. Čekali su čoveka koji je trebao da izvrši egzekuciju nad njim, pa mu nisu objašnjavali kakve su im namere, ne znajući da će ih u tome osujetiti. Spremali su se da Sergeju ubiju ženu i sina. U trenutku kada su izlazili iz veletrgovine, ka njima su, poput razbesnelih osa, poleteli meci. Dva telohranitelja su pala smrtno pogođena. Treći, koji je bio ranjen u rame i koji se previjao od bolova, nije nikako mogao pomoći osobama koje su mu poverene na čuvanje. Samo se četvrti telohranitelj koliko - toliko snašao. Gurnuo je preplašenu ženu i uplakano dete između parkiranih kola i sa njima u polusagnutom stavu počeo da beži. Znao je da ne može doći do svog džipa pa je pokušao da se probije do dela grada gde je veća gužva, da u opštem metežu uzme taksi i izvuče se iz ove problematične situacije.

Tada su napadači koji su opkolili njihove džipove, videvši da oni beže u suprotnom pravcu krenuli u hajku. Na njihovim pištoljima su bili prigušivači tako da mnogi od prisutnih još nisu znali šta se dešava. Iskusni borac i profesionalni ubica je to sve zapazio. Opet je njegov nagon za ubijanjem proradio. Video je deset ljudi koji su se razdvojili u dve grupe i sa dve strane krenuli da presretnu begunce. Ne… Nije on bio sentimentalan. Nije imao nikakav osećaj ni prema kome, ali je voleo da se dokazuje. Ka njemu su bežali čovek, žena i dete, a ka njima su sa dve strane jurili progonitelji. Izvadio je svoj pištolj sa prigušivačem i ispalio tri hica. Trojica koja su malo isprednjačila kao da su odjednom naišli na nevidljivi zid ispunjen električnim nabojem koji ih je nemilosrdno odbacio od sebe. Stresli su se i popadali dok je krv polako isticala iz njihovih tela. Jura nije umeo da promaši. Ostala dvojica iz te grupe napadača, videvši šta se desilo sa njihovim prijateljima, odmah su se bacila na beton i otkotrljala ispod kola da bi se zaštitili od nevidljivog neprijatelja. Idriz, Turčin koji je jedini preostao da štiti Sergejevu porodicu, primetio je Jurin potez. Prvo je pomislio da je i on neprijatelj i da im ovaj put nema spasa, a onda je video da je na njihovoj strani i instiktivno povukao ženu i dete u njegovom smeru. Jura je okrenuo pištolj i ispalio još dva metka. Još dvojica iz druge grupe su ostali da leže pre nego što su do njih stigla upozorenja od preživelih drugova iz prve grupe. Sada su svi znali da je nesuđenim žrtvama stigla pomoć pa su veoma oprezno napredovali. Jedan od napadača je prepoznao Juru koji je nesuđene žrtve ubacivao u svoja kola.

Čim su krenuli, Idriz se odmah javio Sergeju, objasnivši mu da su ih napali, da su on, žena i dete dobro, dok su ostali telohranitelji poginuli, da su u kolima nepoznatog čoveka koji im je pomogao, i da idu ka kući. Sergej je bio u drugom gradu. Odmah je pozvao svoje ljude izdajući im naređenja dok je on sa svojim telohraniteljima žurio da se vrati kući. Usput je pozvao veze iz policije da bi saznao imena ljudi koji su mu napali porodicu. Odmah je izdao naređenja svim svojim ljudima da obustave sve aktivnosti i da budu spremni za akciju da kazne preostale napadače i njihove nalogodavce.

Javili su mu da čovek koji mu je spasio porodicu nije hteo da svrati nego je produžio svojim putem. Naredio je da ga odmah prate, da saznaju sve o njemu i da ga zaštite od svih mogućih opasnosti, mada je bio svestan da taj čovek ume da se brine o sebi. Ipak su ga njegovi ljudi pratili, dok su se napadači povlačili, obaveštavajući svoje šefove da je Jura bio u zasedi i da ih je ubijao kao glinene golubove. Nisu mogli da veruju. Naredili su da ga hitno uhapse i da ga živog privedu kod njih.

Kada je došao kod kuće, ne znajući da ga Sergejevi ljudi prate, Jura je video dvojicu svojih prijatelja iz bande i hteo da im ispriča šta se desilo. Izašao je iz kola i pošao ka njima a oni su brzinom misli povadili oružje. Bio je iznenađen i svestan da je ovo povezano sa događajem u kojem je učestvovao i da nema nikakve šanse da se izvuče. Zahtevali su da lagano izvuče pištolj i da ga odbaci od sebe. Morao je da posluša. Onda su mu dobacili lisice i zahtevali da ih sam sebi stavi na ruke. Godinama su bili zajedno u bandi i znajući koliko je opasan, nisu mu dozvoljavali da ih iznenadi, a nisu imali ni milosti kao što je ni on nikada nije imao.

Niko od njih nije bio svestan da ih budno prate i da o svakom potezu obaveštavaju Sergeja. Naredio je da ga prate jer znaju da je on pomogao njegovoj porodici, da mu momentalno ne preti nikakva opasnost, da su verovatno dobili naređenje da ga odvedu kod šefova pa će ga oni ubiti, ili narediti nekom od svojih ljudi da to uradi. Javili su Sergeju da zarobljenika vode u skladište napuštene fabrike. Tada je Sergej naredio svojim ljudima da se neopaženo približe i da ga sačekaju jer nije daleko, pa će ih on povesti u konačan obračun.

I iz jednog i iz drugog tabora su se okupljali ljudi na dogovoreno mesto. Sergejevi su opkoljavali napuštenu fabriku a protivnici su ulazili unutra da bi prisustvovali kažnjavanju čoveka koji im je upropastio sve planove. Jura je pokušao da objasni svom šefu da nije znao o čemu se radi, da ga niko nije obavestio o akciji i da uopšte nije znao koga brani, nego je reagovao instiktivno. U bandi su imali člana koji se bavio akupunkturom, koji je znao mnoge tačke na ljudskom telu koje su dovodile do paralize mišića. Taj je čovek sada u rukama držao iglice raznih debljina kojima je trebalo da muči Juru. Želeli su da ih na kraju pod užasnim bolovima moli da ga ubiju. Njegovom šefu nikakvo opravdanje nije dolazilo u obzir, pa je, kada su se svi okupili, izdao naređenje da mučenje počne. Iglice koje su zagrevane na plamenu sveća su u rukama veštog čoveka počele da obavljaju svoju smrtonosnu misiju. Prva iglica je probola neki nerv u samom laktu i tu čitava nestala a iz Jurinih usta se čuo nadljudski vrisak. Doživeo je paralizu tri prsta na levoj ruci.

Sergej je upravo otvarao vrata svojih kola kada je čuo vrisak. On se, iako je navikao na najraznovrsnije mučenje, naježio kada ga je čuo. Znao je da su počeli da ga muče, da im je pažnja skoncentrisana na njega, da su ubeđeni da niko ne zna da su tu i da nisu postavili straže. Naredio je svojim ljudima da se brzo raspodele, da brzo deluju da bi što pre spasio čoveka koji je spasio njegove najmilije. Poznao je šefove dve bande i Jurinog mučitelja. U trenutku kada je mučitelj zabadao drugu iglicu u predelu levog kolena, kada se čuo još jedan nadljudski krik i kada su se nepovratno paralisala tri prsta na levoj nozi, Sergej je izdao naređenje da se šefovi i mučitelj poštede a svi ostali poubijaju. Bilo ih je tri puta više od neprijatelja pa su njihovi pištolji sa prigušivačima veoma brzo posejali smrt. Sada su šefovi bili zarobljenici čoveku na čiju su porodicu planirali atentat. Juri su pomagali oporavljajući ga od pretrpljenih bolova. Sergej je saznao od šefova da su se dve bande udružile, da su znali da je u drugom gradu, da su planirali da zarobe njegovu ženu i sina, da on upadne u zamku i da ga na kraju sa porodicom likvidiraju. Jedan od šefova koji je to ispričao, prebacujući krivicu na svog kompanjona, nadao se da će mu zbog toga Sergej oprostiti i da će sačuvati život. Sada je oporavljeni Jura držao iglice u svojim rukama. Sergej mu je dao signal da kazni svoje mučitelje. Izgledalo je da se premišlja, a onda je prvo jednom pa drugom šefu zaboo po jednu deblju iglicu u oko. Gurnuo ih je do kraja dok nije probio mozak. Kada je prvog ubio, pa krenuo ka drugom koji je sve ispričao Sergeju, ovaj se prestrašen počeo otimati moleći da ga poštede. I njega je čekala ista sudbina jer kod ovih ljudi nije postojala reč pošteda. I on, je kao i prvi šef uz vrisak ispustio dušu.

Tada je Jura, misleći da će i njega da ubiju, zatražio od Sergeja, za kojeg je mnogo puta čuo ali ga do sada nije poznavao i nije znao da je spasao njegovu ženu i sina, da mu dozvoli da se goloruk obračuna sa čovekom koji mu je upropastio ruku i nogu i naneo nepopravljivu štetu njegovom telu.

"On je mrtav čovek i tako i tako" – odgovorio mu je Sergej – "pa bi bilo bolje da se sa njim ne zamaraš s obzirom da si povređen." „Molim Vas da mi dozvolite jer ću posle ove borbe umreti srećan i zadovoljan."

„Ti si čovek koji mi mnogo znači jer si mi spasao porodicu pa ne smem dozvoliti da se ovako povređen boriš i uludo izgubiš glavu."

„Iako sam mnogo povređen, on me ne može pobediti"– reče Jura i nasmeja se nekim avetinjskim smehom od kojeg mnogima prođoše žmarci po kičmi. A onda je napao protivnika koji je bio bar petnaest kilograma teži od njega. Njegovu brzinu nisu usporile povrede na ruci i nozi. Zadavao je i primao udarce od čoveka koji je bio isto sposoban kao on. Svi su posmatrali borbu Davida i Golijata. U jednom trenutku Jura ga je obavio nogama oko tela i glave, provukavši njegovu levu ruku između svojih nogu ka trbuhu i naglo je stegao. Čulo se potmulo krckanje kostiju u laktu, koje je propratio krik bola. Kada je postigao da mu slomi levu ruku, Jura se bacio na njegovu levu nogu, i nju je slomio. Pod užasnim bolovima, njegov nekadašnji mučitelj je počeo da zapomaže i moli za milost.

„Pre samo petnaestak minuta i ti si mene mučio parališući moje mišiće i nerve nanoseći mi nepopravljivu štetu, pa se ja tebi nisam molio da mi poštediš život"– reče mu Jura i skoči na njega. Ležao je na betonu bespomoćan da se odupre njegovom napadu. Prikačio se na njegova leđa, noge obavio oko njegovog struka, levom rukom je uhvatio njegovu desnu, sa desnom mu je povukao glavu u nazad a onda zabio zube u njegov grkljan. Zaklao ga je zubima kao vuk jagnje. Sve su to bili okoreli momci kojima je smrt bio zanat, ali su od ovog prizora mnogi počeli da povraćaju. Ovo je prevazilazilo sve granice. Ispljunuo je njegov grkljan a onda se jezivo nasmejao, dok je nesrećna žrtva, koprcajući se pokušavala da zadrži još neki atom života i da još malo produži boravak na ovom svetu.

Od tog dana je Jura služio Sergeju. Bio mu je veran kao najverniji pas. Sa svojom pronicljivošću i lukavstvom ubrzo je postao Sergejeva desna ruka. Doušnici iz policije su mu javili da su saznali imena svih ubijenih. Sergej im je rekao da je cela akcija završena i da će u krugu napuštene fabrike naći tela svih vinovnika tog napada. Onda se sa svojim ljudima vratio svakodnevnom poslu i obavezama. U novinama i vestima je objavljeno da su se suparničke bande sukobile, da je poginulo više od deset ljudi i da policija traga za učesnicima sukoba. Više se o tome nije pričalo.

Sada je taj isti Jura, od kojeg su strepeli članovi svih suparničkih bandi, stajao pred Mikijem u iščekivanju odgovora na pitanja koja mu je postavio. „Evo ti vizitkartica, tu je broj telefona pa neka me pozove sutra i ja ću mu reći kada možemo da se vidimo".

Blesnula je iskrica gneva u njegovim očima, ali se brzo smirio i izašao.

Sutradan je zazvonio telefon. Kada se Miki javio, osoba sa druge strane ga je ljubazno zamolila kada može da nađe vremena da se sa njim sretne. Znao je da je to Sergej pa je odlučio da taj razgovor obave popodne. Zakazao je da se vide u petnaest časova. U zakazano vreme, pred kućom su ga čekala kola, a u njima nasmejano lice nepoznatog vozača. Pošli su, pomalo pričajući uz put. Kada su stigli, Mikija su dočekali Sergej i Jura. Još jedna vila okružena stogodišnjim platanima kao da je svojom lepotom htela da pokaže da joj nema ravne na svetu. Svaka staza, a bilo ih je dosta, je sa obe strane bila ukrašena najraznovrsnijim cvećem. Do same ograde, koja je opasivala vilu da se niko spolja ne može diviti njenoj lepoti, su bile ruže crvene kao rubini. Njih je Sergej voleo više od sveg cveća. U jednom uglu je napravio drvenu konstrukciju kućice, oko koje je posadio crvene ruže puzavice, koje su u potpunosti obavile konstrukciju, tu je postavio krevet i tu se bezbroj puta odmarao opijen mirisom njemu najdražeg cveća. Ispred te improvizovane kućice od ruža se nalazio sto i nekoliko stolica. Posle ljubaznih reči dobrodošlice i upoznavanja, Sergej je u tom pravcu vodio svog gosta.

„Kažu da ni staro vino ne može tako prijatno opiti čoveka kao što ga može opiti miris ovih ruža. Ja na ovom mestu volim da dočekam, da ugostim i da porazgovaram sa osobama sa kojima treba da napravim važne ugovore i donesem velike odluke." „I meni se sviđa. Zaista je mesto nesvakidašnje lepote – odgovorio mu je Miki iskreno se diveći.

„Miki, neću mnogo okolišiti nego ću odmah preći na stvar. Jedan prijatelj mi je rekao da poseduješ čajeve za lečenje raka. Da li je to istina?"„Istina je – odgovorio je kratko Miki.„Čuo sam da si tim čajevima izlečio osobe kojima medicina nije davala nikakve šanse za ozdravljenje."„Da budem iskren, nisam se ni sam nadao takvom uspehu. Ako imaš ovde kompjuter, pokazaću ti emisije na youtube da vidiš kako je đedo pravio recepte za razne meleme i kako ih je, umesto slovima, zapisivao sa brojevima i šiframa."

Klimnuo je glavom i Jura je odmah doneo lap – top. Ovlaš su pogledali emisije, gde mu je Miki objašnjavao šta je šta i Sergej je shvatio da je napravio odličnu odluku što nije dozvolio Juri da silom sazna tajne od Mikija. Nije znao da to Miki namerno radi i da mu nagoveštava šta sve ima unutra. Iako je napamet znao tajnu čajeva o raku, u ovim sveskama je bilo još mnogo drugih recepata koje sigurno nije znao napamet, pa bi bilo apsurdno da ga je Jura mučio i od njega saznao jednu tajnu, kada u sveskama postoje još stotinu i više drugih tajni koje treba iskoristiti. Pored toga, mogao im je Miki reći i neku travu koja u kombinaciji sa ostalim ne bi davala nikakav lekoviti efekat. Dok je čitao tok njegovih misli, Miki je uvideo da je Sergej prva osoba koja je krenula najpravijim putem za postizanje cilja.

Svi ti recepti su ispisani šiframa i svaki put kada mi nešto treba, ja ih uz pomoć drugih đedovih svezaka dešifrujem. I on je nekada pisao slovima ali mu je prijatelj ukrao jedan recept i on je, da bi zaštitio ostale, sve prepisao u šiframa. Tako je zablokirao svakog ko ne zna da ih dešifruje da otkrije bilo koji recept.

„Svaka čast tvom đedi. Vidi se da je bio veoma pametan čovek. Miki, u trenutku sam doneo jednu odluku. Želeo bih da ti je predložim i želeo bih da dobro razmisliš pre nego što mi daš odgovor. Ja sam veoma moćan čovek. Iz senke upravljam sa nekoliko država na ovom kontinentu. Znam mnogo najuticajnijih ljudi na svetu a među njima su i neki bolesni od ove opake bolesti. Oni bi bili spremni da plate basnoslovne sume novca samo da se izleče. Meni njihov novac ne treba jer ga ja imam i previše. Ja želim da mi se otvore vrata moći u mnogim zemljama. Ujedno želim u tim zemljama da me uvažavaju i poštuju, ne da odmah po mom dolasku, dok mi se smeše u lice i tapkaju po ramenima pošalju plaćene ubice koje će me likvidirati. Dok god velikanima trebaš, oni te neće ubiti nego će te štititi. Tako će biti i sa mnom ako imam tvoje čajeve. Svuda će mi biti otvorena vrata i svuda će me najveći moćnici čuvati jer ću im biti potreban. Zato sam hteo sa tobom da se dogovorim da mi prodaš te sveske i kombinacije kako da ih dešifrujem. Slobodno možeš da zahtevaš dobre pare, jer sam spreman da platim nekoliko miliona evra za potpune informacije.

Dok mu je Sergej nudio ovu primamljivu ponudu, Jura je nonšalantno stajao iza Mikija spreman da brzinom misli reaguje i na ovog čoveka koji ga je nekoliko puta uvredio, sruči kanonadu udaraca. To je Miki odlično osećao i znao da je potreban Sergejev mig da on stupi u akciju. Rešio je da se malo pogađa. Naslonio je laktove na sto, približivši se Sergeju kao da hoće nešto važno da mu šapne.

„Kažeš nekoliko miliona?"– pokušao je da sakrije izdajnički sjaj u očima. Kod drugih bi mu to uspelo ali je Miki osetio njegovo uzbuđenje, teško disanje i ubeđenje da je postigao cilj. „Recimo da sam spreman da platim deset do petnaest miliona evra – odmah je počeo da licitira jer je, kao iskusni trgovac, znao da će Miki podići cenu. Platiće on mnogo više ali nije hteo da dozvoli da ovaj čovek pred njim postavlja svoje uslove.

„Smeta mi tvoj najverniji i najsposobniji čovek da razložno razmišljam."

„Predostrožnost je majka mudrosti – odgovorio je Sergej. "Njegov zadatak je da čuva moj život po cenu sopstvenog i on se uvek nalazi iza svih osoba koje dođu kod mene, spreman da svakog trenutka reaguje i da me na taj način zaštiti." „Sergej, ja nisam došao da bih se borio sa tvojim najsposobnijim čovekom jer znam da nemam nikakve šanse protiv njega. Došao sam da se sa tobom dogovorim o temi koja tebe interesuje i ako se on ne skloni, osetiću se povređenim, tako da će prestati svi naši dogovori."

Osetio se ponos kod Jure jer ga je ovaj čovek dotakao u najosetljiviju tačku. Hteo je da počne sa svojim monologom ali je, ugledavši iznenađenje u Sergejevim očima i trzaj glavom, znao da se mora povući. Opet je ovaj čovek postigao šta je želeo. Nije znao dokle će mu Sergej to dozvoljavati, ali je u sebi zaklinjao da će ga prvom prilikom, kada budu sami, dobro pretući. Sve je to Miki osećao.

„Ti dobro znaš vrednost svezaka i tajni koje su u njima zapisane i znaš da ta cena uopšte nije realna."

Kada se Jura udaljio, on je počeo da priča kao da je zaista zainteresovan za prodaju najdragocenijeg blaga na ovom svetu. Želeo je da vidi granicu do kojih bi ovaj čovek bio spreman to da plati.

„Ja sam rekao svoju ponudu, i bilo bi fer da sada tebe čujem predlog."

„Dvesta miliona"– veoma tiho je odgovorio Miki ali su njegove reči odjeknule kao grmljavina.

Prvo je hteo da naredi Juri da ga napadne, da mu batinama ukloni taj nadmeni stav i da ga natera da moli za milost, dok mu u mukama odaje sve tajne koje zna. Onda se primirio i rešio da se malo poigrava jer je znao da mu te pare nikada neće platiti, ali će od njega silom uzeti i sveske i sve ostalo što bude želeo. Opet je Miki sve to pročitao iz njegove svesti i nastavio da se pogađa kao pravi trgovac.

„Ti znaš da su to ogromne pare i znaš šta se sve sa njima može postići. Znaš da bi ostao bez dobrog dela tvog kapitala ali ujedno znaš šta bi sve dobio kada bi ih posedovao. Za nepunu godinu bi sve povratio i mogao da postaneš najcenjeniji čovek na celom svetu."

„Znaš li ti koliko je to para? Tvoja zemlja moli Evropsku uniju da joj odobri kredit od pet miliona eura da bi se izvukla iz krize, a ti od mene tražiš dvesta miliona. Ne, to je zaista previše."

„Ja ću sada poći a ti razmisli o svemu pa ćemo se čuti i dogovoriti. Verovatno ću sa Sašom ovih dana ići na put, tako da ćemo odsustvovati nekoliko dana. Ovim razgovorom se ništa nismo dogovorili, ali smo se upoznali i sada znam da se broj osoba koje interesuju đedove tajne iz dana u dan uvećava."

Krenuo je, a za njim su išli Sergej i Jura, svako sa svojim mislima. Kada su došli do kola, Miki je zahtevao od Sergeja da njemu i Juri pravi društvo vrtlar koji je imao oko šezdeset godina. Sergej je pristao iako je Jura u početku negodovao. Poželeo je da ovog čoveka dobro prebije pa mu je stari vrtlar smetao. U trenu se predomislio jer je znao da će mu on biti odličan svedok. Šta god da ispriča kao razlog njegovog napada, vrtlar će potvrditi, tako da Sergeju neće preostati ništa drugo nego da mu poveruje."Ujedno"– razmišljao je on,"mogu od njega zahtevati da pod pritiskom batina potpiše da će Sergeju prodati sveske za petsto hiljada, umesto za dvesta miliona evra. Kada sve postignem, svi ćemo biti zadovoljni osim Mikija"– avetinjski se nasmejao svojoj domišljatosti.

Krenuli su i posle par kilometara Jura je skrenuo u nepoznatom pravcu. Miki je opet osetio njegove misli i bio spreman da uzvrati. Zato je i uzeo starog vrtlara. Kada su stigli na neko samo njemu poznato mesto koje je ličilo na proplanak, on ih je pozvao da izađu. Jura je na nemačkom objasnio vrtlaru kakve su mu namere i tražio od njega da potvrdi Sergeju kako su se posvađali u kolima i kako ga je Miki napao, a onda ga je on u samoodbrani pretukao.

Nije ih razumeo ni jednu reč ali je iz njegove svesti pročitao sve šta mu je ovaj podmukli ubica spremio. Uticao je na svest vrtlara i on je počeo da se buni. To je Juru potpuno razbesnelo i on je krenuo da ih obojicu pretuče. Krenuo je ka Mikiju jer je znao da je vrtlar stariji i da mu ne može pobeći, ali je Miki izvršio komandu svesti i vrtlar je nasrnuo na Juru. Izgledalo je da je Miki prestrašen dok posmatra njihovu borbu i da ne zna zašto su se oni potukli, a on je zapravo komandovao njihovim svestima, oduzimajući Juri snagu a vrtlaru pomažući da izvodi pokrete koje nikada u životu nije napravio i za koje nije znao da ih može napraviti. Profesionalni ubica i majstor borilačkih veština je upućivao udarce koji su pogađali cilj, ali ih je stari vrtlar stoički podnosio, dok su njegovi udarci nanosili ogromne posledice Jurinom telu. Prvo mu je pukla arkada na levom oku a onda mu je vrtlar razbio i onako razbijeni nos koji je i ranije bio povređen od mnogobrojnih tuča. Svaki njegov napad je bio osujećen dok su vrtlarevi udarci probijali gard, i na kraju ga je jednim odmerenim udarcem poslao u carstvo snova.

Sada mu je Miki, ne progovorivši ni jednu reč, naredio da pozove Sergeja, da ih pronađu uz pomoć navigacije, i da on sa svojim ljudima što pre dođe ovde gde se oni nalaze, jer on ne zna da vozi, a sve ostalo će mu ovde objasniti. Sergej je sa dva džipa i šest do zuba naoružanih ljudi krenuo da pomogne svojim ljudima uz put pozvavši još nekolicinu koji su se nalazili u blizini jer nisu znali šta se desilo. Kolima zbog brze vožnje su upadali u makaze, uključivši pozicije, dok nisu izbili na sporedni put. Ubrzo su stigli. Izletevši iz džipova uperiše oružje u prisutne. Pored kola su videli preplašenog Mikija, malo dalje vrtlara kako stoji i par metara od njega, Juru koji je sedeo na zemlji, ruku obavijenih oko glave, dok mu je iz nekoliko rana kapala krv. Nisu znali šta se desilo niti u koga treba da upere oružje jer ovde nije bilo nikog nepoznatog. Veoma oprezno je iz blindiranog džipa izašao Sergej postavivši pitanje vrtlaru:"Zanima me šta ćete Vi ovde, i ko je uspeo ovako da pretuče Juru?"

„Na prvo pitanje ne znam odgovor jer ne umem da vozim i nisam znao gde treba da otpratimo Mikija, ali kada nas je Jura ovde doveo i kada mi je rekao da mu je namera da ga pretuče i da ga natera da potpiše papir kojim priznaje da ti je prodao neke sveske, pa od mene zahteva da slažem i kažem kako je napadnut da bi ispalo kako je on sve to uradio u samoodbrani, nisam pristao jer sam video da ti ovaj čovek mnogo znači i da ti nisi obavešten o ovome, pa sam mu se suprotstavio. Potpuno se razbesneo. Da se nisam umešao, možda ovaj čovek ne bi bio živ, a i ako bi bio, ti sa njim nikada ne bi postigao poslovni dogovor do kojeg ti je, primetio sam u našem vrtu, veoma stalo."

Svima su se usne opustile a lica izdužila u neverici dok su slušali reči ovog starca. Znao je da mu je Jura spasao porodicu, da mu neizmerno mnogo duguje, znao je da je sposobniji od svih njegovih ljudi, da mu u otvorenoj borbi po dvojica iskusnih boraca nisu mogla ništa i zato nije mogao poverovati u reči starog vrtlara koji je jedva išao po zemlji i kojeg nikada niko nije video da se sa nekim posvađao a kamoli potukao.

Sada je Miki izvršio naređenje Sergejevoj svesti i on ga je odmah prosledio dvojici svojih telohranitelja koji su po znanju borilačkih veština bili dosta približni Juri. Odbacili su oružje, svukli sakoe, sa trijumfalnim osmehom na licu sa dve strane nasrnuli na starca. Izgledalo je da nema nikakve šanse, jer su im bile namere da ga rastrgnu i time dokažu da je govorio laži protiv njihovog šefa. Na Mikija niko nije obraćao pažnju a on je pomerio svoju desnu ruku što je rezultiralo da se telo starca izdiglo oko jednog metra. Tada je njegova noga pogodila međunožje jednog protivnika, neopisivom brzinom se okrenuvši i dlanom desne ruke pogodivši drugog i obojicu ih u momentu izbacivši iz borbe.

Preplašeni Miki je dignutih ruku krenuo par koraka ka Sergeju zamolivši ga da ne ubija vrtlara jer ništa nije kriv, jer se već dva puta stavio u njegovu zaštitu. Sergej mu je odgovorio na ruskom da ne namerava njega da kazni, ali će zato narediti da ubiju Juru jer je on hteo, bez njegovog znanja, da njemu naudi.

„Molim te izvini i ne pomišljaj da sam ja i jednim delom umešan u dogovor o njegovom napadu na tebe. Da sam hteo to da uradim, mogao sam kod moje kuće. Mogu i ovde narediti ljudima i oni će te ubiti. Ali neću. Ti mi mrtav ništa ne trebaš nego živ, da bi se sa tobom dogovorio o prodaji svezaka i tajni od tvog đeda.“

Izgledalo je da je Miki preplašen zbog ovih reči, a on se iza te maske u duši osmehivao. Znao je da neće ubiti Juru, da će ga opet posle određenog vremena videti i da će imati dosta problema sa njim, ali je takođe znao da će sve to rešiti. Sergej je pružio ruku vrtlaru i zahvalio mu što ga je zaštitio i što je pokazao sposobnosti o kojima ni on kao njegov šef do sada nije znao.

Onda je, uz bezbroj izvinjenja, drugom vozaču naredio da Mikija prebaci do kuće.

32.

Ušao je u Sašinu kuću osećajući da ga nadziru sa dve strane. Uskoro će i Sergej izdati isto naređenje. Znao je da su odlično sakriveni i da ga neprekidno prate. Pitanje je ko će imati najtanje živce i ko će prvi krenuti u napad.

Pacijenti su dolazili sve više. Mislio je sa Sašom da ode u Kazakhstan a otud da se vrati svojoj kući, ali je u dogovoru sa njim, videvši da ima mnogo pacijenata koji traže njegovu pomoć, odlučio da se vrati da svima pomogne pa tek onda da ode kući. Imali su avion u dvadeset jedan sat iz Štutgarta pa su pošli ranije.

Ne znajući jedni za druge, za njima su krenuli automobili iz tri različita pravca. Tek su na putu, dok im je Saša njegovim autom izmicao par stotina metara, postali svesni tuđe prisutnosti. Odmah su obaveštavali svoje šefove o trenutnoj situaciji. Sergej je naredio svojim ljudima da obustave praćenje jer je znao gde putuju, dok su ih iz ostala dva tabora pratili do aerodroma. Miki je o svemu obaveštavao Sašu. Rekao je da je Sergej najopasniji i najspretniji. Nadzirali su ih sa dve različite strane, dve grupe ljudi, koji su ih pratili sve dok nisu odleteli. Jedan od ljudi Džona Vesta je pokušao u zadnjem trenutku da kupi kartu da bi ih i tamo pratio, ali nije više imalo mesta, pa su morali da ostanu i čekaju njihov povratak. Mogli su da pođu drugim avionom iz Minhena, ali su znali da ih, verovatno, tamo nikako ne mogu pronaći.

Leteli su do Instambula, tu napravili pauzu od dva sata, pa sa turskom avio kompanijom nastavili dalje. Čim su ušli u avion, Miki je osetio prisustvo dve osobe koje su ih budno pratile. Rekao je Saši a on je počeo da ga ubeđuje da je to nemoguće. Negde posle jedan sat po evropskom vremenu, stjuardese su za-tvarale zavesice na prozorima aviona jer je jutarnje sunce zaslepljivalo putnike. Odspavali su oko dva sata a onda su, videvši da su drugi otvorili okna, i oni isto učinili. Saši je sve bilo poznato jer je živeo u toj zemlji ali se Miki divio nepre-glednim stepama i grubostima ove lepe zemlje. Na aerodromu su ih dočekali Gennijevi ljudi, a dvojicu koji su ih od Istambula pratili dočekaše članovi nji-hove bande. Videli su ko je dočekao Mikija i Sašu, o tome obavestili svoje šefo-ve i odmah obustavili praćenje. Poznato je kakvo obezbeđenje čuva premijera pa su znali da bi veoma brzo bili primećeni, da bi se podigao stepen obezbeđe-nja zbog njihovog prisustva, da bi time sve upropastili, pa su odlučili da jedan čovek iz daleka nadgleda njihovo kretanje. Pretpostavljali su da budućipremi-jer ili neko od njegovih ima rak, da im je neko rekao za Mikijeve čajeve i da su ih zbog toga pozvali u Kazahstan. Ako je to istina, onda Mikijevi čajevi zai-sta vrede neprocenjivo bogatstvo i oni se moraju dočepati tih tajni po bilo koju cenu. Čekali su svoj trenutak ne ispuštajući svoju žrtvu iz vida.

Ljudi koji su ih dočekali su profesionalno obavljali svoj zadatak. Ljubazne reči dobrodošlice, a onda kao da im je mačka pojela jezik. Vožnja je trajala oko četrdeset minuta a niko od njih nije progovorio ni reč. Miki je hvatao njihove misli želeći da vidi sa čime su sve upoznati. Video je da su to spoljni momci ko-jima nije dozvoljen pristup nikakvim važnijim informacijama.

Doveli su ih pred velelepno zdanje u kojem je živeo čovek koji za par ne-delja postaje premijer i pred kojim su bile ambicije da bude predsednik ove ze-mlje. Imao je dovoljno novca i mogao da kupi sve što poželi, ali je bio nepoznat, a on je želeo da ga svako zna i da na taj način njegova sujeta bude zadovoljena. Želeo je da bude najveći i da u njega gledaju kao u Boga.

Posluga im je otvorila vrata od kola i dok su oni izlazili, još nekrunisani kralj je udobno sedeo na fotelji koja se blago njihala napred - nazad. Tek kada su krenuli ka njemu on je, ne žureći, počeo da ustaje iz svoje fotelje. I na ovaj način je želeo da pokaže svoju moć. Želeo je da shvate da on sada drži sve kon-ce u svojim rukama i da samo do njegove volje zavisi da li će im pokloniti ži-vote ili će narediti svojim telohraniteljima i obezbeđenju koje se nalazilo svuda oko njega, da opale nekoliko rafala i na taj način privedu kraju tu noćnu moru. Sve je to Miki osetio ali je znao da on ništa od toga neće uraditi.

Prvo se rukovao sa Sašom zagrlivši ga i lupkajući ga po leđima, a onda je pružio ruku Mikiju. „Ti si ta zagonetna ličnost koja može čoveku da zada ne-verovatne glavobolje?"– upitao je smeškajući se. „Samo pomažem prijatelju"– odgovorio je Miki. „Nećemo ovde stajati i razgovarati. Moja kuća je otvorena za goste koje ja pozovem, sa kojima želim da provedem nekoliko dana ili sa ko-jima želim samo da razgovaram, a ima i onih kojima neću otvoriti vrata. Vas sam pozvao i vama želim dobrodošlicu, želim da se opustite i da se osećate kao kod svoje kuće. Ja ću se potruditi da budem pravi domaćin i da vam u svemu ugodim."

Uvodio ih je u kuću koju je Miki odlično poznavao. Nekoliko puta je u noćnim satima posećivao ovog čoveka tako da je znao, ne samo svaku prostoriju, nego i svakog telohranitelja i gde se koji od njih nalazi. Znao je da ovaj čovek nema ni u koga poverenje, da sumnja i u sopstvenu senku. Verovao je Rini, svojoj ljubavnici i kućnoj pomoćnici više nego svim ostalim ljudima, ali je i njoj svakog trenutka bio spreman da prereže vrat samo ako bi ma šta posumnjao. Bio je kao vuk samotnjak. Voleo je on čopor svojih pristalica, voleo je da mu kliču da ga hvale i obožavaju, ali je najviše voleo da se povuče, da bude sam, da prostudira teške situacije u kojima bi se našao, da donese odluke koje bi njemu tog trenutka odgovarale, ali koje je mogao uvek promeniti zavisno od trenutnog raspoloženja. Uvek se smeškao i govorio blage reči. Uvek je u trenutku menjao odluke i osobe sa kojima se dogovarao, koje su od njega očekivale mnogo, a onda bi ostale praznih šaka. To se mnogima dešavalo, ali je ovoga puta znao da ne sme takav potez da povuče. Više od svega je voleo moć ali je znao da je ovaj čovek pred njim mnogo, mnogo moćniji od njega. Sa moćima koje bi dobio, komandovao najuglednijim ljudima sveta i sebe postavio na najviši svetski tron. One koji bi mu se u bilo čemu usprotivili, u večernjim satima duhovno bi posećivao i gušio u snu, kao što je Miki njemu radio i ta bi osoba veoma brzo promenila svoju odluku i postala njegov saradnik i poslušnik.

Nije znao da se ove moći mogu iskoristiti samo ako je neko sasvim u pravu. Nije znao koji je teret i koje su sve obaveze na ovom čoveku koji poseduje te moći. Nije znao da običan čovek to ne može podneti, da je taj teret, teret koji jedino može nositi Izabranik. Ništa od toga nije znao, ali je sve to i po svaku cenu želeo za sebe.

„Izvolite dragi prijatelji"– ponudio ih je da sednu za sto koji je bio krcat hranom. Njih trojica su bili potpuno sami za ogromnim stolom. Tim gestom je hteo da im pokaže da im potpuno veruje ali je Miki znao da ih sa nekoliko strana budno prate telohranitelji koji su spremni na najmanji znak opasnosti da deluju i da brane svog gazdu.

„Sani, ti znaš da je pečenje od baranina ovde poseban specijalitet, moja ga je posluga spremila za vas, ali sam se potrudio, pored tog jela, da na stolu budu i ostale đakonije. Let je poprilično trajao, a u avionu nema šta lepo da se pojede, pa smo pripremili ovo da biste se okrepili. Kasnije ćete nam reći šta najviše volite da jedete i ta će vam jela biti spremljena."

„Džoni, prvo – da budem iskren, ovom se dočeku nisam nadao. Drugo – od srca se u moje i u ime mog prijatelja zahvaljujem i na dočeku i na tvojoj odluci da o svim nesuglasicama koje smo imali između nas, nađemo rešenja."

„Prijatelju dragi, ne želim da kvarimo apetit sa tim temama. Normalno da sam vas tim povodom pozvao, ali znaš da sam rekao da planirate da ostanete nekoliko dana da našem zajedničkom prijatelju pokažemo sve lepote naše drage domovine. U tom periodu ćemo se o svemu dogovoriti. Sada možemo svi da uživamo u ovoj hrani a vreme za dogovor će doći. Da li bismo mogli da nazdravimo i popijemo po jednu votku za naše poznanstvo"– obratio se Mikiju a onda nastavio okrećući se ka Saši –"i nastavak naše saradnje."

„Džoni, ja već nekoliko godina ne pijem nikakav alkohol, a Miki ne sme, jer se bavi bioenergijom, a to jedno sa drugim ne ide."

„Sani, ja sam mislio da ćemo se večeras opiti, da ćemo se kroz suze setiti našeg detinjstva, svih trenutaka našeg zajedničkog života, svih grešaka koje obostrano počinismo, da ćemo kroz suze oprostiti grehe i da ćemo pijani i srećni poći na spavanje. Stara izreka kaže da je vino piće bogova i da je u njemu istina. Bog mi je svedok da sam hteo uz to božje piće da otvorim svoju dušu, da ti sve ispričam, da se dogovorimo o novcu koji ti dugujem i da pijani, kao što smo to mnogo puta ranije bili, legnemo da spavamo. Naravno, pred vama je mogućnost naručivanja svih jela i pića na ovom svetu, a normalno je da ćete biti posluženi i sa sokovima ako ih vi poželite."

„Ja ću prvo jednu čašu vode a onda ceđeni sok od ananasa"– izjasni se Miki."I ja bih mogao isto"– potvrdio je Saša.

Voda je odmah doneta, a pola minuta kasnije sok je poslužila devojka neverovatne lepote. Znao je da je to mamac za njega, ali se nijednim trzajem ili pogledom ka njoj nije hteo odati. Napravio se da nju nije primetio ali je zato rekao da zahvaljujući bioenergiji oseća da ga iza onih vrata pomno i ispitivački posmatra neka osoba. Genni se nasmejao a onda pozvao Rinu da uđe.

„Vidiš, draga Rina, da pred našim gostom, i ako želimo, ne možemo imati tajni, niti možemo uraditi nešto bez njegovog znanja." Bila je lepa. Znala je svoju lepotu da koristi za postizanje svojih ciljeva, a znala je da bi joj mnogi muškarci ispunili mnoge želje samo da par sati u toku jedne noći bude sa njima. I sada je želela da ostavi takav utisak. Videla je da Miki nije ni pogledao Aksanu Chhyn pa je bila spremna da ona trenutno preuzme tu ulogu, dok mu se ne pokaže šta je za njega spremljeno. Pozdravila se odglumivši da je srećna što se opet videla sa Sašom. Sela je i zajedno sa njima jela uz blagu komunikaciju. Osetio je da je soba izolovana, da se van nje ni jedna reč ne može čuti, da Genni pod stolom ima dugmad kojima naređuje ko će se kada pojaviti. Znao je da reči koje budu izgovarali ostaju ovde kao najveća tajna. Za svaki slučaj je ugasio sve kamere da se ne bi, kojim slučajem, desilo da neko od posluge, ko je zadužen za presnimavanje, čuje i sazna za njegovu tajnu.

„Kada Vas čovek pogleda, nikada ne bi rekao da posedujete takve moći

za koje bi određeni ljudi na svetu bili spremni da plate pravo bogatstvo"–
obratila se Rina Mikiju. „Znam Rina. To je teret, izazov i opasnost koju nosim
u sebi." „Da li je to neka od plemenitih veština koja se uči u nekom Šaolin hra-
mu?" „Zaista ne znam da li postoji neka škola u kojoj se može naučiti nešto slič-
no, znam da je ovo što znam samo meni đedo ostavio. Ne postoji drugi čovek
na svetu koji poseduje ove moći osim mene. Ima ljudi koji su, u određenim du-
hovnim sklopovima jači od mene, i njih je sedmorica, ali kompletne moći nema
niko, jer takav čovek ne postoji.

Znao je da je ovo malo ispitivanje, proveravanje njegovih kvaliteta, odgo-
vor na pitanje koliko daleko mogu ići sa ovim protivnikom.

„Ako je sve ovo istina, mislio je Genni, onda ću se sa Sašom što pre dogo-
voriti, a njega ću svim silama zadržati kod sebe. Daću mu ogromno bogatstvo
i od njega napraviti najvernijeg slugu."

Nije znao da Izabranik nikako ne može biti sluga drugom čoveku. Nije
znao da je njegov duhovni sklop potpuno povezan sa prirodom, sa Univerzu-
mom, ili sa Bogom. Jedino njemu je mogao biti sluga, jer su jedino Bog, priro-
da ili Univerzum imali milijardama puta veće moći od njega. On je sklop tih
moći. Kao što je Bog milijardama puta jači od njega, tako je i on milijardama
puta jači od ostalih ljudi na svetu

„Rina, pusti se priče, nego daj da gosti uzmu nešto da pojedu da bi se okre-
pili od dugog puta. Miki, ovde kod nas se pije čaj ali znam da se u Evropi pije
kafa pa sam i to nabavio. Izdao sam naređenje Aksani Chhyn a ona je jedna od
najlepših cura na ovom kontinentu, da izvežba da kuva kafu i da ti uvek bude
pri ruci"– opet je Genni navodio vodu na svoju vodenicu jer je video da doga-
đaji idu u drugom smeru.

„Saša, ne znam da li ti hoćeš kafu, a ja bi mogao jednu. Da vidimo koliko je
Gennijeva Aksana naučila da je kuva." „Hoću Miki, jer sam i ja uz tebe zavoleo
da pijem kafu. Od kada je došao kod mene u goste, svakodnevno popijemo po
jednu, i mogu reći da baš prija."

Ha, ha, ha – nasmejao se Genni lupnuvši rukama, a onda se dosetio da su
u sobi koja je izolovana zvukom, pa je pritisnuo dugme na donjem delu stola.
„Onda ćemo i mi, kao pravi domaćini popiti taj turški napitak."

Aksana je ulazila a on je iskoristio da je upozna sa gostima. „Za sve vreme
tvog gostovanja u mom domu, ovaj Azijski biser će ti praviti društvo i kuva-
ti kafe." "Ako budem jeo koliko me gostite i ako budem pio kafe koliko mi ona
bude kuvala, onda će moj stomak biti veliki kao šerpa u kojoj se kuva boršč!"
Svi su se nasmejali a onda je Aksana pošla da skuva kafu. Prvo je stigao miris a
za njim je ušla i ona noseći svima napitak koji oni nisu navikli da piju. Skuvala
je i sebi i sela do Mikija. :

„Džoni, nisi bas pravi domaćin"– reče mu Saša. „Njemu si obezbedio"– nabrajao je na prste –"i hranu i kafu i ovakvu lepoticu a meni ništa!" Opet su se svi nasmejali. Atmosfera je bila opuštena i svak se šalio na neki svoj način. Opet je Džoni morao da pritisne dugme i jednom od svojih ljudi izda naređenje da dovedu još jednu devojku koja će Saši praviti društvo. I ona je bila lepa i mlada.

"Džoni, kada pogledam ove lepotice koje nam ovde prave društvo, onda znam da će se u mene i Mikija, kada budemo prošetali po gradu, mnoge zaljubiti jer smo različitiji od ovog stanovništva." „Sani, ovde se u vas mogu zaljubiti samo osobe kojima budete dali pare i ta će zaljubljenost trajati dok ih izgubite iz vida."

Opet su se svi slatko nasmejali. Devojke su obavljale zadatke za koje su bile angažovane i sve su više bile intimne sa svojim novim poznanicima. Tako je prošao prvi dan. Za sutrašnji dan su se dogovorili da posete planinu Tjanj Šanj na kojoj je bilo jezero Isik Kulj, da pođu na ručak i da se Genni tada sa Sašom dogovori oko njihovih problema. Miki je otpustio Aksanu pravdajući se da je umoran od dugog puta i zaključao vrata. Saša je uživao u čarima svoje izabranice.

U drugoj sobi, umesto uživanja, Miki je pošao duhovno da obiđe svoje neprijatelje. Prvo je obišao američku mafiju. Saznao je da su oni u Istambul poslali svoja dva čoveka da ih prate, da su ih sačekali ljudi budućeg premijera i da su njihove pretpostavke da ili premijer ili neko od njegovih bližnjih boluje od raka, pa su zato pozvali Mikija i Sašu. Odluka šefova je da se obavezno, po njihovom povratku, moraju dočepati Mikija i od njega na silu izvući tajne za koje nisu imali nameru da plaćaju basnoslovno bogatstvo. Saznali su od svojih uhoda koliko je tražio Sergeju za njih.

Kada je saznao šta se dešava u ovoj bandi, pošao je da poseti Sergeja. Začudio se saznavši da i on ima iste vesti.Rade tajno jedni od drugih, ali su za svaki slučaj u suparničku bandu ubacili po jednog ili više svojih ljudi i tako imali uvid u sve što se dešava kod protivnika.

Sergej je, preko nekih samo njemu poznatih veza, angažovao par osoba iz afričkih zemalja koje će, u trenutku kada on bude otvoreno krenuo da zarobi Mikija, i kada ljudi iz suparničkih bandi počnu da ga ometaju ili pokušaju da ga preotmu, otvoriti vatru i napraviti pravu pometnju među neprijateljima. Kada bude sve saznao, on će im prepustiti Mikija da se u svom nemoćnom besu njemu osvete. Ipak će mu prethodno prerezati jezik i pokidati prste na rukama, da se ne bi desilo da i njima otkrije istu tajnu, ili da je kasnije ne prepiše. Miki je znao da je ovaj čovek opasan, ali nije ni pomišljao da je ovoliko svirep. Ne bi njemu Jura bio čovek od najvećeg poverenja da nije sličan njemu.

U tom trenutku se setio starog vrtlara pa je poželeo da sazna šta je sa njim. Pošao je i njega da potraži. On je spavao a Miki je ušao u njegovu svest.

Saznao je da ga je Sergej postavio za šefa njegovim uličnim borcima i dilerima droge. Mikijevim odlaskom kod njega su prestale moći koje je posedovao pa se on, dok bi u samoći provodio vreme, pitao odakle mu onakva sposobnost kada je znao da se nikada nije bavio treniranjem borilačkih veština. To je uporno hteo da objasni Sergeju, ali mu on nije poverovao:"Skrivao si tu tajnu toliko godina radeći kod mene za sitne pare. Došlo je vreme da se o tebi sve sazna i da budeš prvi čovek mojih grubijana, ujedno da zaradiš pristojnu svotu novca sa kojom ćeš obezbediti svoju starost. Ne moraš se ti stalno tući, ali ćeš im po nekad, kada je najteže, priteći u pomoć." Od tada je nemirno spavao jer je znao da će taj trenutak doći.

Bilo mu je žao ovog starca koji je njegovom krivicom dospeo na mesto na kojem lako može izgubiti život. U njegovu svest je ubacio plan koji će se aktivirati kada Miki bude duhovno napao Sergeja: da on pokupi pare od prodaje droge i nestane iz njihove bande. Pokušaće Jura da ga uhvati, ali će biti preopterećen svojim kao i Sergejevim problemima, pa će brzo odustati. To će starom vrtlaru biti nagrada za pomoć koju je pružio Mikiju. Ujedno će se ispuniti Sergejeve reći da će od njega zaraditi pare i obezbediti svoju starost. Niko nikada ne bi mogao pomisliti koliko novca poseduje Sergej i koliki su dnevni obrti koji se ostvaruju u jednoj noći pri prodaji droge. To je znao stari vrtlar.

I kod njih je Miki saznao šta ga je interesovalo pa je odlučio da poseti i trećeg neprijatelja. Bio je to po njemu najslabiji protivnik. Setio se đedovih reči da nikada nikog ne potcenjuje jer mu i najmanji neprijatelj može napraviti ogromne probleme. Posetio je Hejnriha Kola i ostale iz njegove organizacije. Većinom su spavali a Miki nije ostavio u njegovoj svesti nikakav znak opasnosti.

Vratio se do Sašine sobe, pogledao šta on radi, a onda pošao da obiđe Gennija. Ovoga puta ga ni on ni iko od njegovih telohranitelja neće videti. Po evropskom vremenu je prošlo dvadeset i dva a po azijskom tri sata, a u sobi su sedeli Genni i Rina i razgovarali kao da odavno nije prošla ponoć. „Ne mogu očima da ga gledam. Najradije bih naredio svojim ljudima da ga ubiju. Njegovo prisustvo me podseća na moju nemoć. Ja bih i dalje bio niko i ništa da njega nije bilo."„Genni, smiri se, pobogu. Moraš uzeti neku tabletu za smirenje, jer ako ovako nastaviš, sutra ćeš biti nervozan i nećeš postići nikakve rezultate. Na kraju, ti ćeš mu isplatiti pare koje ti traži i više ga nikada nećeš videti." „Rina, vidiš da nam i sa Mikijem ne ide kako smo planirali. Prvo, nije Aksanu ni primetio,   onda je oterao ili odbacio od sebe kao da je vašljiva krpa."„Nemoj oko toga mnogo da se nerviraš. Ne znam da li si video kako je mene gledao dok smo razgovarali? Možda je ona suviše mlada za njega. Probaće još sutra da ga osvoji, pa ako joj ne pođe za rukom, onda ću tu ulogu preuzeti ja."„A šta misliš kako bi bilo da ih ujutro, kada se probude, pored kreveta sačekaju desetak naoružanih telohranitelja, da

Sašu jednostavno ubiju a Mikija zarobe pa da na silu od njega saznamo sve tajne?" „Digla bi se velika prašina jer su ih mnogi novinari slikali kada si ih dočekivao kao goste. Za sada ne znaju cilj njihove posete, a ti im sutra možeš ispričati da ti je došao drug iz detinjstva i njegov prijatelj. Bili ste kao braća i bez obzira što teče kampanja i što je svaki trenutak važan, ti ne možeš zaboraviti svog druga već mu i u ovim važnim trenucima posvećuješ svoju pažnju i vreme. Reći ćeš novinarima da ne želiš da se reklamiraš na mitinzima, ali ćeš takvu pažnju i vreme posvetiti svim građanima kada budeš postao premijer."

„Opet si me smirila Rina. Hajdemo sada da se odmorimo jer nas sutra očekuje naporan dan."

Miki je odlučio je da utiče na njegov san i raspoloženje da bi se dobro odmorio i da bi sutra bio raspoložan. Pomislio je da bi Rini sto puta bolje pristajala funkcija premijera nego njemu. Sigurno bi je mnogo bolje obavljala. Onda se vratio u svoju sobu. "Dan je pametniji od noći – kaže stara izreka, pa hajde da se sada odmorim da bih video šta će mi doneti sutrašnji dan."

Osvanulo je sunčano jutro. Roletne na prozorima su bile spuštene pa je u sobi vladala polutama. U svesti mu je ugrađen biometrijski sat pa je Miki ustao u sedam sati po njihovom vremenu. Znao je da svi spavaju ali je on malo bučnije izašao iz sobe da bi ga telohranitelji primetili. Odmah su mu pošli u susret signalizirajući rukama da bude tih. Svi su znali da odlično govori ruski pa im je bilo lako da se sporazumeju.

„Molim Vas vratite se u sobu"–prošaputao je jedan od trojice koji su se približili. Kada su ušli, on je glasnije počeo da priča:"Zbog čega ste ustali ovako rano? Da Vam od nečeg nije muka?"

Miki se pravio da ga gleda u čudu a onda je upitao:"U koliko sati se ustaje u ovoj kući? Ja sam navikao da ustajem u sedam pa sam zbog toga ustao, ali ako je ovde drugačije, ja ću se opet vratiti da spavam."

„Sobe su zvučno izolovane pa se iz njih ne čuje ni jedan glas, ali je hodnik ozvučen pa ne možemo u njemu da pričamo. Ovde svaka aktivnost počinje kada se gazda probudi. U drugom delu kuće su posluga i kuvari. Uvek u kući mora biti spremljenih jela jer se nikada ne zna kada će on zahtevati da jede. A što se tiče njegovog sna, mogu reći da tu ima dosta problema. Kažu da je sanjao neke grozne snove pa se uznemirio tako da smo dobili naređenje da ga ni jednim šumom ne uznemirimo dok spava. Soba mu je ispunjena kamerama i ozvučenjem tako da se i najmanji šum mora registrovati." Ovo su bile reči objašnjenja i upozorenja, shvatio je Miki.

„Onda ću ja odspavati još neko vreme, pa kada se svi probude, onda probudite i mene."„Ako ne možete da zaspite ja ću Vas sprovesti do posluge gde možete doručkovati i popiti šta želite."

„Prijatelju, ja mogu da zaspim kad hoću i da se probudim se kad hoću, mogu jesti kad hoću a mogu i gladovati, bez ikakvog problema, po nekoliko desetina dana."

Videla se neverica na njegovom licu dok je izlazio iz sobe a Miki je posle kraće meditacije utonuo u san. Probudili su ga malo posle deset. Da nije sinoć čuo reči koje je Genni izrekao za Sašu, da mu je to neko drugi pričao, u to ne bi poverovao, videvši ih sada kako veselo razgovaraju.

„Ja sam se probudio oko sedam, ali ste svi spavali pa sam i ja nastavio, tako da sam se baš dobro odmorio" – objasnio im je Miki kada je ušao kod njih u gostinjsku sobu.

„Drago mi je da je tako. U mojoj kući gosti treba da uživaju i da se odmaraju do mile volje. Sani mi sada priča kako je proveo nezaboravnu noć sa njegovom izabranicom. Ti si sa Aksanom zbog umora to preskočio, ali ćeš moći sa njom da uživaš kada je tebi volja, nezavisno da li je noć ili je dan"–govorio je Genni pokazujući mu mesto za stolom koji je i ovaj put bio krcat hranom. Doručak je potrajao više od sata a onda je Aksana opet skuvala kafu. Osećao je da je napeta i uznemirena. Ako joj ne pođe za rukom da osvoji ovog čoveka, neće dobiti ništa od ponuđene nagrade, a njenoj porodici je novac neophodno potreban. Poslušivši sve prisutne, sela je do njega i svi zajedno počeše da piju kafu. Posle prvog gutljaja Miki se okrenuo ka njoj blago je štipnuvši za lice."Moram da postavim jedno malo bezobrazno pitanje: kada čovek pije kafu koju si skuvala i uživa kao ja, on se pita koje ga sve uživanje očekuje u tvom društvu." Lice joj je obasjao osmeh i odmah se primetio sjaj u njenim očima.„Tu ćete morati Vi malo da se potrudite a ja ću dati sve od sebe da trenutke koje provedete sa mnom nikada ne zaboravite."„Aksana, molim te, kao i sve prisutne, da mi ne persiraš, jer ću se jedino na taj način osećati prijatno." „Potrudiću se, a nadam se da će i drugi to učiniti, samo da bi tebi bilo prijatno." „A sada da postavim još jedno nezgodno pitanje"– reče Miki i svi pogledi se zaustaviše na njemu. "Šta misliš, da li se u mojim godinama može desiti da i ti mene pamtiš po nečem lepom ili će se to samo meni desiti?" Opet su se svi nasmejali a Saša je prokomentarisao: "Miki, i moja će se mene sećati celog života jer će se uvek pitati kada sam počeo a kada završio!" nastao je zaglušujući smeh koji je trajao par minuta. „Nadam se da se Aksana neće po tome tebe sećati"– naglasio je Saša na kraju. Svi su se smejali, a onda pošli u obilazak Almate, do skora glavnog grada Kazahstana.Kada je novi predsednik prešao da radi u Astanu, ovaj grad je proglasio novom prestonicom.

Osećao se veliki uticaj nekadašnjeg Sovjetskog Saveza. Sve važnije zgrade i institucije su bile ogromne. Pod uticajem Zapada, kod njih su izgrađene mnoge zgrade koje su bile manje ali su imale veće funkcionalne vrednosti. U džipu je bilo samo njih četvoro. Ostali telohranitelji su ih pratili na bezbednoj udaljenosti. Genni ih je odveo na Mondeo. Kao dete je jahao konja pa mu se sada pružila prilika da to ponovi. Slikali su ih jer se i Saša pridružio, popeo se na drugog konja. Onda su se slikali sa orlom. On je bio nacionalni simbol Kazahstana. Mnogi koji su orla imali, znali su da je njegova vrednost veća od jedne automatske puške. On je gospodarima koristio za lov.

Orao je nemilosrdni gospodar visina a ovaj narod mu je dosta sličan. Uspevali su i opstajali na ispošćenim stepama gde nijedan drugi narod ne bi uspeo. Kao što postoje ljudi koji teško žive, tako postoje drugi koji uvek uživaju. Ovog trenutka su svi uživali. Genni je čašćavao vlasnike konja i orla za usluge koje su im pružili. Kupio im je sušeni sir koji je Miki prvi put probao. Nije mu se svideo ali nije hteo to da pokaže. Onda ih je Genni poveo u hram Hristovog Vaznesenja. U krugu hrama su šetali i bezbrižno razgovarali a onda se Saša prekrstio i rekao:"Daj Bože Džoni da se o svemu dogovorimo i da ostanemo prijatelji kao što smo bili."„Hoćemo Sani, dogovorićemo se o svemu. Nadam se da ćeš biti zadovoljan, a nadam se da će Miki meni u određenim stvarima pomoći tako da ću i ja biti zadovoljan. Dugo sam razmišljao pre nego što sam zaspao. Došao sam do zaključka da se sa tobom moram dogovoriti o sumi koju ću ti isplatiti, ali sam poželeo da tvog i mog prijatelja zadržim kod mene u gostima još par nedelja, dok prođu izbori i moje imenovanje za premijera."

„Ja se sa tobom mogu dogovoriti o našem problemu, a sa njim se moraš dogovarati o ostalom."

„To se podrazumeva, Sani. Hteo sam da predložim da odemo na planinu Tjanj Šanj. Tamo, na obali jezera Isik Kulj koje je dugačko sto sedamdeset a široko šezdeset kilometara, postoje bezbroj restorana, ali je jedan najkvalitetniji sa veoma ukusnom hranom. Hteo sam tamo da vas izvedem na ručak i da još malo prošetamo. Tu dolaze najvažniji ljudi Kazahstana i Kirgistana i tu uvek ima veliki broj novinara. Nećeš se ljutiti kada nas budu slikali da o vama kažem nekoliko rečenica?" "Nema problema Džoni. Ako treba, i mi ćemo dati neku izjavu za tebe." „Vi njima niste interesantni nego ja, i njihova prva zapažanja će biti da me telohranitelji ne obezbeđuju, nego se bezbrižno šetam udaljen od njih pedesetak metara. Niko ne zna da ću ići u tom pravcu pa se ne plašim da će mi protivnici postaviti zamku i pokušati atentat."

„I ja se nadam da od toga neće biti ništa"– rekao je Sasa vozeći se do šezdeset kilometara udaljenog jezera Isik Kulja. Dva džipa iz obezbeđenja su išla ispred, dok su iza ostala još tri. Dobro su čuvali budućeg premijera.

Saša je razgovarao sa Gennijem i Rinom dok je Miki sklopivši ruke na grudima, stupivši u blagu meditaciju, utonuo u okrepljujući san. Još nisu svi izašli iz džipa, a fotoaparati raznih novinara su počeli da škljocaju. Genni je naredio svojim ljudima da se udalje i oni su ga nerado poslušali. Do samog restorana su novinari postavljali razna pitanja. Genni je strpljivo odgovarao a onda se neko od njih dosetio da upita koji je povod da budući premijer, u ovim danima dok traje politička kampanja, dođe takoreći bez pratnje u ovaj restoran na ručak. „Dragi moji prijatelji, prvo moram da kažem da pored dosta drugih kvalitetnih restorana, ovaj ima najveću ocenu. Ovde su dolazili mnogi premijeri, ministri pa i sami predsednici. Svima je bilo lepo pa znam da će tako biti i meni. Drugo, ja sam potekao iz ovog naroda, sa njim moram da živim i sa njim ću deliti dobro i zlo. Meni telohranitelji pripadaju po službenoj dužnosti, ne zbog mog naroda kojeg volim, nego zbog drugih neprijatelja kojima smetam na političkoj sceni. Dragi moj narode, meni je u goste došao drug sa kojim sam proveo čitavo detinjstvo. Voleli smo se i volimo se kao braća. On je sa svojim prijateljem došao da mi da podršku da pobedim na ovim izborima. To mnogo znači mom narodu. Neću ja pobediti zbog njegove podrške nego zbog vaše, jer ste vi moj narod i ja ću biti vaš premijer. Vidite i sami da sam svu pažnju, umesto političkim mitinzima, posvetio svom drugu iz detinjstva. Tako ću, moj narode, i Vama posvetiti svu pažnju. Uvek ću biti uz vas i sa vama deliti sve vaše muke i probleme.

Svi znate da ja imam fabrike i da ovo ne radim zbog materijalne koristi. I meni je, kao i Vama, dozlogrdilo slušanje ovih političkih manipulanata i lažova. Obećavaju zlatna brda i doline dok ne dođu na vlast, a onda zaborave sve šta su obećali. Od sada neće biti tako. Narod je snaga ove zemlje i narod će se o svemu pitati. Strpite se još malo. Ja vam obećavam bolju budućnost i Vi ćete tu budućnost dobiti jer ste je zaslužili. Narode moj, sve vas volim i od srca pozdravljam!"– završio je izjavu, smešeći se i mašući svom narodu. Sve novinske agencije i televizijske stanice, koje su imale svoje dopisnike ili reportere, su neshvatljivom brzinom dobile izveštaje o slobodnoj poseti budućeg premijera jednom od najboljih nacionalnih restorana. I na televiziji, na raznim kanalima su se pojavile vesti o tome. Jedan od simpatizera njegove stranke je dao izjavu da je novi premijer sa narodom, da ih voli i da će sa njima deliti sve brige i probleme. On će kao premijer štititi njih i njihova prava a oni će štititi njega. Onaj koga narod voli i štiti ima najbolju zaštitu na svetu.

Tako su se nizale vesti jedna za drugom. Nije se znalo koji je od reportera upotrebio bolje i biranije reči da bi pohvalio kandidata. I novine nisu zaostajale sa hvalospevima: „Čovek iz naroda sa svojim narodom. Prvi put neko od političara bez telohranitelja sa svojim narodom. Ne ide na političke mitinge zbog druga iz detinjstva. Kao što je sa svojim drugom tako će biti i sa svojim narodom. Dozlogrdilo mu je slušanje političkih manipulanata i prevaranata. Narode moj sve vas volim i od srca pozdravljam."

Novine su prodavane kao lude a njemu je rejting iz minuta u minut rastao do neslućenih granica.

Prošlo je već nekoliko sati od kako su došli kući a telefoni nisu prestajali da zvone. Bezbroj pitanja i pohvala je stizalo zbog njegovog govora i hrabrosti da šeta bez telohranitelja. U opštem metežu, gde je svako odgovarao na postavlje-na pitanja i gde su telefoni non-stop zvonili, Mikijev nagli skok i hvatanje slu-šalice koju Genni nikako nije smeo podići, kod prisutnih je izazvalo zaprepa-šćenje i naglu tišinu. Mikijeve reći su se veoma jasno čule: "Čekao sam te da se javiš." Par sekundi, a onda se, sa druge strane, čuo smeh iodgovor: "Poručite Genniju da neće živ dočekati da postane premijer."

U opštoj tišini, reči na spikerfonu su se čule jasno kao da ih je neko izrekao u neposrednoj blizini.

„A ti Ruslane poruči svom šefu Nikolaju da će večeras doživeti najtežu noć u svom životu, a tebi, ako hoćeš da me poslušaš, savetujem da bežiš. Beži od njega jer će te on sutra ubiti."„Ovaj… Ne znam … Kako…" dopirale su reči sa druge strane žice a onda je veza prekinuta. U kući je još trajao muk. Prvi se pribrao komandant specijalnih jedinica:"Ko je ovaj čovek i otkuda on ovde?"– progovorio je izvukavši pištolj iz futrole. Osobe koje su bile bliže Mikiju su na-glo počele da se izmiču. Genni je ustao iz svoje fotelje i dao rukama signal da se sve telefonske veze prekinu. Onda se obratio komandantu:"Ko je tebi dao do-zvolu da potežeš pištolj u mojoj kući?"„Gospodine, ja sam mislio …"

„Nema ti šta da misliš u mojoj kući i na moje goste da potežeš oružje! Ova-kva greška je neoprostiva. Neću te smeniti, ali za sve vreme dok moj gost bude kod mene, tebi će pristup biti zabranjen. Komandante, o ovome bi bilo najbo-lje da se ne zna nijedna reč."

„Razumem gospodine" – odgovorio je kapetan i spuštene glave izašao iz dvorane. Svi su ga gledali a Genni je sa Mikijem i Sašom pošao u susednu pro-storiju koja je bila izolovana.„Vidiš Miki, zbog toga sam poželeo da te zadr-žim kod mene. Zbog toga si mi potreban i ja sam spreman da ti platim koliko ti kažeš samo da budeš moj zaštitnik i saradnik." „Genni, mi smo došli po dru-gom zadatku i dok taj zadatak ne rešimo, ja se neću prihvatiti trećeg"– obja-snio mu je Miki.

„Nadam se da ćemo se u roku od pola sata o tome dogovoriti, da ćemo svi biti zadovoljni i da ću posle sa tvoje strane dobiti pozitivan odgovor."Miki je krenuo da izađe a Genni ga je, misleći da je nešto ljut, zaustavio.„Da li sam ne-kim rečima izazvao sumnju da se nećemo dogovoriti pa si zbog toga krenuo da napustiš sobu?" „Ja ne sumnjam jer znam da ćeš sve ispuniti, ali u trenutku do-govora ne želim da budem prisutan da ne bih svojom svešću uticao da isplatiš veću ili manju sumu novca. Vi ste bili partneri i vas dvojica se morate sami do-govarati tako da sam ja ovde suvišan."

Ostali su sami i konačni dogovor je počeo da se zaključuje.„Ti najbolje znaš koliko sam muke, truda i nervoze preživeo dok nisam otvorio ovu firmu – otpo-če Saša."Sani, prijatelju moj" – prekinuo ga je – "sve znam i ovog trenutka te molim da mi oprostiš za sve moje greške. Ali te isto molim da o svemu tome ne pričamo, jer će neka ružna reč povući drugu, još ružniju i mi ćemo, umesto dogovora početi da se svađamo. Izdvojili smo se da se dogovorimo i hajde da se dogovorimo." "Važi Džoni. Nećemo pričati o tome. Reci onda šta ti misliš." „Sani, ja znam da si ti sigurno planirao da ti isplatim određenu sumu novca kao odštetu, ali ti moraš reči o kojoj je sumi reč." „Dobro Džoni. Ja te znam kao odličnog trgovca i kao osobu koja će se pogađati do poslednjeg centa, ali kada se pogodiš tada ćeš tu sumu isplatiti." „Potpuno si u pravu." Samo što ovoga puta sa mnom neće biti cenkanje nego ćeš mi isplatiti sumu od pet miliona evra koja mi u potpunosti pripada." „Pet... miliona ... evra..." promucao je Džoni u neverici. On je bio spreman da plati sto miliona a ovde se od njega tražilo samo pet. Saša je pomislio da mu je tražio sumu koju on nikako nije hteo da mu isplati, pa je neumoljivo nastavio po svome. „Ja sam siguran Džoni da zaslužujem mnogo više, ali ću i sa tom sumom završiti sve moje potrebe i sa Mikijem otvoriti starački dom."

„Slušaj Sani – te pare ću ti isplatiti i častiću još pola miliona samo da tvog prijatelja ubediš da ostane kod mene do kraja kampanje. I njemu ću platiti pola miliona za to vreme." Saša se premišljao šta da odgovori a Ganni je nastavio- "Mislim da je fer sa moje strane i da bi trebalo za toliko da ga zamoliš."

„Pokušaću, ali ne mogu nista da obećam"– odgovorio mu je Saša zabrinutog glasa. Kako će reči svome prijatelju da ostane i da bude kod čoveka koji sigurno ima neke loše namere. Da li će time izdati prijatelja koji mu je pomogao da dođe do cilja do kojeg ne bi došao sa bataljonom plaćenih ubica. Rekao je da će pokušati i to će uraditi. Na kraju, i ako ne ostane, vratiće mu tih pola miliona.

„Ti pokušaj i zamoli ga a ja ću svoje obećanje ispuniti u roku pola sata. Da li ti je još u funkciji onaj žiro račun ili si otvarao novi?" „Još koristim onaj stari." „Evo ti telefon, pozovi Galju i reci joj da ti javi kada pare budu legle na tvoj račun. Molim te još jedamput da zamoliš Mikija da ostane kod mene. Ti možeš ostati koliko hoćeš, a ako poželiš, možeš već sutra krenuti kući." „Videću sa njim, pa ću ti kasnije reći."

Opet su u dvorani telefoni zvonili i opet su stizale pohvale i pitanja. Pozvao ga je Predsednik iz Astane čestitajući mu na postignutim uspesima. Sa njim je morao da se zadrži više od dvadeset minuta slušajući ga kako mu deli pohvale. Kada je završio, odmah je pozvao svog finansijskog direktora i od njega zatražio da odmah na Sašin račun prebaci pet i po miliona evra. „Gospodine, ne razumem kako"..."Razumi i odmah na račun Aleksandra Proppa prebaci pet i po miliona."

Prekinuo je vezu a direktor je požurio da izvrši naređenje. Dogovor je prošao bez ikakvog natezanja i cenkanja. Platio mu je petsto hiljada evra više, pa je sada sa njegove strane bilo fer da porazgovara i zamoli Mikija da ostane i da

mu pomogne u kampanji. Bez obzira što je bio upoznat sa moćima svog prija-
telja, još se čudio kako je znao da dohvati telefon baš u trenutku kada su sa dru-
ge strane bile osobe koje će pretiti budućem premijeru. Možda stvarno spre-
maju atentat? Kako je samo znao ko je pozvao i kako mu se zove šef.
    Kao što su ta pitanja mučila Sašu, tako su mučila i komandanta specijalnih
jedinica. On je u svojoj svesti doneo zaključke da je osoba o kojoj niko ništa ne
zna a koja je došla u posetu budućem premijeru neki svetski poznati prorok.
Zato je on odlučio da njegova poseta ostane tajna. Između hiljadu poziva on
je baš podigao slušalicu kada su atentatori pretili. To može samo vidovita oso-
ba. Pa da. On je osobu koja je pozvala nazvao Ruslanom a njegovog šefa Niko-
lajem. "Moram, pod hitno, da proverim ko bi mogao da bude taj Nikolaj. An-
gažovaću ljude da prate svakog Nikolaja iz podzemlja i na taj način ću saznati
ko bi to mogao biti. Da sam bar malo bliže tom čoveku pa da od njega saznam
pojedinosti. Pih, koji sam magarac ispao. Ja se jedan našao pametan da pote-
žem pištolj na potpuno miroljubivog čoveka i još to specijalnog gosta. Koliko
bi mi sada značilo prijateljstvo sa njim".

    Mnogo sličnnih misli je prošlo i kroz Gennijevu svest u trenutku dok je na-
puštao sobu u kojoj se sa Sašom dogovarao:"Samo ovaj trenutak što je otkrio
potencijalne atentatore pokazuje da sam napravio odličan potez što sam ga po-
zvao i što sam se sprijateljio sa njim. Zamoliću ga da mi objasni ko je taj Niko-
laj koji se sprema da me napadne, da pošaljem specijalce da od njega saznaju
sve što me interesuje i da ga posle likvidiraju. Tako se najbolje neprijatelji skla-
njaju sa puta uspeha. "
    „Kako se oseća moj dragi prijatelj i gost?"– upitao je otvarajući vrata Mi-
kijeve sobe."Veoma prijatno zahvaljujući tvom gostoprimstvu."„Mogu li sa to-
bom malo da porazgovaram?"„Normalno da možeš. "
    „Miki, sa Sašom sam odmah postigao sporazum. Tražio mi je ogromno
bogatstvo koje većini čovečanstva neće biti dostupno pa da žive još po pet ži-
vota. Znam, reći ćeš da sam isplatio ono što je bilo njegovo. Nije baš sve tako
kao što misliš i kao što ti je on ispričao, ali to je sada najmanje važno. Ako
bude prilike pričaćemo o tome. Tražio mi je pet miliona evra. Moraš priznati
da je to ogromna količina novca. Ja sam pristao da mu tu sumu isplatim i još
sam ga častio petsto hiljada, a toliko nameravam i tebe da častim ako pasta-
neš da budeš moj glavni čovek za ovo vreme dok ne postanem premijer. Nije
to mnogo. Za dve nedelje su izbori i posle toga još tri – četiri dana. Znači, ne
bi se zadržao više od dvadesetak dana. Ne … Ne želim sada da mi odgovoriš.
Porazgovaraj malo sa Sašom pa ćemo se videti za večerom. Ujedno da napo-
menem da Aksana večeras od tebe očekuje ludu i nezaboravnu noć"–smeškao
se srećan i zadovoljan izlazeći iz Mikijeve sobe.

Ušao je Šasa a nekoliko minuta kasnije i Aksana. „Svi su zauzeti svojim poslovima, kojih u ovoj kući uvek ima previše, pa sam ja ugrabila trenutak da upitam da li ste raspoloženi da popijete po jednu kafu." „Ovo je najbolji trenutak koji si mogla izabrati da nas ponudiš kafom. Odlično si naučila da kuvaš slatku kafu, ali će meni i pored sveg šećera biti gorka ako je ne budeš i ti pila u našem društvu." Primetio je iskrice zadovoljstva u njenim očima kada je čula ove reči, pitajući se da li ovaj čovek zna ili naslućuje kakav je njen zadatak kad je on u pitanju. Ubrzo je stigla kafa i nekoliko različitih vrsta kolača koje je spremila za njega. On je pohvalio - zaista su bili ukusni. Počeli su da pričaju o nekim nezanimljivim temama, a onda je ona postavila pitanje:"Kako si od toliko hiljada poziva pogodio baš onaj u kojem su se atentatori spremali da prete budućem premijeru, uz to, ti si tačno znao i ko zove i ko mu je šef. Naši detektivi su proveravali da ti neko, na bilo koji način, nije javio da će tog momenta pozvati, da taj poziv nije slučajno povezan sa tobom i Sašom i da je to vaša vešta zamka. Osim tvojih telefona iz Srbije, kod tebe nije bilo nikakvog zvučnog instrumenta. Svi snimci pokazuju da je Saša bio okrenut na drugu stranu kada si ti ustao da dohvatiš telefon i da se uopšte niste pogledali. A ujedno, istog trenutka su zvonila tri telefona tako da nije bilo moguće da dođe do vremenskog podudaranja. E sada, kada su sve to razrešili, kod svih se postavlja pitanje kako je to tebi pošlo za rukom?"

„Ako tražiš iskren odgovor, onda ću ti reći da i ja ne znam…"

„Miki, pobogu"– prekinula ga je ona nabrajajući na prste: "prvo telefon, drugo ime pozivaoca, treće ime njegovog šefa... Pa da li je moguće da se tri stvari slučajno poklope i da mi ti daš iskren odgovor da ni ti ne znaš! Objasni mi, molim te, kako se u sve to može poverovati."

„Aksana, ako me stalno nešto pitaš a ti sama daješ odgovore na svoja pitanja, onda od mene, ne dozvoljavajući mi da dođem do reči, nećeš dobiti objašnjenje nego će to biti tvoje konstatacije." „Molim te izvini što sam bila nekulturna." „Nema nikakvog problema. Evo ja ću se potruditi da u par rečenica opišem celu situaciju. Ja sam jedan od retkih ljudi na ovom svetu koji poseduje neku čudnu vrstu, nazovimo radara u organizmu. On može da miruje bezgranično dugo, ali se zato može upaliti ili signalizirati ako osetim opasnost za sebe ili za nekog u mom okruženju. Ovaj put sam to osetio za Gennija, jer smo u njegovoj kući i smatramo se njegovim gostima. Kada je čovek koji je pozvao progovorio prve reči, ja sam iz njegove svesti saznao kako se zove i da je on samo pion u rukama svoga šefa. Rekao sam mu da pobegne ali me on neće poslušati. Komandant specijalnih jedinica će večeras slučajno nabasati na njih a njegov šef će pomisliti da ih je on izdao pa će ga sutra likvidirati. Eto, u par rečenica sam ti ispričao sve šta će se dogoditi a ti ćeš sutra videti da li sam bio u pravu."

Smeškao se jer je znao da joj je rekao dosta, ali ne pravu istinu. Nikolaja očekuje haotična noć koja će od njegovog života napraviti katastrofu, jer će se taj profesionalni ubica ubuduće plašiti od sopstvene senke. Nikada više nikoga neće biti u stanju da ubije.

Potrajala je nekoliko trenutaka tišina, a onda je ona progovorila:"Interesantno. Zaista da čovek ne poveruje. Videćemo da li će se sutra dogoditi sve kao što si rekao."Vrata su se naglo otvorila kada je Genni u žurbi uleteo."Miki, pre sam u žurbi zaboravio nešto da te pitam.""Znam. Do sada sam to isto pitanje objašnjavao Aksani.""Otkud si znao?"... I on i Aksana su istovremeno krenuli da pitaju i istovremeno ućutali.

„Znam, ali nemojte pitati odakle, jer to neću moći da vam odgovorim. Sačekajmo sutrašnji dan pa ćemo videti jesam li u pravu. Mogu ti još reći da sa sutrašnjim danom tvoji neprijatelji gube sve šanse da ti na bilo koji način naude.""Miki, prijatelju moj"– prišao je, zagrlio ga i dugo ga tapkao po ramenu –"molim te budi uz mene, pomozi mi i videćeš da ćeš biti veoma bogat čovek.""Džoni, moje se moći ne mogu kupiti, niti ja mogu da radim za tebe iz koristoljublja. Ne interesuje me šta je bilo ranije između tebe i Saše i sada ću ti pomoći bez ikakvog interesa."

Čoveku koji je sve radio za novac, kod kojeg je svaka usluga imala cenu, ove reči nisu bile shvatljive. O tome ovoga trenutka nije hteo da raspravlja jer je čuo obećanje da će mu Miki pomoći. Neka mu sada pomogne kada mu je najteže, a što se tiče nadoknade, tu mu sigurno neće ostati dužan. Sav srećan je pošao do Rine da joj ispriča najnovije vesti.

Za večerom su svi bili raspoloženi. Galja je javila Saši da je na njegov račun leglo pet i po miliona evra i da se od njega očekuje da potpise papire, da državi plati porez na ostvareni profit a da sa ostalim novcem može upravljati po sopstvenoj volji.

„Mi smo ovde završili zadatak zbog kojeg smo došli, jedino bih mom prijatelju Mikiju preneo molbu mog prijatelja Džonija, a i sa moje strane bih ga zamolio da kod njega ostane narednih dvadeset dana i da mu u svemu pomogne.""Saša, ja sam mu već obećao da ću ostati i da ću mu pružiti pomoć, tako da ti sutra možeš spokojno da putuješ. Pozdravi Galju i reci pacijentima da će morati ovih dvadesetak dana da sačekaju moje masaže." „Važi Miki. Nadam se da se ne ljutiš što bez tebe odlazim.""Za to nemoj da brineš Saša."

To je umirilo Sašu, dok su Genni i Rina bili zadovoljni i srećni što Miki ostaje kod njih.

33.

Trebalo je da provede noć sa Aksanom, da joj pruži trenutke koje će pamti-ti celoga života, ali nije smeo potpuno da se prepustiti uživanjima, jer je mo-rao oko dva sata da posetiti Nikolaja. Zato je od Gennija tražio susednu sobu, koja se graničila sa njegovom, koju su spajala unutrašnja vrata u kojoj će moći da bude sa Aksanom, a onda, u određeno vreme će preći u svoju sobu, zaklju-čati se, duhovno posetiti Nikolaja pa se opet vratiti kod Aksane. Nije želeo da ga neko ometa u njegovim zadacima. Morao se i od nje osigurati za vreme du-hovne posete, da se ne bi slučajno oslobodila od njegovih komandi svesti, pa da ga umirenog i ispruženog na krevetu do nje, počne cimati i pomerati. Ova-ko će biti zaključan i osiguran.

Počela je ljubavna igra između evropskog pedesetogodišnjaka i azijske lepo-tice od dvadeset godina. Reklo bi se da starost pokušava da prigrabi od mladosti najlepši kolač. Mada ni njegovo telo za te godine nije izgledalo loše, ipak se ni u snu nije moglo uporediti sa njenom lepotom. Primećivali su se tragovi godina, mada ona to, zbog obećane nagrade, nije htela da pokaže. Hvalila ga je kao da je njen vršnjak ili samo malo stariji od nje. Morala je tako da uradi jer su je tako podučili da bi njemu bilo lepo sa njom, a za njena osećanja ih nije bilo briga. Svi su mislili da će ga Aksana pamtiti kao što je Sašina izabranica pamtila Sašu. Ra-zlika će biti u tome što će ona vešto morati da glumi kako je sa njim doživela ne-što što joj se u životu nije desilo i kako će to pamtiti celoga života. Nije znala da neće morati da glumi. Nadala se da će je Miki pohvaliti kod Gennija pa će je on dodatno častiti. Ona će, međutim, doživeti nešto o čemu je maštala celoga živo-ta. Hiljadama puta će poželeti da joj se to bar još jedanput ponovi.

Gledao je dok je svlačila oskudnu odeću. Njeno telo je bilo delo najboljeg vajara svih vremena – Prirode ili Boga – jer, samo su Priroda ili Bog mogli da stvore ovakvu lepotu! Divio joj se i pošao da obgrli to prelepo biće. Požuda je počela da vlada njegovim telom, i baš kada je pružio ruke da je uzme u zagrljaj, u trenu mu se pokazala đedova vizija. Veoma tiho, ali razgovetno je čuo njegovu reč: „Ne!"

Mahnuo je rukom i ona je, onako naga, sela na ivicu kreveta. Zahvaljujući đedovoj viziji komandovao je svojoj strasti da se umiri. Neki unutrašnji glas mu je govorio da mora saznati šta je ovu lepu devojku, koja je mogla da bude srećna majka i da usreći nekog momka sa kojim će provesti svoj život, nateralo da se prihvati ovog zadatka.

Čitao je iz njene svesti kao iz otvorene knjige: živeli su siromašno. Imala je oca, majku i brata. Brat je bio nešto više od pet godina stariji od nje. Tada je ona imala nepunih petnaest a njen brat je napunio dvadeset, ukazala mu se šansa da se zaposli kod izvesnog Abrama. Na periferiji je imao veliki otpad kola, radionicu, automehaničarsku radnju, perionicu i jednu malu kafanicu, a u centru grada dva butika u kojima se prodavala firmirana i svetski poznata roba. U tu kafanicu su obično svraćali ljudi koji su čekali neke od usluga njegovih radnika dok su popravljali njihova kola. Kada je njen brat Chhen Chhyn prvi put navratio, ugostio ga je jedan od automehaničara. Tada nisu imali konobaricu. Došao je gazda Abram i oni su otpočeli dogovore.

„Moji su uslovi ovakvi: plata ti je tolika, radiš od toliko do toliko, na posao moraš stići na vreme ali ti neće biti plaćen prevoz." Odgovaralo mu je pa je ubrzo počeo da radi. Uskoro je jedna njegova prijateljica, po njegovom nagovoru, postala konobarica.

Petnaestak dana od početka njegovog rada, Aksana mu je donela neka dokumenta i tada je Abram prvi put video. Saznao je da su brat i sestra i odmah počeo prema njemu da se menja. Mnogo mu se svidela. Zbog prijatnosti koju je osećao prema njoj bio je spreman da uradi i ono što je nemoguće. Po njenom liku je zaključio da je dosta mlada, da je neverovatno lepa i da će od njenog brata saznati koliko ima godina. Izokola ga je upitao. Saznavši da još nije napunila petnaest, shvatio je da je razlika u godinama između njih malo više nego dupla. Video je da su dosta siromašni pa je odlučio da njenu mladost dobije potkupljujući brata i ostale članove njene porodice. Namere su mu bile čiste jer je želeo sa njom da se oženi i da od nje napravi kraljicu svog života. Nije se pitao da li ona to želi i da li ima bilo kakva osećanja prema njemu. On je nešto želeo i svim silama se trudio da to ostvari. Uvek je u takvim kombinacijama uspevao, pa nije video razlog da sada ne uspe. On svoje godine uopšte nije gledao kao prepreku između njih. Stara izreka kaže: ono što ti uopšte ne vidiš drugi vide odlično. Nije ga bilo briga šta drugi vide.On je nešto želeo i to će dobiti. Za početak je njenom bratu dao mnogo bolji posao.

Jednoga dana došao je kod njih na čaj. Primili su ga i ugostili. Navodno, zbog njihovog gostoprimstva, odlučio je da zaposli njenog oca koji je nedavno ostao bez posla. Stvorio je sliku o sebi kao dobrom i plemenitom čoveku, a da nikako ne izgleda da sve to radi zbog nje. Sve polako i planski. Onda je jednog dana sačekao kada se vraćala iz škole. Izgledalo je da je slučajno tuda prošao pa se ponudio da je prebaci do kuće. Nije htela da uđe jer je bilo stid od drugarica. Kada su uveče brat i otac došli sa posla, nije znala sa koje je strane više napadnuta.

„Zar čoveka koji nam obezbeđuje hranu za porodicu i koji se unizio da tebe bednu siroticu odveze kući da odbiješ i da izvrgneš podsmehu svojih drugarica. Znaš li da ideš u školu, da su ti kupljene knjige, sveske, odeća i sve što imaš zahvaljujući njemu. Znaš li da mi je dao najbolje radno mesto u firmi i da je tatu zaposlio a ti mu tako uzvraćaš. Da je sreće da si pristala pa da ti se možda udvara tako da bi mogla da se udaš, da sebe usrećiš a nama do kraja promeniš živote."

Nije mogla da veruje. Bila je još dete a oni su je terali da se uda za nekog ko je više nego duplo stariji od nje, Gde je tu njen život, gde su simpatije koje je osećala prema drugim vršnjacima, gde je iskrena ljubav koju je iščekivala i sve ono lepo što krasi zaljubljivanje. Neće biti ništa od toga jer će njen život proticati sa osobom koju nije želela ni očima da pogleda. Iako u njenoj detinjoj duši još nije bilo mesta za mržnju, ipak je prema ovom čoveku to osećala. Tada nije znala koliko će se puta ta mržnja uvećati u nastavku njihovog druženja. Znala je samo da sledećom prilikom, zbog porodice, mora pristati da je on preveze. To se i desilo nakon tri dana. Sačekao je ispred škole i ona je ušla u kola. Vozio je malo brže nego da su išli pešice. Osmeh i zadovoljstvo su mu blistali na licu. Znao je da postiže svoje ciljeve.

„Aksana, zašto ti bežiš od mene?"„Gospodine Abrame, Vi ste malo mlađi od mog oca, Vama pripadaju starije osobe a mene pustite da se još igram sa mojim lutkama, jer sam još dete za Vas"– pokušala je da ga urazumi i da mu pokaže da je to za šta on uopšte ne mari za nju u njenim godinama najveći problem. Bes je zaiskrio u njegovim očima ali se brzo smirio.

„Aksana, nemoj da me ljutiš jer se mogu osvetiti i tebi i tvojoj porodici. Namera mi je ozbiljna i ti se moraš udati za mene htela to ili ne htela." Osetila se nemoćno kao zec kojeg je uhvatio piton i kojeg svojim moćnim mišićima steže dok potpuno savlada otpor njegovog tela a onda ga beživotnog proguta. Njeno detinje srce se uplašilo situacije u kojoj se našla. Znala je da će proći kao zec ako se ovom čoveku ne usprotivi. Njenim protivljenjem će nastupiti njegova osveta nad njenom porodicom. U trenutku je donela odluku da se preda i žrtvuje da bi njih spasla. Htela je da povuče reči koje je rekla i da sa ovim čovekom nađe zajednički jezik. Htela je, ali je bilo kasno. U mozgu ovog monstruma se rodila ideja da joj se osveti za reči kojima ga je, po njegovom mišljenju, potcenila. Počeo je da plete svoju mrežu.

„Za ovo što si ušla da te prevezem, tvoj otac će sutra dobiti povećanje plate. Sutra te čekam u isto vreme kada ti se završe časovi."I zaista, te noći je otac došao sa povećanjem plate. Bili su dobro raspoloženi pa su joj rekli da je to zahvaljujući njoj. Hvalili su i njega da je dobar, vredan i pošten. Niko se od njih nije setio kakav odsečan razgovor je vodio sa njenim bratom kada je trebalo da ga primi. Šta ima veze ako se uda par godina ranije kada je to i onako čeka. Bitno je da nađe dobrog i poštenog čoveka, a nije bitno sto je on više od petnaest godina stariji od nje. Najvažnije je da je bogat i da će joj pružiti život pun uživanja. Tim rečima su punili njen mladi mozak i ona je sebe počela da zamišlja kao njegovu suprugu. U početku joj se to nije svidelo zbog njegovih godina, ali je sve više i više popuštala pod njihovim pritiskom.

Sutradan je, dok su je drugarice začuđeno posmatrale, iz škole direktno otrčala u njegov mercedes. Opet je vozio polako ali ovoga puta je krenuo u drugom pravcu. Mada je sinoć slušala dosta pohvala o njemu, još mu nije u potpunosti verovala. Njena dečja duša je osećala neku pritajenu opasnost. "Gospodine Abrame, krenuli smo u sasvim drugom pravcu od onog u kojem je naša kuća."„Znam. Aksana, ti si moja izabranica i ja sam želeo da ti pokažem jedan deo svoje imovine gde ćeš provoditi lepe dane svog života." Te su je reči malo umirila. Počela je ovog čoveka da gleda drugim očima. Prvo je poveo u svoj butik sa garderobom i naredio svojoj radnici da joj izabere najbolju garderobu i da joj spakuje sve šta joj se sviđa. Bila je pristojna pa nije htela da uzme mnogo, ali je on navaljivao tako da su joj napunili dve velike kese.

„Imaćeš garderobu kakvu nema ni jedna tvoja drugarica"– govorio joj je smeškajući se. Kada je odvezao iz grada, spustio joj je ruku na rame i počeo da objašnjava: "Želim da ti pokažem moju kuću, imanje, voćnjak i vinograd koje imam na par kilometara od Almate. Već si videla moje radnje sa kolima gde ti rade otac i brat, tako da mi ostaje da ti sutra pokažem stan i kuću u gradu gde ćemo živeti. Želim od tebe da napravim kraljicu. Ti ćeš biti apsolutna gazdarica svega što posedujem." Te su je reči totalno opustile. Nije obraćala pažnju na opasnost nego je, uljuškana njegovim pričama, išla tamo kuda je on vodio. Videla je voćnjak i vinograd koji joj je pokazao a onda je za njim ušla u kuću. Daljina od njegove do ostalih kuća je iznosila više od jednog kilometra. Zaključao je vrata i odmah nasrnuo na nju. Pokušala je svojom dečjom snagom da se odbrani ali nije uspela. Silovao je govoreći kako se sada više ne može igrati sa lutkama jer je naučila novu igru i kako više nije dete. Plakala je i dok je on obavljao taj čin i kasnije kada je završio.

Posle prvog silovanja on je uzeo još jednom. Ovoga puta je to radio mnogo sporije objašnjavajući joj da o ovome ne sme niko ništa da sazna jer će odmah oterati sa posla njenog oca i brata. Kroz suze bola je čula njegove reči. Suočila se sa najcrnjom stvarnošću. Nije nikom smela ništa da kaže a ovo nije mogla više da podnese. Došla je kući i zavukla se u sobu. Sa sobom je ponela dve kese garderobe. Rešila je da nikada ništa od toga ne obuče. Sada su joj sve te stvari bile odvratne iako su joj se u početku mnogo sviđale. Dugo je plakala nad svojom gorkom sudbinom. Kasnije, kada su došli otac i brat, brat se pohvalio kako je on danas dobio povišicu plate. U drugoj sobi su se čule te reči a ona je pomislila: za koje sitne pare je prodata njena nevinost. Kada su je pozvali da dođe u drugu sobu da joj kažu da je ona za to zaslužna, odgovorila im je da ne može jer ima veliku glavobolju. Sutradan nije išla u školu. Javila se svojoj najboljoj drugarici da kaže razrednoj da je mnogo bolesna.

On je i tog dana čekao. Sutradan se malo smirila pa je pošla u školu. I njeno društvo i nastavnici su primetili da sa njom nešto nije u redu. Kada su krenuli kući, ona se priključila grupi od nekoliko dečaka i devojčica sa namerom da prođe pored njega. On je izašao ispred kola. Pozvao je, a njeno društvo se rasturilo. Ostala je sama sa njim. Srce joj je tuklo kao u srne ispred koje se nalazio izgladneli vuk. I ovaj vuk je želeo svoju gozbu. Zato je ona rešila da po cenu života ne uđe kod njega, jer ako joj se još jednom ponovi ono što joj se desilo, ona će se ubiti. Nikako više nije mogla to mučenje da istrpi. On je, smeškajući se, pozvao da uđe. Da li on smatra da se njoj ništa loše nije desilo pa se ponaša kao da ona mora u svemu da ga posluša! Nije htela da uđe. Opet su mu zaiskrile oči i opet je u svojoj svesti doneo odluku da će je i zbog ovog odbijanja kazniti. Ko je ona. Jedna zaista lepa bednica koja nema ni za hranu, i ona da odbije njega, bogataša i moćnika. Moraće za to da plati kaznu. Te su mu misli zaokupile svest, a onda je odlučio da njen otpor slomi lepim rečima. Počeo joj je pričati da se pokajao zbog dela koje je počinio, da je želeo tog trenutka da mu ona potpuno pripadne i dušom i telom, da mu je namera da budućnost provede sa njom i da joj obezbedi sve što bude poželela. Obezbediće njenog oca i brata tako da se neće brinuti za život i da će sve to uraditi zbog ljubavi koju oseća prema njoj.

Neke slične reči joj je pričao pre dva dana pa je ipak silovao. Setila se njegovih reči da je naučila novu igru i da više nije dete. Nikada se sa njim a verovatno i ni sa kim drugim neće igrati tih igara. Tako je mislila dok je odbijala svaki njegov pokušaj i nastojanje da dođe do cilja. Videvši da je ne može ubediti, on joj se na kraju zapretio da će se osvetiti i njoj i njenoj porodici.

Istog dana su i njen brat i otac dobili otkaz. Došli su kući van sebe od ljutine. Nekako je osećala šta će se sve desiti pa je spremila u jednu flašicu otrova, htela je sve da im objasni a onda da se otruje. Kada je počela svađa i kada su je oni uporno napadali, ona ih je zamolila da je saslušaju. Ispričala im je sve šta joj se desilo. Želela je da pomogne porodici pa je odlučila da se žrtvuje i da se uda za čoveka koji je duplo stariji od nje, iako ga uopšte nije volela. On je sve to pogazio i silovao je. Bili su zaprepašćeni, pa su otac i brat rešili da provere, pa ako ovo bude istina, onda će se osvetiti dojučerašnjem poslodavcu. Dočekao ih je i poveo u svoj letnjikovac. Tu je otpočeta priča i pokušaj da dokaže da on ništa nije kriv. Objasnio im je: "Bila mi je namera da se oženim sa njom iako je dosta mlađa od mene. Računao sam da je ona poštena i da će mi pokloniti i srce i telo, ali sam se prevario. Poveo sam je u svoj butik i dao joj garderobu kakvu nema ni jedna devojčica u njenoj školi, jer sam želeo da moja izabranica bude odevena kao kraljica. Snebivala se ne želeći da uzme ali sam ja navaljivao, što može potvrditi moja radnica iz butika. Na kraju je pristala. Uzela je sve što joj je radnica izdvojila. Uživala je u poklonima. Onda sam sa njom pošao da joj pokažem voćnjak, vinograd i kuću koju imam na selu. Želeo sam da joj pokažem šta će sve imati samo ako odluči da bude moja. Kada smo stigli tamo, zaprepastio me njen potez. Počela je da me ljubi. Rekao sam joj da su mi ozbiljne namere i da ćemo tih trenutaka imati na pretek. Ona je želela da mi se zahvali što sam vas zaposlio, što vam podižem plate kao i za to što sam njoj poklonio garderobu. Prvo sam se predomišljao a onda odlučio da proverim koliko je ovo dete sa kojim sam nameravao da se oženim iskusno u tom pogledu. Popustio sam pod njenim poljupcima i milovanjima. Vodili smo ljubav. Kada sam video da joj nisam prvi, sve se u mom životu porušilo. Hteo sam odmah sve da prekinem, ali sam ostavio da o tome još malo popričamo. Video sam da je još dete, pogrešila je, tu sam joj grešku nameravao da oprostim, ali je bitno da više ne greši. Tražio sam od nje da mi sve ispriča, da vidim ko joj je bio prvi. Ako je to bio neko nebitan, onda sam nameravao da joj oprostim a ako je to bio neko od mojih rođaka, onda bih morao da raskinem. Ona je odbila da mi objasni o kome je reč i pod pretnjom da se neću sa njom oženiti i da ću o svemu vas dvojicu obavestiti. Ona je odbila svaki razgovor rekavši mi da će vama ispričati kako sam je silovao. Zašto bi to uradio kada sam mogao da je osvojim za par dana. Eto, ja sam vam ispričao skoro sve šta je bilo. Kako sam mogao vas da držim kao radnike ako mi je ona na najpodmukliji način zabola nož u leđa. Kada sam izgubio nju kao ljubav, onda sam rešio da prekinem i sa vama dvojicom."

Da su mogli, tog trenutka bi propali u zemlju od stida. Napustili su ovog čoveka ubeđeni da je ispričao istinu. Svratili su do prve kafane i tu se obojica napili. Ni otac ni brat nisu imali hrabrosti da podignu ruku na najmlađeg člana svoje porodice a tu sramotu nisu mogli podneti pa su utehu tražili u piću. To su njih dvojica znala i tu tajnu svakodnevno zalivali alkoholom.

Ona je prvobitnu odluku da se otruje odložila sačekavši da od njih dobije objašnjenje a onda je potpuno odustala od nje. Dani su prolazili a od objašnjenja nije bilo ništa. Njena majka je čistila kuće i zarađivala da se porodica neka-

ko prehrani, dok su njih dvojica, i kada bi nešto uradili i zaradili, sve pare tro-
šili u kafani. Sreća je što o toj tajni nikom nisu pričali.

Tako su prolazili dan za danom, nedelja za nedeljom, mesec za mesecom
i tako prođoše tih pet godina. Morala je da napusti školovanje zbog oskudice
u novcu i zbog toga što je morala majci da pomaže da bi zaradile pare, jer od
oca i brata više nije bilo koristi. Teškom mukom se oporavljala od pretrplje-
nog šoka. U dušu joj se uselilo nepoverenje i opreznost pa je sa svima bila na
distanci i nikom nije verovala. Znala je da nešto nije u redu sa ocem i bratom
ali nije mogla rastumačiti šta je to, a oni o tome nisu želeli da pričaju.

Jednog su dana došli poreznici da im konfiskuju kuću zbog neplaćenih ra-
čuna. Tada su se ona i njena majka prvi put sukobile sa njima dvojicom. Tražile
su od njih da se negde zaposle da bi zajedničkim novcem platili porez, da ne bi
ostali bez kuće. Tada joj je prvi put, posle pet godina, sve postalo jasno. Abram
im je ispričao priču u koju su oni poverovali. Okrivili su nju što su izgubili ta-
kav posao i sada ih ništa na svetu ne interesuje. Zabolele su je ove reči i sve što
su joj rekli. Shvatila je da je sve što je radio veoma precizno isplanirao i da je
ona upala u njegovu zamku. Bilo joj je žao što joj njeni najbliži nisu poverova-
li nego su je okrivili. Zato je odlučila da se i sada žrtvuje da bi porodicu izvu-
kla iz bede. Poreznici su rekli da imaju rok od tri meseca da isplate dugove ina-
če će im država sve oduzeti.

Baš tih dana one su čistile kuću jednom bogatašu sa čijom je ženom Rina
bila prijateljica. Tada su bile najave da će Miki doći, a njima je trebala lepa oso-
ba koja će mu praviti društvo. Rina je odmah pomislila na nju. Sprijateljile su
se i Rina joj je polako objašnjavala plan. I ona je njoj ispričala svoje muke, pa
su se dogovorile da se potrudi, a Genni će joj isplatiti sumu od dve hiljade evra,
koliko su iznosili svi dugovi. Bilo joj je mnogo teško, jer su je bolne uspomene
na sve podsećale, ali nije bilo drugog načina da se izvuče iz ove situacije. Ako
su je otac i brat okrivili da zbog nje gube kuću i sve što imaju, onda će ona istr-
peti još ovu žrtvu. Spasiće im kuću i imanje a onda će otići u neki drugi grad
gde će potražiti neko zaposlenje i svoju sreću. Bila je ljuta na njih pa je u ljut-
nji donosila dosta loših odluka jer je znala da će teško naći neki posao samo sa
osnovnim obrazovanjem. Rina joj je obećala pomoć i za te planove, ali je pre
toga ona morala zadovoljiti Mikija u svakom pogledu. A to je bio ovaj trenutak.

Još je bila u stanju transa kada ju je on blago položio na krevet. Dotakao
joj je par tačaka na telu i ona je ostala u pozi kao da sa nekim vodi ljubav, a on
se iskrao iz njene sobe i ušao u svoju. Opet je izvršio još jaču komandu njenoj
svesti a onda se usredsredio na dve osobe koje će morati večeras duhovno da
poseti.

Prvi će biti Nikolaj, šef kriminalističke organizacije koja je bila zadužena
za atentat na budućeg premijera. Druga osoba će biti Abram. Zaključao se i od-

mah uspeo da odvoji duh iz tela. U roku od desetak sekundi stvorio se u Nikolajevoj sobi. Dok se približavao kući u kojoj je stanovao, primetio je nekoliko policajaca specijalnih jedinica i njihovog komandanta kako se šunjaju trudeći se da budu nečujni i nevidljivi, ali su ih Nikolajevi stražari primetili. Trenutno nisu obaveštavali svog šefa ali su ih budno pratili. Smatrali su da ih je Ruslan izdao. Miki je odlučio da i njih kasnije malo zaplaši. Sve je bilo prljavo i zapušteno. Nikolaj je spavao obučen i obuven. Napao ga je i počeo da ga pritiska od nogu. Došlo je vreme da ispuni obećanje dato Ruslanu i da njegovog šefa kazni po zasluzi. Čulo se blago ječanje i nemoć da se sa bilo kojim delom tela pomeri. Pritiskao ga je do granice ljudske izdržljivosti. Kada mu se učinilo da je kraj, tada se ta crna senka koja je bila teška nekoliko tona naglo pomerila i on je dobio mnogo željeni vazduh. Prvo je zakrkljao a onda prodorno vrisnuo. Skočio je iz kreveta tražeći prekidač da upali svetlo. Uradio je to jedan od njegovih telohranitelja jer on nikako nije uspevao.

„Pucaj… Pucaj…" vikao je u paničnom strahu. To naređenje su čuli specijalci pa su se još brže posakrivali, misleći da se odnosi na njih. U sobi su prosto uletela još četiri telohranitelja sa pištoljima u rukama."U šta da pucamo šefe? „U đavola, napao me je crni đavo !"– vikao je da se čulo mnogo daleko u noćnoj tišini. "Video sam ga, zamalo me je ugušio." Još mu je telo podrhtavalo od straha. Nastavio je da viče dok telohranitelji nisu shvatili da je imao noćnu moru i da je dobio nervni napad. Dali su mu par tableta za smirenje i sve je opet utonulo u noćnu tišinu. Za to vreme je Miki došao do komandanta specijalnih jedinica, koji se sa svojim specijalcima baš dobro sakrio. Svi su oni čuli reči da je crni đavo napao Nikolaja. Nisu se plašili da se sukobe sa mnogo brojnijim neprijateljem, ali su zazirali od đavola ili bilo čega što nisu mogli videti. Ni sada ostali nisu ništa videli, ali se komandantu prikazalo kako ga napada đavo. Hteo je da vikne, da pozove svoje ljude u pomoć, ali nije mogao. Pao je i počeo da se koprca ispred svojih policajaca koji su ga u čudu gledali. Kada su ga podigli sa asfalta i odneli, on je imao osećaj da su mu spasili život.

Sada mu je ostalo još da poseti Abrama i da ga natera da Aksaninom ocu i bratu prizna istinu. Moraće da im isplati plate kao da su radili kod njega, uz to će im ponuditi još bolja radna mesta. Nateraće ga da uradi sve šta se od njega bude zahtevalo - bio je neumoljiv Miki u svojoj odluci. I Abram je živeo u izobilju ali je te noći imao samo jednog telohranitelja. Kada ga je Miki duhovno posetio, on je spavao u svojoj sobi a njegov telohranitelj u fotelji pred vratima.

Prethodna poseta je Mikiju dala ideju i on je kod nove žrtve stvorio osećaj da ne može ni jednim delom tela da se mrdne. Kada je počeo da ga guši i kada je Abram počeo da gubi dah, dozvolio mu je da se probudi. Tada se pred njim zaista pojavio đavo kojeg mu je Miki reflektovao u svesti, kao da ga on steže i kao da će mu svakog trenutka uzeti dušu. Dok se on borio u paničnom strahu, nemoćan da se pomakne ili vikne, dotle se đavo koji ga je stezao, jezivo smejao. Odnekud se u njegovoj desnoj ruci stvorio nož i on je krenuo ka njegovim leđima. Nešto mu je govorilo, da će mu đavo odrati kožu, pa je pokušao da vikne. Opet mu nije uspelo. Niko mu ništa nije rekao a u njegovoj svesti je odjekivalo da je to kazna zbog njegove nečiste savesti. Kada mu je đavo porezao majicu koja je bila natopljena znojem i kada ga je nožem doticao po kičmi gde će početi da mu dere kožu, pred njegovim očima je blesnula svetlost. Zažmurio je jer oči to nisu mogle podneti. Istog trena mu je bilo mnogo lakše. Otvorio je oči i ugledao da Anđeo sa plamenim mačem napada đavola. Sada se Miki, preobražen u anđela, borio sa vizijom đavola koju je sam stvorio. Stari kažu da kad god đavola pozoveš on odmah dođe. Tako je vizija, koju je želeo stvoriti u Abramovoj svesti, postala stvarnost koju je morao oterati od ovog čoveka. Zato je uzeo lik anđela jer će ga na taj način najlakše oterati. Đavo se izvijao i izmicao pokušavajući par puta da Abramu zabode nož u gola leđa. Svaki put mu je plameni mač u tome zasmetao. Opet se nisu čule reči a on je osetio poruku dok je đavo odmicao, da će ga sledeći put, kada mu ne bude anđeoske zaštite, ubiti. Tada je đavo nestao a sa njegovih leđa kao da je neko makao planinu koja se sručila na njih.

To je bila Mikijeva prva borba sa nečastivim. Tada nije znao da će imati još mnogo borbi koje će odlučivati o životu i smrti. Abram se osećao mnogo smirenije dok mu je anđeo sa plamenim mačem kidao čelične niti kojima ga je đavo vezao i gušio. Opet se nisu čule reči, a on je shvatio poruku da mora da se pokaje, da mora Aksaninom ocu i bratu da ispriča istinu, da im mora isplatiti sve plate kao da su sve vreme kod njega radili i da ih mora opet zaposliti na još bolja radna mesta. Na taj način će ublažiti kaznu za njegov postupak. Ako to ne bude uradio, anđeo čuvar ga u sledećem đavolovom napadu neće zaštititi. Njegovom dušom je zavladalo blago smirenje u trenutku kada je anđeo od njega odlazio.

Tek tada je do njega doprla velika galama i lupanje. Nije znao gde je, kada su se vrata od njegove sobe pod pritiskom otvorila. Upalilo se svetlo, a na vratima su stajali njegov brat, telohranitelj i roditelji. U trenutku nije znao kako da im opiše situaciju u koju nikako ne bi poverovali, u koju ni on ovog trenutka ne veruje jer misli da je to bio samo ružan san. Video je sebe da je, umesto u krevetu, pet metara daleko na podu, da je skroz unereden od straha i da mu je majica na leđima razrezana. Oni su ga gledali sa dozom panike i sa još većom dozom radoznalosti.

„Večeras više neću moći da zaspim, pa ako se i vama ne spava i ako imate čelične živce, sedite u sobu za prijem, sačekajte me da se okupam i sredim pa da vam ispričam nešto najčudnije što mi se desilo u životu.“ Sačekali su ga, a onda je počeo priču: "Prvo moram da vam kažem: kada su se otvorila vrata i kada se upalilo svetlo, pomislio sam da je to bio samo košmarni san. Ali, da sam sanjao san, ja bih bio u krevetu a ne pet metara daleko na podu. Moglo mi se desiti da se od košmarnog sna usled straha uneredim, ali nikako nisam mogao porezati majicu kada kod sebe nisam imao ništa oštro, a ona je prorezana nožem. E sada slušajte priču." Počeo je da priča sve potanko, svestan da ne sme da laže, jer mu je u svesti još odzvanjala pretnja da će ga đavo sledeći put ubiti jer neće imati anđeoske zaštite. Kada je ispričao na koji način je prevario i silovao Aksanu, njegova majka ga je pljunula. Obrisao je pljuvačku sa lica i nastavio iskreno bez ijedne laži. Kada im je sve do detalja ispričao, opet je materinska briga proradila kod nje, pa ga je onako prestravljena, što se moglo primetiti i kod drugih, posavetovala: "Data ti je poslednja šansa pa se potrudi da je ispuniš, inače te više ni anđeo neće zaštititi."

Miki se odavno duhovno vratio u svoje telo, pa se sada ušunjao u sobu koja im je za večeras data da u njoj uživaju. Legao je pored nje, naslonio joj glavu na svoje rame i nežno je gladio po kosi. Ništa drugo nije hteo da joj uradi. Nije želeo da iskoristi šansu i vodi ljubav sa osobom koja je takoreći u polusvesnom stanju, mada je ona zbog toga došla i za to bila plaćena. Ne bi ga đedo bez veze opomenuo. Zato je rešio da sa njom ne vodi ljubav, ne zbog toga što njena mladost i lepota to ne zaslužuju, nego zbog toga što je pretrpela teške trenutke u svom životu, pa nije želeo još više da je povredi. Nije vodio ljubav sa njom ali je u njenoj svesti proizveo slike i osećanje zadovoljstva kao da joj se to stvarno dešava, dok su kroz njeno telo prolazili talasi sladostrašća. Tako su proveli noć. Ujutru, kada su ustali, imala je neodoljivu želju da ovom čoveku, koji je po godinama stariji od njenog oca a po nečemu što nije umela da objasni, privlačniji od svih momaka koje je poznavala, prizna šta joj se desilo sa Abramom i da je mislila da više nikada neće moći nekog da voli, a kamo li da dozvoli da sa nekim vodi ljubav. Ovoga puta je doživela toliku pažnju i nežnost da je spremna za njega da žrtvuje svoj život i sa njim pođe gde god on poželi. Stidela se sama sebe ali je zbog osećanja ljubavi i nečeg što sebi nije umela da objasni, prema ovom čoveka osetila ogromno poverenje i želju da mu ispriča i najskrivenije tajne. Miki je prekinuo njena razmišljanja pitanjem: "Molim te reci mi kako ti je bilo večeras." „Ne znam da li sam bila u raju ili samo u krevetu, ali ovo što sam doživela ne može se meriti ni sa jednim zadovoljstvom na ovom svetu!"

„Želeo bih te reči za doručkom da kažeš pred Sašom i Džonijem da me ne bi uvek zadirkivali kako ne znam da li smo počeli ili završili."

„Mogu to da kažem bez ikakvog problema i stida i ispred celog sveta!" Nasmejali su se pa onda zajedno pošli u salu za ručavanje. Aksana je veoma lepim rečima objašnjavala šta joj se sve dešavalo tokom noći i da je spremna za ovog čoveka da da poslednju kap svoje krvi.

Saša i Džoni su je slušali uzbuđeni sa željom da i oni dožive isto, ali su Ri-
nine oči pokazivale neko sasvim drugačije interesovanje. Od samog počet-
ka njihovog druženja, kada ju je Miki zainteresovanije pogledao, kada je sa
njom komunicirao, ona je osetila neodoljivu želju prema ovom čoveku. Taj
jedan pogled je bio dovoljan da kod nje probudi sve skrivene želje jedne žene
koja provodi život pored veoma bogatog čoveka, koji joj može pružiti sva
zadovoljstva ovoga sveta, osim ljubavi. Postavila je sebi pitanje, gledajući u
ovog čoveka, da li bogataši, ili uopšte muškarci znaju da devedeset osam po-
što žena najviše žudi za ljubavnim zadovoljstvom. Mnoge ga nikada i ne ose-
te, a mnoge, koje ga osete, spremne su da daju sve osobi koja im je to zado-
voljstvo priuštila. Ubola je žaoka ljubomore pa je odlučila da Aksanu Genni
odmah isplati i da je otpusti. Želela je da zauzme njeno mesto, da i ona jed-
nom doživi ono o čemu mašta. Nije znala da je to Mikijeva igra. On je blistao
od sreće i zadovoljstva zbog njenog priznanja. Još jedna njegova veoma lepa
gluma u koju su svi poverovali.

Na drugoj strani, odigravao se sasvim drugačiji scenario. Kada je svanu-
lo i kada su morali da probude Nikolaja, on se zbog droge u tabletama osećao
ošamućeno. Samo nekoliko minuta kasnije, kada je mozak počeo normalno da
funkcioniše i kada su u njegovu svest počele da naviru slike od prethodne noći,
u očima mu se pojavio strah. "Šta je ono bilo?"–jedva je prozborio. "Šefe, ona
budala od Ruslana je sve upropastila. Nekako su ga policajci specijalnih jedi-
nica nanjušili i pre nego što se Vama pojavilo snojavljenje, oni su se prikradali
i hteli da nas napadnu." „Ljudi, mene je neka sila, koja mi se prikazala u obliku
đavola, prosto gušila ne dozvoljavajući mi da dišem!"
„To je bar lako objasniti. Vi ste šefe imali hiljade akcija i Vaša su osećanja
istančana. To što Vas je gušilo je pokazatelj da su nas oni sinoć napali i da su
uhvatili Ruslana. Po njegovoj izjavi, odnosno kompletnom priznanju, Vas bi od-
veli u zatvor. Budite iskreni i recite da li postoji nešto što bi Vas više gušilo od za-
tvora!" Stresao se, ali nije znao da li od zatvora ili od onoga što mu se u snu de-
silo. „Da li ima svedoka da je on ova dva dana u našoj organizaciji?" „Mislim
sto posto da nema." „Onda ga povedite što dalje odavde i oslobodite se neže-
ljenog svedoka."

Tako su i uradili, a u deset sati je na jutarnjim vestima objavljeno da su pro-
našli telo izvesnog Ruslana Anušavanovna u čijem je telu pronađeno oko sto
pedeset metaka. Svi su tog trenutka pogledali u Mikija.

Posle doručka Miki i Saša su se povukli u sobu da bi se dogovorili oko Saši-
nog povratka. Za to vreme su Aksani isplatili honorar i otpustili je. Bilo je sko-

ro podne kada je stigla kući. Ušla je sva srećna i htela svoje planove da ispriča ukućanima. Dočekala je samo majka sa kojom je počela da priča o svojoj odluci. „Majko, brat i otac mi nisu verovali nego su me okrivili za nešto za šta ja nisam kriva. Posle su se prepustili pijanstvu ništa ne radeći. Kada smo ih zamolili da se zaposle da bismo lakše platili porez, oni su me opet okrivili govoreći da ih više ništa ne interesuje. Ja sam odradila jedan posao koji mi je u početku veoma teško pao, a mislim i kasnije da ću nešto tako raditi, jer sam se uverila da nije teško, pa sam na taj način zaradila pare da isplatim dugove, a onda ću poći u neki grad gde ću se zaposliti i brinuti o sebi.“

Dok je to govorila, pred kućom je stao taksi iz kojeg su izašli brat i otac. Pomislila je da se ona trudi da otplati dugove a oni žive rasipničkim životom. Izašli su noseći kese koje su bile krcate hranom. I ona i majka su se nemo pitale otkuda im tolike pare. Prošlo je dosta godina od kada su izgubili posao, tako da se od tog vremena u njihovoj kući nije ovako kupovalo. Ušli su u kuću dok su ih njih dve posmatrale u čudu. Otac je rekao da majka spremi doručak, da ostali posedaju za sto i da će im ispričati neverovatnu priču.

„Prvo – za nas dvojicu više nema alkohola jer smo dobili radna mesta na koja ćemo već sutra stupiti. Drugo – dužni smo Aksani jedno veliko izvinjenje zato što joj nismo verovali kada nam je ispričala šta joj se desilo sa Abramom. Zapravo, mi smo joj poverovali i krenuli da se osvetimo, ali nas je Abram svojom pričom ubedio da je to ona izmislila. Njegova priča je imala više argumenata pa smo mu poverovali. Danas smo saznali istinu.“

Kada je izgovorio tu rečenicu, niz Aksanino lice su potekle suze bola i stida. "Ispričao nam je šta se desilo, priznavši šta je i zbog čega uradio. Isplatio nam je plate kao da smo sve vreme radili i zaposlio nas na još bolja radna mesta.“

Jecaji su parali njeno telo dok je izgovarala:"Drago mi je da ste konačno došli do istine i da ste uvideli da vas nisam lagala. Ne znam da li je to još jedna od njegovih igara, ali ga ja više u životu ne želim da vidim.“

„Aksi, on nam je ispričao kako je đavo hteo da ga ubije ali ga je u poslednjem trenutku anđeo spasao. Tada je od njega zahtevao da nam sve prizna, da nam isplati plate i da nas opet zaposli. Ako to ne uradi, anđeo ga u sledećem đavolovom napadu neće zaštititi.“

„Ako je tako, onda je zaista dobio šta je zaslužio. Sada kada ste dobili zaostale plate, moći ćete da isplatite sve dugove koje imate prema državi, na taj način ćete sačuvati kuću, a ja ću se sa ovim novcem koji sam zaradila lakše snaći kada budem uspela da nađem posao u gradu.“ Sada su njih dvojica u nju gledala sa nevericom."Aksana, mi uopšte nismo upoznati sa tvojim planovima".

„Odlučila sam da odem u Astanu i tamo potražim neki pristojan posao. Nadam se da ću naći nekog momka koji će me voleti i za kojeg ću se udati.“

„Ćerko, sada smo dobili toliko novca da možemo vratiti sve dugove i da možemo dograditi još jednu sobu gde ti možeš bezbrižno živeti. Zašto bi nas sada, kada nam je najbolje, napustila?"

„Tata, mnogo muka i problema je prošlo preko moje glave. Ja nikada više neću moći da pogledam Abrama jer bi me svaki susret sa njim podsetio na ponižavajuće trenutke koje sam proživela. Zato mi je najlakše da odem i negde daleko potražim svoju sreću."

34.

„Miki, molim te da još jednom odlučiš da li ćeš ostati ili poći sa mnom. Meni je zaista teško što moram da pođem a ti si odlučio da ostaneš. Ispada prijatelju moj, kao da sam te prodao za ove novce koje sam dobio"– otpoče Saša razgovor. „Saša, prijatelju dragi –ni ti, ni iko na svetu ne bi mogao da me natera da ostanem ako ja to ne bi hteo. Svojevoljno sam odlučio da mu pomognem, mada mu moja pomoć, što se tiče imenovanja, više nije potrebna. U drugim, za njega veoma važnim stvarima ću mu pomoći, a u ovome on sada napreduje bez problema. Biću njegov gost i on će pokušati da iskoristi mnoge od mojih moći, ali mu ništa od toga neće uspeti. Ti si završio svoj zadatak, vrati se kući i pusti da ja završim ono što je postavljeno pred mene. Zatim ću doći da izmasiram ostale pacijente pa ću se vratiti svojoj porodici. Ti se sada spremaj pa ćemo zajedno do aerodroma da te ispratim."

Kada je Saša pošao kući, a Miki se sa telohraniteljima vraćao, osetio je neku nelagodu u duši. Obazreo se po aerodromu i ugledao dvojicu nepoznatih ljudi koji ga ljubopitljivo posmatraju. Saša ih nije interesovao, pa su svu pažnju usmerili na njega. Znao je da ga i dalje nadziru i da se pitaju zašto se i on nije vratio za Nemačku. Biće interesantno kada za par sati bude duhovno posetio svoje neprijatelje i kada od njih sazna kakve su im vesti doušnici javili.

Zaista je tako i bilo. Opet je prvo posetio Džona Vesta. Njegove misli imale su sledeći tok:"Verovatno mu budući premijer ne veruje, pa želi do kraja izlečenja da ostane sa njim. Pokušali smo preko posluge i drugih doušnika da saznamo bilo šta o tome, ali niko ništa ne zna. Samo smo saznali da je naredio svom finansijskom direktoru da na račun Aleksandra Proopa prebaci pet i po miliona evra. Da mu ti melemi nisu pomogli, on im sigurno ne bi isplatio toliku sumu novca. Nije uopšte jeftin, ali kada je zdravlje u pitanju, pare nisu problem. Naročito nisu problem za ove bogate ljude u koje spadamo i mi. Kada sve saznamo, i mi ćemo prodavati bar po milion evra te meleme. Kada se bude pročulo, naša moć će se umnogostručiti."

Završivši ovu posetu, pošao je da obiđe Sergeja. Skoro iste priče i iste misli preovladavale su i u njegovoj svesti. I on je morao biti strpljiv da dočeka Mikijev povratak da bi ga zgrabio i naterao da mu oda sve formule za ovaj i ostale meleme.

Kada je posetio treću bandu ili organizaciju, kako su voleli sebe da nazivaju, saznao je iz svesti Hejnriha Kola da je neopisivo ljut. Doznao je da se Saša vratio ali je Mikiju izgubio svaki trag. Sutra će prevrnuti nebo i zemlju i saznati da li je ostao u Kazahstanu ili se vratio kući. Možda bi bilo najbolje da pošalje nekoliko odabranih ljudi kod njega kući. Mogla bi da budu petorica, kao petorka sa odličnim uspehom. Izgledalo bi da su došli iz inostranstva, da su zainteresovani za masaže, pa bi u početku dolazili pojedinačno, a kasnije, kada se on opusti, zakazali bi svi masaže u povezanim terminima. Tako bi bio je siguran da neće biti drugih pacijenata, pa će oni imati oko dva i po sata na raspolaganju da ga napadnu, da mu oduzmu sveske, i da ga nateraju da im objasni sve formule. Na kraju, neka mu donesu sveske a on će naći načina da ih dešifruje. Mikija neka ubiju. Onda se nešto u njegovoj svesti pobunilo, pa je drugačije pomislio :"Ne, nikako ne smem izdati naređenje da ga ubiju, jer se može desiti da ne uspem da dešifrujem njegove tajne spise. Najbolje će biti da se strpim, da ga sačekam da dođe, pa da ga kidnapujem, da saznam gde su sveske pa tek onda da pošaljem ljude da ih donesu." Tek kada i sveske i Miki budu u njegovim rukama, kada od njega sve bude saznao, tada će moći da ubije tog čoveka da mu više nikada, ni u čemu ne zasmeta. Odahnuo je, jer mu je Hejnrih zamalo sve pokvario. Da je poslao svoje ljude u Srbiju, i on bi morao odmah da se vrati. Ovako je pokazao strpljenje i kao dobar šahista želeo da stvori bolju poziciju. Opet se pokazalo da je tačna izreka da i najslabiji neprijatelj može da napravi ogromne probleme!

Za sada je sve bilo bezbedno i Mikijev duh se vratio u telo. Bilo je još rano pa je pozvonio i od posluge zatražio da mu dovedu Aksanu. Brzo su njegovu želju preneli Genniju i Rini. Da bi ostvarila svoje planove, Rini je ova devojka smetala, pa ju je isplatila i otpustila, a sada je morala da nađe neko opravdanje pred Mikijem za njeno odsustvovanje. Rekla je Genniju da će ona večeras biti kod njega u sobi, da će sa njim pričati, pokušati svim silama da ga ubedi da zaboravi Aksanu, da njoj posveti pažnju i da pokuša da ga pridobije na njihovu stranu. Niko to ne može bolje da uradi od nje, jer je ona Gennijeva osoba od najvećega poverenja. Nije slutio koje su joj sve želje i namere, a misleći da će i kod Mikija postići ciljeve kao što postiže kod njega, dao joj je dozvolu da ga poseti. Ušla je sa osmehom na licu. Obukla je haljinu sa dubokim dekolteom, pritegla grudi i samouvereno nastupila. Znao je sve njene želje. Znao je da misli da će ove noći biti samo njen i da će uživati u čarima o kojima je slušala i zbog kojih je pozavidela Aksani.

„Ohohooo... lepog li iznenađenja"– rekao je pogledavši je sa neskrivenim divljenjem. „Miki, rekla mi je posluga da si tražio Aksanu, pa sam ja došla umesto nje jer ona nije tu." „Ti i Genni ste obećali da će mi ona praviti društvo, a ja se uzdam u vašu reč, tako da želim, dok sam ovde, da ona bude sa mnom."

„Da li bih mogla ja da je zamenim?"– govorila je tiho i prilazila veoma sporo. „Rina, ti si veoma lepa i privlačna žena, ali sam ja gost u ovoj kući, i ni jednim gestom ne mogu porušiti kodeks gostoprimstva." Stala je kao da je udarila u nevidljivu barijeru. Malo se pribrala pa nastavila da prilazi."Ti si naš gost, a ja kao domaćica, mogu u određenim situacijama promeniti pravila gostoprimstva. Ti ćeš, kao pravi gost, ispuniti želju svojoj domaćici ili gospodarici." Zauzela je mesto pored njega na krevetu, lagano mu provlačeći ruku kroz kosu. Nije imao potrebe da od ove žene stvara saveznika, jer je sa Gennijem završio posao, pa je, u prvom trenutku, poželeo da je odbije, ali je u Aksaninom odsustvu ipak odlučio da sa njom provede noć. Nije se nje plašio, ali je znao da je žena, povređena u ljubavi, najveći neprijatelj. Nju nije želeo ni da je povredi ni da mu bude neprijatelj.

„Slušaj Rina: provešću ovu noć sa tobom i ti ćeš doživeti nešto što ni sa jednim muškarcem nisi doživela, ali ako Aksana sutra ne dođe, ja ću se osetiti povređenim pa neću imati obavezu da ostanem ovde više ni jedan dan."„Kada budeš sa mnom vodio ljubav, sigurno ćeš zaboraviti i Aksanu i sve druge žene sa kojima si bio." Poljubili su se a onda je krenula ljubavna igra koju će svako na svoj način pamtiti. Da nije soba bila zvučno izolovana, njeni krici i uzdasi bi se čuli stotinak metara daleko. Nije znala da je on sa moćima koje poseduje, tera da dođe do sladostrasnog ludila. Nekoliko uzastopnih orgazama su protresli njeno telo a onda je, sva srećna, počela da tone u blaženstvo sna. Kada je on spustio ruku na njen stomak, imala je osećaj da joj unutra sve vri, kao da hoće da izbije vulkan. San i umor su nestajali iz njenog tela izazivajući u njemu nove talase zadovoljstva. Okrenuo je na stomak i počeo da je masira. Imala je osećaj da se po njenom telu sliva lava. Prepustila se njegovim veštim rukama koje su dolazile do bolnih tačaka, tu bol nekako neosetno otklanjale i nastavljale dalje do druge tačke i sve tako redom. Izmasirao je od glave do pete, oslobodivši je svih blokada a onda je okrenuo na leđa. Opet je ruke spustio na njen stomak. I do sada joj je masaža prijala, a sada je, pored topline, zbog njegovih ruku osetila veliko uzbuđenje. Masirao joj je stomak a onda prešao na grudi. Pri njegovom dodiru, bradavice, koje su bile nadražene, eksplodirale su šaljući mozgu signale zadovoljstva i sladostrašća. Prvi put u svom životu je svršila samo od dodira nečijih ruku. Ovu lepotu niti je doživela niti će ikada više doživeti. Nesposobna da se pomeri, želela je samo da zaspi. Njegove ruke su prešle na butine. Pritisnuo je i malo duže zadržao ruke na par samo njemu znanih tačaka i ona se opet uzbudila. Počeo je da joj masira kolena. U početku je malo zagolicalo a onda je opet osetila kao da joj se svi signali sladostrašća slivaju na jednom mestu. Ovo je pravi trenutak koji je čekao. Što je on laganije prodirao, to je njen krik uživanja bio duži. Kada je došao do dna, ona je imala osećaj da je neka bomba eksplodirala u njenom telu. Hiljade, milioni svitaca … Ko bi to mogao prebrojati… A onda tama… Tek kada je doživela sve ono što je on želeo, dozvolio joj je da zaspi. I on se prepustio snu. Njegovo aurično polje je toliko osetljivo da će ga probuditi i najmanji pokret njenog tela. Više bi voleo da je ovde Aksana, da sa njom priča i da vidi šta joj se sve desilo. Želeo je sa njom da prošeta po gradu i da ona ujedno zaradi još novca koji će joj dobro doći kada bude počela da živi sopstveni život. Neće joj dozvoliti da se odvoji i počne život na ovaj način na koji je ona planirala, ali će joj novac, u svakom slučaju, trebati.

Bio je budan kada se ona probudila. Nežno je počela da se privija uz njega i da ga mazi."Sinoć nisam uspela da te pitam kako ti je bilo sa mnom?"„Nisi ni mogla, jer nisi znala gde ti je glava."„Ha ha ha…"odjeknuo je njen razdragani smeh." "Potpuno si u pravu Miki. Ako je istina da se ovako slatko umire, onda ću ja jedva čekati taj dan." Sada se i on zasmejao."Ovo je zaista neverovatno. Zamoliću te da mi nešto iskreno priznaš."„Reci Rina."Da li si u ovoj ljubavnoj igri upotrebio nešto od tvojih moći da bi postigao ovakve rezultate?"„Ha ha ha… ženska radoznalost."„Pa ne, stvarno me interesuje."

„Rina, ja sam čovek kojem su svi osećaji nesvesno uključeni u telu. Kada se kod mene ili ispred mene pojavi neki problem, ja ga ne rešavam, nego neki od tih osećaja koje posedujem. Ja ne tražim rešenje. Uvek se najbolje rešenje samo od sebe nametne ili ga ta moja moć stvori i problem bude rešen. Tako je i sa tobom ili bilo kojom drugom ženom sa kojom sam vodio ljubav. Usmerim signale ka toj osobi i oni mi pokažu šta najviše toj osobi odgovara. Kada to saznam, onda ka tim tačkama opet usmerim signale, desetostruko pojačavajući užitke kod te osobe. Da nije toga, ja u mojim godinama nikako ne bih uspeo da zadovoljim neku devojku koja je više nego duplo mlađa od mene."„Miki, molim te, reci mi da li je teško to da se nauči?" "Za onog ko sve zna ništa nije teško, ali je nezamislivo teško za onog ko ništa ne zna."„Da li bih ja mogla da postignem ovakve rezultate?"

Nasmešio se i zamislio pre nego što joj je odgovorio. Pomislio je da bi svako za sebe želeo da prigrabi što veće parče od ovog kolača koji poseduje. Ima jedna stara izreka koja kaže: Ako te neko postavi na pravi put i ne dozvoli ti da sa njega skreneš, onda ćeš lako stići do cilja. Tako je i u ovome. Ako znaš način, ako si uporan i veruješ, onda ćeš uspeti.

„Dobro Miki, a možeš li mi reći, jer mi je Genni pričao da si ga gušio u snu, kako si u tome uspeo?" „Rina, to su tajne duhovnog kontakta i naređenja svesti. Ko njih savlada, taj može smatrati da poseduje najjače oružje na celom svetu. Smatra se da su to dve najveće tajne u duhovnom svetu." „Kako bi mogla da se savlada ta tehnika i da se postigne cilj u tom usmerenju? Da li tu tajnu znaju mnogi ili je ona data samo nekolicini ljudi na svetu?" „Tajnu duhovnog kontakta sigurno znaju mnogi budistički, šaolin, pravoslavni, muslimanski i drugi sveštenici. To je jedan metod kojim se može postići duhovni kontakt, i drugi metod, kako se može zaštititi od duhovnog kontakta. Ali metod usavršenja duhovnog napada i odbrane kao i uticaja na svest i komandu tuđoj svesti, koliko ja znam, dat je samo Izabraniku."

„E sada si me potpuno zbunio. Niti sam čula, niti znam šta je to Izabranik." „Ako imaš vremena i ako želiš da preskočimo doručak, onda ću ti ja sve objasniti." „Da li tu interesantnu priču, posle doručka, možeš ispričati i meni i Genniju?" „Meni uopšte ne smeta, samo ako vi želite da slušate." „Naravno da želimo. Hajdemo sada da doručkujemo."

„Rina, nemoj da zaboraviš, da posle ispričane priče želim da budem sa Aksanom." „Bez brige, narediću da je pozovu."

Bilo je pola osam kada je ušla u Gennijevu sobu. Da je bilo ko od telohranitelja ili posluge ušao, pored otkaza bi im sledila dodatna kazna, ali je ona nastupila bez ikakve bojazni, požurujući ga da ustane, da doručkuju, da bi posle toga čuo najneobičniju priču u svom životu.

„Uspela sam da ga ubedim da nam ispriča nešto što se samo može zamisliti. Džoni, moraćeš da izdvojiš još dve hiljade evra da bi još jednom angažovao Aksanu, jer je izjavio da mu njeno društvo odgovara. Obećali smo da će biti sa njim." "Nema problema za to. Interesuje me kako ti je bilo i kako si uspela da ga nagovoriš da ispriča svoje tajne?" "Malo je reći da je nezamislivo ono što ume, jer se njegove moći šire na mnogo strana. Ispitivala sam ga i on je obećao da će nam ispričati koje sve moći ima Izabranik." „Šta ti je sad pa to?" „Ni ja ne znam, ali ćemo uskoro saznati."

Došli su u salu u kojoj doručkuju. Miki ih je već čekao. „Miki, nemoj da se brineš da će tvoje reči čuti neko, jer je soba zvučno izolovana, a veruj mi da nismo postavili kamere, tako da si siguran"–objasnila mu je Rina. „Znam da su neke prostorije zvučno izolovane, da Gennijeva soba, hodnici i sve ostale prostorije nisu. Znam da su kamere, osim u ovoj prostoriji, postavljene svuda, tako da je cela kuća svakog trenutka pregledna i znam da ih ima u sali za prijem stranaka. Znam da niste hteli da se odlučite ni na jedan rizičan korak, kao što znam da se Genni u tre-

nutku našeg dolaska premišljao da li da naredi svojim telohraniteljima da nas ubi-
ju i da se reši svih problema. Dobro si uradio što im nisi izdao to naređenje. Ni-
sam se plašio za mene, jer meni ne bi mogao ništa, ali me je bilo strah za Sašu. On
bi poginuo a onda bi ja imao odrešene ruke da se osvetim. Ne bih te ubio, ali bih
te mojim moćima prvo naterao da svo bogatstvo koje imaš razdeliš sirotinji, da iz-
gubiš položaj i sve moćne prijatelje i na kraju bi te naterao da poludiš."

Pored zaprepašćenja, u njihovim očima se primećivao strah. Naročito u
njegovim, jer on najbolje zna kroz koji pakao je prolazio od kada ga je ovaj čo-
vek u snu posećivao. Njegovi živci su i dalje prenapeti. U strahu spušta prste na
dugme za alarm i razmišlja da li da pozove sve svoje ljude i da ovog čoveka, koji
se nalazi u mišolovci, konačno kazni za sve svoje patnje.

„Nemoj to da uradiš Džoni"– molećivo su zazvučale Mikijeve reči. On je,
svestan da ga je Miki pročitao, u strahu, refleksno pritisnuo dugme. Na svim
mobilnim telefonima, kraj svakog kreveta i svuda u kući su zapištali alarmi.
Miki je samo mahnuo rukama i njegovo telo je u deliću sekunde nestalo iz
sobe. Stvorio se pedesetak metara iza specijalnih jedinica koje su sa spoljne
strane obezbeđivale kuću. Svi su čuli zvuk alarma, a njihov komandant koji je
izgubio dozvolu za ulazak u kuću je bio najuznemireniji. Znao je, ako se gazdi
bilo šta loše desi, sva krivica će pasti na njega. Nije smeo svojim pretpostavlje-
nima da kaže da je napravio onako glupu grešku, da je pao u nemilost, da mu
nije dozvoljen pristup kući, jer bi odmah bio smenjen sa te dužnosti. Za sve je
kriv taj čudni gost koji je došao kod gazde. Tada su svi začuli glas :"Koman-
dante." Svi su se u trenu okrenuli. Oružje je bilo upereno u čoveka koji se ni-
otkuda, kao da ga je poplava izbacila, stvorio iza njih."Otkuda se Vi, gospodi-
ne Miki, ovde stvoriste?"– upitao ga je. "Izašao sam malo da se prošetam.",,Ka-
ko te niko od mojih ljudi nije video a ti si nam se ovoliko približio? Oleg, pro-
veri snimak otkuda je došao!"

„Svi ste bili zauzeti zbog alarma koji je Genni slučajno pritisnuo, pa niste
primetili moj dolazak.",,Komandante, došao je iza ovog ćoška, a samo dotle ka-
mere snimaju"–javio je Oleg. „Ja bih se zakleo da si morao biti u kući.",,Ko-
mandante, za mene ne važe komande ni ograničenja koje imaju tvoji policaj-
ci ili Gennijevi telohranitelji. Ja sam slobodan čovek i mogu se šetati gde god
hoću i kad hoću." „Da, da … Nema problema gospodine."

Dok je on u nedoumici izgovarao te reči, dotle se Miki polako vraćao ka
mestu odakle je došao. Kao da ga je neka sila vukla, i komandant se uputio ka
istom mestu. Udaljenost između njih dvojice nije bila veća od tri – četiri metra.
Došavši do ugla, komandant je pogledao ali nigde nije video Mikija. Potrčao je
do sledećeg ugla gde se pružao mnogo bolji pogled, ali ga ni tamo nije bilo. Tr-
ljao je oči u neverici vraćajući se ka svojim ljudima i misleći: "Dragi Bože, čud-

nog li čoveka. Kao da je ispario. Ma pusti ga, nije on moja briga nego budući premijer. Njega moram da čuvam."

Za to vreme su telohranitelji uleteli u prostoriju, ali osim Rine i Gennija nikog drugog nisu videli. „Slučajno sam pritisnuo dugme alarma"– objasnio je Genni. "Budite na svojim mestima, ako mi budete potrebni, pozvaću vas."

Među najužim krugovima njegove posluge su se u najvećoj tajnosti prenosile priče da već par meseci sa njihovim šefom nešto nije u redu. Ponašao se kao da mu sve ovce nisu na broju. Preživljava teške trenutke jer mu se strah ogleda u očima. Isti strah i paniku su i sada ugledali. Morali su po njegovom naređenju da izađu, ali se svako od njih pitao gde li je nestao onaj njegov čudni gost. Genni se odmakao od stola, osvrćući se po sobi da bi video gde se Miki sakrio. Zakleo bi se da je samo par trenutaka pre tuda prošao i da ga nije bilo, a sada mu se javljao iz fotelje u kojoj je bezbrižno sedeo. "Otkuda ti tu? Malo pre tu nisi bio kada sam pogledao?"

„Džoni, ja sam hteo tebi i Rini, po njenoj želji, da ispričam o moćima Izabranika, a ti si alarmirao svoje ljude, pa sam ja izašao i malo prošetao, tako da sam se sada, kada si se smirio, opet vratio."

„Vraga si ti izlazio iz ove sobe, nego si se negde sakrio. "U redu. Pozovi komandanta specijalnih jedinica koji ti obezbeđuju kuću pa ga pitaj da li me je video." Uzeo je telefon i okrenuo broj. Komandant mu je sve objasnio a on je na kraju zalupio slušalicu. „Da li treba da pokazujem još nešto od svojih moći da bih te naterao da mi veruješ, ili ćeš u neverovanju preskočiti priču koju želim da vam ispričam?"

Udobno su se smestili u fotelje i priča je počela: "Genni, ja sam svoj zadatak prema Saši završio i ti nemaš potrebe više da se plašiš da ću te ijednu noć duhovno posetiti i gušiti kao što sam to nekoliko puta uradio. Ti si njemu isplatio dug i sa tim je završena moja misija. Ja sam sada gost u tvojoj kući koji će ti pomoći ako iskrsne bilo koji problem do tvog imenovanja za premijera, ali ni jednog trenutka, ni od tebe ni od bilo koga iz tvog okruženja ne mogu dobiti nikakvo naređenje, jer ne postoji šansa da ću ga izvršiti. Ja govorim jezikom molbe i dogovora i samo na taj način možemo komunicirati."

„Opet sam u trenutku preživeo sve one strahote pa sam refleksno pritisnuo dugme. Izvini zbog tog poteza koji sam napravio i ne brini, više se to neće ponoviti. Ovde si gost kojeg svi moraju da poštuju i niko ne sme pokušati da ti izda bilo kakvo naređenje. Ja sam preživeo teške trenutke, ali se nadam da ću se obuzdati i da više nikada neću uraditi nešto slično." "Ti ćeš sada narediti nekom od svojih ljudi da ti nabave sto za masažu da bih te nekoliko puta izmasirao. U tvom telu ću otkloniti sve blokade pa ćeš se posle toga osećati kao preporođen, a ti ćeš Rina narediti da dovedu Aksanu." „Ja sam to već uradila i nadam se da će svakog trenutka stići."

„Onda mogu da počnem: Znate da su se od pamtiveka znanja prenosila sa kolena na koleno. Kao što se u indijanskim plemenima sve znanje predaka prenosilo na plemenskog vrača, tako se i u ovome sve znanje prenosilo samo na jednu osobu i nju su prozvali Izabranik. Teško je reči ko je prvi čovek kojem su se otvorile te tajne. Smatra se da su stare više od hiljadu godina i da se u najvećoj tajnosti prenose sa kolena na koleno. Ne mogu ništa reči za prethodne Izabranike jer o njima ništa ne znam, ali znam da je moj đedo bio Izabranik pre mene. Kao dete je proveo godinu dana u jednom manastiru i tu naučio da čita i piše. To znanje je iskoristio da na papir prenese sve tajne i vežbe prethodnih Izabranika. Da bi postao Izabranik, čovek mora da se podvrgne mnogim fizičkim i psihičkim vežbama. Uz pomoć tih fizičkih vežbi čovek razvija svoje telo a uz pomoć psihičkih razvija svoj mozak. Ako kod običnih ljudi mozak funkcioniše od četiri do sedam posto, a kod fenomena do deset posto, šta će se desiti sa onim čovekom koji uz pomoć vežbi uspe da razvije mozak na dvanaest, petnaest, dvadeset, trideset ili više procenata? Šta mislite, kakve će moći taj čovek posedovati? Sve je to moj đedo zapisao u svojim sveskama ali je umesto slova koristio brojeve i šifre. I tako sam ja postao … To je, od prilike, priča moga života. To moram da čuvam kao najveću tajnu i po cenu sopstvenog života.

Pričao je četrdesetak minuta, a onda nastade pauza koju Rina prekide pitanjem: „Miki, šta bi se desilo ako bi ti neko ukrao te sveske?" „Mnogi bi ih bacili jer ne bi znali da ih dešifruju, ali one osobe koje bi bile strpljive i koje bi uz mnogo muke pronašle način da torastumače, došle bi do zapanjujućih saznanja. Otkrili bi način kako da povećaju funkciju mozga i tako bi mogli da postignu uspehe koje ni jedan čovek na svetu ne može postići. Na primer u sportu. Svetski rekord skoka iz mesta je sto šezdeset i dva santimetra, dok je skok u dalj osam metara i devedeset i pet santimetara. Čovek koji poseduje te moći, može bez problema postići tri – četiri ako ne i više puta bolje rezultate. U svemu je mnogo superiorniji od drugih ljudi. U Šaolin hramovima oni koji izučavaju razne vrste borilačkih veština došli su do perfekcije u tom pravcu, ali se ovaj metod koji je meni ostavljen, razlikuje od svih postojećih. Postoji sedam ljudi na svetu koji su od mene jači u određenim usmerenjima ali sam ja jedini koji je savladao sva usmerenja i koji duhovno može pobediti svakog. Ako me neko napadne sa jednim duhovnim usmerenjem i u tom usmerenju je bolji od mene, ja ću to sa mojim moćima osetiti i odmah se preorijentisati na drugo usmerenje u kojem sam bolji i jači i na taj način veoma lako savladati protivnika. Ako je više protivnika i ako su naoružani, ja koristim moći mozga. Momentalno ću izvršiti komandu tuđoj svesti i niko od njih neće upotrebiti oružje protiv mene. U zavisnosti od situacije i opasnosti u kojoj se nalazim, mogu narediti jednom od tih naoružanih ljudi i on će pucati na svoje prijatelje. Svakog trenutka mogu pročitati tuđe misli i uticati na dalji tok njegovih odluka."

„Miki, ovo što smo čuli je prosto fascinantno. Da li nam možeš objasniti kako ti je polazilo za rukom da posećuješ Gennija i da ga onako mučiš?"– tiho upita Rina. „Lako. Opet ponavljam da čoveku ništa nije teško ako zna put da dođe do cilja. Nije u svakoj situaciji potrebno da čovek bude telesno prisutan. Svi ljudi na svetu se plaše nečeg što je nesvakidašnje, pa kada im se desi da ih umesto telesno u večernjim satima neko poseti duhovno, onda ih jedna dlaka deli od sloma živaca ili ludila. Ja sam u moći da svoj duh odvojim od tela i da sa duhom, bez obzira koliko je sati, da li je dan ili je noć, posetim koga hoću. Što se tiče Sašinog slučaja, njemu sam bio veliki dužnik i zato sam odlučio da se prihvatim ovog zadatka. Prethodno sam pitao duha moga đeda i on mi je dao dozvolu. Završio sam ga i sada prema njemu nemam nikakve obaveze. Ako bude otvorio starački dom kao što je obećao, onda ću raditi kod njega i tamo zarađivati za život, a ako ne otvori, snalaziću se na drugi način." „Miki, nije baš sve istina što ti je Saša ispričao"–želeo je Genni još jedanput da ga ubedi u svoje laži i da na taj način pokaže da su mu namere bile iskrene i ispravne. „Hej, stani malo. Pre sam rekao da sam u moći da čitam tuđe misli, a ti sada hoćeš da me ubediš u suprotno."

Naglo je ućutao svestan da lažima neće postići cilj. Prvi put u njegovom životu neko ga je pobedio na svim poljima. Svim srcem je želeo da ovaj čovek radi za njega, da mu bude čovek od najvećeg poverenja i da sa njegovim moćima postiže sve što poželi. „Miki, da li postoji mogućnost da umesto u staračkom domu kod Saše, radiš kod mene. Plata bi ti bila pedeset hiljada evra mesečno. Mislim da su to pare koje niko nije u stanju da ti plati. Bio bi moj prvi čovek od poverenja i tvoj zadatak bi bio da budeš uvek uz mene. Jedino od mene bi dobijao naređenja, a ti bi dobio specijalna ovlašćenja sa kojima bi ti i policija i službe državne bezbednosti bile potčinjene. Tvoj zadatak bi bio da na sastancima čitaš misli i da me upozoriš na namere mojih neprijatelja. Mogao bi da utičeš na funkcionere određenih zemalja da sa njima potpisujem sporazume i ugovore o trgovini i saradnji i na taj način poboljšam svoj politički položaj u svetu. Uz sve to, ja bih se postarao da patentiram mnoge od tvojih melema tako da bi se oni prodavali svuda."

Zaćutao je iščekujući odgovor. Iz Mikijevih grudi se čuo uzdah a onda je nastupila tišina. Tražio je reči kojima će mu objasniti situaciju u kojoj se našao, a Genni je protumačio da se dvoumi zbog ponude, pa je nudio novi iznos od sto hiljada evra.

„Nisu u pitanju pare prijatelju moj"– počeo je Miki da mu objašnjava –"stvar je u tome što se ovo znanje ne može koristiti za materijalnu dobit. I suma od pedeset hiljada evra je ogromna. Ja u mojoj zemlji, u kojoj je velika kriza, masiram ljude ne tražeći im novac. Neko me časti pet, neko deset, mali broj njih dvadeset evra, a ima dosta i onih koji nemaju pa mi ništa ne plate. Ja sam uvek zadovoljan i sa tim novcem sa kojim me časte, a možeš zamisliti koji bi novac bio pedeset ili sto hiljada evra kao moja mesečna zarada! Znam, reći ćeš da si spreman i više da platiš, ali me moraš razumeti da sam ja čovek koji je predodređen da bude Izabranik, da je na mojim plećima teški teret odgovornosti, da nikada ne smem zloupotrebiti svoje moći, da moram ljudima da pomažem svojim masažama i melemima pa makar mi ništa ne platili, da ne mogu ni od kog na svetu osim od Boga dobijati naređenja, i opet ponavljam, da nikako ne smem iskoristiti svoje moći da bi od toga imao materijalnu korist. Sve moje moći moraju biti slobodne, bez materijalnog pritiska i jedino na taj način mogu postići najbolje rezultate."

„Zašto si onda odlučio da pomogneš Saši da on ostvari materijalnu dobit od pet miliona evra?"

„Genni, sve što ti poseduješ je takoreći njegovo. Bez njegovog znanja i ulaganja ti ne bi imao ništa. Ja sam rekao da neću biti sa vama kada se budete pogađali oko cene, ali znam da si bio spreman da mu isplatiš sto miliona evra, a on ti je tražio samo pet. To je njegova odluka i ja nisam hteo da se mešam, a ti si zahvaljujući njemu zaradio oko pola milijarde. Zato se može reći da si srećan i da si jeftino prošao." Opet su Genijeve usne bile otvorene u neverici.

„Obećao sam da ću biti tvoj gost do imenovanja za premijera i to ću ispoštovati. Hoću, prisustvovaću sastanku ministara i premijera koji se održava za tri dana i tu ću ti reći ko je na tvojoj strani a ko ti je neprijatelj. Ako hoćeš, mogu uticati na njih da se opredele za tvoju stranu. Ako želiš, mogu biti sa tobom u ponedeljak kada se sastaješ sa američkim kongresmenom i mogu uticati na njega da potpiše da će vašoj zemlji dati kredit od deset milijardi dolara sa kamatom koja nikada ni jednoj zemlji nije data. To će za tebe biti politički uspeh koji nije postigao ni jedan premijer pre tebe. Zapamti da sve to radim dobrovoljno, bez ikakve naredbe ni prisile, a posle toga nemoj tražiti više ništa od mene."

„Miki... Miki..."blistale su njegove oči dok je ustajao sa svog mesta i krenuo da zagrli prijatelja. "Ovo je mnogo više nego što sam se nadao. Miki, molim te radi za mene. Ni ja niti iko drugi ti neće izdavati naređenje. Kad hoćeš možeš doći na posao, a kada nećeš ne moraš. Sve što hoćeš možeš da radiš, ali te molim, ostani kod mene"– još jednom je Genni pokušavao da ubedi ovog čoveka da bude pored njega. Uz Mikija je osećao sigurnost i znao je - ako bi ga pridobio za saveznika, otvorila bi mu se vrata neverovatnih uspeha. „Opet me nisi razumeo. Ja moram biti slobodan da bih mogao normalno da funkcionišem. Nikako ne mogu biti u nečijoj službi pa makar mi davali sve udobnosti ovoga sveta. Zato, ako želiš da uradim ovo što sam ti obećao, ti me više nemoj moliti da radim za tebe. A sada mogu da te izmasiram."

Pošli su u drugu prostoriju u kojoj je posluga donela krevet za masažu. Mikijevi prsti su pronašli svako bolno mesto i svaku blokadu na Gennijevom telu. Toplim rukama otklonio mu je svaki bol. Bio je prezadovoljan. Rekao je Rini da i ona ovo mora da proba, jer je ovo blagoslov sa neba.

„Ako mi nisi dovela Aksanu, ništa neće biti od masaže"– našalio se Miki našta su se svo troje nasmejali. Tada je Genni izašao. Dok ga je Aksana čekala u drugoj sobi, on je Rinu počeo da masira. Njoj je namerno doticao tačke koje su joj uvećavale osećaj uživanja i zadovoljstva. Opet se osećala kao prošle noći. Želela je ovog trenutka, tu pred Gennijem, da sa njim vodi ljubav pa makar je Genni posle toga izbacio na ulicu bez jednog jedinog centa naknade za sve protekle godine. Uzbuđenje je bilo toliko jako da joj se činilo da će svakog trenutka eksplodirati. Uticaj njegove svesti je bio ogroman a da ona o tome ništa nije znala. Jedva je prošaputala tako da je samo on mogao čuti: "Šta mi radiš. Oooohhh." Tada joj je Miki dotakao tačku na glavi i kod nje je prestalo svako uzbuđenje. Osetila se kao izduvani balon. Celo telo joj je treperilo a ona nije imala snage da se pomeri. Miki je davno izašao iz sobe i došao kod Aksane kada je ona smogla snage da se pokrene. Sela je na krevet, videla da nikog nema i da je niko ne može čuti, pa je onako mamurna prošaputala:"Čudaku, zaklinjem ti se da ćeš biti još nekoliko puta moj, i da ćemo opet uživati ma koliko me to koštalo."

Ušavši u sobu ugledao je Aksanu koja ga je posmatrala očima punim ljubavi. Zagrlili su se, poljubivši se u lice."Želeo bih nešto da pojedemo, pa da prošetamo, da razgledam lepote ovoga grada.","Miki, biću sa tobom, šetaćemo gde hoćeš i ja ću ti ispuniti svaku želju."

Mislila je da je sa njim zaista doživela sve ono što je on svojom svešću reprodukovao u njenu svest, što joj se izuzetno svidelo pa je poželela da to ponovi. Uhvatila ga je pod ruku pa su zajedno krenuli u trpezariju. Posluga im je postavila da jedu dok je on nezainteresovano upitao šta ima novo kod nje.„Ne bih znala odakle da počnem a ima mnogo toga što bih želela da ti ispričam." "Onda počni od tvoje odluke da mi praviš društvo"– pomogao joj je Miki da počne.

Malo se zamislila, a onda počela da priča: "Da bih ti to objasnila, morala bih prvo da ti ispričam prethodne događaje." Želeo je da proveri da li će ga lagati pa joj je rekao da imaju vremena i da joj može sve ispričati ako želi.Počela je da priča. Sve ono što je on pročitao iz njene svesti ona je sada ponavljala pred njim. Videvši da ga ni u čemu ne laže, on je nastavio njenu priču od trenutka kada je Abram doveo u kuću. Slušala je ne verujući sopstvenim ušima da je sve ovo čula. Bila je potpuno iznenađena. Ispričao joj je još nekoliko rečenica a onda je zamolio da prošetaju po gradu i da će joj tokom šetnje ispričati ostatak priče. Zatražio je od Gennija da im da jednog čoveka koji će ih voziti gde žele i koji će ih pokupiti gde mu Aksana kaže.

Šetali su uživajući u lepotama grada. Aksana je spoznavala pravu istinu o svom životu. Prvo je pomislila da je ovaj čovek vidovit a onda se uverila da poseduje čudne moći. Saznala je da je one noći uopšte nisu vodili ljubav iako je imala osećaj da je doživela nešto fantastično. U njenoj glavi su se rojile misli i ona je na kraju rekla: "Miki, znam da si oženjen, znam da imaš porodicu i da si više nego duplo stariji od mene, da ne priliči ovo što ću predložiti, ali bih volela da sa tobom vodim ljubav. Da nisi oženjen, da nemaš porodicu i da imaš samo malo manje godina, borila bih se da ti budem žena. Ovako, rešila sam da mi ostvariš najlepše snove, a i ja ću tebi ostati u lepom sećanju."Ne bih želeo da ovo radiš iz obeveze." "Miki, ja posle Abrama nisam imala ni jednu avanturu. Maštala sam da ću se udati za nekog ko će me voleti i koga ću ja voleti. U životu se retko kada ostvaruje ono što devojke zamišljaju. Nikada nisam mogla pomisliti da ćemo upasti u ovakve nevolje i da će zbog njih mene okriviti. Kada mi je Rina ponudila ovaj posao, shvatila sam da tolike pare mogu zaraditi samo na ovaj način. Da. Želela sam da im otplatim dugove zbog kojih su mene okrivili i da odem u neki drugi grad da živim. Svesna sam svoje lepote i znam da bi mi se i tamo mnogi udvarali. Rešila sam da promenim svoj život, da iskoristim svoju lepotu i da na taj način dođem do bogatstva a onda da se preselim u neki deseti grad i tamo živim po starom. Udala bih se za nekog momka i sa njim osnovala porodicu."

„Bravo Aksana!" Pomislila je da je pohvalio njene planove pa je bila oduševljena. Kada je počeo da priča, uvidela je da je on pohvalio njenu iskrenost. "Znaš li što sam te pozvao kada te je Rina otpustila i kada su ti isplatili dogovoreni honorar?"„Ne znam" – odgovorila je smušeno. „Znao sam da ćeš krenuti da ostvariš svoje planove što bi te odvelo na sasvim pogrešnu stranu. Tim putem idu očajnice i mnogo prevrtljive osobe koje su u stanju da prodaju majku koja ih je rodila i sve prijatelje koje imaju, a ti nisi takva. Veoma brzo bi te zapazili makroi i dileri drogom. Par puta bi te častili a onda bi upala u njihovu zamku i za njih bi radila sve dok bi od tebe bilo koristi. Postala bi zavisna oddroge i na kraju, kada im više ne bi trebala, oni bi ti dali zlatni metak. Tako se zove droga ili mešavina nekih otrova koju tvoje telo ne bi izdržalo i ti bi umrla. Zbog toga sam te zvao jer ne želim da ideš tim putem."

Sada se video strah u njenim očima. Dok su lagano šetali, on joj je pričao o njenoj odluci i o tome kako je on planirao da joj pomogne. Nije znala šta radi i šta svakog časa zapisuje u svom blokčetu, a on joj nije objašnjavao da beleži brojeve novinskih agencija jer će mu jednog dana zatrebati. Aksana je par puta pozivala čoveka kojeg im je Genni obezbedio, koji ih je vozio i govorila gde se nalaze, da bi on došao da ih uzme i preveze u drugi deo grada. Šetali su, slikali se, pričali i osećali sve veću privrženost jedno prema drugom.

Sve vreme njihove šetnje Miki je osećao da je budno praćen. Ovoga puta je bilo više osoba a on je nekoliko puta uspeo da vidi dvojicu pratilaca sa aerodroma. Nisu im se približavali nego su ih pratili iz daleka jer nisu imali određena naređenja od svojih šefova. Sledeći put neće biti tako.

Na kraju duge i prijatne šetnje su pošli kući i dalje razgovarajući kao stari znanci. Pošli su u sobu prethodno odbivši da im posluga servira večeru. Unutra su se prepustili strastima koje će obostrano pamtiti do kraja života. Bez obzira što je više nego duplo stariji od nje, Aksana se sve više i više zaljubljivala u ovog čoveka. I on, koji je fantastično kontrolisao sve svoje osećaje, nije bio ravnodušan prema njoj. Potrudio se da je zadovolji, da bude srećna i da ga nikada ne zaboravi. Pred očima mu se pojavila đedova vizija i on je pomislio da mora stati, ali se on samo osmehnuo i klimnuo glavom, pa je Miki nastavio. Znao je da će narednih dana sa njom šetati ali joj nikada više neće priuštiti ovakve trenutke. Želeo je, kada ga je izabrala posle toliko godina provedenih bez uživanja, da kod nje razbije grč koji je u njenoj svesti ostavio Abram silovavši je. Potpuno je uspeo u tome. Sada je bila žena koja je stremila ka užicima. Tražiće svoju šansu sa momcima sa kojima će želeti da osnuje porodicu.

Miki joj je zato spremio jedno prijatno iznenađenje: kada Genni bude na sastanku sa američkim kongresmenom, doći će fotograf koji slika manekenke, koji radi u svetu mode, i koji će se, videvši je zaljubiti u nju i ponuditi joj saradnju. Biće manekenka koja će brzo steći svetsku slavu. O tome su maštale mnoge devojke, bio je to i njen devojački neostvareni san, pa je on odlučio da joj pomogne i da joj san postane java. To će joj biti nagrada za njenu iskrenost prema njemu. Proveli su noć uživajući ne samo telesno nego i duhovno.

Sutradan su opet šetali i opet su ih pratili plaćeni doušnici. Trenutno ih nisu dirali, ali je Miki, u trenutku dok su u jednom kafiću ispijali piće, usmerio svoju svest da bi pročitao misli čoveka za koga je znao da im je šef. On je u uvu imao slušalicu i vodio je razgovor sa nekim. Nije mu bilo potrebno da čita misli, samo se usredsredio na njihov razgovor. Saznao je da je osoba iz daleka koja vuče poteze cele organizacije niko drugi do njihov poznanik Džoni Vest. Zaista moćna organizacija. Saznao je kako Džoni od njih zahteva akciju kako bi se Miki uplašio i odlučio da se što pre vrati kući. Nisu znali koja je svrha njegovog zadržavanja. Davao je uputstva svojim ljudima da ga napadnu, ako žele ubiju ženu koja je sa njim, a njega samo pretuku. Posle te tuče on će potražiti spas u begu. Možda će na nekoliko dana otići kući da bi se smirio, a on će za to vreme poslati petnaest – dvadeset ljudi kod Saše koji će pomisliti da su zainteresovani za njegove masaže. Sigurno će ubrzo odlučiti da se ponovo vrati. Kada dođe u Nemačku, oni će stupiti u akciju.

„Miki… Miki…" spustila je Aksana ruku na njegovu nadlanicu prenuvši ga iz postojećeg stanja. Zabrinula se da li mu je dobro.

Dugo odsustvovanje od porodice stvori brigu, tako da zamišljen ne čuje šta mu priča osoba sa kojom je izašao u šetnju i sa kojom pije piće. "Izvini Aksana, molim te."
Kada su sutra pošli da šetaju, Miki je Aksani objašnjavao šta im se sprema. Zamolio je da nikako ne vrišti, da sedi mirno i njemu prepusti da odradi sve. Šestoro ljudi iz Vestove organizacije ih je pratilo idući nekoliko desetina koraka iza njih. Pravili su se da ih ne primećuju, bezbrižno su razgovarali i smejali se. Miki je usmerio svest na nekoliko policajaca i oni su, ne znajući zašto, krenuli u smeru koji je on želeo. Za svaki slučaj je hteo da obezbedi da neko iz grupe slučajno ne upotrebi oružje. Nije se bojao za sebe i Aksanu, ali nije želeo da neko od nedužnih gostiju bude povređen ili ubijen.
Njih dvoje su sedeli u samom dnu restorana gde je bilo najmanje gostiju. Vestovi ljudi su se međusobno dogovarali da dvojica budu na ulazu u restoran i čuvaju stražu, dok će ostala četvorica obaviti zadatak. Četvorka nije napravila ni par koraka a dvojici koji su ostali na straži su prišla dva policajca tražeći im dokumenta. Tajnim signalima su dali znak četvorici da ne upotrebljavaju oružje, ali zadatak su morali da obave. Nisu više obraćali pažnju na svoje prijatelje koje je legitimisala policija, jer su znali da će ih oni likvidirati ako bude potrebno. Krenuli su fiksirajući svoju žrtvu koja je sedela mirno, njima okrenuta sa strane, i blago se smešila lepotici kraj sebe. U svest jednog od napadača Miki je proizveo sliku kao da ga napada tigar. Vrisnuo je od straha sudarivši se sa svojim drugom. Obojica su pala a prestrašeni napadač se i dalje otimao kao da se bori sa tigrom, a ne sa svojim drugom. Preostala dvojica, zbunjeni njihovim ponašanjem, odlučiše da ih razdvoje pa da zajedno obave šta je od njih zahtevano. Prestravljeni je i dalje vrištao bacakajući se i udarajući sve oko sebe. Dvojica stražara kraj kojih su i dalje bili policajci, kao i svi gosti restorana, gledali su ovu nesvakidašnju scenu. Prestrašeni je jednog od prijatelja koji su pokušavali da mu pomognu zakačio po nosu tako da mu je lice bilo umrljano krvlju. Sada je scena bila komična. Svi su se smejali a Miki je prestao da utiče na njegovu svest. Prestravljeni se smirio a ostali su uvideli da od njihovog plana ne može biti ništa. Prišla su im dvojica stražara od kojih je jedan bio šef. Ljutito je sevao očima na svoje ljude, tiho im naređujući da što neupadljivije napuste restoran. Sada je Miki usmerio naređenje svesti ka njemu. Stvorio je u njegovoj svesti sliku da će ga ispod stolice napasti zmija. Vrisnuo je a onda nagao u beg rušeći stolove i stolice pred sobom. Svi prisutni, kojima se priključila i posluga, smejali su se. Propade njihov dobro smišljeni plan! Ala će se Džon Vest iznenaditi kada mu budu pričali. Moraće kasnije i njega da poseti da bi saznao koji su mu planovi.
Vraćajući se kući, Aksana ga je ispitivala kako je uspeo da ih pobedi a da ih ni prstom ne dotakne. Smeškao se blago je grleći ne objašnjavajući joj svoj na-

čin rada. Uveče je opet poželela da sa njim podeli najlepše trenutke koje je doživela, ali je on, ne dozvolivši joj da se ljuti, odbio, objasnivši joj da je sutra sastanak budućeg premijera i ministara i da će tamo biti izložen velikim naporima. To je, ustvari, bio izgovor, jer je osećao da se ova devojka sve više i više zaljubljuje u njega. Ako bi joj još jedanput priuštio onakvo zadovoljstvo, onda bi se ona još više zaljubila. Nije želeo to. Želeo je u njenom telu da probudi ženu koja neće osećati grč straha, koja će se prepustiti ljubavnim čarima i uživati u njima. Uspeo je u tome. Bila je povređena njegovim rečima, ali se brzo umirila, ostavivši ga da se odmara pred sutrašnji naporni dan.

35.

Sutradan su među prvima su došli Genni, Miki i još jedan telohranitelj. Obezbeđenju nije bilo dozvoljeno da bude u sali za sastanke, pa su se smestili u veliki hol za prijem, do samih vrata kuda su morali svi ministri i budući premijer da prođu. Genni se sa svima rukovao, a odmah posle rukovanja Miki mu je objasnio koliko mu je ko naklonjen. Od osamdeset tri ministra i prethodnog premijera, kojeg će on naslediti, samo su mu petorica bili neprijatelji. Na jednog mu je Miki posebno ukazao:"Može ti biti veliki neprijatelj, ali ga možeš postaviti za svog zamenika i na taj način stvoriti veoma korisnog saradnika i prijatelja. To možeš objaviti na ovom sastanku." Obezbeđenje je ostalo u holu da sačeka svoje pretpostavljene a iza zatvorenih vrata je počeo sastanak najuglednijih ljudi ove države. Cilj ovog sastanka je bio da Gennija upoznaju sa obavezama koje ga očekuju na novoj funkciji. On je sve te obaveze znao ali su morali da ispoštuju protokol. I on se potrudio da svima ponaosob zahvali i da sa svakim od njih progovori po par rečenica. Došao je pogodan trenutak i on je pred svima izjavio da je pomno pratio njihov rad i uspehe i da je najzadovoljniji sa radom ministra Ilje Karpuhina, i da namerava da njega odredi za svog zamenika. Svima se iznenađenje ogledalo na licu, jedino Ilja nije reagovao. On je svoju glavu spustio i niko mu nije video lice. Njegovom iznenađenju nije bilo kraja. Bilo ga je stid zbog prethodnih postupaka, ali se nadao da niko, a najmanje Genni, zna za njih.

Jedna osoba je sve znala ali o pojedinostima nije htela da priča. Njega se ništa od ovoga nije ticalo. Još nekoliko dana će biti gost, završiće svoje obećanje a onda se vratiti kući. Posle par sati provedenih na sastanku, kada su sve teme razmatrane, a ministri i premijer se o svemu dogovorili, sastanak je završen. Prvi je izašao Genni i još jedanput se sa svima rukovao i pozdravljao. Ilja je ostao zadnji. Želeo je biranim rečima da se zahvali i obeća da će u njemu imati iskrenog prijatelja i vernog saradnika. Kada je počeo to da objašnjava, Genni ga je prekinuo: "Zahvali ovom čoveku što si dobio tu funkciju."Ilja je pogledao u Mikija. Nikada ovog čoveka nije video a on mu je pomogao. Pružio je ruku da bi se upoznali dok se Genni sa telohraniteljem udaljavao. "Da li se mi odnekud znamo?"– upitao je Mikija. „Večeras sam te prvi put video"– odgovorio je Miki ne persirajući mu."Čemu onda mogu da zahvalim, ako me ne znate, da ste se, ipak za mene toliko založili kod premijera?"„Ne treba da mi zahvaljuješ. Bolje je premijeru da tebe ima kao prijatelja nego kao neprijatelja."„Ko ste Vi gospodine? Otkuda Vama, kao telohranitelju, tolika moć da premijer posluša Vaše reči?"„Ilja, moje reči se slušaju. Ako ti kažem budi mu saradnik i prijatelj, onda to i budi. Iz mojih usta neće izaći reči da si bio povezan sa Nikolajem i da ste planirali da izvršite atentat. Da mene nije bilo, verovatno biste uspeli. Sada je to prošlost. Tebi se pruža mogućnost da život i saradnju nastaviš sa čovekom koga si mogao da nosiš na duši." Strah i neverica su se ogledali u njegovim očima. „Ne boj se. Nikome neću reći o tvojim namerama a uskoro ću se vratiti u svoju zemlju, tako da o tome ne moraš brinuti."

Nešto nerazumljivo je promucao udaljivši se. Miki je pošao za Gennijem, kojeg su i dalje njegovi simpatizeri po nešto zapitkivali. U kući su svi bili radosni jer se sve odvijalo kako je Genni želeo. Njegovo lice je blistalo od sreće dok je objašnjavao šta mu se sve izdešavalo, a za to vreme se Miki povukao u sobu u kojoj ga je čekala Aksana.

Opet je samo ona bila njegovo društvo i opet su zajedno provodili sve svoje slobodno vreme. I ona je stalno želela da bude sa njim. Zavolela je ovog čoveka. Svest joj se borila protiv toga, ali su sva njena čula treperila za njim. Sve joj je bilo pusto kada nije bio sa njom. Rastužila bi je i sama pomisao da će se uskoro vratiti svojoj porodici. Onda je ubedila sebe da će dopustiti sudbini da uradi svoje a ona će se potruditi da bude srećna bar ovo vreme dok je on tu. I on je uživao u njenom prisustvu koje je mnogo puta trajalo do ranih jutarnjih sati. Kažu da se muškarac zaljubi gledajući a žena slušajući. On je potpuno vladao svojim osećanjima a u njenoj svesti je stvorio blokadu da ne želi sa njim da vodi ljubav, tako da je lepim rečima i savetima uticao na nju da drugim očima posmatra svet. Razložnije je o svemu razmišljala, ali nije mogla sebi da zabrani da ga sve više i više voli. Nije mogla sebi da objasni zbog čega više ne oseća onu potrebu da sa njim vodi ljubav. On se osmehnuo kada je osetio te njene misli. Bilo mu je lepo i interesantno sa njom pa je, opustivši se, zaboravio nekoliko noći da duhovno poseti svoje neprijatelje. Računao je da ga čekaju i da neće preduzimati nikakve akcije. U tom laganom ritmu je došao ponedeljak.

Najvažniji Gennijev sastanak u karijeri. Osmeh na licu i ljubazne reči nisu otkrile namere i zadatke koje je imao američki kongresmen pri ovoj poseti. Ponudiće novom premijeru punu podršku i novčanu pomoć njegovoj zemlji samo da sa njim sklopi poslovnu saradnju o prodaji nafte. Morali su usaglasiti još mnogo pitanja, ali se ipak moralo znati ko je gazda i ko se sluša. Ova poseta je imala poseban značaj u svetu biznisa. Par stotina fotoreportera najpoznatijih novinskih agencija iz brojnih zemalja sveta je imalo zadatak da sve detalje zabeleži, a onda da sve predstavi kao gest milosrđa u kojem se kongresmen predstavio kao najveći prijatelj ove zemlje. Ponudio im je i kredite. Normalno, ti krediti će imati kamatne stope, a za svako neispunjenje će plaćati ogromne penale. Te pojedinosti novine neće objaviti, samo će naglasiti da je milosrdni kongresmen pomogao ovoj zemlji sa toliko i toliko milijardi dolara. Sve je lepo isplanirano a sve to je trebao Genni da odobri i potpiše. I ova bitka bi bila osuđena na propast da Miki nije umešao svoje prste i pomogao čoveku kome je bio gost.

On se sa Aksanom nalazio u pozadini, kao da se ovolika gužva i metež njih uopšte nisu ticali. Jedan od foto reportera ih je za trenutak osmotrio a onda se okrenuo da bi obavio svoj zadatak. Nešto ga je privuklo pa se opet okrenuo ka njima. Osmotrio je sredovečnog čoveka a onda svu pažnju posvetio devojci čija se lepota mogla meriti sa najlepšim devojkama celoga sveta. Nije tu bila samo lepota. Bilo je tu grackoznosti i glamuroznih pokreta koje je on tražio kod mnogih manekenki, ali ih nažalost nije našao. Upitao je nešto na engleskom a ona mu se nasmešila i odgovorila. Nastavili su da komuniciraju dok je Mikijevo lice obasjao osmeh. Ovaj reporter neće zadovoljiti svoju novinsku agenciju, ali će dugogodišnjem prijatelju koji je vlasnik modne agencije ponuditi najlepši dijamant među njegovim manekenkama.

U tom trenutku Miki se skoncentrisao i svoju svest usmerio ka kongresmenu. Početne dogovore između njih dvojice nije pratio jer je bio zauzet oko Aksane. Činilo se da kongresmen drži sve karte u svojim rukama. Nudio je pet milijardi dolara kredita i tražio kamatu od osam procenata. Tražio je potpuni monopol nad njihovim naftnim poljima i još mnoge druge pogodnosti. Njegovi saradnici su stavljali ugovore pred Gennija koje je trebalo da potpiše. Kada je Genni ustao i podigao desnu ruku zahtevajući tišinu, svi su se umirili. „Uz dužno poštovanje svih prisutnih i uz veliki pozdrav gospodinu kongresmenu Kuperu, želim da napomenem da smo do juče bili deo Sovjetskog saveza i da smo sa tom zemljom ostali u dobrim odnosima iako smo se otcepili od nje. Želeli smo sa Vama da postignemo poslovni sporazum ali su njihovi uslovi i kamate mnogo prihvatljivije od vaših. Ovlašćen sam od Vlade moje zemlje, kao premijer koji upravo treba da stupi na dužnost, da potpišem ugovore jedino ako su oni povoljniji od ponude koju nam je Rusija ponudila. Zaista mi je žao. Ponuda njihovog kredita je deset milijardi dolara uz kamatnu stopu od četiri posto, tako da na vaše uslove nikako ne možemo pristati" Nastala je tišina kao u grobu. Kongresmen i cela Bela kuća su znali šta bi značilo ako bi Rusija preuzela monopol nad ovom ogromnom zemljom i ako bi oni gospodarili bezgraničnim količinom nafte i gasa. Znao je da to ne sme dopustiti ni po koju cenu. Znao je da može podizati visinu kredita i smanjivati stopu kamate do nekog razumnog procenta. Taj razumni procenat nikako nije smeo da bude manji od četiri posto. Sve je to znao, ali nije znao da njegovim odlukama komanduje osoba za koju ni on ni iko od njegovih pretpostavljenih nije čuo.

Kada je Genni izjavio da prihvata ruski kredit od deset milijardi dolara ali da zahteva da im kamatna stopa bude dva i po procenta, kongresmen je ponudio petnaest milijardi sa kamatom od dva procenta. Svi su odjednom zažagorili. Genni je zatražio da se naprave novi ugovori, koji su veoma brzo bili potpisani. Potpisani su i ugovori o korišćenju nafte. I mnogi drugi ugovori zbog kojih se Genni proslavio. Po završetku sednice su sve televizijske stanice prenele radosne vesti. U višim krugovima se samo o tome govorilo. Potpisivanjem ovih ugovora Genni je postao jedan od najslavnijih političara pre nego što je stupio na dužnost. Priče, pohvale, priče, pohvale... Sve se vrtelo u tom ritmu.

Vrativši se iz sale za sastanke, Miki se povukao u svoju sobu. Nameravao je da se prepusti meditaciji da bi opustio svoje telo. Tada je ušla Aksana."Miki"– vrisnula je bacivši mu se u zagrljaj. Obavila mu je ruke oko vrata neprestano ga ljubeći po licu."Znaš li šta ima novo?" „Kako ne bih znao." "E ajde mi onda objasni, kada već tvrdiš da znaš." „Dobila si ponudu da radiš za modnu agenciju."

„Miki, pogodio si. Mnogo sam srećna. Ostvariće mi se najlepši snovi. Svaka devojka mašta da postane manekenka, mnoge od njih uče školu i ne uspeju u tome, a meni se ostvaruje želja iako nisam školovana za to. Ne mogu se dovoljno zahvaliti Bogu za ovu sreću." „Bravo Aksana. Ako istinski veruješ, ako kod tebe postoji čvrsta volja i ako se srcem i mislima posvetiš tome što želiš, znaj da ćeš uspeti." „Nešto mi u duši govori da će biti tako." „Drago mi je Aksana, jer si zaista to zaslužila." Nastala je kratka pauza a onda je ona puna ushićenja nastavila da priča: "Da nije bilo tebe, meni se ovo nikada ne bi desilo. Da me nisi poveo sa sobom na ovaj sastanak, ja sa njim nikada ne bih upoznala. Zaista, šta te je navelo da me povedeš sa sobom?" "Slučajno"– odgovorio joj je smeškajući se. "Miki srećna sam. Poći ću kući da sa svojima podelim ovu radost."

36.

Otišla je a on je ostao sam. U samoći se prepustio svojim mislima jer mu niko nije smetao. Još nekoliko dana pa će se vratiti kući. Uželeo se svoje porodice. Još je bilo rano da spava pa je rešio da ih malo duhovno poseti, da bi video šta rade. Zaključao je vrata a onda svoj duh odvojio od tela. Za kratko vreme se njegov duh stvorio u kući. Deca su gledala neki film na televizoru, a žena je spremala neku hranu. Majka se zanimala čitajući Bibliju. Sve je bilo po starom. Niko ga nije video a njega je prošla žudnja za njima. Vratio se duhovno u telo.

U samoći sobe, imajući dosta vremena, rešio je da poseti svoje neprijatelje. Prvo je, ne znajući zbog čega, posetio Hejnriha Kola. Bio je u društvu Helmuta Kluma i Pitera Zigmunda. Totalno su izgubili strpljenje jer im je plen izmicao iz ruku. Sada su se sastali da bi doneli konačnu odluku o angažovanju nekoliko plaćenika koje će predvoditi Piter Zigmund. Poći će u Srbiju, tamo oteti sveske, od Mikija saznati sve tajne i šifre, a onda će obaviti najprljaviji i najkrvaviji deo zadatka. Bili su sigurni da će morati sve da prizna i da im objasni, jer će pretiti smrću njegovoj porodici. Kada sve saznaju, onda mu više nema spasa. Razrađivali su plan do najsitnijih detalja. Nisu znali da je osoba o kojoj pričaju maltene sa njima za stolom i da ih sluša, a oni ga nikako ne mogu videti. Želeo je da sazna kada će krenuti u akciju. Ni oni nisu gubili vreme. Za sutradan su zakazali sastanke sa nekoliko šefova različitih bandi. Odabraće sedam najsposobnijih za akciju, a Peter će ih predvoditi.

Sutradan ih je Miki ponovo poseto. Odmakao se od stola i došao u hodnik. Prevrnuo je veliku kinesku vazu iz dinastije Ming, a onda se nasmejao. Par trenutaka je trajalo iznenađenje a onda su izleteli sa repetiranim pištoljima u rukama. Bili su spremni da otvore vatru na sve što se bude pokrenulo, ali ništa nisu videli. Pred kućom su bili telohranitelji i nekoliko vučjaka koji su čuvali stražu. Da nije bilo krhotina od važne, pomislili bi da im se pričinilo, jer su stražari kategorično tvrdili da tuda niko nije prošao. Dokaz je bio i taj što psi nisu lajali. Ubeđeni njihovim tvrdnjama, došli su do jedinog mogućeg rešenja, da je verovatno stari persijski mačak to uradio. Jedino im nije bilo jasno otkuda se stvorio onaj sablasni smeh. To ih je mučilo kao neka nepoznanica a onda su opet došli do rešenja. Verovatno je neka krhotina zakačila mačka pa je on mjauknuo a njima se pričinilo da se neko nasmejao.

Dok su se oni bavili svojim problemom, dotle je Miki pošao da poseti Sergeja. Zatekao ga je okruženog telohraniteljima. Užurbano su donosili odluke o kontra napadima na određenim lokacijama, jer su članovi američke mafije izvršili napade na njegove ljude. Nekolicina ih je poginula. Sada su morali da se osvete za pretrpljene uvrede i da osvete svoje prijatelje. Nisu oni međusobno bili toliki prijatelji da bi rizikovali živote jedni za druge, ali su na taj način morali da pokažu svoju moć i da daju do znanja svojim neprijateljima da ih niko ne sme dirati a da mu se oni krvavo ne osvete. Nije hteo da se zadržava oko njih. Bio mu je poznat obračun bandi, u kojem bi mnogi izginuli dok se dođe do konačnog pobednika. Još jednom se vratio kod Hejnriha Kola. Još su bili pod uticajem događaja, pa im je trebalo samo još par rečenica da se dogovore. Rešili su da sutra, odmah po dogovoru sa nekim od šefova bandi, čim njihovi ljudi budu spremni, pođu. Trebaće im par dana da osmotre situaciju, da snime kuću i sve oko nje, a onda da izvrše napad.

Nalazio se daleko od kuće pa nije mogao blagovremeno da reaguje. Morao je pod hitno da se vrati, ali se pitao da li će stići na vreme. Odlučio je da odgodi njihov polazak za par dana. Dobro je uradio što se opet vratio da vidi njihove namere. Sačekao je da svako krene svojoj kući a onda je Piteru podmestio klip pod nogu i on je pao. Priskočili su da mu pomognu. Ustao je, ali ga je članak neopisivo boleo. Pokušao je da se osloni na nogu. Osetio je kao da mu neko ubada iglu u bolno mesto. Odmah su ga prebacili u bolnicu. Utvrdili su da je iščašio nogu i da mora nekoliko dana potpuno da miruje. U povratku su se dogovorili da odlože akciju za nekoliko dana.

Postigao je šta je želeo pa je nameravao sa Gennijem da se dogovori da mu sutra obezbedi kartu za povratak.

Još je trajala euforija od prethodnog dana i svi u kući su bili radosni. Miki je opširno objašnjavao Genniju zbog čega je primoran ranije da se vrati: „Genni, kada sam prvi put bio kod Saše, poneo sam čajeve za lečenje od raka samo jedne osobe. U mojoj zemlji sam izlečio nekoliko ljudi od te bolesti, pa sam želeo da vidim da li ću i tamo uspeti. Dao sam ih čoveku koji je imao rak kičme. Imao je strahovite bolove a lekari su mu davali još desetak dana života. Dao sam čajeve njegovoj ćerki i ona je počela da mu ih priprema. Nakon tri dana bolovi su prestali. Posle pet dana je ustao iz kreveta. To je prvi zapazio njegov lekar koji je među glavnim članovima u nekoj njihovoj tajnoj organizaciji. Ispitivao ga je kako mu je to uspelo i taj Viktor mu je sve objasnio. Ja sam se u međuvremenu vratio kući. Taj lekar je ispričao ostalim članovima svoje organizacije da postoji čovek koji sto posto leči rak. I Viktor se hvalio svojim poznanicima tako da su pored tog lekara, za moje čajeve saznali šefovi još dve organizacije ili bande. Nije im bilo teško da saberu dva plus dva, jer su u emisijama o meni videli da je moj đedo sve tajne šifrovano zapisao u svojim sveskama. Prvo su svi želeli da se uvere u lekovitost čajeva koje mi je đedo ostavio, pa su mi iz svake organizacije tražili čajeve za po deset, petnaest pacijenata. Kada su se uverili da su čajevi pomogli svima, pa i najtežim pacijentima, onda su od mene hteli da saznaju tajnu kako se to sprema. Nisam hteo da im kažem, pa su oni odlučili da mi otmu sveske. Ni sami nisu svesni šta bi sve još otkrili u đedovim sveskama i koje bi moći stekli kroz otkrivenje tih tajni. Dok sam bio u Nemačkoj, svi su planirali, ne znajući jedni za druge, da me kidnapuju i na taj način dođu do svezaka. Totalno ih je zbunio i iznenadio naš dolazak u Almatu. Odlično su organizovani tako da me američka narko mafija i ovde prati. Niko od njih ne zna pravi cilj moje posete već smatraju da sam ovde došao da bih nekog izlečio od raka. Nisu smeli otvoreno da me napadnu, jer znaju da sam pod tvojom zaštitom, a atentat ne planiraju jer sam im potreban živ radi otkrivanja formula i tajni. Doduše, jednom su me napali dok sam sa Aksanom šetao po gradu, ali se nisu proslavili. Sada strpljivo čekaju da se vratim pa da me kidnapuju. Ne plašim se od ovih koji me ovde prate, nego sam sinoć saznao da se jedna grupa sprema da mi napadne porodicu, pa da me onda, zbog njih ucenjuju. Misle da bi me na taj način naterali da im dam sveske i odam tajne formule. Ja sam kod tebe obavio sve važne zadatke. Ostalo još nekoliko dana do tvog imenovanja i tebi više ne preti nikakva opasnost. Ja sam ti pomogao, pre nego što si postao premijer, da postigneš mnogo više od svih tvojih prethodnika i da postaneš jedan od najslavnijih ljudi svih vremena u svojoj zemlji. Tebi ovih par dana ništa ne znače, a meni mogu biti veoma dragoceni, jer ću uspeti da sakrijem porodicu pre nego što oni dođu. Verovatno im i bez mene ne bi naudili, ali ne mogu da budem siguran, jer sa ove daljine ne mogu u svakom trenutku postići duhovni kontakt sa njima. Te pauze između jednog i drugog duhovnog kontakta mogu biti pogubne za moju porodicu. Zato te molim da mi obezbediš kartu za prvi let koji postoji."

„Miki, sve sam te razumeo. Žao mi je što odlaziš, jer sa tobom kao pomoćnikom moguće je doći do svega. Još jedanput ti nudim posao kod mene".

"Genni, nema tog posla ni para koje su mi važnije od porodice." „Znam, znam. Izvini molim te. Sve će to brzo proći a onda te pozivam da se predomisliš. Za to vreme dok si u problemima ja ti mogu unajmiti nekoliko telohranitelja koji će ti u svemu pomoći." „Genni, ni telohranitelji, ni vojska ni policija ne mogu zaštititi čoveka kojeg ja hoću da napadnem a isto tako mene ni moju porodicu ne može ugroziti niko, ma kakvo moderno oružje imao, ako ih ja štitim." „Dobro Miki. Ja sam ti ponudio moju pomoć iako ti ona nije potrebna, a ako meni zatreba tvoja, ja ću je od tebe potražiti. Sada će ti neko od mojih ljudi obezbediti kartu za prvi let."

U tom trenutku je stigla Aksana. Početno zadovoljstvo koje se ogledalo na njenom licu je zamenila tuga. Malo je vremena provela sa ovim čovekom ali je osećala da bi bila u stanju da mu pokloni srce, dušu, svu ljubav i da sa njim provede ostatak života. Posle teškog trenutka koji je provela sa Abramom, kada je doživela silovanje, ovo joj je bio najteži trenutak u životu. U početku su joj samo tekle suze, ali je, kada su Mikiju saopštili da ima let za dva sata, briznula u plač. Stajali su zagrljeni dok je ona plakala na njegovom ramenu. Mazio je po kosi a onda je izvršio komandu njenoj svesti i ona je prestala da plače. Vreme je brzo proletelo tako da su se pozdravili uz obećanje da će se sigurno opet sresti.

37.

Brižne oči pratilaca koji su imali zadatak da ga ne ispuštaju iz vida, i ovaj put su pratile svaki njegov korak. Organizacija im je fantastično funkcionisala, tako da su ga ovoga puta u avionu pratile četiri osobe, a ne kao prošli put dve. Ovaj let će trajati pet sati, pa će za nekih pola sata ući u njihovu svest i od njih saznati kakve su im namere. Dvadesetak minuta nakon uzletanja, raskomotivši se na svoje mesto i u trenutku dok je svoju svest usmeravao ka ljudima u avionu, strelovita misao mu je prošla kroz mozak. „Genni. Nije valjda lud da pored svega što mu je objašnjeno opet pokuša da se domogne đedovih svesaka. Da, da, lepo je osetio da sa nekim razgovara o toj temi. Sa ovim čovekom je i ranije imao mnogo zajedničkih akcija. Miki ga nije ga upoznao, ali je osetio da će mu ovo biti jedan od najvećih i najopasnijih neprijatelja. Taj čovek je u svojim redovima telohranitelja imao čoveka koji je posedovao neke natprirodne moći pa se nadao da će, zahvaljujući njemu, uspeti da pobedi Mikija i na taj način otme sveske sa tajnama. Taj čovek je bio u nekoj sekti i za njegove i moći njegovih prijatelja su čuli mnogi. Kažu da su u stanju mrtvaca da ožive. Doći će vreme, uskoro će sve to saznati.

Pričali su dugo. Više od dva sata. U početku je Genni samo objašnjavao Ismailu Abdul Azizu o svim moćima koje je Miki posedovao, ali je kasnije, zbog pohlepe, pobedio strah i pristao da zajedničkom akcijom dođu do uspeha. Ismail ga je ubedio. Strahovi su nestali a hrabrost, koja se stiče u masi osoba koje vas okružuju, je trenutna. To je bio njegov izbor, jer da nije hteo, niko ga ne bi ubedio. Svako će odgovarati za svoje grehe. Ovoga puta oni neće uspeti. Ljudi koji hrle ka vlasti gube sve granice pristojnosti i poštenja. Došli do velikih uspeha, ali su sada shvatili da mogu doći do tajni koje će im pomoći da te uspehe hiljadama puta uvećaju. Zato su sve svoje snage usmerili ka tom cilju. Nije im palo na pamet da mogu tim moćima da pomognu drugim ljudima koji su bolesni. Moći mozga, pozitivnih i negativnih misli sve više zadivljuju svet. Kakve misli usmeravaš ka drugima, a naročito ka osobama koje ti žele zlo, takve misli ti se vraćaju. I to je zapisano u Bibliji. Poželi radost i sreću i svojim neprijateljima a ne kao licemeri, koji radost i sreću žele samo članovima svoje porodice. Sve što je bilo pozitivno na ovom svetu oni su želeli samo za sebe. Nije ih bilo briga za druge. Njihova razmišljanja i dogovori su se svodili na pitanje preko koliko leševa će doći do cilja. Nisu znali da se pozitivna energija prikuplja i akumulira kada je čovek srećan i raspoložen. Genni je video Mikijeve moći ali nije znao koliko vremena je proveo vežbajući da bi do toga došao. Kao i mnogi drugi, on je samo video cilj i želeo da do njega dođe bez ikakve muke i naprezanja.

Život ovih moćnika je bio lagodan, navikli su samo na uživanje. Imali su ogromnu količinu novca i zahvaljujući njemu dolazili do mnogih uspeha. Ovoga puta im novac neće pomoći. Bili su primorani da šalju plaćene ubice i da otimaju, jer sa ovim čovekom nisu mogli da se dogovore oko cene. Nije pristajao da im proda sveske ma koju količinu novca mu nudili. Zato su odlučili da ga napadnu, ne znajući da tim potezom potpisuju sopstvenu smrtnu kaznu.

Od Gennija se ovome i nadao. Čovek koji zbog interesa i pohlepe proda i svoje najbliže, ne može se nazvati čovekom. Ima jedna stara izreka koja kaže: Lako je onom čoveku koji se uči na tuđim greškama, mnogo je teže onom koji se uči na svojim greškama, ali je najteže onom ko se ne nauči ni na svojim ni na tuđim greškama. Genni je jedan od ovih.

Nije više hteo o njima da razmišlja. Posvetio se putnicima u avionu. Dvojica su bili ispred njega a dvojica samo par sedišta iza. Mislili su da niko ne zna za njihove namere. Ni njemu nije bilo svejedno kada je iz njihove svesti saznao šta su nameravali da urade njemu i njegovoj porodici. U Istanbulu, kada budu presedali u drugi avion, priključiće im se još dvojica, a u Beogradu će ih čekati još dvojica sa džipovima i oružjem. Dvojica iz Beograda znaju odlično da govore engleski, tako da će im sve prevoditi, jer su bili obavešteni da Miki zna samo ruski.

U narednih par sati će se iz dešavati sve ono što mora da se desi. Kada bude putovao ka Autobuskoj stanici, obavestiće ženu da hitno spakuje sve što im je potrebno za život i da budu spremni, jer nisu imali ni jedan minut slobodnog vremena. Morao je spašavati svoj i živote svoje porodice. Situacija će diktirati kako će morati da se ponaša. Zato je preostalo vreme iskoristio da se opusti da bi mogao što bolje da reaguje kada za to dođe vreme. U meditativnom opuštanju vreme provedeno u letu mu je baš prijalo. U Istanbulu, prilikom presedanja su im se priključila još dvojica. Jedan od njih je odlično govorio engleski, dok je drugi razumeo ali nije umeo tečno da odgovori. Oni su bili zaduženi za likvidaciju. Kada su videli o kome se radi, obojica su se nasmejali. Miki je bezazleno šetao po aerodromu posmatrajući kada ima let za Beograd. Ušao je u avion a za njim su ušli svi ostali. Na aerodromu su razgovarali a u avionu nisu progovorili ni reč. I ovoga puta, da to niko nije znao ni osetio, Miki je ušao u njihovu svest. Imali su zadatak da mu zarobe celu porodicu, da jedno po jedno ubijaju pred njegovim očima dok im ne oda sve tajne, a onda i njega da ubiju. Sve se moralo obaviti u tišini i tajnosti bez ostavljanja svedoka i traga. Blago se nasmešio, tako da, iako vide njegov osmeh, nikom od njih ne bude sumnjivo i ne pomisle da je taj osmeh pokazatelj da su sve njihove tajne otkrivene. Želeli su rat i dobiće ga. Opet se prepustio meditativnom odmoru. Znao je da će, čim stigne kući, morati da vozi i kolima pobegne ljudima koji će ga juriti džipovima. Nimalo ravnopravan odnos, ali je znao da će pobediti. Još četrdeset, pedeset minuta i oni će aterirati.

Kada je izašao iz aviona na Beogradskom aerodromu, odmah je primetio čoveka koji mu je bio potencijalni neprijatelj. Nije znao gde je drugi. Onda ga je osetio. Bio je do samih vrata, držeći kofer kao da je i on ovog puta doleteo. Predvideli su svaku mogućnost njegovog odlaska sa aerodroma. Ako ga neko bude čekao kolima, oni će ih pratiti džipovima, a ako bude putovao autobusom, onda će imati ovog pratioca. Znao je da će mu ovaj čovek biti u neposrednoj blizini ne ispuštajući ga iz vida, dok će ga ostali pajtaši pratiti i biti spremni da mu svakog trenutka priskoče u pomoć. On kao on im nije bio interesantan, morali su od njega da saznaju tajne, a onda su znali da moraju izvršiti naređenje: ubiti ovog čoveka i sve njegove da ne ostane nikakav trag niti svedok.

Do ovog trenutka nije poznavao ovog čoveka, kao ni on njega, a sada je, zbog novca, krenuo da ga ubije – razmišljao je Miki. Koliko hiljada puta je pomogao ljudima kojima je njegova pomoć bila potrebna, nikada ne tražeći kontra uslugu. Mnogima je pomogao iako im medicina nije davala nikakve šanse. Tek ovog trenutka je sebi postavio pitanje koliko bi ti ljudi kojima je on pomogao bili spremni da plate da bi mu sačuvali život, jer je on njihove izmenio izlečivši ih od neizlečivih bolesti. To ovog trenutka ove ljude nije interesovalo. Oni su pošli da izvrše tuđa naređenja ne obazirući se koliko će ljudi zbog njihovog poteza biti nesrećno ili izgubiti život.

38.

Sa Aerodroma je ušao u autobus koji je prevozio putnike na Autobusku stanicu u Beogradu. Odmah za njim je ušao i njegov pratilac. Bilo je desetak putnika pa je Miki, videvši da svako gleda svoja posla, osim njegovog pratioca, pozvao svoju suprugu. Znao je da će pratilac čuti svaku njegovu reč jer je bio na sedište iza njega, ali se trudio da tiho razgovara.

„Ženče, gde si?"„Ej gde si ti mužiću? Odakle se javljaš?"„Evo sam upravo izašao sa Aerodroma i krenuo ka Autobuskoj u Beogradu."

„Čudo si došao ovih nekoliko dana ranije? Što se nisi javio pa da napravim bar jednu tortu za dobrodošlicu!"„Ženče, pusti se torte i spremanja. Znaš za moje predosećaje i znaš koliko mi oni kazuju."„Miki, ti me plašiš." „Ne plašim te ženo, jer ne znam šta je ovo, ali imam osećaj da me neki stranci prate. Predosećaj mi govori da ne žele ništa dobro i da ću imati mnogo problema sa njima. Slušaj, ja od prilike za četiri sata stižem kući. Za to vreme, spremi što možeš više odeće za sve nas. Uzmi i dosta hrane jer ćemo morati da pobegnemo za Crnu Goru. Ići ćemo kod nekih rođaka na selo. Da ne zaboravim. Obavezno uzmi đedove sveske sa tajnama jer imam osećaj da se zbog njih sve ovo dešava, pa ću ih ja tamo sakriti."

Nije video čoveka koji je sedeo na sedištu odmah iza njegovog, ali je osetio kako se trgao kada je on pomenuo đedove sveske. Žena je znala za njihov dogovor, da, ako joj se javi sa ovom rečenicom, uzme samo originale dok će kopije biti u njihovoj biblioteci na vidljivom mestu. Ako nasilnici provale u kuću kada oni ne budu tu i nađu lažne kopije, ubeđeni da su to originali, brzo će napustiti zemlju i on neće morati sa njima da se obračunava. Trebaće im par godina da utvrde da su prevareni pa će nakon tog vremena i sami odustati.

Čuo je glas čoveka iza sebe kada je počeo da pevuši Bajaginu pesmu: "Hajde, plavi moj safiru – hajde čežnjo i nemiru …" Mislio je da Miki ne zna za njegovo postojanje pa je na taj način hteo da mu pokaže da je on iz Srbije i da ne pripada grupi stranaca o kojima je Miki pričao svojoj ženi. Izvadio je mobilni i pozvao neki broj. „Draga, ljubavi gde si?" Sa druge strane nije bilo nikakvog glasa. "Evo sam stigao iz inostranstva i za par sati sam u Kraljevu. Jedva čekam da te vidim. Obećavam ti da ćemo poći kod tvojih čim stignem. Slušaj mila - sada ću ti pisati poruke i o svemu ćemo se dogovoriti jer sam od tvog brata iz inostranstva saznao mnogo stvari vezanih za nas." Opet se osmehnuo jer je za ove ljude postao brat iz inostranstva. "Važi srećo"– nastavljao je njegov pratilac. "Neće ti biti dosadno jer ćemo se dugo dopisivati i na taj način o svemu dogovoriti." „Shvatio sam"– dopreo je prigušeni, jedva čujni muški glas sa druge strane. I on ga je jedva čuo tako da je bio siguran da ga Miki nikako nije mogao čuti. Nije znao da on sluša njegovim ušima i da otkriva sve tajne u njegovoj svesti.

Pisao je prijatelju koji ih je pratio sa ostalim plaćenim ubicama. Kada im je poslao prvih nekoliko šifrovanih poruka sa rečima da Miki sumnja i oseća opasnost od nekih stranaca ali da ne zna ko su, da je rekao ženi da se spreme i da odmah beže za Crnu Goru, Amerikanci su odmah pozvali Džona Vesta u Nemačkoj i od njega tražili instrukcije šta dalje da rade. Od Džonovog odgovora je zavisilo šta će oni narediti pratiocu.

„Odlično. Ako krenu odmah kada on stigne kući, onda će morati da putuju po noći. Sveske će biti kod njih, tako da ćete ih presresti na nekom delu puta gde nije naseljeno. Sklonite ih sa puta, saznajte tajne i eliminišite sve prisutne"– taj odgovor je stigao od Džona Vesta a onda je stigla još jedna poruka: "Pazi da se bilo čime ne odaš i nastavi da ga pratiš." "Bez brige. U mene uopšte ne sumnja jer je čuo kada sam pevao na srpskom." Odjedanput mu je u svesti odjeknuo glas: "Sve znam." Stresao se pogledavši u Mikija. Video ga je kako spava glave oslonjene na sedište. Pomislio je da je to od prevelike brige i napetosti. O ovome nije hteo da piše prijateljima jer je znao da bi ga prozvali kukavicom i da bi ga izbegavali u sledećim akcijama.

Ostatak puta je protekao bez problema. Dva džipa su neprestano pratila autobus. Stigavši u Kraljevo naručio je taksi. Isto je uradio i njegov pratilac dok su džipovi bili malo udaljeni. Ipak su bili dosta obazrivi jer bi ih odalo prisustvo džipova, s obzirom da je Miki nešto sumnjao. Bili su sigurni da im ne može pobeći, jer je Miki osetio, dok se pravio da spava, kako mu je zakačio prvu bubicu na kofer a drugu na donji deo kragne od jakne. I jedna i druga su bile odlično sakrivene. Miki je ovo dozvolio da bi neprijatelje udaljio od kuće radi eventualne sigurnosti nekog od znatiželjnih suseda. Ujedno, u prirodi se osećao kao vuk kojem su lovci napravili zamku, koju će on vešto izbeći a u koju će oni upasti.

Došavši kući, na brzinu se pozdravio sa porodicom. Svi su bili uspaničeni i svi su postavljali bezbroj pitanja. Znao je da ga banditi slušaju, pa je odgovarao ono što je želeo da oni čuju. Ubacio je kofer sa kojim je doputovao u kola, pozdravio se sa majkom koja je ostala da čuva kuću i krenuo sa porodicom na put. Znao je da mu neće dozvoliti da putuje dugo. Zbog bubica za prisluškivanje su znali gde se nalazi, tako da će ispred njega biti jedan džip, dok će iza njega biti drugi. Pustio je ćerku da vozi a on je na listu od bloka napisao da ih prisluškuju, davši im znak prstom ispred usta da ćute. Napisao je da će on pričati a oni će njegove odluke pozitivno komentarisati.

„Moraćemo neko vreme da provedemo kod rođaka u Crnoj Gori. Ne znam da objasnim zbog čega, ali sam predosetio da će dve osobe iz inostranstva pokušati da nas ubiju da bi prisvojile đedove sveske.“„Tata, da li ti osećaji mogu da te prevare? –upitala ga je mlađa ćerka.„Možda i mogu, ali sam ih do sada uvek poslušao i nikada se nisam prevario. Zato i sada, iz predostrožnosti,moram da se povučem na nekoliko dana.“„Odmor u prirodi će nam dobro doći“– prokomentarisala je supruga.“ Nadam se da ćemo se uskoro vratiti.“„I ja se nadam ženče.“

Već se smrkavalo a oni su odmakli nekih pedesetak kilometara. Još petnaestak – dvadeset minuta pa će ih napasti. Pokazao je svojoj porodici list na kojem je napisao da budu mirni i da ga nikako ne uznemiravaju, a on će duhovno posetiti neprijatelje. Nastala je totalna tišina. Sa druge strane, kod njegovih neprijatelja, veza na mobilnim telefonima se uopšte nije prekidala. Zašli su u predeo koji je bio nenastanjen i dogovor je pao da sada organizuju napad. Trebalo je da insceniraju da jedna osoba legne na put, dok će mu blizu glave biti prosuta farba da izgleda kao da je krv, a džip da bude otvoren i poprečen na sred puta tako da Miki sa porodicom nikako ne može da prođe. To će se desiti na nekoj okuci gde se i inače smanjuje brzina. Kada Miki izađe da pomogne povređenom, ostatak bande će izaći sa mesta gde će bili sakriveni i sa oružjem u rukama zarobiti porodicu. Za to vreme će pristići džip koji se nalazio iza njih. Jedna osoba, prerušena u lažnog saobraćajca će biti stotinak metara ispred i zaustavljati kola koja dolaze iz suprotnog smera da ne bi, slučajno bili svedoci otmice. Kada sve obave, jedan od bandita će sa pištoljem biti u Mikijevim kolima, dok će dvoje dece biti taoci u zadnjem džipu. Kada nastave put, pokupiće lažnog saobraćajca i sve će biti kao pre. Skrenuće na neki od sporednih puteva gde ih niko neće videti, doći do podataka i na tom mestu ostaviti žrtve.

Sve su odlično isplanirali i počeli da ostvaruju svoj plan. Nenadano im se desilo da je vozač prednjeg džipa skrenuo sa puta. Činilo mu se da svim silama

okreće volan na drugu stranu, što mu je mozak naređivao, ali ga ruke nisu slu-
šale. Sleteli su u neko žbunje. Nisu se povredili, ali im je bilo potrebno najmanje
sat da se odavde izvuku, i to ako im pomognu prijatelji iz drugog džipa. Posada
drugog džipa se konsultovali sa Džonom Vestom i on im je naredio da ovu pri-
liku nikako ne propuste a ovi iz prvog džipa neka se snađu kako znaju i ume-
ju, a onda neka se pridruže poteri. Sada su četvorica preostalih profesionalnih
ubica jurila za jednim čovekom koji, po njihovom mišljenju, nije imao nikakve
šanse da se izvuče. Uz pomoć bubice koja je davala signale, bez ikakvog pro-
blema su ga pratili, bez obzira što im je odmakao nekoliko kilometara. Ovoga
puta su dobili instrukcije da ih preteknu i da se popreče ispred njih. Jedan od
bandita će izvaditi automat i Miki će morati da stane da mu neko od porodice
ne bi stradao. Nisu znali da je svestan svakog njihovog poteza i da je on para-
lisao prethodnog vozača. Nisu znali da se trudi da ih ne povredi, ali ako bude
primoran, onda će i to uraditi. Približavali su mu se velikom brzinom. Sa desne
strane su bile stene a sa leve reka. Nameravali su na tom delu puta da ih napad-
nu. I ovoga puta je Miki uticao na svest vozača. Njegova ćerka je vozila nor-
malnom brzinom, dok su napadači žurili. U trenutku kada su počeli da ih pre-
tiču i kada je jedan od njih počeo da izvlači automat da bi ih naterali da stanu,
komanda njegove svesti je uticala na mozak vozača i moćna mašina je krenula
u neželjenom smeru. Suvozač je skočio da povuče volan na drugu stranu ali im
ni to nije pomoglo. Rafal ispaljen iz automata je odleteo u vazduh pre nego što
su oni, sletevši sa puta, upali u reku. Tumbali su se nekoliko puta i u tom tum-
banju se povredio čovek sa automatom. Ispao je iz džipa a ostali su pljusnu-
li u vodu. Ošamućeni od tumbanja, odmah su se osvestili pri dodiru sa hlad-
nom vodom. Ugruvani, jedva su se izvukli iz džipa. Neki slučajni putnik, koji je
išao za njima, primetio je nezgodu i pritekao im u pomoć. I u prvom i u dru-
gom džipu se nalazio po jedan mafijaš iz Turske i Srbije i po dvojica iz Nemač-
ke koji su pripadali američkoj mafiji. Kada im je čovek pritekao u pomoć, mafi-
jaš iz Srbije je od njega zahtevao da ne poziva policiju nego da im pomogne ko-
liko može da uz pomoć sajli i njegovih kola izvuku džip iz reke. Pozvali su ko-
lege iz prvog džipa i saznali da će uspeti za desetak minuta da se izvuku. Obja-
snili su im šta se desilo i da im je prijatelj iz Turske teško povređen. Uz njiho-
vu a i uz pomoć slučajnog putnika, uspeće bez problema da se izvuku, a onda
će videti šta će dalje.

Petnaestak minuta kasnije, kada su pristigli prijatelji iz prvog džipa, uz po-
moć nepoznatog putnika su uspeli da izvuku drugi džip iz reke. Slučajnom prola-
zniku su platili sumu kojom je mogao da kupi još jedna bolja kola od onih koja je
vozio. Ponudili su mu još mnogo veću nagradu ako prihvati da pomogne njiho-
vom povređenom prijatelju iz Turske, da mu nađe privatnog doktora ali nikako da
ne obaveštava policiju. Normalno da je pristao, a sa njim je pošao jedan mafijaš iz

Srbije da bi mogao da im prevodi. Sada su opet mogli da nastave. Uključili su sprave da bi uhvatili signale od bubica koje su bile zakačene kod Mikija.

Videvši da su gonioci popadali u reku, Miki je okrenuo kola i vraćao se kući. Dok ga oni budu tražili po Crnoj Gori, on će mirno spavati u svom krevetu na terasi.

Okrenuli su svoje džipove i krenuli u suprotnom smeru. Nisu znali da je Miki, videvši ih da padaju u vodu, zastao pored puta jer je i sa druge strane zastao i čovek sa stranim tablicama na kolima. Brzo je skinuo bubice i dok se obraćao gastarbajteru, kroz otvoren prozor ih je neprimetno ubacio kod njega u kola. "Dobro veče prijatelju" – obratio se nepoznatom. "Gde putuješ?" "Radim u Austriji, u Beču." "Ne znam da li si primetio ove pijanice?" "Nisam, ali vidim da su u Ibru" "Vidim da im onaj pomaže, a vidim da su izašli iz vode a s obzirom da sam sa porodicom i da ne želim probleme, ja ću nastaviti vožnju." "To ću i ja uraditi prijatelju, jer sutra radim pa ne mogu da se zadržavam." "Srećan put prijatelju" – rekao je Miki nepoznatom čoveku koji nije bio svestan koliko mu je pomogao.

Sada su mafijaši jurili za tim nepoznatim čovekom. Biće suviše kasno da bilo šta preduzimaju kada shvate da su prevareni. Ovaj put je lovac upao u sopstvenu zamku a vuk je otišao slobodan po planini. Bezbrižno je nastavio put svestan da ga više niko ne prati. Sada je on vozio a ćerka se odmarala. Na cilj su stigli posle pola noći. Bio je više nego umoran pa nije hteo duhovno da se uključuje da bi video šta neprijatelji rade. Ostavio je taj zadatak da ga sutra odradi. Ovde je iskonski mir i tišina, tako da mu niko neće smetati.

Znao je da će se sledećeg puta mnogo bolje organizovati i da će biti stotinama puta opasnije, pa je rešio da skloni porodicu dok traje ovaj suludi rat. Do sada je uspevao u potpunosti da kontroliše situaciju tako da niko ne pogine od njegove ruke. Neki su bili manje neki više povređeni, ali on svoje ruke nije uprljao ničijom krvlju. Setio se šta mu je đedo govorio dok je bio mali i dok ga je učio da postane Izabranik: „Sine, ti si đedov Parapanac i đedov Izabranik. Moraš shvatiti i to ne smeš nikada zaboraviti da je pred tobom zadatak koji je povezan sa duhovnom sferom i duhovnom energijom. Sve što je duhovno to je sveto, a ono što je sveto ne smeš uprljati gresima. Najveći ljudski greh je ubistvo. Pred tobom je sveta misija i ti si stvoren da pomažeš drugima a ne da ubijaš. Zato sine, nikada ne zloupotrebljavaj moći koje poseduješ i ne koristi ih da bi nekom naneo zlo. Nikada nikog nemoj ubiti, jedino ako je ugrožen tvoj ili životi članova tvoje porodice." „Đedo, đedo" – seća se kada ga je pitao. "Ako neko pokuša da ugrozi moj život ili ako mi povredi nekog člana porodiće, da li mu se smem osvetiti?" „Ako neko udari tebe ili nekog člana tvoje porodiće i ti imaš

pravo njega da udariš. Ako, ne daj Bože, neko ubije nekog od članova tvoje poro-
diće, onda i ti imaš pravo i da ubijaš. Ne možeš ubiti ako te neko povredi ili ako
ti opali samar, ali ako ti neko pogine, onda se moraš osvetiti sve dok potpuno ne
uništiš neprijatelje."
    Nije znao zbog čega mu je u ovim poznim satima pala baš ta misao na pamet.
Verovatno je đedo i tada nešto znao, ali mu o tome ništa nije pričao. Voleo je sve
članove svoje porodiće i ni u snu nije smeo da pomisli da neko od njih može da
nastrada. Odlično je uradio što ih je doveo u đedovu kuću, gde je on nekada pro-
vodio detinjstvo. Moglo je tu da se prespava jer su ostale sve stvari kao i posteljina-
na, ali od namirnica nije ostalo ništa. Oni su doneli dosta preobuke, ali što se tiče
hrane, biće je za dva – tri dana. Sutra će poći do Murine ili Plava i nakupovati da
imaju da se hrane čitav mesec. Nadao se da će za to vreme on uspeti da se otara-
si svih bandi i bandita koji ga budu napadali. Nije hteo više da razmišlja nego se
prepustio blagoj meditaciji i ubrzo utonuo u okrepljujući san.
    Nekako je nejasno sanjao đeda. Sanjao je razne zmije i škorpione koji su
hteli da ga ujedu. Uvek su bili suviše blizu i bili su sigurni da će ga ovoga puta
upečiti, ali se on uvek izmicao. Onda je došla ogromna anakonda. Ona ga je šče-
pala i počela da se obavija oko njega. Stezala ga je sve više a onda, kao što u snu
biva, video je sebe udaljenog od nje. Anakonda je shvatila da je uhvatila pogreš-
nu osobu i htela je opet da se usmeri ka njemu. Video je sebe kako plače, kako
žali za nečim, a onda je u besu pružio ruke ka njoj. Pukao joj je rep kao da je
eksplodirala bomba. Ona je i dalje palacala jezikom usmeravajući se ka njemu.
Opet je usmerio ruke i njoj je čitavo telo eksplodiralo. Onda je usmerio ruke ka
glavi i posle malo većeg napora i ona je eksplodirala.
    Probudio se obliven znojem. Ustao je probuđen noćnim košmarom i uzeo đe-
dov melem za miran san. Nije osetio kada je zaspao ali je osetio kada ga je žena
budila jer je bilo skoro podne. U prvom momentu nije znao gde je a onda se rasa-
nio. Vreme je brzo prolazilo a pred njim je bilo mnogo posla koji je morao obaviti.
Objasnio je porodici u kakvoj se poziciji nalaze. Deca su bila uplašena ali ih je on
blagim rečima umirio: „Nemate čega da se plašite jer niko ne zna da ste ovde. Ja ću
vam obezbediti hranu i sve što vam treba za ovo vreme dok ja ne budem tu. Biće
vam dosta dosadno i neobično jer ovde nema interneta ni fejsbuka, tako da se ni
sa kim ne možete dopisivati. Ima telefonskog signala i to će vam biti jedina veza sa
svetom. Morate se suzdržavati da me stalno ne zivkate jer postoji mogućnost da na
taj način bude otkriveno mesto gde se nalazite. Ja ću nabaviti drugi telefon i dru-
gi broj pa ću vas sa njega zvati. Kada sve pokupujem, otići ćemo kod Milijane da
vas upoznam. To je đedova rođaka i biće joj drago da budete kod nje jer ona ovde
živi sama. Ima tu, u selu, još dva starca ali su oni dosta daleko tako da ih verovat-
no uopšte nećete ni videti. Ja ću javiti ujaku u Beranama tako da i oni znaju. Neza-
visno ko vas video ili ko saznao da ste ovde, sa vaše strane ne sme biti objašnjava-

nja zbog čega ste ovamo došli. Ako vas neko nešto pita, možete mu odgovoriti da sam vam stotinama puta pričao o selu u kojem je živeo moj đedo i u kojem sam ja odrastao, pa ste poželeli da dođete i tu provedete nekoliko dana. Moraću još da vas odvedem do pećine gde se možete sakriti i gde vas niko neće pronaći.

„Tata, mi ćemo se nekako snaći, ali se brinemo za tebe. Šta ako se tebi nešto desi?" Nemojte o tome da razmišljate jer se meni ne može ništa desiti. Sve njihove napade ću izdržati i sve ću ih pobediti. Vaše je da se strpite i da ne brinete. Kupiću vam telefon sa crnogorskim brojem, koji ćete moći ovde da koristite i na koji ću moći ja da vas pozovem, tako da ćemo moći da se čujemo. Sada moram da krenem da ne bih gubio vreme. Za to vreme vi sredite kuću i smestite se kako vam najviše odgovara." Nije hteo da svraća u Murino jer bi u toj prodavnici u koju svi svraćaju, pojava stranca izazvala veliko interesovanje. Želeli bi da saznaju ko je i gde živi, a još kada bi videli da kupuje veliku količinu hrane, onda njihovu znatiželju ništa ne bi moglo da umiri. Neki od njih bi se odvažili da dođu u goste a onda bi se od usta do usta prenosilo da su tu. Mala je verovatnoća da bi ta vest došla do Mikijevih neprijatelja, ali on nije hteo da reskira. Zato je pošao do Plava.

Kupovao je u više prodavnica. U jednoj je kupio brašno, šećer i ulje. U drugoj razne slatkiše. U trećoj je kupio konzerve sa raznom hranom. Kupio je dosta sokova na rastvaranje, kafe, pirinča, krompira, pasulja i još mnogo čega što mu je palo na pamet. U nekoj radnji je kupio mobilne telefone i brojeve za ženu i decu. Uzeo im je po nekoliko dopuna tako da se nije brinuo da će sve to potrošiti. Rekli su mu da je pokrivenost signalom odlična i da slobodno može koristiti internet. To ga je posebno obradovalo jer je znao da će deci biti manje dosadno. U nekoj uzgrednoj piljari je kupio dosta voća i povrća. Na kraju je svratio u mesaru i nakupovao salame, kobasice, kolenice, pršute, slanine, rebra, dosta krtine i mlevenog mesa. Svratio je još u jednu prodavnicu i nakupovao razne začine. Smatrao je da im je sve obezbedio. Na kraju je uzeo broj mobilnog od jednog taksiste koji će im u slučaju potrebe doneti sve namirnice koje im budu potrebne. Ostaviće im dosta novca tako da bude i sa te strane miran. Ostalo mu je još da sve to prebaci kući. Malo ovog, malo onog i kola se skoro skroz napuniše. Dok su ih istovarali, deca su, zauzeta obavezama i saznanjem da će imati internet, zaboravila na strah. Rekao im je da ga za svaki slučaj izbace kao prijatelja sa skajpa i fejsbuka, da ih slučajno na taj način ne bi pronašli. Ako žele mogu napraviti lazni profil pa će na taj način biti u vezi.

Kada su završili istovar, Miki je uzeo đedove sveske, uvio ih u nekoliko najlonskih kesa a onda izlepio lepljivom trakom. Tada je sa porodicom pošao do tajne pećine da sakrije sveske i da im pokaže gde se, u slučaju opasnosti, mogu sakriti. Da nije dobro znao kuda treba da se ide, sigurno ne bi pronašao put jer su trava i šiblje potpuno prekrili stazu. Napredovali su polako a on im je pokazivao kako da postave kamenje i da na neprimetan način obeležavaju put. Znao je da se njegova porodica ne bi snašla bez ovih putokaza koji su za druge osobe bili beznačajni. Rekao im je da će se duhovno povezati sa nekim od njih ako oseti neku opasnost i da će ih na vreme obavestiti da mogu da se sklone u pećinu.

Sve su videli, a onda se on popeo na vrh Mačkove stene. Otuda je iz tajnog skrovišta, kroz jedva vidljiv otvor, ubacio konopac dužine tridesetak metara. Opet je ušao u pećinu u kojoj su ga oni čekali. Na zadnjem delu pećine je bila rupa širine dvadesetak metara, a dubinu joj nikada niko nije izmerio. Ljudi su u nju bacali kamen veličine glave i osluškivali. Samo se čulo zujanje dok kamen seče vazduh, ali on nigde ne bi udario o stenje, i na kraju bi se izgubio i huk koji bi proizvodilo sečenje vazduha. Bacali su zapaljene baklje natopljene katranom koje bi se u nekoj dubini, verovatno zbog nedostatka kiseonika, ugasile. Zato je ta pećina stvarala strah kod mnogih osoba koje nisu umele da je ukrote. Đedo je našao način da to postigne. Sa prednje strane tog bezdana se nalazila stena visine jednog metra. Na njoj su se nalazile stube od užadi koje su se spuštale osam metara u dubinu. Niz te stube se đedo spustio i u zid ambisa zakucao nekoliko metalnih klinova. Konopac, koji je visio sa vrha pećine, je bio obeležen sa čvorovima, odmah ispod njih su bile privezane dobro obrađene drvene prečke, koje su služile osobama koje su prelazile ambis kao stolica, tako da se znalo - ako su prelazili na unutrašnju stranu onda su sedali na donju prečku, a ako hoće nazad, onda na gornju. Isti klinovi i iste stube od užadi su se nalazile i sa druge strane ambisa. Prilikom preletanja, konopac sa svoda bi telo dovelo do klinova gde je osoba trebala samo da pruži ruku, da dohvati klin i da se bez problema popne uz tih osam metara stuba, i na taj način pređe na drugu stranu ambisa. Tako je Miki prešao na drugu stranu i tamo sakrio sveske. Njegovi su videli da je uneo sveske u pećinu ali nisu znali gde ih je ostavio.

Dok su sveske na sigurnom, i on i njegova porodica su bezbedni. Dok su oni izlazili, on je sklonio viseće stube i sa jedne i sa druge strane, vratio konopac na tajno mesto i došao kod porodice.

Po završetku svih poslova, zajedno su pošli u posetu rođaki Milijani. Bila je to sredovečna osoba od pedeset godina. Neprestani rad i teški život su ostavili tragove na njenom licu i telu. Žuljevite ruke su znale svaki seljački posao, osim pisanja. Kao devojčića je ostala bez oca i živela je sa majkom i dva brata. Tada je u selima bilo dosta momaka i mnogi od njih su poželeli da im ona bude životna saputnica. U mlađim danima je odgovarala da je još dete i da ima vremena da se uda, a kasnije, kada je stariji brat otišao da živi u gradu a mlađi se razboleo od neizlečive bolesti, ona je odlučila da se privremeno ne udaje nego da pomogne majci i bolesnom bratu. Posle njegove smrti, a to je bilo tri godine posle đedove smrti, i ona i majka su zapale u stanje apatije. Na četrdesnicu je došao njen stariji brat i ostao kod njih sedam dana. Ostao bi i duže, ali nije mogao zbog posla. Nju je izvukao iz apatije a majka je nastavila tako da živi. To više nije bio život nego mučenje. Mnogo puta je bila prisutna kada bi majka pričala sa mrtvim, kao da priča sa živim sinom. Kada bi je opomenula, ona bi je ubeđivala da zaista razgovaraju i da on nije umro. To je bio dodatni udarac za njene živce jer ni ona ni najsavremenija medicina nisu prihvatali da je tako nešto moguće. Doktori bi takve osobe upućivali na lečenje a okolina i najbliži rođaci bi od njih zaziralii. Da je nauka bila u stanju da detaljnije prouči tu sferu, došla bi do zapanjujućih rezultata, jer se nisu samo njoj pojavljivale te slike koje je samo ona videla, nego je tako komuniciralo po nekoliko hiljada ljudi tokom jedne godine. Tada to niko nije istraživao a i danas se tome pridaje malo pažnje, tako da jedna sfera, koja bi mogla ljudski rod da izdigne do neslućenih visina, zbog nepoznanice ostaje zatvorena. To stanje je potrajalo više godina. Mnogi rođaci i prijatelji koji bi dolazili da ih posete, videvši ponašanje njene majke, svaljivali su manu i na njena pleća. Govorili su da će i ona, verovatno, biti kao i njena majka. Tako je zbog zlih jezika i o njoj procurio glas a da ona toga nije bila svesna. Borila se koliko je mogla i znala da pomogne majci a tu borbu su zlobnici zloupotrebili i žigosali je. Posle majčine smrti, osim nekoliko udovaca koje ona nije htela pogledati, niko je od momaka nije zaprosio. Tako je ostala usedelica ili baba devojka, kako su ranije nazivali te devojke koje se nisu udale.

U prvom trenutku nije poznala Mikija, iako je sa njim provodila dane svog detinjstva. Prošlo je preko trideset godina kada ga je poslednji put videla. Obradovala se i svega setila. Dok su se deca igrala sa životinjama, oni su pili kafu i prisećali se uspomena iz vremena kada je on živeo kod svog đeda u ovom selu. Pričali su o svemu i svačemu a vreme je neumitno teklo. Deca, zbog svežine vazduha, osetiše glad pa odlučiše da se vrate kući da ručaju. „Umesila sam testo za hlebove"– reče Milijana –"ali ću napraviti krofne pa ćemo zajedno ručati. Ima turšije, ajvara i svega drugog tako da ćete biti moji gosti."

Za nešto više od pola sata sve je bilo postavljeno na stolu. Čist vazduh i bistra planinska voda učiniše da se i probirljivoj deci apetit odlično otvori. Svi su bili srećni i zadovoljni, a onda Milijana upita :"Miki, da li ste vi došli ovde da provedete određeno vreme ili ste svratili samo danas na par sati?"„Milijana, pravo da ti kažem, ja se moram večeras da se vratim jer imam mnogo neodložnih poslova, ali će mi porodica ostati desetak, petnaest dana. Dosadio nam je gradski život pa smo rešili da se malo odmorimo u selu. Znam da će i tebi biti interesantno sa njima, jer pored ovih staraca koji su dosta daleko, nemaš sa kim da se družiš. Kada im zatreba mleka, sira ili kajmaka, mogu da ga kupe kod tebe. „Ma daj brate, šta ima da ga kupuju! Ovo je njihova kuća pa sve što im treba mogu slobodno uzeti"„Tata, pitaj tetka Milijanu može li nam dati ovo kučence da bude kod nas dok smo ovde?"– upita sin.„Može sine, uzmite slobodno. Ako hoćete možete uzeti i ovo mače jer se oni dobro slažu."„Uraaaa... Hvala tetka Milijana. Mi ćemo ti ih vratiti kada pođemo kući."

39.

Pošli su, a nedugo posle povratka i Miki je morao da pođe kući. Bio je siguran da mu je porodica na sigurnom a on će biti izložen napadima najmoćnijih kriminalističkih organizacija na ovom svetu. Samo je Genni donekle znao za njegove moći, ali je sreća što on to neće razglašavati jer je sve tajne želeo za sebe, a ostali, koji su čuli za njegove meleme će ga juriti zbog svezaka. Lažni duplikati koje je napravio će u određenom trenutku odigrati odličnu ulogu. Ako bude onako kako je zamislio, onda će svim bandama dati po jednu kopiju i na taj način se osloboditi od svih. Ili će dati samo jedan komplet svezaka a onda će usmeriti bande jednu protiv druge, da se međusobno ubijaju i da se bore oko lažnih duplikata. Nadao se da mu neće dirati majku jer je ona bila isuviše stara da bi im u bilo čemu zasmetala. Hteo je on i nju da povede, ali ona nije htela ni da čuje. „Ko će mene staru da dira? Na kraju ću im dati ove sveske i oni će me ostaviti na miru."

Nije bilo šanse da je ubedi da pođe. Na kraju je popustio. U svakom slučaju će se i o njoj brinuti i zaštititi je od svih opasnosti.

Bio je sam u kolima pa je putovanje jedva podnosio. Morao je na par mesta da se odmara jer su ga umor i san sve više savladavali. Na jednom parkingu je odspavao više od sat vremena a onda je nastavio put. Kući je stigao u ranim jutarnjim satima. Spavao je na terasu pa nije brinuo da će probuditi majku. I ona je ujutru kada se probudila bila veoma tiha, tako da je uspeo da se naspava i dobro odmori. Sredio je sobu jer su je u velikoj žurbi pri uzimanju garderobe ostavili u neredu. Sredio je i biblioteku. Od svih lažnih duplikata izdvojio je tri sveske, ostavio ih na vidno mesto u biblioteci a ostale smestio u nepromočivi džak, koji je sa pečatnim voskom zapečatio a onda ga stavio u šahtu kod sata za vodu, koji se nalazio u dvorištu blizu kapije. Na njih je sipao kolica peska i sve zaravnao. Nikom neće pasti na pamet da sveske traži u zemlji. Sve je doveo u red pa je na fejsbuku objavio da može primati pacijente.

Objavivši to, setio se da nije duhovno posećivao svoje neprijatelje zbog umora i prezauzetosti pa je odlučio da to sada uradi. Rešio je da prvo poseti Džona Vesta i vidi kakvo mu je raspoloženje posle pretrpljenog poraza. U njegovom salonu pored njega, Linde, Slima i Franka bili su još neki članova ove organizacije. Mafijaše iz Srbije i Turske su ostavili u Beogradu isplativši im solidne honorare, iako nisu završili očekivani zadatak. Ostali su pratili signale bubica, u početku misleći da je Miki promenio odluku i sa porodicom rešio da pobegne za Nemačku kod Saše. Tamo im nisu trebali plaćenici iz Turske i Srbije, pa su nastavili sami. Kada su u Beču došli do kola u kojima su se nalazile bubice, shvatili su da su nasamareni. Pozvali su Džona, sve mu objasnili i od njega tražili instrukcije šta će dalje da rade. Pozvao ih je kod sebe i sada su raspravljali. Oba vozača su tvrdila da im se nešto čudno desilo i da nisu mogli, iako su želeli, da okrenu volan na željenu stranu. Džon je besneo urlajući na svoje ljude dok su svi prisutni ćutali kao ribe. Ni Linda nije smela da progovori, da bi umirila svoga muža. Nije hteo da čuje za te besmislene priče. Morao je da ubije par Sergejevih ljudi i tako izazove ulični rat da bi prikrio akciju usmerenu ka Mikiju. Kako bi njegovi ljudi uspeli da su imali za vratom Sergejeve ljude. Nisu znali da će u sledećem napadu, pored njihovih, Sergejevih i ljudi Hejnriha Kola učestvovati još jedna banda koja će biti prikrivena, ali će pratiti situaciju i delovati kada za njih bude najprikladnije. Hejnrih Kol je uspeo da ubaci jednog špijuna u redove američke mafije a da oni to nisu znali. Dopustio je da mu ispričaju svaki detalj, a onda je i sam utvrdio da je taj zadatak, ma koliko bio bezazlen, zbog svega što se desilo, zapravo bilo nemoguće ostvariti. Ovoga puta neće angažovati plaćene ubice iz Turske i Srbije, nego se moraju pouzdati samo u sopstvene snage. Otpustio je svoje ljude koji su imali nekoliko sati za odmor. Njima su se priključili ostali i svi zajedno će morati ponovo da pokušaju. Ostavši nasamo sa suprugom i sa svoja dva najbolja i najvernija prijatelja, upitao ih je u čudu:"Da li je moguće da mu je neko sve dojavio?"„Ne znam koliko su pouzdani momci iz Beograda, a za ovu dvojicu iz Turske sam siguran"– odgovorio je Slim Rasel.

Miki ih je pustio da nagađaju ko je kriv za njihov neuspeh a on je pošao da poseti Hejnriha Kola. I tamo su bile iste misli i isti planovi. Samo se o tome pričalo. I tu je saznao šta ga je interesovalo. Pošao je do Sergeja. I tu je video i čuo isto kao i na dva prethodna mesta. Špijuni su perfektno obavljali svoje uloge tako da su svi šefovi znali da će to biti borba ne samo sa Mikijem, nego i između njih. Pored svih otmičara koje će oni poslati, pojaviće se ljudi koje će angažovati premijeri Kazahstana i Turkmenistana. Oni su ubrzanim tempom spremali svoje ljude da se ne bi desilo da ih neko pretekne i otme im plen. I oni su želeli taj kolač jer bi to bio najslađi zalogaj u njihovom životu. Genni je znao njegove moći pa je insistirao da pošalju pet – šest grupa od po četiri čoveka ali ga premijer Turkmenistana nije hteo poslušati. Uz Gennijevo uporno insistiranje su poslali tri grupe. Džon Vest je spremao četiri grupe. Dve su morale odmah da napadnu a dve da budu u pripravnosti, da priskoće u pomoć ako prve dve grupe u bilo čemu zakažu.

I ovoga puta je Sergejev špijun saznao vesti i blagovremeno obavestio svog šefa. I on je odmah spremio svoje ljude. Prvu grupu od osam ljudi je odmah spremio za put, a druga, isto tolika će krenuti ujutru. Izričito je naredio da ga ne napadaju nego da budu u pripravnosti, da puste lava da ulovi plen a onda, kao hijene, da mu ga otmu. Slične namere su bile i Hejnrihu Kolu, samo što on nije znao za postojanje Sergejevih ljudi. I on je izdao naređenje da njegovi ljudi rade iz potaje i kada drugi obave krvavi zadatak, da uskoče i prisvoje plen.   Svi su kretali u razmaku od nekoliko sati i svi su bili spremni da a se bore do poslednjeg daha jer su bili plaćeni kao nikada do sada. Bili su profesionalne ubice koje nepogrešivo obavljaju svoj zadatak. Bar su ga do sada nepogrešivo obavljali pa su bili ubeđeni da će uspeti. Borili su se sa najokorelijim banditima i ubijali najopreznije profesionalce, pa zašto im ne bi pošlo za rukom da to postignu sa ovim čovekom. Gledali su ga kao žrtveno jagnje. Na njega i nisu računali kao na opasnost, ali su brinuli kako će reagovati iz suparničkih tabora. Iz svesti šefova je saznao koliki broj ljudi kreće ka njemu. Toliki broj ljudi ne bi bilo lako dočekati na slavi, a kamo li kada zna da će svako od njih pokušati da ga ubije!

Pokušaće da ih pobedi a da niko ne pogine od njegove ruke. Ako bude morao da, braneći sebe ubije druge, neće osećati krivicu jer će biti primoran na to. U roku od par dana svi će biti ovde. Nisu želeli da gube vreme jer je svakog trenutka neko drugi mogao da ih pretekne. Znao je šta mu se sprema pa je želeo spreman da dočeka sve nedaće koje su nailazile. Trudio se što više da spava da bi prikupio energiju koja će mu biti neophodna. Već dva dana je osećao kako pristižu. Osam ljudi se smestilo u Mataruškoj Banji a osam u atomskoj banji Trepča. Izgledalo je kao da su turisti koji su došli da uživaju u čarima prirodnih bogatstava ove lepe zemlje. Još se nisu dobro smestili kada su pristigli članovi drugih bandi. Osam ljudi se smestilo u Bogutovačkoj Banji, dok je za ostalu osmoricu Sergej obezbedio smeštaj u Vrnjačkoj Banji. U Kragujevcu su bili ljudi iz Kazahstana i Turkmenistana.

Iste noći su u poslepomoćnim satima došli da obiđu čoveka kojeg će ubrzo napasti. Šunjajući se, došli do kuće kačeći na određenim mestima bubice i kamere. U hotelu Đerdan, koji je samo dva kilometra udaljen, će ostati dvojica koji će svakog trenutka moći da reaguju. Mislili su da ih Miki nije video a on je budno pratio svaki njihov potez. Bez ikakve smetnje njegov duh ih je non–stop posećivao i shvatao je šta su sve smerali. Osećao je neku pritajenu jezu od nekog u toj bandi. Znao je da i taj čovek, kojeg je osećao, poseduje neke moći kao i on. Nije ga se plašio jer je znao da će ga pobediti, ali ako ga pusti da deluje, onda će mu u odsudnom trenutku zasmetati, što može doneti prevagu njegovim neprijateljima. Sačekaće sat - dva pa će ga napasti kada bude legao. Moraće da uništi njegove moći i na taj način onesposobi ma kakve šanse za njihov uspeh. Opustio se i zaspao. Biometrijski sat će ga probuditi u vreme koje on poželi.

Tačno u četiri je pošao na neprijatelja u kojeg su se njegovi šefovi najviše pouzdali. Nije želeo da ratuje, ali je morao da onesposobi čoveka koji je najopasniji od svih ljudi u svim grupama. Njegov duh je ušao u hotel u kojem su svi spavali. Spavao je i on. Možda je nekim delićem svesti osetio da ga je duh posetio pa je želeo da se probudi i zaštiti, ali za to više nije imao vremena. Miki je znao da će tako reagovati pa je momentalno počeo da deluje na njegovu svest. Reagovao je kao da su mu uključili opijum. Potpuno je opustio telo a onda je Mikijev duh prešao iznad njegove glave. Uništavao je moći u njegovom mozgu dok se on trzao kao da su mu uključili elektro–šokove. Onda je počeo da ječi. Probudio je cimera koji je, iscrpljen dugim putem, čvrsto spavao. Ječanje je postajalo sve glasnije a onda se pretvorilo u plač. Cimer je pokušao da ga probudi. Nije mu pošlo za rukom pa je pozvao ostale prijatelje iz drugih soba. Nisu se uopšte obradovali ovom buđenju jer su pre dva sata legli da spavaju. Kada su čuli šta se dešava, svi su, iako mamurni, došli do sobe gde su im bili prijatelji. Videli su svog prijatelja čiju su mentalnu snagu svi znali, na kojeg su uvek, kada im je najteže, mogli da se oslone, kako plače kao malo dete. I oni su pokušali da ga probude. Nije im polazilo za rukom jer je Miki i dalje uništavao moći u njegovoj svesti. Onda je jedan od njih dohvatio čašu napunjenu vodom i pljusnuo svog prijatelja po licu. Momentalno se osvestio a Miki je delić sekunde pre prestao i odmakao se od njega. Treptao je ne znajući gde se nalazi i ko je sa njim. Čuđenje se ogledalo i na njihovim licima dok su ga nemo posmatrali.

„Kako se osećaš? Šta ti se desilo?"– postavljali su razna pitanja a on nije znao šta da im odgovori. Pitao je ko su oni i gde se nalaze. Videli su da se sa njim desilo nešto što nisu umeli da objasne, pa su odmah pozvali Ismaila. Istog trena su Gennijevi ljudi javili njemu šta se desilo sa čovekom u kojeg se Ismail najviše pouzdao. Znao je razlog, i sam imao sličnih noćnih poseta. Svaka kap krvi je nestala sa njegovog lica posle saznanj da im je najpouzdaniji čovek izgubio pamćenje. Ta je moglo i njega da snađe. Šta bi mu posle značilo svo bogatstvo ovoga sveta ako bi doživeo istu sudbinu! Odmah je pozvao svog prijatelja Ismaila sa namerom da mu objasni da odustaje od dalje akcije. Nameravao je da pozove Mikija i sve mu ispriča, a njegova četiri čoveka da obustave akciju i odmah se vrate nazad.

„Jesi li čuo šta se desilo? – upitao je odmah ni ne pozdravivši prijatelja. „Sada su mi javili."„Rekao sam ti ja da tvoj čovek nema nikakve šanse protiv njega."„Ućuti Genni" – podigao je glas."Strah ti je pomutio razum pa bi sada da odustaneš."„Normalno da ću odustati. Nije me briga ni za moje ni za tvoje ljude jer ćemo tih plaćenih ubica naći na svakom koraku, ali znam da će se posle nama osvetiti." "Prvo - ni moji ni tvoji ljudi ne znaju naša prava imena ni ko smo mi. Drugo, imaju samo kontakt telefon i niko nas sa njima ne može da poveže. Treće, imamo još dovoljan broj ljudi a oni su odlično postavili zamku oko njegove kuće, tako da će ga već sledeće noći ščepati. Panika i strah će samo umanjiti naše šanse za uspeh. Svima sam obećao još po deset hiljada evra nagrade ako sutra uveče obave posao."„Ja bih radije da odustanem."„Genni, tim potezom bi me izdao. Šta bi se desilo ako bih ja izdao tebe i ako bi tvojoj Vladi i policiji dostavio kompromitujuće dokumente koje posedujem. Šta bi se desilo sa premijerom ako bi narod saznao pravu istinu o njemu?"„Smajli, i ja bih imao mnogo toga da kažem o tebi." „Istina je, ali bi to bile samo reči dok su ovo dokumenti i video snimci. Pomisli samo kada bih Saši dao svu dokumentaciju i kada bih mu objasnio na koji način si mu preoteo firmu? Genni, ja sa tobom neću da se svađam jer smo mnogo toga prošli zajedno. I u ovu misiju smo zajedno pošli i zajedno ćemo je završiti. Šta su ljudi? Šta su plaćene ubice? Ništa. Oni nam ništa ne znače. Oni su plaćeni ili da nekog ubiju ili da budu ubijeni."„Ja sam ti govorio da pošaljemo veći broj ljudi ali ti nisi hteo." „Genni, ovo su ljudi prekaljeni u mnogim borbama i ako njih dvanaest nisu u stanju da uhvate jednog čoveka, onda bi bilo uludo da pošaljemo još stotinu. Samo se ti opusti i videćeš da će nam sutra veče ili prekosutra ujutro javiti odlične vesti."„Važi Smajli, mada ne znam da li ću od straha preživeti ovu noć."„Ne brini, sve će biti u redu"–izgovorio je te reči da umiri njega, ali je ujedno hteo da umiri sebe. Sami Bog zna šta se desilo sa njegovim najpouzdanijim čovekom. Možda je od uzbuđenja doživeo moždani udar? Nemoguće da je taj Miki imao bilo kakve veze sa njim jer nije znao za njegovo postojanje niti da se nalazi u gradu udaljenom šezdeset kilometara od njegove kuće. Naredio je da nađu nekog kome će odlično platiti, da ga kao prijatelja koji mu je došao u posetu povedu u neku privatnu ordinaciju gde će ga lekari pregledati. To su i uradili. Lekari su ustanovili moždani udar i gubitak pamćenja. Njega će sutra prvim letom poslati natrag a oni su se spremali da iste noći završe zadatak zbog kojeg su došli.

40.

Nisu se samo oni spremali da izvrše napad. Iste noći su se spremali Sergejevi i Džonovi ljudi da obave isti zadatak. Ljudi Hejnriha Kola su strpljivo čekali da drugi izvade kestenje iz vatre pa da se oni, na kraju, sa njim oslade. Pojavljivanje bilo kojeg čoveka je bilo vidljivo od početka do kraja ulice. Kako će se onda pojaviti toliki broj ljudi na istoj adresu a da ne budu primećeni jedni od drugih?! Odluka je doneta da ga napadnu tačno u ponoć, nesvesni da je on uticao na njihovu svest da taj napad baš tada usledi.

Čekao je, meditirajući u pozi lotosovog cveta. Njegova majka je rano zaspala ne znajući šta se sprema. Zujanje metaka koji su podsećali na razljućene ose, rezultiralo je da je na svakoj banderi nestalo uličnog osvetljenja. Cela ulica je utonula u tamu.

Sa jedne strane ulice dvoje kola sa Džonovim plaćenicima, a sa druge dvoje kola sa Gennijevim i Ismailovim plaćenicima su istovremeno krenula ka istom cilju. Sergejevi ljudi su kasnili samo pola minuta, ali je i to bilo dovoljno da napad otpočne. Videvši da su zakasnili, rešili su da sačekaju i vide ishod borbe.

Penzionisani načelnik MUP a kome se nije spavalo, videvši da su istovremeno na svim banderama polomljene svetiljke, pozvao je policiju objasnivši im da su nn osobe pucale u sijalice iz vatrenog oružja sa prigušivačima. Za nepuna dva minuta su dve marice sa specijalcima krenule da vide šta se desilo i ako bude potrebno da nekom pomognu.

Do tog trenutka nisu znali za postojanje drugih bandi, pa su, videvši da im se sa druge strane približavaju dvoje kola, koja kao i njihova nisu bila osvetljena, ljudi Džona Vesta su, umesto da krenu da otmu Mikija, otvorili vatru na protivnike. Meci su zadobovali po blindiranim staklima. Dva Džonova čoveka, koji su prvi izleteli iz kola, zastavši kod kapije, nisu znali da li da idu dalje ili da se vrate. Na njih se sručio rafal iz drugih kola. Pali su pokošeni sa nekoliko desetina metaka u telu. Tada su i po kolima gde su bili plaćenici Džona Vesta pljuštali meci. Po komšijskim kućama su počela da se pale svetla a iz daljine se čulo zavijanje policijske sirene. Nije bilo šanse ni vremena da pokupe svoje poginule drugove nego su se, zaštićeni blindiranim staklima, počeli povlačiti. Isto su sa druge strane uradili Gennijevi i Ismailovi ljudi. Sergejevi su se odmakli da ih policija ne bi bezrazložno ispitivala i povezala sa ovim slučajem. Isto su uradili i ljudi Hejnriha Kola. Udaljivši se nekoliko stotina metara, jedan od Sergejevih ljudi je bez oružja napustio svoje prijatelje i pešice se uputio na mesto događaja. Da nije bilo dva leša pred kapijom i nekoliko tragova od metaka po fasadama, niko ne bi znao da se ovde vodio krvavi okršaj. Kada je policija stigla, ulica je pored grobne tišine bila u potpunom mraku. Komšije, koje su upalile svetlo, shvativši šta se dešava, odmah su pogasili. Dolaskom policije i oni su skupili hrabrost i počeli da izlaze. Izašao je i Miki jer su se pred njegovom kapijom zaustavile marice. Svi su galamili i svi su odjednom znali šta se desilo.

„Odavno sam ja vikao da se ovde prodaje droga, ali mi niko nije verovao"– vikao je neko od prisutnih.

Policajci su utvrdili da su dvojica, koja su ležala u lokvi krvi mrtvi, pa su pozvali kola hitne pomoći i istražitelje. Uskoro su, privučeni bukom došli ljudi iz susednih ulica. Policajci su ih držali na pristojnoj udaljenosti da ne bi uništili tragove, ako su uopšte postojali.

Kada su Mikija pitali da li zna šta o napadu, jer se sve to desilo pred njegovom kapijom, on je odgovorio da ne zna ništa i da se verovatno to slučajno desilo. U svoj toj masi sveta koja se okupila on je osetio blago treperenje neke osobe kojoj nije bilo mesto među njima. Nije mogao svoju svest da usmeri i da vidi ko je to, pa se nadao da nije niko od napadača jer su oni verovatno pobegli. Pomislio je da je to sigurno neko iz komšiluka ko je bio ljubomoran i ko mu je želeo zlo.

Pristiglo je još nekoliko policijskih i ambulantnih kola. Brzo su završili sve istrage, pokupili leševe, nekoliko svedoka, a onda su naredili i Mikiju da pođe sa njima. Prvo je hteo da odbije a onda se predomislio. Znao je da će kod policije stvoriti dodatnu sumnju pa je pristao da ode sa njima i da tamo da izjavu. Ušao je u maricu i oni su pošli.

Sada je osetio da se jedan od napadača šunja u masi i da osmatra šta se dešava. Bio je dosta udaljen ali ga je odlično osećao. Čekao je da se svi raziđu pa da pozove svoje prijatelje da ponovo napadnu. Osetio je njegove misli, a onda je usmerio svoju svest ka njemu. Želeo je da izvrši komandu svesti da im je on neophodno potreban da bi im odao tajne i da u njegovom odsustvu ne napadaju kuću, u kojoj se nalazi samo stara majka i da im ona ništa ne može pomoći. Signali su išli ka njemu ali ga je jedan policajac non–stop gurkao i nešto zapitkivao tako da nije znao da li je uspeo išta da postigne. Znao je da su svi ostali kriminalcu pobegli, ali se brinuo da će u novonastalom primirju ovaj iskoristiti šansu i postići cilj. Nadao se da je ipak preneo komandu svesti i da nema opasnosti.

Kada su otišla policijska i ambulantna kola, ostatak komšiluka se brzo razišao. Ulica je opet utonula u tamu. Dok je Miki sa ostalim komšijama bio u policijskoj stanici, napad je munjevitom brzinom izveden. Oteli su mu majku i uzeli lažne duplikate đedovih svezaka.

Kada je došao kući i kada je video šta se desilo, opet je pozvao policiju. Opet su došli i opet se stvorila gužva. Opet su ga poveli u policiju. „Svestan sam da su mi kidnapovali majku ali ne znam zbog čega" -odgovarao je ne otkrivajući tajne. "Znači da je i onaj napad bio planiran na moju kuću, a izgleda da ih je bilo više pa su u nemogućnosti da mene napadnu, pucali jedni u druge." „Lekari ispituju leševe, ali ni kod jednog nisu našli nikakva dokumenta. Šta ti misliš o tome?" „Zaista ne znam, samo mogu da nagađam" – odgovorio je Miki.

Jedan od policajaca se dosetio da upita gde su ostali članovi njegove porodice. Odgovorio je da je ženu i decu poveo kod njene majke u Crnu Goru. Onda su ga pustili kući. Desetak minuta pošto je stigao, zazvonio mu je mobilni telefon. Nije znao da li su se iz MUP– a setili da prisluškuju njegove mobilne telefone ali se odmah javio."Miki, ovde Jura" – čuo se glas na ruskom jeziku.Odmah je prepoznao glas tog ubice ali se napravio da ne zna ko je. Ipak je i on odgovorio na ruskom:"Ne znam koji Jura." „Ha, ha, ha …" čuo se satanski smeh zadovoljstva sa druge strane. "U Nemačkoj sam želeo da te prebijem, ali se umešao prokleti vrtlar koji te je odbranio. Sada nema ko da te brani." „- Da li je moguće da si zbog toga došao da mi se osvetiš?"–igrao je Miki ulogu ako ga prisluškuju da izgleda kao da ništa ne zna o napadu. „Slušaj, nećemo se više igrati mačke i miša. Majka ti je u mojim rukama i mi se moramo hitno videti." „Važi Jura –reci gde hoćeš i ja ću doći" odgovorio mu je Miki."Mi smo u Bogutovačkoj Banji i čekamo te kod glavne skretnice." „Stižem za petnaest – dvadeset minuta." „Ako bilo ko sazna za ovo, tvoja majka neće biti živa." „Niko neće saznati, a ti se dobro pazi ako joj samo dlaka sa glave bude falila."

Dok je on polazio na zakazani sastanak, dotle su Ismailovi i Gennijevi ljudi pregledali video zapis napada na Mikijevu kuću. Jura je bio jedan od najpoznatijih gangstera i najverniji čovek jednog od najvećih bosova na svetu. Kao takvog su ga znali u svim gansterskim krugovima. I ovde su ga odmah prepoznali. Na snimcima koje su kamere verno zabeležile, videli su da je uzeo sveske i kidnapovao Mikijevu majku. Pitanje je bilo - gde se sada nalazi da bi mogli da ga napadnu i da mu otmu ono što su želeli da njima pripada. Pozvali su svoje nepoznate šefove i objasnili im šta se dešava.„Kamere su sigurno snimile kola i registarski broj, tako da je vaš zadatak da odmah odete na granicu i tamo ih sačekate. Oni će žuriti da pobegnu sa plenom, pa će im rezervoari sa benzinom biti skoro prazni na carini. Vaše je da ih pratite i likvidirate u Mađarskoj ili Austriji. Ja ću pokušati da se dogovorim sa Sergejom, pa ako bude neka promena plana, odmah ću vam javiti"–stizala su naređenja od nepoznatog šefa.

Kada je prekinuo vezu, Ismail je odmah pozvao Sergeja. Ne predstavljajući se, ponudio mu je pet miliona evra da mu prepusti sveske koje je Jura oteo od Mikija. Mislio je da Sergej ne zna vrednost svezaka, pa se nadao da će se, uz malo cenkanja, pogoditi. Prvo se oduševio jer mu još nisu javili da je Jura uspeo, a onda je odgovorio: "Nepoznati prijatelju, Miki je za te sveske tražio dvesta miliona, a ja znam da mnogo više vrede, a ti meni za njih nudiš pet. Još sve nije završeno, a kada ih budem dobio, neću ih prodati ni za trista miliona."Prekinuo je vezu sa nepoznatim čovekom i odmah pozvao osmoricu ljudi koji su stigli u Vrnjačku Banju. „Odmah priteknite u pomoć Juri. Kola kojima je izvršen napad odvezite u neko selo i tu ih ostavite. Iz vaše grupe dva čoveka ostavite u Jurinoj grupi a iz njegove, dva čoveka uzmite sa vama i odmah idite na aerodrom. Ujutru, kada stignete u Beograd, svratite u neku knjižaru i u njoj kupite još par knjiga i svezaka. Uz te knjige, u nekoj radnji sa garderobom, nakupujte i šta treba i šta ne treba i to sve spakujte u neki veliki kofer pa pošaljite sa Jurom prvim avionom koji putuje u bilo koji grad u Nemačkoj. Naši ljudi će ga čekati u tom gradu u koji stigne, a vi se vratite kolima. Za par sati neka krene grupa koja je bila sa Jurom, tako da ne budete sumnjivi na granici. Obaveštavajte me na svakih sat vremena šta se dešava."

Odmah su počela da se izvršavaju naređenja. U Nemačkoj je Sergej pozvao svoje ljude da proslave uspeh. Nije im objašnjavao pojedinosti, ali im je rekao da je Jura postigao jedan od najvećih podviga u životu. O Jurinom uspehu su saznali špijuni iz suparničkih tabora, ali svojim šefovima, osim glavne vesti, nisu mogli ispričati pojedinosti.

Uskoro su šefovi svih bandi saznali šta se desilo. Bili su besni na svoje plaćenike kojima su javili da se hitno vrate, dok su oni okupljali druge.Čekali su svoj trenutak i nadali se da će on ubrzo doći.

Miki je stigao u Bogutovačku Banju. Na zakazanom mestu približila su mu se nepoznata kola. Vozać je od njega zatražilo da pođe za njima. Bilo je skoro tri sata kada su ga tiho sproveli do nekog privatnog apartmana. Vlasnici su, ne znajući šta se dešava, mirno spavali. Unutra je bio Jura sa još tri čoveka, dok su ostala četvorica iz kola ostala napolju da čuvaju stražu. Jura mu je stavio lisice a ostala trojica su ga držala na nišanu. Sve je bilo odlično zatvoreno tako da se svetlo spolja nije primećivalo.

„Gde mi je majka? – upitao je sve prisutne. Jura, koji je bio nedaleko od njega se nasmejao i rekao:"Ovde ja postavljam pitanja." Iznenada, kada se niko od prisutnih nije nadao, svom snagom je zamahnuo da udari Mikija. On je snagom volje skrenuo njegovu ruku i ona je, umesto u glavu, silom inercije udarila u zid. Zaurlao je od neopisivog bola dok su se ostali prisutni čudili kako je mogao promašiti čoveka koji je bio vezan i koji se nije pomerio. Tog trenutka je zazvonio njegov mobilni. U slepoj mržnji koju je osećao, nije hteo da se javi, nego je prvo hteo da pretuče ovog čoveka i da mu za sva vremena izbriše spokoj u duši i osmeh sa lica. Neko od njegovih ljudi je rekao da je Sergej i on se u trenutku smirio."Veza te traži i ubrzo će biti kod tebe. Bespogovorno ih poslušaj sve šta ti budu rekli." Sergej mu je samo to rekao i hteo da prekine vezu, ali je Jura požurio da se pohvali:"Kidnapovao sam Mikijevu majku i njega sam na prevaru uhvatio. Evo ga ovde vezan lisicama. Sada ću od njega saznati kako se mogu dešifrovati svi recepti u sveskama njegovog dede, a onda ću i njega, kao i njegovu majku ubiti."„Nemaš vremena. Drugi gangsteri su mi javili da si postigao uspeh pa postoji mogućnost da vas pronađu i da se međusobno poubijate. Zato odmah poslušaj vezu i odmah kreni sa sveskama a ispitivanje i likvidaciju prepusti drugima."

Miki nije čuo šta je pričao sa svojim šefom, ali je čuo ono što nije želeo nikako da čuje. Brujalo mu je i šuštalo u ušima. Da li je moguće da mu je majka poginula? Suze su tekle niz lice."Majko... Majko"... samo je tu reč ponavljao. Kao da je sve otupelo na njegovom telu. Nije osetio nekoliko šamara koje je dobio od nekog ko je želeo od njega nešto da sazna. Onda je do njegove svesti doprelo saznanje da od njega traže da im objasni kako se dešifruju recepti iz dedovih svezaka. Pričao je kao da je robot. Objasnio je svaku tajnu nesvestan u svojoj tuzi da im otkriva tajne za dešifrovanje recepata koji su u originalnim sveskama, a u duplikatima te šifre ništa ne znače jer su svi brojevi drugačije zapisani. U duplikatima je zapisao sve šifre tako da ih veoma lako mogu dešifrovati. Za svaki slučaj su na jednom od najmodernijih telefona snimili svaku izgovorenu reč, da im se ne bi desilo da nešto zaborave.

Dok je dobijao jedan od najjačih direkata u lice, u svesti mu se pojavio dedov lik. Dok mu se iz posečene usne slivala krv koju on nije osećao, vizija njegovog deda je počela da govori:"Znaš li kada si mi rekao – dedo, zašto si pustio da baba umre? Tada sam ti odgovorio da smo i mi Izabranici smrtnici. Nama su date mnogo veće moći nego drugim ljudima, ali i mi umiremo. Mi ne možemo poginuti od tuđe ruke, nego ćemo umreti po volji Božjoj tek kada ispunimo zavet predavanja moći drugom Izabraniku. Desilo se da je sada moja sestričina a tvoja majka izgubila život a ti si pao u apatiju, kao što ti se desilo kada sam ja iz sela otišao kod sina u Berane, tako da u toj apatiji hoćeš da im dopustiš da i tebe ubiju i na taj način prekršiš zavet koji ti je dat. Ne možeš to dopustiti. Ti si Izabranik i tvoja krv je sveta. Oni su prolili krv tvoje majke i ti je moraš osvetiti. Nemoj više zmiji stajati na rep i dopuštati joj da te upeči. Od sada ćeš svim zmijama koje te napadaju stati na glavu i uništiti ih. Ako im ne staneš na glavu, one će se oporavljati i uvek pokušavati da te unište. Kada ih jednom ubiješ, više se nećeš plašiti ni za sebe ni za svoju porodicu. Ajde sada, trgni se i uništi one koji hoće tebe da unište!"

Setio se snojavljenja u đedovoj kući kada je pomerao ruke i zmiji koja ga je napala prvo uništio rep, pa telo i na kraju glavu. Ovog trena mu je postalo jasno šta san znači i kakav je zadatak pred njim. Đedova vizija je nestala a on je pogledao lisice na svojim rukama, a onda u sve prisutne. Primetili su da se kod njega nešto dešava. Prvo su primetili promenu na njegovom licu a onda su alke koje su spajale lisice same počele da se otvaraju. Hteli su da reaguju, ali nisu imali snage ni da se pomere. Usmerio je pogled na jednog od njih i on je kao najverniji pas prišao i ključem otvorio lisice koje su mu bile na rukama.

„Gde mi je majka?"– upitao ih je Miki.„Jura je ubio i bacio nedaleko odavde u šumu"– u glas su odgovarali nesvesni da on utiče na njihovu svest i da oni moraju priznati sve šta se od njih zahteva.

Pozvao je policiju, a onda je svojom svešću naredio čoveku koji ga je snimao da svoj telefon baci u vatru. Plastiku je zahvatio plamen a onda se unutrašnjost telefona počela grčiti i sve je izgorelo. Tada je svaka tajna koju im je otkrio opet postala tajna jer je svaki zapis nestao. Dobivši vezu, policiji je objasnio ko je i gde se nalazi. Kada je rekao da je našao ubice njegove majke, da su pored njega i da čeka njihovu pomoć, oni su odmah reagovali. Dok su kola hitne pomoći i dve marice hitali na mesto zločina, on je još jednom uticao na njihovu svest, brišući iz nje sve podatke njegove priče i priznanja kako se dešifruju recepti. Pomislio je da duhovno poseti Juru i da ga kazni za smrt majke, ali je odustao. Njemu i njegovom šefu je pripremio posebno mučenje i najteži vid smrti koji se može zamisliti. Ni drugima se ništa bolje nije pisalo.

Dolaskom policije mnogi meštani su probuđeni iz najlepšeg sna. Policajci su odmah pronašli leš njegove majke. Uhapsili su sedmoricu stranih državljana. Kada su im stavili lisice, Miki je prestao da deluje na njihovu svest. Sada su oni bili kao u čudu ne shvatajući gde se nalaze i šta se sa njima dešava. Jedan od policajaca je, videvši da se radi o mafijašima iz Rusije koji žive u Nemačkoj, prokomentarisao:„Dragi Bože, u šta si se ti upleo! Ako su ti ovi na tragu i ako su rešili da te smaknu, onda ti ni mi ni iko drugi ne može pomoći." Ostali su ga samo posmatrali, niko ne progovarajući ni reč.

Prebacili su leš u gradsku bolnicu a zatvorenike u zatvor. Ništa mu nije značilo da u ovim ranim jutarnjim satima bilo koga obaveštava o događaju koji se desio, tako da je odspavao nepuna tri sata a onda pozvao policiju da pita kada će preuzeti leš svoje majke. "Obdukcija je izvršena tako da je možete preuzeti odmah"– dobio je odgovor od nekog neljubaznog policajca. Sve je veoma brzo organizovao. Pozvao je ženu i rekao joj da se spreme a on će poslati prijatelja da ih uzme, jer je on morao ostati da dočekuje ljude koji dolaze na sahranu. Svu hranu koju su kupili a koju nisu potrošili, dali su rođaci Milijani. Radost zbog dobijene hrane je zamenila tuga kada je saznala da će je oni veoma brzo napustiti. Plakala je kada su odlazili.

Na sahrani je bilo mnogo sveta, a ljudi ko ljudi su svašta pričali. Od nekog iz policije se proneo glas da su ga napali mafijaši ruskog porekla. Svako je pričao svoju priču i svoju verziju događaja. Svako je nadodavao ono što je smatrao da treba drugi da saznaju, ne interesujući se koliko bi štete njegove reči mogle da proizvedu. Pričalo se o drogi, o ogromnoj prevari i još mnogo čemu što je ljudska mašta mogla da smisli. Svi su se slagali da je nešto opasno u pitanju, ali niko od njih nije ni pomišljao da pomogne ovom čoveku koji je mnogima od njih pomogao.

Prva dva leša pronađena kod Mikijeve kapije policija nije mogla da identifikuje, pa su dovodili zatvorenike da vide da li oni mogu da ih prepoznaju. Jedan od zatvorenika je priznao da su iz Štutgarta ali da nisu u istoj bandi.

Ubrzo je policija poslala fotografije i od nemačkih kolega su dobili podatke o njima. Dok su se oni setili da provere gde su odseli i da li su imali društvo, dotle su njihovi prijatelji, obavešteni od svojih šefova, prešli granicu. Policija je došla do zaključka da su Mikija napale dve bande, da su mu ubili majku i da je u pitanju nešto mnogo važno. Nisu znali šta je, a Miki ili nije znao, ili nije hteo da im kaže. Nateraće nekog od zatvorenika da im pokaže osnovni trag, a onda će oni po njemu nastaviti da traže dok ne dođu do konačnog rešenja.

Tako je prošao taj težak dan. Svako je imao svoje brige i borio se kako da ih savlada. Miki je znao šta mu je đedo rekao i šta mu je zadatak, pa je rešio sutradan uveče da počne da ga izvršava. Tu noć i sledeći dan će posvetiti duhu svoje majke. Krivio je sebe što je na silu nije poveo sa sobom. Verovatno je to bila njena sudbina koja se nije mogla mimoići. Da se nije tako desilo, verovatno bi neprijatelji postigli neki drugi cilj, s obzirom da ih on nije ubijao. Sada će saznati i osetiti na svojoj koži kakva je njegova osveta. Prvo će se osvetiti ljudima koji su u zatvoru, a onda svim ostalima koji su ga napadali. Doneo je odluku da zmiju treba nagaziti na glavu i potpuno je uništiti.

41.

Prošla je ponoć. Odvojio je svoj duh od tela i pošao u zatvor. Svi su bili ubice i svi su po nekoliko puta zaslužili smrtnu kaznu ali su ih nalogodavci i advokati izvlačili iz najtežih situacija. I ovoga puta je Sergej pozvao najuticajnije prijatelje da pomogne svojim ljudima. Za par dana je trebalo da ih puste iz zatvora jer protiv njih nije bilo opipljivih dokaza. Opet je trebalo sudovi da izvrnu pravdu. Sada će im suditi drugi sudija, kojeg nisu znali i za kojeg nisu čuli ni vlasti, ni sudije, ni kriminalci, a on neće imati milosti u svojim presudama. Svaki osuđenik, a bilo ih je previše, će biti smrtno osuđen i nad svakim će biti izvršena posebna egzekucija, i niko neće moći da ih zaštiti. Rešio je odmah da presuđuje i kažnjava.

U posleponoćnim časovima su svi spavali, samo su stražari obavljali svoju dužnost. I među njima je bilo onih koji su ugrabili da odremaju par sati jer su bili sigurni da ih niko ne može otkriti. Provlačio se među njima nečujan kao senka. Da, senka je nečujna ali je ipak vidljiva, a njegov duh je nečujan i nevidljiv. Ove noći će ga videti samo jedan čovek i on će biti osuđen da umre. Nije želeo jednostavno da ga ubije, kao što ni druge neće ubiti na jednostavan način. Želeo je da uplaši druge, da kroz njegovu smrt svi osete strah, da se prenese poruka njihovim šefovima kakva i njih sudbina čeka.

Na svakoj ćeliji su bile rešetke a sve je osvetljavala prigušena svetlost sa tavanice hodnika. Bili su po dvojica u ćeliji. Prišao je nečujno kako samo duh može i prosto prikovao nemoćno telo pod sobom. Snaga je nestajala iz tela kao vazduh iz probušenog balona. Nemoćan da se pomakne niti da pozove nekog u pomoć, nemoćan da pomeri prst niti da otvori oko, sve više je padao u neki crni bezdan. U jednom trenutku mu se učinilo da je sve to prestalo i da je u moći da se pomakne i da otvori oči. Kroz pomućenu svest mu je proletela misao da može pozvati u pomoć. Otvorio je oči i pogledao. Pričinilo mu se da je još u tamnom bezdanu i da se na samom kraju tog bezdana nalazi gospodar tame. Crni đavo, opasniji od svih tama je sedeo pred njim. U ruči je držao trozubac i išao ka njemu. Užas se ogledao na njegovom licu a da on toga nije bio svestan.

To je Miki i želeo. Da njegov izraz lica ulije strah u kosti svima koji ga budu videli. Mnogi milicioneri, advokati, sudije, mafijaši i svi oni kojima je savest nečista će postaviti pitanje da li može i njih sutra stići ovakva kazna. On je, videvši da mu se đavo približava i da je zamahnuo sa trozupcem ka njegovim grudima, vrisnuo iz sveg glasa a onda je zahroptao u samrtnom grču, hvatajući se sa rukama za srce. Imao je takav osećaj kao da ga je trozubac proboo posred grudi. Taj grč užasa će ostati na njegovom licu i posle smrti. Zahroptao je još jednom a onda opet upao u još veću tamu, dok su se u zatvoru palila svetla i budili prestrašeni zatvorenici.

Izašao je, ostavivši jednog mrtvaca, zatvorenike i stražare a da ga niko nije video. Sada će policija i doktori doneti svoje zaključke o ovoj smrti.

Vlada Nemačke, videvši da su joj dva čoveka poginula pod nerazjašnjenim okolnostima, zatraži od Vlade Srbije da ostale građane koji se nalaze u Kraljevačkom zatvoru, prebace u neki zatvor u Nemačkoj i da im se tamo sudi. Za prvu žrtvu su prihvatili da je umrla od infarkta, ali je druga smrt bila zagonetna, pa su mislili da će ostale poštedeti ako ih prebace u svoju zemlju. Sve je brzo dogovoreno i istog dana su došli po njih.

42.

Vratio se u svoje telo a nekoliko minuta kasnije je duhom pošao da poseti svo-je neprijatelje. Dok su oni spavali, on im je u svest prebacivao događaje koji su se desili u zatvoru. Izgledalo je kao da su svi, iako se neki od njih nisu znali me-đusobno, sanjali isti san. Nikom od njih nije bilo lako.

Najteže je bilo Genniju. Malo mu je falilo da doživi infarkt. U ranim jutar-njim satima je pozvonio prijatelju u Turkmenistanu. Telefon je samo jednom zazvonio, Ismail se odmah javio. „Smajli ja nisam živ. Buncao je u samrtnom strahu. Sanjao sam… Jao Smajli sav se tresem…" „Genni, i ja sam sanjao"… nije uspeo da završi jer ga je prijatelj u čudu prekinuo. „Štaaa!?" vrištao je Genni nemo-ćan da se obuzda.

Čuvši viku iz Gennijeve sobe, Rina je uletela sa telohraniteljima. Brzo su reagovali davši mu neke tablete za smirenje. Ni Ismailu nije bilo ništa lakše. I u njegove odaje su ušli telohranitelji. Video se strah u njegovim očima dok mu je celo telo podrhtavalo. Pozvali su doktora koji mu je, videvši njegovo stanje, odmah dao injekciju za smirenje. Nije Genniju uspeo da ispriča san koji je sa-njao, ali je u njegovoj svesti sve govorilo da su sanjali isto. Kako je moguce da ga obojica istovremeno sanjaju – postavljao je sebi pitanje dok je moćna dro-ga iz injekcije oslobađala njegovo telo od straha, terajući ga da se prepusti ve-štačkom snu. Opustio se i zaspao. Isto se desilo i Genniju. Pod dejstvom jakih tableta i on je utonuo u san. Ni taj san ih neće okrepiti i osloboditi užasne slike smrti koja se urezala u njihovu memoriju. Sutra će im čitavog dana ta slika biti pred očima. Opet će uveče popiti tablete da bi zaspali ali će im sutra veče iskr-snuti drugi, još strašniji san. Želeo je da se svi pokaju po milion puta pre nego što izgube svoje živote. Svi su oni izdavali ista naređenja :"Saznati tajne a onda eliminisati i njega i njegovu porodicu." Da im je pošlo za rukom, ni njemu ne bi dali nikakve šanse kao što ih nisu dali njegovoj majci. Ista je situacija bila kod Sergeja i Jure. Obojica su vrisnula probudivši se u paničnom strahu. Telohranitelji su pojurili da pomognu svom šefu, a njegov glavni telohranitelj se nije pojavio jer je imao sopstvenih problema. Prepoznao je svog čoveka. Znao je da je zdrav kao dren i da se nalazi u zatvoru. Iste su misli bile i u Sergejevoj glavi. Da li je moguće da se njegovom čoveku nešto desilo i da je izgubio život na ovakav način ili je to bio samo ružan san. Otpustio je telohranitelje, začudivši se što nema Jure i zatraživši od njih da mu kažu da odmah dođe. Došao je bez ijedne kapi krvi u licu. Kad je video da i Sergej ne izgleda ništa bolje, samo je rekao: "Nije moguće …" Kao da su obojica osetili da im se isto snojavljanje prikazalo. "I ti si isto sanjao?" –upitao ga je Sergej. "Šefe, ako se i tebi isto desilo, onda to nije bio san." „Jeste Jura, prikazalo mi se kako nam čovek umire u najstrašnijim bolovima i najvećem strahu. I sada mi ista slika izlazi pred očima. Pogledaj mi ruke…Nenormalno mi drhte."Moraćemo da popijemo neku tabletu za smirenje pa ćemo sutra videti šta se desilo. Nemoguće da je neko napao našeg čoveka, koji se nalazi u zatvoru i da ga je na taj način ubio. Sutra ću zatražiti da ubrzaju proces njihovog oslobađanja."

Popili su tablete i pod dejstvom droge obojica zaspala u dnevnom boravku. Mislili su da su sigurniji ako su jedan blizu drugog.

Hejnrih Kol, Helmut Klum i Peter Zigmund su poskakali iz kreveta u svojim raskošnim vilama. Nisu umeli sebi da objasne ovakav san koji ih je neopisivo uznemirio. U prvom trenutku su hteli pozvati svoje prijatelje i ispričati im šta su sanjali, ali su odmah odustali. Nisu znali da su i ostali sanjali isti san. Šta su mogli reći jedan drugom: Budim te u sitne sate da bih ti rekao da sam sanjao ružan san. Prijatelji bi mu se smejali. Verovatno bi ga prozvali kukavicom i na taj način bi izgubio autoritet. Zato su sva trojica popili tablete za smirenje i opet legli da spavaju. Iako im je svetlo ostalo upaljeno, opet su pred njihovim očima iskrsavale stravične slike. Onda su se umirili i zaspali.

Džon Vest je tu noć provodio u ljubavnom zanosu sa svojom suprugom Lindom. Ostali su da posle uzbudljivog seksa, ostatak noći provedu u istom krevetu. Nisu se oblačili, uživajući u toplini sobe, pokriveni svilenim čaršavima. Kada su im se pojavile slike u snu i kada su uspeli da se razaberu u paničnom strahu, pali su jedno drugom u zagrljaj. „Džoni, šta je bilo ovo?"„Linda, nije valjda da si i ti sanjala nekog čoveka koji umire u paničnom strahu?" "Jesam Džoni. Kako je moguće da smo oboje sanjali isti san?"„Ne znam, Linda. Ovo zaista ne umem da objasnim."

Nagla buka i komešanje u sobi su naterali telohranitelja pred vratima, na kojeg je bio red da te noći stražari, da kucne i upita da li im treba pomoć. Džoni je odgovorio da ne treba ništa jer su sanjali neki ružan san. Nije znao da je pred vratima čovek koji je radio za Sergeja. Njegov zadatak je bio da prenese sve šta se dešava u njihovoj organizaciji a što je smatrao da može biti važno.

Ovo je bilo nebitno, ali će u nedostatku drugih informacija iskarikirati ovu vest i preneti je Sergeju. Ispričaće kao da se Džoni, od kad je izgubio svoja dva čoveka u Srbiji, trza na svaki znak opasnosti i da mu neprijatni snovi ne daju mira. U unutrašnjosti sobe, daleko od tuđih pogleda i oni su popili tablete za smirenje.

Ove noći tablete za smirenje nisu bile potrebne samo njima. Popili su ih Frank Fišer i Slim Rasel. I njih dvojica su doživeli nešto što nikada pre nisu mogli pomisliti da može da im se desi. Bili su sigurni u svoju snagu i moć svoje organizacije, tako da su ovaj san smatrali za neko loše predskazanje. Sutra će Džonu ispričati šta su sanjali i objasniti mu šta oni misle o tome. Ni u podsvesti ni jedan od njih nije pomislio da je i Džoni sanjao isti san. Zapravo, nisu ni znali da su isti san sanjali svi oni koji moraju umreti. Miki nije hteo da utiče na Džoanu jer ona ništa nije znala o njegovim tajnama. Nije znala ni Linda. I nju je morao poštedeti smrti, ali je i njoj projektovao slike da bi se Džoni što više uplašio. Džoana je bila najotrovnija zmija u ženskom obliku koja je učestvovala u operacijama gde su stradali mnogi nedužni ljudi, koji su kasno shvatili da je njen topli zagrljaj mamac za stisak anakonde iz kojeg više nema izlaza. Sve je to znao, ali nije hteo on da je kažnjava za njene grehe, jer ona nije znala za njegove tajne i kao takva, lično njemu nije mogla nauditi. Svi ostali, koji su učestovali u napadu na njegovu porodicu, će morati da umru. Oni su prvi počeli rat i ubili mu majku. Mnogi od njih neposredno nisu krivi za njenu smrt, ali je znao da svi prestavljaju opasnost za njega, njegovu porodicu i uopšte, za celo čovečanstvo, a ako bi se dočepali tajnih zapisa, zloupotrebili bi ih. Zato je krenuo da ih uništi da bi tajne sačuvao do onih vremena kada će doći Izabranik, koji će uz pomoć svih moći koje su zapisane u sveskama, sačuvati ostatak čovečanstva. To vreme još nije došlo.

Još bi Sergej spavao, iako je bilo devet sati, da ga telohranitelji nisu probudili. Pred vratima je stajao jedan od najuspešnijih dešifrera na svetu. Sergej mu je dao zadatak da dešifruje šifre iz svezaka koje su oteli od Mikija. Ovaj čovek je morao raditi potpuno go u kancelariji koja je bila obezbeđena kamerama koje su bile postavljene u svakom uglu, tako da nije postojala mogućnost da bilo koji zapis iznese iz ove kancelarije ili da ga u nekom delu svoje odeće sakrije. Prvo mu je dao da otvori neke beznačajne recepte, pa ako mu to pođe za rukom, onda će od njega zahtevati da mu objasni kako je to uspeo. Ako bude lako shvatljivo, on će sam otvoriti recept za izlečenje raka. Tada će sa njim zajedno još jedanput proveriti da li je sve u redu, a onda će ovom čoveku isplatiti honorar koji mu je obećao. Objaviće u mnogim novinama da je zahvaljujući najpoznatijem dešifreru na svetu, uspeo da dešifruje tajni recept o izlečenju raka. Normalno da dešifrer neće znati tajnu ali će mu poslužiti kao odlična reklama. Na taj način će postati jedan od najpoznatijih ljudi na planeti. Bezbroj predsednika i velikana će želeti da bude u njegovom društvu. Svi će oni izdavati naređenja da ga čuvaju kao oči u glavi. To je oduvek želeo. Borio se za novac i u tome potpuno uspeo. Nije ga bilo briga kako je do njega došao. Znao je samo da ga ima previše. Shvativši da mu, ipak, prljavi novac ne može doneti ono što želi, hteo je da veliki deo svog bogatstva uloži u patentiranje ovih melema, i na taj način postane slavan. San mu se ispunjavao. Postaće jedan od najslavnijih ljudi na svetu a ništa od svog novca neće izgubiti. Samo će ga umnogostručiti i to na legalan način. U svojim maštarijama nije ni pomislio da san može biti samo san. Uskoro će se u to uveriti. Nije hteo uopšte da razmišlja o sinoćnjem snu koji ga je uznemirio i preplašio. Oko devetnaest časova mu je došao čovek koji je imao zadatak da bude u stalnoj vezi sa špijunom u suparničkoj organizaciji. Veza je ispričala da je Džona Vesta strašno uznemirio neki san. Da nije pomenuo san, Sergej ne bi obratio pažnju na reči koje je do tada izgovorio. Okrenuo se ka svom čoveku i rekao da prenese vezi da detaljno ispita kakav je to san bio.

„Šefe valjda je njegov zadatak mnogo složeniji od ispitivanja kakve je ko snove sanjao." „Da li ja ovde izdajem naređenja ili ti? Poslušaj me i odmah mu ovo prenesi."

„Ne, ne, sačekaj malo. Reci mu da on ispriča Džonu kao da je on sanjao nekog čoveka koji umire u najvećem bolu i strahu. Hitno ćeš mi preneti šta mu je Džoni odgovorio na te reči. Otpustio je svog čoveka i počeo na ekranu da posmatra čoveka koji je dešifrovao sveske. On je sve vreme nešto zapisivao, preškrabavao pa opet zapisivao.

Tokom dana je Sergeju došao potvrdan odgovor od koga je strepeo: veza je saznala da je i Džon sanjao isti san koji su sanjali on i Jura. Nije znao šta bi sve dao samo da sazna koji još ljudi su sanjali isto. Te misli su ga trenutno zaokupile, ali se veoma brzo preorijentisao, prateći dešifrera koji je za njega radio. Pošao je da ga obiđe. Čovek, iako je bio go, ipak je ustao da ga pozdravi.

„Gospodine Sergej, ne znam čemu ova predostrožnost i kakav je ovo način da me terate da radim kao od majke rođen!" „Samo ti radi svoj posao i ne brini. Ovako si sve vreme pod mojim i pod budnim okom još sedmorice mojih telohranitelja koji neprestano prate svaki tvoj potez. Neću da razmišljam da li će ti pasti na pamet da prepišeš neku od cifara iz te sveske, pa umesto da dobiješ odličnu nagradu, ti možeš zaraditi metak između očiju."

„Ja sam došao da radim a ne da prepisujem šifre i da kradem recepte." „Onda radi i ni o čemu drugom ne razmišljaj. Kada smo već kod rada, možeš li mi reći da li uspevaš išta da dešifruješ?"

„Ovo sam veoma Iako uspeo. Ako treba još nešto, onda ću nastaviti da radim a ako ne treba, onda mi dozvolite da se obučem." „Ako kažeš da je veoma Iako, onda mi možeš pokazati kako si to uspeo."

Narednih pola sata mu je pokazivao kako je došao do rešenja. Sergej je naredio da mu pripreme najraznovrsnija jela, da ga najbolje ugoste dok on bude dešifrovao određene naslove. Kada bude završio sa jelom, pokazaće mu šifre koje je on dešifrovao da vidi da li je pravilno uradio. Dešifrer nije žurio jer mu je postavljena najraskošnija trpeza u njegovom životu. Za to vreme je Sergej dešifrovao dosta naslova. Između ostalih: Melem za mulj, pesak i kamenje u bubrezima, melem za ešerihiju koli, melem za heliko bakteriju, melem za hemoroide, melem za mulj, pesak i kamenje iz žučne kese, melem za sinuse, melem za osteroporozu, melem za psorijazu … A onda je pročitao – stopostotni melem za izlečenje raka. Uzdrhtao je još jedanput čitajući i proveravajući da li je dobro dešifrovao. Prvo je nameravao da o ovome dešifreru ništa ne priča a onda se setio da mu je on potreban radi reklame. Pored ovog melema za rak, bilo je tu još mnogo drugih, sa kojima će postići velike uspehe. Preskočio je nekoliko stranica pa dešifrovao još jedan naslov: „Funkcije mozga i mogućnost njihovog uvećanja." I kod ovog naslova se zapitao da li ga je pravilno preveo. Bubnjalo mu je u ušima od velikog uzbuđenja. Da li je moguće da poseduje tajnu o kojoj tragaju naučnici svih zemalja sveta! Od mnogih naučnika u raznim emisijama je slušao kolike bi moći čovek postigao ako bi uspeo da razvije funkcije mozga samo za jedan procenat. Šta će se desiti sa njim ako uspe funkcije svog mozga da razvije za pet, deset, dvadeset ili pedeset procenata! Njegova pohlepa nije imala granice. Nije više sebe video kao osobu koju će ceniti, nego kao osobu koja će gospodariti celim svetom. Ovaj naslov neće dati dešifreru. Ako se uveri da je sve shvatio, onda će, kada ostane sam, dešifrovati i ovaj tekst. Kada mu je dešifrer potvrdio da je sve ispravno uradio, onda je zatražio od njega da daju izjavu za „Špigl ,, najčitanije novine u Nemačkoj. Treba da objave kako su, pored dosta drugih odličnih recepata, uspeli da otkriju melem za stopostotno izlečenje raka. Posle te izjave dešifrera je čekala nagrada od deset hiljada evra. Normalno da je pristao.

Ubrzo su došli novinari koji su ih slikali i snimali svaku izgovorenu reč. Rekli su da su sveske stare, što se videlo po njima jer ih je Miki, kada je prepisao lažne recepte stavio u pekaru i one su dobile pepeljastu boju, ali ni jednom rečju nisu pomenuli kako su ih dobavili. Ulepšali su izjave rečima da su ovo melemi koji se koriste na Tibetu i da sto posto pomažu.

Sergej bio potpuno ushićen tako da mu nije padalo na pamet da se seti sinoćnjeg sna. Razmišljao je i posle odlaska novinara i dešifrera kako će sutra cela Nemačka saznati o njemu i o njegovim melemima. Sigurno će doći razne televizije koje će želeti da prenesu njegove izjave. Te vesti će se kasnije prenositi po celom svetu. Bio je svedok nemogućih izlečenja kod ljudi kojima medicina nije mogla pomoći, kada im je Miki, pre par meseci, dao ove čudne meleme. Sve ih je izlečio. Sreća se ogledala na njegovom licu jer su sve tajne sada bile u njegovim rukama. Nikada mu ne bi palo na pamet da su tajne do kojih je došao lažne i da sa postojećim melemima neće postići nikakvo izlečenje. To će mu produžiti život dok se pročuje glas da melemi uopšte ne pomažu. Biće svestan da su mnogi koji su došli kod njega da im pomogne na čudan način izgubili živote, ali se i dalje u svojoj slepoj želji da postane gospodar sveta neće obazirati na njihove sudbine, nego će ići putem sopstvene propasti. Kada sazna da je izgubio sve i da je pred njim, umesto sjaja i topline vatre ostao samo dim, tada će za njega sve biti kasno. Miki je spremio posebnu vrstu osvete za njega i Juru, jer su oni bili direktni krivci za smrt njegove majke. Naročito Jura. Sada će im dopustiti da se uzdignu u svojoj lažnoj slavi.

43.

Tokom dana su nadležni organi iz Beograda javili nadležnim organima iz Nemačke da je taj i taj zatvorenik preminuo u Kraljevu od infarkta. Ubrzo su o tome saznali Sergej i Jura. Pomislili su da im se manifestovala slika u trenutku njegove smrti jer su bili prijatelji. Nisu više o tome razmišljali. Te noći im je dozvolio da se svi opuste, da izgleda da se svima prethodna smrt slučajno pojavila. Posle ručka su zatvorenici imali određeno vreme za tuširanje. Bilo ih je preko dvadeset pod jednim tušem. Setio se kada ga je đedo učio da zapali papir iako pada kiša. Tada je uspeo pa je i sada potpuno nevidljiv za stražare i sve ostale zatvorenike, pružio ruke ka njima. Jedan od zatvorenika se prevrnuo a onda zapalio. Stravičan krik umirućeg čoveka je nadjačao šum vode. Tom kriku se pridružilo par drugih a onda su, u paničnom strahu, svi počeli da beže. Iz suprotnog ugla su očiju izbečenih od straha, gledali u čoveka koji je sagorevao iako je po njemu tekla voda iz tuša. Vatra je naglo prestala a nepomično, pečeno telo je ostalo kao svedočanstvo da ovo nije bio san. Neki od zatvorenika su se onesvestili. Tada se jedan od stražara pribrao i dao znak za uzbunu. Dotrčali su sa svih strana. Ubacili su zatvorenike u ćelije a leš prebacili u bolnicu. Ovo je bio prvi slučaj da je neko na ovaj način izgubio život. Lekari su dali objašnjenje da je došlo do ogromnog električnog pražnjenja koje je prosto zapalilo ovog čoveka.

Opet je Miki preneo sliku umirućeg čoveka svim svojim neprijateljima. Većina njih je bila u nekom poslu, neki su razgovarali sa svojim podređenima dok je Genni pio večernji čaj sa Rinom. Svi su imali istu reakciju kada im je Miki predavao sliku čoveka kojeg je ubio. Ni oni, ni bilo ko drugi, nije mogao da ga poveže sa ovim događajem, samo je Genni znao, odnosno, bio je siguran da iza ovih ubistava stoji Miki. Svi su se ukočili prestavši da rade ili razgovaraju, dok im se pred očima otvarala slika čoveka koji gori dok se po njemu sliva voda. Opet se u očima ogledao panični strah i želja da pobegnu negde gde se neće suočavati sa ovakvim grozotama. Genni je posle prvog šoka vrisnuo prosuvši celu šolju čaja po sebi. Ruke i celo telo su mu drhtali kao da ga je neko uključio u trofaznu struju. Uzalud je Rina pokušavala da ga smiri. Uzaludan je bio trud svih telohranitelja koji su uleteli u sobu pokušavajući da pomognu. Na kraju je došao doktor koji mu je dao injekciju. Dejstvo je bilo trenutno, pa mu je doktor u tom stanju očistio i previo opekotine izazvane prolivanjem čaja. Ništa od toga on nije osetio jer je pre nekoliko minuta utonuo u san. Pre nego što je doktor stigao telefon je par puta zvonio, ali ga niko nije čuo i nije podigao slušalicu. Sada, kada je zaspao i kada se sve primirilo, njegovo zvono je odjeknulo kao da je neko bacio bombu. Javila se Rina. Sa druge strane se čuo preplašeni Ismailov glas: "Rina, možeš li mi dati Gennija?" "Smajli, njemu se desilo nešto što ne umem da opišem!" "Molim te, probaj da opišeš!" Rina, uznemirena, otpoče priču: "Posle radnog dana smo seli da popijemo čaj pre nego što večeramo. Razgovarali smo o nebitnim stvarima kada je on naglo ućutao sa šoljom čaja pred ustima. Nije ga pio. Kao da se odjedanput ukočio. Ili kao da je sanjao neki stravičan san. Trznuo se vrisnuvši i prolivši čaj po sebi. Celo telo mu se treslo od nečeg što je video samo on. Pokušali smo i ja i telohranitelji da ga smirimo, ali nismo uspeli dok nije reagovao doktor davši mu injekciju za smirenje. Sada spava."

„Opet nam se desilo da smo obojica sanjali isti san. Prošli put je to bilo o noću, a sada smo sanjali budni." "Smajli, o čemu pričaš?" "Da Rina. Dogovorili smo se da od Mikija otmemo sveske sa njegovim moćima pa nam se, izgleda, on sada sveti." „Vas dvojica ste dve najveće budale na ovom svetu! Ti ne znaš a Genni zna kroz koji pakao je prolazio kada je pokušavao da pobedi tog čudnog čoveka. Uverio se da mu svi telohranitelji, sva državna bezbednost i sva vojska Kazahstana ne mogu pomoći kada ga je on napadao. Mora da ste se udružili bez mog znanja i da ste pokušali da ga pobedite pa je on rešio da vam se osveti." „Tako je Rina. Sve si pogodila." "Neću ništa da obećam, ali ću pokušati da stupim s njim u kontakt i da ga zamolim da vas ostavi na miru. Ako budem bilo šta uspela, javiću ti."

Prekinula je vezu i posle nekoliko minuta razmišljanja, kako da sa njim razgovara, pozvala Mikija. Javio se. "Dobro veče, Miki" – zazvučao je ljubazno njen glas. "Dobar dan" – odgovorio je hladno. "Miki, Rina ovde." „Znam Rina. Znam i zašto me zoveš ali ti mogu reći da je za sve kasno. Ubili su mi majku i sada moraju svi biti kažnjeni. Ne možeš im pomoći. Ako ćeš me poslušati, posavetovao bih te da uzmeš kod Gennija zlatan ključ koji on nosi kao privezak oko vrata i sa njim otključaj sve prostorije u njegovom podrumu. Doći ćeš do vrata iza kojih se nalazi sef. I vrata, kao i sef se otvaraju istim ključem. U tom sefu se nalazi više od petsto miliona evra. Nemoj sve da ukradeš, ali uzmi koliko ti treba da bi obezbedila svoj život. Opet sve zaključaj i vrati ključ Genniju. Kada budu pregledali kuću da ne posumnjaju da si ti pljačkala njegov sef. To je jedino što ti mogu pomoći. Zbogom Rina i ne greši." „Zbogom Miki. Još jednom ti hvala na svemu."

Prekinula je vezu i odmah otrčala kod Genija u sobu. Skinula je i ključ i zlatni lanac. Otpustila je sve telohranitelje iz kuće, zahtevajući od jednog da joj pred samim vratima parkira džip koji je ona vozila. Onda je i njega otpustila. Posle se zaputila kod posluge i sve otpustila za tu noć. Svi su jedva dočekali da odu. Za petnaest minuta je cela kuća bila prazna. Uzela je ogromnu torbu, otključala sve podrumske prostorije i na kraju otvorila vrata sefa. Nikada u svom životu nije videla toliko novca. Napunila je torbu do vrha. Kada je htela da krene, videla je da ne može ni da je pomeri. Skoro pola novca je izbacila pa opet pokušala. Ni sada nije mogla da je nosi ali je uspela da je vuče. Zaboravila je da je u ostavi ostao samo jedan radnik koji je dopremao namirnice. Nameravala je da sama postavi hranu koju su drugi pripremili ako se Genni bude oporavio te noći i ako bude tražio da jede. Bila je zadovoljna što u kući nikog nema ko bi mogao videti šta radi dok Genni bespomoćno leži u sobi. Dovukla je torbu do ulaznih vrata, kada je dostavljač hrane primetio. Video je da nešto radi u potaji pa se i on pritajio posmatrajući je. S teškom mukom je torbu napunjenu novcem uspela da ubaci u džip. Nemoguće je bilo živeti uz Gennija a ne postati pohlepan kao on! Tako je i ona, u svojoj pohlepi, želela što vise novca da prisvoji. Zaboravila je da joj je Miki rekao da uzme samo potrebnu količinu i da sve vrati na svoje mesto. Uzela je još jednu torbu i pošla istim putem ka podrumu i ka tajnom sefu. Za njom je, veoma oprezno, išao dostavljač hrane. Pogledala je ogromnu količinu novca pred kojim se našla a koliko mali deo je uzela, rešila je da ponese sve i da se vrati sa još jednom torbom. Čula je šum i naglo se okrenula. Videla je čoveka kako zabezeknuto gleda u nju i u novac. Svest je registrovala da postoji svedok njene krađe. Htela je da vikne, da ga otera, da se nikada više ne vrati na posao, ali ju je parališući bol kroz grudi zaustavio u toj nameri. Pala je krkljajući na pod i ostala širom otvorenih staklastih očiju. Video je da je mrtva. Prišao je, uzeo dva svežnja novca i otišao ne ostavljajući za sobom nikakav trag. Njemu je i ova količina novca bila previše. Postaće bogat čovek.

Sve je to Miki video dok je sa duhom došao u posetu Genniju. Injekcije za smirenje su moćno sredstvo ali ni one nisu dovoljno jake da bi uspavale čoveka ako duh želi da on bude budan. Genni se probudio ugledavši svetlost koja je obasjavala anđela sa plamenim mačem.

„Ko si ti?"– ustao je bez straha. Opijum iz injekcija je još delovao, pa Genni nije osećao strah. Nateraće ga i da oseti strah i da se sto puta pokaje za sve grehe što je počinio. „Ja sam anđeo."

Nije ga upitao šta želi, nego po metodama gangstera i mafijaša: – Ko te je poslao. Anđeo je polako prilazio. Želeo je da ga što bolje vidi, da se u njegovoj svesti pojavi strah, da bude svestan svega. Sa obe ruke je dohvatio dršku plamenog mača i sa njim mahnuo ispred. Stotine hiljada svetlećih iskrica su osvetlile prostor i pravac kuda je proletela oštrica. Sada je efekat bio potpun. Strah je preplavio Gennija, kroz svaku poru je izbijao znoj. U panici, kupao se u sopstvenom znoju. „Dolazim po naređenju Svevišnjeg"– kao da je čuo glas koji je dolazio sa onoga sveta."A zašto si došao?"– sada je čuo svoj glas koji je od straha podrhtavao."Došao sam po njegovom naređenju da ti oduzmem život"– krenuo je ka njemu dva koraka.

„Stani…" bespomoćno je pružio ruke kao da će se njima zaštititi. Činilo mu se da je težak nekoliko tona i da se jedva pomera, ali je želja za životom bila ogromna pa je i taj teret savlađivao samo da se izvuče iz ove situacije."Stani…" Anđeo je zastao."Ja sam premijer Kazahstana."„To znam, ali te to neće zaštititi." „Stani…" opet je povikao kada mu je Anđeo prišao još jedan korak."Ja sam mnogo bogat čovek. Daću ti polovinu svog bogatstva." „U carstvu Svevišnjeg nema para. Najbogatiji i najsrećniji su oni kojima se otvore vrata tog carstva"– odgovorio je anđeo prišavši još jedan korak. „Stani… Daću ti svo moje bogatstvo samo me pusti da živim"–nastavljao je da se pogađa.

Većinu svog života, od kad je prevario svog najboljeg druga i na taj način se obogatio, za njega je novac bio nešto najvrednije. Skupljao ga je varajući prijatelje, poslovne saradnike i sve oko sebe. Mislio je da sa novcem može sve. Ovog trenutka, pred Božjim izvršiteljem, shvatio je da je raznim prevarama i mahinacijama stekao bogatstvo ali je ujedno izgubio dušu. A dušu nije mogao otkupiti ni sa kakvim novcem. Obličje anđela koje je Miki uzeo, imalo je za cilj da ovom čoveku upravo to pokaže i da ga natera na samrtnom času da uvidi koliko je grešio. A onda se kao lik anđela nasmejao jer je shvatio da ovaj čovek može izgubiti život, i to će mu lakše pasti, nego da izgubi bogatstvo. Zato mu je rekao:

„Ako nudiš bogatstvo koje se nalazi sakriveno u podrumu a koje si zaključavao zlatnim ključem, onda ti mogu reći da ključa više nemaš i da su tvoje blago već počeli da raznose."

Njegovo lice bez kapi krvi, dodatno je pobledelo kada je ustanovio da nema ključa oko vrata. Ustao je snagom očajnika i posrćući pošao ka podrumu. Sve bilo otvoreno a on je hropćući nastavljao dalje. I zadnja vrata su bila otvorena, kao i sef gde se videlo da je neko uzimao pare. Tek tada je video Rinu da leži ispred sefa. Nije znao da je mrtva jer njegov mozak nije mogao to da registruje.

„Udaviću te zmijo! bacio se na nju i počeo da je davi. Tada je osetio da ga je neki oštar topao bol probo ispod plećke. Malo je pomerio glavu i video anđela iza sebe. Toplina se razlivala gušeći život u njemu a on je znao da potiče od anđelovog mača koji je zaboden u njegova leđa. Takvu mu je viziju Miki projektovao u svesti. Odjednom mu je sve bilo lepo, prvi put je osetio ogromno rasterećenje u svojoj duši. Umro je pored žene koja ga je celog života sluzila. Prevario je sve sa kojima je sarađivao a ona je uspela da prevari njega. Izgledalo je kao da su u smrt pošli zagrljeni.

Duhovno se vrativši kući, Miki je ušao u svoje telo. Posle je, sa mobilnog telefona, koji je, dok je šetao sa Aksanom kupio za ovu priliku, pozvao nekoliko novinskih agencija u Almati i objasnio im da što pre pošalju reportere pred premijerovu kuću jer je on mrtav. Nisu mu poverovali, ali je on rekao da je i drugim agencijama dao istu vest i da njihovi reporteri već žure u tom pravcu. Tako su bile obaveštene najpoznatije novinske agencije i svi reporteri su žurili da bi među prvima zabeležili najinteresantnije detalje. Telohranitelji koji su bili zaduženi za spoljni deo kuće, koje Rina nije otpustila, ugledavši toliku grupu novinara koji su tvrdili da su dobili vest da je premijer mrtav, prvo pozvaše njega a onda šefa obezbeđenja. Posle nekoliko minuta, videvši da se u kući ništa ne dešava i da bezuspešno pokušava da dobije ili Gennija ili Rinu, šef obezbeđenja pozva službu državne bezbednosti. Sačekao ih je pred glavnom kapijom. Obazrivo su ušli znajući u kakvom je Genni stanju. Opštu gužvu je iskoristio dobavljač hrane da se neopaženo izvuče dok su se novinari provlačili pored organa službe državne bezbednosti i foto aparatima beležili svaku sitnicu u premijerovoj kući. Računali su da je ovo lažna vest, da će svakog trenutka premijer iskrsnuti i oterati dosadne reportere. Kada su videli da se ne nalaze u sobi, pripadnici službe državne bezbednosti su nastavili da ih traže po kući. Neki su pošli na sprat dok su neki pošli u podrum. Novinari, ohrabreni što ih niko ne zaustavlja, pratili su pripadnike službe bezbednosti i neprestano slikali. Kod otvorenih podrumskih vrata su prvo ugledali noge. Hiljade snimaka u jednoj minuti! Pomerali su se da leševi budu što vidljiviji a obezbeđenje je bezuspešno pokušavalo da ih udalji sa mesta događaja. Ugledavši tela, novinari su odmah videli sef sa ogromnom količinom novca. Bezbroj fotografija u foto aparatima reportera zabeležili su senzaciju. Želeli su da što pre ds objave reportaže znajući da će se novine prodavati kao lude. Svima su oči zacaklile od pohlepe. Svi su žalili što nisu stigli par minuta pre ostalih.

Pozvan je predsednik države pa tek kada je on došao, pozvali su specijalne jedinice, forenzičare i policiju.

Sutradan su sve novine pisale da je premijerova kućna pomoćnica i ujedno njegova osoba od najvećeg poverenja, videvši da se on ne oseća najbolje, iskoristila situaciju i pokušala da ga opljačka. Premijer je uhvatio na delu i tu su oboje izgubili živote. Nisu previše objašnjavali kako se sve desilo, jer ni oni nisu znali. Pretpostavljali su da je Rina, videvši da je on bolestan, pošla u podrum da ga opljačka. On se tada probudio od injekcije za umirenje koju je dobio, pa je, videvši da mu nema zlatnog lanca i ključa za otključavanje tajnog sefa, pošao ka podrumu. Uhvativši je na delu kako ga pljačka, krenuo je da je golim rukama zadavi. Ona je, od ogromnog straha, doživela infarkt i umrla. Videvši da je ubio ženu sa kojom je delio sve u životu i on se prekomerno uzbudio. Njegovo stanje napetosti, koje je prethodno imao i uzbuđenje koje je sada doživeo, rezultirali su da je i on doživeo infarkt. Lekarski nalazi su pokazali da mu je srce puklo od prevelike napetosti i uzbuđenja. Tako se taj slučaj završio za policiju i vlast.

44.

Uzalud je Ismail očekivao da mu se Rina javi. Te noći je jedva zaspao. Ništa se nije dešavalo. Sutradan je opet pozvao prijatelja da bi se dogovorili šta da preduzmu. Javio se nepoznati glas. Kada je zatražio Gennija, nepoznati glas mu je objasnio da su i on i Rina mrtvi a da pojedinosti ne zna da objasni. Spustio je slušalicu. Nije mogao da obuzda strah koji se tog trenutka uvukao u njegovu dušu. Opet su Rinine reči odjeknule kroz njegovu svest. "Vas dvojica ste dve najveće budale na ovom svetu."

Da li je moguće da je taj čovek toliko jak? Verovatno je on ubio i Rinu i Gennija – rojilo se milion misli i milion pitanja u njegovoj glavi a on nije znao odgovore. Ni sam nije znao šta će dalje. Da je Genni živ, sa njim bi rešavao ovaj problem, a ovako je ostao sam. Sledio se na pomisao šta ako taj Miki i njega odluči da ubije.

„Polako... Polako..." smirivao je sebe. "Došao sam do zaključka da je u ovoj situaciji ili on ili ja. Možda je on moćan u nekim stvarima, ali nije moćan da zaustavi metak koji je ispaljen iz zasede. Da. Moraće ovaj put da pošalje profesionalne ubice koji će imati zadatak da ga ubiju a ne da ga štede da bi od njega saznali tajne. Brza likvidacija će učiniti kraj njegovim mukama. Svi podaci o njemu, koje su mu doneli njegovi i Genijevi ljudi, će mu sada dobro doći. Ulica, broj, komšiluk i sve ostalo. Sve će to dati novim vesnicima smrti. Odmah je reagovao pozvavši neke svoje poznanike za koje je znao da se bave tim poslom. "Neka košta koliko košta, bitno je da se ovaj zadatak završi. Na kraju krajeva, život je najvažniji a za sve ostalo je lako" razmišljao je dok je telefon zvonio na drugoj strani.

45.

Opet su se okupili u raskošnoj vili Hejnriha Kola. Svi su bili zabrinuti. Helmut Klum se raspitao kod svojih kolega da li je moguće da tri osobe u isto vreme sanjaju isti san? Doktori, psiholozi i psihijatri su rekli da se to do sada nije desilo ali da postoji verovatnoća i da je moguće. Kada je sutradan istim stručnjacima objasnio da se istoj trojici ponovo desilo snojavljenje, svi su se složili da neko vrši projekciju na njihovu svest."Da li postoji mogućnost da se od toga zaštite?"upitao ih je. „Za sada, na tom polju nauke još je mnogo nepoznanica, tako da ne znamo odgovor na to pitanje."

Odgovor kolega i prijatelja sa posla, prenosio je prijateljima iz organizacije."Nešto mi pade na pamet"obrati im se je Peter Zigmund. "Imam jednog prijatelja iz Indije. On mi je često govorio o nekom rođaku koji je nešto poput šamana ili fakira. Nikada ga nisam slušao sa puno pažnje i nikada nisam pridavao važnost njegovim rečima. Znam samo da mi je pričao da taj njegov rođak svojim duhom može otići na kraj sveta, tamo videti šta se radi i za nekoliko minuta se opet vratiti na mesto gde je ostavio svoje telo.

„Da nije situacija kakva jeste, ja bih se prvi nasmejao na ovo"–rekao je Hejnrih Kol. S obzirom da nam se dešava nešto što medicina ne može objasniti i što niko od nas ne može shvatiti, možda ne bi bilo loše da nas tvoj prijatelj poveže sa tim fakirom. Helmute, šta Vi mislite o tome?" „Ni ja nemam reči objašnjenja pa mislim da bi bilo korisno pokušati sa tim čovekom. Medicina je dosta uznapredovala, ali postoje kod nekih ljudi problemi koje babe bajanjem mnogo uspešnije reše nego što će rešiti najučeniji doktori. Moramo priznati da na svetu postoji još mnogo, mnogo nepoznanica koje, iako ne želimo da priznamo, ne umemo da rešimo. Verovatno smo naišli na jednu takvu nepoznanicu i zato nam je neophodan čovek koji se u to razume. Slažem se sa Vama i mislim da bi Peter odmah trebalo da kontaktira svog prijatelja."

Pre nego što je u potpunosti Helmut izgovorio celu rečenicu, Peter je dohvatio telefon. Preturao je po imeniku dok nije našao željenu osobu. "Da" – čuo se glas sa druge strane. "Prijatelju Magdiš, da li ste to Vi?" "O, o, o, Peter. Nisam video ko me je pozvao. Gde si prijatelju moj?" "Magdiš, ovde sam kod mojih prijatelja i poslovnih saradnika pa sa njima pričam o jednom veoma čudnom događaju. Zapravo, tri osobe su u jednoj noći sanjale isti san. Doktori, psiholozi i psihijatri su rekli da se to dosad nije desilo a kada su im rekli da se toj istoj trojici desilo sutra tokom dana da imaju isto snojavljenje iako su budni, onda su oni odgovorili da neko vrši projekciju slika u njihovoj svesti. Niko ne zna ništa bliže da im objasni, pa sam se ja setio onog Vašeg rođaka o kojem ste mi često pričali. Da li postoji mogućnost da nas sa njim nekako povežete?"

Sa druge strane tišina kao da se veza prekinula. "Magdiš!" – povikao je Peter. "Tu sam, tu sam. Razmišljam kako bih stupio u kontakt sa njim."

Njegovo razmišljanje je zapravo bila računica koliko će novca uzeti od ovog, nazovi prijatelja. Ujedno će svom rođaku Fakiru Sudraku opet napraviti uslugu i od njega, za pogođeni posao, dobiti procenat. Predložio da dođu po njega a on će pokušati da ga nađe. Ako ga ne nađe, onda će svuda ostaviti poruke da ga potraže pa će ga pozvati drugi dan. Složili su se i Peter je odmah otišao da ga uzme.

„Traže ga na sve strane pa ne znam da li ću ga odmah naći" – objašnjavao im je on kada je stigao. "Nemojte da mislite da su njegove usluge jeftine. Zamoliću ga da uradi to jevtinije zbog mene – govorio im je, a sa druge strane razmišljao koju cenu da im kaže. Svestan da niko od njih ne zna hindu jezik, znao je da će morati da ga angažuju kao prevodioca. Odlučio je da iskoristi šansu da prvo pozove nekoliko rođaka, da se sa njima lepo ispriča, dok će oni misliti da traži fakira. Pričao je po nekoliko puta menjajući brojeve. Tek posle šezdesetak minuta, kada se sa svima ispričao, uspeo je da pronađe željenu osobu. Bilo je tu osmeha, sreće i bezbroj reči koje niko od njih nije razumeo. Na kraju ih je upitao šta žele od njega.

Rekli su da mu objasni da su se dva sna svoj trojici desila u roku od dva dana. Opet je on nešto govorio na hindu jeziku, a onda su sačekali oko pola minuta i dobili odgovor: "Osoba koja je duhovno mnogo jača od njih projektuje u njihovoj svesti slike kojima hoće da ih uznemiri i unese paniku." Polako je Magdiš prevodio reči koje su dolazile sa drugog kontinenta. Sva trojica su malo pobedela. Ove reči se dosta slične mišljenju psihologa i psihijatara. To ih je nateralo da mu poveruju.

„Da li on može da zaustavi projekciju slika u njihovoj svesti?" – upitali su ga sa nadom da će on, s obzirom da je fakir, uspeti to da uradi. Opet reči na hindu i opet čekanje. „Mogu to da uradim"– odgovorio je. Magdiš je to preveo a na njihovim licima se momentalno primetilo olakšanje.

„Pitaj da li žele da im samo zaustavim slike ili hoće da uništim tog čoveka koji im stvara probleme?" Od ovog pitanja njihova lica su zasijala od sreće. Peter se još nečega dosetio:"Pre nego što odgovorimo na to pitanje, ja bih još nešto da upitam Vašeg prijatelja. Mnogo puta ste mi pričali da on može da ode na kraj sveta sa svojim duhom, da vidi šta se tamo radi, pa da se posle par minuta vrati u svoje telo."„To znam da može"„– odgovorio je Magdiš. „Da li može, sa njegovim duhom, od jednog našeg protivnika da uzme neke sveske koje nas interesuju?"

Opet ista procedura. Magdiš mu je postavio i drugo pitanje."Nisu mi odgovorili na prethodno pitanje"– došao je odgovor sa druge strane." Moraćete da idete po redu, a ne da me zatrpavate pitanjima." „Koliko bi koštalo da skloni projekciju snova a koliko da uništi tog čoveka?"– opet je Peter govorio za svu trojicu. Sada je išao redosledom i postavljao konkretna pitanja. „Sa duhom se ne može uzeti materija. Sveska je materija. Ali mogu preneti sadržaj koji se nalazi u svesci"– došao je odgovor na sledeće pitanje.

Krv je jurnula u njihova lica. To nije ostalo nezapaženo Magdišu.

Ovakav čovek im je hitno potreban. Potrošili su preko pedeset hiljada evra a nisu imali nikakve rezultate. Samo su sebi stvorili dodatnu glavobolju jer su im se, pored problema neuspele misije, počele pojavljivati slike umirućih osoba koje oni nisu poznavali. Osećali su da im na taj način neko nešto poručuje, ali nisu znali šta. Opet su se uverili da je ovo polje o kojem medicina ima malo saznanja. Sva trojica su sve nade polagala u čoveka koji treba da reši ovaj nepoznati zadatak koji je pred njima. Još ako uspe da prenese sadržaj svezaka koje su se nalazile kod Sergeja, onda nema novca koji mu neće platiti!

„Ako hoće samo da im zaustavim projekciju slika, onda će ih koštati deset hiljada, a ako hoće da uništim tog čoveka, koštaće ih deset puta skuplje." Magdiš je znao je da njegov rođak iz Indije ima fantastične moći i da ovo neće biti prvi put da ovako nešto uradi, a znao je i da njegovi prijatelji imaju dosta novca, što se videlo po njihovim kućama i automobilima, pa je cifru koju je Sudrak pomenuo udvostručio.

„A koliko bi tražio da nam prenese sadržaj svezaka?"Ovaj put su sva trojica bila napeta kao zapeta puška. To je Magdiš primetio pa je još nešto dodatno rekao na hindu jeziku. Čekali su dobra tri minuta na odgovor."Kaže da slova i brojevi nisu kao naši i da će mu to biti najteže."

Stari lisac je postizao ono što je želeo. Dodatno mu je rekao da kaže cenu posle dva i po do tri minuta. Rođak im je rekao da će ih to koštati dodatnih pet hiljada evra ali je on primetio da ih to najviše interesuje i da je sva frka nastala zbog toga, pa je rekao cenu koja se i njemu učinila da je previsoka. Mislio je

- ako ne pristanu da će on opet progovoriti par rečenica sa svojim rođakom i onda spustiti cenu. Ispašće kao da ga je molio da zbog njega bude jeftinije.„I za tu uslugu traži sto hiljada" na kraju progovori.

Kao da su im lica zasijala od sreće. Da li je moguće da se prevario? Te sveske verovatno vrede mnogo, mnogo više kada su oni pristali bez cenkanja toliko da plate. Iskoristio je ovu priliku da što više zaradi. Rođaku će reći pravu cenu za koju se dogovorio sa njima, ali će uslugu prevodioca naplatiti.. Iz ranijih iskustava je znao da će ovakvu sumu njegov rođak sa njim podeliti na pola.

„Pitaj ga kada može da dođe?" Opet reči na hindu. Dok su čekali odgovor, on se obratio Peteru: "Prijatelju moj, odmah sam Vas obavestio da njegove usluge nisu jeftine, ali Vas uveravam da su efikasne."„I sami smo se uverili kada je potvrdio reči psihologa i psihijatra i kada je pomenuo sveske, i da su u njima slova i brojevi."

„Drago mi je što ste se uverili u njegove moći i drago mi je što će vam pomoći, ali moram da vas zamolim da me shvatite da ni meni ovde nije lako, da jedva sastavljam kraj sa krajem pa vas molim da mi ne zamerite što ću vam naplatiti moje usluge prevodioca."

„Mogu sutra poći ako mi obezbedite kartu" – stigao je odgovor koji je Magdiš, zanesen pogodbom, jedva čuo. "Recite mu neka nam pošalje podatke, broj pasoša i za sutra će mu biti obezbeđena karta."

Čekajući da on uzme pasoš, da im kaže podatke, nastavili su razgovor:"Koliko će nas koštati Vaše usluge Magdiš?"„Ne znam koliko dana će se on zadržati ovde ali ću Vam biti na usluzi ma koliko on ostao, za tri hiljade evra" Pristali su bez ikakvog cenkanja. Znao je on da se njegov rođak zadržava samo tri dana ali je hteo da zaradi što više. Zato je opet ponovio:"Nemojte sutra da se ljutite na mene ako on ostane samo deset ili možda još manje dana od toga, pa da bude da ste mi nepotrebno dali tolike pare." „Magdiš, prijatelju moj, ako tvoj rođak uradi sve kao što smo se dogovorili, i Vama i njemu sleduje dodatna nagrada."

Već sutradan posle podne kod njih će stići najbolji saveznik i najjače pojačanje.

Odvezli su Magdiša i pošli svojim kućama. Uživali su u trijumfu koji još nisu postigli. Čekalo ih je još jedno iznenađenje i još jedna besana noć dok njihov prijatelj stigne.

Niko od njih trojice se nije mogao zakleti da je potpuno zaspao, ali nisu bili ni potpuno budni kada im je pred očima iskrsla slika nekog čoveka i žene kako mrtvi leže dok se iza njih videla ogromna količina novca. Odmah su se rasanili i odmah pozvali jedan drugog. Nisu poznavali ni čoveka ni ženu ali su videli sef pa su poželeli da cela sadržina bude njihova. Ni ovog puta nisu znali šta im je poručeno ovim snojavljenjem, pa su pokušali bar malo da se primire i odspavaju do jutra. Nekako su uspeli, ali su im snovi bili površni i isprekidani.

Isto snojavljenje je Miki usmerio ostalim neprijateljima. Svi su se uplašili iako nisu znali ubijene, a Ismail je zamalo doživeo nervni slom. Poznao je svog dugogodišnjeg prijatelja i saradnika kao i njegovu ljubavnicu. Tek ovog trenutka mu se učinilo da je izgubio najboljeg i najvernijeg prijatelja, a dobro je znao da ih povezuju samo zajedničke prevare i pljačke. Dugo su sarađivali, a istovremeno jedan o drugom prikupljali što je moguće više dokaza o zlodelima. Kada bi neko od njih želeo da prekine saradnju, odmah bi drugi upotrebio ucenu i saradnja bi bila nastavljena. Nikada do sada nisu imali većih pehova. Imali su veliki broj prijatelja u samom vrhu vlasti i uspevali su sva zlodela brzo da zataškaju. Sada će izaći na videlo mnoge stvari koje je Genni uradio. Njegovi politički protivnici će odmah postaviti pitanje odakle mu onoliki novac. Da. Stvarno. Odakle mu onoliki novac?

Znao je da ima fabriku za proizvodnju alkoholnih pića ali nikada ne bi pomislio da je uspeo onoliko da uštedi. Sada mu je sve uzalud. Poželeo je tog trenutka da pozove i da utvrdi da li su plaćenici krenuli da izvrše krvavi zadatak, ali se uzdržao. Za par sati će svanuti, pa će sve saznati. Popio je neku tabletu i opet zaspao. Jedva ga je probudio telefon. Veza je javljala da su plaćenici pošli i da na određeni račun uplati dogovorenu sumu. Pozvao je čoveka zaduženog za finansije, naredio mu da uplati sumu na dogovoreni račun i nastavio da spava.

46.

Ka Mikiju su krenula četvorica. Bili su najuigraniji i najspretniji tim ubica na celom svetu. Nisu prezali da izvrše ubistvo najuticajnijih ljudi neke države samo ako su dobro plaćeni. Njihova moć je bila u njihovoj slozi. Niko nije mogao da utiče na njih i da među njima stvori svađu i razdor, a ni jedan zadatak nisu prihvatali ako nisu učestvovala sva četvorica.

Nagrada za dobro obavljen zadatak je bila astronomska a njihova žrtva će biti neki seljak koji se bavi bioenergijom. Sve će biti obavljeno u nekom selu gde nema gužve, tako da nisu strahovali da će ih neko videti. Biće to dečija igra jer će zadatak izvršiti tako što ih ni on neće videti. Jadni bioenergetičar neće znati šta ga je snašlo a već će biti mrtav.

U Beogradu ih je čekala veza koja im je obezbedila oružje, džip, slike osobe koju će likvidirati, slike kuće gde živi, slike kuće gde radi i sve ostalo što im je bilo potrebno. Dobili su i specijalne lažne dozvole ako ih slučajno policija zaustavi da pokažu da su vladini činovnici i da ih bez reči ispitivanja propuste dalje. Posmatrajući fotografije, odlučiše da egzekuciju obave u kući gde žrtva radi. Sa obe strane kuće su brda, pa su odlučili da se po dvojica smeste sa jedne i druge strane i ispale po par metaka u nemoćnu žrtvu. Dobivši sve što im je potrebno i dogovorivši se kako će dalje, nastaviše putovanje.

47.

Miki je znao je da mu se ove noći približavaju četvorica Ismailovih ljudi i da sutradan planiraju napad na njega.

Dok oni ne stignu, on je rešio da te noći kazni neke od ubica iz američke mafije. Saznao je da su dvojica koja su poginula pred njegovom kapijom iz njihove organizacije. Hteo je da pokaže američkim moćnicima da su i oni veoma ranjivi. Vozili su džipove. Nisu se plašili policije jer su znali da su zaštićeni. Svaki policajac je znao da oni koji se voze u tim džipovima pokazuju svoju moć, imaju veze do samog državnog vrha i da ih zato ne smeju ni pogledati, a kamo li zaustaviti. Tako su i ove noći divljali u svojoj razularenosti. Usmerio je svest na vozače jednog i drugog džipa. Gradskom ulicom, gde je ograničenje šezdeset, oni su razvili brzinu od sto dvadeset. Bili su po četvorica u džipu. Išli su jedni prema drugima. Preticali su automobile koji su se pridržavali ograničenja. Na tom delu puta nije bilo drugih automobila i oni su, baš kada je trebalo da se mimoiđu, naglo skrenuli jedni prema drugima i u toj brzini napravili direktan udes. Gume nisu zaškripale ali su točkovi, polomljeno staklo i nagnječeni lim sa delovima ljudskog tela poleteli na sve strane. Telo nemoćno da se odupre sili ubrzanja, kada odjednom bude zaustavljeno, puca kao jaje koje se sa velike visine baci na beton. Koža je u ovoj situaciji donekle zadržala formu tela, ali se kod mnogih nije moglo prepoznati šta je šta ili ko je ko.

Opet je svojim neprijateljima projektovao slike u svesti. Normalna reakcija ljudske svesti je da na prikazivanje strašnih prizora telo uzdrhti. Svi koji su videli ovaj prizor su bili uznemireni, ali je najviše Džon Vest, Slim Rasel i Frenk Fišer koji su među poginulima prepoznali svoje ljude. U svesti su videli sve, kao da je najspretniji kamerman snimio saobraćajnu nesreću, pa su, pre nego što se sve desilo videli svoje ljude jer ih posle nisu mogli prepoznati. Koji ih je vrag terao da tako brzo voze i da tako naglo skrenu jedni prema drugima? – nisu znali odgovor na to pitanje kada su se pola sata kasnije sastali. Nisu znali da se njihovi ljudi nisu ništa pitali, da nisu svojevoljno to uradili nego su naterani da naprave takav udes.

Iako se sav stresao u svom snojavljenju, na Sergejevom licu se pojavio osmeh zadovoljstva kada je, probudivši se, shvatio da se radi o protivničkoj ekipi.

48.

Ovo snojavljenje je Miki izostavio da prikaže Ismailu. Njemu će sutra uveče prikazati mrtve ljude koje je on unajmio. Dosta umoran od napornog rada, legao je da se malo odmori. San donosi odmor i energiju. I odmor i energija će mu biti potrebni jer je osećao da su ubice u njegovoj blizini.

Da bi zavarali trag, oni su otišli na Goč i tamo uzeli smeštaj. Želeli su par sati da se odmore, posle odmora da izvide teren pa tek onda da napadnu. Kada su krenuli sa Goča, zašli su nekom malo prohodnom stazom udaljivši se od glavnog puta. Obukli su uniforme lovaca i sa puškama izašli iz džipa. Ako bi neko slučajno obratio pažnju na njih, izgledalo bi da neki bogataši uživaju u lovu. A oni su izašli da bi proverili preciznost svojih pušaka. Nisu hteli ništa da prepuste slučaju. Jeste da im je veza objasnila da je oružje vrhunsko, ali oni nisu hteli da reskiraju. Nisu mogli dozvoliti sebi da posle prvog ispaljenog hica koji će promašiti, žrtva bude opomenuta i na taj način da zakomplikuju svoj zadatak. Morali su biti sto posto sigurni u preciznost svog oružja. Navili su prigušivače na cevi svog oružja a onda su pošli na četiri različite strane ponevši u rukama mete. Mete su bile od kartona slične konturama ljudskog tela. Udaljili su se oko sto metara jedan od drugog a onda su ispalili po nekoliko metaka iz oružja koje su prvi put uzeli u ruke. Puška M16, ponos američkog naoružanja, je i ovoga puta pokazala svoju preciznost. Meci ispaljeni iz svih pušaka su pogodili metu u predelu srca. Odlično oružje u rukama odličnih strelaca! Videlo se da su uigrana ekipa i da su došli do savršenstva. Udaljili su se još po pedeset metara i opet ponovili isto. Opet su pogodili kao da se nisu pomerali. Još jedna proba na daljini od dvesta metara je dala potpuno iste rezultate. Bili su i više nego zadovoljni jer im je oružje odlično funkcionisalo. Vratili su se jedan ka drugom sa puškama na ramenima i metama u rukama. Onda su karton usitnili i zapalili. Nisu želeli da za njima ostaje neki trag. Sišli su sa planine i pošli u pravcu Mikijeve vikendice. Napraviće par krugova, dok će jedan od njih sa kamerom snimati predeo gde se mogu sakriti. Snimili su neveliku kuću, kombinaciju cigle i drveta, ispred koje se nalazilo desetak ljudi. Nekolicina njih je sedela na krevetu i stolicama, dok su ostali sedeli na klupama ispred kuće. Svi su čekali na svoj red da budu primljeni i izmasirani. Niko od njih nije posumnjao da su četiri čoveka, koji su prošli nedaleko od njih u skupom džipu, osobe koje ne bi prezale da i njih poubijaju samo da dođu do svog cilja. To je znao samo Miki koji je osetio njihovu blizinu i malo zastao sa masažama. Obišli su okolo i pošli ne asfaltiranim putem koji je vodio sa gornje strane kuće. Na toj strani je bilo dosta drveća kroz koje je prolazio put, dok se od drveća do kuće prostirala livada. I sa druge strane se priroda postarala da usred livade bude mladih bagremova. Idealno mesto gde se može postaviti zaseda. Obilazeći krug, dogovoriše se da će se dvojica prišunjati do mlade bagremove šumice, tu zauzeti busiju i odatle otvoriti vatru. Druga dvojica će biti sa desne strane kućice. Videće jedni druge pa će i rukom moći da daju signal kada da otpočnu paljbu. Ipak su odlučili da to urade kao i do sada. Izdaće naređenje za paljbu a bubice će to preneti do ušiju njihovih prijatelja. Nisu želeli da ih neka nesmotrena kretnja koju će napraviti a koju će žrtva videti, oda i da na taj način sve upropaste. Sve je bilo dogovoreno između njih, samo su čekali pogodan trenutak.

Mikiju su čitavog dana pacijenti dolazili na masaže. Ostavio je pauzu od jednog sata da bi mogao, kada mu žena donese ručak, da joj ispriča da su plaćenici opet došli da ga ubiju. Uplašila se jer se setila šta su nedavno preživeli. Pomislila je da će opet morati da beže za Crnu Goru. Objasnio joj je da će ga napasti kada bude završio sa masažama. A to će biti kada mrak počne da pada. Tada će biti najmanje svedoka a i njima će biti lako da dođu do mesta koje su izabrali za zasedu, jer ih niko neće videti da se prikradaju. Nije im smetalo i ako ih neko vidi, jer oni neće ostaviti živog svedoka.

„Ne treba da brineš jer su ovoga puta plaćeni da ubiju mene, a ne da mi otimaju sveske ili da povrede nekog od članova moje porodice." Žena kao žena uvek brine za svog muža, pa je predložila :"Da li ja u određeno vreme da obavestim policiju, da im kažem da sam prolazeći tuda i ugledala kako se četiri čoveka šunjaju sa puškama u rukama?"

„Možda ne bi bilo zgoreg da to uradiš. Ja znam da mi oni ne mogu ništa, pa ne bih da uplićem policiju u moj rat. A možda je odlično to što predlažeš. Nateraću ih da pucaju jedni u druge a onda će policija pokupiti preživele. Kada te budem pozvao, tada ćeš ti pozvati policiju. Traži da razgovaraš sa šefom dežurne službe i njemu objasni da su mi nedavno ubili majku i da se sada spremaju da to isto urade meni. Traži od njih da što pre krenu da mi pomognu." Posle dogovora, žena se vratila kući a on je opet nastavio da pomaže ljudima. Sa nestrpljenjem je očekivala njegov poziv. I plaćenici su svoje vreme prekratili uz dobru hranu i piće. Svratili su u etno kuću „Zavičaj" i naručili jagnjetinu ispod sača. Jedan od njih je odlično govorio engleski ali su se konobari dosta slabo snalazili. Brzo se pojavio vlasnik kafane i od njih primio porudžbinu. Kada je pokušao da produži komunikaciju upitavši ih odakle su i kojim povodom su došli u njegovu zemlju, samo su kratko odgovorili da su turisti i da ga ostalo ne interesuje. „Vaš zadatak je da dočekate goste, da ih lepo uslužite i ispratite, a ne da se raspitujete o njihovim namerama." „Izvinite, molim vas"– rekao je vlasnik klanjajući se i odlazeći.

Bio je ponižen od četvorice neznanaca pa je rešio da i on njima napakosti. Napravio je video snimak poslavši ga policiji sa porukom: "Četiri veoma sumnjiva stranca na našoj teritoriji." Želeo je da ih policija malo propusti kroz šake, a desilo se da se dežurni policajac nasmejao pročitavši dospelu poruku.

Posle obilnog ručka su svratili u sledeći restoran. Tu su popili nekoliko pića. Obilazili su okolinu slikajući se i uživajući kao pravi turisti koji su došli u tuđu zemlju da se razonode. Tako im je prošao dan. Sklonili su se od znatiželjnih pogleda, presvukli se u maskirnu uniformu a onda krenuli. Džip su ostavili ispred Jolića kafane a svako od njih je sa sobom poneo kofer koji je bio duplo veći od akt tašne. Došli su do krivine gde se nalazila mlada bagremova šuma. Tu su zastali kao da nešto razgovaraju. Obazrivo su se okretali da vide da li ih neko prati. Uverivši se da nikog nema, dvojica su nečujno ušla u tu šumicu dok su ostala dvojica produžili dalje. Ugledali su još jednog čoveka pred kućom, pretpostavljajući da unutra ima još neko koga je Miki masirao. Tiho su se došaptavali dogovorivši se da ne žure jer imaju dovoljno vremena da se nameste, pa kada on završi masaže i kada pođe kući, da ga likvidiraju. Ako se slučajno čovek koji je ostao na kraju bude vraćao sa njim, onda će i njega ubiti da ne bi ostavili svedoka. Njihove maskirne uniforme su učinile da su se stopili sa prirodom pa bi bilo teško i dobrom posmatraču da ih primeti. Da bi bili što neupadljiviji, po licima su namazali neke boje a na ruke stavili tanke maskirne rukavice koje im nikako ne mogu zasmetati u rukovanju oružjem. Rasklopili su kofere, iz njihove unutrašnjosti izvadili delove i sklapali oružje koje će ubrzo posejati smrt. U predvečernjem sumraku su primetili ženu koja je izašla iz Mikijeve ordinacije, a zatim je čovek, koji je sedeo ispred, ušao unutra.

„Poslednja masaža"– prokomentarisao je jedan od dvojice koji su se nalazili u šumici. "Baš poslednja, jer više nikada neće masirati"–tiho mu je odgovorio kolega koji se nalazio sa druge strane Mikijeve kućice.

Miki je pozvao suprugu objasnivši joj da uskoro završava posao i da je trenutak da alarmira MUP. Nije mu bila potrebna pomoć, ali će na taj način sa sebe skinuti odgovornost zbog njihove pogibije... Kada je čovek izašao iz ordinacije i kada je pošao kući, Miki je usredsredio svoju svest na protivnike. Računali su da je ostao da sredi i počisti ordinaciju posle tolikog broja ljudi koje je izmasirao. Očekivali su svakog trenutka da se pojavi. Da je ptica ne bi imao šanse da odleti a kao čovek kojem meci lete oko glave i pogađaju njegovo telo, nema nikakve šanse.

Miki je na sve protivnike usmerio komandu svesti da im se stvori vizija da ga istovremeno vide i kod jedne i kod druge grupe. Dvojica iz prve grupe će ga videti kod druge grupe dok će ga dvojica iz druge grupe videti kod prve, a za to vreme će on biti u svojoj kućici. Kriminalci su mislili da se sve odvija po planu ne znajući da on u potpunosti uspeva da im prenese svoje vizije. Tada je ugasio svetlo. Par sekundi je prošlo u napetom iščekivanju da se pojavi. Na njihovim puškama su bili fluorescentni snajperi kroz koje su videli kao da je dan. Onda se prvoj grupi, koja je bila u bagremovoj šumici, pričinilo da se provukao na desnu stranu kuće. Trenutno im se izgubio iz vida. Pomislili su da je pošao u poljski wc a onda su ga primetili da se sa strane približava njihovim drugovima, putem koji je bio makadamski. Slična slika se pojavila u svesti druge grupe koja je njegov lik videla kako je, pored tri hrasta koji su se nalazili blizu njegove kuće, skliznuo u potok. Nisu imali vremena da reaguju kada je ušao, ali su očekivali da će izaći na put pa će ga tu smaknuti. Nije ga bilo. Pretpostavili su da će ići niz potok i da će se sa strane približiti njihovim drugovima. Brzo su pomerali puške prateći potok.

Dođavola, kako je uspeo da sazna da su mu postavili zamku! – bile su jedine misli i jedne i druge grupe.

Druga grupa ga je videla kako izleće iz potoka i velikom brzinom se približava prvoj grupi. Nije želeo da obaveste jedni druge o njegovom prisustvu, nego ih je naterao da puškama prate njegov nepostojeći lik. Kod druge grupe je stao uz drvo uz koje je stajao njihov drug a kod prve je izgledalo da se bacio na travu i par puta okrenuo. Zaustavio se ispred bandita koji je nišanio i polako zatezao kažiprst na okidaču. Plaćenici i jedne i druge grupe su njegov duh videli na suprotnoj strani. Iako su imali snajpere sa kojima su videli kao da je dan, iako su bili najuigraniji tim, iako su mislili da nikada ne mogu napraviti grešku, ovoga puta im se to desilo. I jedni i drugi su odlično videli pred sobom čoveka kojeg moraju ubiti. Nisu znali da izvršavaju komandu njegove svesti i da će, pucajući u njegovu viziju, pucati jedni u druge. "Sada!" – komandovao je i na jednu i na drugu stranu i sva četvorica su istovremeno ispalila po jedan hitac. Večernju tišinu je poremetilo zujanje četiri metka ispaljena iz pušaka sa prigušivačima. Dva sa jedne dva sa druge strane. Taj delić sekunde, koliko je bilo potrebno mecima da prelete stotinak metara, za toliko su dva profesionalca produžila svoje živote. Onda su obojica pogođeni sa po dva precizna hica, upadali u ništavilo tame, poslednji put se pitajući kako je moguće da su oni poginuli, a trebalo je Mikiju to da se desi. Preostala dvojica su u čudu, ne shvatajući šta se desilo, pogledali u svoje mrtve kolege. Bandit iz prve grupe je pogledao svog kolegu koji je bio odlično sakriven travom i grmljem kako beživotno leži, dok je na drugoj strani preživeli iz druge grupe gledao u svog kolegu koga su oba metka pogodila u grudi, kako beživotno pada pored drveta iza kojeg je bio sakriven. Onda su obojica istovremeno okrenula glave jedan ka drugom. Ulicom, kojom su i oni došli, ka njima su žurile dve marice sa uključenim sirenama i rotacionim svetlima.

Čovek iz prve grupe ih nije ni čuo ni video jer je bio usredsređen na sliku koja se dešavala u njegovoj svesti a on je mislio da se dešava kod njegovog prijatelja u drugoj grupi. I jedan i drugi su videli da im je partner poginuo, ali su i jedan i drugi mislili da su u drugoj grupi obojica živi. Sada su po komandama Mikijeve svesti opet videli ono što je on želeo da vide. I jedan i drugi su pomerali nišan prateći čoveka koji je nožem hteo da napadne njegove prijatelje koji su bili na drugoj strani. Čoveku iz druge grupe je plavo crveno svetlo zasmetalo da odlično vidi tog čoveka kojeg je ovaj put morao ubiti, a koji je, na neki čudan način, ubio njegovog prijatelja. Ta ista misao je bila i u svesti čoveka iz prve grupe, samo što je on odlično video protivnika koji je zamahivao nožem. Opet je istovremeno stigla komanda i opet su istovremeno obojica ispucali smrtonosne hice. Čovek iz prve grupe je ubio svog prijatelja iz druge grupe, dok je on, zaslepljen policijskim rotacionim svetlima, samo ranio svog prijatelja.

Najmoćnija i najuigranija grupa ubica je doživela svoj kraj. Poubijali su jedan drugog a da toga nisu bili svesni.

Specijalci iz marica su izleteli sa puškama na gotovs. Ogroman reflektor sa marice je osvetljavao prostor ispred njih. Glas iz megafona je zahtevao da se banditi predaju. Odgovora nije bilo pa su oni sa reflektorom obasjali okolinu. Veoma brzo su, sa jedne strane otkrili dva mrtva čoveka, a sa druge jednog mrtvog i jednog ranjenog. Tog trenutka se upalilo svetlo u kućici i iz nje je izašao Miki. Pojavom policije znatiželjnici su izašli iz svojih kuća i pošli ka mestu zbivanja da vide šta se dešava. Videvši da ima mrtvih i ranjenih, policajci su prvo pokupili oružje a onda pozvali hitnu pomoć. Kada su videli da im se Miki približava, nekoliko policajaca je uperilo puške ka njemu. Prepoznali su ga.

„Kako ste i čime uspeli da ih sredite?"upitao ga je jedan od njih.

„Ljudi, meni je Bog dao ruke da pomažem onima kojima je moja pomoć potrebna, a ne da nekoga ubijam."„Ma dajte, molim Vas, koga Vi pravite ludim? Opet ništa ne znate šta se oko Vas dešava? I pre par dana, kada Vam je majka poginula, Vi niste znali o čemu se radi."„Ako hoćeš da budem iskren, ja ni sada ne znam o čemu se radi.""Očigledno Vas neko veoma jak štiti. Da sam ja neko od šefova, našao bih načina da Vas nateram da odvežete jezik. Priznali biste Vi meni i kada ste se prvi put pomokrili u gaće."Nije voleo ovakve ljude, a najviše ga je nerviralo kada se neko u prisustvu gomile prijatelja pravi hrabar i jak.

Sa njihove desne strane se nalazilo brdo, livada i na njoj ko zna kada napravljen temelj za kuću. Kuća nije sagrađena, ali je na temelju izniklo dosta šiblja. Miki je u njegovoj svesti projektovao sliku kao da iz tog šiblja izlazi mečka i kreće da ga napadne. Izabrao je tu stranu jer otuda nisu imali pristup znatiželjnici koji su želeli da vide šta se dešava, tako da se nije plašio da će nekog povrediti. Kada je policajac video mečku, ispalio je čitav rafal iz automatske puške. Niko se tome nije nadao, pa su mnogi popadali po zemlji da bi se zaštitili. On je, ispucavši sve metke a videvši da mečka i dalje napreduje, bacio pušku i počeo vrišteći da beži. Svi su uperili oružje na tu stranu, a iz žbunja je odletela ptica uznemirena pucnjavom.

„Mečka ... Mečka ..." vikao je preplašeni policajac kojeg su kolege iz drugih kola uhvatile, zaustavivši ga da više ne beži, jer niko nigde nije video mečku. Miki je prestao sa projekcijom slika pa se on počeo zbunjeno osvrtati. Ma koliko bila opasna situacija u kojoj su se nalazili, svi su se nasmejali ovom događaju. Niko nije video ono što je on video pa su prisutni počeli da prebacuju: "Zamalo nas ovaj ludak ne poubija! Koja li budala njemu dade oružje u ruke? Gde nađoše ovakvog junaka kojem se od ptice pričinjava mečka?" Svaku upadicu bi propratio smeh gomile. Sigurno bi se to nastavilo još dugo da se nije čulo zavijanje nekoliko kola hitne pomoći. Lekari su obavljali svoj zadatak. Brzo su utvrdili da su od četvorice napadača, trojica mrtvi. Četvrtog su pažljivo preneli u ambulantna kola, mada nije bio ozbiljno ranjen. Metak ga je pogodio u desno rame. Desnu ruku neće koristiti kao ranije ali će se izvući bez većih posledica. Ambulantna kola su pošla a policija se spremala da krene za njima. Opet je policajac, kome su se do malopre smejali, želeo da ispadne važan pa je predložio da i Mikija povedu sa njima."Ja zaista ne smem da pođem tamo."– više se Miki obratio gomili nego prisutnim policajcima."A što ne smeš?"– upitao je neko od prisutnih. "Plašim se da me tamo ne pojede mečka."

Svi su prasnuli u smeh. Policajci su svog kolegu ugurali u maricu i pošli, ostavljajući prisutne da se i dalje smeju. Komšije i prijatelji su zapitkivali Mikija šta se desilo, i da li on zna bilo šta o ovome da im kaže.

„Jedino što znam i što vam mogu reći je da sam završio zadnjeg pacijenta, ostao da malo počistim kućicu a onda video rotaciona svetla i čuo sirenu. Kada sam izašao, već je nekolicina od vas prilazila. Video sam trojicu mrtvih i jednog ranjenog isto kao i vi. Niti znam ko ih je pobio, niti zašto je to uradio, a da budem najiskreniji, uopšte me ne interesuje."

„A zašto ti je poginula majka?"čulo se pitanje iz mase."Verujte da i to ne znam. Očigledno da me neko napada zbog nečeg što ja ne znam. Većinom su napadači stranci, bar mi je tako javila policija, a za sada od njih nisu uspeli ništa da saznaju."„Da nije sve ovo povezano sa tvojim čestim odlascima u inostranstvo?"~ nisu odustajali. „Ja i tamo, kao i ovde, radim i pomažem ljudima. Da sam bilo kome uradio bilo šta loše, sigurno da bi me prijavili policiji a niko ne bi slao plaćene ubice protiv mene."

Ljudska znatiželja nema granice. Tako su i oni imali još hiljade pitanja a on nije mogao na svako da odgovori. Pošao je kući da se odmori od napornog rada i ujedno da Ismailu projektuje slike ubijenih. Zamišljao je njegov izraz lica kada bude shvatio da su mrtvi oni koji su mu bili jedina nada. Nameravao je da ga onda pusti nekoliko dana da odmori i da pomisli kako je svemu došao kraj. Pored projekcije slika Ismailu, večeras će njegov duh posetiti zatvor u Nemačkoj i tamo kazniti nekog od zatvorenika koje su preuzeli iz Srbije. Uskoro i njihove vlasti neće moći da objasne misterioznu smrt koja će se desiti u njihovoj zemlji.

Zabrinuta žena i deca su izašli ispred kuće da ga dočekaju. Sa svake strane su ga zagledali da nije povređen. On se nasmejao a onda ih sve zagrlio. Pred očima mu je zatreptala slika da će ih isto ovako zagrliti onog trenutka kada se bude oslobodio i poslednjeg neprijatelja. Deca su postavljala razna pitanja ali on nije hteo da im odgovara. Opet kao i bezbroj puta do tada, upozorio ih je da nikom ništa o tome ne pričaju, jer bi deca prenosila svojim roditeljima a onda bi neko ispričao nekom od policajaca, pa bi, pored postojećih, imao još dodatnih problema. Viđao je on mnogo nepoznatih ljudi obučenih u civilna odela, kako po nekoliko puta dnevno prolaze pored i jedne i druge kuće osmatrajući ne bi li videli nešto sumnjivo. Znao je da su to policijski agenti. Za sada nisu imali ništa opipljivo protiv njega, pa mu nisu dosađivali.

Deca su gledala televiziju i učila, a on je pošao na terasu da spava.

49.

Znao je da mu niko neće smetati pa je odvojio duh od tela i pošao da posetiti neprijatelje. Prvo je Ismailu projektovao slike. Videvši šta se desilo njegovim plaćenicima, preživevši još jednu grozotu snojavljenja, zamalo se šlogirao. Posle polučasovnog smirenja doneo je odluku da sa svojom porodicom otputuje u Dubai na malo duže vreme. Neće raditi nego će se prepustiti odmoru i na taj način osloboditi svoje telo od napetosti i ujedno umaknuti od ovog opakog čoveka. Više ga uopšte nisu interesovale njegove sveske. Bio je spreman da plati samo da ga ostavi na miru. Miki je i inače nameravao da mu pruži nekoliko dana mira i lažne nade. Da li bi on i njegovi plaćenici, kao i plaćenici ostalih mafijaša, njemu ili njegovoj porodici pružili nekoliko dana mira da su ih uhvatili! Uhvatili su i ubili nedužnu staricu, pa kako su se mogli nadati da će im on oprostiti i da će ih pustiti da i dalje ubijaju nedužne osobe. Moraće sve da ih stigne zaslužena kazna.

Onda je njegov duh pošao do Sergeja. Njegova preokupacija su bile sveske koje je Miki nasledio od đeda. Da su unutra bili originalni recepti, Miki bi se zabrinuo zbog njihovog otkrića, a ovako je rešio da pusti čoveka da se uveri u sopstvenu zabludu. Pred njegovom kućom je bila prava armija telohranitelja koji su zabranili ulaz svakome bez njegove dozvole. Ne, on više nije bio pohlepan za novcem. On je sada uživao u ulozi „dobrotvora" koji će mnogim bolesnicima spasiti živote i na taj način steći slavu i poštovanje u celom svetu. Nije ga bilo briga što se kiti tuđim perjem, on ga je prisvojio i smatrao svojim. Reportaža u novinama je učinila svoje. Sa svih strana sveta je dobijao pozive i pitanja vezana za razne bolesti. Uživao je kada bi ga molili da im pomogne. Angažovao je čoveka koji će mu u biošopu kupovati trave koje bude naručivao, da bi mnogima napravio meleme ili dao čajeve koje su od njega tražili. Kupio je sveske da bi u svakoj zapisivao podatke naručioca za određene bolesti. Onda je od njih zahtevao da dođu da preuzmu narudžbinu za određenu bolest i da se obavezno sa njim slikaju. Zbog toga je žurio da što više recepata otvori da bi mogao da izleči što veći broj obolelih. Jura mu je u svemu pomagao, ali on ni njemu nije hteo da oda tajne šifre melema. Nekoliko različitih melema i čajeva je podelio bez para a onda je rešio da naplaćuje samo rashode. Narednih nekoliko pacijenata su dobili porudžbine po ceni po kojoj ih je i on nabavio, a onda je videvši sve veću navalu, odlučio da od svakog pacijenta za bilo koji melem ili čaj naplaćuje sumu gde će njemu ostajati najmanje dvadeset evra. Kasnije je tu cifru povećavao dok nije došao do sto evra po osobi. Na taj način je zarađivao više nego sa drogom i svim ostalim prljavim poslovima. Sačekaće desetak – petnaest dana dok se pojave prvi izlečeni, naročito od raka, pa će onda neke cene udesetostručiti.

Mikijev duh je zadovoljan napuštao ova dva neprijatelja. Večeras će im poslati još jednu poruku kada bude ubio još jednog njihovog čoveka u zatvoru. Neće ih ni ta smrt dotaći jer su leteli na krilima snova videvši sebe na tronu slave, a ne videći žrtve oko sebe. Pre nego što ih je napustio bacio je letimičan pogled na sveske da bi video dokle je stigao sa otvaranjem recepata. Izračunao je da će, ako nastavi ovim tempom, već treće večeri početi da otvara recepte o mogućnostima povećanja svih funkcija mozga. Nameravao je da ga za tri večeri obavezno poseti da bi video njegove reakcije kada sazna pravu istinu.

Pošao je da poseti bosove američke narko mafije. Interesovalo ga je da li su bili imalo uzrujani što im je poginulo osmoro ljudi. Ne. Na njihova mesta su našli osmoricu drugih koji su se trudili da u svemu zamene svoje prethodnike. U poslednjem trenutku je doneo odluku da i večeras ponovi istu akciju. Opet će naterati vozače da razviju duplo veću brzinu od dozvoljene, a onda, kada ne bude drugih vozila u kojima bi nedužni vozači stradali, nateraće vozače dva gangsterska džipa da skrenu jedan prema drugom i naprave direktan udes. Tek tada će se šefovi zapitati da li je i ovo bilo slučajno ili je smišljena diverzija protiv njih.

Ostalo mu je još da poseti šefove Kukastog krsta i da vidi da li su oni nešto posumnjali zbog svih projekcija koje su doživeli. Kada je hteo da pristupi njihovoj svesti, osetio je da je postavljena blokada. Proveo je više od osam minuta van svog tela pa je znao da nije dovoljno duhovno jak da proveri o čemu se radi, tako da je odlučio da to uradi drugi put. Vratio se u svoje telo, sakupio dovoljno snage pa opet pošao da izvrši željene zadatke.

Prvo je njegov duh posetio zatvor. U ćelijama su bila po dva zatvorenika. Prošlo je povečerje, ugasili su im svetla ali su većina njih međusobno tiho razgovarala. Posmatrao je dvojicu koji će mu večeras biti žrtve a onda počeo da izvršava komandu svesti jednom od njih. Naterao ga je da misli kako će ga prijatelj i cimer izdati. Kako će o njemu napričati sve laži, kako će njega osuditi na smrt a cimera osloboditi. Oči su mu postale staklaste pa je, po nekoj nepoznatoj komandi, njegovo telo iznenada ustalo. Iznenađenje je zamenilo zaprepašćenje kada su udarci počeli da pljušte po telu njegovog druga. Morao je da spašava sopstveni život. Iz par susednih ćelija su prvo čuli a onda videli šta se dešava, pa se ubrzo stvorila galama. Stražari, uzbunjeni galamom pođoše da zaustave ovu iznenadnu tuču. Cimer se grčevito branio od doskorašnjeg prijatelja kojem su na usta krenule bale. Kidisao je svim silama da ga ubije. Stražari su bili pred samim rešetkama, sa ključevima u bravi, sa povikom na usnama, kada ga je cimer u očajničkom pokušaju odbrane života, nogama prebacio preko sebe. Telo je poletelo kroz vazduh a glava je udarila u rešetke. Krv je poprskala stražare koji su otvarali vrata. Glava je pukla na nekoliko mesta a krv, pomešana sa mozgom je curila van. Prizor koji su ugledali kod svih prisutnih je stvorio paničan strah. Cimer se zgrčio vrišteći, dok je rukama prekrivao oči da ne bi gledao zlodelo koje je počinio. Tada su, kao po nekoj prećutnoj komandi, svi zatvorenici počeli da galame. Dat je signal za uzbunu pa su dežurni policajci pritekli u pomoć ostalim stražarima i tek nakon nekih pola sata smirili situaciju.

Kada je postigao cilj u zatvoru, odmah je pošao na drugu stranu jer nije želeo da gubi dragoceno vreme koje mu je ostalo do povratka njegovog duha u telo. Njegov duh je leteo ulicama tražeći članove američke organizacije. Ugledao je četvoricu kraj jednog džipa. Bezbrižno su razgovarali. Usmerio je komandu svesti ka njihovim mozgovima i oni su poslušno, kao mala deca ušli u džip. Prilazili su rasturači koji su za njih radili, kojima je trebalo još droge, kucali na stakla, ali se oni nisu pomerali kao da ništa nisu čuli i kao da se njih nije ticalo šta se dešava izvan džipa. Za to vreme je Miki na drugoj strani grada pronašao drugu četvorku i na njih izvršio komandu svesti. Istovremeno su obe grupe upalile džipove i krenule gde je Miki želeo a ne gde su im naredili šefovi. Samo pola minute nakon polaska, njihovi džipovi su postigli brzinu preko sto kilometara iako je ograničenje bilo šezdeset. Opet se desilo isto kao i prošlog puta. Opet su dve moćne mašine direktno udarile jedna u drugu dok je na nebu stajao Mikijev duh nevidljiv za sve koji pogledaju u tom pravcu, koji je rukama usmeravao njihovo kretanje. Opet je osam ljudi izgubilo živote i opet će se njihovi šefovi pitati: "Da li je ovo moguće?"

50.

Izuzev Ismailu, ostalima je projektovao slike ovog događaja, pa je vratio duh u telo. I njemu je, iako je imao nadljudske moći, bio potreban odmor. Želeo je da odspava, da prikupi snagu jer je tog dana i te noći imao previše napora. Zaspao je kao malo dete. Trebalo je snom da se oslobodi svih napetosti u organizmu, ali mu je nešto narušilo taj okrepljujući san. Probudio se osluškujući. Tišinu noći bi s vremena na vreme prolomio krik neke noćne ptice, poneki lavež pasa, pa bi onda i to zamuklo. Tišina noći ili još ne pristiglo praskozorje – nigde se ništa ne čuje. On je ipak, svojim istančanim osećajima, osetio da mu se nešto ili neko, što predstavlja potencijalnu opasnost, približava. Prvo, probuđen iz sna nije mogao da odredi šta je to, a onda je uključio svoje moći i na samom kraju poslednjeg auričnog polja osetio kako mu se neka utvara približava. Ovoga puta nisu bili kriminalci niti plaćene ubice. Zaista je bila utvara. Nije bio duh, jer bi prisustvo duha drugačije osetio. Osećao je kao da je telo nekog mrtvaca išlo ka njemu. Zombi. Ne. Ovo je bilo nešto drugo, nešto sa čim se nikada do sada nije sreo. Veoma sporo se približavalo pa je imao toliko vremena da pozove duh svoga đeda da bi se sa njim konsultovao.

„Sine moj, nemaš se čega plašiti. Tvoji neprijatelji su unajmili plaćenika iz Indije i uz njegovu pomoć misle da te pobede. On poseduje sopstvene moći sa kojima te može pobediti ako ti dovoljno priđe ili ako te uhvati u svoju zamku. Vidiš da je njegova vantelesna moć mnogo duža od devet minuta, zato nikako ne smeš dozvoliti da otpočneš borbu posle šeste minute tvog duhovnog odsustvovanja jer ćeš sve izgubiti. On je od tebe jači samo u toj kombinaciji, zato mu tu šansu nikako ne dopuštaj da iskoristi. U svim ostalim kombinacijama, ti si jači od njega ali mu nikako, a naročito večeras, nemoj dopustiti da ti priđe na rastojanje od petnaest metara. Nemoj da te zavara njegova sporost jer na toj blizini je brz kao munja. Sada je daleko oko četrdeset metara. Kada se približi na dvadeset pet, ti izađi i idi ispred njega. Potrudi se da ga zavaraš da ide za tobom dok petlovi zapevaju, ali stalno drži odstojanje. Hodaj neosvetljenim ulicama jer je njegovo carstvo tame. Neka mu se čini da može da te uhvati a ti se, poput jegulje, izvlači iz njegove zamke. Ako uspeš da ga nateraš da te prati dok jutarnji petli najave zoru, onda ćeš ga pobediti za sva vremena, a ako ne uspeš, onda se sledeće dve noći ne smeš upuštati u duhovno povezivanje sa svojim neprijateljima nego moraš čuvati snagu da se zaštitiš od njega. Ja ću za to vreme pronaći njegove slabe tačke pa ćeš ga, zahvaljujući tome, pobediti. Hajde sada požuri jer nemaš više vremena. Da bi izašao na ulicu, moraš proći kroz kapiju, a to će te približiti na sami dohvat njegovih ruku."

Spavao je u triko majici i gaćicama pa je u iskoraku oblačio jednu pa drugu nogavicu pantalona. U prolazu je dohvatio majicu požurivši ka kapiji. Nije imao vremena za obuvanje patika ni papuča. Bio je bos. Stigao je do kapije u poslednjem trenutku. Nakaza koja je išla ka njemu ga je podsećala na iskežene vučje čeljusti sa dva očnjaka koji su se ustremili ka njegovom vratu. Nije znao da li bi uspeo da izbegne te čeljusti da nije u njihovom smeru bacio majicu koju je nameravao da obuče. Na par milimetara od njegovog tela su se vampirska usta otvorila a onda je unutra uletela majica. Osetio je toplinu i smrad iz njegovih usta, dok s teškom mukom uspeo za par santimetara da se izmakne. Nikako nije dozvoljavao da mu se približi na rizičnih petnaest metara, ali je izgledalo da je prestrašen tom čudnom pojavom i da se jedva kreće. To je ohrabrivalo napadača koji je nastavljao da ga juri. Možda je đedo namerno odugovlačio njegovo povlačenje pred kapijom da bi naterao osobu koja se preobratila u vampira da pomisli kako će uspeti da ga uhvati. Zbog toga je izgledalo da se Miki jedva povlači i da jedva održava tih šesnaest, šesnaest i po metara razdaljine. Još kada je Miki pošao u smeru nevelike šume u kojoj je proveo, ne zna ni sam koliko dana i noći u meditacijama, gde je znao svaku stazu, puteljak i drvo, napadač se tome obradovao jer je dobio mogućnost da se mnogo brže kreće i skače sa drveta na drvo. Osećao je da mu je žrtva, koja se jedva kretala od straha, sama uletela u ruke.

„Uskoro će osetiti, kada se sa drveta budem bacio na njega, moj čelični stisak, a onda će ga moji zubi raskomadati"– pomislio je vampir.

Nije znao Mikijeve moći, kao što nikako nije mogao znati i da je imao najboljeg učitelja na svetu pa je siguran u svoju pobedu, uvek kada bi odskočio sa drveta na drvo misleći da je Miki na toj strani, ustanovio da se prevario. Nije znao da je Mikijev osećaj auričnih polja uvek pokazivao gde je on i na koju stranu skače tako da bi Miki odskočio na suprotnu, nikako ne dozvoljavajući da mu se približi na manje od petnaest i po metara. Tih pola metra, metar ili metar i po mu je stalno izmicao. Nikako ga nije mogao uhvatiti na rastojanju manjem od petnaest metara dokle su dosezale njegove moći. Ma koliko se trudio nije uspevao. Miki je, videvši da je noćnu tamu na Istoku počela da probija slabašna svetlost, pokušao ovom najčudnijem neprijatelju da se što više približi, ali da to bude na dozvoljenom rastojanju i da ga na taj način natera da izgubi još nekoliko dragocenih sekundi, dok jutarnji pevci zapevaju. Očigledno je i preobražena osoba to znala. Počeo je da se povlačiti a Miki je išao za njim izazivajući ga. Ni jedna provokacija nije uspela, jer je napadač odjednom nestao.

Nimalo se nije obradovao kada je izračunao da će mu odavde do kuće biti potrebno najmanje sat vremena dobrog hoda. Hiljadama puta su ga znatiželjnici posmatrali kako bosonog sa leskovim štapom, meditira. Zbog toga su ga prozvali čudak sa štapom. Nije mu pri ruci bio leskov štap po kojem je bio poznat, pa je, znajući da će proći kroz naselje i da će ga mnogi videti, uzeo neko obično drvo i pošao put kuće. Neće im biti ništa neobično jer su ga mnogo puta ovuda viđali i tokom noći. Kada bi im ispričao šta mu se u ovoj noći desilo, niko mu ne bi poverovao, nego bi pomislili, što su mnogi i predviđali, da je konačno poludeo. Zato je najbolje da o ovome nikom ništa ne priča. Mnogi su ga sretali i pozdravljali ali se, on kao i uvek, nikome nije javio, samo je mahnuo rukom.

Došao je kući a da se niko od njegovih ukućana još nije probudio. Oprao je prljave noge, legao u svoj krevet na terasi i opet zaspao kao da se ništa nije desilo. Spavao bi i dalje od devet sati da ga žena nije probudila da odu u prodavnicu za hleb i ostale namirnice. Nije hteo da joj priča šta se desilo, jer bi se previše i sa razlogom uplašila. Nije bilo bojazni preko dana ali je noć bila veliki saveznik njegovog neprijatelja, pa je znao da u dnevnim satima ni njemu ni njegovoj porodici ne preti nikakva opasnost. Kao da se odjedanput setio, rekao je svojoj ženi da mu večeras pada da ima noćnu meditaciju. Nije znao u koliko sati će ga neprijatelj napasti, pa i njoj nije tačno pomenuo u koliko će krenuti da meditira. Morao je nju da umiri ako slučajno, opomenuta nekim ženskim instinktom, izađe ispred kuće i vidi da on nije u krevetu. Napadač, kada ga napadne mora da stekne utisak da je krenuo da meditira, a ne da beži da bi spasavao sopstveni život.

Doručkovao je sa svojom porodicom a onda pošao na plac da opet pomaže osobama kojima je njegova pomoć potrebna. Još prvi pacijenti nisu stigli pa je on, zaključavši vrata, pošao u dnevnu posetu svojim neprijateljima. Đedo ga je opomenuo da to ne radi u večernjim satima pa je on iskoristio ovu dnevnu mogućnost. Znao je da su iz organizacije Kukasti krst angažovali tog čoveka jer one noći mu nije uspelo samo njih duhovno da poseti. Činilo mu se da su prošli meseci od njegove zadnje posete a prošle su samo dve noći. U duhovnoj sferi vreme nije igralo nikakvu ulogu. Zatekao ih je srećne i zadovoljne. U ogromnom salonu, u kojem su nekada i njega gostili, sada su sedeli sa nekim čovekom i razgovarali. Istančani osećaj mu je rekao da to nije napadač od sinoć, pa ga je potražio po drugim prostorijama. Bio mu je dovoljan samo jedan pogled da u prelepo uređenoj sobi prepozna ili oseti sinoćnjeg napadača. Spavao je. Začudio se kako ga njegov duh nije osetio a onda se setio đedovih reči da je on jači samo u jednom usmerenju, jer je sve svoje moći upotrebio da bi to usmerenje potpuno usavršio. Obradovalo ga je saznanje da je mnogo jači i moćniji u svemu ostalom a od ovog čoveka. Još ove noći se morao, kako ga je đedo posavetovao, izmicati iz njegovog kruga moći a već sutra uveče će mu, uz saznanja koja će mu đedo objasniti, pokazati šta sve on zna i može. Mogao ga je sada ugušiti ali nije hteo. On nije ubica, njemu je dato da leči a ne da ubija. U direktnoj borbi, gde brani svoj ili živote svoje porodice mu je dozvoljeno, ali ovako da napadne i uguši nemoćnog čoveka, to nikako nije smeo.

U tome je bila razlika između Mikija i svih ostalih. On je štitio sebe i svoju porodicu i samo bi u krajnjoj nuždi ili samoodbrani nekog ubio, dok su drugi bili plaćeni da izvrše krvavi zadatak i oni su ga izvršavali ne gledajući da li je žrtva nevina ili zaslužuje smrt. Njihova najveća briga je bila koliko će novca zaraditi a ostalo za njih nije postojalo. Setio se đedovih reči i priče koju mu je pričao da je novac seme zla koje je đavo posejao. Svi žele da ga se dočepaju i da što više steknu đavolju moć i slavu. Tako je i sada, gledajući u ovog čoveka, video da u njemu nema ništa sveto i da sve radi samo da bi postigao što veći uspeh u đavoljem carstvu. Vukodlak, čovek zver, vampir ili drakula, avet, kosač, to su nazivi đavoljeg sluge koji uništava Božiji narod. I ovom pred njim je to zadatak. Ovoga puta neće uspeti u svom naumu. Vratio se u drugu sobu. Nije razumeo jezik kojim su razgovarali ali je sa svojom svešću osetio kako ih čovek koji je sedeo sa njima ispituje.

„Peter, mi smo prijatelji, ali ako nam danas ne isplatite sve pare, onda će moj rođak prestati sa radom. Evo budite svi iskreni i recite da li ste sinoć imali snojavljenje?" „Nismo" – sva trojica su istovremeno odgovorila. „A da li ste, prvi put posle toliko vremena, svi lepo spavali?" „Jesmo" – odgovoriše kao u horu. „A jesmo li se dogovorili da odmah isplatite sva njegova potraživanja?" „Jesmo" – isti odgovor." Onda sve znate. Kada se bude probudio, on će me upitati da li su uplaćene pare. Ako ne budu, onda ja ne mogu garantovati za njegove postupke."

„Magdiš, mi ćemo njemu sve isplatiti onog trena kada nas uveri da nam može doneti zapise iz Mikijevih svezaka."

„Ne. Ne. I sto puta ne! Takav dogovor nije bio" – vikao je Magdiš iz sveg glasa." Lepo sam rekao da njegove usluge nisu jevtine. Šta hoćete sada? Platili ste mu put, dali smeštaj i hranu i mislite na taj način da ste sve isplatili!"

Još bi on vikao da se vrata nisu otvorila. Svi su se okrenuli i pogledali u gosta kojeg je očigledno Magdiševa galama probudila. Oči su mu sevale nekim čudnim sjajem. U njima se ogledala neopisiva ljutina. Svi su ćutali iščekujući. Tada su njih dvojica izmenjali nekoliko rečenica na hindu. Magdiš je prevodio njegove reči: "Reći ćeš im da zatvore roletne i da kojim slučajem ne vrisnu kada im budem ovo pokazivao, a onda imaju sat vremena da isplate sve pare, inače ću se, kao prilika koju budu videli, usmeriti protiv njih. Sa tim obličjem sam celu noć napadao Mikija, i to ću isto večeras uraditi."

Mikijev duh je stajao u samom uglu sobe, posmatrajući šta se sve kod njih dešava. Njegov neprijatelj iz Indije nije osećao njegov duh jer je imao zadatak da uništi njegovo telo. Miki je sačekao da vidi njegov preobražaj. Kada su spustili roletne, on je zaključao sva vrata i ključeve uzeo kod sebe. Ovo će biti prvi put i njegovom rođaku Magdišu da vidi njegov preobražaj. Odvio je osigurače i sve je zapalo u tamu. Sada je opet bio u svom carstvu.

„Još jednom vas opominjem da se ne plašite jer ću vam pokazati svoje moći." Nije im bilo svejedno, ali su se zbijeni jedan uz drugog osećali sigurnije. U ruci je držao upaljenu sveću da bi ga videli dok je legao na krevet, onda je i nju ugasio. Kao da su i dalje videli konturu njegovog tela na krevetu. Onda su, sada je to bilo sigurno, videli kako se iz njegovog tela izdvaja neki fluorescentni lik. Na trenutak je taj lik svetlucao dok se potpuno izdvojio iz tela. Bilo je to još jedno isto telo, samo što je ovo koje je lebdelo imalo neki čudan plavičasti odsjaj. Bilo im je interesantno jer su o ovome mnogo puta slušali ali nikada do sada to nisu doživeli. Napregli su vid da što bolje vide šta će se desiti sa telom koje je odjedanput prestalo da svetli. Postajalo je sve tamnije i tamnije dok se spuštalo u neposrednoj blizini tela koje je ostalo da leži na krevetu. Iako su se skroz napregli, ništa nisu videli.

Mikijev duh je sve video. Tamna silueta koju su do malo pre sa interesovanjem posmatrali je nestala ali se zato telo koje je do tog trenutka bilo nepomično naglo ispravilo pred njima. Sva četvorica su prestrašeno vrisnula. Oni su upirali petama u pod a leđima gurali naslon kožnog troseda da bi na taj način pobegli od nakaze koju su videli, dok je Magdiš, koji je sedeo na stolici, pao u nesvest. Trajalo je to samo par sekundi a oni su imali osećaj da će se ugušiti od straha i napetosti. Mislili su da je svakom od njih pritisak preko dvesta. Opet su videli svetlucanje dok su se tela, duh i materija, sjedinjavala a onda je on ustao, zavio osigurače i upalio svetlo. Nisu znali da li su se više uplašili od nakaze ili od svetla. Sada im je, kada su videli sve oko sebe, bilo mnogo lakše.

Mikijev duh, zadovoljan svojom misijom, napusti ovo mesto nikom se ne pokazujući. Tog trena su videli da je Magdiš, koji je pao sa stolice, u besvesnom stanju. Sudrak mu je sipao čašu vode na lice i on se osvestio. Posle par rečenica sa rođakom, kada je postigao potpunu kontrolu tela, on se obratio Peteru: "Pita moj rođak da li treba još neku predstavu da napravi i da još nekog od vas kao mene baci u nesvest, da bi vas naterao da isplatite dogovorenu sumu, ili ćete to dobrovoljno da uradite?" „Ne. Ne. Nije potrebno ništa više da uradi. Potpuno nas je uverio u svoje moći tako da će mu u roku od sat vremena sve biti isplaćeno." „Ne zaboravite nagradu koju ste obećali meni kao prevodiocu. „I to će ti biti isplaćeno. Samo te molim da ga pitaš kada će moći da nam prenese zapise iz svezaka?"

Magdiš mu je, oraspoložen skorašnjim nagradama, postavio to pitanje. "Reci im – da sam znao a i oni da znaju da imaju najopasnijeg protivnika na svetu, nikada ništa drugo ne bi poželeli dok se njega ne oslobode." Kada im je objasnio situaciju, iznenađenje se ocrtavalo na njihovim licima. Ipak, videvši šta ovaj čovek može, nisu brinuli da postoji neko na svetu ko mu se mogao približiti u moćima a ne da ga može i pobediti. Ta misao ih je umirila. Koliko su sreće imali što je Peter poznavao Magdiša i što je on imao ovog rođaka! Napustili su njihovu sobu. Pošli su do skrovišta u kojem su držali gotovinu za koju državi nisu platili porez i odatle doneli obećanu nagradu. Sačekali su jedan sat a onda doneli sve pare koje su obećali i još po deset hiljada evra nagrade.

Presrećan zbog dobijene nagrade Magdiš je obećao da će njegov rođak večeras srediti Mikija a sutra će se potruditi u nekoliko navrata da im prenese sav sadržaj koji se nalazi u sveskama.

I Miki je imao svoje planove – završiće sa masažama oko pet sati, doći će na ručak, pa će odspavati do osam - na taj način će biti spreman da provede i ovu besanu noć. Biće mnogo spremniji jer će sa sobom nositi svoj leskov štap.

Od kada je počeo da vežba, đedo mu je govorio da taj štap ima čudnu moć. "Na krunskoj čakri se upija vasionska energija i ona slobodno protiče kroz organizam da bi se spojila sa zemaljskom energijom koja u telo ulazi kroz bose noge i spaja se na mestu gde tvoja desna ruka drži štap"– seća se kada mu je rekao.

„Nikada ga tokom meditacije ne ispuštaj, nikada ni sa kim ne pričaj jer ćeš i sa jednom rečju prekinuti meditaciju i nikada, ma kog sreo, ne smeš svoju desnu ruku u kojoj sve vreme držiš štap, pružiti da se rukuješ sa tim čovekom. Na taj način bi ga ubio jer se u tvojoj ruci tog trenutka nalazi nakupljena energija kojoj se ni jedno ljudsko biće ne može odupreti. To je snaga udara groma."

Nije znao zbog čega su mu sada došle takve misli u svest, dok je na terasi očekivao napad svog neprijatelja. Osećaj auričnih polja će mu pokazati njegovo približavanje ali nije znao kada će to biti. Par minuta posle ponoći osetio je njegov dolazak. Uzeo je leskov štap i bos kao sinoć, sa ispruženom levom rukom, pošao da meditira. Večeras mu se približavao mnogo brže nego sinoć pa je i on ubrzao svoj korak. Izašao je na ogromnu livadu znajući da će ga mnogi koji nisu žurili da legnu pre ponoći, videti kako meditira. I sutra će kao i mnogo puta do tada biti priče kako je kao neki vampir celu noć šetao po livadi. Nije im bilo dato da vide, a da jeste, onda bi znali da su u zabludi jer on nikako ne može biti vampir, ali bi zato pravog vampira, koji je išao za njim, videli. Mogao je bar nekome dozvoliti da vidi tu sliku ali se predomislio jer nije želeo da ljudi dodatno prepričavaju i uveličavaju priče o njemu. Dovoljno mu je bilo ovo što je slušao.

Obazrivo je išao livadom trudeći se da mu se vampir ne približi na manje od petnaest i po metara. Kao da je njegov neprijatelj večeras dobio krila. U odnosu na sinoćnu sporost, večeras je išao dosta brzo, tako da je jedva uspevao da održi željeno odstojanje. Ako ga ovog trena neko bude gledao, neće verovati svojim očima. Miki je svoje telo teleportovao nekoliko stotina metara ispred. Znao je da će mu ova noć proći u bezglavoj trci i da ga do jutarnjih sati protivnik ni trenutak neće ispuštati iz vida. Veliku ulogu će odigrati psihička snaga i strpljenje. Uvek je u prednosti onaj koji juri ili koji napada od onoga koji beži ili se brani. Ovog puta je bežao i branio se. Situacija koja nikada ne daje pozitivne rezultate. Ni ove noći se ničemu dobrom nije nadao. Morao je cele noći da beži, nikako ne dozvoljavajući da upadne u krug od petnaest metara. Nije smeo da uzvrati jer od đeda nije dobio dozvolu.

Odlučio je da prođe sa donje strane gde su sve livade omeđene rastinjem. Bilo je na međama raznih drva i raznog rastinja. Između ostalih: bagrem, glog, kupina itd. i kroz njih je bilo nemoguće proći. Miki je znao bezbroj malenih prolaza kuda se mogao provući jer je i tuda mnogo puta meditirao. Nameravao je da se provlači kroz malene prolaze i da natera svog napadača da krene za njim jer će na taj način, pored odeće, od trnja na rastinju odrati i kožu. Tako je i radio. Svaki put kada bi mu se približio na rizično rastojanje, on bi svoje telo teleportovao pedesetak metara dalje a njegov protivnik bi ostao praznih ruku. U jednom trenutku, osvrnuvši se unazad, Miki je ugledao crni plašt vampira kako visi iskrzan u stotinu rita. Par puta, na mesečevom odsjaju je ugledao krv na njegovom licu. Bio je to rezultat provlačenja kroz rastinje. Ma koliko bio jak njegov neprijatelj, Miki je znao da su ga povrede i neprestana jurnjava iscrpile. Ni njemu nije bilo lako. Nekoliko puta se ubo jer su mu noge bile bose, ali ga ni to nije omelo da i dalje izmiče ovom opasnom progonitelju. Udaljen nekoliko desetina metara, izmičući mu, okrenut licem ka njemu, shvatio je da on nije duh, nego je izdvojio svoj duh da bi preobratio svoje telo u vampira. Znači da njegov duh miruje dok njegovo telo, trenutno preobraćeno u vampira, izvršava zadatke u nameri da ga ubije. Da li je njegov neprijatelj svestan da njegovo telo može biti ubijeno? Znao je da ga ne može ubiti metak, nož niti ijedno drugo oružje, ali ga od svega efikasnije može uništiti glogov kolac. Seća se kada mu je đedo rekao da njegov leskov štap posle meditacije ili trenutnog prikupljanja energije iz vasione i zemlje ima duplo veće moći od glogovog kolca.

Bez obzira o čemu razmišljao, neprestano je pazio na odstojanje. U neko gluvo doba noći, kada je plašt njegovog neprijatelja bio u ritama, izvukao se iz tih međa i pošao ulicom ka svom placu i kućici u kojoj radi. Prošlo je tri sata. Izdržaće još ovaj sat besomučnog bežanja. Onda će pevci najaviti zoru i on će se vratiti kući da se naspava. Došao je do svoje kućice udaljen od neprijatelja oko trideset metara. Zastao je jer mu se pojavio đedov lik. Samo on ga je čuo kako mu kaže da ode na groblje, da se tamo dogovori sa neprijateljem da se su-tra veče nađu u pećini kraj đedove kuće u kojoj su sakrivene sveske sa origi-nalnim receptima.

„Ispričaj mu sve, projektuj mu slike gde se pećina nalazi, reci da više ne možeš bežati od njega i da ćeš ga sutra čekati u toj pećini. Tu ćete se boriti. Reci da ti sveske koje njegovi nalogodavci traže posle tvoje smrti ništa ne znače, pa će ih dobiti pobednik tog duela. Nemoj slučajno da ga dotakneš štapom jer će osetiti svu tvoju moć pa sutra neće doći." U poslednjem trenutku Miki je kre-nuo dalje. Da je ostao samo sekundu duže, rastojanje bi se smanjilo i on bi bio uhvaćen. Ovako je nastavio jedinim putem koji je bio pred njim. Uspinjao se uz brdo idući pravo ka groblju.

Njegovom neprijatelju se uopšte nije žurilo. Ostalo je još četrdesetak mi-nuta do pevanja jutarnjih petlova. Njemu će trebati najviše deset i sve će biti okončano. Poznato je da onaj koji beži uvek napravi grešku. Po njegovom mi-šljenju, njegova uporna hajka je ovoga puta dala odlične rezultate. Taj čovek koji mu je zadavao ogromne glavobolje, trudeći se da pobegne, došao je na me-sto koje mu najviše odgovara. Na groblju je on bio apsolutni gospodar. Uverio se da čovek pred njim ima određene moći, ali taj čovek koji dve noći izbega-va borbu sa njim, nije znao da će on na groblju imati stotine pomoćnika. Sve duše grešnih ljudi su njegove sluge. A na ovom, kao i na svim drugim grobljima ih ima previše. Zato se nije žurio nego je pustio Mikija da slobodno ide u tom pravcu.

Kada je bosim nogama zakoračio na teritoriju groblja, iza sebe je čuo sa-blasni smeh. Miki se okrenuo. Video je Kosača odevenog u crni plašt, sa ko-som u ruci koja je želela da pokosi krvavu žetvu. Stao je u sredinu groblja, dr-žeći štap desnom rukom ispred srca. Opet je odjeknuo sablasni smeh. Prisu-stvovao je preobražaju Kosača u Vukodlaka. Zubi su škljocali a bale curile niz čeljusti. Mogao je svakoga trenutka da skoči na svoju žrtvu ali je Miki znao da neće. Zadavao mu je strah i uživao u tome. Miki ovim slikama užasa ili preo-braćanja, koje su se smenjivale pred njegovim očima, nije pridavao značaj. Još jednom se čuo isti smeh i pred njim se ukazao vampir. Mahao je rukama izgo-varajući neke reči. Zemlja se otvarala. Sa svih strana, iz mnogih grobova su izla-zili mrtvaci. Bilo ih je preko stotinu. Približavali su se Mikiju okružujući ga sa tri strane dok je pred njim bio vampir. Osećao se smrad njihovih tela dok su se sve više približavali. Sve se odjednom umirilo.

Tišina i potpuna tama. Kao da se sve dešavalo negde gde nema ljudskog pokoljenja, gde nema radosti, sreće, ni svetlosti Božijeg blagoslova. Pred njim je stajao gospodar tog carstva sablasno mu se osmehujući. Miki je mogao iz stomaka da zakukuriče kao petao i na taj način rastera demone pakla, ali nije hteo. Đedo ga je poslao da se dogovori i on će to ispoštovati. Morao je i ovoj zmiji da stane na glavu i uništiti je. Taj trenutak još nije došao. Njegova svest je viknula : „ Stani" i svi su oko njega u trenutku stali. Ovaj put će umesto reči svest govoriti jer se oni rečima ne bi sporazumeli.

„Sve znam"– govorila je Mikijeva svest. Vampir je želeo da čuje reči ovog zaista moćnog čoveka. Par minuta manje više neće spasiti njegov život, jer iz ove klopke nema izlaza. Do sada je sve neprijatelje pobeđivao tokom prvoga napada, a Miki mu je uspešno izmicao. Zato mu je dopustio da kaže šta želi jer je bio ubeđen da mu nikako ne može pobeći.

„Znam i ko si, odakle dolaziš i ko te plaća. Znam da si došao mene da ubiješ da bi spasao njihove živote. Želim ovog trenutka nešto da se dogovorimo"– obrati mu se Miki.

„Ha, ha, ha" – opet je odjeknuo sablasni smeh. "Ti nisi u poziciji da se sa mnom dogovaraš. Svakog trenutka mogu izdati naređenje i moje sluge će te rastrgnuti. Niko od njih ne voli živo biće među njihovim mrtvim telima. Sa velikim zadovoljstvom će učiniti sve da i ti budeš mrtav."

„Ne bojim se ni tebe ni tvojih slugu, jer znam da mi ne možete ništa." Mirnoća njegovog glasa je poljuljala samopouzdanje vampira. Onda se opet nasmejao i nastavio: "Namerno sam došao u tvoje carstvo da bih ti ponudio ovo što želim. Video si da sam se nekoliko puta dok si me jurio po livadi udaljio od tebe za po par stotina metara. Tako vam i sada mogu pobeći a da niko od vas ne uspe ni da se pomeri. Nisam došao da bih odavde pobegao. Već dve noći me juriš i ja ti uspešno izmičem. Ako ovako nastavimo, ti ćeš me svake noći juriti, pa će mi vremenom pasti koncentracija i ti ćeš me uhvatiti. Tada ćemo morati da se borimo dok jedan od nas dvojice ne izgubi život. Mislim da smo svesni da smo protivnici za respekt i poštovanje. Nemoguće je da naš sukob večito odlažemo. Došao si da me ubiješ a ja moram da se branim pa bih želeo, dok se to ne desi, da ti nešto ponudim." „A šta ti to želiš da mi ponudiš?"

Miki poče da obrazlaže: "Ma gde pokušao da pobegnem po ovome svetu znam da se nigde ne mogu sakriti jer bi me u roku od pola minuta tvoj duh pronašao. Onda bi se tvoj duh vratio, zauzeo mesto tvog tela a ono bi, kao zatvorena flaša puna vazduha koju je neko spustio na dno mora, plutala ka površini. Tako bi i tvoje telo kroz prostor doplutalo u blizini mog tela. Svestan si da si tada najranjiviji jer je sva tvoja moć preokupirana plutanjem tvoga tela. Zbog toga me ni jedanput nisi pratio dok sam se teleportovao od tebe kada si me jurio po livadi. Zbog toga si uvek stajao dovoljno daleko, da bi mi se polako približavao. Znam da imaš mnogo veću brzinu od mog hoda. Sinoć si išao mnogo sporo, večeras mnogo brže a sutra veče bi bio mnogo brži nego ja. Samo te ja sutra veče ne bih čekao na ovim mestima nego bih uzeo motor i opet bih ti pobegao. Svake noći bih sve više bežao a tebi bi se svake noći sve više povećavala brzina. Povećanjem brzine postaju realnije šanse da me na kraju uhvatiš. Znam da bi i ti tada bio totalno iscrpljen jer bi svu energiju utrošio u jurnjavu za mnom. Zato predlažem da se sutra veče sastanemo i borimo dok jedan od nas ne pobedi."

„Ha, ha, ha..."– opet je odjeknuo avetinjski smeh.„Niko od ovog sveta ne može ubiti avet koja ima kosu i koja sa njom skida glave kome hoće i kada joj se prohte." Pravio se da nije čuo njegove reči nego je nastavio:„Tebi su platili ljudi da me ubiješ i da od drugog čoveka saznaš tajne iz svezaka koje su od mene ukrali. Sve tajne u tim sveskama koje poseduje taj čovek su lažne. Znao sam da će me napasti pa sam napravio lažne duplikate. Taj čovek živi u Nemačkoj i vođa je jedne od najopasnijih bandi u Evropi. Zove se Sergej i ima uticaja kod predsednika svih zemalja Evrope. Čuvaju ga policajci i telohranitelji, ali ga od tebe ne mogu sačuvati. Njegovi ljudi su mi ukrali duplikate misleći da su originali. Sveske sam namerno ostavio na vidnom mestu u biblioteci, misleći da će njih uzeti i otići, ali su oni uzeli sveske i ubili moju majku koja nije mogla da se brani. I on i svi njegovi saradnici koji su učestvovali u napadu će morati da umru. Taj pohlepni čovek će se ubrzo u to uveriti ali će mu biti kasno. Meni te sveske puno znače, ali ako sutra uveče u međusobnom okršaju poginem, onda mi ni sveske ništa neće trebati. Njihova vrednost je hiljadama puta veća od sume koju ste dobili za ovaj posao. Dajem ti šansu da im vratite pare koje ste ti i tvoj rođak dobili od njih i da kažete da odustajete od posla ako vam ne isplate pet miliona evra. Ako me pobediš, sa tim novcem koji zaradiš, celoga života ti neće biti potrebno ništa više. A ako te oni pitaju otkuda ti znaš šta sve ima u sveskama, ti im reci da si u originalima, pored mnogih drugih recepata video i recept sa kojim se sto posto leči rak. Tada ćeš ih ubediti i oni će se snaći da ti isplate sumu koju si tražio. Rođak ti je mnogo pohlepan. Iz straha da sve ne izgubite, pokušaće da te ubedi da ste napravili odličnu pogodbu i da je ne menjate. Podseti ga da si ti tražio pet hiljada evra da saznaju šta se krije u sveskama, a on je povećao na sto hiljada, pa su i na to odmah pristali."

Vampir je ćutao preračunavajući da li se njegov neprijatelj, uhvaćen u smrtnu klopku, pokušava lažima iz nje izvući. Opet je Miki nastavio: "Želim još da ti pokažem mesto gde su mi sveske sakrivene i gde ćemo se sutra veče boriti. Selo se zove Velika i nalazi se u Crnoj Gori. Moj đedo je kao dete pronašao ovu pećinu u kojoj se mnogo puta sakrivao. U njoj sam sakrio njegove originalne sveske. Vidiš sve slike pred tvojim očima ali nikada ne bi uspeo da nađeš to mesto jer ti juriš da uništiš mene pa zato nisi u moći da osetiš gde se to nalazi. Ja ću za par sati, kada se dobro naspavam, krenuti ka tom selu, tako da će me tvoj duh sledeće noći osetiti na sasvim drugom mestu. Da bih ti dokazao da nisam lagao, ovog trenutka ću nestati." Zaista je nestao.

Duh je mahnuo je rukama i njegove mrtve sluge su se vratile u svoje večne kuće. Njegovo telo se plutajući vratilo u zemlju u kojoj mu je ostao duh. Iscrpljen, iskrzanog plašta, izgrebanog lica i tela je legao da se naspava. Pomislio je da neće ustati pre ručka a onda se setio da se mora dogovoriti sa svojim rođakom i od njegovih prijatelja tražiti mnogo veću sumu novca za uslugu koju će im pružiti. Zadremao je na fotelji. Ustao je oko pola pet kada se potpuno razdanilo, umio se, doterao pa onda pozvao svog rođaka.

Probuđena iz jutarnjeg sna, njegova supruga se ljutito javila. Čula je glas na hindu jeziku koji je tražio Magdiša. Odmah ga je pozvala. Javio se ljutito odgovarajući. Prvo nije hteo da sluša a onda je shvatio da ne sme raditi po svome jer se može desiti da njegov rođak svoje moći usmeri protiv njega. Na kraju je priznao da je potrošio više od dve hiljade evra, našta mu je rođak iz Indije odgovorio da to nije ništa, da ostatak novca donese pa će mu sve objasniti. "U koliko sati da budem tamo?" „Dođi što možeš pre." „Da li si ti normalan? Njegovi telohranitelji me neće pustiti da prođem." „Reci da dolaziš kod mene, da jedan od telohranitelja pođe sa tobom ili ako hoće neka probude gazdu da bi im to dozvolio. Oni neće smeti da ga probude, ali ćemo nas dvojica to uraditi. Pre toga ćemo se dogovoriti šta ćemo dalje da radimo. Nemoj da čekaš ni minut, nego odmah kreni pa kad sve završimo bićemo bogataši."

Pri pomenu te reči Magdiš je odmah uzeo ostatak novca i pošao. Na glavnoj kapiji je bio u pet i dvadeset. Dočekali su ga naoružani stražari. Naređenje koje su dobili je glasilo da niko nepoznat po cenu života ne sme ući na posed njihovog šefa. Magdiša su viđali sa njegovim rođakom iz Indije kod šefa ali su odlučili da i njega ne propuste. Znali su da je njegov rođak u vili, da tu, evo dve noći spava, ali nisu imali nikakvo naređenje da li Magdiša mogu propustiti ili ne. On je prvo polako hteo da im objasni da mora da uđe, ali kada ga nisu poslušali, sve više i više je podizao glas. Šef telohranitelja se uplašio da njegova vika ne probudi gazdu pa je odlučio da ga on sprovede do njegovog rođaka. Zamolio ga je samo da budu tih jer se ni njemu ni njima ne bi dobro pisalo ako bi se gazda probudio. I on je ušao u sobu sa njima. Mislio je da će galamiti ali od toga nije bilo ništa. Tiho su razgovarali. U početku je Magdiš bio ljut a onda se na njegovom licu pojavljivao sve širi i širi osmeh. Još malo su razgovarali a onda je Magdiš zatražio od šefa telohranitelja da ode i probudi gazdu. Energično se suprotstavio spreman i svojim životom da zaustavi njihovu zamisao. Samo nekoliko trenutaka je posvetio Magdišu razgovarajući sa njim, a kada se okrenuo da pogleda šta je sa njegovim rođakom, krv mu se sledila u venama od streha. Pred njim je stajala avet, ili samo crni plašt sa kapuljačom u kojoj nije bilo glave, ali su zato postojale ruke koje su stezale kosu sa koje je kapala krv. Ova je avet verovatno kosom presekla vrat nekom od njegovih ljudi. Ta misao je proletela njegovom svešću a za njom je usledio vrisak. Bezglavo je bežao iz njihove prostorije poslednjim delićem svesti registrujući pad nečijeg tela. Nije znao da je to Magdiš pao.

Reakcija na njegov vrisak je bila momentalna. Svuda su se upalili reflektori. Svi stražari i telohranitelji su bili spremni da reaguju. Probudio se i Hejnrih Kol. I njega je ovaj vrisak u ranim jutarnjim satima uplašio. Nije znao šta se dešava pa je odmah pozvao dva telohranitelja pred vratima. Bili su spremni svakog trenutka da otvore vatru da bi zaštitili gazdu. Ni oni nisu znali šta se dešava. Onda je Hejnrih uključio monitor da vidi šta pokazuju kamere koje su snimale svaki delić njegove kuće i imanja. Video je šefa telohranitelja kako trči ka kapiji. Nije znao da je on vrisnuo. Uključio je zvučnik da čuje šta oni razgovaraju. Njegov čovek je, uletevši među svoje ljude koji su stražarili, prvo dohvatio skrivenu flašu, potežući iz nje dobar gutljaj viskija a onda pogledao u njih. Kada ga je žestoko piće malo umirilo, jedva je smogao snage da ih drhtavim glasom upita: "Jeste li svi živi?" Gledali su u njega misleći da sa njim nešto nije u redu. "Ko je od ljudi stradao?" „Niko"– jednostavno je odgovorio jedan od stražara.

„Brzo, svi oružje u ruke i idemo kod gazde! Ako neko primeti avet, pucajte u nju bez upozorenja!" Nevericu u njihovim očima je počeo da zamenjuje strah. Mogli su ratovali sa raznim bandama i organizacijama, ali niko od njih nije bio spreman da se bori sa avetima ili vampirima. Ista osoba koja je objasnila da niko od njih nije stradao je postavila logično pitanje: "Šefe, da niste Vi doživeli neki šok?" Opet je popio još jedan gutljaj viskija. "Ljudi, da li je još neko od vas jutros video nešto neobično?"– upitao ih je umesto da odgovori na postavljeno pitanje. „Ne, ne. Nismo. Ne. Nismo. Nismo…" Stizali su odgovori od njegovih ljudi. „Svi ste videli da sam otpratio onog Indijca koji već par dana dolazi kod gazde, kod njegovog rođaka koji spava u zadnjem delu vile." „Da. Da. Jesmo. Da. Da…" „Ovaj koji je došao, koji zna da govori nemački, zahtevao je od mene, prethodno se nešto svađajući i raspravljajući sa svojim rođakom, da probudim gazdu. Nisam pristao. Kada sam se okrenuo da vidim šta radi njegov rođak, ka meni je išla avet noseći u ruci kosu sa koje je kapala krv. Uplašio sam se da je nekom od vas odrubio glavu, pa sam vrišteći pojurio ka vama. Vidim da ste svi zdravo i dobro pa ćemo sada veoma oprezno poći da proverimo da nije napao stražara pred gazdinim vratima. Budite veoma oprezni. Pazite da se međusobno ne poubijamo."

Sve je njih Hejnrih mogao čuti ali im se nije mogao javiti da kaže da je dobro. Pretpostavio je da je onaj vražji Indijac izveo neku tačku, kao što je uradio pred njima i da je na taj način uplašio njegovog čoveka. Njih desetorica su se oprezno približavala vili. Hejnrih je izašao na terasu, javio im se da je sve u redu i rekao da se vrate na svoja stražarska mesta. Čuo je šta su pričali tako da je znao da ga Magdiš i Sudrak traže. Poslao je jednog od dvojice telohranitelja da vide šta hoće.

Ubrzo se vratio objasnivši da su jedva Magdiša povratili iz nesvesti i da je on, prethodno razgovarajući, tj. prepiruci se sa svojim rođakom iz Indije rekao da moraju hitno da razgovaraju sa svom trojicom. „Ma koji mu je vrag? Pa zar on misli da ću ja zbog njihovih hirova ovako rano buditi svoje prijatelje? Ko je njega uopšte pustio da uđe ovamo?" Stražari kažu da ga je rođak iz Indije u samo praskozorje pozvao, da su nešto dugo raspravljali i da je na kraju on došao. Šef obezbeđenja nije hteo da Vas budi, nego je pošao sa njim sa namerom da bude prisutan dok se oni nešto dogovore, a onda da ga vrati nazad. Oni su nekoliko minuta pričali, a onda, umesto da se vrati, zahtevali su da šef obezbeđenja pozove Vas. Kada je on odbio, po njegovim rečima u koje ja ne verujem jer je obična pijanica, pojavila mu se prikaza aveti koja je sa kosom nekome odrubila glavu!"

Sve je to saslušao, malo poćutao razmišljajući, a onda uzeo telefon da pozove prijatelje. Osetio je da je nešto važno u pitanju kada su se njih dvojica ovako rano sreli i kada su, pošto – poto želeli sa njima da se vide. Uvek su svaki teret zajedno delili pa će ih i sada probuditi da zajedno odluče šta će dalje. Na kraju, telohranitelj je rekao da su poručili da dođu svi, pa će mu to biti izgovor što ih ovako rano poziva.

Da ih je bilo ko drugi budio u ove jutarnje sate sigurno se ne bi javili, ali kada su videli da ih zove šef i njihov najbolji prijatelj, odmah su prihvatili vezu. „Dođite što pre možete kod mene."Samo te reči i nikakvo drugo objašnjenje. Nisu se obradovali kada ih je probudio - znali su da je nešto veoma hitno, pa su, uzevši oružje sa sobom, požurili na sastanak.

Prvi je stigao Helmut a nedugo za njim i Peter. Ušavši zadnji, Peter je video svoje prijatelje zabrinutih lica. Upitao ih je o čemu se radi. Hejnrih je rekao da ni oni ne znaju, ali će ubrzo saznati.

Sa oružjem, pošli su kod svojih nazovi prijatelja. Ako bude potrebno, ako im životi budu ugroženi, obojicu će ubiti. Peter je za svaki slučaj ubacio metak u cev i bio spreman u trenutku da deluje da bi zaštitio svoj i živote svojih prijatelja. Pokucali su. Kada su sa unutrašnje strane pozvani, tek tada su otvorili vrata. Da li je to bila kultura ili strah, niko nije mogao da odgonetne. Peter je bio zadnji sa rukom na dršci lugera. I on, kao i njegovi prijatelji, iznenadili su se kada su na stolu ugledali gomilu novca. Nemo su sebi postavljali pitanja: šta bi ovo moglo da znači? Ocenili su da je Magdiš vrlo pohlepan čovek koji bi i rođenu majku prodao, pa su se začudili zašto su sav novac vratili. Otvorivši vra-

ta, ugledaše njih dvojicu kako bezbrižno sede i nešto razgovaraju. Na Magdi-
ševom čelu se videla oteklina. To mu je sigurno bila posledica jutrošnjeg pada.
„Dobro jutro"– pozdravili su domaćine koji su upravo ušli. Zapravo, po-
zdravio ih je Magdiš na čijem se licu video ulizički osmeh. Sva trojica su isto-
vremeno odgovorila. Magdiš ih je ponudio da sednu za sto kao da je ovo nje-
gova kuća, ne sećajući se da su njih dvojica gosti. Posedali su iščekujući koje će
vesti čuti. Niko od njih nije dotakao pare ali su sva trojica znala da je to otpri-
ke suma koju su platili Magdiševom rođaku da obavi zadatke za koje su se do-
govorili. Iako im se ovaj čovek nije svideo, iako je imao nešto stravično u sebi,
pomislili su da je uvideo da ne može izvršiti zadatak, pa je odlučio da im vrati
dogovorenu sumu. Biće da je to tô. Zato je na Magdiševom licu ulizički osmeh.
Nadao se da će bar njemu biti isplaćena dogovorena suma, zato što je prevo-
dio ova dva dana.

Svako je za sebe razmišljao, ali su njihove misli bile veoma slične. Ne može
se reći da ovaj čovek nije imao izvesne rezultate. Od kada je on došao, nisu ima-
li projekciju slika u snovima i na javi, koje im je Miki slao, i osećali su se mnogo
rasterećenije i veselije. U njegovom prisustvu nisu imali onaj konstantni osećaj
straha i tereta. Do tada su svakodnevno strepeli da iza svakog ćoška ne izleti
nešto ili neko i pobije ih. To je Miki upravo želeo – da strah preovlada njihovim
dušama i da se stotinama puta pokaju za sve svoje grehe pre nego što izgube ži-
vote. Konačno se Peter snašao i upitao: "Magdiš, šta ovo znači?" „Prijatelju dra-
gi, i ti i tvoji poslovni saradnici znate koliko vas ja cenim i poštujem…" „Skra-
ti Magdiš", „–naredio mu je Hejnrih Kol. "Ne mogu da skratim, jer neću uspeti
potpuno da objasnim situaciju." „Hejnrih, pusti ga da kaže šta ima. I onako su
nas rano probudili, pa imamo dovoljno vremena." „U redu Magdiš, ispričaj sve
što želiš da bismo shvatili situaciju"– dopustio mu je Hejnrih.

"I sami znate da sam ga molio da se prihvati ovog zadatka i da ne traži
previsoku cenu. On je pristao i odmah došao. Prve noći, kada je Miki hteo da
pogleda šta se dešava kod vas, on ga je onemogućio. Ne samo te noći. On može
svake noći da vas zaštiti, jer je on gospodar tame. Jedino vam preko dana, dok
spava, ne može pomoći, jer tada nikog ne može da oseti. To sam ispričao u
vezi njegovih moći jer se projekcija slika desila jedanput noću a jedanput to-
kom dana." „Ali on kaže da to može zaustaviti"– podseti Peter. „Zato Vas je i
pitao da li hoćete samo da Vam zaustavi projekciju, ili želite i da uništi tog čo-
veka. Rekli ste da želite i jedno i drugo i još ste tražili da vam iz nekih sveza-
ka, koje poseduje neki vaš neprijatelj, prenese sve šifre i slova koji su tamo za-
pisana. Mnogo je bilo važnije da uništi vašeg neprijatelja Mikija, koji se poka-
zao kao veoma nezgodan i opasan, nego prenošenje podataka iz tih svezaka.
Jer, mislio je, kada njega uništi, veoma lako će preneti tražene podatke. Onda
se setio Sudrakovih reči da će mu to biti najteže, jer brojevi i slova nisu kao nji-

hovi. Hteo sam reći, da bi mu to bio najteži deo, ali ako bi se to nalazilo mnogo bliže, bilo bi mu lakše da radi, a ne kao do sada, da to obavlja u nekoj dalekoj zemlji." Nastavio je, detaljno obrazlažući kako je do sada tekao obračun sa Mikijem: "Prve noći ga je napadao veoma tiho. Miki je bežao i uspeo da mu pobegne. Tada se Miki pekao na vatri na kojoj ste se, do pre par dana, vi pekli. Proveo je besanu noć a ni dan mu nije doneo smirenje…" Uživali su slušajući Magdiševo izlaganje, zamišljajući svog najvećeg neprijatelja kako proživljava iste strahove kroz koje su i oni prolazili. „Napetost i nervoza su učinili svoje. Nije imao dovoljno snage da izdrži i drugu noć kada ga je moj rođak napao."

Ovo je bio najuzbudljiviji trenutak u njihovom životu. Žile na slepoočnicama su nabrekle a pritisak porastao do maksimuma. Očekivali su da Magdiš kaže kako je pobedio i ubio njihovog neprijatelja, a on je baš tog trenutka ućutao. Svaka sekunda je bila dugačka kao dan.„Progovori više, kako se sve završilo?"– nestrpljivo je upitao Peter. „Znam da se pitate zašto je ovaj novac ovde"– nastavio je da priča svoju priču napravivši se da nije čuo njegovo pitanje i da ne primećuje njihovo nestrpljenje. „Magdiš … Ubiću te… odgovori na pitanje koje sam postavio!" počeo je da viče Peter tresući se od besa.Hajnrih je osetio da će se uskoro pojaviti ključ zagonetke pa je podigao ruku i progovorio:"Pusti ga neka priča."

„To je novac koji ste nam uplatili da ubije Mikija i da prenese slova i šifre iz svezaka. Uzeli smo taj novac i bili smo veoma zadovoljni. Pored novca koji ste mi platili za prevođenje, i on mi je obećao određenu nagradu. Ali je odustao. Rešio je da vam sav novac vrati i da ode kući ne završivši zadatak."

Bili su u šoku."Šta ga je nateralo da donese tu odluku? Očigledno, sinoć nije mogao da pobedi Mikija, pa se zbog toga povlači"– upitao je Hejnrih. Preobražaj na njihovim licima je pokazivao da su iz raspoloženja, opet zapali u stanje straha i nespokoja. U trenu su opet proživeli sve patnje koje su im se dešavale u skorije vreme, pa su bili spremni duplo više da plate, samo da im se to više ne dešava. „Ništa od toga, dragi prijatelji."(Najradije bi ga ubili kada su iz njegovih usta čuli reči „ dragi prijatelji,, jer su znali koliko je laži i lukavstva u njima). Progutali su srdžbu, smirili se i čekali nastavak njegove priče.

„On je Mikija cele noći jurio. Miki je u početku izmicao, ali je kasnije, zbog prethodno neprospavane noći, ujedno iscrpljujućeg i nervoznog dana, usmeravan napadima mog rođaka bežao putem koji je on izabrao. Mogao ga je on i ranije ubiti, ali je želeo da mu pokaže sve svoje moći. Kada bi Miki pokušavao da skrene, on bi iskrsavao sa strane na koju je pokušao beg i opet ga vraćao na put koji vodi ka groblju. Doveo ga je u sami centar a onda naredio svojim slugama da izađu iz grobova, da uhvate Mikija, a on da mu, kao avet smrti, kosom odrubi glavu. U trenutku je poželeo da mu poštedi život kada je video koliko njegovo telo podrhtava od straha. Čudio se kako je uopšte živ."

Na njihovim licima je zablistao osmeh zadovoljstva jer su se setili kroz koje strahote su oni prolazili. Bilo im je drago što su našli čoveka koji je u moći da njemu uzvrati istom merom. Da i on oseti iste patnje kroz koje su i oni prolazili. „Njegove sluge su ga uhvatile. Sa brusom je naoštrio kosu prilazeći ka njemu." Sva trojica su se od nestrpljenja izdigli na laktove. Očekivali su vesti o kraju njihovog neprijatelja i prestanku svih svojih muka. Opet je kroz njihove mozgove proletela ista misao. „Platićemo im duplo više jer su nezadovoljni ovom sumom."

U njihovoj svesti se pojavljivala slika događaja koje je Magdiš opisivao. Likovali su nad svojom pobedom ne razmišljajući da se možda nešto desilo drugačije, ili da cela njihova priča može biti lažna. Još kada su, posle nekoliko trenutaka, čuli sledeće rečenice, više ih niko na svetu nije mogao ubediti da ovaj čovek laže: "Kada mu je Sudrak prišao na kosohvat, kada je zamahnuo da mu odrubi glavu, Miki je viknuo: 'Stani!' I sam kaže da ne zna zbog čega je zaustavio pokret ruku i zbog čega mu nije odrubio glavu.' Vidim da sam gotov i da me je pobedio protivnik koji je mnogo jači od mene. Znao sam da u Indiji postoje fakiri koji su nepobedivi, ali sam mislio da se sa njima nikada neću sukobiti. Moja nesreća je u tome što su te oni pronašli i što su te angažovali da se boriš protiv mene. Ne mogu pobeći jer sam to ove dve noći pokušao, ali si me na kraju uhvatio. Znam da mi želiš prekinuti glavu pa će izgledati da su se ovde na groblju sastali pripadnici satanističkih sekti i da su prineli žrtvu svom gospodaru. Uzalud bi se policija trudila da uzme otiske ili da pronađe tragove. Mrtvaci nemaju tragove i ne ostavljaju otiske. Ti me ne bi ni dotakao, ili bi, da još više zbuniš policiju, zabo tvoje zube u moju žilu kucavicu na vratu pa bi iz nje isisao svu krv iz mog tela. Onda bi svi bili u dilemi da li su ubice osobe koje su punktirale krv da bi je prodali, ili su pripadnici sekti. Istraga bi se sprovodila nekoliko dana a onda bi sve palo u zaborav.'

„Moj rođak je video da on priča samo da bi poživeo koji tren duže, pa je opet dohvatio kosu. Opet ga je njegov glas zaustavio:' Ako me ubiješ, a ne čuješ šta imam da ti kažem, onda će tvoje gazde na kraju biti nezadovoljne kako si ostvario zadatak. Biće uzaludan tvoj trud oko mene. Uz tvoju pomoć, jer vidim da si moćan i da možeš sve postići, vi ćete uzeti sveske koje se nalaze kod Sergeja a on je šef najjače bande u Evropi.' I tada je moj rođak hteo da mu odrubi glavu, jer je pomislio da priča prazne priče i samo dobija na vremenu, ali kada je Miki pomenuo sveske, a znajući da vi neke sveske tražite, sačekao je da čuje šta ima da mu kaže.

'Ako bi tvoji šefovi pokušali silom da ih otmu, protiv sebe bi imali stotine plaćenika koji bi ih brzo uništili. On uz sebe, pored telohranitelja, ima vojsku i policiju koji ga štite jer u svim zemljama Evrope ima izuzetno jake veze. Napadom ga ne bi mogli pobediti, ali uz tvoju pomoć to će im poći za rukom.

Vidite li da je moj rođak saznao ime čoveka kod koga su sveske, iako mu Vi to niste rekli?"–upitao ih je prekidajući priču."Vidimo"– odgovorili su i klimnuli glavama. Tek tog trenutka su primetili sa koliko napetosti su pratili šta im je Magdiš pričao. Učinilo im se da su im vratni pršljenovi zapucketali kada su klimnuli glavama. Ovaj vražji Indijac je baš rastegao priču, ali je za sada govorio samo istinu.

„E sada vam moram reći nešto veoma važno što je moj rođak saznao. Čovek u samrtnom strahu ispriča sve tajne svoga života. Tako je i Miki priznao da je prevario i Sergeja i sve ostale. Napravio je lažne duplikate svojih svezaka dozvolivši da mu ih Sergejevi ljudi ukradu. Oni su mu ubili majku i navukli njegov bes. Rešio je svima da se osveti i uspeo bi u tome, da ga moj rođak nije zaustavio."

Izbegao je da kaže Mikijevu pretnju da će svi učesnici u napadu morati da umru. Ili mu pak rođak te reči uopšte nije pomenuo, da ne bi stvarao paniku.

„Prvo je ubijao manje važne učesnike napada, a na kraju je hteo da pobije i vas šefove. Sudrak ga je sprečio. Miki je mislio da će se spasiti od smrti ako mu otkrije tajne svezaka. Rekao mu je, da pored mnogo odličnih, postoji recept kojim se sto posto može izlečiti rak. Moj rođak mu nije verovao zahtevajući od njega da mu te tajne pokaže. Miki je rekao da je te originalne sveske sakrio u nekoj pećini u Crnoj Gori, pa mu predlaže da se uveče tu sastanu, da se bore, pa ko pobedi – taj će dobiti tajne za najveću moć. Još je rekao da je njihova vrednost nekoliko stotina miliona evra i da su to veoma male pare koje ste nam vi platili."

„Magdiš, koliko ste tražili toliko ste dobili. Uz to, častili smo vas po deset hiljada evra"– odgovorio mu je Peter. „Istina Peter. Moj rođak kaže da za ove pare za koje smo se pogodili, može doneti podatke koji su u Sergejevim duplikatima, a vi znate da su oni lažni. Ako hoćete da vam donese originale, onda će vas oni koštati pet miliona evra." „Ej ti vražji čoveče!"– opet je Peter izgubio živce i počeo da viče. "Hoćeš li da pozovem telohranitelje da vas momentalno poubijaju!"

„Opomenuo sam mog rođaka da ćete to uraditi i da se ne možemo živi izvući odavde, ali je on rekao da bi uspeli mene da ubijete, a on bi se izvukao. Posle toga ne biste postojao niko na svetu ko bi mogao da vas zaštiti i od Mikija i od njegove osvete. On će i tako i tako večeras ubiti Mikija, pa kada uzme originalne sveske, onda će ih ponuditi ostalim bandama, pa će ih prodati onome ko da najviše." „Kako on može da bude siguran da će večeras pobediti Mikija?"

„Miki je sam napravio ogromnu grešku kada je zakazao da se vide u pećini. Iako je planirao da mu napravi zamku, u pećini neće imati nikakve šanse da to uradi. Moj rođak je gospodar tame, a u tom carstvu njegove najopasnije sluge su slepi miševi. Kada uđu unutra, moj rođak će ih pozvati. Tada će Mikija, pored napada mog rođaka, napasti i stotine hiljada njegovih slugu. Kada od njegovog tela ostanu samo kosti, rođak će uzeti sveske i doći ovamo. Miki je sa sveskama kupio samo još jedan dan života i ništa više."

„A ako on pobegne i tvoj rođak ga ne nađe?" „Ma gde na svetu pobegao, duh mog rođaka će ga za pola minuta naći. Dovešće ga u polusvesno stanje, kada mu se ne može ni telesno ni duhovno odupreti i sa njim će odleteti u tu pećinu u kojoj su sveske sakrivene. Sveske će uzeti, a njega prepustiti kao gozbu svojim noćnim slugama.

Sve sam vam ispričao. Zbog toga vas je moj rođak pozvao ovako rano. Zna on da se tolike pare ne drže u slamarici i da se svakog trenutka ne mogu isplatiti." „Zna li on kolika je to količina novca?" „Zna. I zato je naredio da taj novac do večeras nabavite. Ako ga nemate, vi možete podići kredite. Stavite svoje vile i lokale pod hipoteku, pa ćete na taj način doći do para. Sve te pare ćemo staviti u podrum, a onda ćemo, kada on ode da se bori, nas četvorica tokom noći ostati kod novca, dok se on vrati. Ako se kojim slučajem ne vrati, sav novac će ostati vama. On je siguran da će pobediti i da će doneti sveske. Tek kada vam preda sveske, vi ćete njemu isplatiti novac. Rekao je da slučajno ne pokušate da ga prevarite, jer ćete na taj način imati neprijatelja hiljadama puta opasnijeg od Mikija."

Shvatili su da su sve karte u njegovim rukama. Znali su vrednost svezaka, pa su pomislili: koliko bi američki mafijaši bili spremni da plate za njih! Ako bi odlučili da ih prodaju, znali su da bi odmah dobili deset, ako ne i dvadeset puta veću sumu novca od one koju su uložili. Vreme im nije išlo na ruku, pa su požurili da završe šta se od njih očekivalo. Večeras će utrostručiti straže a i oni će se naoružati tako da će se odbraniti od bilo kakvog napada ako na njih bude izvršen. Ako im Magdišev rođak donese sveske, onda će mu isplatiti novac, a ako ne donese, taj će novac uložiti u drogu i petostruko zaraditi. Takvi su razgovori tekli između njih dok su podizali sav novac sa svojih računa. Pored novca koji su imali, morali su da podignu još milion i po evra kredita. Uložili su svoje vile kao depozit i nedugo zatim dobili željenu sumu. Verovali su da će taj novac veoma brzo vratiti.

Nisu znali da je i to bio deo Mikijevog plana kada se sinoć dogovarao sa vampirom. Želeo je da uniši i njega i njih. Znao je da se vampir uzda u pomoć slepih miševa i da je pećina njegovo carstvo tame, ali je znao da će mu đedo otkriti njegove slabe tačke, pa će ga, i pored te lažne prednosti, pobediti.

Kao što su oni žurili da obave svoje poslove, tako je i Miki žurio, saslušavši sve đedove savete, da nabavi sve što mu je potrebno i da krene na put. Poneo je i leskov štap sa sobom. Kola su mu bila krcata. Pored svih stvari koje je spakovao u kola, iz šahte za vodu gde je nekada, u nepromočive kese stavio lažne duplikate svezaka, sada je izvadio tri i poneo ih sa sobom. Kada bude u pećini, originale će sakriti a duplikate postaviti na vidno mesto. Ako i izgubi borbu, i njegov neprijatelj će biti prevaren. Originale je morao da sačuva po cenu sopstvenog života.

Ni sam nije znao za šta će mu sve ovo koristiti, ali nije zaboravio ni jednu sitnicu koju mu je dedo rekao da kupi. Sve je to trebalo preneti i pripremiti da bi služilo svojoj svrsi, da bi se dočekao do sada najopasniji protivnik. „Dedo, šta će mi upaljač kada ja svojom svešću mogu upaliti vatru?"– upitao ga je dok mu je objašnjavao šta sve da kupi. „Znam da imaš tu moć, ali šta misliš ako on uspe tu moć da ti blokira? Zbog toga, za svaki slučaj, ponesi upaljač sa sobom. Zapamti da više nisi dete i da ti upaljač ne sme ispasti iz ruke kao onda kada te je napao vuk."

Sve je zapamtio, sve je radio kako mu je rečeno. Znao je sve protivnikove slabe strane ali nije znao šta sve svojim moćima može da postigne. Morao je biti veoma obazriv. Nije smeo sebi da dopusti ni jednu grešku, jer će borba biti na život i smrt.

Posle naporne višesatne vožnje došao je na odredište. Prvo je montirao kolica na jedan točak, na njih natovario agregat i nekoliko reflektora. To je morao da ponese po gotovo zaraslim stazama do pećine. Ni tren se nije odmarao. Kada sve završi, onda će sebi dopustiti sat li dva okrepljujućeg sna, da bi svež i pun energije mogao da vodi ovu, možda za njega poslednju bitku u životu. Postojala je i ta mogućnost, ali je on znao da će pobediti. Neka stara izreka kaže da je verovanje u pobedu pola pobede. Ta čvrstina i vera su mu davali posebnu snagu. Još nekoliko puta je odlazio do kola i uzimao sve što mu je potrebno. Klinovi, čekić, desetinu čeličnih mreža, plinska boca i brener, benzin za agregat, okovi, lanci, katanci, par upaljača od kojih je jedan odmah stavio u džep, letve, daske, drva za potpalu, papir, konopci, sekirica i još mnogo drugih sitnica. Sve je to radio, ali ga niko od malobrojnih seljana nije primetio. Najmanje su mu u ovom trenutku oni bili potrebni. Stariji ljudi su znatiželjni i nametljivi pa bi imao velike probleme da im sve objašnjava. Zato se parkirao na jednom proširenju na putu stotinak metara dalje od autobuskog stajališta, jer je to mesto bilo nepregledno sa svih strana.

Dok je on udaljen par hiljada kilometara, obavljao poslednje pripreme za borbu, za to vreme su tri šefa, jedne od najmoćnijih i najorganizovanijih bandi, završili svoje pripreme: izbacili su sve što im je smetalo iz podruma, uneli četiri kreveta, ubacili televizor, kompjutere i stvorili sve ugodnosti. Ni trenutka, od kada su ubacili kofere sa novcem, Magdiša nisu ostavljali samog. Uvek je jedan bio sa njim dok bi ostala dvojica dovršavala poslednje pripreme. Te noći će na ulicama i u njihovim lokalima biti mnogo manje dilera. Sve raspoložive snage su okupili oko kuće. Nadali su se da će uz pomoć svojih ljudi uspeti da se zaštite od svakog neprijatelja. Magdiš je bio prvi na listi umiranja ako nešto krene po zlu. On nije znao da su tri otvora koji se nalaze naspram njegovog kreveta povezani sa plinskim bocama velikog pritiska. U sekundi bi, na jedan pritisak dugmeta, izbio plamen koji bi za najviše deset sekundi ugljenisao ljudsko telo. Nije znao ni to da je njegov krevet namešten na prostoru gde se pritiskom na drugo dugme automatski spuštaju rešetke sa tri strane, zid sa četvrte, pa bi on bio kao u kavezu. Nije naslućivao nikakvu opasnost ali je čvrsto verovao da će njegov rođak pobediti.

51.

Lagano se bližio kraj dana. Miki je uradio sve kao što mu je đedo naredio. Prvo je pored samog otvora sa jedne i druge strane poređao dosta kamenja. Ulaz je i

tako bio malen i jedva vidljiv, pa je pored tog kamenja izgledao duži. Sa gornje strane je zakovao nekoliko dasaka i na njih poređao dosta kamenja da bi, kada povuče konopac sa kojim je povezan klin, te daske kliznule a kamenje zatrpa- lo ulaz u pećinu. Sa jedne i druge strane ulaza u pećinu je doneo dosta drva i granja a u samom dnu stavio papir i potpalice. To je nameravao, ako ne bude sprečen, da zapali svojim pogledom ili svojom svešću. Najviše vremena mu je oduzelo to što je morao užetom koje je bilo skriveno, nekoliko puta, sa rolna- ma čeličnih mreža, da preleće na drugu stranu bezdana koji se nalazio u peći- ni. Znao je da će njegov protivnik iz te rupe prvo pozvati slepe miševe a onda i ostale demone zla. Zbog toga je prelazio na drugu stranu, tamo zakucavao kli- nove, na njih kačio mreže razvlačeći ih na prednju stranu pećine. Počinjao je sa krajeva pa je na kraju i sredinu zatvorio. Kroz te rupe nisu mogle proći ni mu- šice. Mreže su bile dobro pričvršćene tako da su mogle izdržati težinu ljudskog tela samo ako bi ležeći i puzeći išao po njima, a ako bi išao uspravno, one bi se izvrnule i propustile neopreznu žrtvu u neslućene dubine zemlje. Krajeve svih mreža je povezao, samo je njih par u sredini ostavio da mogu da se izokrenu. Po njegovom proračunu, tuda će njegov okovani neprijatelj pokušati da pobe- gne i tu će propasti u večnu tamu ili će ga on, na kraju, okovanog baciti u bez- dan. Odatle više nikom ništa ne može nauditi.

I njegov neprijatelj se spremao da upotrebi sve i svašta samo da pobedi Mi- kija. Nikada do sada nije bio tako dobro plaćen, pa će se potruditi da taj novac zaradi. Nije bio svestan da upada u sopstvenu zamku. Nekada je njegov gospo- dar posejao seme zla a on se sada trudi da ubere plodove toga semena. Put pohlepe je usmeren u tom pravcu.

Mikiju je najteže bilo da agregat prebaci na drugu stranu ambisa. Kada je konačno i to uspeo, smestio ga je iza velike stene spremnog da na pritisak jednog prekidača bude upaljen. Sledeći prekidač će uključiti dva reflektora od po hiljadu vati koji će čitav prostor obasjati kao da je podne. Iza njega su se nalazila dva otvora prečnika četrdesetak santimetara. I jedan i drugi nisu bili duži od metar i po i u njima nije bilo ničeg pa se nije trudio da ih zatvori. Još je ostao otvor na samom vrhu pećine, odakle se spuštao skriveni konopac kojim se moglo preleteti sa jedne na drugu stranu bezdana. Popeo se sa spoljne strane pećine i na tu rupu prečnika desetak santimetara, stavio dosta kamenja i blata. Originale svezaka je izneo iz pećine. U nepromočivim kesama u kojima su se nalazile, gde nije postojala mogućnost da se oštete, poneo ih je stotinak metara i sakrio u šupljinu staroga hrasta. Kada se sve završi, opet će ih vratiti u pećinu sve dok i poslednjeg neprijatelja ne uništi, a onda će ih odneti kući, gde im je mesto. Nije smeo svom neprijatelju da dozvoli da se provuče kroz tu rupu i pobegne. Noć je počela da pada kada je sve završio. Namestio se u improvizovanu stolicu koju je postavio u blizini agregata. U njoj je odremao malo više od dva sata.

Osetio ga je kako dolazi. Odvojio je duh od tela koje je ostalo u stolici sa jednom rukom na dugmetu agregata a sa drugom na dugmetu reflektora. Jedan deo njegove svesti će primiti naređenje od duha i pritisnuti prvo jedno pa drugo dugme. Tada će ogromna svetlost zaslepiti vampira a Miki će iskoristiti situaciju, vratiti duh u telo i sa okovima i katancima zarobiti svog neprijatelja. Jedino tako zarobljen i bačen u bezdan i tamu više nikada nikom neće naneti zlo. A ako bude bez okova bačen u tamu bezdana, njegova duša će plutajući isploviti na površinu zemlje, on će se pritajiti neko vreme dok se neka žena porodi pa će svoju dušu useliti u to novorođeno dete. Njegovim odrastanjem će dobiti veću moć na zemlji, a možda tada neće biti nikog da ga zaustavi, pa će demoni, aveti, vampiri, vukodlaci i sve sluge nečastivog preuzeti vlast u svoje ruke.

Vampir je bez ikakvog straha ušao u pećinu. Kada je Miki povukao konopac kojim je bio povezan klin i kada je kamenje zatrpalo ulaz, njegov smeh je odjeknuo u tami.

„Ha, ha, ha… Uradio si upravo ono što sam ja želeo da uradim. Zatvorio si vrata sopstvene grobnice.“ Odlično su jedan drugog videli. Miki, jer ga je gledao duhom, misleći da on ne vidi njegovo telo, a on nije video njegov duh nego njegovo telo. Bio je gospodar tame i u tom carstvu mu ništa nije moglo promaći. Videvši da su mu ruke na dva dugmeta a znajući da bi mu pritisak na njih doneo ogromnu prednost ako ne i konačnu pobedu, vampir je proizveo viziju najjačeg vetra. Stolica se izmakla pod njim dok je u padu zakačio dugme agregata. Mikijev duh se neopisivom brzinom vratio u telo, jer ako bi telo palo sa stolice pre nego što se duh vrati, tj. ako bi telo promenilo položaj bez duha, onda se duh više nikada ne bi mogao vratiti u njega i tada bi, posle devet minuta bezuspešnog mučenja, nastupila smrt. Duh se može jedino vratiti u telo ako je ono u položaju u kome ga je duh ostavio u trenutku kada je izlazio iz njega. Ako se položaj promeni, onda se duh ne može vratiti. Tada bi telo trebalo da se vrati u prethodni položaj ili u položaj u kojem ga je duh zapamtio kada je izlazio, da bi opet mogao da se vrati ili da uđe u njega. Ali, telo bez duha se ne može samo pokrenuti, a duh sopstveno telo ne može pokrenuti ako je van njega. Na taj način, u tom trenutku, telo umire a duh polazi na put pokajanja i spokoja. Posle tog pokajanja i spokoja, koji traje četrdeset jednu godinu, duh će, iščišćen od svih sećanja prethodnog života ući u telo nekog novorođenčeta na sasvim drugoj strani sveta. Na taj način se duh neće sresti sa osobama, rekama, planinama i bilo čim drugim što će mu pobuditi sećanja iz prethodnog života, nego će, kao beba, iznova početi da pamti i da stvara reči, likove i događaje u svom mozgu. Tako će u novom životu stvoriti sve novo, a svi događaji iz prethodnih života će biti memorisani u onih osamdeset dva do osamdeset pet posto ljudskog mozga koji po medicini, ne funkcioniše. U tom delu su memorisane sve tajne, uspesi i dostignuća od postanka čovečanstva.

Nije znao zbog čega su mu sada pale na pamet sve te misli, ali je, videći da je izgubio ogromnu prednost morao da odskoči sa tog mesta, jer se vampir obrušio na njega. Opet se setio đedovih reči koje mu je ponavljao kad je bio mali: "Vodiću te zavezanih očiju, pustiću te kada dođemo do određenog mesta, ti ćeš se skoncentrisati a onda ćeš mi rukom pokazati i govoriti gde se šta nalazi."

U početku je sve promašivao, ali je iz dana u dan bio sve bolji i bolji. Kasnije ga je đedo vodio na razna mesta i on bi zatvorenih očiju pogađao šta se sve nalazilo oko njega. Toliko se izvežbao da je mogao pogoditi ptice koje su sletale na obližnje drveće. Tada, kao detetu, to mu je u početku bilo teško, a tek sada vidi koliko mu ta vežba znači.

U potpunoj tami njegove oči ništa nisu videle, dok je vampir video sve. Zato je zatvorio oči prepustivši se osećajima. Oni su govorili više i pouzdanije nego nečije oči. Opet je svoje telo prebacio na drugu stranu pećine, iza ambisa, da bi obezbedio još nekoliko trenutaka koncentracije. Vampir se preobratio u kosača i sa kosom počeo da ga juri. On je, nasuprot Mikiju, odlično video mreže koje su rasprostrete nad otvorom bezdana. Odmah mu je postalo jasno da na tri mreže u sredini ne sme stati jer će ga one propustiti u ambis, ali je video da su ostale bile odlično pričvršćene. Po njima je, u slučaju potrebe, mogao slobodno hodati. Tajna njegovog tela je moć da se preobrati u vampira, avet, kosača, vukodlaka i druge sluge nečastivog, ali i taj preobražaj ga nije mogao sačuvati ako bi slučajno stao na jednu od te tri mreže. Izgledalo je da lebdi i da nema stopala, ali je to bio samo privid. Sigurno bi uspeo da se izvuče, jer je njegovo telo u moći da pluta kroz vreme i prostor, ali bi Miki sa tim potezom postigao neopisivo veliku prednost koju je sopstvenom greškom izgubio. Dugi crni plašt je pokrivao njegovo telo. Umesto šaka samo su kosti obavijale dršku od kose kojom je on nekoliko puta bezuspešno pokušavao Mikiju da odrubi glavu. Nekoliko trenutka koncentracije su pomogle Mikiju da sagleda šanse za izbavljenje iz ove situacije. Bile su minimalne, ali se on bez borbe nije želeo predati. Avet se nalazila u blizini agregata dok je on bio u blizini zatrpanog ulaza u pećinu. Zamahnuo je kosom presecajući kablove na agregatu. Prestala je da radi mašina koja je slučajno bila upaljena. Sve je utonulo u tamu i grobnu tišinu. Ni sa jedne strane nije bilo zračka svetlosti.

„Ha, ha, ha, ha. Ha, ha, ha, ha. Ha, ha, ha, ha"– odjekivao je jeziv smeh. "Mogu ti reći da si sam sebi zatvorio grobnicu. U ovoj tami ja sam apsolutni gospodar. Ha, ha, ha, ha. Ha, ha, ha, ha. Ha, ha, ha."

Drugima bi ovaj smeh zaledio krv u venama i paralisao svaki pokret, ali Miki se nije uplašio. Osećao je da i glas i smeh i dalje dolaze sa istog mesta pa je pokušao da se poveže sa svojim đedom i od njega zatraži pomoć. Signal iz svesti je pošao ka željenom cilju, ali je, izgleda, kosač to osetio pa ga je napao da bi ga u tome osujetio. Vrisak svesti je zaparao nebo, ali sa druge strane nije bilo povratnog signala. Morao se pouzdati samo u svoje moći jer se đedovoj pomoći nije mogao nadati. Pitao se da li je signal svesti uopšte prošao iz ove zatvorene prostorije, i ako jeste, da li je imao snage da stigne do duha njegovog đeda. Dobro je osećao iako nije video, gde se kosač nalazi, pa mu nije bilo teško da se izmakne. Nije znao koliko će u tome uspevati i koliko će dugo odolevati napadima. Dohvatio je par kamenica bacajući ih u njegovom pravcu ali su one proletele kao kroz maglu i padale sa druge strane. Tada se kosač nasmejao još jedanput ga napadajući. Prelebdeo je na drugu stranu. Koristeći svaku pa i najmanju šansu da ovog čoveka što pre pobedi, kosač se brzo stvorio iza njega zamahujući kosom. Da bi je izbegao, morao se zakotrljati po podu pećine. Dotakao je jedan od sedam lanaca na čijim krajevima su bili okovi kojima je nameravao da zarobi ovog demona sa kojim se borio na život i smrt. Još jednom se zakotrljao unapred da bi izbegao napad, dok je pod prstima osećao da je ovo okov za nogu. Brzo ga je raširio zakotrljavši se unazad. Iako je izgledalo da Kosač nema noge, ipak je okov škljocnuo iznad članka.

Miki se u trenu obradovao jer je usporio pokrete svog protivnika, ali je osetio nepodnošljiv bol. Kosa je, u svom zamahu da preseče ljudsko telo po sredini, ovoga puta zakačila samo leđa. Lako je pocepala kožnu jaknu i skoro do pola leđa odrala Mikijevu kožu. Od tog bola bi se svako živo biće onesvestilo, ali je Miki pokušao da bol eliminiše, teškom mukom se izmičući da ga sledeći zamah ne bi dotukao. Odrana koža sa leđa je visila a iz rane je kapala krv. Osetio je da se njegov protivnik trudi da skine okov sa noge, pa je on pokrenuo sve svoje moći da zaustavi krvarenje i da potisne bol. Uspeo je. Skinuo je jaknu i majicu, povukao kožu na leđima na svoje mesto i sa majicom popreko vezao da mu ne bi padala niz leđa i da mu ne bi smetala. Osećaj mu je govorio, jer pogledom to nije mogao videti, da se kosač, osetivši njegovu krv, preobratio u vampira. Želeo je da svoje zube zabode u njegovu arteriju. Sada je mogao da se preobrati u šta god poželi, ali okov sa noge nikada sam neće moći da skine. Ako pobedi Mikija, a pobediće ga sigurno, onda će svratiti do neke radnje, preobraćen u seljaka sa ovih prostora i zamoliti majstora da mu taj okov sa fiberkom preseče. Za sada su mu lanac i okov usporavali pokrete, jer da nije bilo njih, on bi do sada uhvatio Mikija. Ovako mu se Miki opet izmakao, zakotrljavši se po dnu pećine. Još jednom su njegovi prsti dotakli lanac na čijem je kraju bio okov. Nikako sebi nije smeo dozvoliti istu grešku kao malopre. Odmah se izmakao na drugu stranu a na mestu gde mu se samo sekundu ranije nalazio, obrušilo se telo vampira. Zubi su i ovoga puta škljocnuli u prazno. Odmah se rukama okrenuo u levo gde je Mikijevo telo nestalo. Nije ga uhvatio jer se odbacio u desno. Zauzeo je poziciju kod nogu vampira. Još jednom je škljocnulo, i na drugoj nozi vampira se našao drugi okov. Umesto smeha koji se ranije čuo, sada se iz usta vampira oglasio cijuk koji je parao bubne opne. Prevrnuo se u nazad jer se nije mogao održati na nogama zbog nepoznatog bola koji je u njegovom mozgu proizvelo cijukanje vampira. Pokušao je da ustane dok se protivnik, sada preobraćen u ogromnog vukodlaka spremao da ga napadne. I na rukama i na nogama je umesto noktiju imao izrasline slične kandžama, čija je oštrina bila ravna žiletima. Izmicao se puzeći ispred ovog stravičnog stvorenja. Ovaj je vukodlak bio dva puta veći od onog sa kojim se pre dve noći susreo kod kapije ispred svoje kuće. Ovaj je imao mnogo veće zube i čeljusti. Dovoljan mu je jedan ugriz da bi ga prepolovio.

Od kad je postao Izabranik, od kad je odrastao, prvi put se uplašio. Povlačeći se unazad, desnom rukom je napipao leskov štap. Dohvatio ga je okrenuvši dno štapa ka vukodlaku. Biće to kao da je sa prutićem hteo uplašiti mečku! U nedostatku bilo čega drugog, i ovo mu je davalo bar neku nadu u uspeh. Na njegovo iznenađenje, vukodlak je počeo da se povlači. Sada je Miki stekao neku nazovi prednost. Snagom volje je zaustavljao bol i krvarenje na leđima pa mu je bilo potrebno duplo više energije da bi sebe održao u pokretnom stanju. Svakog trenutka je osećao kako ga snaga sve više i više napušta. Vid mu ništa nije pomagao ali je osećajima ustanovio da se vukodlak odmakao i da se opet preobraća u nešto drugo. Pomislio je da će uzeti neki drugi oblik ali je on opet postao kosač. Začudio se sam sebi kako mu osećaji pravilno govore u šta se ova nakaza iz trenutka u trenutak preobraća. Zamahnuo je kosom udarivši u Mikijev ispruženi štap. Milijarde iskrica su obasjale svod pećine. Iako su mu oči bile zatvorene, osetio se kao da je zaslepljen. Neverovatno električno pražnjenje, izazvano sudarom kose i štapa, kao da su se spojile dve žice sa dalekovoda ih je obojicu odbacilo na dve različite strane. Noćne tame je za trenutak nestalo. Učinilo mu se da je i bezdan obasjan a onda je opet sve utonulo u tamu.

Koliko li je vremena prošlo od početka njihove borbe? Da li će uskoro da svane? Proletale su mu misli kroz svest dok je bespomoćno ležao u nekom kutku pećine gde ga je eksplozija odbacila. Setio se da je svaki prolaz, ulaz u pećinu i mesto gde je izlazio vazduh zatvorio tako da nema izgleda da ovde, i da je napolju dan, prodre ijedan zračak svetlosti. Njegov biometrijski sat u pećini nije radio. Setio se da može iz stomaka proizvesti glasove i imitirati kukurikanje petla. Pokušao je, ali mu ni to nije uspelo. Počeo je da gubi svaku nadu. Jedva je disao. Osećao je strahovit bol od rane na leđima. I taj bol je bio ništavan u poređenju sa osećajem straha koji se sve više pojačavao. Nije se mogao setiti da je ikada bio u ovako bezizlaznoj situaciji. Nije bilo šanse da se pokrene a sve više je osećao približavanje kosača. Kao da mu je odjedanput postalo svejedno šta će se sa njim desiti. Iako teško povređen, iscrpljen do zadnjih granica ljudske izdržljivosti, osećaj ga nije varao nego je pokazivao da se pred njim više ne nalazi kosač.

Mogao se stotinama puta preobratiti. Opet je postao vampir koji je, osetivši krv iz rane, krenuo da je isisa. U njegovoj svesti se formirala slika kako će zabosti zube u njegovu arteriju i otpočeti svoju krvavu gozbu. Nije znao da li je to stvarno ili osećaj stvoren iz panike, tek počeo je da oseća kako ga nešto strašno, čemu se nije mogao odupreti, sve više pritiska. Kao da su lanci, koje je sa okovima zakačio na vampirove noge, sve više omotavaju oko njegovog tela ne dozvoljavajući mu da udahne vazduh.

Opet vizija u njegovoj svesti, opet slike kao da gleda film u bioskopu samo što je on, umesto nekog glumca, bio u glavnoj ulozi. Na tom filmu stvorenom u njegovoj svesti, vidi sebe kako mu vampir rukom savija glavu da bi lakše zabo zube u njegov vrat. Hteo je da se odupre, da pokuša još jednom da se odbrani i da još jednom pobegne od ove nemani, ali se njegov duh samo bespomoćno trznuo. Činilo mu se da je izgubio svaki osećaj i da dolazi kraj. I dalje su mu oči bile zatvorene a on je osećao kako se njegovo telo neverovatnom brzinom približava nekoj čudnoj svetlosti. Nije to bila svetlost ni približna onoj koju je proizvelo električno pražnjenje, niti kao svetlo sijalice i reflektora, nije ga podsećalo ni na sunčevu svetlost jer je ona bila crvena i žuta a ovo je bila neka čudna svetlost – svetla i bela. Podsećala ga je na neki deo njegove aure. Tada se setio. Od takve svetlosti su sastavljeni oreoli svetaca.

„Da, da... prolazila je misao kroz njegovu svest, ja sam sada na onom svetu i predamnom se prvo pojavljuje oreol pa ću uskoro ugledati i sveca. Nije mi samo jasno kako i na drugom svetu razmišljam i kako sve ovo znam kada nikada nisam bio ovamo? Uskoro ću i to saznati."

Osećao je blaženstvo neke neopisive tišine i svetlosti koja se sve više i više pojačavala. On je, umesto da vidi anđela Božijeg ili nekog sveca, u tom oreolu svetlosti video lik svoga đeda. Naglo je otvorio oči. Čitav svod pećine je bio obasjan. Na nekoliko koraka od sebe je video đeda koji je ovenčan slavom Božijom sijao. Celo njegovo telo je gorelo nekim sjajnim plamenom. Setio se Mojsija i grma koji je goreo a nije izgorevao. "To je svetlost Božjeg carstva. Ne može biti ništa drugo" – pomislio je sav srećan.

Nešto dalje od njegovih nogu vampir se grčio dok je rukavima zaklanjao oči da ne bi oslepeo.

„Pa ja nisam umro nego sam još u pećini, a đedo je, čuvši moj signal svesti, došao u poslednjem trenutku da mi pomogne !" „Sine, ustani!" – čuo je dobro poznati glas. „Prvo: opomenuo sam te koliko je tvoj neprijatelj opasan. Iskoristiće svaku tvoju grešku ili slabost i pobediti te ako mu budeš dopustio. Drugo : zašto si dozvolio da svoga neprijatelja dočekaš nespreman?"voa nesprem ""Đjedo, ja sam sve što si mi rekao kupio i uradio sve kako si me podučio." „Sine, ti si najopasnijeg neprijatelja dočekao na improvizovanoj stolici i on je to odmah iskoristio. Bila je toliko slaba i labava da si mogao očekivati da će se raspasti sama od sebe, a ti si na njoj našao oslonac. Nije mu bilo teško da je izmakne a da tvoje telo izgubi postojeći položaj. Zbog toga si morao svoj duh da vratiš u telo a zatvorivši sve izlaze više nisi mogao da se teleportuješ na veću daljinu i na taj način si izgubio sve moguće šanse za pobedu. Zamisli da tvoje telo nije bilo naslonjeno na stolicu, nego da si stajao pravo i da su tvoje ruke bile oslonjene na tastere, on ne bi smeo da izvede onaj manevar sa vetrom jer bi se ti pokrenuo upalivši reflektore i on bi tada bio gotov. To ti je greška. On je sebe usavršio samo u jednom smeru i na taj način postiže najveće rezultate. Preobražava se čas u jedno, čas u drugo, čas u treće neljudsko biće i kod osoba koje napada izaziva paralizu mišića pa ih veoma lako savlada. Ako bi se pojavljivala koja teškoća koju sam ne bi mogao da reši, tada bi pozvao u pomoć ostale sluge nečastivog. Nije bitno da li su to mrtvaci, zmije, pacovi, slepi miševi, aveti, vukodlaci, vampiri ili bilo što drugo što služi đavoljem carstvu. Kod njega duhovne moći nisu naglašene jer ih i nema. Da ih poseduje, ne bi ih koristio za pribavljanje materijalnog bogatstva.

Tvoj duh i tvoje moći nisu došle do izražaja jer je on stekao prednost oborivši tvoje telo sa stolice. Izgubivši prednost zamalo si izgubio život.

Treće: znaš da sam ti rekao da ću uvek biti sa tobom i da ću te štititi. Sećaš li se da Izabranik može umreti samo po Božijoj volji, ali tek onda kada sve tajne preda drugom Izabraniku. Jesi li zaboravio šta sam ti rekao da Izabranika ne može nikada uništiti ni jedan neprijatelj, ma kakvo oružje imao. Svako oružje je konstruisao neko od fenomena kome je mozak funkcionisao dva, tri procenta više nego ostalom narodu, a Izabraniku mozak funkcioniše duplo više nego fenomenima. Zato je njegova moć neograničena u odnosu na ostatak čovečanstva, a ipak mnogo, mnogo manja od Božije. Pogledaj tvoga neprijatelja. Uvija se kao crv. U njemu nema snage da se suprotstavi detetu jer ga je moja svetlost zaslepila. Njega bi i svetlost reflektora zaslepila samo da si uspeo da je aktiviraš. Znaš li zašto sam zahtevao da sa jedne i sa druge strane ulaza nasložiš drva, da staviš papir i potpalice? „Da bi ih zapalio sa svojom svešću"– odgovorio je Miki. "Ne. Znao sam da će te neprijatelj iznenaditi i da će uništiti tvoje izvore svetlosti. Kada si mi poslao signal svesti za pomoć, ja sam bio sa tobom."

„Đedo, kako te nisam osetio?"„Nisi ni mogao da me osetiš jer sam ja tebe stvorio a ne ti mene. Iako sam mrtav za ovaj svet, moj duh je živ i on je mnogo jači od tebe i tvoga duha. Tek onda kada sve svoje znanje preneseš na drugog Izabranika i kada svevišnji Bog upokoji tvoje telo a tvoj duh uzme kod sebe, ja ću onda poći na večni počinak a tvoj duh će preuzeti funkciju čuvanja sledećeg Izabranika do njegove smrti. Sve sam ti ispričao. I ovoga puta sam ti pomogao ali ja neću uvek voditi tvoje borbe. Sada ti se vraćaju sve moći pa ti završi sve započeto."

Osetio je da njegovom telu nadolazi nova snaga. Nije bilo bola ni umora. Pomislio je na odranu kožu na leđima i ka njoj pružio ruku. Rana je momentalno zaceljivala. Đedo mu je sve objasnio pa su i on i vatra na njegovom telu iščezavali. Ali đedovim nestankom vampir je opet poprimao svoje moći i bio spreman da napadne. Munje iz Mikijevih očiju su zapalile papir a vatra je zahvatila potpalice. Opet je prostoriju obasjala svetlost. Dve vatre su se sve više razgorevale.

Da li je moguće? U pećini je počela da pada kiša cvrčeći pri dodiru sa zažarenim drvetom. Znao je da na taj način vampir hoće da ugasi vatru i da opet stekne prednost. Tada mu je kroz svest prostrujalo sećanje kada ga je đedo terao da zapali papir iako je padala kiša. Iz njegovih očiju su sevnule još dve munje. Vatre su se još silnije razgorele. Naglo, kao što je počela, kiša je tako i prestala, a na zidu pećine iznad samih vatri su se pojavila dva vodopada. Kao da je očekivao takav potez, brzinom misli je teleportovao vatre na drugo mesto a vodi iz vodopada napravio korito ka bezdanu. Čuo se ogroman huk jer je voda kroz mrežu propadala u bezdan.

Vampiru je smetala ova svetlost ali ne kao đedova koja je bila mnogo jača, a na ovoj je mogao da reaguje i da se brani.

Odbrana nikada nije opasna kao napad, ali se Miki morao čuvati jer nikada nije znao šta će vampir da preduzme. Zato je dohvatio lanac od sledećeg okova. Nije ga, kao prethodne, morao opipavati jer je znao da su mu ostali još dva za ruke i jedan sa kacigom za glavu.

Ispružena ruka je želela da zaštiti lice kada je Miki zamahnuo. Odbrana je bila bezuspešna pa je još jedan okov škljocnuo i zauvek onesposobio moći u jednoj ruci ovog demona. Miki je pošao je da uzme okov za drugu ruku, a onda, odjednom, milioni slepih miševa su pokušavali da provale žicu nad bezdanom i pomognu svom gospodaru. Izvadio je upaljač iz džepa, upalio brener puštajući veliki plamen. Vatra je padala na čelične žice paleći ispod njene površine sićušna tela najopasnijih predatora i najvećih vampirovih pomagača. Njihovi oštri zubi su kopija vampirovih, samo što su mnogo manji. Da su uspeli da prođu, njegovo telo bi za par minuta bilo sasvim oglodano. Pustio je smer vatre ka bezdanu dok je prilazio sa drugim okovom. I na drugoj vampirovoj ruci se obavio okov a lanci su kao zloslutnici visili do poda pećine.

Izgledalo je da se svaka nada i svaka šansa za vampira gase. Miki je bio gospodar situacije. Pošao je da uzme okov za vrat, kada je iz jednog otvora pećine ka njemu krenula glava anakonde. Znao je da su oba otvora dugački oko metar i po i da u njima nema ničega, ali je postupio instiktivno. Umesto da dohvati okov, on je dohvatio sekiricu koja se nalazila u blizini. Odmakao se od jedne anakonde ali je upao u zagrljaj druge. Obavijala se oko njegovog tela a on je zamahnuo sekiricom. Pogodio je između očiju. Moćni mišići su popustili stisak. Druga je izlazila iz otvora i gmizala ka njemu. Ako bi izmakao još dva koraka, upao bi u ruke vampiru. Pokreti su mu skroz usporeni zbog okova, ali nije hteo ništa da rizikuje i napravi drugu grešku. Mozak mu je radio perfektnom brzinom.

"Sine, ako bi neko uhvatio pun džak najotrovnijih zmija i izručio ih na pola metra od tvojih bosih nogu, nijedna te ne bi ujela jer one u tebi ne vide običnoga čoveka, nego im se od tvojih nogu pričinjava vatra, tako da bi svaka pobegla. Jer si ti sine bioenergetičar"– setio se đedovih reči i znao da je to samo iluzija kojom bi vampir želeo da ga uhvati u svoj zagrljaj i još jednom pokuša da preokrene situaciju u svoju korist. Ispružio je ruke ka njoj dok je iz dlanova izbijala vatra a zmija je počela da se povlači. Nestala je kao što su nestali vodopadi, slepi miševi i sve ostalo što je iluzija.

Dohvatio je okov i brzo ga obavio oko vampirovog vrata. Još jednom je vampir upotrebio svoje moći želeći da ovo sve prestane i da se izvuče, dok mu se Miki približavao sa okovom za glavu. Njegova svest je proizvela slike projektujući ih u Mikijevu svest. Počela je komunikacija kada se usne nisu pomerale ali su mozgovi preuzeli sve funkcije. „Stani!"Miki je zastao. "I ti si mene sinoć na groblju ovako zaustavio kada su te sa tri strane opkolile moje sluge. Ja sam tada mogao da mahnem kosom i da ti odrubim glavu, ali sam zastao i saslušao te. Saslušaj i ti mene sada."

52.

„Reci. Saslušaću te. Moram samo da ti kažem da nisi mogao da me pobediš i da mi odsečeš glavu jer si se uverio da sam, kada sam završio šta sam imao da kažem nestao, tako da mi ni ti ni tvoje sluge niste mogli ništa. To je sada manje

važno, ti reci šta želiš a ja ću te saslušati, i ni jednom te neću prekidati. Kada ti završiš, tada ću ja reći šta imam i videću šta ću dalje da radim."

„Kod nas u Indiji ima mnogo Bogova i mnogo verovanja. Jedan od glavnih Bogova je Šiva koji poseduje neograničenu moć. On je stvorio sve na nebu i na Zemlji. Po jednom predanju, one osobe na Zemlji koje njega služe, živeće večnim životom. Moj otac, moj deda, moj pradeda i svi njihovi preci su bili njegovi poklonici i svi su živeli teškim životom. Mnogo su se mučili nikada nemajući bilo čega u većim količinama. Deca su im gladovala a oni su se mučili, radili i nadali boljim danima. Molbe su bile iskrene ali boljih dana i većeg bogatstva nije bilo. Umirali su dosta mladi sa tovarom nerešenih briga. Video sam da se tu nešto ne uklapa pa sam počeo da tražim rešenje na drugoj strani. Kao momak, nemajući novca da platim jedno piće, bilo me je stid da sa vršnjacima izađem u grad. Uvek bi me drug Rahma pozivao i uvek bi mi sve plaćao. Jednom sam ga upitao odakle mu toliki novac? Odgovorio je da će prvo upitati svog pretpostavljenog da li sme da mi kaže, pa će mi sutra odgovoriti. Sa nestrpljenjem sam iščekivao sutrašnji dan i njegov odgovor. Sreli smo se u dogovoreno vreme. Upitao me je da li umem da čuvam tajnu. Rekao sam da umem. "Ovo što ti budem ispričao, moraš čuvati po cenu života." „Veruj mi da ću to i uraditi." „Moj gospodar želi da te vidi." „A ko je tvoj gospodar?" „Hej, ne budi nestrpljiv. Doći će i to vreme kada će reći da te dovedem." „Pa ti si rekao da želi da me vidi." „Da. Želi. Ali nije rekao kada."

Znatiželja i razočarenje su preovladali mojom dušom. Mislio sam da Rahma ispituje moje strpljenje. Nisam hteo nikom ništa da kažem nego sam strpljivo obavljao kućne poslove, razmišljajući o svemu. Voleo sam i ja da budem bogat, da kao on potrošim veću količinu novca a da sutra opet imam dovoljno u novčaniku. Znao sam njegovu familiju. Nisu uopšte bili bogati. Pitao sam se kako to on dolazi do novca? Padalo mi je na pamet da verovatno prodaje drogu pa mi je zato rekao da ovu tajnu moram čuvati po cenu života. Ako bude to radio ja neću pristati da sarađujemo. Mislio sam i bio ubeđen da je to tô. Jednoga dana on me pozva. Odmah sam ga pitao. "Rahma, da li ti radiš sa drogom?"

Nasmejao se odgovorivši mi da ne radi sa time, ali da ima više para nego da nju prodaje. Ispitivao sam ga jer sam znao da nelegalni poslovi mogu stvoriti veliko bogatstvo. "Sudrak, veruj mi da ništa od toga nije. Ako se odlučiš da nam se priključiš, prvo će ti moj gospodar ispričati sve o tvom životu jer je neverovatno vidovit, a onda ćeš, kada ga saslušaš, sam odlučiti da li ćeš da nam pristupiš ili nećeš." "Ako odlučim da ne pristupim, da li potpisujem sopstvenu smrtnu kaznu jer si mi rekao da se ova tajna mora čuvati po cenu života?"

"Ako pristupiš, onda ćeš morati da čuvaš tajnu a ako nećeš, onda će gospodar iz tvoje svesti izbrisati sve misli i sećanja vezane za ove razgovore."

To me je jako zainteresovalo. Ko je taj gospodar koji može izbrisati tuđe misli i sećanja? Rekao sam da bih želeo da ga upoznam. Iste noći sam sa njim pošao do grada. Išli smo nekim podrumima dok nismo stigli u nekakvu prostoriju ili halu. Bila je velika oko petnaest puta deset metara. Bila je oskudno osvetljena tako da sam jedva nazirao šta se nalazi preda mnom. Pred nekim zastorom ili zavesom Rahma je zastao. Ja sam ga za malo udario sa leđa. Onda sam i ja zastao. "Rahma" – čuo se glas od kojeg mi se naježila koža na vratu. Rahma se spustio na kolena, klanjajući se ispred gospodara koji se nalazio sa druge strane zastora. Nisam ga video ali sam mu opet čuo glas : "Sudrak, ti nećeš da mi se pokloniš?"

Kao da se svaki otpor razbio u meni. Klekao sam i počeo da se klanjam gospodaru kojeg još nisam video. Zaustavio me da više ne klanjam. U tom polusedećem položaju sam ostao dok mi je on doslovce ispričao ceo moj život. Sve je rekao tačno kao da je živeo u našoj porodici. Nisam se mogao načuditi njegovoj priči. Mnogo šta od ovoga što mi je rekao Rahma nikako nije mogao znati. Završivši priču, iz smera odakle je dolazio glas, doletele su dva novčića.

"Rahma, povedi ga sa sobom. Novčiće mnogo puta uložite, zaradu uzmite za sebe a meni u ponoć na isto mesto novčiće vratite."

Izašli smo a ja ga nisam video. Kasnije, upitah Rahmu ko je on? Kako je znao sve o meni i mom životu i kada ću ga upoznati. Odgovorio mi je da veoma retki mogu videti njegov lik i da ga ni on još nije video. Išli smo od kockarnice do kockarnice svuda ulažući svoj novčić. Svuda smo dobijali. Deset minuta pre ponoći smo stigli u isti podrum. Svetla nisu bila jača, a meni se činilo da bolje vidim. Opet se Rahma klanjao vraćajući novčić koji je dobio. Malo posle njega, na istom mestu, i ja sam se poklonio ali sam umesto samo novčića koji sam dobio, ostavio sav novac koji sam te noći zaradio. Sa druge strane sam čuo smeh. Nedaleko od mene je stajao Rahma. Pomislio sam da li je i on čuo isti smeh kao i ja. Odmah sam dobio objašnjenje:"Ne brini, on ne može čuti ni jednu reč koju sam uputio tebi. Sutra uveče pre pola noći te očekujem na ovom mestu." „Gospodaru, ja ne znam put." „Kreni od kuće i ne brini. Možeš i oči zatvoriti ali će te moja moć ovde dovesti."

Pričao je Mikiju svoju priču neprestano se vrpoljeći i pomerajući. Pokušaće svim silama da ga ubedi da mu skine okove, da postanu partneri i da zajedničkim moćima dođu do basnoslovnog blaga. Ako mu ne uspe da ga ubedi, onda će uneti svu snagu u poslednji udarac. Nameravao je da se svom snagom odbaci od poda pećine, da Mikija nogama udari u stomak i na taj način ga odbaci kroz mreže u bezdan.

„Spremao sam se željno iščekujući kada će ponoć. Oko dvadeset tri sam izašao iz kuće. Nisam umeo da objasnim gde se nalazim. Preda mnom su bile radnje grada u čijoj sam blizini odrastao. Danju sam znao svaku uličicu, a sada, kao da sam se izgubio, ali sam nastavljao da hodam kao da me neko gurao da idem pred njim. Došao sam do podruma. Sve je bilo kao i prethodne noći. Klanjao sam se kada se iza zastora čuo glas: "Sudrak, ti si rođen da postaneš jedan od mojih najboljih slugu." „Šta treba da radim gospodaru?" „Samo me moraš bespogovorno slušati i tvoj uspeh će biti zagarantovan. Postaćeš fakir i tvoje moći će biti neograničene u našem kraljevstvu." „Da li je to već uspeo da postane Rahma?" „Nije. On nikada neće ni uspeti jer nam je on mamac za nalaženje novih članova." „Kako ću znati da su mi zagarantovani uspesi u tome što mi nudite?" „Kao prvo: uzećeš ovaj novčić i opet večeras poći u razne kockarnice. Tamo ćeš, kao i sinoć, igrati na sreću. Nigde se nemoj dugo zadržati. Kada dobiješ, odigraj još par krugova i idi u drugu kockarnicu. Zaradi koliko ti duša želi i tako radi narednih nekoliko noći. Tada ću ti poslati jednog starca koji će te pozvati kod sebe u planinu da bi te obučavao da postaneš ovo što je meni potrebno. Sav novac koji zaradiš, a biće ga previše, ćeš ostaviti kod svoje kuće a ovaj novčić koji sam ti dao ćeš predati tom starcu. Tamo gde ideš novac ti neće trebati." „A šta će biti ako ne pristanem?" „Ništa. Ja ipak znam da ćeš pristati."

Zaista sam nekoliko narednih dana imao ludu sreću. Zaradio sam više nego moja porodica za deset godina prodajom svojih poljoprivrednih proizvoda. Kada sam pošao od kuće objasnivši im da ne znam kada ću doći, ostavivši im sve pare koje sam zaradio, oni su pomislili da sam opljačkao neku banku i da me zbog toga vode u neki zatvor. Rekao sam im da novac slobodno troše a ja ću se vratiti kada završim neke neodložne poslove. Nisu verovali nego su narednih nekoliko nedelja iščekivali da im policija sve oduzme. Policije nije bilo, pa su oni polako počeli trošiti nezarađeni novac. Bilo ga je previše ali su ga oni ipak racionalno trošili. Posle tri meseca su se svuda raspitivali o meni. I poli-cija je saznala za moj nestanak. Svuda su me tražili ali me nigde nije bilo. Tek posle devet meseci, kada su svi izgubili svaku nadu, ja sam se pojavio pred ku-ćom. Obradovali su se mom povratku. Obavestili su policiju da me više ne tra-ži. Kada su me posle par sati upitali gde sam bio, ja sam im odgovorio: Tu, i sve sam vas video.

Interesovalo ih je da im sve opišem. Znao sam da o sebi i svom gospoda-ru ne smem ništa reći, ali sam njima ispričao šta je ko radio za ovo vreme dok mene nije bilo. Isto tako su se čudili i policajci koji su me pozvali na ispitiva-nje kada sam i njima ponaosob ispričao ko je šta radio. Uverili su se da sam na neki, samo meni znan način, uspeo da postanem vidovnjak. Nisu me više di-rali.

Posle nekoliko noći ja sam opet pošao do mog gospodara. Opet me je isto primio ne pokazujući se. Rekao je da sve isto uradim kao i prošli put i da će opet doći drugi starac da me uzme. Ovoga puta sam porodici ostavio mno-go više novca. Vratio sam se nakon jedne godine. Tada sam bio u moći da svoj duh odvojim od svog tela, da sa duhom istražim šta me interesuje, pa da se vra-tim i onda sa svojim telom doplutam kroz prostor i vreme do tog željenog me-sta. Naše moći su bile u telu jer je naš gospodar izgubio duhovne moći mnogo, mnogo vremena pre mog rođenja, kada je pokušao Šivu da svrgne sa prestola. Tada ga je Šiva bacio u večnu tamu prozvavši ga đavolom.

(Miki se blago osmehnuo pomislivši da izgleda sve religije sveta imaju iste događaje samo im se Bogovi drugačije zovu.)

Od tada, on vodi borbu prikupljajući sve više slugu da bi napao Šivu i pre-uzeo carstvo duhovnih."

Sve je shvatio. Zbog toga ga vampir nije osećao kao duha nego je uvek na-padao njegovo telo. Znao je da mu priča istinu, ali nije mogao dokučiti šta će mu na kraju ponuditi. Pričao mu je polako, neprimetno se pomerajući, da bi kod Mikija stvorio znatiželju zbog koje će mu popustiti pažnja. Moraće nešto od tih prednosti da iskoristi.

„Dobro si mi rekao da sam tada najranjiviji. Svu energiju sam koristio za prebacivanje tela. To niko od osoba koje sam napadao pre tebe nije znao. Na prvu osobu koju sam morao ubiti, poslao me je gospodar treće noći od mog dolaska. Bio je to moj drug Rahma. Previše se opustio odajući tajne našeg po-stojanja pa me je gospodar poslao da ga ućutkam. Doživeo je infarkt i umro od straha kada je video da ka njemu ide avet sa kosom. Znao sam u šta se sve mogu preobratiti i kolike moći posedujem u odnosu na druge ljude. Posle Rahminog ubistva prvi put sam video gospodara. Bio je to đavo. Nešto slično na ljudsko telo i ruke, jareće noge a glava slična čovečjoj samo vilice više izba-čene a na čelu ogromni rogovi kozoroga. Na dnu brade jareća bradica a pozadi neki čudan rep kakav nema ni jedna životinja. Dno repa mu je slično strelici kojom se na dalekovodima označava visoki napon. Više mi nije smetalo što je moj gospodar đavo. U njegovom carstvu sam imao sve što sam zaželeo. Nedugo posle Rahmine smrti naša kuća je postala najbogatija u selu. I to ne samo u jednom, nego u svim okolnim selima. Mrzeli su nas ali nam niko nije mogao ništa. Za mog gospodara sam obavljao poslove ubijajući ljude koji su na bilo koji način posumnjali u nas. Nije bitno da li su to bili lekari, policajci ili činovnici. Par dana pre nego što sam pošao ovamo, gospodar mi je rekao da ne polazim jer mi je pokazao pećinu u kojoj je zakopano Mojsijevo blago obećavši da će mi ga dati ako odustanem od puta. Pitao sam ga da li u našem carstvu postoji neko osim njega da ima veće moći od mene? Rekao je da nema. Rado ću se boriti sa tom osobom iz drugog carstva i pobediti je. Bio sam samouveren.

"Mislim da niko, osim možda mene iz našeg carstva ne može ubiti duhovnog Izabranika. S obzirom da je sve na svetu moguće kupiti, dajem ti dozvolu da tom Izabraniku ponudiš najveće blago sveta samo da sa nama sklopi savez. Obećaj mu da mi nećemo njega dirati a neka i on tebi obeća da neće dirati nas. Pokazaćeš mu pećinu Mojsijevog blaga onog trenutka kada te oslobodi okova."

Miki je rukama držao oklop za glavu. Gvozdeni šlem kakav su nekada nosili musketari i vitezovi. Ovaj se na zadnjem delu uvlačio u deo vratnog oklopa tako da se glava nije mogla pomerati. Imao je otvor za usne pomoću kojeg se moglo disati a na mestu gde je trebalo da budu otvori za oči, bila su dva udubljenja koja su zatvaranjem oklopa pritiskala zenice stvarajući nepodnošljivi bol.

Sada mu je bilo sve jasno. Đavo je nudio Mojsijevo blago da bi spasio svog najboljeg slugu. I ovom prevarom je želeo nauditi carstvu Božijem.

„Sudrak, saslušao sam te i moram reći da bi tvoja ponuda bila interesantna da u mojoj duši ne preovladava duhovnost. U carstvu Božijem ne postoji novac ili seme zla koje je tvoj gospodar posejao. Zato ni ja ne mogu prihvatiti tvoju ponudu i na taj način uprljati ono što je sveto.

Još nije uspeo da odgovori do kraja, a Sudrak je upotrebio svu preostalu snagu pokušavši Mikija nogama da udari u stomak. Kao kada lav napada zebru pa ona pokuša kopitima da mu razbije glavu, tako je i ovaj napad izveden. Da je pogodio cilj, Miki bi leteo kroz ambis u mračne dubine neistražene zemlje. Noge su promašile jer je Miki očekivao napad a na Sudrakovom licu se pojavio grč razočarenja. Još se u potpunosti nije smirio zvuk lanaca kojima su mu bile okovane noge, kada je Mikijeva svest progovorila:"Ni ova podvala ti nije uspela. Sada si konačno poražen. Ne boj se, neću te ubiti jer bi tvojim ubistvom tvom gospodaru učinio uslugu. Poslaću te u carstvo tvog gospodara gde caruje mrak, sa ovom kacigom na glavi zbog koje ništa nećeš videti, a ruke će ti biti okovane tako da kacigu nećeš moći da skineš. Bez pomoći bilo kojeg Božjeg sluge sa ovoga sveta, nikada kroz vremena se od ovoga nećeš odvojiti, a ni tvoj gospodar ti ne može pomoći."

Stavljao mu je kacigu na glavu. "Sa ovih sedam ključeva će biti zaključane sve tvoje moći a ovaj kamen za koji si vezan će te odvući na samo dno pakla, odakle, iako si đavolov najverniji sluga, više nikada nećeš uspeti da izađeš. Da te nisam vezao, znam za tvoju sposobnost levitacije pa bi tvoje telo plutalo na površini, tako da bi uz pomoć neke prevare uspeo da se oslobodiš, a ovako ti to neće uspeti.

Šest lanaca koji su visili sa njegovog tela, dva sa nogu, dva sa ruku, jedan sa vrata i jedan sa kacige na glavi je spojio sa sedmim lancem koji je bio izukršan oko ogromnog kamena. Kada je sve završio i svih sedam katanaca zaključao, odmakao se nekoliko koraka.

"Pusti me, daću ti sva blaga ovoga sveta" – čuo se glas prigušen kacigom.

"Idi od mene satano jer moje je carstvo Božije! – setio se reči Isusa Hrista kada ga je, posle četrdeset dana gladovanja, đavo iskušavao. Pružio je svoje ruke i usmerio pogled. Ogroman kamen se izdigao par metara dok je okovano telo visilo sa donje strane. Čeličnom pogledu su pomagale ruke koje su podrhtavale tako da su se i kamen i telo pomerali do sredine ambisa. Sudrak nije znao gde se nalazi, ali ga je sve veći strah koji je obuzimao njegovo telo, terao da još jedanput zamoli i da još jedanput ponudi i ono što je bilo nemoguće, samo da bi se oslobodio. Nije ga slušao. Naglo je povukao ruke, a kamen, oslobođen od sile koja ga je pridržavala, poleteo je u dubinu vukući telo koje je, zbog promene položaja, sada bilo sa gornje strane. Jeziv krik je parao svod pećine a onda je i to prestalo. Nije znao da li je stigao do sedmog dna pakla, ili još do tamo putuje, znao je samo da je uradio sve što mu je đedo rekao i da se zlo iz tela ovog čoveka nikada više neće pojaviti.

Tek kada se sve završilo shvatio je koliko je umoran i iscrpljen. Morao je još sve klinove koji su zadržavali mreže da povadi iz kamenog poda, da ih zajedno sa mrežama polije benzinom i baci u ambis. Ali pre toga je na ovoj strani ambisa uzeo lažne duplikate a originale će uzeti iz šupljine starog hrasta, i u nepromočivim kesama zatrpati u pesak na kraju pećine. Možda će se neko od seljaka koji su nekada ovde živeli odlučiti da poseti pećinu, pa i da preleti uz pomoć užeta na drugu stranu, ali mu verovatno neće pasti na pamet da kopa po podu pećine i traži sakrivene sveske. I kada bi ih neko slučajno našao, ne bi mogao da ih dešifruje bez tajnog koda koji je Miki držao kod svoje kuće, pa bi veoma brzo izgubio interesovanje za njih.

Plamen se veoma brzo ugasio. Sada su samo dve vatre upaljene na dve strane nekadašnjeg ulaza osvetljavale pećinu. Onako umoran je sklanjao kamenje sa ulaza. Činilo mu se da ga svaki delić tela boli i da više nema snage ni da se pomeri. Još malo kamenja i moći će da prođe. Nad samim ambisom, iznikao iz paklenog ponora, pojavio se gospodar zla: "Osvetiću ti se. Ha, ha, ha." – odjekivao je smeh dok je ka njemu išao đavo. Makao je jedan pa drugi kamen a onda, videvši da je napolju zora počela da rudi, iz stomaka zakukurikao kao petao. Gospodar zla se vratio u svoje carstvo tame dok je iz ambisa i dalje odjekivalo: "Osvetiću ti se. Ha, ha ha. Osvetiću ti se. Ha, ha. ha."

Izašao je i totalno iscrpljen legao pred pećinom. Želeo je da zaspi i da se nekoliko dana ne pomeri sa ovog mesta.

53.

„Sine, – čuo je glas svog đeda," moraš malo da se osvežiš vodom koju si ostavio pred ulazom i da pođeš da okončaš svoj zadatak, jer nemaš još puno vremena."

Znao je i sam da mora jutros da uništi organizatore Kukastog krsta ili „Krsta pravde" kako su sami sebe nazivali, pa tek onda može da se naspava. Ranije nije znao zbog čega mu je đedo rekao da desetak metara ispred ulaza sakrije bidon od dvadeset pet litara vode, a sada mu je i to bilo jasno. Prvo se nekoliko puta umio po licu, a onda je sadržaj hladne vode izlio sebi na glavu.

Osvežen i rasanjen je duhovno pošao da završi jedan težak zadatak. Ispružio se na travi izdvajajući duh iz tela. Znao je da ga tu niko od preostalih malobrojnih seljaka neće tražiti u ovim jutarnjim satima.

Stražari, naoružanje, psi čuvari i sve ostalo što ovozemaljski čovek može sebi priuštiti da bi se uspešno zaštitio od drugog čoveka, ne mogu zaštititi nekog ako ga napada duh. Prolazio je pored njih a da ga ni stražari, ni psi, čovekovi najverniji prijatelji, nisu osetili. Potražio ih je po sobama ali ih nije bilo. Našao ih je u podrumu. Bunker u kojem su se sakrili uskoro će postati njihova grobnica. Pustiće ih da se međusobno poubijaju, znajući ko će prvi nastradati. Bili su iscrpljena, a oči su jedva držali otvorene. I njegovo telo je bilo umorno, ali je on, za razliku od njih, imao druge moći. Napadao ih je duhom, a od njega nije bilo odbrane. Napetost je izbijala iz svakog delića njihovog tela.

Još malo pa će svanuti, a Magdišov rođak Sudrak se još ne pojavljuje. Prvo su pomislili da ovi vražji Indijci nisu skovali plan da ih sa drugom bandom napadnu i da im opljačkaju novac. Sigurnost im je davalo Magdiševo prisustvo, pa su tu mogućnost odbacili. Uverili su se u njegove moći pa su očekivali da im se ubrzo javi, a on se ne javlja iako će uskoro zora. Nekoliko puta su upitali Magdiša da li je moguće da će ga Miki može pobediti.

„Ni ja ne znam tačno šta je sve u moći da uradi, i uvek se prestrašim kada se on preobrati u neko stravično stvorenje, ali znam da ne postoji ni jedan čovek na svetu koji ga može pobediti jer on ima nadljudske moći. Nemojte se zbog toga brinuti, samo budite strpljivi i sačekajte da dođe."

I Magdiš je u ovim jutarnjim satima bio zabrinut što ga nema. Nekoliko sati ranije je uspeo, pored sve napetosti, da se opusti i zaspi. Probudili su ga kada su izdavali naređenja svojim ljudima. Odjednom mu je spasonosna misao prostrujala kroz glavu: "Peter, pozovite svoje ljude i naredite im da provere da Sudrak nije došao i legao da spava, dok ga mi ovde očekujemo. Ni prethodnih noći ga niko nije video ni kada odlazi ni kada dolazi. Možda se uvukao u svoj krevet i spava, a mi ovde sa strepnjom sedimo."

Mikijevom duhu su ove reči dale odličnu ideju da stvori potpunu pometnju. Stražarima će stvoriti iluziju da se pred njima nalazi avet od koje moraju da se brane. Nateraće ih da ispucaju rafale iz svojih automata. Tako je i uradio. Trojica su se obazrivo približavala vratima. Pritisnuli su bravu, otvorili vrata gledajući u unutrašnjost prostorije. Kada su hteli da se okrenu i vrate jer su videli prazan krevet, neki pokret iza vrata im je privukao pažnju. Niko osim njih trojice nije čuo taj avetinjski smeh, a oni su prestrašeni otvorili vatru.

Na njih više nije izgubio ni tren, nego se odmah prebacio u podrum. Čuvši prve pucnje, sva trojica su pritisnula skrivene tastere i sa tri strane oko Magdiša su se spustile čelične rešetke. Nije uspeo da pita šta je to , a iz tri otvora na zidu je sunula vatra. Nije uspeo ni da vrisne, a iz njegovog tela je istekao život. Osećao se smrad zapaljenog mesa a oni su i dalje držali prste na tasterima. Valjda je to bio grč straha. Podrum je imao mali otvor za ventilaciju pa nije uspevao da u unutrašnjost propusti dovoljnu količinu kiseonika. Od zapaljenog tela stvorio se smrad i dim koji su bili nepodnošljivi.

Hajnrih se, iako je bio prenapet, prvi pokrenuo. Hteo je da vikne da prestanu sa vatrom, ali mu se zavrtelo u glavu i on je pao. I ostala dvojica su, gubeći svest od dima samo klonula, poslednjim atomom snage, kao da se tu nalazio spas, i dalje pritiskali tastere. I da nije bilo ugljenisanog leša i spaljenog kreveta, vatre koja je izlazila iz otvora, ventilacija ne bi uspela da propusti toplinu i smrad od plina, pa bi se i na taj način pogušili.

Napustio je ovo mesto i još nekoliko trenutaka napregao sebe da projektuje slike ubijenih u snovima još nekoliko preostalih neprijatelja. Par dana ih nije posećivao pa su se malo primirili, a sada u sami osvit zore, probudile su ih slike koje su kod svih izazvale različite reakcije.

Svi su poznavali ovu trojicu pitajući se kako su na ovako glup način izgubili živote. Znali su da je i njihova organizacija učestvovala u napadu na Mikija.

Povezali su sve činjenice i događaje i došli do zaključka da su napali mnogo ja-
čeg neprijatelja nego što su pretpostavljali. Bili su sigurni, kao i mnogo puta do
sada, da se svima pojavio isti san i da je istinit. Uskoro će na jutarnjim vestima
sve biti objavljeno. Džon je opet pozvao svoje prijatelje i partnere.

Dok su unezvereni stražari ispaljivali rafale na bilo šta sumnjivo, čule su se
sirene nekoliko desetina policijskih kola. Uskoro će ovde zavladati red, ali šefo-
vima više niko ne može pomoći. Oni su izgubili svoje živote na isti način kako
su i živeli – pohlepno i trujući druge, sada su otrovali sami sebe.

Duh je neumoran ali je telo iscrpelo poslednje atome snage, pa je sebi do-
pustio da se pred pećinom odmori i odspava nekoliko sati. Nije se plašio da će
ga đavo napasti dok spava jer je njegovo carstvo tama, a sada je osvanjivao lep
i sunčan dan. Zaspao je sa osmehom na usnama.

Možda bi još spavao da ga toplina direktnih sunčevih zraka nije probudila.
Prošlo je podne. Krošnje drveća više nisu zaustavljale zrake pa su oni toplinom
milovali njegovo telo. Posle sna u trenutku nije znao gde se nalazi. Opet je mo-
zak sve brzo povezao. Činilo mu se kao da je prošlo nekoliko meseci a prošlo
je tek šest – sedam sati. Ustao je. Bio je žedan. Nije hteo da ulazi u pećinu i pije
iz udubljenja gde se vekovima skupljala voda kao da od nekuda izvire, nego je
pošao ka kolima noseći pod miškom tri duplikata lažnih svezaka. Nije želeo
nigde da ih ostavi, niti da ih baci u ambis kao što je to uradio sa ostalim stva-
rima koje je sa sobom doneo. Stigao je sa punim kolima iz kojih je improvizo-
vanim kolicima nekoliko puta, stazom koju je kamuflirala priroda, sve to pre-
neo. Stvari su mu bile potrebne da pobedi neprijatelja ili ljudsko zlo i uspevši u
tome, nije hteo da ih vraća nazad.

Imao je još dosta posla i još bitaka koje je morao dobiti da bi dobio rat. Tek
kada se dobro napio vode i pošao kući, osetio je koliko je gladan. Svratiće u
neku kafanu i sebe častiti ručkom. Nasmešio se vozeći i uživajući u dobroj sta-
roj narodnoj muzici. Malo je potrebno da život bude lep.

54.

„Ne može biti slučajno. Ljudi koji ne koriste drogu, koji, po svedočenju drugih nisu popili ni kap alkohola, ne mogu svojevoljno napraviti takav udes. Mora da ih je neka sila na to naterala"– komentarisali su Džon Vest, Slim Rasel i Frank Fišer.

„Svi primećujemo da se i sa nama nešto čudno dešava u poslednje vreme"– preuzeo je reč Džon Vest. Sve je počelo da se dešava od kada smo napali Mikija i od kada mu je Sergej ukrao sveske. Vidimo da nam projektuje slike koje on želi da bi nam stvorio strah i pometnju. Sve mi govori da se on poigravao sa nama i kada je bio ovde. Džoana nikada nije napravila grešku, jedino tada. Verovatno mu je deda u tim sveskama ostavio zapise kako je moguće uticati na tuđi mozak koji će poslušati sve ono što on želi."

„Ako je ova pretpostavka tačna, onda Sergej ima najmoćnije oružje u rukama"– prokomentarisao je Frank Fišer.

„Trebalo bi hitno da pokupimo što veći broj ljudi, da preko našeg špijuna saznamo gde drži sveske, da ga napadnemo i da mu ih otmemo"– predložio je Slim Rasel.

„Ne postoji drugo realno objašnjenje za ovo što nam se dešavalo"– nastavio je Džon Vest. A ovo što ste obojica rekli, moramo hitno razmotriti, ali nam je sada najvažnije da se zaštitimo od mnogo moćnijeg neprijatelja nego što je Sergej. Do sada nam je projektovao slike osoba koje je ubijao i mogu reći da ih nije malo. Ako tako nastavi, uskoro ćemo i mi doći na rad. Moramo se zaštititi kako znamo i umemo."

„Džoni, ja mislim da bi trebalo neko drugo rešenje da nađemo a ne da mu šaljemo plaćene ubice. Možda bi bilo mnogo bolje ako bismo angažovali nekoliko Japanaca iz Šaolin hrama, jer sam čuo da oni imaju neke natprirodne moći. Ja drugi predlog i drugo rešenje ne znam, a na vama je da odlučite da li ćemo to uraditi"– reče im Slim Rasel."Ja se slažem"– rekao je Frank. „I meni se ideja sviđa. Prvo, jer imaju fantastične moći, drugo, što će ga napasti rukama i nogama a znajući kakvi su poznavaoci borilačkih veština, svesni smo da on neće imati minimalne šanse da se spase od njih. Otići će kod njega kao turisti koji su slučajno čuli da on leči bioenergijom. Zakazaće prvi termin da ih primi u neko vreme koje on odredi, a sledeći termin će zakazati kao zadnji za taj dan. Predložiće mu, posle masaže, u znak zahvalnosti za uspešno lečenje, da ga izvedu na večeru.

Kad budu sami, u njegovoj kućici će ubiti i njega i osobu koja im bude prevodila. Podesiće eksplozivnu napravu koja će eksplodirati nakon pet sati, koja će stvoriti ogroman požar i ugljenisati njihova tela a oni će za to vreme bezbrižno preći granicu. Iz Mađarske će avionom nastaviti put do svoje zemlje. Na računima će ih čekati pozamašna suma novca koju ćemo uplatiti za njihov dobro obavljen posao. Mikijev i leš prevodioca će u kućici, koja će potpuno izgoreti, uzaludno pokušavati da identifikuju. Policiji će trebati bar nekoliko dana da poveže osobu koju su članovi njegove porodice prijavili kao nestalu sa ostacima ugljenisanog leša koji su pronašli u Mikijevoj kućici. Znaće i policija da to nije istina ali će, u interesu istrage, reći da je do nesreće došlo zbog kvara na električnoj mreži i da je to izazvalo požar. Na taj način će slučaj biti završen a mi konačno oslobođeni od najopasnijeg neprijatelja. Tek kasnije ćemo se u potpunosti posvetiti napadu i oduzimanju svezaka od Sergeja"– bio je Raselov razrađen plan.

55.

A Sergejeva reakcija na projekciju slika je bila sasvim drugačija od ostalih. On je ostao do kasnih sati proučavajući razne recepte. Svi su oni bili odlični. Očekivalo ga je neprocenjivo bogatstvo i ugled u svetu kada ih sve bude patentirao. Do sinoć je uživao maštajući o svom uspehu i o legalnom bogatstvu koje će ostvariti na ovaj način. Sve će ove meleme patentirati i veoma brzo postati najpoznatija ličnost na svetu. Sinoć se, pročitavši recept o mogućnosti povećanja funkcije mozga i o moćima koje se postižu sa tim funkcijama, njegov apetit pohlepe naglo povećao. Zaboravio je na mogućnost da bude uvažen na celom svetu. Otvaranjem ovih moći on će postati apsolutni gospodar sveta jer će sopstveni mozak razviti sto posto. „Da, da. Vežbaću danonoćno. Moći ću svojim mislima da naređujem predsednicima Amerike, Rusije i svih zemalja sveta. Biću gospodar iz senke. To mi se više sviđa nego da budem uvažena ličnost." To je zapravo on oduvek i želeo. Sada mu se ostvaruju snovi i uskoro će, kada ovo još malo prouči, početi da vežba."Uskoro, uskoro. Moj će uspeh uskoro doći!"

Sa tim mislima je u ranim jutarnjim satima zaspao. Kada se probudio zbog projekcije slika, naglo je počeo da psuje. Po njegovim psovkama je izgledalo kao da je ljut jer ga neko uznemirava u nečemu što je samo njegovo. „Šta hoćeš idiote!"– vikao je vrteći se po sobi. "Ako misliš na taj način da me uplašiš, grdno si se prevario. Malo ti je što smo te ostavili u životu, nego mi još priređuješ ovakvo snojavljenje. Hoćeš da ti pošaljem Juru da i tebe ubije kao što ti je ubio majku? Ha, ha, ha. Neću tebe tako ubiti. Za tebe sam spremio poseban tretman. Uskoro ću izvežbati komande svesti i sve što je potrebno da se razvije mozak pa ću te ubiti oružjem koje sam od tebe uzeo."

Smejao se kao lud dok je neprestano koračao po sobi. Ni jednom sebi nije postavio pitanje šta će se desiti sa njim ako je Miki već uspeo da sve što je zapisano u sveskama, izvežba. Logičan odgovor bi bio da su njegove moći, po zapisu ovih svezaka, neograničene. Prestrašeno je odskočio dograbivši automat ispod kreveta kada je neko zakucao na vrata. Malo mu je falilo da opali rafal kada se Jura javio. Brže je vratio automat da se ne bi primetilo da je uplašen, a onda je dozvolio da uđe.

Bio je u pidžami a njegove oči su govorile više od hiljadu reči. Neopisiv strah se ogledao u njima. „Sergej, ja više ne mogu."

U odnosu na Juru, Sergej je u potpunosti bio smiren. Uplašio se kada je Jura zakucao na vrata, ali se ubrzo pribrao. Uverio je sebe da će već danas početi sa vežbama i da će ubrzo postići odlične rezultate. Tada će zaštititi svog najvernijeg slugu i najboljeg prijatelja.

„Jura, jesi li i ti sanjao isti san?" „Jesam. Ranije, dok sam sanjao ljude koje nisam poznavao, nisam obraćao pažnju na snove, ali ove ljude oboje znamo, kao što znamo da je njihova organizacija poslala ljude protiv Mikija, pa mi izgleda da se on sada svima sveti."

Otišli su u dnevnu sobu sipajući po jednu čašicu viskija da se okrepe. Jura je, u očekivanju da bude poslužen, uključio televizor. Nekoliko lokalnih televizija je prenosilo stravične slike prizora u kojima su njihova tri ugledna građanina, na nerazjašnjen način, izgubila živote.

"Policija će utvrditi uzrok njihove smrti" – objavljivali su na jednom programu. "Tri veoma ugledna građanina su izgubili živote u borbi da sačuvaju novac koji su kao kredit juče podigli iz banke. Istraga je u toku, pa ćemo kasnije objaviti detalje." I tako dalje i tako dalje.

Svi su objavljivali ono najinteresantnije što su saznali a Sergej i Jura su popili po tri čašice viskija, jer su oni sve te slike videli, samo još mnogo jasnije i dramatičnije – u trenutku dok su se gušili. Sergeju su promakli likovi, jer je odmah nakon buđenja počeo da psuje. Kada je video o kome se radi, i njega je uhvatila panika. Već posle treće čašice i jedan i drugi su stekli samopouzdanje i sigurnost.

„Jura, ti si moj najveći i najiskreniji prijatelj pa ću ti otkriti veoma važnu tajnu. Zapravo, ti si mi pomogao da do ove tajne dođem. Kada si oteo sveske od Mikija, nisi ni mogao pretpostaviti kolike tajne kriju. Veruj mi da ni ja to nisam znao. Trudio sam se da pronađem recept za izlečenje raka, zato sam odmah po tvom dolasku angažovao najboljeg svetskog dešifrera. Platio sam mu malo bogatstvo da mi pokaže kako i ja mogu dešifrovati recepte koje je Mikijev deda ostavio. Sve mi je pokazao i ja sam recept po recept počeo da otvaram ili da dešifrujem. Želeo sam da potpuno promenim delatnost. Ne bismo više bili šef najmoćnije organizacije narko mafije i njegov najverniji pratilac, nego bismo postali ugledni građani neke uređene zemlje. Našim imenima bi se ponosili svi koji nas poznaju. Mnoge farmaceutske industrije bi bile zainteresovane za saradnju sa nama jer mi u rukama imamo recepte za izlečenje najtežih bolesti pred kojima je medicina nemoćna i u narednih dvadeset godina ako ne i duže."

Jura ga je pažljivo slušao zaboravivši na slike iz sna i sa televizora, mada su se one i dalje vrtele na ekranu. Zaboravio je i na strah koji je malo pre osećao. Sebe je video u nekom novom svetu gde sa svojim šefom postaje jedan od najuglednijih ljudi na planeti. Odjedanput je osetio sigurnost kao da mu niko ništa ne može. Nije to bilo zbog par popijenih čašica viskija, jer je on po nekad znao da popije i mnogo više, nego zbog toga što je svom šefu bezrezervno verovao. I taj Miki, ma koliko jak bio, mora imati slabih tačaka. Jednu od tih slabih tačaka je iskoristio kada mu je ubio majku. Sada nije mogao prežaliti što mu nije ispalio metak u čelo i njegov leš bacio pored leša njegove majke, nego je poslušao gazdu, odmah se povukavši a likvidaciju prepuštajući osobama od kojih je on uspeo da pobegne. Ni sada mu nije bilo jasno kako je to uspeo. Sa njim su mogli da rade šta su hteli, jer se on ničemu nije protivio. Otkrio im je sve tajne koje su tražili od njega i na kraju, kada su mislili da sve konce drže u rukama, on im je pobegao. Za tren su, dok je Sergej ispio čašu vode, kroz njegovu svest proletele ove misli, a onda je opet nastavio da sluša svoga gazdu.

„Šta misliš, kako bi se prema nama ponašali predsednici svih zemalja sveta? Radije bi nas primali nego neke premijere, jer bismo im mi nudili meleme za izlečenje svih najtežih bolesti, a oni nama mogućnost ortakluka ili neke poslovne saradnje. Zna se da bi nas odmah prihvatili, jer su oni svi zbog preteranog rada i psihičkog napora u veoma lošem zdravstvenom stanju. Uz to, svi su međusobno povezani pa bi se o našim melemima veoma brzo pročulo u vrhovima svih država sveta. Ne bismo gubili veze ni sa podzemljem, nego i njima prodavali razne meleme, ali više nikada ne bismo radili ove poslove koje smo radili do sada. Imamo nelegalnog novca sa kojim možemo kupiti sve što poželimo, pa bismo ga uložili u neku zemlju u i tamo kupili neku fabriku i počeli sopstvenu proizvodnju melema. Tako sam zamišljao da ćemo nas dvojica u potpunosti preokrenuti svoje živote. Sada dolazi ono najvažnije. Sinoć sam otkrio recept o funkciji mozga i mogućnosti uvećanja tih funkcija. Ne možeš ni zamisliti koliki je genije bio Mikijev deda! Čudim se kako ga niko nije otkrio i kako se niko nije pozabavio njegovim otkrićima. Živeo je u nekom planinskom selu daleko od civilizacije gde su kuće jeda od druge udaljene oko jednog kilometra, pa mu niko nije smetao da dođe do otkrića za razne recepte. Pročitao sam da ga je, kao malo dete ujela najotrovnija zmija, da je preživeo i da su mu se posle toga pojavile moći da može čitati tuđe misli. Uvećavao je svoje moći i došao do rešenja jedne od najvećih zagonetki čovečanstva: kako povećati moći i funkcije mozga. To je sve zapisao u svojim sveskama i zahvaljujući tebi ja sam došao do njih. Otkrio sam sinoć, odnosno dešifrovao tu tajnu i evo je sada sa tobom, kao najboljim i najvernijim prijateljem, delim. U ovome, kao i u svemu do sada, mi ćemo biti zajedno deleći dobro i zlo."

Da je neko upalio reflektore u njegovom mozgu, oči mu ne bi toliko sijale kao posle ovih reči. I on je, kao i njegov gazda, ponet ovom pričom dobio samopouzdanje i ubeđenje da njihovo prijateljstvo ništa ne može poljuljati i da ih više nikakva reprodukcija slika ne može uplašiti.

„Kažem, bio je fenomen nad fenomenima, jer sa tim funkcijama čovek može čitati tuđe misli, istovremeno može naređivati masi osoba da urade sve što on hoće, može pogledom paliti vatru nezavisno da li će zapaliti papir ili nečije telo, može ići po površini vode a da ne propadne u nju, može pomerati ruke a da se pred njim podiže ogromno kamenje koje ne bi mogli podići po nekoliko desetina ljudi, može podizati bilo koju materiju pa i ljudsko telo, može svoje telo, ako se nađe u bilo kakvoj opasnosti, prebaciti po nekoliko stotina metara ili kilometara na drugo mesto, može lebdeti u vazduhu i, što je najinteresantnije, može svoj duh odvojiti od tela i duhom, za devet minuta, tri puta obići zemaljsku kuglu. Duhom može posetiti osobu koju želi, makar to bio i predsednik i kod njega izazvati takav strah da može završiti na neuropsihijatriji kao potpuno luda osoba. Najvažnije je da ga niko sa tim događajem ne može povezati. Ogromne moći poseduje osoba koja uspe da savlada sve te vežbe. Ja sam i njih dešifrovao i mogu reći da nisu teške. Moram danas početi da vežbam pa se nadam da ću uskoro biti u stanju da i sebe i tebe zaštitim od svih napada.

„Šefe, možemo li zajedno da vežbamo da bismo postigli te moći?" „Jura, ti si mi najverniji prijatelj, u tebe imam apsolutno poverenje, ali te molim da ne tražiš da te tajne podelim sa tobom. Tamo lepo piše da dve osobe ne mogu deliti te tajne, jer će obe postići neograničenu moć, pa će se ustremiti jedna na drugu. Ne bih hteo nikada da te izgubim, jer znam da živote moje porodice dugujem tebi, ali isto ne bih želeo da se zbog tih moći jednoga dana sukobimo. Tada bi došlo do smrti jednoga od nas dvojice. Ne bih želeo da poginem a takođe ne bih želeo ni tebi da naudim. Kada malo izvežbam i postignem ove moći, kunem se da ću braniti i tvoj i svoj život." „Hvala gazda, ili – hvala moj najdraži prijatelju!" „Hajdemo sada da na miru, dok nam posluga servira doručak, pogledamo šta se desilo ovoj trojici i do kakvih zaključaka je došla policija."

Doručkovali su komentarišući i gledajući slike na ekranu. Poslugu nije interesovalo ni ko je poginuo ni zbog čega. Imali su solidne plate, a njihov zadatak je bio da spreme jelo, da ga serviraju i da na kraju sve počiste. Nisu slušali komentare svog gazde i njegovog najvernijeg čoveka jer su znali Jurinu narav pa su mu se sklanjali sa puta.

Policija je tapkala u mestu jer nisu imali nikakve konkretne dokaze. Sumnja se da ih je napao neki čovek čije se ugljenisano telo nalazilo zajedno sa njihovim u podrumu, da bi opljačkao pet miliona evra koje je policija našla u koferima u istoj prostoriji. Da bi se zaštitili od njega, uključili su bacače plamena koji su montirani u zidu podruma. Ventilacija nije mogla da izbaci toliku količinu toplote i ugljendioksida koji su se stvorili od mrtvog tela i oni su se od toga pogušili.

Bili su blizu istine, ali je nikada u potpunosti neće saznati.

56.

Nekoliko hiljada kilometara od tih zbivanja, u sobi luksuznog hotela Burj Al Arab-u u Dubaiju, dočekujući zoru u krevetu sa svojom suprugom, još jednu osobu su probudile stravične slike. Tablete za smirenje koje je pio poslednjih dana, učinile su njegov san veoma tvrdim, pa mu buđenje iz košmara koji mu se pojavljivao pred očima, nikako nije uspevalo. Telo mu se grčilo i trzalo a iz usta je dopiralo potmulo ječanje. Trpeo je ogroman pritisak ali se nije mogao probuditi. Osetivši neobično grčenje i ječanje svog supruga, naglo se okrenula. Videvši da se ne budi, počela je da ga drma i doziva."Ismail... Ismail... Abdul..."

Otvorio je oči nesvestan gde se nalazi. Ugledao je zabrinute oči svoje žene. Kao da mu je čitav život proleteo pred očima. Pre četrnaest godina se upoznao sa jednom od najlepših devojaka Turkmenistana. Njeno pleme je bilo jedno od najcenjenijih u njihovoj oblasti, a ona mlada, lepa, ukras i ponos cele porodice. Imala je četiri brata, oca, majku, babu i dedu. Imali su ogromno imanje pa su se bavili poljoprivredom i stočarstvom. Njoj nisu dali da radi nego su joj dopustili da se školuje. Znala je stroga pravila svoje zemlje, pa se čuvala za čoveka za kojeg će se udati. Nikom nije dopustila da joj se suviše približi, ali nikome nije mogla zabraniti da se divi njenoj lepoti. Saletali su je momci sa svih strana, udvarali se nudeći joj sve što su imali. Nisu je interesovala kola, kuće ni druga bogatstva, ona je kao i većina njenih drugarica želela da upozna nekoga ko će srcem i dušom da je voli i kome će ona na isti način uzvratiti ljubav. Takva se osoba pojavila jednoga dana. Bio je to Ismail Abdul Aziz. Momak nesvakidašnje lepote koji je rečima i delima uspeo da osvoji njenu dušu. Ne naročito visok, kao i ostali državljani ove zemlje, ali lepog lica koje se uvek smešilo. Sa tim osmehom i lepim rečima je najviše osvojio njenu dušu. Tada ju je voleo više od svega na svetu. Činilo mu se da je nikada ni sa čim neće uporediti a kamo li za nešto ili za neku drugu zameniti. Tada je tek počinjao uspon njegove karijere. Uvideo je šta znači vlast, sve više joj se prepuštao i sve više mu se sviđala. U početku je svojoj supruzi odavao priznanje da je ona zaslužna za sve njegove uspehe, a onda je u njenoj trudnoći sa prvim sinom počeo da odsustvuje od kuće. Prvo su to bili neodložni sastanci koji su trajali po jedan dan a onda se povećavali na dva, tri ... i sve više i više. Ma koliko je bolelo njegovo odsustvovanje nikada mu ništa nije prebacila. Dobila je i drugog sina. Mislila je da će on uticati da se posveti porodici, a on se potpuno predao politici. Ženi je prepustio brigu oko dece i o svemu što se ticalo kuće i porodice. Imali su svega. Jedino je njoj nedostajao muž a deci otac. Ovog je trenutka, gledajući u njene zabrinute oči, shvatio je koliko je od nje voljen i kako joj je malo ljubavi uzvraćao. Sada je ta brižna žena upalila stonu lampu, nasula vodu u čašu, prinela je njegovim usnama dajući mu da pije kao malom detetu. Popio je nekoliko gutljaja delimično se povrativši iz prethodnog stanja. Još mu se u očima ogledao strah, a telo mu je, od neke neprirodne hladnoće podrhtavalo, iako je ovog jutra temperatura iznosila dvadeset tri stepena.

„Ismail, nešto si opasno sanjao kada ti se telo ovoliko uzbudilo.",, -Huuuu..." – izduvao je vazduh iz pluća kao da će mu tim potezom nestati sav teret koji ga kao planina pritiska, ne dozvoljavajući mu da slobodno udahne vazduh. Imao je on suviše grehova na svojoj savesti da bi mogao mirno da spava, a svoju ženu i decu nikada nije hteo da uznemirava objašnjavajući im šta sve radi i koliko je osoba platilo životom zbog njega. Da joj je to od početka pričao, ona bi ga verovatno, kao razložna žena, upitala: šta bi bilo kada bi neko njemu i njegovoj porodici uradio to isto što je on uradio drugima?

Možda bi na taj način uticala da mnogo puta ne napravi iste poteze i sebe ne uvlači u neoprostive grehe. On je bio premijer, on je mogao napraviti greh i sam sebi taj greh oprostiti. Nikada se do sada za ni jedan postupak nije pokajao. Prvo mu je bila bitna karijera pa tek onda porodica. Za uspeh i karijeru bi žrtvovao sve žene koje je posećivao, pa i svoju. Deca su nešto drugo. Njih je neizmerno voleo, sve im obezbeđivao ali je imao najmanje vremena za njih. Imali su sve osim oca. Ništa im to nije značilo, kada se nikada ili skoro nikada, sa njim nisu poigrali kao sa ocem. Naslućivali su da u drugim gradovima ima druge žene i drugu decu, pa ih je to još više pogađalo. Mislili su da njihov otac mnogo više voli njihovu polubraću i polusestre od njih. Nekad su ga, razgovarajući među sobom, zbog tog poteza mrzeli. Voleli su svoju majku, sažaljevali je i uvek bili uz nju. Ona je znala šta bi za nju i za njih značilo kada bi pali u njegovu nemilost. Bila bi vraćena kod svojih roditelja a njena deca bi postala slu-

ge kod svojih ujaka. Zato je trpela sve šta joj se događa, nikada ne komentari-
šući njegove postupke. Kod njih je važilo pravilo da je on muško i da može ra-
diti šta god poželi. Zbog njenog stava on je više prema njoj nego prema osta-
lim ženama osećao poštovanje i naklonost. Nikada ga ništa nije zapitkivala i ni
u čemu uznemiravala, a ni on se nije trudio ništa da joj objasni.

Živeli su život kao dve osobe koje su se srele na zajedničkom putovanju.
Izgledalo je da taj put zajedno moraju proći ali da svako ima neki svoj cilj. On
posvećen karijeri i svemu što želi a ona deci i porodici. Ni drugim ženama,
osim novca, nije posvećivao neku posebnu pažnju. Kada bi poželeo bilo koju
od njih, ona je morala pristati da ispuni njegove želje i odmah nakon ljubav-
nog čina, oblačeći se, govorio bi o svojim obavezama koje ga očekuju toga dana.
Osim nje, sve ostale bi mu nešto prigovarale večito od njega zahtevajući nešto
što im on nikada neće pružiti. Zato je odabrao nju i njihova dva sina i pošao
na ovo putovanje. Nekoliko noći je bio miran, pa je počeo da ubeđuje sebe da
će pored ove blage žene naći svoj mir. Sada je rasanjen i preplašen video da od
toga nema ništa. Hteo je da joj ispriča šta ga sve muči, ali se predomislio. Ona
će ćutati ne zapitkujući ga i sve će se završiti na tome da je sanjao neki veoma
ružan san. Dobro je što njihovi sinovi nisu bili sa njima u istoj sobi. Navikli su
od malih nogu da spavaju odvojeno. Prošetao je nekoliko krugova po sobi za-
stavši kraj otvorenog prozora.

„Ko li su samo oni ljudi koje je tako jasno video dok su se gušili?" – pitao je
sebe ne znajući da odgovori.

„Tako sam isto video Gennija i Rinu u svom snojavljenju, pa sam posle na
televiziji gledao identične slike kao u mom snu. Da li je moguće da je taj Miki
toliko moćan i da može tolike ljude poubijati a da ga niko ne može otkriti?"

Stotinu pitanja bez ijednog pravog odgovora vrzmalo se po njegovoj gla-
vi. Nije znao šta će sa sobom. Ako ovako nastavi, taj čovek će ga ubiti a on ni-
šta nije mogao da uradi da to spreči. Dugo je razmišljao kraj otvorenog prozo-
ra a onda rešio ženi da sve ispriča.

Njenoj sreći nije bilo kraja onog trenutka kada je pozvao da sa njom i de-
com ode na odmor u Dubai. Stigla je nagrada za sve godine strpljenja i požr-
tvovanja. Njena deca, koja su imala devet i dvanaest godina, tek na ovom puto-
vanju, u ova tri dana, malo više su upoznala svog oca. Igrao se sa njima vodeći
ih gde god su poželeli. Onda bi naglo zastao zagledan u daljinu dok mu je niz
lice klizila po jedna izdajnička suza. Žena i deca su mislili da je to zbog oseća-
nja i privrženosti porodici a on je razmišljao o tome kako je mnogo dece želelo
da se igra sa roditeljima koji su posredno ili neposredno izgubili živote od nje-
gove ruke. Kajao se. Gorko se kajao. Par dana nije imao snojavljenja pa je odlu-
čio da nikada više ne napravi takve poteze i da nikada više niko ne pogine od
njegove ruke ili od naređena koja on izda. Osećala je žena da nešto nije u redu

sa njim, da ga nešto tišti i proganja a da on to s teškim naporom skriva, ali ga, kao i do sada, ništa nije pitala. Ako odluči da joj sam kaže, ona će ga saslušati a ako ne odluči, i to će, kao i sve do sada, ostati njegova tajna.

Umalo nije pustila suze kada je počeo da priča. Otvorio je dušu pričajući o mnogim zlodelima, o svojim manama i borbama samo da bi opstao na vlasti. U tim borbama nije imao milosti ni prema kome. Mnogo puta je poverljivim plaćenicima izdavao naređenja i oni bi izvršili atentat na njegovog političkog protivnika. Mnogo puta su ubijali i neke manje važne protivnike koji su, ispred mase prijatelja, slobodno kritikovali njihovu stranku. Nije uvek bio nalogodavac tih ubistava, ali nije sprečio da se ona dese iako je znao za njih. Nije ga interesovalo koliko ko ima dece i šta će sa njima biti posle smrti jednog roditelja. Nikada se nije pitao da li će majke moći da ih prehrane.

Pomenuo je Gennija kojem je on, kao premijer, mnogo pomogao. Zapravo, omogućio mu je slobodnu prodaju svih alkoholnih pića iz njegovog asortimana na teritoriji njihove zemlje i da za to ne plati ni jedan cent poreza, ali da ovaj finansira njegovu političku kampanju i predstojeće političke izbore.

„Zahvaljujući njegovom novcu, naša stranka je dobila te izbore. Onda je usledilo par ustupaka sa njegove kao i sa moje strane i mi smo sve više i češće zajedno poslovali. Nisu ti poslovi uvek bili čisti. Ja sam u njegovim poslovima tražio greške da bih kasnije mogao da ga ucenjujem. Isto je i on radio. Kad god bi jedan od nas dvojice hteo da odustane od nekog zajedničkog posla, onaj drugi bi ga ucenama naterao da nastavi. Posao bez rizika nije posao, tako da smo uvek, ma koliki rizik postojao, dobro prolazili. Cifre su bile pozamašne a sa novcem se moglo sve. Potkupljivao sam ministre i opet sam u novoj vladi postao premijer. U svemu mi je Genni pomagao pa sam i ja njemu pokazao kako da uđe u politiku i da u njegovoj zemlji postane premijer. On je, pre nego što je postao moćan, bio zbog dokumenata partner čoveku kojem je sve pripadalo. Uz moju podršku, svog partnera je prevario i sve mu oteo. Dok je svakodnevno Genni sve više jačao, dotle je njegov partner Saša sve više propadao. Čoveku se u nekim beznadežnim situacijama osmehne sreća, pa se i njemu nešto slično desilo. Spasio je ćerku nekom bioenergetičaru Mikiju koja je pokušala iz vode da izvuče neko dete koje se davilo. Ono se obavilo oko nje zamalo i nju da udavi. Saša je priskočio pomažući da se oboje izvuku. Nikada ne bi pomislio da mu taj bioenergetičar u bilo čemu može pomoći, pa je pošao da se što pre udalji. Miki mu je iz zahvalnosti ponudio da ga izmasira jer nije imao novca da ga pozove na večeru. Pristao je više da ga ne bi povredio, nego što mu je masaža bila potrebna. Saznao je da Miki odlično govori ruski pa se reč po reč sve više sa njim sprijateljio. Drugog dana je doveo svoje roditelje na masažu. Oboje su bili u očajnom stanju, a Mikijeve masaže su ih preporodile. Par puta ga je sa decom poveo na ručak. Miki je želeo njemu da se oduži pa mu je masirao porodicu, a on, smatrajući da je taj događaj nebitan, sve više Mikija pozivao kod sebe. Krajem avgusta su morali da se raziđu jer su Mikijeva deca polazila u školu. Veoma često su se čuli. U čovečjoj duši proradi neki instinkt koji pokazuje kada ti je neko iskren prijatelj. Tako je Saša u ovom siromašnom čoveku video osobu koja bi mu dala srce i dušu jer ništa drugo nije imala, a da za uzvrat od njega ništa nije tražio. Postali su pravi prijatelji koje povezuje iskrenost i poverenje. Da ne pričam sada sve detalje, samo da kažem da mu se Saša jednom požalio kako ga je ortak, kojem je bezgranično verovao i kojeg je smatrao za brata, prevario i oteo mu sve što je imao. Miki ga je pažljivo saslušao, a onda rekao da će mu sutra odgovoriti da li mu može pomoći u vezi tog problema. Smatrao je da mu niko u tome ne može pomoći, jer je Genni postao toliko moćan da ga pored njegovih telohranitelja čuvaju specijalne jedinice i policija Kazahstana i da bi napad na njega bio ravan napadu na državu. Sutradan je Miki odgovorio da će mu pomoći i da će naterati Gennija da mu vrati pare, samo će se o konačnoj cifri njih dvojica dogovoriti. Tako je i bilo. Genni je iz noći u noć trpeo košmare koje mu je Miki priređivao i na kraju ih pozvao u goste da bi Saši isplatio šta mu duguje. Dok su bili kod njega u gostima, on je saznao kakve sve moći Miki poseduje. Saznao je da mu je sve to ostalo od dede i da je sve uredno zapisano u njegovim sveskama. Nudio je basnoslovno blago da mu te sveske proda, davao mu ogromnu platu da radi za njega, ali je Miki sve to odbio. Nije ga mogao zaustaviti ali ga je ipak nerado pustio da se vrati kući.

Istoga dana nas dvojica smo se sreli. Sve mi je ispričao. Ja sam ponudio opciju da se uortačimo i da mu zajedničkim snagama otmemo sveske. Mnogo se predomišljao i na kraju, uz ucene sa moje strane, pristao na saradnju. Zahtevao je da pošaljemo najmanje dvadeset pet ljudi da ga napadnu ali sam ga ubeđivao da je dovoljno osam, i na kraju smo se usaglasili da ih bude dvanaest. Pored ljudi koje smo mi poslali da ga napadnu, kao da smo se dogovarali sa ostalima, napali su ga još nekoliko nazovi organizacija ili bandi. Jednoj od najmoćnijih bandi na svetu je uspelo da mu ukrade sveske. Tom prilikom su mu ubili majku. Izgleda da je on rešio da se svim vinovnicima smrti njegove majke osveti. Kada bilo koga ubije, odmah reflektuje slike tog ubistva u snu ostalim akterima napada. Mi koji smo ostali u životu, pre i bolje vidimo sve što se dogodilo ubijenom, nego što kamermani kasnije uspeju da snime. To su stravični snimci koji čoveku iskrsavaju pred očima ne dozvoljavajući mu da zaspi. Prođe po nekoliko dana, te slike izblede a on izvrši novo ubistvo i opet projektuje, tako da naš mozak to ne može izdržati. Mislio sam hiljadu puta da ću poludeti. Često mi se desi da mi pred očima iskrsnu neke od projektovanih slika. Bez jakih tableta ne mogu da zaspim. Sama si videla da se jutros, iako sam bio pod dejstvom tableta, bez tvoje pomoći ne bih probudio. Ako ovako nastavi, znam da će mi srce neke noći otkazati i da ćete me naći mrtvog."

Slušajući sve što joj je ispričao o sebi, počela je da oseća gadost prema čoveku kojem je poklonila svoju ljubav, svoja osećanja i čitav svoj život. Bilo joj je žao dece. Bolje je što ga nikada nisu dobro upoznali, jer bi svakim novim kontaktom shvatali kakvog monstruma imaju umesto oca.

Onda je uvidela da u njegovoj duši preovladava kajanje. Tek sada, kada mu je život u pitanju, shvatio je šta mu znači porodica. Sada je uvideo koliko je teško deci koji su zbog njega ostali bez roditelja. Poželeo je da svoj deci povrati sve što im je uskratio. Počela je da sažaljeva osobu kojoj bi svi sudovi na svetu dosudili smrtnu kaznu zbog njegovih zlodela. Videvši suze koje su tekle niz njegovo lice, oprostila mu je sve i bila spremna da sa njim ode do pakla samo da mu pomogne da se otuda vrati. Prišla mu je i prvi put u njihovom životu ona njega zagrlila. Nije se protivio. Želeo je da postoji neko ko će njega zagrliti jer se svojih roditelja nije sećao. Tek sada mu je postalo jasno koliko njegovoj deci nedostaje njegov zagrljaj. Oboje su zaplakali. Ona zbog njegovih problema, a on zbog nežnog osećanja koje je prvi put u životu osetio .

„Ženo, ako ovo preživim, nikada se više neću odvajati od moje porodice."

„Preživećeš. Borićemo se i ti ćeš preživeti. Tada ćeš više pažnje posvetiti svoj svojoj deci a ne samo našim sinovima."

"Istina je da kao i mnogi drugi u našoj zemlji u dosta gradova imam po neku ljubavnicu, da ih posećujem kad poželim, jeste da neke od njih imaju decu, ali osim naše dva sina, ja ni sa jednom nemam poroda." Mogla je iščupati uši pri pomisli da ovo nije istina, ali je ipak ove reči razgovetno čula. Posle ovog priznanja je bila spremna da ovom čoveku sve oprosti.

Instinkt je nešto što je urođeno kod čoveka a razvija se od malih nogu. Njihovu decu je neki neodređeni osećaj naterao da se probude. Odavno se razdanilo a u njihovoj sobi je i tada bila upaljena stona lampa, pa su obojica, vođeni nekim osećajem, krenuli ka sobi svojih roditelja. I jedni i drugi su bili iznenađeni kada su se pogledali. Deca od nekog straha jer su videla uplakane roditelje, a roditelje je bio stid da budu uplakani pred decom. Raširio je ruke da ih uzme u zagrljaj a oni su nepoverljivo stajali. „Sinovi moji, ja i mama smo se rasplakali jer smo čuli vest da je jedan naš prijatelj poginuo. Evo – brisali su suze – više nećemo plakati. Dođite." Uzeli su ih između sebe. Još par suza su nakvasile i jedno i drugo lice a onda su svi zajedno pošli da doručkuju. Ispijali su kafu dok su se deca sama igrala.

Tada je počeo da joj objašnjava svoje planove:"Znam da si sa mnom, da si rekla da ćemo se boriti i da ću preživeti, ali mi moraš poverovati da ovog čoveka nikako ne možemo pobediti. Pokušali su najiskusniji plaćenici i ubice ovoga sveta, pa nisu uspeli. Uništio je Gennija iako su ga čuvali njegovih šezdeset telohranitelja i sva državna bezbednost. On ubija ne pojavljujući se. Zato sam razmišljao i odlučio da prekinemo odmor i da prvim avionom odletimo za Srbiju. Tamo ćemo uzeti neka pristojnija kola na rent a car i sa njima ćemo otići da posetimo ovog čoveka. Pokazaću mu tebe i decu i reći da sam došao jer više nisam mogao bežati, pa ako želi neka me ubije ili ako može da mi oprosti i da mi pokloni život. Njegova odluka će biti moj život ili moja smrt. Nešto mi govori, jer znam da i on ima decu, da će mi poštedeti život.

Odmah su počeli da se spremaju, otkazavši hotel, iako su unapred platili za deset dana. Deca su veselo trčkarala oko njih.

Došavši u Beogradu naišli su na prvu prepreku. Bile su im potrebne vize pa je on pokazao dokumenta da je premijer Turkmenistana. Odmah su se oko njega stvorile političke ličnosti i odmah je sa porodicom prebačen u vladu Srbije. Objasnio im je da nije došao u diplomatsku posetu, nego je pošao da poseti određenog čoveka.

„Ko li bi to mogao biti?" – postavljali su pitanja kada je on iz džepa izvadio Mikijevu vizitkarticu. Ubrzo su znali sve podatke o njemu.

„Gospodine premijeru, ovo je neka anonimna ličnost o kojoj javnost ništa ne zna. Verovatno se radi o nekom prevarantu koji Vas je nešto prevario. Ako želite, mi ćemo narediti da se odmah uhvati i da ga helikopterom prebace za Beograd. Ovde će biti najviše za četrdeset minuta."

U trenutku mu se učinilo da je ovo odlična zamisao, a onda je odustao. Ipak od ovih ljudi koje poznaje samo par minuta ne može zahtevati da ga ubiju, a i kada bi to zahtevao i kada bi ga oni poslušali, nije mogao da zna kako bi se sve to završilo. I do sada je nekoliko puta bio u bezizlaznim situacijama, pa se izvukao. Na kraju, on nije došao da se bori, nego da moli za oproštaj. Zato im je odgovorio: "Zaista sam zadivljen vašom željom da mi pomognete. Moram se prvo zahvaliti na vašem gostoprimstvu, iako sam želeo da ova poseta bude anonimna. Moram vas zamoliti da ovog čoveka više nikada ne nazovete prevarantom. Verujte mi na reč da sam bio najiskreniji."

Sada su oni bili veoma iznenađeni. "Veoma je moćan čovek. Sa vaše strane očekujem da mi pomognete samo ovoliko: da mi date podatke kako najlakše da ga nađem."

„Gospodine Ismaile, obaveza ove države je da Vam obezbedi pratnju i da se pobrine za Vašu sigurnost za sve vreme dok ste u poseti našoj zemlji."

„Tako je gospodine ministre. Hvala Vam na Vašoj brizi, ali ovo nije diplomatska poseta i ja Vas molim da mi pomognete da iznajmim neka kola, da mi nabavite podatke o ovom čoveku, pa ću ja sa svojom porodicom bez vaše pratnje otići kod njega."

„Kola ćete dobiti od nas, odnosno iz naše službe sa posebnim oznakama. Ni jedan policajac Vas neće zaustaviti ali Vas molim da obratite pažnju na brzinu, zbog Vas i sigurnosti Vaše porodice. Kola koja ćete dobiti su obezbeđena tako da vas mogu zaštititi od eventualnog atentatorskog napada, a u njih je ugrađen uređaj koji svim stanicama policije signalizira kada ste u blizini ili kada ste u njihovom gradu. Svuda ste satelitski praćeni, tako da vam u roku tri minuta u pomoć mogu priteći stotine policajaca, žandarmerija i vojska."

„Hvala vam gospodine ministre. Posle ovakve pažnje čovek se mora osećati sigurnim. Ja opet ponavljam da sam ovde došao da bih sa tim čovekom porazgovarao o jednom problemu koji samo on može da reši. Znam da mi nikakva zaštita neće biti potrebna, ali Vam se od srca zahvaljujem što se brinete o meni i što mi zaštitu nudite."

„Još jednom Vas molimo da prihvatite pratnju bar jednog našeg čoveka. On će putovati iza Vašeg automobila pa kada dođete do željenog cilja, on će Vam pomoći, jer naši podaci pokazuju da ne govori engleski pa će vam biti teško da se sa njim sporazumete."

„Nemate podatak da on odlično govori ruski a to je maltene i moj maternji jezik. Na tom jeziku ću se sporazumeti sa njim. Možda ni taj jezik nije potreban, jer je njemu dovoljno da se nekoliko sekundi zagleda u nekog i bez ijedne reči mu je sve jasno."

Svi su se zaprepastili čuvši ove reči. Pomislili su da se premijer nije dobro izrazio. Na kraju je dobio obećani automobil i sa porodicom pošao u pravcu Kraljeva, na adresu gde ga je navigacija vodila. Dok su oni putovali, dotle su u Vladi komentarisali o čudnoj poseti premijera Turkmenistana. Nisu znali čemu je ova poseta bila posvećena, ali su, za svaki slučaj, svi iskopirali vizitkarticu rešivši da odgledaju emisije na youtube koje su snimane o ovom čudaku sa štapom.

U kasno popodne Ismail sa porodicom je stigao na naznačenu adresu."Da li Miki živi ovde?"– upitao ih je na ruskom. Nisu znali da mu odgovore, pa mu je Mikijeva žena mahnula rukom da sačeka. Pozvala ga je telefonom objasnivši da ga pred kućom čeka neki čovek sa beogradskim registracijama na kolima, a da on priča ruski."Sa porodicom je, ali sam ja iz predostrožnosti ubacila decu u kuću."

„Nemoj ništa da se brineš jer vam od njega ne preti nikakva opasnost. Iznesi slušalicu do njegovih kola i daj mu da bismo mogli da razgovaramo."

Uradila je šta je od nje zahtevao."Dobar dan Miki.","Zdravo Ismail.","Vidim da znate sa kim razgovarate"– odgovori posetilac."Ismail, molim te meni nemoj persirati, jer ni ja tebi neću." „U redu, potrudiću se." „Okreni kola. Ruke drži blago na volanu a ja ću te dovesti do mesta gde se nalazim."

Poslušao je. Volan se sam okretao u smeru u kojem je trebao da putuje. Svi prisutni u kolima su zadivljeno posmatrali šta se dešava. Opet je nevidljivi duh obavio svoj zadatak. Kada su stigli na odredište, auto se sam ugasio. Pred sobom su videli mostić, preko potoka lepo uređeno dvorište i još lepšu kuću. Očekivali su, još ne izlazeći iz kola, da se neko pojavi a onda su sa desne strane primetili da im neko maše. Duh se vratio u telo i izašavši ispred kuće pozivao svoje neželjene goste.

„Sine, kod tebe će dolaziti razne osobe. I one koje ne voliš i one koje su ti drage. Tvoj dom je mesto gde svako mora osetiti toplinu i ljubav. Ti svakom ko uđe u tvoj dom to moraš pružiti i od svih osoba koje kod tebe dođu ni jednoj se ne smeš svetiti ma šta ti prethodno uradila, nego joj moraš pomoći u onome što od tebe očekuje" - sećao se đedovih reči dok su ka njemu išli čovek kojeg je nameravao da ubije i njegova porodica. Pozdravio se sa njima primivši ih kao prijatelje. Posedali su na terasu pred kućicom.

„Bože, da li je moguće da ovaj čovek živi ovako siromašno, a mogao bi da ima bogatstvo kao retko ko na svetu?"pomislio je Ismail. „Istina je to što si pomislio. To što posedujem ne smem upotrebiti da bih stekao materijalno bogatstvo. To je bogatstvo duše koje se, ni sa kakvim bogatstvom, ne može uporediti.

Usne su se uobličile u obliku slova O a veđe se podigle dajući licu izraz iznenađenja. Čuo je da može čitati tuđe misli, ali se iznenadio kada se to njemu dogodilo. I njegova žena je slično reagovala dok su deca posmatrala prirodu koja im je zaokupila pažnju.

„Svakog trenutka će stići moj sin pa će oni izaći da se igraju jer su vršnjaci, a onda će doći moja žena i postaviti nešto da jedemo. Tek posle toga ćemo pričati o čemu god poželiš." Kao da je čuo njegove reči, sin se pojavio vozeći biciklu.

„Miki, mi želimo da Vas pozovemo na ručak tako da se Vaša supruga ne mora mučiti spremajući nama nešto za jelo."

Osmehnuo se: "U mojoj kući postoje pravila gostoprimstva koja moramo ispoštovati. Ne želim time tebe i tvoju porodicu da povredim, ali ako si došao, a znam da jesi da bi se sa mnom o nečemu dogovorio, onda u mojoj kući moraš pojesti hleb i so."

Njegov sin je stigao pozdravljajući se sa svima a onda su deca ustala da se igraju. Iz kućice su izneli vazdušnu pušku, strelu, praćku i fudbal. Sa druge strane kućice sin je postavio mete i oni su otpočeli igru iako nisu znali ni jednu reč da razmene. Osećali su ko šta želi, rukama pokazujući i kao da ih vodi neka veća sila, sve shvatali.

„Miki, ja sam došao…" „Znam. Sve znam. Sada će moja žena stići, postaviti da jedemo, pa ćemo kasnije o tome pričati. Mogu ti reći da si odlično postupio kada si bio u Vladi, kada su ti ponudili da me privedu, što si odbio." Opet iznenađenje na njihovim licima."To ti je bio poslednji ispit. Da si postupio po njihovim predlozima kao što si u trenutku pomislio, tog trenutka bi bio mrtav. Odustao si rešivši da se pokažeš i to ti je spaslo život. Tvoja kajanja i odluka da se posvetiš porodici od tebe su napravili dobrog čoveka kakav treba da budeš. Imaš najbolju ženu na svetu koja ti je godinama odana, od tebe ništa ne zahteva, a ti si, pored tog duhovnog blaga, jurio za karijerom i za materijalnim bogatstvom."

Primetili su da dolazi Mikijeva žena sa ćerkama. Sa njim su se pozdravile a sa njegovom ženom poljubile kao da se već dugo znaju. Iznele su rakiju i sokove da izaberu ko šta želi da popije. Ismail je mislio da je to običaj pa je uzeo i rakiju i sok. Miki nije pio alkohol, ali je nasuo u čašicu jedan gutljaj da nazdravi gostima. Starija ćerka je iznela pogaču i so ponudivši prvo Mikiju pa ostalima. Mlađa je iznela slatko i vodu. Ubrzo je taj protokol bio završen pa su one u kući pripremale jelo.

„Ovaj hleb i so su znak da ću u mojoj kući podeliti sa tobom hranu i sve što imam, i da si dobro došao." „Miki, veliko Vam hvala. Ovakvom dočeku se nisam nadao." „Opet mi persiraš. Molim te, potrudi se da to ne radiš." „Izvini, molim te. Ja sam sa tim želeo da ti ukažem poštovanje." „Najveće poštovanje ćeš mi ukazati ako me ne uzdižeš iznad Gospoda, a to ni ja tebi neću uraditi bez obzira što si premijer, tako da sada možemo ovako da komuniciramo. „Dogovoreno Miki. Mada će mi biti dosta teško da promenim naviku." „Znam da si navikao da spavaš u najluksuznijim hotelima po celom svetu a i u tvojoj kući je veliki luksuz, ali ćete večeras morati ovde da prespavate. Moram ti objasniti zbog čega, a znam da će to ostati naša tajna. Dosta toga ti je poznato oko svezaka, recepata u njima i moćima koje posedujem a koje sam postigao zahvaljujući vežbama i uputstvima koji se nalaze u njima. Ništa od toga nije samo moje. To pripada duhu mojih predaka i od svih večeras moram dobiti oproštaj za tebe. Ti si došao da bih ti oprostio greh koji si počinio. Samo je Božja volja i odluka kome će oprostiti a kome ne, ali je milost njegova neograničena. Niste me samo ti i Genni napadali. Bile su tu još tri bande ili organizacije kako sami sebe nazivaju. Ukupno pedeset i dva čoveka od kojih sam se morao braniti. Napravio sam lažne duplikate đedovih svezaka dozvolivši im da ih ukradu a oni su mi ubili majku. Trebalo je svima da se osvetim, ali si jedino ti postupio ispravno. U našoj molitvi piše: "... I oprosti nam dugove naše kao što i mi opraštamo dužnicima svojim..." Pa kako ja od Boga mogu tražiti oproštaj ako ne oprostim čoveku koji je došao pred moju kuću, sa svojom porodicom, da od mene traži oproštaj. Sa moje strane ti je sve oprošteno ali ćeš zbog toga morati večeras da prespavaš ovde da bi uspokojio duh moje majke i da bi od mojih predaka dobio duhovni signal da je sve u redu."

Žena je na stolu pred kućom postavila razna jela pa je i njih kao i decu koja su se igrala, pozvala da jedu. Gosti su počeli sa rezervom a onda navalili kao da nisu deset dana ništa jeli. Miki se smeškao. Nisu znali da ih njegova svest tera da jedu. Nikada se ovoliko nisu najeli. Tada su dvoje patrolnih kola policije, kao slučajno, naišla u obilazak. Miki ih je pozvao na ručak ali su oni odbili. Imali su zadatak da provere gde se nalaze i da li su u opasnosti osobe kojima su ustupljena na upotrebu kola iz ministarstva. Jedan od policajaca je znao ruski pa mu je premijer objasnio da je sa porodicom došao u prijateljsku poseti kod Mikija i da će tu ostati da prespavaju. Otišli su da svojim pretpostavljenima predaju izveštaj, svesni da će još mnogo puta u toku večeri morati tuda da patroliraju.

Kada su sve objasnili načelniku, on je odmah pozvao ministarstvo u Beogradu. Objasnio im je da su se u Mikijevoj porodici izdešavale čudne stvari, da su mu neki Nemci poreklom iz Rusije ubili majku i da mu je sada sumnjivo zbog čega je premijer Turkmenistana došao baš kod njega u posetu.

„Rasporedite ljude svuda po okolini i ni jednog trenutka ne ispuštajte premijera iz vida. Njegova bezbednost je najvažnija a kada on ode, zahtevam detaljan izveštaj od tog Mikija. U povratku ću pokušati da saznam od premijera koji je razlog njegove posete tom čudaku sa štapom." „Sve raspoložive snage će biti raspoređene i sve ćemo učiniti da bude u potpunosti zaštićen gospodine ministre."

Dok su se jedinice MUP–a pripremale da ovu noć nekom nepoznatom premijeru obezbede sigurnost, dotle su se u kućici vršile poslednje pripreme za spavanje. Deca su se izigrala do mile volje pa su, onako umorni, zaspali pre nego što su im napravili krevete. Kada su im Mikijeva žena i ćerka sve pospremile i kada je trebalo da pođu, Miki je gostu rekao da će večeras spavati kao jagnje i da se ne brine, jer mu se više snojavljenje neće pojavljivati."Sanjaćeš osobe kojima si ostao dužan i kojima si naneo neko zlo. Potrudi se kada se vratiš, da im bar donekle ispraviš nanetu nepravdu. A sada laku noć i prijatno spavajte."

Pošli su. Mada su se policajci odlično posakrivali, Miki je osetio gde se svaki od njih nalazi. Te noći je jednom od svojih neprijatelja opraštao grehe pa nije želeo druge duhovno da posećuje i da ih kažnjava. Nije želeo istovremeno i da oprašta i da osuđuje na smrt. Nikada nije želeo da on nekome presuđuje i da nečiji život bude u njegovim rukama, ali su njegovi neprijatelji oduzeli život njegovoj majci, i on se, dobivši dopuštenje od đeda i prethodnih Izabranika, njima svetio. Nije to samo osveta zbog smrti majke, to je ujedno zaštita tajni duhovnog uzdignuća koje su mu ostale od đeda, a njemu od njegovog đeda … I ko zna koliko kolena unazad. To je morao zaštititi po cenu života, jer ako bi te sveske pale u ruke pogrešnih ljudi, celo bi čovečanstvo bilo pred katastrofom. Opustio se ušuškan u svom krevetu na terasi. Ako mu se bilo šta približi a da su mu loše namere, osetljivost njegovog auričnog polja će to registrovati i reflektovati kao poseban signal opasnosti tako da će se probuditi.

Večeras će stupiti u duhovni kontakt sa đedom od kojeg će dobiti obaveštenje da je došlo do smirenja svih duhova i da je tom čoveku, koji je došao pred vrata da traži milost, sve oprošteno."Oprosti, pa će i tebi biti oprošteno"– đedove reči će ga uvek podsećati da se bez oproštaja ne može nadati sopstvenom oproštaju.

Navikli na raskoš kakvu su posedovali u svojoj kući, pri njegovom predlogu da tu treba da prespavaju noć, pomislili su da to nikako neće moći. Ovde nije bilo toaleta ni kupatila, nema raskošnih vodenih kreveta niti aspiratora za vazduh i rasterivanje komaraca, ovde je postojao poljski wc, jedna velika soba sa dva obična kauča i ugaonom garniturom. Ničeg tu nije bilo što bi podsećalo na bogatstvo, ali je sve bilo čisto. Čist je bio i vazduh, planinska voda i sve je odisalo duhom prošlih vremena. Napetost i brige koje je osećao mesecima unazad, u trenutku su iščezli. Decu, koja su prethodno izmorena igrom zaspala su smestili u jedan krevet, a njih dvoje su legli u drugi.

„Plašila sam se za tvoj život pre nego što smo došli ovde"– počela je njegova žena."Htela sam tom čoveku pokazati naša dva sina i zbog njih ga zamoliti da ti oprosti. Ako ti zbog dece ne bi oprostio greh, htela sam ga moliti da uzme moj život umesto tvoga, jer ako bi tebe izgubila a deca ostala kod mene, ubrzo bismo izgubili sve. Tvoji politički protivnici bi kao i o prethodnim premijerima govorili kako si opljačkao državu. Sve bi nam konfiskovali i mi bismo ostali siromašni. Deca bi morala da rade kod svojih ujaka kao sluge a to bi za mene bilo teže od sopstvene smrti. Tvojim življenjem i oni bi dobili šansu za normalan život. Sve sam to htela da mu kažem i da ga plačući molim da ubije mene, a tebe poštedi, ali sam se, videvši njegov prijem i gostoprimstvo, potpuno iznenadila. Interesuje me za šta ti je rekao da je istina to što si pomislio?"„Pomislio sam da li je moguće da je ovaj čovek ovako siromašan a mogao bi imati najveće bogatstvo sveta – a on mi je pročitao misli." „Zaista ne znam šta je to što me fascinira kod ovog čoveka, ali se ovde osećam toliko opušteno i srećno kao što se nigde nisam osećala. Nisam srećna samo zbog sebe, nego i zbog tebe i cele porodice." „Ovo će nam svima biti dobra pouka. I ja sam shvatio da sloga i radost dovode čoveka do najvećeg uspeha a ne karijera i politička unapređenja."„Od kada nismo spavali u ovakvim krevetima?"„Možda od detinjstva, ali ja osećam kako mi se oči sklapaju iako je tek pola deset."

„Hajde da se opustimo i naspavamo jer nam to najviše nedostaje."„Laku noć."„Laku noć."

Prvi put posle nekoliko godina, od kada je počela njegova politička karijera, Ismail je bez upotrebe tableta za smirenje zaspao kao malo dete. I njegova supruga kao i deca su spavali najslađim snom u svom životu. To im je Miki i rekao. Noć je prošla bez trzavica.

Miki je kod svoje kuće, na terasi, u času kada su članovi njegove porodice zaspali, stupio u duhovni kontakt sa đedom. Umirio ga je njegovim uvek blagim glasom:"Sine, sve je u redu. Nemoj brinuti o tome što jednog čoveka koji je među glavnim krivcima za smrt tvoje majke nisi kaznio smrću. Nije tebe Bog poslao da budeš sudija i da određuješ koga ćeš ubiti a koga nećeš. To je njegov zadatak kao što je njegova volja kome će oprostiti a kome neće. Ovaj čovek je sa porodicom došao da mu bude oprošteno i mi smo mu oprostili. Sa tim oprostom si pred Bogom otkupio svoje grehe i Bog će ti pomoći mnogo više nego što se nadaš. Kao što on, onima koji se pokaju i mole za oproštaj grehova oprosti a one koji se ne pokaju kazni, tako ćeš i ti njemu oprostiti a ovima što se nisu pokajali i što te nisu zamolili za oproštaj, njih ćeš kazniti."

Posle tih reči đedo je nestao. Ostatak noći je svima prijao, osim policajcima koji su obezbeđivali sigurnost nepoznatog premijera. U njihovoj svesti je stvorio osećaj da premijeru niko ništa ne može, a niko od njih nije imao pojma da bi bile uzaludne njihove jedinice obezbeđenja i svo njihovo naoružanje da je Miki odlučio da ga napadne i ubije. Iako noć nije bila hladna, ipak su pred zoru osetili umor i hladnoću. Tada je došla smena. Morali su neprestano, po naređenju sa vrha vlasti, smenjivati straže i brinuti o bezbednosti, njima nepoznatog premijera. Mnogi su se čudili i međusobno šaputali, šta li je to dovelo premijera iz tako daleke zemlje da poseti ovog čoveka. Odgovor nisu znali a on ih je baš interesovao.

Miki nije žurio jer je znao da će premijer i svi njegovi spavati dugo. Došao je oko pola devet svojom starom astrom. Osećao je da ga posmatraju sa svih strana. Pokucao je na vrata a sa unutrašnje strane čuo meškoljenje. "Ko je to?" – čuo se premijerov glas.

Znao je da su u noćnim satima prišli, ozvučili terasu i da sada slušaju svaku njegovu reč pa je povikao: "Ustaj prijatelju dragi, prošlo je pola devet a vi svi spavate." Prvo su izašli on i žena a onda su se i deca probudila. "Ne mogu da verujem. Ovo je najprijatnija noć koju sam proveo u mom životu. Ne znam kako si ti ženo spavala?" – upitao je okrenuvši se ka njoj. "Ne znam da li sam, a mislim da se ni jedanput tokom noći nisam okrenula. Spavala sam, što kažu stari, kao malo dete."

Mikijeva svest je posetila prevodioca i komandira koji je snimao svaku izgovorenu reč.

"Oni su spavali a ne pitaju se kako je bilo meni i mojim ljudima koji su cele noći dežurali nad njihovim snom. Ako produži posetu, nastavi ovde da spava a moji ljudi da ga po celu noć čuvaju, tada će mi polovina obezbeđenja biti nesposobna."

Dok je komandir tako razmišljao, dotle se premijerova porodica umivala na česmi hladnom izvorskom vodom. Za divno čudo, ovog puta im hladna voda nije smetala. Baš su uživali u njenoj svežini. Nije želeo da Ismail počne da mu se zahvaljuje da ne bi i to bilo snimano, nego im je, dok je hranio ribice u bazenčiću pod mostićem na stazi, rekao da požure jer je njegova žena kod kuće spremila doručak. "Da li idemo kolima?" – upitao je Ismail. "Idete. Posle doručka vi ste slobodni" – povikao je Miki tako da su ga mogli čuti i bez bubica. Jedino ako niste odlučili da ostatak odmora provedete kod mene, odnosno da se ne vraćate u Dubai."

„Ha, ha, ha" – odjeknuo je veseli smeh dok su se pakovali."Obišao sam pola sveta, ali nigde nisam spavao ovako slatko kao u ovoj sirotinji.",,Tata, mi bismo ostali ovde da se igramo sa njegovim sinom.",,Idemo u njihovu kuću da doručkujemo, pa ćemo se sa njima dogovoriti."

Brzo su upakovali kofere i pošli za Mikijem. Po noći, kao i preko dana, u ovom predelu policajci su mogli biti sakriveni, ali kod njegove kuće to nije moguće. Komandir je podnosio izveštaj šta se u toku noći dešavalo, očekujući uputstva šta dalje da preduzimaju.,,Početak i kraj ulice mora biti obezbeđen a ulicom će svaka dva minuta, kao slučajno, prolaziti neko od prerušenih policajaca" – dobijali su uputstva od svog pretpostavljenog.

Iza Mikijeve kuće se nalazio veliki sto. Parkirali su kola u dvorištu, a onda posedali za sto gde su ih sačekali ostali članovi Mikijeve porodice da zajedno doručkuju. Sve je bilo odlično pripremljeno ali se ta jela nisu mogla uporediti sa jelima iz raskošnih hotela na koje je premijer navikao, međutim ovde su svi jeli tako slatko kao da im je pripremljeno po njihovoj porudžbini. Deca su se, završivši doručak, okrenula igri a oni su nastavili razgovor bez prisluškivanja. Miki mu je ispričao da ih je cele noći čuvalo pedesetak policajaca. Začudio se rekavši da je zamolio ministra u Beogradu da mu ne obezbeđuje nikakvu pratnju.

„I sam znaš da su me nedavno kod ove kuće napali i da su mi ubili majku, pa se oni brinu da opet neko ne napadne pa da ti, ili neko od članova tvoje porodice, ne nastrada. Zbog toga su postavili straže. „Ha, ha, ha..."– odjeknuo je premijerov veseo smeh. Svi su primetili njegovo raspoloženje.,,Miki, uzaludno bi njima bilo da postave duple straže da si ti poželeo da me napadneš."

„Ismail, nikada više ja te neću napasti ako se ti budeš držao dogovora i ako o ovoj tajni ne pričaš drugima. Tako je trebalo da bude sa Gennijem. On je znao moje moći i da ga mogu ubiti iako ga hiljade telohranitelja čuvaju, a ipak je odlučio da ispriča moju tajnu i da me napadne. Pohlepa, koja je celoga života vladala njime, na kraju ga je ubila. Ovo je teško breme tajni koje je meni dato. Ne može ga drugi nositi, jedino onaj kome je suđeno. Onaj kome nije suđeno, a pokuša da otkrije te tajne, potpisuje sopstvenu smrt. Mnogi su tu smrt okusili i još mnoge će zadesiti. Tebi je dato od duhova mojih prethodnika da živiš, jer si se, po njihovom viđenju, mnogo promenio. Zapamti da čoveka možeš prevariti, ali duha ne možeš. Zato se potrudi da ministru objasniš, kada te bude pitao za razlog posete, kako sam tvom detetu, koji nije moglo dobro da govori, pomogao i da sada nema nikakvih problema. Ta prevara će biti bezazlena, a ipak korisna, jer više ni tebi ni meni neće dosađivati.

Kada dođeš u svoju zemlju, pomozi onima kojima si naneo zlo i na taj način nećeš prevariti duha. Još jednom te opominjem da njega nećeš moći da prevariš.

I nikada nikome nemoj da pričaš o ovoj tajni koju znaš o meni. Ako ovo budeš prekršio, više te niko i ništa na svetu ne mogu sačuvati od moje osvete."

„Miki, veruj mi da niko iz mojih usta neće čuti ni jednu reč o ovome. Rekao sam sebi da neću više da se kunem. Mnogo puta sam se kleo i slagao ali ću sada održati reč. Hteo sam da pitam da li možeš mene i suprugu da izmasiraš.“ „Ja ću masirati tebe, a moje ćerke tvoju suprugu."

I masaža kao pre toga doručak i spavanje im je izuzetno prijala. Onda je Ismail izrazio želju da mu pomogne da potpuno renovira kućici u kojoj radi i da je ogradi.

„U njoj je duh prošlosti i ja ga ne bih promenio za sva blaga ovoga sveta. Onakva je kakva jeste i takva će ostati dok ne nađem drugog Izabranika. Zapravo, dok ga duhovi mojih predaka ne odrede. On po svom nahođenju može posle odlučiti da li će je menjati ili neće."

„Shvatam. A možeš li mi reći koliko sam ja tebi dužan za sve usluge koje si mi pružio? Ja sam veoma bogat čovek i zato te molim da se ne ustručavaš."

„Ništa mi ne duguješ. A što se tvog bogatstva tiče, moram ti odgovoriti da sam ja materijalno siromašan, ali sam duhovno jedan od osmorice najbogatijih ljudi na svetu." „Nisam baš najbolje shvatio to za duhovnost jer je to meni nepoznanica, ali osećam da sam ti mnogo dužan i da moram sve izmiriti. Prvo: tvoja supruga je spremala da jedemo, pa smo spavali kod tebe, pa si nas onako prijatno dočekao, pa si mi, što je veoma važno, otklonio snojavljenja i na kraju što je najvažnije, poklonio si mi život."

„Ismail, nisam ja Bog da nekom poklanjam ili uzimam život. Napravio si grešku, došao da me zamoliš da ti oprostim i ja sam to uradio, a sve ostalo, gostoprimstvo i hrana su morali doći uz to. Mi smo od sada prijatelji. Zajedno smo pojeli hleb i so i ti si uvek dobrodošao u našoj porodici." „Mogu li bar ovih desetak hiljada dolara ostaviti kao znak pažnje?"

„Ako misliš da se život može kupiti novcem, grdno se varaš. To je seme zla, na žalost bez kojeg je nemoguće živeti. Mnogi moćnici se uzdaju da mogu novcem kupiti sve što požele, a onda se, na kraju, kada izgube bitku za život, razočaraju i shvate da su zbog materijalnog izgubili dragocenost koja se zove duhovnost. Zato se nemoj naljutiti što neću dozvoliti da ostaviš novac, jer materijalnim ne možeš da kupiš duhovno." „Pa kako mogu da se odužim za dobro koje si meni uradio?" „Ne budi licemer" reče Gospod. "Kada daješ daj da ti se ne vrati i tada ćeš od mene dobiti mnogo više.” Samo licemeri daju i traže od mene nagradu a od osobe kojoj su pozajmili da im vrati sa kamatom. Ja nisam od tih ljudi. Sve što sam ti dao i meni je to Bog nesebično poklonio. Zato i ti, kada dođeš svojoj kući nesebično poklanjaj i stremi ka duhovnom, pa kada dobiješ duhovno, materijalno će samo doći."

Miki je video policiju koja je stalno prolazila, pa je rekao Ismailu da i on obrati pažnju. "Sada ću ih rasterati." – šapnuo je Mikiju. "Nemoj. Oni imaju naređenje da te prate i oni će to raditi sve vreme dok si ti ovde."

„Miki, i ja i moja porodica smo poželeli da ostanemo još nekoliko dana, ali vidim da bi taj ostanak i meni i tebi predstavljao teret jer bismo svakog trenutka osećali dah mojih čuvara za vratom. Mnogo je bolje da se spremim sa porodicom i da se vratimo kući." „I ja to mislim, mada ne želim da pomisliš da vas teram da idete." „Kako bih to mogao da pomislim posle ovakvo toplog dočeka! Nikada ti ovo neću zaboraviti. Uvek ćeš u meni imati iskrenog prijatelja. Molim te, znam da sada nećeš da uzmeš pare, ali ako ti ikada nešto zatreba, slobodno mi se javi i ja ću ti u svemu pomoći."

„Hvala prijatelju. Meni uvek samo malo treba a sve ostalo dobijam od Boga. Deca su se sprijateljila pa ćemo se češće čuti."

Pozdravili su se. Odmah su policajci javili da je premijer pošao.

57.

Kapetan je dobio zadatak da ispita Mikija za cilj premijerove posete. Nekoliko minuta po njegovom odlasku, dok su žena i ćerke raspremale sto posle doručka, pred kućom su se zaustavila policijska kola. Izašli su komandir i dva policajca i ljubazno se pozdravili sa Mikijem. Pozvao ih je na kafu i piće ali su oni odbili i od njega zahtevali da pođe sa njima u stanicu policije.

„Gospodine kapetane, da li sam ja za nešto osumnjičen pa me vodite u policiju?"„Niste osumnjičeni, ali smo dobili naređenje …" „Ne želim više ništa da čujem. Neću se odazvati vašem pozivu, jer ne postoji razlog da me privodite."„Miki, molim te saslušaj me. Znaš da smo prijatelji, da se poznajemo dosta dugo i da ti ne želim zlo. Dobro znaš šta se sve izdešavalo tvojoj porodici, znaš da smo te za sve ispitali i da smo te pustili jer nije bilo ničeg za šta smo te mogli okriviti. Obavešten sam da su te napali stanovnici Nemačke koji vode poreklo iz Rusije. Pri ovoj poseti premijera iz Turkmenistana jednom ministru je nešto postalo sumnjivo pa bi želeo sa tobom da porazgovara. Znaš da je potrebna jedna njegova reč pa da ovi iz suda izdaju nalog da te uhapsimo. Zato ti, kao prijatelj, predlažem da odemo do policije a da tamo, sa tim ministrom, razgovaraš i da te posle ovamo vratimo."

„Dobro. Ubedio si me. Poći ću da porazgovaram sa njim."

Pred stanicom je bilo nekoliko policajaca koji su ga poznavali. Svi su se učtivo javili a onda su ga uveli u kabinet načelnika MUP–a. Njega nije poznavao, pa su se rukovali upoznajući se. Onda su sva trojica posedali udaljeni po dva metra jedan od drugog kao da su namerno napravili prostor trougla.

„Pa gospodine Miki, da li je moguće da mi u našem gradu imamo tako uvaženu ličnost koju posećuju premijeri stranih država? Da li je moguće da ste se pročuli tako daleko?"– upita načelnik. „Jedna stara izreka kaže da se ni jedan pop nije proslavio u svojoj parohiji. Izgleda da je takav slučaj i sa mnom"– odgovori Miki. „Izgleda, jer su za Vas čuli u mnogim stranim zemljama, dok mi ovde, takoreći na vratima, o Vama ne znamo ništa." „Oni kojima sam potreban za mene znaju, dok oni kojima ne trebam, iako znaju da imam bioenergiju, govore da od toga ništa nema i da je to samo prevara u koju veruju naivni."

„Nikada nisam imao kontakt sa tom energijom, pa ako nećete da se uvredite, i ja sam mišljenja da je to prevara." „Pre nego što dokažem da nije prevara, zamoliću i tebe i njega da mi ne persirate, jer neću ni ja vama. Sada obojica pogledajte kroz prozor" Poslušali su ga."Šta vidite?" „Drvo"– odgovoriše u glas."Vidite, zapravo, grane od drveta."„Da, da." „Vidite li kako se lišće njiše na tim granama?"„Vidimo." „A vidite li vetar koji ih njiše?"„Ne. Ne."„Naravno, znate da vetar postoji." „Normalno da znam."„Ako je normalno da postoji vetar iako ga ne vidite, onda je normalno da postoji energija koju ne vidite, ali ćete je sada osetiti."

Odmakao se na drugi deo kabineta pružajući ruke ka njima. Par sekundi ništa nisu osećali a onda su počeli da se preznojavaju. Da li je ovo dovoljno da mi verujete, ili treba još da dokazujem?" Telefon je zazvonio dok mu je načelnik odgovarao da bi voleo još neki dokaz da pokaže. „Da. Gospodine ministre, doveli smo gospodina Mikija i sada ću uključiti kamere."

Dok je uključivao kamere, Miki je rekao da će energiju demonstrirati na ministru iako je on dosta udaljen od njih.

„Dobar dan, čudaku sa štapom." Video je na ekranu da je kabinet ministra opremljen najmodernijim nameštajem a on je sedeo u fotelji, koju, i da je hteo, ne bi uspeo sam da prevrne. Iz cele njegove pojave se videla osionost i stav da je svako niži od njega i da svi moraju da ga poštuju. I u oslovljavanju „čudak sa štapom" se osećala poruga, ismejavanje i potcenjivanje. Pre nego što je odgovorio, Mikiju je kroz svest prošlo pitanje: da li su svi ti funkcioneri na visokim položajima tako nadmeni i uobraženi? „Dobar dan – veoma sporo je odgovorio. „Tebi, izgleda, nisu objasnili sa kim razgovaraš?" – upitao ga je namerno mu ne persirajući, misleći da ga na taj način vređa i omalovažava. „I da mi nisu rekli, ja vidim sa kim razgovaram."„Ako vidiš i ako znaš ko sam, onda znaš da je moje vreme dragoceno i da mi moraš brzo davati odgovore na postavljena pitanja." „Ako je tvoje vreme dragoceno a moje nije, zašto si onda odlučio da me pozoveš i trošiš tvoje dragoceno vreme."

„Gospodine Miki, ne možete tako razgovarati sa našim ministrom!"– umešao se načelnik MUP– a. „Zašto? Prvo: ja nikom na svetu ne persiram. Drugo: on se prvo meni obratio sa ti, pa što bih ja njemu persirao. I treće: ja njega nisam zvao da bih trošio njegovo dragoceno vreme, nego on mene. Ako nema vremena, ili ako neće sa mnom da ga troši, ja ću odmah idem kući i biće kao da se nikada nismo videli."

„Ljudi, ovo ničemu ne vodi."– umešao se kapetan."Miki, molim te kao prijatelja da ovaj razgovor vodimo kao civilizovani ljudi a ne da se svađamo. Odmah sam ti objasnio da gospodin ministar želi sa tobom da porazgovara i da te zato pozivamo, a ne privodimo te na razgovor."

Stisnute Mikijeve usne su pokazivale ljutnju iako mu je taj osećaj bio zabranjen u radu kojim se bavio.

„Kapetane, hoću izveštaj o svakoj sitnici i svakoj grešci u njegovom radu, najkasnije do završetka našeg razgovora."„Gospodine ministre, obavešteni ste o svim dešavanjima oko njega i njegove porodice, pa smo zbog toga morali sve da ispitamo ali ni mi, ni komunalna ni finansijska policija nismo pronašli ni jednu nepravilnost u njegovom radu."

Oči su mu ljutito sevnule kada je progovorio:"Tražite i dalje." Tada se obratio načelniku:"Načelniče, Vi ćete ga zatvoriti tridesetak dana sa obrazloženjem da nije poštovao ministra nego ga je omalovažavao. Po završetku našeg razgovora iz suda ćete dobiti nalog za njegovo hapšenje." I načelnik i kapetan su ponizno klimnuli glavama. „Ministre, mogu li ja da kažem nekoliko reči?"– javio se Miki. „Vidi, vidi, naša ptičica je spremna da propeva i da moli za milost!"„Ja za milost molim samo Gospoda jer me on štiti." „Ha, ha, ha…nasmejao se ministar. Da vidimo kako će te tvoj Bog zaštititi kada te sprovedu u zatvor."

„To sam upravo i hteo da kažem."Svi su zaćutali da čuju njegove reči."Sprovešće mene u zatvor ali će sila Božija na razne načine kod tebe i tvoje porodice uticati da me puste iz zatvora. Ja neću izaći sve dok mi se ti lično ne izviniš. Što budeš tvrdoglaviji, sve će ti biti teže i opasnije"– smireno mu je uzvratio Miki.

Ministru se za tren na licu pojavila neverica, a onda je ljutitim glasom progovorio:"Načelniče, držaćete ga u zatvoru narednih šest meseci !"„Razumem, gospodine ministre." Ekran je odjednom pocrneo jer je veza prekinuta.

„Vidiš prijatelju da si i sebi i nama natovario ogromno breme na leđa. Mogao je to da bude zvaničan razgovor sa nekoliko pitanja i odgovora, a ovako si dobio šest meseci zatvora ni za šta."„Ja sam dobio par sati odmora, a posle ću dobiti izvinjenje od osobe koja smatra da je iznad Boga." „Molim te, ostavi se Boga i tvoje tvrdoglavosti. Dopusti da načelnik pokuša da ga umilostivi da sa tobom porazgovara i da te, posle svih pitanja koja će ti postaviti a na koja ćeš mu dati opširne odgovore, pusti da odeš kući." „Samo vas dvojica uradite svoj deo posla da se ne biste njemu zamerili, a za mene ne brinite."

Načelnik je pozvao službu za privođenje i za nekoliko minuta Miki je bio smešten u ćeliju. Odmah je napravio duhovni kontakt sa ministrovom ženom i sinom. Dete je najmanje krivo zbog osionosti svoga oca, ali će ono u ovoj situaciji odigrati najvažniju ulogu. I ministra će kazniti. Bez svoje krivice, Miki se u ovoj situaciji našao kao jagnje koje je pilo vodu nekoliko desetina metara nizvodno od vuka. Vuk, videvši ga i nameravajući da ga pojede, nađe razlog i reče da mu prlja vodu. Tako se i on osećao – ni krivog ni dužnog ga je poslao šest meseci u zatvor! Zbog toga je morao da ga kazni da bi preinačio svoju odluku i naredio da ga puste.

Istovremeno je uticao na ženu i sina. Ona je osetila iznenadi pritisak u stomaku, a njihov sin je legao na krevet potpuno iscrpljen. Tada je preusmerio svest na ministra i njega je zabolela glava. U početku je to bio slabašan bol koji se kasnije povećavao. Dohvatio je iz ladice stola dve tablete i obe odjednom popio. Za to vreme je žena je imala još jače bolove. Zatim je, i dalje pod jakim bolovima, vrisnula videvši svog petnaestogodišnjeg sina kako bespomoćno leži na krevetu. Pritrčala mu je noseći flašu sa kiselom vodom. Njen vrisak je čula kućna pomoćnica i dotrčala u trenu sa drugog sprata njihove raskošne vile.

„Doktora, hitno!“ – zakrkljala je gospođa ministarka koja je uživala da je tako oslovljavaju. Dok je kućna pomoćnica pozivala doktore, dotle je ona pozivala svog muža. Čuo je telefon kao da ga sa svakim zvonom stotine iglica ubadaju svuda po glavi. Sekretarica, koja je nameravala da najavi zakazani sastanak, vrisnula je videvši u kakvom je stanju ministar. Za njom su ušli drugi ministri koji su došli na sastanak. Ubrzo je i doktor bio tu. Tek tada je sekretarica podigla slušalicu telefona koji je nekoliko puta zvonio. Njegova žena je histerično vikala da joj je muž hitno potreban.

„Gospođo ministarko, doktor se upravo bori za njegov život!“ – jedva joj je odgovorila.

Sa druge strane se prvo čuo vrisak, onda se sve utišalo, a onda se čuo pad tela. Kućna pomoćnica je pozvala jednog doktora a sekretarica je iz ministarstva poslala još jednog. Njihovom brzom intervencijom postavili su brzo dijagnozu: i ministar i njegov sin su doživeli predinfarktno stanje! Doktori su ih povratili a njegovu ženu, koja je pala u nesvest, dve sestre su pokušavale da smire i povrate. Svi su dovedeni u neko normalno stanje, a onda su ministra prebacili kući. Ostavio je naređenje svom zameniku da, dok budu ručali, izokola ispita premijera Turkmenistana o svim pojedinostima njegove posete Mikiju. Pomenuvši ime, odmah se setio njegovih reči. To je samo slučajnost – ubeđivao je sebe. Kada je pred svojom vilom ugledao dvoje kola hitne pomoći, odmah je znao da nešto nije u redu. Video je ženu i sina kojima su lekari pružali pomoć.

„Šta se, pobogu, ovde dešava?“ – upitao je doktore. „Gospodine ministre, po objašnjenju Vaše kućne pomoćnice, Vaša supruga je odjednom dobila bolove u stomaku i dok je ona bila u toaletu, Vašem sinu je bilo teško. Mi smo, brzom intervencijom, uspeli sve da saniramo.“

Ministar je ovog sredovečnog doktora sa blagim očima izdvojio malo na stranu da sa njim popriča, držeći ga pod ruku kao starog prijatelja."Doktore, da li je moguće da nam se svima u isto vreme desilo da se odjednom razbolimo? „Do sada, u mojih trideset godina rada, nisam imao slučaj da su i otac i sin u istom trenutku doživeli predinfarktno stanje."„A da li je moguće da postoji Bog i da je ovo njegovo delo?"

Da nije bila situacija kakva jeste, doktor bi se sigurno slatko nasmejao, ovako se, uzdahnuvši, jedva uzdržao:"Gospodine ministre, ja nisam kompetentan da dajem izjave o tome. Svi verujući ljudi govore da postoji, ali nauka i medicina to ne mogu dokazati."„Rekao mi je da njega čuva Božija sila i da će mi se dešavati čudne stvari koje lekovima neću moći da zaustavim."„Ko?"– upitao je doktor u neverici. „Neki bioenergetičar kojeg sam pre sat, dva, smestio u zatvor."„Ma to su gluposti, gospodine ministre. Slučajno se poklopilo sa njegovim rečima"– razložno će doktor. „Da li ste Vi sve dobro sanirali?"„Dobili ste najdelotvornije tablete i injekcije koje postoje, tako da se nadamo da se više ništa loše ne može desiti. Mi smo uvek dostupni i ovde možemo biti najviše za pet minuta, a za svaki slučaj ću Vam ostaviti ovih nekoliko tableta. U slučaju bilo kojeg problema ih možete upotrebiti jer su mnogo delotvorne"– smirivao ga je lekar. „Hvala vam doktore. Još nešto: da li mogu računati da će ovo pitanje u vezi postojanja Boga ostati stroga tajna između nas dvojice?" "To nije nikakav problem. Da sam lud pa da nekome nešto o tome kažem a Vi da negirate, ne samo da bih izgubio posao jer mi niko ne bi verovao, nego bi me mnoge moje kolege, da bi se Vama dodvorile, proglasile ludim. Zato možete biti bezbrižni i sve što Vam zatreba u vezi zdravlja možete mene pozvati"– objašnjavao je doktor dajući mu vizitkartu.

Ako bi ministar par puta tražio samo njega, onda bi njegov ugled porastao i unapređenje bilo izvesno. Zato mu se na svaki način dodvoravao.

Vratili su se među ostale doktore koji su pokupili instrumente spremni da na nekom drugom mestu pruže svoju pomoć.

Čim su prošli jedan kilometar, sin mu je naglo skočio sa kreveta držeći se za stomak. Srce je počelo jače da mu lupa jer se nije nadao ovakvoj reakciji."Sine, šta ti je bilo?"– upitao je sav preplašen jer je njegova žena imala iste simptome malo ranije. Okrenuo se da joj to kaže a kada je video da ona bespomoćno leži na krevetu, vrisnuo je iz sveg glasa. Dok je ukucavao brojeve sa vizit karte, u sobu je uletela kućna pomoćnica krsteći se:"Bože sačuvaj i sakloni!" – vikala je hvatajući ministarku i trljajući joj ruke.

„Doktore, hitno se vratite!"„Šta se desilo gospodine ministre?"„Sada je sina zabolео stomak, a žena leži na krevetu nesposobna da se pomakne."„Odmah se vraćamo!"

Stigli su uz zavijanje sirena na kolima hitne pomoći. Dve ekipe lekara su organizovano pomagale bolesnicima. Opet su se doktor i ministar izdvojili i opet prijateljski porazgovarali: „Gospodine ministre, sve mogu da razumem ali će mi ova situacija, dok god budem živ biti nejasna. Molim Vas objasnite mi šta se desilo? Pre smo pregledali Vašu ženu i sina i ništa nismo mogli otkriti a onda, kao po nekoj komandi, ista situacija samo su drugi akteri. Sada je vaša žena preživela predinfarktno stanje dok je sin dobio bolove u stomaku koje je ona ranije imala.“ „Mislite li da je to nemoguće?“ „Verujte mi da ja ne verujem u čuda, ali me ovo nikada nije snašlo.“ „Moraću odmah da nazovem da puste onog prokletog čudaka sa štapom“–pomislio je ministar udaljavajući se od doktora. Otišao je u drugu sobu i otud pozvao načelnika MUP– a u Kraljevu.

„Odmah pustite tog čudaka sa štapom i recite mu, ako mi nešto bude sa bilo kojim članom porodice, da ga neće spasiti ni Bog, ni đavo, ni bilo ko na svetu!“ „Odmah ćemo izvršiti naređenje!“– načelnik je pritisnuo dugme da dežurni odmah dođe. „Moraš odmah osloboditi bioenergetičara Mikija.“ „Gospodine načelniče, pre malo više od dva sata smo ga, po naređenju gospodina ministra, zatvorili.“ „Znam. Sada ga, po naređenju istog ministra, oslobađamo. Nemoj da se iščuđavaš, nego požuri da izvršiš naređenje.“ „Razumem, gospodine načelniče!– odgovorio je dežurni izlazeći.“ Ne zaboravi da ga dovedeš kod mene, jer imam nešto da mu poručim.“

Nekoliko minuta kasnije, u istoj kancelariji su bili načelnik, dežurni i Miki. Načelnik je otpustio dežurnog da ne bi sebi stvarao dodatne probleme jer je znao da je on velika pričalica, da će sve mnogostruko uveličati, da te reči mogu doći do ministra, a onda zbogom karijero!

„Bio si u pravu kada si rekao ministru da će te pustiti. Molim te, ne naređujem ti, ali bih bio srećan ako možeš da mi objasniš kako si to uspeo. Ne moram ti napominjati da i mi ne volimo te uštogljene ministre koji izdaju naređenja koja mi moramo izvršiti a kasnije, ako se ispostavi da nešto nije u redu, nas smene a oni ostanu slobodni i zaštićeni kao beli medvedi.“

"Prvo: niko od podređenih ne voli one koji im izdaju naređenja. Isto se dešava i sa tobom. Ni tebe ne vole policajci kojima izdaješ naređenja. Drugo: jesi li mi pre par sati rekao da bi voleo još nečim da ti dokažem postojanje energije?“– pitao ga je Miki. „Jesam“– odgovorio je načelnik namerno ne komentarišući prethodnu Mikijevu konstataciju. „A jesam li ja rekao da ću energiju demonstrirati na ministru?“ „Jesi.“ „Šta onda više da objašnjavam?“ „Ne mogu da verujem da si u moći to sve da postigneš!“ „Svako veruje u ono što želi“– mirno mu uzvrati Miki. „Slušaj: rekao mi je da te pustim i da ti kažem – ako mu nešto bude sa bilo kojim članom porodice, da te neće ni Bog ni đavo ni iko na svetu sačuvati od njegove osvete.“ „Tvrdoglavi glupak. Moraš ga nazvati i reći da hoću sa njim da razgovaram.“

Načelnik je u početku bio siguran da ga ništa na svetu neće naterati da pozove ministra, ali je posle samo nekoliko desetina sekundi veoma rado pristao i

odmah uspostavio vezu:"Gospodine ministre, bioenergetičar Miki želi nešto ve-
oma važno da Vam saopšti."„Daj mi ga." Načelnik je predao slušalicu Mikiju."-
Halo…"„Reci šta imaš"– čulo se nadmeno pitanje."„Rekao sam da me čuva Boži-
ja sila i ti si se uverio u to."„Halo. Reci šta imaš važno da mi kažeš i ne pričaj mi
te gluposti."„Ako me još jedanput prekineš, ja ću otići, a posle toga ne mogu ga-
rantovati da ću umilostiviti Boga da sa svojom silom ne kazni tvoju porodicu."
   Tišina, a onda smirene reči sa druge strane:"U redu. Slušam.
   „Onog trena kada si naredio da me zatvore, ja sam objasnio da me čuva
Božija sila i da neću izaći iz zatvora dok mi se ti lično ne izviniš. Uverio si se u
to. Da bi prestali problemi i tebi i tvojoj porodici, moraš se lepo i razgovetno
izviniti. Ako to ne uradiš, a ja izađem odavde ili dođeš na suludu ideju da me
opet vratiš u zatvor, ni tebi ni tvojima problemi neće prestati. Ne mogu garan-
tovati koliko dana ćete biti u stanju to da trpite, ali znam da ćete svi završiti na
psihijatriji. Tada neću moći da pomognem."
   Nekada je tišina teža od svih reči na svetu. Potrajalo je dosta dugo dok je
ministar sabirao i oduzimao kombinacije i mogućnosti o pristanku ili nepri-
stanku na ovaj predlog. Na jednoj strani je bila njegova funkcija i čast koja mu
nije dopuštala da se bilo kome izvini, a na drugoj njegovo i zdravlje njegove po-
rodice, koji su mu ovog trena bili važniji od svakog ponosa i časti. Možda bi i
dalje bio tvrdoglav ali se setio da mu je rekao da će sa tabletama i injekcijama
samo pogoršavati stanje. Došao je do zaključka da ovaj put mora da popusti.
Kasnije će mu, kada se sve bude završilo, sa kamatom naplatiti.
   „Nemoj. Ne razmišljaj o osveti jer onaj koji se sveti bez potrebe, dupli greh
nanosi duši. Ako ikada pomisliš da mi se osvetiš, znaj da će osvetnički duh koji
usmeriš ka meni, stostruko biti aktivniji ali biće usmeren ka tebi i tvojoj po-
rodici"– savetovao ga je Miki. „Huuuuu…" Sa druge strane se čulo ispuštanje
vazduha iz pluća, izdisaj kojim kao da se oslobodio ogromnog tereta. Ili je tog
trenutka njegova svest registrovala da je naišla na barijeru koju njegova funk-
cija i ponos ne mogu preskočiti. Zato je pokunjeno progovorio:"U redu, Miki.
Od srca te molim da primiš moje izvinjenje i da umilostiviš Boga da mi više ne
muči porodicu."„Sve će prestati u roku od pola sata. Posle možeš pozvati dok-
tora da vas pregleda. Iznenadiće se kad vidi da rezultati pokazuju da nikada ni-
ste doživeli predinfarktno stanje."

   Opet se obistinila svaka reč koju je ovaj čudak izrekao. Njega su, slobod-
nog kao pticu u gori, vratili kući. Imaće sutra još dosta obaveza dok ovaj pro-
ces ne privede kraju.
   Vrativši ministarski automobil Ismaila su pozvali na ručak. Prihvatio je po-
ziv. On, žena i deca su bili ugošćeni po protokolu a on je u toku ručka objasnio
kolegama da se tek sada, posle toliko godina, oseća srećno.

„Gospodine premijeru, možete li nam bar reći u čemu vam je pomogao Miki?"– pitali su ga obazrivo."Mogu vam reći da je jedna masaža bila dovoljna da svi moji bolovi nestanu. Deca nisu mogla da izgovaraju i dosta slova pa su zbog tog nedostatka imali mnogo problema, a posle dve masaže, kao da su se preporodili."

Saznavši šta su želeli, posle nekih sat vremena, oprostiše se od svog gosta, prebacivši ga na aerodrom. Poznato je da jedna slika govori više nego hiljadu reči. Mnogi od ministara su se zaricali da će ubrzo tajno posetiti Mikija jer su ovom premijeru iz daleka, za kojeg su čuli da je, pored funkcije koju je obavljao, veoma uspešan u raznim biznisima, verovali.

58.

Vesti o ovom čudaku sa štapom su se širile veoma brzo. Dok su jedni priča-
li najpohvalnije, drugi sumnjali u sve to, dotle su ka njemu hitali ljudi koji su
imali zadatak da ga ubiju. Da mu slome vrat, razbiju glavu – ili na neki drugi
način umore, ali da nikako ne ostane u životu.

Bili su to najveći majstori borilačkih veština – šestorica, protiv kojih nije
imao nikakve šanse ni u borbi jedan na jedan, a ovako, protiv njih, on koji ni-
kada nije vežbao karate niti se bavio bilo kojim sportom – bio je osuđen una-
pred. U mnogim zemljama u kojima su bili plaćeni od strane moćnika da oba-
ve ovakve zadatke, prozvali su ih „tihe ubice." Vežbajući, svoja tela su doveli do
savršenstva, a bilo šta iz okoline su koristili kao smrtonosno oružje. Nije važ-
no da li je to kamen, drvo, žica, odbačena plastika ili nešto drugo, sve se u nji-
hovim rukama pretvaralo u oružje koje je sejalo smrt. Ubijali su poput zmi-
je, tiho i smrtonosno a onda, isto poput zmije, bez traga nestajali. Svima je na
nadlanici bila istetovirana zmija i svi su pripadali jednom od najozloglašeni-
jih hramova šaolina. Nikada ih niko nije mogao povezati sa ubistvima koja su
počinili jer ih niko nije video u akciji, a trag nisu ostavljali za sobom. Policaj-
ci bi imali pune ruke posla, ali i pored truda, nisu nalazili rešenja za ubistva
koja su se dešavala.

Sada je ta uigrana ekipa putovala ka Kraljevu. Njihov izgled ih je predstav-
ljao kao grupu turista koji su pošli da razgledaju i da foto aparatima zabeleže
sve lepote ove zemlje. Svuda su zastajali, sve slikali i uvek bili nasmejani i vese-
li. Niko, ko bi ih pogledao, ne bi rekao da su pošli da izvrše tako krvavi zada-
tak. Slikali su se pored svih znamenitih kulturnih spomenika u raznim mesti-

ma kroz koja su prolazili, jedino se nisu slikali kada su prolazili pored Mikije-ve kuće gde je živeo i pored kućice u kojoj je radio. Te detalje su zapamtili jer se moglo desiti, na bilo kom carinskom prelazu da im neko pogleda fotografi-je i da ih na taj način poveže sa ubistvom koje su nameravali da počine. Nikada do sada nisu pogrešili, pa su i ovaj put sve morali da isplaniraju da bi uspeh bio stoprocentan. Tražili su najslabiju tačku ovog čoveka koju su, brzinom ugriza zmije, morali iskoristiti. Saznavši pojedinosti, ustanovili su da Miki ima bez-broj slabih tačaka. Kod njega, po njihovom mišljenju, nije zapravo postojala ni jedna tačka na koju bi mogao da se osloni, s kojom bi mogao da se odbrani a kamo li da pobedi protivnike. Potpuno su se opustili sigurni u svoju pobedu. Nisu želeli da imaju prevodioca jer bi na kraju i njega morali da likvidiraju. Do-govorili su se da ga dvojica posete i zakažu masaže. Dopustiće mu da ih izma-sira, a onda će zakazati da sledeće noći primi svu šestoricu. Jedan od njih je od-lično govorio engleski, pa su se nadali da će se na taj način sporazumeti. On je bio organizator cele grupe i uvek se pogađao i ugovarao poslove.

Skovali su plan nesvesni da je njihovo prisustvo Miki odmah osetio. Prvi put kada su kolima lagano prošli pored njegove kuće, prepisujući neki recept koji je kao list nekada davno izvadio iz đedovih svezaka, osetio je njihovo pri-sustvo. Ustao je od stola, brzo se okrenu, i kroz prozor ugledao dvoja kola koja su lagano odmicala ulicom. U trenu nije mogao da vidi ko je u kolima, a onda je brzinom munje prešao u drugu sobu, ostavivši nedovršenu prepisku. Žena i deca su prestrašeno pogledali ka njemu. Nisu znali šta je prouzrokovalo njegov nagli odlazak, pa su se, preživevši svašta, uplašili jer su bili svesni da je osetio nešto opasno po njega i njih. Žena je pošla za njim pokušavajući da uđe u sobu. Vrata su bila zaključana, pa se ona zabrinuta vratila u kuhinju. Kasnije će ga pi-tati šta je to osetio i koliko je to opasno po porodicu. On je ušao u sobu, legao, izdvojio duh iz tela i pošao da upozna svoje neprijatelje. Nisu daleko odmakli, jer nisu žurili. I da su bili u avionu ne bi imali šanse da mu pobegnu, a ovako ih je za čas sustigao i video sa kim će voditi borbu na život i smrt.

„Otkuda su se ovi Japanci stvorili"– pitao se pokušavajući da otkrije da li je Ismail, možda, vodio duplu igru i sve ovo isplanirao. Odbacio je tu mogućnost jer bi tu prevaru odmah osetio u njegovoj svesti. Mora da mu je neko od preži-velih, koje nije napadao par dana, poslao ove ubice.

59.

Ove noći je nameravao da kazni preostalu četvoricu koju su iz Srbije prebacili u nemački zatvor. Biće mnogo mrtvih za jednu noć.

Morao je večeras to da obavi, jer će već sutra imati posetu osoba koje nikada ne bi poželeo u svom okruženju. Borba sa njima će biti opasna jer su i oni u svojim vežbama uspostavili kontakt sa prirodom i postigli ravnotežu duha i tela. Kada ih je video, osetio je da poseduju mnogo veće mentalne moći od svih dosadašnjih neprijatelja protiv kojih se borio. Oni su njega potcenili, ali će on njih uvažavati kao borce koji nisu ništa slabiji od njega.

„Svaki dan nosi svoje breme" – govorio bi mu đedo dok ga je kao dete savetovao i poučavao." Zato ni jednom danu nemoj dodavati breme i brige koje su dodeljene drugom danu."

Podsecanje na te reči ga je učvrstilo u uverenju da večeras treba da obavi planirani zadatak a za sutra da ostavi probleme koji su pred njim. Došavši u kuhinju, objasnio je porodici da su opet došli da bi ga napali. Objasnio im je da napadači imaju zadatak da njega ubiju a porodicu da ne diraju, ali je on želeo da bude siguran i da narednih dana, dok se ovo ne završi, niko od njih ne dolazi u kućicu gde masira.

Napadači su još dva puta su u razmaku od petnaestak minuta prošli, upijajući u memoriju sve detalje iz njegovog a i iz susednih dvorišta. U trenutku su promenili plan i odlučili da ga ovde napadnu pa da kroz susedno dvorište pobegnu u paralelnu ulicu gde će ih čekati kola, a onda nastaviti beg. Sada ih je osećao bez obzira što su bili udaljeni više od pola kilometra. Nameravali su još jedanput da prođu da bi upotpunili svoj plan. Okrenuli su kola a on je, osetivši njihovu nameru, požurio i pošao put kućice. Sa leve strane od njegove kuće, nekih stotinak metara, nalazila se krivina. Kada su tu naišli, zaustavili su kola videvši da on odlazi niz ulicu. Stakla su zatamnjena pa se sa spoljne strane ne može videti ko sedi u kolima. Jedino je šoferšajbna providna tako da se sa te strane vidi da su vozači sa dalekog Istoka. Po dvojica su sedela na zadnjem sedištu da bi bili što manje primetni. Videli su u kom pravcu ide, pa su sačekavši dok dođe do kraja ulice i kada je skrenuo ulevo, krenuli za njim, još jednom sve osmotrivši. Videvši da on ide ne osvrćući se, rešiše da ga prate iz daleka. Zazvonio mu je telefon a on je nastavio put sa nekim razgovarajući i gestikulirajući. Isplaniraše da izvrše napad na ovoj relaciji. Odustali su jer je bilo suviše rizično. Došao je do kućice gde su ga čekala dva pacijenta. Razmatrali su predlog koji im je ponudio nalogodavac da prvi put dođu dvojica na masažu a onda da zakažu za sledeću noć masažu za sve, da budu poslednji, tako da ga, kada ostanu sami, napadnu i ubiju. Taj predlog im se svideo ali su razradili rezervni plan, tako da u slučaju neuspeha jednog, odmah pređu na ostvarenje drugog.

Po Mikijevom ulasku u kućicu sa pacijentima, oni su još par puta obilazili oko kućice. Pitali su se gde će ostaviti kola ako ga ovde napadnu? Postojala je velika mogućnost da će kola sa zatamnjenim staklima, ma gde bila parkirana, mnogima pasti u oči tako da ih neko od komšija može prijaviti, a onda bi ih veoma brzo uhvatili. Postojala je mogućnost za uspeh ali su rizici bili ogromni. Nisu znali da li će uspeti da se sporazumu sa Mikijem tokom prvog dana kada ih bude masirao, a kako li će im tek poći za rukom da se dogovore za drugu masažu! Zato su odustali od prvobitne namere. Mnogo je bilo jednostavnije da ostave kola kod magacina, nedaleko od njegove kuće, pa da mu se u posleponoćnim satima približe i da ga, s obzirom da spava na terasi, veoma brzo ubiju. Bili su sigurni u svoje sposobnosti, ubeđeni da im nikako ne može pobeći. Šest majstora borilačkih veština protiv jednog čoveka koji se ni sa kim nije potukao još od svog detinjstva! I da ih očekuje sa pištoljem u rukama, neće imati nikakve šanse jer su neki od njih već bili u sličnim situacijama. Ljudi su u njih uperili pištolj i samo je trebalo da povuku okidač, a onda su se, na neki neobjašnjiv način, ljudi sa oružjem našli na podu a iz njih je, isticanjem krvi nestajao i poslednji atom snage. Toliko su bili izvežbani da se nisu plašili vatrenog oružja jer je sve u njihovim rukama postajalo ubistveno isto kao i pištolj, automat ili bilo koje drugo oružje. Još će nekoliko desetina puta večeras ponoviti svaki detalj svog plana a onda će, sutra uveče, potpuno spremni ubiti ovog čoveka.

Uputili su se na Kosovo da tamo provedu noć. Ponešto su načuli preko televizije da Srbija i Kosovo imaju veoma loše međususedske odnose, da su Albanci od Srbije oteli taj deo teritorije i da sada Srbija nema nikakve ingerencije nad njim. Nikom od predstavnika vlasti a ni običnom narodu nije bilo dozvoljeno a ni bezbedno da slobodno šeta po toj novonastaloj albanskoj državi. Ako bi se neko odvažio i pošao da poseti mesto gde je rođen, odmah bi ga napadali i pretukli i on se, poslednjim atomima snage vraćao kući. Više mu nikada ne bi palo na pamet da tako nešto uradi, a ni svi ostali koji bi čuli o tom događaju se nisu usuđivale da tako nešto pokušaju. Živeli su u strahu jer nikakvu podršku od vlasti nisu imali, pa se nisu usuđivali tamo da odlaze niti da borave. Bilo je malo Srba, koji nisu uspeli za vreme rata da pobegnu, u nekim selima, ali su živeli u izolaciji. Sve njihove aktivnosti su se odvijale na par stotina metara udaljenosti od njihove kuće. I njih su, kada bi se prvi put udaljili iz enklave, napadali i proganjali kao divlje zveri.

Japanci su bili svesni da će ih svi zapaziti i da će imati alibi da su bili u ovoj južnoj srpskoj pokrajini koju su Albanci proglasili za svoju državu. Sutra uveče će krenuti otuda, tokom noći obaviti svoj zadatak i za par sati se vratiti. Po povratku u novonastalu državu, nameravali su da negde parkiraju kola, da ih tu ostave i da se avionom vrate u svoju zemlju. Za petnaest – dvadeset dana, kada se sve smiri, dvojica od njih bi došla i uzela svoja kola. Toliko su dobro bili plaćeni da su komotno mogli ostaviti kola i da više nikada za njih ne dođu, ali oni to nisu hteli. Nisu želeli da ostave bilo kakav trag za sobom.

Dok su oni odlazili, Miki se spremao da izvrši zadatak koji mu je bio nametnut. Mislio je da su preostala četiri zatvorenika u istom zatvoru, ali se iznenadio utvrdivši da su ih, u nedostatku dokaza, oslobodili. I ovaj put su sudije izvrnule pravdu. Moć novca je ogromna a Sergej je oslobodio svoje ljude, ne zato što su mu bili potrebni i što nije mogao bez njih, nego što je na taj način želeo da pokaže svoju moć. Ogromna količina novca koji je uložio za njihovo oslobađanje je dala rezultate. Odmah po njihovom oslobađanju dao im je izričito naređenje da uvek budu u blizini, spremni, ako zatreba, da mu u svemu pomognu.

Miki ih je brzo locirao. Moraće da izvrši zadatak na četiri različita mesta. Prvog je našao polupijanog u jednoj javnoj kući. Bezuspešno je pokušavao sa nekom plavušom da vodi ljubav. Popio je još dve tablete za potenciju dok se plavuša šalila na njegov račun."Šta hoćeš? Ko si ti?"– počeo je da postavlja pitanja a polugola plavuša je, uozbiljivši se, pomislila da je počeo da halucinira zbog dejstva popijenih tableta. Njoj nije bilo dopušteno da vidi duha, ali je on pred sobom video osobu, odnosno senku koja se pojavljivala i nestajala. Čas je bila ovde, čas onde, a on je jedva pratio polupijanim pogledom. Zbog straha koji je osetio, veoma brzo se otreznio. U trenutku kada mu se senka dovoljno približila, pokušao je da je uhvati. Izgubio je ravnotežu i pao, udarivši glavom u ivicu stola. Plavuša je vrisnula. Niko nije obraćao pažnju na njen vrisak. Videvši da on ustaje i da mu niz lice teče krv, otvorila je vrata izletevši u hodnik.

Tu je još dva puta prodorno vrisnula, na šta je obezbeđenje reagovalo pritrčavši joj u pomoć. Iz sobe je izlazio čovek krvave glave. Pomislili su da ga je ona u samoodbrani udarila i da zbog toga krvari. Znali su kakve su posledice takvog čina. Tada su čuli da on ponavlja reči: "Šta hoćeš od mene? Ko si ti? Pusti me!" Tada im je bilo jasno da nešto nije u redu sa ovim čovekom. "Gospodine, možemo li da Vam pomognemo?"– ponudili su pomoć iako su bili dosta udaljeni od njega. „Pusti me!"– viknuo je čovek u paničnom strahu, pokušavajući da se odmakne od nečeg što je samo on video. Iz drugih soba trećeg sprata su počeli da izlaze polugoli ljudi i žene privučeni galamom. On se i dalje, ne obraćajući pažnju na prisutne, borio sa nečim što je kod njega stvaralo ogroman strah. Pokušavao je rukama da se zaštiti i da skine nešto što mu se nalazilo na leđima. Kod prisutnih posmatrača je prvo izazvao smeh, a onda su, videvši strah i paniku, pomislili da je doživeo napad šizofrenije. Zatvarali su vrata i sklanjali se mnogi koji su bili na putu njegovog nesigurnog hoda. I sa ostalih spratova su provirivali znatiželjnici.

„Pusti meeee, pusti meeeeee…" vrištao je toliko jako da su ga svi prisutni u javnoj kući čuli. Hvatao se rukama za vrat s naporom pokušavajući da udahne vazduh. Umesto smeha, sada se strah video na licima prisutnih, dok je on rukama grebao svoj vrat ne osećajući da mu teče krv, u pokušaju da se oslobodi čeličnog stiska koji mu je oduzimao dah. U očajanju, počeo je da juri po hodniku ispuštajući ludačke krike iz totalno krvavog grla. Na svom putu je odgurnuo jednog od telohranitelja i pojurio ka izlazu vrišteći. Preskakao je po dve, tri stepenice a onda je, spotaknuvši se, poleteo i glavom udario u zid. Njegov vrisak koji se utišao, zamenila je desetina drugih kada su videli da se iz razbijene glave razliva krv pomešana sa mozgom. Moći halucinacije još nisu poznate medicini, ali su u ovom slučaju odigrale veoma važnu ulogu.

Završio je sa njim pa je pošao da potraži ostale.

Dvojicu je našao u kockarnici. Ni oni nisu poslušali Sergejeva naređenja. Bili su prenapeti jer su izgubili ogromnu količinu novca. Pušili su cigaretu za cigaretom. Od dima i od prigušenog svetla se nije videlo na par metara. Imali su u gepeku svojih kola Sergejev novac koji su zaradili prodajom droge, ali nisu smeli da ga prokockaju. Usmerio je komandu svesti i jedan od dvojice je pošao za pare. Nije doneo sve, samo nekoliko svežnjeva. Sa komandom svesti mu je naredio da sav novac uloži. Znao je da će ih Sergej poubijati kada mu budu javili da su prokockali sve što su zaradili od prodaje droge, pa je odlučio da im se na taj način osveti. Samo par osoba na svetu su u moći da se odupru komandama Mikijeve svesti, a njih dvojica to nisu bili. Kao hipnotisani su jednu gomilu od deset hiljada evra uložili na jedan broj. Izgubili su. Opet su uložili i opet izgubili. Isto se ponovilo i treći put. Na njihovim licima se primećivala samo tupost i bezosećajnost, kao da ih nije bilo briga što troše tuđi novac i što će zbog toga izgubiti život. Kada su četvrti put uložili zadnjih deset hiljada, Miki je čuo isti smeh koji je čuo u pećini kada se borio sa indijskim fakirom. Setio se reči "Osvetiću se"koje mu je nečastivi uputio. Svestan da ga niko od prisutnih ne može videti, obreo se u kockarnici. Video je slugu nečastivog, koga ostali prisutni nisu mogli da vide, kod ruleta. Zaustavljao je točak sreće na broju na koji su oni uložili novac. Vrisnuli su od sreće, nesvesni da je ovaj put za njihovu sreću zaslužan najveći neprijatelj ljudskog roda. Kockarnica, kocka, prostitucija, krađa, ubistva, prevara ili jednom rečju to je đavolja rabota. Zato je na ovom mestu moć nečastivog mnogo veća nego njegova. Odlučio je da se povuče jer ih večeras nije mogao pobediti. Ovu će borbu morati da odloži za neku drugu priliku. Vratio se u svoje telo da se odmori a onda opet duhovno pošao da izvrši još jedan zadatak .

Poslednji od četvorice zatvorenika, najodaniji Sergeju, se i ove noći nalazio kod njega u kući. Uvek je bio uz Sergeja, pomažući mu u svemu. Znao je koliki uticaj ima u svim krugovima vlasti, pa je u njegovom prisustvu osećao sigurnost. Ove noći će se uveriti da mu ni njegova moć ne može pomoći. Još nisu spavali. U Sergejevoj vili su pored njega, Jure i Sergeja bila još petorica njegovih saradnika. Raspravljali su o mnogim temama uz čašicu fantastičnog viskija. Raspoloženje je bilo na vrhuncu jer su im poslovi odlično išli. Njihovo raspoloženje se naglo pretvorilo u strepnju kada su osetili da se sa njihovim prijateljem nešto dešava. Počeo je bezrazložno da se smeje. Prvo su ga u čudu posmatrali, a onda su zaraženi njegovim smehom i oni počeli da se smeju. Posle minut – dva su prestali a on je nastavio dalje i još intenzivnije. Sve im je više postajalo jasno da nešto nije u redu sa njim. Smatrali su da smeh nikom ne škodi. U jednom trenutku, malo iznerviran, Jura mu je odsečno naredio da prestane da se smeje. Nije mogao da ga posluša. Više se od njega plašio nego od Sergeja, ali njegov mozak nije primao Jurino naređenje jer je izvršavao komandu svesti koju mu je Miki usmerio. Nisu znali da u postojećem stanju ne bi mogao nikog da posluša. Iznerviran njegovim smehom, Jura je ustao sa namerom da mu rukom zatvori usta. Uspeo je da ga uhvati i stegne za usta, a onda se njegovo telo izdiglo do plafona, vukući Juru za sobom. Pustio je stisak oko njegovih usta, našta je njegovo telo padalo ka podu. Kao velikom majstoru borilačkih veština, nije mu bilo teško da se dočeka na noge. Istog trena se i telo njegovog prijatelja spustilo. U Jurinim očima se videla ljutnja. „Prestani sa tim budalaštinama inače ću te pretući pred našim gostima, tako da ti više nikada neće pasti na pamet da se nasmeješ. On se i dalje smejao savijajući se u struku. Tada je Jura totalno besan bezglavo jurnuo na njega. U svom besu je nameravao da ga rukama rastrgne na nekoliko delova. Leva ruka je uhvatila duks a desna je brzinom munje bila usmerena ka glavi. Ovo bi bio ubistveni udarac da je pogodio svoj cilj. Umesto glavu, ruka je pogodila ogromnu vazu iz dinastije Ming. Raspala se u hiljadu delića a on je zbog bola u ruci pustio svog prijatelja koji je nastavio još jače da se smeje. I Sergej se umešao naredivši mu da prestane. Nije ni njega poslušao. Svi prisutni iznervirani njegovim smehom ustadoše da ga uhvate. U ogromnoj prostoriji njegovo telo se čas nalazilo na jednom, čas na drugom, čas na trećem mestu. Nisu ga mogli uhvatiti pa je Jura iz tajnog Sergejevog pregradka izvadio automat i viknuo da se svi povuku. Sklonili su se iza njega. Kada se spremao da bez imalo griže savesti ispali rafal u svog prijatelja, njegovo telo se prebacilo iza Sergeja koji je sve pratio pogledom. Kada se cev automata usmerila ka njemu, prestrašeno je vrisnuo a Jura je u poslednjem trenutku zaustavio prst na orozu. Spustio je automat jer je na ovaj način mogao ubiti Sergeja i ostale prijatelje. Svi su posmatrali telo koje se opet našlo u najudaljenijem delu ove ogromne prostorije. Jura je opet podigao automat, ali pre nego što ga je upotrebio, njihov prijatelj je skočio a njegovo telo je dobilo ubrzanje klizajući se po podu. Glavom je udario u sto iza kojeg su svi bili okupljeni. I njemu je, kao i prethodnom koji je udario u zid, glava pukla a mozak se, zajedno sa krvlju, prosuo po podu. Vrisnuli su gledajući u umirućeg čoveka. Sažalili su ga kada mu se telo potpuno umirilo, kao da samo par trenutaka ranije nisu poželeli da ga ubiju. Kada su svi čuli smeh, Jura i Sergej su istovremeno viknuli: „Miki!" Ostala petorica saradnika nisu shvatila šta znače ove reči i sve se na tome završilo.

Vratio se u svoje telo. Nije ga interesovalo kako će oprati pod i sakriti telo. Nije ga više ništa interesovalo u vezi sa njima sve dok ih sledeći put ne bude posetio. Želeo je da se obračuna sa ljudima iz Japana koji su došli da ga ubiju a onda da uništi jednu od najmoćnijih bandi na prostoru Evrope ako ne i sveta. Kada se sa svima obračuna, tada je nameravao da se na poseban način osveti Juri i Sergeju. Želeo je da ih optuže za smrt mnogih osoba koje su lečili sa njegovim lažnim receptima, da ih mnogi prijatelji napuste, da izgube moć i uticaj, da izgube tržište za prodaju droge i da ih onda, ostavljene i progonjene od svih, kada se hiljadama puta pokaju, na kraju ubije i osveti krv svoje majke. Na taj način, kao najglavniji akteri bi najduže ispaštali svoje grehe. To je želeo a nije znao kako će se sve završiti.

Dok se on, vrativši se u telo, spremao da zaspi i da na taj način nadoknadi energiju za sutrašnju borbu, dotle su dvojica preživelih zatvorenika već nekoliko puta oduševljeno sakupljali osvojene dobitke na kocki. Krupniji od njih dvojice, Lotar Kramer, kao da nije verovao šta im se dešava. Kada je prestao uticaj Mikijeve svesti, tek tada je spoznao da su obojica mogli izgubiti živote. Uvek se oslanjao na domišljatost i lukavstvo svog druga Armena od kojeg je bio dosta krupniji. Osvojili su popriličnu sumu novca kada mu je to napomenuo, a Armen je prokomentarisao: "Ćuti i pusti sada to tvoje pametovanje. Vidiš da dobijamo a ostalo nije važno."Ponekad, a i sada bi ga rado ubio, ali ga se plašio iako je bio krupniji i teži bar tridesetak kilograma od njega. U mnogim zajedničkim akcijama je video sposobnosti svog partnera pa je znao da mu ni u čemu nije dorastao. Odjedanput ga je napadalo po nekoliko osoba mnogo krupnijih od njega, ali se on, na čudan način, provlačio između njih, sa noževima koje oni nisu videli, otvarajući im stomake i prosipajući njihove utrobe. Crna kosa, crne oči i taman ten su ovoga čoveka činile privlačnim. Mnogi koji su se uverili u suprotno, sada nisu među živima.

Prišao im je neki nepoznat čovek prestavivši se kao Matijas i rekao da prestanu da igraju. Bili su u pobedničkoj euforiji pa su im ove reči zasmetale. „A zbog čega bi trebalo sada da prestanemo da igramo?"– upitao ga je Armen ljutitog izraza lica dok se Lotar spremao da uloži određenu sumu novca u naredni krug ruleta."Nemojte ulagati novac jer više za večeras nećete dobiti ni jedan krug"– obratio se nepoznati Lotaru kao prijatelju. Nisu uložili nego su se sa nepoznatim udaljili od ruleta. Znali su kojoj bandi pripadaju i koliki uticaj imaju u ovom gradu pa su želeli da porazgovaraju sa ovim nepoznatim čovekom i da saznaju zbog čega ih ometa. Kada su se udaljili da mogu slobodno da razgovaraju, upitali su ga: "Ko si ti prijatelju i ko te je platio da nam budeš dadilja?" "Hoćete li da razgovaramo iskreno i otvoreno?"– postavio je on njima pitanje. „Naravno da ćeš nam reći sve iskreno i otvoreno što te budemo pitali. Ha ha ha.." Obojica su se nasmejala bahato kao da su ispričali neki dobar vic.

„Hoćemo li se odvojiti da bismo mogli da pričamo a da nas drugi ne prisluškuju?"– upita nepoznati."Nigde se mi nećemo odvajati, nego ćeš ti ovde ispričati sve što nas interesuje.",,Dobro. Ja znam da ćete odmah nakon nekoliko rečenica vi nastojati da se izdvojimo odavde." „Ha, ha, ha…" čuo se njihov nadmeni smeh."Počni ti polako da pričaš a nama prepusti da odlučimo šta ćemo i kako dalje da radimo." „U redu. Počeću rečima da sam ja vaš spasitelj, da ste od vas četvorice zatvorenika, zahvaljujući meni, vas dvojica ostali živi!" Izbuljili su oči u neverici čuvši ove reči.,,Zapravo, ostali ste četvorica od sedmorice koji su uhapšeni u tamo nekoj zemlji Srbiji. Za trojicu koji su tamo poginuli pod čudnim okolnostima ni policija ni medicina nemaju adekvatne odgovore. A od vas četvorice dvojica su večeras izgubila živote. Jedan u javnoj kući, a drugi ni manje ni više nego kod vašeg šefa." „Stani! Otkud ti sve to znaš?",,Najverniji čovek moga gospodara je poginuo od čoveka koga ste vi pošli da ubijete, pa me je on poslao da porazgovaram sa vama i vašim šefom Sergejom da se uortačimo i da zajedničkim snagama pobedimo zajedničkog neprijatelja."

Armen, koji je svaku inicijativu preuzimao na sebe se i ovoga puta prvi setio da pozove Sergeja. Telefon je dugo zvonio i na samom kraju se Sergej javio. Glas mu je bio isprekidan i pun panike.,,Šefe, sa nama je čovek koji tvrdi da su, od nas četvorice koje ste izvukli iz zatvora dvojica večeras izgubila živote i to jedan u Vašoj kući. Uz to, priča da je Miki njegovom gospodaru ubio najvernijeg čoveka i da bi želeo da se uortačimo u borbi protiv Mikija." „Za ostalo nisam siguran, ali je u jednom sto posto pogodio. Odmah dovedite tog čoveka kod mene!" Preneli su mu šefovo naređenje na šta je on prokomentarisao:"Rekao sam vam da ćete nakon par rečenica vi poželeti da promenimo mesto. Kao i uvek tako sam i sada bio u pravu. Važi, idemo kod vašeg šefa."

Krenuli su, a on ih je tokom puta opomenuo da od zarađenog novca na kocki vrate Sergejev deo. „Biće isuviše ljut ako primeti da ste dirali novac zarađen od prodaje droge. Da nije bilo mene i četvrtu gomilu od deset hiljada evra biste izgubili. Pošli biste i doneli ostatak novca a onda i njega izgubili. Na taj način biste sebi potpisali smrtnu kaznu koju bi Jura odmah izvršio. Morao sam kod četvrte gomile da se umešam i da zaustavim točak na vaš broj. Na taj način sam osujetio Mikija da na posredan ili neposredan način utiče na Vašu sudbinu. Sačuvao sam Vas od njegove osvete."

Nisu znali da li su se sada ili kada su bili pod dejstvom komande Mikijeve svesti, osećali smušenije. Mikija nisu ni videli ali su osetili njegove moći, a ovog čoveka vide i sve se više dive njegovoj vidovitosti i sposobnostima. Moraće Sergeju da pomenu kako je u kockarnici zaustavio Mikijeve moći i kako ga je veoma lako pobedio. U razgovoru i stigoše ispred Sergejeve vile. Dočekali su ih naoružani stražari i telohranitelji. Bilo ih je mnogo više nego što su mislili. Pretresli su ga i ustanovili da kod sebe nema ništa od naoružanja. Kada je ušao, Sergej mu je ponudio da sedne u fotelju. Telo je bilo uklonjeno i sve očišćeno. Niko ne bi rekao da je tu, pre samo petnaestak minuta, poginuo čovek.

„Slušam Vas. Prvo mi objasnite za koju bandu radite i recite sve šta želite da bih mogao da razmislim šta ću da radim – obratio mu se Sergej. „Prvo: ja nisam rekao da radim za bilo koju bandu ali ću pojasniti da nemam šefa nego gospodara. Drugo : da biste ozbiljno shvatili moje reči, moram napomenuti da sam neprestano evo pola sata sa vašim ljudima, a znam da je čovek koji je poginuo udario glavom u nogar ovog masivnog stola."

Sergej je pritisnuo dugme i u prostoriju je uletelo desetak naoružanih telohranitelja. Opkolili su čoveka koji se nije pomerao. "Znam da je opreznost majka mudrosti ali ste sa ovim potezom preterali. Zar bi Miki, koji je toliko moćan da može sve da vas poubija a da ga uopšte ne vidite, bio toliko lud da dođe ovde i da vam se, takoreći na samom domaku pobede, preda u ruke i dozvoli da ga ubijete. Ja nisam on i nisam se uopšte prerušio. Znam da je pre nešto više od mesec dana i on bio u ovoj vili i da Vas je njegovim moćima naterao da ga pustite." Ustao je raširivši ruke: "Evo, izvolite. Slobodno proverite da li sam se maskirao."

Sergej je mahnuo rukom i svi naoružani telohranitelji su napustili prostoriju ne proveravajući da li je ovo zaista maskirani Miki.

"Sa ovim što ste mi pročitali misli ste me ubedili da vam poverujem, mada mi nikako nije jasno kako ste uspeli da dođete do svih podataka iako su oni najstrože čuvana tajna. To me navodi na pomisao da je jedina osoba koja je mogla da Vam objasni sve ove podatke upravo Miki i da ste Vi, ako ne on, onda sigurno čovek od njegovog velikog poverenja." "Pogrešili ste u procenama. Ništa ga manje ni moj gospodar ne mrzi od vas. Razmislite malo i recite zbog čega bih, da sam Miki, došao ovamo ili da sam mu čovek od poverenja zbog čega bi mene poslao kod vas? On hoće da vas poubija i to svakodnevno radi. Niko od telohranitelja, stražara ili pasa čuvara ne može da ga oseti jer vas on duhom posećuje. To je njegova moć koja je upisana u sveskama koje su mu ostale posle dedove smrti. Napali ste ga, oteli mu sveske koje je on falsifikovao, ubacujući recepte koji nikog ne mogu izlečiti, ali zato niko neće ni umreti od njegovih melema, ali je najgore što mu je Jura u toj akciji ubio majku. Pored vaših šesnaest, istovremeno su ga napali još trideset šest ljudi iz nekoliko različitih bandi. Sve vas je obmanuo i pobedio. A onda je, dobivši dozvolu od duhova prethodnih Izabranika, počeo da sveti krv svoje majke koju ste nepotrebno ubili. Da to niste uradili, sada bi se sve odvijalo po drugom scenariju. Namerno je omogućio onoj osobi koja mu otme falsifikovane sveske da lako dešifruje sve recepte, da počne da leči ljude i da ga, kada mnogi počnu da umiru, ne zbog toga što su otrovani njegovim melemima nego što su pogrešno lečeni, proglase krivcem za njihovu smrt. Na taj način bi osobe koje su mu otele sveske, same sebe upropastile. Ali se desilo da mu je majka poginula pa je u potpunosti promenio svoj plan. Do sada je u svemu uspevao. Svetio se i ubijao a da mu niko nije mogao ući u trag. Mom gospodaru je ubio najvernijeg slugu, pa je on rešio da se umeša, da Vam pomogne i da uz njegovu pomoć pobedite tog, za vas nepobedivog neprijatelja."

„Toliko puta ste pomenuli svog gospodara a ni jednom nam niste rekli ko je on i kada ga možemo videti." „Pre nego što odgovorim na Vaše, moram Vam postaviti još nekoliko pitanja: "U ovoj prostoriji ne vidim ni jednu sliku svetaca ili fresku, pa me interesuje da li verujete u Boga?" „Jedino u šta verujem je moć novca"– odgovori hladno. "A znate li da je novac đavolji sluga?" „Đavolji ili ne đavolji, znam da on čoveku donosi najveću moć." „A da li biste Vi mogli da se uortačite sa đavolom da biste, kao Vaši ljudi večeras, zaradili ogromnu količinu novca?" „Ja sam se sa njim uortačio onoga trenutka kada sam počeo da radim sa drogom, ali sam poželeo da promenim svoj život i da proizvodim i prodajem meleme iz svezaka koje sam uzeo od Mikija. Na taj način bih postao mnogo poznatiji tako da bi ljudi iz svih zemalja sveta koji su u samom vrhu vlasti, potražili neke od tih melema pa bih, zahvaljujući tome, postao jedna od najpotrebnijih i najtraženijih ličnosti na svetu. Uz ostale meleme, pronašao sam zapis o moćima povećanja funkcije ljudskog mozga. To sam počeo da vežbam ali nisam osetio nikakve pozitivne rezultate. Sada sam svestan zbog čega je sve tako. Ne može se doći do cilja ako čovek krene pogrešnim putem. A on je mene naterao da krenem tim putem. Ako je istina da će me uskoro optužiti za smrt mnogih osoba, onda me ni ogromne veze koje posedujem više ne mogu zaštititi."

„Još nije sve izgubljeno. I moj gospodar je neopisivo moćan. Božji zadatak je da zaštiti svoj narod a zadatak mog gospodara da im na različite načine oduzme živote. Ako moj gospodar odluči da ih zaštiti, a to će ovoga puta uraditi zbog našeg zajedničkog zadatka, onda će svima koji su dolazili kod Vas bolesti nestati. Da još malo pojasnim: sa Božje strane dolaze: radost, mir, sreća, sloga, ljubav, zdravlje i sve ono što ide uz Božiji blagoslov. A od mog gospodara dolaze: bolesti, ratovi, patnje, ubijanja, smrt i sve ono što vodi paklenim mukama. Kod mog gospodara na kraju života Bog šalje mnoge grešnike da im on presudi. Mnogima od njih je Bog dao razne bolesti da bi ih naterao da se okrenu njegovom carstvu, ali ga oni ne poslušaše. Zbog toga ih on odbaci od sebe i prepusti na milost i nemilost mome gospodaru. Ti ljudi su potražili Vaše meleme i čajeve. Tim ljudima će moj gospodar pomoći da se privremeno oslobode svih bolesti, dok mi zajedničkim snagama pobedimo Mikija. Tako će moj gospodar zaštititi Vas ujedno zadajući Mikiju prvi udarac. Moraćemo obezbediti prostor u nekom podrumu gde nema svetlosti da bi se Vi i nekoliko Vaših ljudi podvrgli sataniziranju ili primanju moći moga gospodara. Na taj način ćete postati neuništivi za ostatak čovečanstva. Jedino će Miki moći pojedinačno da vas pobedi. Pojedinačno da, ali ako smo udruženi i ako ga svi zajedno napadnemo, onda će on izgubiti borbu."

„Mnogo me je zainteresovala ova priča, ako i ona nije lažna kao i ove sveske."„Budite ubeđeni da nije. Zašto bih dolazio kod Vas nudeći Vam savez, a da za Vašu zaštitu ne tražim ni jedan cent nadoknade, ako to nije u zajedničkom interesu. „Dobro. Ubedili ste nas. Drugo: podrum možemo srediti – da moji ljudi rasčiste ovde kod nas i da ovde obavimo to sataniziranje. Još moram da znam koliko je to opasno po život i koje se moći sa tim mogu dobiti.„Opasnosti za život nema sve dok ste u vlasti moga gospodara. Ako odlučite da ga zamenite, onda će Vam on oduzeti moći i samo na njemu znan način će vas uništiti."„Pominješ oduzimanje moći, a nisi nam objasnio koje su to moći koje bismo dobili od njega, ako pristanemo na njegove uslove."„Sluge mog gospodara su: pacovi, zmije, šišmiši, krpelji, komarci, škorpioni i još mnoge životinje i insekti koji čoveku mogu oduzeti život. Uz to, on je gospodar pakla i njegove sluge su: mrtvaci, aveti, vampiri, kosači, vukodlaci i u sve njih se vi možete preobratiti ako pristanete na satanizaciju. Ja ću vam demonstrirati te promene ali vas molim da se ne uplašite. Sve ovo što ja uradim i vi ćete, posle sataniziranja, moći da uradite."

Preobratio se u vampira. Iako im je bilo rečeno da se ne uplaše, svi su prebledeli i svi su se po jedan korak odmakli sa mesta gde su stajali. Jura se mašio za automat. Kada je hteo da ga upotrebi, tada se njihov novi poznanik opet preobratio u čoveka. "Matijas, šta je ovo bilo?" upitao ga je Sergej. „Opomenuo sam vas da se ne uplašite, a vi, ne da ste se uplašili, nego je Jura za malo upotrebio automat. Da ga je upotrebio, morao bih da ga ubijem. Ako hoćete da vam i dalje demonstriram u šta mogu a u šta ćete moći i vi da se preobratite, onda vas molim ne hvatajte oružje jer se ja instiktivno moram braniti pa ću vas poubijati pre nego što ga upotrebite."

Neki su odustali od daljeg demonstriranja, dok su Sergej i Jura želeli da vide kakve su to moći i sa čime će kasnije raspolagati. Pojava vampira im je ulila strah u kostima ali osim iz filmova, o njegovom delovanju nisu znali ništa više. Kao da je naslutio o čemu razmišljaju, Matijas ih je upitao: "Sergej, da li smem u ovom preobraćanju da razbijem sto?" „Čime?" „Rukama. Podići ću ga i baciti a on će se razbiti." „On je težak preko petsto kilograma i nema čoveka na svetu koji ga može podići i baciti." "To znači da mi i dalje ne veruješ i da mogu to da uradim." „Ako možeš, izvoli." „Prethodno se povucite i odbacite oružje od sebe jer ne želim nekog da povredim."

Povukli su se, ostavili oružje a onda prestrašeno gledali u čoveka koji se preobraćao u vukodlaka. Visina mu je bila između dva i po tri metra a težina sigurno veća od trista pedeset kilograma. Na telu, koje su prekrivale dugačke i oštre dlake su se videli ogromni mišići. Urliknuo je dohvativši sto. Podigao ga je i bacio kao da je neka dečija igračka. Polomio se oštetivši persijski tepih. Ledena jeza je prostrujala njihovim telima kada su videli u šta se preobratio a kada je urliknuo i njima i svima koji su se nalazili ispred je zastao dah od straha. Sergej i Jura su se zadivila njegovoj ogromnoj snazi. Bez ikakvog dvoumljenja su bili spremni da se uortače i sa crnim đavolom samo da i oni mogu ovako da se preobrate i da imaju ovoliku snagu. U trenu se opet preobratio u čoveka dok su na vrata lupali telohranitelji. Otvorili su im. Telohranitelji se nisu mogli načuditi ko je uspeo da polomi onako masivan sto. Sergej ih je otpustio naredivši im da ih više ne uznemiravaju, ali je zato dvojicu zatvorenika zadržao. Znatiželja ga je terala da vidi još koje su mogućnosti ovoga čoveka. Ovo je vidljivo i ovo mu se mnogo više svidelo nego Mikijeve sveske koje su po svoj prilici bile lažne. Uz to, iz svezaka je morao da uči i da vežba godinama da bi uspeo, a ovo je mogao da postigne samo ako se udruži sa đavolom. Ko sa đavolom tikve sadi o glavu mu se razbijaju – setio se stare izreke a onda pomislio da njegova glava odavno ne stoji čvrsto na ramenima, naročito ako ga budu tužili zbog lažnih melema i čajeva, pa je odlučio da se prikloni novom gospodaru i da od njega dobije moći koje ima Matijas.

„Pre nego što vam pokažem još i ovo, tražim od Vas da u sobu uvedete živog bika i da spremite dvadeset ćebadi.“„Šta će Vam sve to što ste tražili i gde sada da nabavimo živog bika?“ "Nedaleko odavde postoji farma. Na njoj možete kupiti bika a ćebad možete kupiti u bilo kojoj radnji.“

Posle sat vremena sve što je ovaj čovek naručio se nalazilo pred Sergejevom vilom. Biku su stavili ćebe na glavu pa ga tako uveli u prostran hol. Zatvorili su vrata da ostali ne bi gledali. Pred njima se ukazao kosač. U kapuljači od crnog plašta nije bilo glave. Umesto lica, zjapila je crna praznina. Umesto ruku, iz rukava su izvirivale kosti od šaka a u desnoj je bila kosa. Svi su uzdrhtali. I telo ogromnog bika je uzdrhtalo iako zbog ćebeta na glavi ništa nije video. Instiktivno je osetio da mu je u blizini nešto opasno po život. Niko se nije nadao da će avet zamahnuti i sa kosom odrubiti glavu biku koji je težio najmanje osamsto kilograma. Glava je pala a telo je još tren ostalo da stoji. Iz vrata je pokuljala krv a onda, kao da su ga odjedanput izdale noge, telo je palo. Brzinom munje se opet preobratio u čoveka vičući prisutnima da ćebadima prekriju telo da krv ne bi prskala po zidovima. Prenuli su se. Ćebad su bacali na obezglavljeni trup koji se neprekidno trzao.

"Hteo sam da Vam pokažem kolika je snaga udarca koji sam usmerio prema biku. Šta mislite, kako bi prošao čovek, ma koliko bio krupan ako bih poželeo da mu odrubim glavu! Ovoj brzini i ovoj snazi se nijedno živo biće ne može odupreti. Sada mi recite da li želite da pristupite mom gospodaru, da od njega dobijete sve ove moći, ili ćete čekati da Vas Miki, jednog po jednog poubija?“

„Ja ću pristupiti. I ja. I ja. I ja…“ čule su se potvrde od svih prisutnih. „Ako ste spremni, onda moram sa vama da pogledam podrum da bih video da li može moj gospodar ovde da obavi ritual satanizacije.“

Pošli su svi zajedno. Podrum je bio ogroman ali je u njemu bilo nabacano mnogo raznih stvari. Svidelo mu se mesto, ali je morao da preuredi prostor. Zatražio je da njegovi ljudi postave stvari gde on zahteva i da se posle obavljenog posla niko ne zadržava u podrumu. Tačno u ponoć će ući svi zajedno i sa njegovim gospodarom obaviti ritual. Kada su završili sve pripreme, on ih je napustio.

Svim osobama koje nešto iščekuju vreme veoma sporo prolazi. Tako su i oni jedva čekali da nastupi ponoć. Svi su videli kakve moći poseduje Matijas, pa su svi poželeli da ih i oni imaju. Sergej se nadao da će uspeti zbog svog bogatstva i uticaja da dobije još veće moći nego njegovi ljudi. Ako u tome uspe, biće odlično, a i ako ne uspe, biće zadovoljan da postiže sve što je Matijas postigao. Njegov mozak je pravio hiljade kombinacija u minuti. Već je stvarao slike kako sa prijateljima sa četiri strane napadaju Mikija i kako ga pobeđuju. Kada se oslobodi tog neprijatelja, onda će napraviti plan kako da preuzme dominaciju nad prodajom droge u celoj Evropi. Postepeno će se oslobađati svojih neprijatelja a moćnike će potplaćivati praveći od njih svoje prijatelje. Ako mu negde zaškripi, onda će upotrebiti moći koje će večeras steći i na taj način ostvarivati svoje ciljeve. Te su mu misli su ga posebno radovale. Onda je odjedamput pomislio: "Šta ako je sve ovo zamka i ako je Miki sve ovo organizovao da bi nas poubijao? Ma ne. Njemu je sve jedno da li će ih ubijati jednog po jednog ili sve odjednom. Do sada mu se nikako nismo mogli odupreti a na ovaj način, ne samo da nam se ukazala šansa za odbranu, nego postoji velika verovatnoća da ćemo pobediti svog najvećeg neprijatelja. Ništa nam drugo ne preostaje nego da sačekamo ponoć."

Razočarali su se kada su, desetak minuta pre ponoći, videli da Matijas dolazi sam. Želeli su da vide i da se konačno upoznaju sa đavolom. Sve ih je interesovalo da li je zaista takav kakvim ga opisuju u pričama. Kada je Matijas ušao istovremeno su ga svi upitali:"Gde je tvoj gospodar?"„Strpite se malo. Njega ne možete videti niti se sa njim rukovati pre rituala ili pre nego što dobijete njegove moći."

„Ne moramo da ga vidimo pre rituala, ali da bismo taj ritual obavili, on mora biti sa nama. Čini mi se da si tako rekao ili se varam."„Ne varaš se."„Kada će onda doći?"„On je već došao i nalazi se u podrumu." „Nemoguće, jer je ključ kod mene, a ja ga od danas, od kada smo sve završili, više nisam otvarao ."„Da bi moj gospodar prošao, nije potrebno da vrata budu otključana. On prolazi kroz vreme i prostor a da ga niko sa ovoga sveta ne vidi. Zapravo ne niko. Mogu ga videti one osobe kojima on hoće da se pokaže. Njegove moći su nedostižne za celo čovečanstvo, dok je svojim slugama dao samo deo svojih moći. Nećemo više raspravljati dok nas gospodar iščekuje. Hajdemo unutra."

Ogroman podrum je preuređen tako da je ličio na mračnu komoru za izradu fotografija. Na stranu gde su nasložili nameštaj i stvari, nalazio se ogroman paravan koji je odvajao ovu prostoriju koju je osvetljavala samo jedna sveća koja se nalazila u suprotnom uglu, od drugog dela, gde nije bilo ni zračka svetlosti. Iza paravana sa neosvetljene strane je bila jedna stolica, dok su se na drugoj, osvetljenoj strani, nalazile četiri. Oči su se polagano privikavale na oskudnu svetlost dok su četvorica novih članova osećali hladnu jezu kao da ulaze u zamrzivač.

„Matijas, dođi a vi ostali sedite"– čuo se glas koji kao da je dolazio iz groba. Sada su se još više naježili iako je napolju vladala prijatna toplina. Posedali su dok je Matijas odlazio iza paravana. Ništa nisu ni videli ni čuli. Posle par minuta se vratio upitavši:"Ko će prvi?"Tek sada im je porastao pritisak. Svi su poželeli da daju prednost nekom drugom pa da kasnije, kada se uvere da ništa nije opasno, oni dođu na red."Šefe, mogu li ja prvi?"– upitao je Jura.

Njegova hrabrost je bila na nivou. Za to su došli, pa hajde da to i završe. Sergej je sa olakšanjem prihvatio taj predlog. Otišao je sa druge strane paravana gde je vladala potpuna tama a na stolicu na kojoj je do malo pre sedeo, seo je Matijas.

„Sedi i zatvori oči"– Jura i svi ostali su čuli zagrobni glas."Nikako ih ne smeš otvoriti dok ti ne kažem. Ako prekršiš naređenje, bićeš mrtav."

Seo je zatvorivši oči. Bez obzira što je niz kičmu osećao ledenu jezu, niz telo i lice su mu tekli potoci toplog znoja. Osećao je smrad od svog tela. Onda je osetio neki drugi smrad. Kao da je odnekuda izvirala sumporna voda. Ili kao da je neko istovremeno zapalio hiljade šibica. Prvo je pomislio da taj smrad dolazi od njegovog tela, a onda je osetio da mu neko prilazi. Hteo je, kao iskusni borac, da se okrene i pogleda ko mu prilazi, a onda se setio da mu je zaprećeno smrću ako to uradi, pa je odustao. Osećao je da se neko vrti oko stolice na kojoj je sedeo. Šta bi sve dao da može samo za trenutak da pogleda u tog čudnog gospodara tame. Onda je osetio ruke na glavi dok je gospodar bio iza njegovih leđa.. Trenutak – dva a onda su ruke postale hladne kao led. Osećao je kako mu se mozak hladi kao da je u zamrzivaču. Nije mogao da se pomakne, da otvori oči niti da progovori. U trenutku mu je prošla kroz svest misao da ih je Miki ovako mučio a onda je i to nestalo. Osim osećanja prisustva nekog veoma moćnog, sve je ostalo zamrlo u njemu. Nije znao da mu se telo treslo, da su mu usne cvokotale a on hladnoću uopšte nije osećao. Nije znao da se svaka kap znoja pretvorila u led i da mu to prouzrokuje tu ogromnu hladnoću. Nije znao za sebe. Kako je iznenada zaspao, tako se iznenada počeo buditi iz tog stanja. Pokretao je ruke, noge, glavu ali oči i dalje nije smeo otvoriti. Čekao je da dobije novo naređenje kada je do njega opet dopreo zagrobni glas koji ostali nisu čuli:"Prošao si predvorje pakla. Sada ćeš ući u moje carstvo. Kada kroz njega prođeš, a neće ti ni malo biti lako, tada ćeš pristupiti satanizaciji dobijajući moći koje nema ni jedan čovek na svetu. Bićeš izložen još većim iskušenjima, ali oči ni po koju cenu ne smeš otvarati. Ako ih otvoriš, paklena vatra će ih spržiti."

Još se tresao od hladnoće misleći da se nikada neće ugrejati, kada su ušli kroz vrata pakla. Zapahnuo ga je sumporni miris koji je osetio kada mu se prvi put približio gospodar tame. Pored tog mirisa, sada je osećao jaru kao da se približava ogromnoj vatri. Bilo mu je previše toplo, pa je počeo da skida odeću sa sebe. Zatvorenim očima nije video, ali su mu iskrsavale slike pa je imao osećaj da zna šta se oko njega dešava i da sve to vidi. U tim slikama je prvi put video svog gospodara. Prvi put je video crvene oči iz kojih su izbijali plameni jezici iako su njegove oči bile zatvorene. Da ga je u drugim situacijama video, prestrašio bi se od njega a sada mu se divio iako je na glavi imao ogromne savijene rogove. I tako ružno, izborano lice mu je kvarila jareća brada koja se protezala do polovine grudi. Bio je go. Celo telo su mu prekrivale dugačke dlake koje su mu služile umesto odeće. U rukama je držao trozubac slobodno se krećući po večnom plamenu. Noge su mu bile iste kao kod jarca, a umesto stopala je imao papke. Skakao je iz vatre u vatru, ali njegovo telo nije gorelo. Tada mu se pred očima ukazala sledeća slika: njegovo telo je lebdelo a pod njim se nalazila nekakva čudna staza koja je vijugala kroz paklenu vatru. Na pojedinim mestima se gubila jer je sa obe strane izbijala vatra koja je zaklanjala. Opet se pojavljivala i opet nestajala. I tako u nedogled. Sa obe strane te staze su se, sa ove visine, videli krateri vulkana ili nešto slično u kojima je ključala lava i iz kojih je izbijala para zaklanjajući vidik. Bilo je bezbroj takvih kratera koji su se sa obe strane staze, a i mnogo kilometara dalje, pružale u nedogled. Pogled sa ove visine nije bio jasan pa se videla ogromna para a lave nigde nije bilo. Osetio je prisustvo gospodara tame koji mu je objašnjavao a čije je reči samo on mogao čuti:"Tebi kažem da ovom stazom moraš proći do kraja da bi mogao opet da se vratiš na zemlju. Ono što si video sa visine nisu vulkani nego pakleni kazani. Mnogi, da bi izbegli plamene jezike, skrenu sa staze i upadnu u te paklene kazane. Tu njihova duša provede četrdeset jednu godinu ispaštajući grehe koje su počinili na zemlji. Posle četrdeset jedne godine provedenih u kajanju i ispaštanju, opet se duša useljava u telo nekog novorođenog deteta. Do skoro sam u telo novorođenog dečaka useljavao duh nekog čoveka dok bih u telo novorođene devojčice useljavao duh neke žene, ali sam u poslednjih pedeset godina rešio da u potpunosti izopačim ljudski rod pa sam novorođenom muškom detetu davao ženski duh, dok sam novorođenom ženskom detetu davao muški duh. Tako su te osobe kad odrastu postajale simpatizeri sopstvenog pola. I na taj način sam upropaštavao ljudski rod svetivši se Bogu zbog mog izgnanstva iz raja. Jedina osoba koja može zaustaviti moju osvetu je Izabranik. Zbog toga sklapam savez sa vama da biste mi pomogli da se zajedničkim snagama osvetimo i da uništimo jedinog naslednika koji u sveskama krije tajne za opstanak čovečanstva. Kada njega uništimo, tada će u potpunosti nastupiti moje carstvo. U mom carstvu vas četvorica ćete biti na veoma visokim funkcijama. Zbog toga mi je stalo da uspete u svemu što vam budem naredio. Znam da ti u ovom iskušenju neće biti lako ali ne smeš popustiti. Kada ti bude najteže, ja ću ti priskočiti u pomoć ali oči ne otvaraj i nikako ne skreći sa staze. Sada moramo krenuti."

Kao da su im tela preletela tu ogromnu daljinu ili kao da su se za tren spustili sa te visine, tek njihova tela se nađoše na samom početku staze. Izgledalo je da je prepreka na samom početku staze bila ogromna kapija ukrašena ružama a sa obe strane kapije posađeno raznorazno cveće. Pred samom kapijom lepota kakva se poželeti može! Cvrkut ptica koje su svojom pesmom mamile da se uđe kroz ova vrata je bio lažan, isto kao što je bilo lažno cveće i sve što je davalo lažnu lepotu i sjaj ovom groznom mestu. Lažna je bila i moć koju je nudio gospodar laži i prevara, ali ovi ljudi to nisu znali. Sklopili su savez i svoju dušu potpuno predali u ruke onom ko najviše želi da uništi Božji porod. Dok mu budu trebali i dok ostvari svoje ciljeve, čuvaće ih i pomagati im. Kada se sve završi i kada mu ne budu trebali, odmah će njihove duše baciti u paklene kazane da i oni, kao i svi ostali, ispaštaju svoje grehe.

Kada su stupili u carstvo nečastivog i kada su se vrata za njima zatvorila, nestalo je lažnog sjaja i lepote. Početna širina staze se pretvorila u puteljak kojim se jedva hodalo. Tada je ugledao još nekoliko osoba koje su išle ispred njega tom stazom. Kada su plameni jezici sa jedne i druge strane staze suknuli u vis, zapretivši da zapale duše pred njim, svi su prestrašeni sišli sa staze. Posle nekoliko koraka su upadali u paklene kazane iz kojih su bezuspešno pokušavali da se izvuku. Sumporna kiselina im je izjedala tela koja nisu ni imali. Zapravo, njihova tela su ostala zatrpana u grobovima, ali su oni imali osećaj da im, umesto duše gore tela. U nekim kazanima su bile jedna ili dve osobe a u nekim petnaest, dvadeset pa i više. Sada nije video svog gospodara ali je čuo njegove reči:"U kazanima gde su jedna ili dve osobe su duše koje su se svađale samo sa jednom ili sa dve osobe, a u kazanima gde ima mnogo osoba su duše onih koji su se sa mnogima svađali na zemlji. Njih sam stavio u isti kazan da se i ovde svađaju i bore. Ako jednom od njih pođe za rukom da dohvati ivicu kazana i da pokuša iz njega da izađe, odmah će ga duše preostalih koji su u njemu opet povući unutra. Zbog toga se odavde nikako ne mogu izvući. Ako bi slučajno nekom pošlo za rukom da se izvuče iz jednog kazana, odmah bi upao u drugi koji bi se pred njim otvorio. Na taj način svako mora ispaštati svoje grehe. Onim osobama koje su same u kazanu, vreme ispaštanja greha uskoro ističe, tako da će njihove duše uskoro biti useljene u telo nekog novorođenog deteta. Sada moramo nastaviti.

Prvi plameni jezici su mu opekli telo da su se videli plikovi koji su pucali i iz kojih su curili krv i limfa. Urliknuo je od bola a njegov urlik su čuli svi prisutni. Svi su oni osećali veći strah od njega iako ništa nisu videli sa druge strane paravana. Juri je u pomoć pritekao gospodar tame. Spustio je ruke na njegove opekotine i one su u trenutku nestale. Nestalo je svakog bola koji je malo pre doživeo. Još jednom je čuo reči svog gospodara koje su ga umirile dajući mu novu snagu i podstrek:"Moraš nastaviti dalje po stazi, ma koliko ti bilo teško i nikako ne otvaraj oči. Idemo."

Opet je njegov gospodar skakao iz vatre u vatru pokušavajući da ga zaštiti od najvećih plamenova. Oni su neumoljivo izbijali ovaj put zahvatajući njegove ruke. Mlatarao je njima jureći po stazi i bezuspešno pokušavajući da ih ugasi. Čitavo vreme je vrištao stvarajući kod prisutnih koji su ga čuli ogroman strah. U neznanju je projurio preko granice druge barijere. Tada je vatra naglo prestala. I ruke su mu, kao i prošlog puta telo, bile opečene i iz njih je curila krv. I ovog puta mu je u pomoć pritekao gospodar. Stavio je ruke na opekotine njegovih ruku i sve rane su nestale. Pored opekotina nestao je i bol koji je bio nepodnošljiv. Opet mu je gospodar prišao sa leđa opominjući ga da i dalje drži oči zatvorene. Onda ga je pohvalio:"Bravo Jura! Odlično si prošao ove dve prepreke. Vidiš da ništa nije teško kada ti ja pomažem."Opet je samo on čuo ove reči.

„Da, vidim!"odgovorio je kao u transu. „Očekuje te još nekoliko prepreka koje, kao i ove dve, moraš savladati. Na kraju svake prepreke ću ti pomoći i na kraju ćeš biti kao da ti se ništa nije desilo. Samo nemoj otvarati oči i skretati sa staze ma šta ti se desilo. Ako skreneš i upadneš u paklene kazane, onda ti više niko ne može pomoći jer si sam izabrao taj put. Svi su oni koje vidiš u mojoj vlasti i svi mi u slučaju potrebe mogu pomoći, ali nikada nikog pre isteka vremena ispaštanja greha iz kazana nisam izvadio. Sada idemo dalje."

Treća prepreka je bila pred njim. Opet je video da njegov gospodar skače u vatru koja nije bila visoka kao prethodne. Osećao je kako mu se telo pokreće i kako polazi da savlada i ovu prepreku koja se nalazila pred njim. Posle par koraka vatra sa obe strane staze mu se obavila oko nogu. Prvo su kao i u prethodnim slučajevima dlake planule, stvorile se rane a onda se koža napravila kao da je pečenje. Vrištao je od bolova.

Sa tela prisutnih su se slivali potoci znoja od straha. Tresli su se nemoćni da progovore ijednu reč. Rado bi sva trojica odustala ali nisu imali snage ni hrabrosti da to pomenu. Sedeli su kao kipovi čekajući svoju sudbinu.

Za to vreme Jura je hteo da potrči ali ga ispečene noge nisu slušale. Jedva ih je pomerao a novi plameni jezici su ih opet obavili. Još jedan vrisak zbog nepodnošljivih bolova je proparao noćnu tišinu. Nemoćan da stoji zbog strašnih bolova, zaneo se na stranu i pao. Sa poslednjim atomima snage je uspeo da se zadrži na stazi jer mu je telo pri padu klizilo ka ivici staze. Novi plameni jezici su mu zahvatili noge. Primetio je da vatra ne zahvata njegove ruke i telo i da sa njima može obavljati sve funkcije. Noge ga nisu slušale, ali je on rukama počeo da se povlači u napred. Počeo je da puzi. Uspevao je da odmiče po stazi iako je izgledalo da ga plameni jezici vuku na drugu stranu. Puzio je, puzio i posle teških iskušenja prošao i tu barijeru. Odmah je gospodar priskočio da mu pomogne. Sve je opet nestalo. I bol i rane i kraste i pečena koža. Njegove ruke su bile hladne. Prijao mu je taj dodir jer je na taj način izvlačio svu toplinu iz njegovog tela.

„Prošli smo teške prepreke i samo još jedna nas deli od cilja. I tu jednu moraš proći ali te moram opomenuti da je ona najteža. Kao što si se snašao kod ove, kada su ti noge bile skroz pečene, tako se moraš snaći i kod sledeće. Pazi, ovaj put nećeš moći da koristiš svest. Bićeš u najvećem iskušenju ali se čuvaj da ne pogledaš i da ne skreneš sa staze."

Nije mogao da gleda ali je kao i do sada u njegovu svest gospodar projektovao slike onoga što se pred njim dešava. Na ovom delu ni sa jedne ni sa druge strane nije bilo plamenih jezika. Staza je bila znatno šira a on je, izlečen od prethodnih rana, krenuo da je što pre savlada. Napravio je samo nekoliko koraka kada je vatra iznenada planula sa obe strane. Plameni jezici su se ovoga puta obrušili na njegovu glavu. Kosa mu je u trenu planula stvarajući neopisivo bolne rane. Istovremeno je vrištao i urlikao da bi bar malo umanjio bol. Rukama se lupao po glavi pokušavajući da ugasi vatru. Svaki udarac je još više rasplamsavao a on se nije pomerao sa mesta. Svest mu nije radila zbog bola koji mu je proizvodila vatra, pa se telo bez komande mozga nije pomeralo. Sledeći plamenovi su mu još više obuhvatili glavu i on je pao. Telo mu se okrenulo u padu i opet dospelo na samu ivicu staze. Odmah do staze gde mu se nalazilo telo se otvarao i širio pakleni kazan u koji je svakog trenutka trebalo da telo.

„Hajde, pusti vatru neka gori a ti bauljaj."

Da li je moguće da čuje reči koje mu je gospodar naredio iako njegova glava gori kao buktinja. Neka nepoznata sila je pokrenula njegovo umrtvljeno telo. Njegova svest je počela da se buni primoravajući sebe da posluša. Rukama je uhvatio ivice staze počevši da povlači telo i na kraju uspe da četvoronoške hoda, dok mu je glava još jačim intenzitetom izgarala paklenim plamenom. Bez prestanka je vrištao, a njegove prijatelje, koji su mogli čuti samo njegove jauke, samo što nije izdalo srce. Nisu znali šta se sa njim dešava i kroz šta sve prolazi. Jedino što su čuli bili su njegovi urlici, a to im je stvaralo ogroman strah. Nisu čuli ni jednu reč utehe njihovog budućeg gospodara koje mu je u teškim trenucima upućivao, niti su videli kako je spuštao ruke na njegova ozleđena mesta i kako su njegove rane u trenutku zaceljivale. Ništa od toga nisu mogli čuti ni videti jer je to bilo upućeno samo njemu. Ni njihov gospodar ni Matijas ih nisu mogli opomenuti niti u bilo čemu unapred obavestiti. Svako je morao proći tim putem da bi dobio moći preobraćanja. Samo je gospodaru dopušteno da im u najtežim trenucima, ali samo rečima podrške pomogne da bi nastavili dalje i da ne bi njihov duh izgoreo u večnom plamenu pakla. Sa ovom komandom je pomogao Juri i on je nastavio dalje. Činilo mu se da baulja do beskraja. Svaki korak je trajao čitavu večnost a plamen je sve više zahvatao glavu ali je na kraju i tu prepreku prošao. Vatra se ugasila kao da nikada nije bila upaljena. Istog trenutka mu je pristupio gospodar položivši ruke na njegovu glavu. Činilo mu se da mu ovog puta hladnoća najviše prija. Svaki bol je nestao.

„Prošao si sve prepreke postavši jedan od mojih slugu pa ti je sada dozvoljeno da otvoriš oči."

Jedva je uspeo da ih otvori zbog osećaja da su mu ispečeni kapci. Ugledao je svog gospodara koji je i dalje stajao u plamenu. Izgledao je isto kao što mu se pojavio u vizijama, samo mnogo krupniji od svakog čoveka na zemlji. Tada se, umesto vatre u kojoj je stajao gospodar, pojavilo ogledalo. Video je sebe a nije mogao verovati da je to on. Telo je bilo normalno ali je glava bila unakažena. Prekrivale su je žive rane iz kojih je curila krv. Na nekim mestima se ispečena koža odvajala od tela stvarajući stravičnu sliku tog neljudskog bića. Sada mu je svest radila pa je, još jednom vrisnuvši, postavio sebi pitanje: kako će se ovakav pojaviti ispred bilo koga?"Kao da mu je čitao misli, njegov gospodar se nasmejao i pošao prema njemu:"Rekao sam ti da su moje moći ogromne i da se ni za šta ne brineš. Zatvori oči i opusti se"

Potrajalo je pet – šest minuta kako mu je stavio ruke na glavu. Kada je opet otvorio oči, prizor neljudskog bića je nestao. Opet je u ogledalima video svoj lik kao da nije bilo nikakvih promena na njegovom telu."Da li si sada zadovoljan?"– upita ga."Jesam gospodaru.","Jesi li se uverio u moje moći?","Jesam gospodaru i znam da su one ogromne." „Da li ti je sada jasno zbog čega nisi smeo da gledaš.","Nije gospodaru." "Ja sam ti reprodukovao slike moga bića i svega što se pred tobom nalazi, ali su tvoje oči morale biti zatvorene da bi mogao da prođeš stazom, da se ne bi uplašio od ogromnog plamena i skrenuo sa staze upadajući u paklene kazane i da ih na kraju večni plamen ne bi zapalio.",Gospodaru, drago mi je što si mi u svemu pomogao." „Sve je u redu. Sada, pre nego što kreneš kod svojih prijatelja, moraš mi se pokloniti.","Razumem gospodaru."

Kleknuo je na kolena, ispružio ruke i poklonio se kao pred nekim božanstvom. Kada je sve završio, gospodara je nestao a on je krenuo ka svojim prijateljima. Čuvši prethodno njegove vriske i urlike, očekivali su da vide unakaženo telo a on im se približavao sa osmehom na usnama. Matijas ustade da bi mu dopustio da sedne na svoje mesto. Još nije dobro predahnuo na svom mestu, a sa druge strane paravana se začuo glas:"Matijas, sledeći."

U Božijem carstvu se zna red i sve je usmereno po tom redosledu, dok je u carstvu nečastivog sve suprotno od onoga što je pravilno i što vodi uspehu. Da je ovo Božije carstvo, sada bi Matijas odabrao Sergeja da savlada paklene prepreke i da prihvati moći gospodara tame, ali je, po carstvu nečastivog, izabrao Lotara koji je sedeo na krajnjoj stolici. Prestrašen Jurinim jaucima i urlicima, počeo je da se odupire Matijasu:"Neću! Nisam ja na redu! Pusti me!"

Iako je Matijas bio mnogo sitniji od njega, bez ikakvog problema ga je gurao pred sobom. Svetlost od udaljene sveće je bacala stravične senke od njihovih tela. Matijas je sa lakoćom savladavao sve njegove otpore. Kada je seo u stolicu iza paravana, gde se ni zračak svetlosti nije video, sav njegov otpor je nestao. Ali su strahovi ostali isti ili su se još više pojačali. Sada je samo on čuo glas svog budućeg gospodara:"Zatvori oči i nemoj ih otvarati dok ti ne kažem. Svaki prekršaj mojih naređenja biće sankcionisan tvojom smrću."

Ove reči su bile strašne, pa je u strahu povikao:"Nećuuu! Nećuuu da umreeem! Pustite me odavde! Hoću da odustanem od svega"– vikao je ali je bio nemoćan da se mrdne sa stolice. Za to vreme, dok ga je Matijas odveo, smeštajući ga u stolicu, Jura je u par rečenica objasnio Sergeju i Armenu da nije nimalo lako proći kroz postavljene prepreke, ali da nikako ne smeju odustati i da će im gospodar, kada je najteže, pomoći. Ne smeju se obazirati na bol nego moraju nastaviti dalje, jer jedino tako mogu proći prepreke i stići do cilja. Na kraju, kada dođu do cilja, tek tada će dobiti moći svog gospodara. Opet je čuo gospodareve reči:"Sada ne možeš odustati. Moraš se boriti i proći sve prepreke da bi stupio u moje carstvo i da bi od mene dobio sve moći koje sam dao Juri. Ako u bilo kojem trenutku odustaneš ili ne poslušaš moja naređenja, čeka te smrt. Na tebi je da odlučiš da li ćeš se boriti i savladati prepreke ili ćeš odlučiti odmah da umreš."- Dok se on premišljao šta da odgovori, dotle je Jura završio objašnjavanje Sergeju i Armenu da savladavanje prepreka uz gospodarevu pomoć nije uopšte teško.

„Prvo izgleda nesavladivo, ali mi je u najtežim trenucima gospodar pomogao, tako da je sve išlo kao podmazano. Pakleni plamenovi su mi zahvatili celo telo stvarajući po meni rane i kraste, ali mi je on uvek pomagao i sve je kao što vidite nestalo."„Zašto si onoliko vrištao?"– tiho ga je upitao Sergej.

„Vrištao sam kada su mi plameni jezici zahvatili telo i glavu, jer sam tada osećao nepodnošljive bolove. Moći našeg gospodara su ogromne, jer je za par minuta uspeo sve da mi izleči.

„Pristajem da se podvrgnem svim iskušenjima i da se potrudim da savladam sve prepreke koje se ukažu ispred mene"– odgovorio je Lotar gospodaru u nadi da će ovim rečima sakupiti hrabrost i oterati strah od sebe.

„Opusti se i nemoj da se plašiš."„Lako je to reći, ali je teško ostvariti."

Opustio se zatvorivši oči ali mu se celo telo treslo. Osetio je da mu je neko spustio ruke na glavu. Pored hladnoće, osetio je smrad. Nepodnošljivu smrad od koje mu se utroba okretala. Imao je osećaj i nadražaj da će povratiti. Jedva se uzdržao. Više nije osećao strah jer mu je hladnoća u potpunosti paralisala mozak. Celo telo mu je bilo kao santa leda. Nije znao da mu se telo trese i da jeste, ne bi mogao odgovoriti da li je to od hladnoće ili od straha. Zapao je u stanje gde ništa nije znao i ništa nije osećao. Onda je počeo da se budi iz tog stanja. Sve je polako nestajalo samo je smrad bio još intenzivnija. Želeo je da samo na tren pogleda odakle dolazi taj smrad ali se setio gospodarevih reči pa je odustao. Čuo je glas svog gospodara:"Prošao si predvorje pakla."

Taj glas ga je podsetio da pred njim stoji nešto strašno od čega svakog trenutka može izgubiti život. Opet je njegovim telom preovladavao strah i opet je počeo da se trese. Nije to bila drhtavica od hladnoće, jer nju više nije osećao, nego je njegovo telo počelo da se trese od straha i neizvesnosti šta ga očekuje u sledećem trenutku. Kao da je njegovim telom pomalo popustio grč straha koji ga je stezao, kada je čuo reči svog budućeg gospodara:"Sada ćeš ući u moje carstvo. Kada prođeš kroz kapiju i kročiš u njega, tada ćeš naići na nova iskušenja u kojima ti ni malo neće biti lako, ali ćeš tek tada pristupiti satanizaciji dobijajući moći koje nema ni jedan čovek na svetu. Bićeš izložen još većim iskušenjima, ali oči, ni po koju cenu ne smeš otvoriti. Ako ih otvoriš, pakleni plamenovi će ih spržiti."

Telo mu je zbog neprestane napetosti bilo pred nervnim slomom, pa poslednje reči nije u potpunosti razumeo. Smrad ga je gušila. Jedva se uzdržavao da ne povrati. Nije primetio ogromna vrata ukrašena ružama i drugim raznoraznim cvećem, niti je sa visine video stazu kojom je trebalo da prođe, niti je čuo reči podrške svog budućeg gospodara, ali je osetio kada ga je neka sila pogurala napred, kada je ušao kroz ta vrata i kada je stao na neku stazu. Napravio je samo tri – četiri koraka kada su plameni jezici sunuli ka njegovom telu. Užasan bol mu je izmamio vrisak koji je bio propraćen otvaranjem očiju. Pred sobom je video đavola kojeg su opisivali u mnogim stravičnim pričama.

„Bože dragi" – prošla je misao kroz njegovu svest – "isti je kao u pričama u kojima ga opisuju. Kome li je pošlo za rukom da se sa njim sretne i da ga potpuno opiše ljudima na ovom svetu koji ga nikada nisu videli. Nije imao vremena da se još više uplaši od stravične prikaze pred njim, jer su njegove oči zahvatili pakleni plamenovi. Vrišteći je pokušao da ih ugasi, ali mu nije uspelo. Iz glave, gde su se nalazile oči su sunula dva plamena. Plameni jezici su izbijali nekoliko trenutaka, a onda su se ugasili. Na glavi su ostale dve crne rupe. Neljudsko urlikanje i krici su odjekivali iz tela koje je trpelo nenormalne bolove. Prisutni sa druge strane paravana su prestrašeno gledali. Jura ih je umirivao govoreći da se ničeg ne plaše, da slušaju gospodara i da im se ništa loše ne može desiti. Iz šupljina gde su bile oči nije tekla krv nego se koža od topline zgrčila napravivši kraste. Đavo je par puta mahnuo rukama i on više nije osećao bol. Više nije vrištao, nego je pružao ruke da se sa njima za nešto uhvati.

„Matijas!" – dopreo je avetinjski glas sa druge strane paravana. Matijas je znao da tako brzo nisu mogli preći sve prepreke pa je bio spreman da se preobrati i kazni čoveka koji nije poslušao njegovog gospodara. "Izvedi ga i kazni jer je otvorio oči."

Dve stolice su zaškripale kada su se noge od straha ispružile jer su u oskudnoj svetlosti ugledali doskorašnjeg prijatelja kojeg je izvodio Matijas kako sa rukama bezuspešno traži oslonac dok mu iz glave zjape dva crna otvora. Sve je tu gde su nekada bile oči izgorelo. Jura se smejao jer se više ničega nije plašio a Matijas im je objasnio da ovaj čovek nije poslušao njihovog gospodara, da je otvorio oči, da je ostao bez njih i da će sada da umre.

Crna ruka straha je stezala njihova srca. Kada im je Matijas sve objasnio i kada su ubedili sebe da je on sam uzročnik svega što mu se dogodilo, onda su se opustili i prestali da se plaše.

„Jura" – čuli su Matijasov glas – "gospodar želi da pokaže tvojim prijateljima da si ti uspeo, da si dobio njegove moći i da sada možeš da se preobratiš, pa je naredio da ti kazniš ovog otpadnika njegovog carstva." „Sa zadovoljstvom ću to uraditi" – spremno je odgovorio Jura.

Ustao je sa stolice i pošao na suprotnu stranu od njih. Tada se njegovo telo preobratilo. Postao je vampir. Polako se približavao nemoćnoj žrtvi koja ga nije videla. Instinkt samoodržanja je zatresao telo a ruke su pokušale da se zaštite kada je vampir brzinom zmije zvečarke zabo zube u njegov vrat. Ovaj prizor bi ih u prethodnim danima prestrašio, ali su, videći šta je Jura postigao, bili su oduševljeni. Tada će biti ekipa koju niko na svetu ne može pobediti. Jura je par puta otvorio usta iz kojih se cedila krv. Nije više mogao da pije, pa mu se telo opet preobratilo. Postao je vukodlak. Dohvatio je polusvesno telo bacajući ga na suprotnu stranu podruma. Poleteo je, kao da je avion od papira, udarivši u betonski zid. Učinilo im se da se cela kuća zatresla dok je beživotno telo klizilo niz zid.

„Videli ste šta se dešava onima koji ne poslušaju našeg gospodara?"– čuli su Matijasov glas. „Jesmo"– istovremeno su obojica odgovorili."Da li se plašite da ispunite njegove zadatke?"„Ne plašimo."„Ko želi prvi da pođe?"„Ja! Ja!"– obojica su istovremeno uzviknuli.„Moraću da pitam gospodara koga će prvo da pozove."

Opet je po carstvu nečastivog izabrano od obrnutim redom, tako da je Sergej ostao poslednji. Malo mu je bilo krivo, ali se nije smeo suprotstaviti volji gospodara. Slušao je Armena koji je u bolovima vrištao i jedva čekao da on prođe kroz iste muke.

Konačno je i on došao na red. Samo ga je ogromna želja da dobije moći kao Jura i Armen zadržala da ne odustane. Kao šef je imao ljude koji su za njega radili pa se nije izlagao fizičkom naporu, tako da je ove muke jedva izdržao. Na kraju, kada se sve završilo, kada je i on dobio satanske moći, njihov gospodar ih je sve pozvao kod njega u zamak na proslavu."Gospodaru, mi nikada nismo bili kod Vas, pa ne znamo gde vam je zamak." „Gde god da odem ili vi, gde god da odete, za pola minuta će vas moj duh naći, ili vaš mene, tako da se oko toga ne morate brinuti. Onog trenutka kada vas pozovem, vaš duh će osetiti gde sam, kao što ćete se osećati međusobno i za najviše pola minuta vi ćete doći kod mene, ili jedan kod drugog. I ne samo kod mene ili jedan kod drugoga, bićete u moći da određenu osobu pratite ma gde ona po svetu bežala. Jedino će vam biti onemogućeno da nekog napadnete u crkvi ili bilo kojem verskom hramu. Tu vaše moći prestaju i tu vas može pobediti najobičniji čovek koji nema nikakvih moći. Sada ću vas napustiti. Za nekih pola sata ću vas pozvati pa ćemo se videti u zamku." Otišli su i on i Matijas ostavivši ovu trojicu da se pobrinu o lešu.

60.

U vreme kada su oni počinjali ritual satanizacije, tada su se, nedaleko od Miki-jeve kuće parkirala dvoja kola. Nekoliko stotina metara su vozili ugašenih sve-tala u potpunoj tišini. Osetio ih je nekoliko stotina metara pre nego što su proš-li pored njegove kuće. Znao je da prolaze ulicom da bi proverili da li je sve u redu, ali ga sada neće napadati. Uverili su se da je tu jer su ga primetili ispru-ženog u krevetu na terasi kako nešto čita. Mislili su da tihi zvuk njihovih ne-osvetljenih kola neće čuti. Strpljenje će odigrati glavnu ulogu u ovom napadu. Sačekaće da ugasi svetlo i zaspi, a onda će tiho, kao senke, izvesti napad, ubiti ovog čoveka, vratiti se na Kosovo i iz Prištine avionom u šest sati ujutro napu-stiti ovu zemlju. Već su i karte rezervisali. Ovo ubistvo je moralo da bude zavr-šeno za nekoliko minuta, a do tada su morali strpljivo da čekaju. Posle petna-est minuta svetlo se ugasilo. Imali su još sati po vremena na raspolaganju. Vre-me sporo prolazi kada se nešto čeka. Prvih pola sata su nekako prošli, a osta-tak je bio kao da sede na iglama. Nakon četrdeset pet minuta, ne mogavši više da izdrže, međusobno su se usaglasili da napad izvrše nešto ranije. Do sada im se nikada nije desilo da ih strpljenje izda. Nisu bili svesni da Miki utiče na nji-hovu svest, da ih tera da brzopleto naprave grešku i na taj način izgube bitku. Od trenutka kada su parkirali kola i kada je on ugasio svetlo, njegov duh je bio čas u jednim čas u drugim kolima, pokušavajući da utiče na njihovu svest. Nije hteo da ih požuruje, ali je uticao metodično i oni su gubili koncentraciju. Ne-strpljenje utiče na opreznost, pa im se desilo da ih je odmah po izlasku iz kola napalo neko kuče koje je u blizini ležalo. Bili su mnogo brži od njega. Ubili su ga tako brzo da se nije čulo da je zacvililo. Ostali kučići iz komšiluka su zalajali, a onda, osetivši životinjskim instinktom da je nastupila smrt i da su pred njima opasnije zveri od njih, povukli su se u svoja skloništa. Sačekali su par trenutaka a onda, uverivši se da ništa ne remeti noćnu tišinu, nastavili dalje. Ovoga puta su bili obučeni kao svi ovdašnji stanovnici samo što su još i šešire nosili. Postojale su ulične svetiljke koje su nameravali da polome, pa su se preobukli da ih, u njihovoj tradicionalnoj nošnji, neko slučajno ne bi uočio. Vodili su računa o svakoj sitnici. Ni u kom slučaju, ako ih neko vidi, nisu smeli dopustiti da budu prepoznati. Svi su nosili ista odela koja su bila nekoliko brojeva veća da bi im pokreti bili slobodni. Da su se ovako šetali preko dana, i da su ih ljudi videli, svi bi se smejali zbog njihovog izgleda. Niko ne bi pomislio da ovi maskirani klovnovi mogu biti najozloglašenija banda ubica.

Napredovali su sigurni u sebe. Preciznošću ispaljenog hica, preko dvadeset metara daljine kamenom su pogodili prvu svetiljku. Na tom mestu je zavladala tama dok je neznatan zvuk razbijenog stakla narušio noćnu tišinu. Kada su nameravali da razbiju sledeću, petnaest metara udaljenu od Mikijeve kuće, kapija se otvorila i on je izašao na ulicu. Nisu se nadali takvom postupku sa njegove strane pa su svi naglo zastali. Videvši ko je pred njima, nisu imali gde da se sakriju pa su se, tako zatečeni, osetili kao da ih je neko uhvatio u krađi. Nadali su se da će ga zateći u krevetu. Par trenutaka dvoumljenja, a onda, kao po komandi, sva šestorica se pokrenuše u streloviti napad. Pomislili su da će Miki pobeći unutra i da će ga brzo uhvatiti. Ako pokuša da upotrebi oružje, jedan od njih će ga kamenom, kojim je nameravao da polomi sijalicu, ubiti. Ništa se od toga nije desilo. Približavali su mu se brzinom maratonskih trkača a on se, na njihovo iznenađenje, i ne shvatajući kako, udaljio od njih pedesetak metara. Zastali su na mestu gde je samo tren ranije stajao. Videvši da se udaljio, opet su potrčali ka njemu. Tada se odmakao do kraja ulice. Niko se u ovim ranim posleponoćnim satima nije nadao da će se jedan čovek, bez ijednog dana vežbanja, boriti na ulici sa šest profesionalaca koji su čitav život proveli u hramu Šaolin gde se borilačke veštine treniraju po deset i više časova dnevno. Nisu shvatali kako mu ovo polazi za rukom, ali su se još brže uputili za njim. Kada su mu prišli na petnaest metara, čovek koji je držao kamen u ruci ga je bacio u njegovom pravcu. Projektil sličan metku neopisivom brzinom je grabio u smeru čoveka kojeg su morali da ubiju. Izgledalo je da će ga pogoditi, ali se on u poslednjem trenutku izmakao. Čuo se tup udarac kamena u lim kada je pogodio kola koja je slučajno neoprezni vlasnik tu parkirao. Čuo se zvuk alarma. Dok pospani vlasnik ustane, dok ustanovi šta je bilo, oni će biti daleko a kamen će ostati kao nemi svedok da su umesto čoveka pogođena kola. Stražar, koji je bio dežurni u izdvojenom odeljenju kasarne, posmatrao je čudne događaje pred sobom. Osvetljenje je bilo odlično, pa je prvo video čoveka koji je bežao a iza njega, nekih tridesetak metara, šestoricu koji su ga jurili. Neobičan događaj za ovo doba noći. Stegao je automat, iako svestan da se ne sme uplitati u civilne događaje, pa ih je samo pogledom ispratio. Kada je izgledalo da su se približili i da će ga uhvatiti, begunac je odjednom odskočio pedesetak metara od njih. Dok se besomučna trka nastavljala, dok su se akteri gubili iz vida, stražar se štipnuo za lice da se uveri da ovo nije sanjao. Oni su ga jurili, a on bi im se, kada mu se približe na neka dva– tri metra, opet izmakao pedesetak metara i tako dok ih nije potpuno izgubio iz vida. Samo je on znao zbog čega se odlučio na ovaj vid borbe. A on je želeo da ih što više udalji od kuće da ne bi nekog od njegovih, probuđenog bukom, uhvatili kao taoca i preko njega pokušali da ga pobede. Sigurno im ni na taj način ne bi uspelo jer bi ih on ubijao svojim moćima, ali nije želeo da neko od dece ili supruga, koje bi uhvatili kao taoce, vide te smrti. Zbog toga ih je udaljio od kuće. Želeo je da se konačni obračun odigra na livadi kod izvora, nekoliko stotina metara daleko od njegove kućice. Sa desne strane je livada, mali sportski teren i izvor prirodne vode, a sa leve su kuće marljivih i poštenih seljaka. Nadao se da će iscrpljeni radom u to vreme svi spavaju i da ga niko neće primetiti. Kod Jolića kafane im je dopustio da mu priđu na sami dohvat ruke a onda se teleportovao do početka livade. Napravio je još par koraka, zastao okrenuvši se ka njima. Više nije bilo bežanja. Došao je do željenog mesta i tu zastao da dočeka svoje neprijatelje. Otpor i teleportacija kojima su prisustvovali naterao ih je, videvši da je stao, da mu se veoma oprezno približe. Svima su se zbog jurnjave grudi ubrzano podizale i spuštale udišući i ispuštajući vazduh. Široka odela su prikrivala njihova napeta tela. Prišli su mu na trideset metara a onda totalno usporili hod. Sumnja je probudila njihovu opreznost. Ne bi njih šestoricu profesionalaca angažovali da ubiju običnog čoveka da on nije bio opasan. Sada su oni pred sobom osetili zver koja je opasnija od njih. Malopre ih je dočekao pred kućom kao da su amateri u krađi. Kada su se pribrali, u nameri da ga napadnu, on ih je prosto vukao za nos i doveo do mesta koje je on odabrao za obračun ili do mesta gde im je spremio zasedu.

„Stanite. Verovatno je spremio zasedu jer je svestan da nam se ne može odupreti u borbi golim rukama"– objašnjavao je jedan od njih na japanskom. Dvojica su podržala njegov oprez, dok su se preostala trojica nasmejala.

„Hoćemo li se sada vratiti zbog vašeg straha? Ili ćemo pobeći pred šačicom nespretnih seljaka? Šta ćemo reći kada dođemo u hram? Uplašili smo se da nam je postavio zamku pa smo pobegli. Kako će nas posle toga gledati i poštovati? Izbaciće nas iz hrama kao da smo žene. Ako ste vas trojica žene, onda se vratite a nas trojica ćemo ga uništiti pa i ako nam je postavio zasedu."

Sve su pripadnici hrama Šaolin mogli da podnesu, osim da ih neko nazove ženama. To je za njih bila najgora uvreda koju je jedino krv mogla da spere. Sada su doskorašnji prijatelji postali najcrnji neprijatelji. Niko od njih nije obraćao pažnju na Mikija. On se još malo udaljio pomerajući ruke u njihovom smeru. Pored toga što nije želeo da neko od njegove porodice primeti kako ih ubija, želeo je da ih natera da se međusobno bore, da se dobro umore pa da onda veoma lako utiče na njihovu svest. Njihova duhovna moć je usmerena ka borbi i ubijanju, dok je njegova ka izlečenju i blagoslovu. Žele da svoju duhovnu moć upotrebe za uništenje i razaranje, dok će on svoju upotrebiti da bi sačuvao život i tajne koje su mu važnije od života. Uspelo mu je da izvrši komandu svesti i natera svoje neprijatelje da se međusobno posvađaju. Pojačaće svoj uticaj terajući neprijatelje da se međusobno bore dok će on bezbrižno stajati sa strane, posmatrati ih i sve više uticati na njih. Biće to borba do poslednjeg atoma snage. Samo je Miki znao da će u ovoj borbi jedino on biti pobednik dok će svi ostali biti gubitnici.

Tada će se opet posvetiti meditacijama i gladovanju da bi iščistio sve nečistoće i loše misli koje su mu se zbog ovih događaja formirali u telu i glavi. Pomerio je ruke i trojicu koji su bili oprezniji teleportovao par metara dalje okrenuvši ih naspram svojih prijatelja, koji će im ubrzo postati najljući neprijatelji. U svim dosadašnjim situacijama, oni bi osetili da nešto nije u redu sa njima, ali su sada, zbog uticaja komande svesti, bili sigurni da pred njima stoje, umesto prijatelja, neprijatelji. Kao da su par trenutaka jedni drugima odmeravali snage ili ispitivali najslabiju tačku gde bi usmerili napad. Nisu se mogli odupreti njegovim moćima kao što se on ne bi odbranio od njihovog napada da je došlo do međusobnog duela. Ovako je on gospodario situacijom terajući ih da rade ono što on želi. A on nije želeo da se odmah poubijaju, nego da kricima tokom borbe probude okolno stanovništvo, da ono pozove policiju i da na kraju, uz prisustvo svedoka, on ne bude umešan u njihovu borbu. Opet će se postavljati pitanje šta će on ovde i zašto su Japanci došli baš ovde da bi se borili i međusobno poubijali, ali pravog odgovora, osim nagađanja, neće biti. Policija će od njega tražiti objašnjenje ali će, kao i svaki put do sada, dobiti isti odgovor: da on ništa o tome ne zna. Još će ga malo ispitivati a onda, u nedostatku dokaza, pustiti.

Naređenje njegove komande svesti je bilo da borba počne i da budu glasni. Trojica protiv trojice. Svi perfektno izvežbani i svi hrabri do granice ljudskih moći. Da je bilo posmatrača, retko ko bi video, zbog brzine ruku, gde su udarci završavali. Za sada je svaki udarac promašivao. Krici trijumfa bi se pretvarali u krike razočarenja koji su parali noćnu tišinu . Pas starog Milorada ih je prvi osetio i počeo da laje. Njegov lavež i njihovi krici su probudili Milorada, a on je brže bolje pozvao drugog komšiju da bi, hrabreći jedan drugog, što više prišli i što bolje video šta se dešava. Posle njih dvojice i drugi su počeli da proviruju. Videvši da ima posmatrača i oni su se odvažili da izađu i iz blizine posmatraju ovu neobičnu borbu. Ovdašnji ljudi nisu navikli na ovakav vid borbe pa su se sve više približavali a Japanci, zaneti borbom i komandom Mikijeve svesti, uopšte ih nisu primećivali.

Prošlo je više od petnaest minuta a niko od njih nije dobio ni jedan ozbiljniji udarac. Samo su se iz njihovih pluća čuli uzdasi a iz usta krici i povici. Oni su se borili a Miki je stajao oslonjen na lipu. Tu sliku su svi prisutni videli dok je prava istina bila da su njegove ruke, okrenute ka njima, usmeravale energiju koju je njegov mozak slao u njihovom smeru. Kada bi nekom od njih za tren popustila komanda, on bi je još snažnije usmerio i oni bi još silnije nasrtali jedni na druge. I žene su se, videvši svoje muževe napolju, odvažile da i one izađu iz kuća.

Dvojici Japanaca su se pocepali sakoi pa su ih oni brzo svukli sa sebe. Tek su tada svi prisutni primetili da ovi ljudi nižeg rasta nisu iz njihovih krajeva. „Šta rade ovi Kinezi ovde?"– čulo se pitanje neke tek pridošle žene."Vidiš da se tuku"– odgovorio joj je neko."Neka se tuku, oči povadili kakvi su. Nego, hoće li mi ko reći ko ih dovede ovde da se tuku i da nam večeras pokvare san?"„Idi bre Rado. Svi ćutimo i gledamo a ti se jedna našla da zapitkuješ. Ako hoćeš gledaj, a ako nećeš idi pa spavaj!"– odbrusi joj komšinica."Grom vas pogodio zajedno sa njima. I gde ja, ludača, izađoh da bi gledala ove budalaštine."

Sve prisutne je manje interesovalo da li su Kinezi ili nisu, koliko im je bila interesantna njihova borba. Prošlo je više od četrdeset minuta njihovih odbrana i napada. Ma koliko bili izvežbani, njihova tela su jedva izdržavala ovaj fizički napor. Brzinom misli su pomerali ruke, noge ili glavu da bi njima napali jedni druge. Da su se tukli protiv bilo kog drugog, do sada bi savladali stotine protivnika, a ovako su borbu vodili jedni protiv drugih pa su jedva uspevali da zadaju po neki udarac. Na licima se videla poneka ogrebotina ili masnica, na nekim čvoruga od dobijenog udarca, dok se kod nekih, osim umora, ništa nije primećivalo. Neki iz mase posmatrača su se smejali. Tada je jedan od trojice opreznijih zadao strahoviti udarac u vrat svog protivnika. Kažu da taj udarac ima isti efekat kao da nekog udarite sa metalnom šipkom. Mišići nervi i vratni pršljenovi pucaju drobeći se kao da su od stiropora. Kao da su svi u trenu zastali u čudu kad su videli mrtvog druga.

Miki je znao je da je to prelomni trenutak, jer u trenutku smrti samo sekundu dve prestaje njegova komanda svesti, pa je pojačao svoj uticaj i oni su još jače navalili jedni na druge, odnosno dvojica protiv trojice.

„Bog te video, pa oni ubiše čoveka!"– povika neko iz mase. Ista osoba iz džepa izvadi mobilni telefon pozivajući policiju, opširno im objašnjavajući šta se dešava i gde se nalazi. Desetak policajaca je, najvećom brzinom, u punoj ratnoj opremi u dve marice, pošlo da vidi tu čudnu borbu Kineza. Za pet minuta dok su se spremali i deset dok su stigli, na drugoj strani ishod borbe je prevagnuo u korist brojčano moćnijih. Trpeli su teške udarce, uzvraćali, ali su sve više gubili snagu. Nemilosrdna borba se pretvorila u nemilosrdan kraj. Prvom od dvojice koji je iscrpljen udarcima pao, doskorašnji prijatelj je nogom stao na vrat. Čulo se potmulo krckanje kada su pršljenovi pod pritiskom udarca popucali. Nastupila je još jedna smrt. Sada su se svi prisutni posmatrači udaljili po par koraka. U sve njih je ušao neki nepoznati strah.

„Bestraga ova njihova borba kada ubijaju jedan drugog!" Opet je ista osoba pozvala policiju:"Gde ste, pobogu? Oni ubiše još jednog." „Za dva minuta stižu, gospodine"– čuo se odgovor dežurnog policajca koji je ispratio svoje kolege.

A za ta dva minuta i treći Japanac je izgubio život. Trojica preživelih kao da su se probudili iz hipnoze. Nisu znali da su oni počinili ta ubistva. Tupim pogledima su zurili u tela svojih mrtvih drugova koje su sada prepoznali, a onda su pogledali u okupljenu gomilu ljudi. Videli su modrice i podlive na svojim telima pa su postali svesni da su oni uzročnici smrti svojih prijatelja. Onda su, dok su se sirene čule, ugledali Mikija. Sve je njihova svest, oslobođena Mikijeve komande, u trenutku registrovala. Umesto njega da ubiju, oni su poubijali svoje drugove. Želeli su da ga napadnu, ali su, svesni da se policija nalazi na nekoliko stotina metara udaljenosti, odustali od te namere, dograbili svoje mrtve prijatelje i pobegli sa lica mesta. Okolnim stazama samo na njima znan način su opet izbili na put kojim su došli i poslednjim atomima snage hitali ka svojim kolima. Kada se budu udaljili odavde, tada će se osloboditi leševa. Posle toga će morati da se oslobode Mikija. Dok su žurili ka kolima, nisu ni reč međusobno progovorili. Sve dogovore i konsultacije će ostaviti za kasnije, kada budu bezbedni.

Policajci su stigli na poprište borbe a tamo, osim posmatrača koji su se nalazili u svojim dvorištima i Mikija, oslonjenog na lipu, nikog drugog nisu videli. Dok su izlazili iz kola, automati spremni za paljbu su se usmeravali čas u Mikija čas u posmatrače. Kapetan ove borbene jedinice je upitao ko je od prisutnih alarmirao policiju i šta se zapravo ovde desilo? Svi su u glas počeli da pričaju. „Stanite ljudi! Na ovaj način ništa neću čuti ni doznati. Idemo po redu. Prvo ko je pozvao policiju?" „Ja"– odgovorio je jedan od prisutnih."Vi ste rekli da su se ovde tukli Kinezi, a mi ovde, osim Vas i ovog prisutnog gospodina nikog ne vidimo." „Druže kapetane, mogu li ja da kažem nekoliko reči pre nego što nastavite njih da ispitujete?"– javio se isti policajac kojem je Miki pre nekoliko dana projektovao sliku da ga je napala mečka."Recite." „Ako mene slušate druže kapetane, ja njih uopšte ne bih ispitivao nego bih svu pažnju posvetio njemu"– rekao je uperivši prst u Mikija. I policajci i svi posmatrači su pogledali u njega. Kao da su svi postali svesni da osim njih postoji još neko prisutan na ovom doskorašnjem poprištu borbe. „On je uzrok svih naših problema. Umešan je u nešto opasno, pa ga svakih par dana napadaju. Ne znam kako mu uspeva da se izvuče, ali da se ja pitam, ja bih ga zatvorio i držao sve dok sve ne prizna."

Ovaj kapetan ga nije poznavao. Bio je stariji čovek pun životnog iskustva. Prišao je nekoliko koraka i veoma kulturno se javio prisutnom:"Dobro veče." Iskustvo stečeno u svim ratovima posle raspada Jugoslavije, učešće u stotinama ovakvih situacija, nateralo ga je da prema ovom čoveku pokaže respekt i poštovanje. Unutrašnji glas mu je govorio da se pred njim nalazi jedan od najmoćnijih, ako ne i najmoćniji čovek na kojeg je u svojoj karijeri naišao. Kao mlad se dugo bavio borilačkim veštinama a kasnije nastavio kao instruktor karatea u policiji. Izučavao je duhovne veštine dalekog Istoka. Iskustvo mu je govorilo da pred sobom ima osobu koja je mirno stajala ali se svakog trenutka mogla pretvoriti u razbesnelog lava."Dobro veče"–mirno mu je odgovorio Miki."Da li biste mogli da se prestavite, da nam objasnite šta ste sve videli i da li je ovde bilo tog famoznog napada o kojem pričaju prisutni svedoci?"„Svi me ovde znaju kao bioenergetičara Mikija a zovem se ..."„Aaa ... Vi ste taj tajanstveni Miki o kojem svi pričaju, koji nikom ne persira, ne voli da mu persiraju ali zato pomaže osobama kojima medicina ne daje nikakve šanse!" Nasmešio se na ove reči nastavljajući kao da ih nije čuo."Bilo je borbe"– počeo je Miki da priča a svi prisutni su ućutali očekujući da čuju sve ono što nisu videli. Želeo sam da prespavam na svom placu, ali mi san nije dolazio na oči, pa sam nerado krenuo kući. Ovde sam, dok sam se približavao ugledao neku gužvu. Začudio sam se što će toliko ljudi u ovo doba noći ovde. Oprezno sam im prilazio videvši da se tuku. Tada se Milorad pojavio a nedugo posle njega i ostali. Zaneti borbom nisu obraćali pažnju na mene, kao i na sve ostale, pa sam ih ja gledao odavde a ostali iz svojih dvorišta. Ne mogu da tvrdim da je neko poginuo, ali sam video da su od njih šestorice trojica pokretni, dok su ostala trojica bili dosta povређeni jes su ih ovi pokretni poneli."

„Ovde se vide tragovi njihove krvi"– rekao je jedan od policajaca. Kapetan je prišao i pogledao. Unutrašnji glas ga je opominjao da bi ovaj čovek imao još mnogo šta da ispriča, ali ga niko na to ne bi mogao da natera. Pred njim su bile tri veće lokve krvi. Sudeći po tim lokvama, sigurno ima mrtvih. Ako su se do malopre tukli, gde su onda nestali ti ljudi?"– upitao je kapetan.

Umešali su se posmatrači sa objašnjenjima. Svi su želeli da pokažu da su hrabri, da se nisu uplašili i da su od samog početka sve videli. Sada su kapetanu objašnjavali kako su Kinezi uzeli svoje povređene drugove i kako su pobegli na drugu stranu. Kapetan je sve saslušao a onda doneo odluku da svoje ljude ne šalje u poteru i ne izlaže suvišnom riziku.

„Gospodine kapetane, ja sam siguran da je on inicijator ove tuče, kao što je i uzročnik svih dosadašnjih problema koji su se desili ovde. Ja bih ga sproveo i nateralo da sve prizna"– obrati se policajac. Kapetan je slušao i razmišljao. Ovaj ludak bi veoma brzo izgubio glavu kada bi, na ovaj način, od ovog čoveka pokušao da iznudi istinu.

„Kapetane, da sam ja inicijator, oni bi napali mene a ne bi se tukli međusobno. To mogu potvrditi svi prisutni"– reče Miki. Kapetan je odmahnuo glavom prišavši mu još dva koraka. Progovorio je tiho, tako da ga je samo on mogao čuti: "Ako bi hteo, znam da bi imao mnogo šta da nam ispričaš, ali ako nećeš, ne postoji niko na svetu ko bi mogao na to silom da te natera."

Okrenuo se ka prisutnima:"Ljudi, kao i mi, tako i vi večeras niste mogli mirno da spavate. Razlika je u tome što ste Vi uživali u posmatranju tuče koja se na ovim prostorima retko kada može videti, dok smo se mi maltretirali i bez razloga došli dovde."

"Gospodine kapetane …" želeo je isti policajac još nešto da kaže, ali ga je ovaj prekinuo odmahnuvši rukom:"Bio bih totalno lud ako bih zanemario izjave ovoliko očevidaca, poslušao tebe i uhapsio Mikija protiv kojeg ne postoji ni jedan dokaz koji bi mogao da ga tereti. Mi ovde nemamo nikakvog posla, pa se zato možemo povući. Narode, idite da spavate i neka vam je laka noć. Laku noć i tebi Miki."

Svi policajci su se bez reči povukli i pošli, a Miki se pešice uputio ka svojoj kući. Svi su mislili da su se Kinezi tukli, samo je on znao da su Japanci i da su stotinama puta jači i opasniji od svih Kineza koji su tu živeli da bi u ovoj zemlji prodavali svoju robu.

Oni su, pod okriljem mraka napustili poprište borbe, došli do kola, u njih ubacili svoje mrtve prijatelje i sa njima pošli na Goč. Zavući će se u šumu i u njoj zakopati svoje drugove. Kada su se udaljili od naselja, svesni da ih niko ne prati, zaustaviše kola da se dogovore šta će dalje. Nisu znali da objasne kako su sebi dopustili da se bore jedni protiv drugih. Krvavo bi se osvetili da im je neko drugi poubijao prijatelje. Ovako, oni su to uradili, pa se nisu mogli sami sebi svetiti.

„Ja mislim da je Miki mnogo opasan i da poseduje mnogo veće moći od našeg poznavanja borilačkih veština"– uzeo je reč njihov prećutni šef Musaši Jamamoto."Ne znam kako je uspeo, ali nas je naterao da se jedni protiv drugih borimo"– nastavio je njegov drug Kavatabe Kato."Kada smo u njegovoj blizini, njegov mozak nam izda naređenje i mi ga hteli ili ne hteli moramo izvršiti."„– Čuo sam da tu moć poseduje samo Sensei Takahasi u Japanu – nastavio je njihov šef." Znam da ste vi čuli za njega, ali znam da pričaju da je neuništiv i da tu tajnu duhovne posvećenosti niko na svetu ne zna osim njega. Mi se po cenu života nećemo povući neobavljena posla, ali ćemo ga sutra pozvati i objasniti da i ovde postoji čovek koji ima moći kao on. Mi smo došli da ga ubijemo, ali ako se ne vratimo živi, da on dođe i osveti nas. Moramo da uništimo ovog čoveka. Moraćemo da upotrebimo pušku jer mu više ne smemo prilaziti ako mislimo da ostanemo živi. Znamo da ostaje do kasno, pa ćemo ga sa kraja ulice, kada izađe na terasu da spava, ubiti. Tome se neće nadati, a kada shvati, sve će mu biti kasno. Hajdemo sada na ovu planinu da sahranimo naše prijatelje."

Ušli su u kola nastavljajući vožnju. Činilo im se po ovoj tamnoj noći da se iza svakog stabla nalazi neki neprijatelj. Po noći neće ukopavati svoje prijatelje, jer nisu znali gde se tačno nalaze niti koliko je ova staza prohodna, da ih odmah sutra neko ne bi otkrio. Svakom bi, posle onakve borbe, duh klonuo i svi bi u panici pokušali da pobegnu što dalje, a oni su ostali na istom mestu smirivši svoja tela i utonuvši u san. Osveženje im je bilo neophodno potrebno. Ta dva sata za mnoge bi bilo malo. Njima je i to bilo dovoljno da se potpuno osveže. Ne znajući, prenoćili su na mestu koje su prvi sunčevi zraci osvetljavali. Nastavili su ranom zorom da se uspinju po stazama kojima su samo traktori drvoseča prolazili. Izbili su u podnožje neke stene. To im se mesto učinilo najpogodnije i oni su iz kola izvadili mali ašov i naizmenice počeli da kopaju. Osim cvrkuta ptica, koje bi, uznemirene tuđim prisustvom prestale da pevaju, niko ih više nije uznemirivao. Završili su sahranjivanje. Tek posle tog čina su sebi posvetili pažnju. Odeća im je skroz bila upropašćena. Sreća što su u kolima, pored tradicionalne. imali i rezervnu. Nije im bilo teško da se presvuku ali su ih masnice po licu i telu odavale da su učestvovali u nekom teškom okršaju. Imali su bezbroj bitaka u kojima im je život bio u opasnosti, ali su uvek izlazili kao pobednici. I ranije su dobijali ožiljke po telu, a ovoga puta, pored tela, i duša im je ranjena. Puderom i šminkom će maskirati lice, ali će duša ostati da krvari.

Doterali su svoj izgled koliko je bilo moguće. Vreme je prolazilo pa su oko devet krenuli sa ove, njima nepoznate planine. Ukucali su u navigaciju „Vrnjačka Banja". Tamo će, u mnoštvu turista, zametnuti trag, tamo će skovati plan i iste noći osvetiti svoje prijatelje. Uzeli su sobe u hotelu „Zvezda". Iskoristiće nekoliko popodnevnih sati da se dodatno odmore, da bi, kada sve bude gotovo, produžili za Prištinu. Tada su se setili da su im propale karte i da moraju uništiti pasoše svojih mrtvih drugova. List po list su ih palili a onda pepeo bacili.

Pozvali su Senseija Takahasija, čoveka koji je bio prijatelj poglavara sveštenika hrama Šaolin. Svi su ga odlično znali, ali se nije moglo reći da je i jednom od njih prijatelj. I on je njih znao. Nije ih pamtio po dobru nego po zlu. Par puta se sa svojim prijateljom Nakamurom, starešinom hrama Šaolin, sporečkao zbog njih. Zamerao mu je što je takvim učenicima odao svete tajne hrama Šaolin. Još više ga je peklo što su oni te tajne odlično savladali pa su ih počeli koristiti na pogrešan način. Svete tajne borilačkih veština su se morale koristiti za odbranu hrama i svih slabih i nezaštićenih osoba ne tražeći od njih nikakve nadoknade za učinjene usluge , dok su ovi otpadnici počeli naplaćivati za sve što su bilo kome pomogli. Što je još gore, počeli su svoje veštine prodavati štiteći one koji bi im platili a napadali one kojima je zaštita bila potrebna. Starešina hrama više njima nije mogao upravljati. To je jednom prilikom ispričao svom prijatelju Senseiju Takahasiju. Nije se toliko plašio za sopstveni život koliko mu je stalo da sačuva hram od njihove vladavine njime. Uvek kada bi pošli da izvrše neki krvavi zadatak, on se molio da se sa tog puta ne vrate. Vraćali su se i svaki put bili sve jači i sigurniji u sebe. Većina mladih učenika im se priklonila i slepo slušala sve što bi im naredili. Neki su, nemoćni da im se odupru, napuštali hram prelazeći u drugi. Sensei Takahasi se jednom zatekao kod svog prijatelja kada je Kavataba Kato, jedan od šestorice, došao kod njih. Nije se poklonio i nije pokazao nikakvo poštovanje. Ušao je bahato i počeo da naređuje ne obraćajući pažnju na prisutnog gosta. Sensei Takahasi nije mogao da gleda kako mu vređa i ponižava prijatelja, pa se umešao. Pokazivanjem svojih moći hteo ih je naterati da razmisle pre nego što preuzmu vodstvo nad hramom, a on to tada nije ni pomenuo svojim prijateljima. Kada su sa Mikijeve strane doživeli nešto slično, a videvši da im je brojnost prepolovljena, rešili su da pozovu poznanika i da mu sve ispričaju. Nesigurnost, koja im se uselila u duše ih je terala da, i ako izgube ovu borbu, bar budu osvećeni.

Sensei Takahasi ih je saslušao. Bilo mu je drago što su trojica poginula. Znao je svoje moći, ali je takođe znao da protiv njih šestorice ne bi imao šanse. Verovatno ni trojicu ne bi pobedio, pa se pitao ko je taj čovek u tamo nekoj dalekoj zemlji Srbiji koji poseduje takve duhovne moći sa kojima, ne samo da može parirati, nego može pobediti šest najspremnijih Šaolin boraca na planeti. Sećao se reči svog duhovnog učitelja:"Ovaj svet je pun tajni. Ti imaš svoje tajne i čuvaj ih za sebe. Ako pokušaš od mnogih ljudi da saznaš tajne koje oni skrivaju, osetićeš se kao da si upao u beskonačnost kosmosa gde ćeš se izgubiti u vremenu i prostoru. Savetujem ti da čuvaš svoje tajne i da poštuješ tuđe. Na taj način ćeš biti miran."

Zato je sada saslušao šta su mu otpadnici hrama Šaolin ispričali ništa ne komentarišući i ne obećavajući im nikakvu aktivnost i uplitanje. Da mu je taj čovek na bilo koji način uzeo ili ukrao tajne, onda bi po cenu sopstvenog života morao da se bori da bi ih vratio. Ovako, taj čovek njega nije dirao, od njega ništa nije ukrao, pa i on nije imao pravo njega da napada i da od njega bilo šta otima. I kada bi pokušao, Bog sami zna da li bi u tome uspeo. U ovu stvar nije hteo da se meša. Izgleda da su molitve njegovog prijatelja Nakamure urodile plodom.

61.

Dok su oni kovali plan o nastavku akcije, dotle se Miki spremao da se odbrani od njihovog napada. Nekoliko puta ih je duhovno posećivao pa je znao svaki potez koji će napraviti. Otišao je do grada, kupio ogromno ogledalo i namestio ga na terasi do kreveta gde je spavao. Podesio ga je da iz ugla iz kojeg budu pucali na njega izgleda kao da su sa te strane vrata i da on tog trenutka izlazi.

Proticali su poslepodnevni časovi kada je telefon zazvonio. Nije obraćao pažnju na broj pa se prijatno iznenadio čuvši dobro poznati Sašin glas:"Miki, dobar dan."„Ooo... Dobar dan Saša!"„Gde si moj dragi prijatelju?"„Saša, kao da je prošlo sto godina od kada smo se poslednji put čuli."„U pravu si Miki. Molim te izvini. Ja sam kriv. Ostavio sam te u Kazahstanu a ja sam sa novcem došao ovamo i potpuno zaboravio svog prijatelja. Miki, da li ti mogu u nekoliko rečenica objasniti šta sam sve postigao da uradim za ovo vreme od kada smo se rastali u Kazahstanu?" Miki je, naravno, rado pristao.

„Znaš Miki, kada sam došao iz Kazahstana morao sam državi dostaviti dosta dokumenata kao dokaz mog partnerstva u sopstvenoj firmi koju mi je Genni oteo, da bi na taj način umanjio procenat poreza koji sam im morao platiti. Zapravo, računao sam da ćeš ostati kod Gennija kao što si rekao do njegovog proglašenja za premijera. Za to vreme sam smatrao da ću sve papire i dokumenta u vezi firme završiti. Morao sam da izdejstvujem da sam za ovaj novac prekinuo ortakluk sa Gennijem da mi pri nastavku rada firme ne bi dolazili računi za plaćanje poreza. Nije uopšte bilo lako ali mi je na taj način ostalo nešto više od dvesta hiljada evra. Paralelno, dok sam završavao dokumenta za firmu, ja sam prikupljao druga za otvaranje našeg zajedničkog biznisa.

Onaj propali hotel koji smo želeli da zakupimo pa nam nisu dali kredit, a onda ga oni ponudili na aukciju, nije prodat. Tražili su petnaest miliona evra. Niko ga nije kupio. Smatrali su da je njegova cena bar tri puta umanjena ali ga niko nije video kao predmet svog biznisa. Neko od kupaca je ponudio deset miliona a onda i on odustao. Niko više nije bio zainteresovan da ga kupi tako da je sve palo u zaborav. Ja sam se opet angažovao i opet pokazao interesovanje. Početna cena je sada bila deset miliona, a ne kao prošli put petnaest. Učestvovao sam na licitaciji i kupio hotel za deset miliona i jedan evro. Otplaćivaću ga narednih dvadeset pet godina. Tako sam ispunio deo svog sna. Sada želim taj san da upotpunim. Znaš da smo se dogovorili da ćemo u ovome zajedno učestvovati. Uz pomoć novca koji sam uz tvoju pomoć dobio od Gennija , počeo sam već da ga sređujem. Uskoro kada sve bude sređeno, doći će komisija koja će dati odobrenje za početak rada staračkog doma. Tada ćemo zajednički startovati. Ove sam vesti želeo odmah da ti saopštim. Tek sada ću ti postaviti nekoliko pitanja. Kao prvo, da te pitam kako si ti i kako ti je porodica? Kako si proveo ostatak vremena u Kazahstanu, kada si došao i kako su ostali Genni i Rina? Moram još da te pitam da se nisi naljutio što sam te tamo ostavio samog, jer si za ovo vreme i ti mogao mene da pozoveš."

„Saša, mogu ti reći da sam presrećan zbog tvojih poslovnih uspeha, odnosno što si uspeo da otkupiš hotel. Želim ti svim srcem u svemu što počneš da postigneš odlične rezultate. Tada sam obećao da ćemo raditi zajedno i to ću ispuniti. Nadam se da dozvole i početak rada staračkog doma neće biti u narednih desetak dana, jer me u to vreme očekuje nastavak borbe moga života."

„Ne razumem te Miki.",,Saša, iskreno ti kažem da se na tebe nisam naljutio kada sam ostao u Almati, ali se posle moga povratka izdešavalo mnogo toga.",,Molim te, ispričaj mi."

„Znaš da su se, dok sam bio kod tebe u gostima i dok sam masirao, šefovi tri mafijaške grupe angažovali da od mene saznaju tajne šifre iz đedovih svezaka. Svi su oni prvenstveno želeli da saznaju kako se pravi mešavina čajeva za izlečenje od raka. Kasnije bi otvorili sve ostale šifre i na taj način došli do tajni koje sam morao čuvati po cenu sopstvenog života. Jedina osoba koja je znala više o mojim tajnama je bio Genni. On je na svaki način pokušao da me potkupi ali mu nije uspelo. Onda se udružio sa premijerom Turkmenistana sa kojim je mnogo puta sarađivao i sa njim sklopio savez da me njihovi ljudi napadnu i da mi otmu sveske. To je bila namera svih ostalih bandi. Želeli su moć ne birajući način kako da do njega dođu. Svi su dobili naređenje da sveske otmu a mene i porodicu poubijaju. Napravio sam lažne duplikate svezaka koje su bile slične originalima. U njima je bilo lažnih recepata koji pri upotrebi ne bi nikom naškodili ali ne bi ni pomogli da se neko izleči od bolesti od kojih je bolovao. Porodicu sam sklonio a duplikate svezaka ostavio u mojoj biblioteci gde ih nije bilo teško naći. Jedino majka nije htela da ode iz kuće. Navaljivao sam moleći je da se i ona skloni, ali ona nije htela. Govorila je da niko nju staru neće dirati. Uzeće sveske i otići.

Te noći me je napalo pedesetak profesionalnih ubica koje su angažovali še-fovi tri bande i Genni sa svojim prijateljom Ismailom. Umesto da tako urade, oni su moju majku zarobili, uzeli lažne duplikate i od mene zahtevali da se pre-dam, da im otkrijem kako se dešifruju recepti a onda da me ubiju. Predao sam se da bih oslobodio majku, ali je sve bilo kasno. Ubili su je a mene zarobili. Bilo mi je svejedno da li ću i ja tog trenutka umreti ali mi se pojavio đedov duh na-ređujući mi da se svima osvetim. Osvetio sam se osobama koje su mi oteli i ubili majku. Osvetio sam se organizaciji KK. Oni su svi izginuli. Osvetio sam se Genniju i Rini. Za noć ili dve ću se osvetiti šefovima američke mafije. Na kra-ju, ostaju Sergej i Jura. Oni su poslednji koji će umreti pa ću tek posle moći da dođem kod tebe da radim.“

„Slušam i štipam se po licu da ne spavam, ne verujući da ti se sve ovo iz-dešavalo. Miki, pobogu, zašto me nisi pozvao da mi bar jednom ispričaš šta ti se dešava!“ „A šta bi mogao da mi pomogneš? Samo bi se nepotrebno nervirao. Da me u narednih nekoliko dana nisi pozvao, ja bih završio sve obaveze pa bih te onda pozvao i sve ti ispričao.“ „Prijatelju moj dragi, ja sada okrivljujem sebe zbog svega što ti se dogodilo. Da se nisi angažovao meni da pomogneš, sada bi tvoja majka bila živa.“

„I ja sam u početku mislio da je tako, ali sam kasnije shvatio da nije. Pre nego što je umro, đedo mi je ispričao šta me očekuje. Nekoliko godina kasni-je, sve se desilo kao što mi je rekao. Po njegovom naređenju, sada se svetim svim osobama koji su bili akteri smrti moje majke.“ „Bez obzira na sve meni je ipak žao.“ „Nemaš potrebe o tome da brineš i da razmišljaš. Reci mi kako si ti i kako je tvoja porodica?“ „Svi smo zdravo i dobro. Deca uče školu, Galja radi po kući, a ja završavam ove dokumente i nadam se skorijem startu našeg sta-račkog doma. Imam par zainteresovanih staraca. Kada tvoje obaveze privedeš kraju, a u toj borbi ne nastradaš, ja te očekujem da odmah dođeš kod mene.“

„Saša, ja ne mogu nastradati niti me bilo ko na svetu može ubiti. Preda-mnom je obaveza koju moram obaviti a kasnije, kada mi duhovi mojih preda-ka jave, tada moram po njihovom izboru podučavati novog Izabranika, pa se tek posle tog zadatka, po Božjoj volji, mogu upokojiti. Samo po Božjoj volji Iza-branik može umreti, jer osim Boga, niko drugi njega ne može ubiti.“

„Sada si me umirio. Neću se plašiti za tvoj život dok te budem iščekivao da dođeš.“ „Budi bez brige prijatelju dragi. Sve će biti u redu.“ „Važi Miki. Pozdrav-ljam te i očekujem da mi se uskoro javiš.“

Prekinuli su vezu. Ko bi mogao da kaže da će slučajno poznanstvo stvori-ti ovakvo prijateljstvo. Smeškao se Miki razmišljajući o njihovom kontaktu i o tome kako je posle njihovog poznanstva sve krenulo stazama sudbine.

62.

Vreme je proticalo pa se morao okrenuti stvarnosti i onome što će uskoro nastupiti. Njegova porodica je još malo gledala televiziju a onda su relativno rano pošli da spavaju. Svetla su se pogasila, samo je u hodniku ostalo upaljeno. Miki je odgovorio na nekoliko poruka. Prošlo je dvadeset dva i trideset kada je ugasio svetlo u hodniku. Izgledalo je da je pošao do toaleta, a on ih je još jednom duhovno posetio i još jednom uticao na njihovu svest da ispale hitac tamo gde je on želeo. Kada je video čime su naoružani, ušao je u spavaću sobu obaveštavajući porodicu da se ne uplaše jer će sada pucati na njega. U autu su imali arsenal oružja sa kojim su se mogli boriti protiv bataljona vojnika. Spremili su tromblon da pucaju na njega. Odlučio se da na terasu izađe kao duh kojeg će oni videti i da na njega kao duha pucaju jer je postojala velika verovatnoća da će ga krhotine od eksplozije ozlediti ili ubiti. Umirio se izdvajajući duh iz tela. Njegov duh je bio vidljiv za njegove neprijatelje.

Kada je upalio svetlo i kada je njegov duh zakoračio na terasu, ispaljen je hitac iz tromblona. Ogledalo je odigralo svoju ulogu pa je hitac, umesto da poruši pola kuće, pogodio spoljni deo terase. Kuća se iz temelja zatresla a iz sobe su se čuli prestrašeni krici. Vrisak se čuo i iz komšiluka. Mnogi su u strahu poskakali i pogasili svetla. Činilo im se da su u mraku sigurniji pa su kroz prozore provirivali da provere šta se to desilo. Samo što je eksplodiralo, Miki je svoj duh prebacio do njihovih kola i krenuo ka njima. Stakla na blindiranim kolima su bila zatvorena tako da se kod njih stvorio osećaj da niko ne može ući. Kada su ga videli, svi u kolima su istovremeno povukli okidače. Stotine metaka ispaljenih u zatvorenom prostoru izrešetaše njihova tela kao sita. Niko od njih nije osetio kada je neki zalutali metak pogodio štapin dinamita i kada je još jedna eksplozija prolomila noćnu tišinu. Posle te eksplozije, njihova tela su bila unakažena a luksuzna kola razorena. I ostale komšije, koje su posle prve eksplozije pokazali hrabrost, sada su pogasili svetla. Svi su očekivali da čuju još eksplozija a umesto njih su čuli policijske sirene.

Tek kada su rotaciona svetla obasjala mesto gde se desila druga eksplozija, mnogi su skupili hrabrost paleći svetla. Policija je ugasila vatru iznoseći ostatke od unakaženih tela iz kola. Tada je neko viknuo da su iz kola pucali na Mikijevu kuću i da niko ne zna da li je živ. Policajci su se obazrivo približavali njegovoj kući. Svi su znali da spava na terasi pa su pomislili da je zatrpan pod gomilom cigli i blokova. Prestrašeno su poskočili videvši da se u hodniku upalilo svetlo. Miki i njegova porodica polako su izlazili ispred ovih znatiželjnih ljudi.

„Može li mi neko objasniti šta se ovde desilo?"– upitao ih je Miki. I ovoga puta se javio isti policajac koji je očigledno u Mikiju video jedinog vinovnika svega ružnog što se u poslednje vreme dešavalo u gradu. „Da se ja pitam, Vi biste nama morali sve da ispričate i da objasnite, ne samo šta se večeras desilo, nego šta se sve dešava u poslednje dve –tri nedelje od kada te napadaju ovi nepoznati ljudi i čime si sve to zaslužio. Kažem vam ljudi da je upleten u nešto mnogo opasno i da ga zbog toga napadaju. Kapetane, hoćete li mi sada priznati da sam i sinoć bio u pravu kada sam rekao da je on za sve kriv."

Čulo se mrmljanje i odobravanje kada je drugi glas nadjačao gomilu:"Ne znam šta je sinoć bilo jer nisam video, ali sam večeras sve pratio. Pred mojom kućom su stala ova kola i dugo vremena dvogledom posmatrali šta se negde u blizini dešava. Nisu me videli, pa sam se pritajio da vidim šta će biti. Bilo mi je sumnjivo njihovo ponašanje. Ta sumnja se pojačala kada su dvojica iz drugih kola koja su parkirali sa donje strane stovarišta, ušli u ova kola i sa sobom doneli nešto što nisam odmah prepoznao. Kasnije, kada su ispalili hitac shvatio sam da je to tromblon. Video sam da se Mikijeva kuća urušila. Očekivao sam da će ispaliti još neki hitac, kada su oni u zatvorenim kolima ispalili nekoliko rafala iz automata. Onda su njihova kola eksplodirala. Stojim iza ovih reči i garantujem da se Miki nigde nije umešao i nikoga od njih napao."

Noćna tišina je potrajala dobrih pola minuta.

„Odlično sam uradio što sam svoj duh napravio nevidljivim za sve druge osim za napadače"– pomislio je Miki.

Tada su i drugi uzeli u zaštitu svog komšiju."Ljudi, ja ne znam šta se ovo dešava, ali znam da on pomaže svima koji kod njega zatraže pomoć." „Stidite se"– obratio se neko policajcima."Vidite da ga stalno napadaju, da su mu ubili majku, pa umesto da ga zaštitite, vi ga još optužujete da je on za sve kriv."„Zaista sramota"– čuli su se sada različiti komentari."Zašto niste postavili obezbeđenje pred njegovom kućom!"

Komandir je podigao ruke umirujući ih.„Ljudi … Ljudi… Svi vidimo da njega napadaju i da on nije kriv. Niko njega, osim ovog tupoglavca ne napada. I mi, kao i vi iz njegovog komšiluka, bismo želeli da znamo zbog čega ga napadaju. Kada bismo to znali, bilo bi nam lakše da ga zaštitimo.“ Kapetan je stao a i ostali iz komšiluka su zaćutali očekujući da li će on nešto da kaže. I on je ćutao jer je znao: ako bilo šta kaže policija će nastaviti uporno da ga ispituje da bi došli do što većih saznanja i na taj način otkrili tajne koje su za sada bar od njih odlično sakrivene.

Došla su kola hitne pomoći, pokupili mrtve, šlep služba odšlepala kola, policija se povukla i opet je sve utonulo u noćnu tišinu. Miki je pred kućom narednih sat vremena raščišćavao krhotine maltera i blokova. Ogromna rupa je zjapila na zidu iznad kreveta. Sutra će neki zidar imati posla da popravi nastalu štetu a večeras će, kada sve raščisti, opet leći u svoj krevet na terasi. Ova noć je bila naporna, pa je odlučio da se odmori. Uskoro će sve pasti u zaborav jer ga ovde više neće napadati.

Pre nego što ga je san oborio, razmišljao je o tome koliko bi puta do sada izgubio život da nije posedovao moći koje je nasledio od svog đeda. Sa njima je pored ostalih mogao da pročita tuđe misli, da sazna šta mu spremaju i da se blagovremeno od toga zaštiti. Zato mu je đedo rekao da Izabranik može umreti jedino po volji Božijoj jer ga niko ne može ubiti. Sa osmehom zadovoljstva i sreće je utonuo u san.

Probudile su ga reči radoznalaca iz komšiluka. U ranim jutarnjim satima su radoznalo posmatrali sve ono što sinoć nisu mogli videti. Ugledavši ga ponudili su da mu dovedu zidara koji će sve to za par sati sanirati. Pristao je. Stigao je zidar kojeg su komšije pozvale. Sve je sanirao tako da se, posle njegovog rada, ništa nije primećivalo.

63.

Miki će u večernjim satima bezbrižno poći u duhovnu posetu šefovima jedne od najmoćnijih bandi Evrope. Nije im sinoć projektovao slike ubijenih Japanaca da se ne bi uznemirili. Očekivali su da im se jave, a umesto njih, Miki će se večeras pojaviti pred njima.

Nisu se odvajali od trenutka kada su angažovali Japance. Spavali su kod Džona Vesta a ostatak dana provodili zajedno. Upoznati sa neobjašnjivim situacijama u kojima su mnogi njihovi poznanici izgubili živote, shvatili su da se obruč polako steže i oko njih. Da nisu učestvovali u napadu kada mu je poginula majka, verovatno ne bi bili u ovolikim problemima. Uveravali su jedan drugog da će im se svakog trenutka najsposobniji ljudi hrama Šaolin uskoro javiti. Verovatno razrađuju plan ne želeći da naprave nikakvu grešku. Takvi su Japanci. Precizni i strpljivi. O njihovim sposobnostima zna čitav svet. Zato su njihove usluge papreno skupe. Više ih je koštalo plaćanje ove akcije od mesеčne plate njihovih sto dvadeset ljudi. A njihovi ljudi su bili dobro plaćeni. Nisu žalili pare, ali su zahtevali odlične rezultate. Pili su viski razgovarajući o svemu i svačemu. Na njima se nije primećivala ogromna napetost, ali je svako od njih znao šta mu se u duši kuva. Bili su hrabriji dok su bili zajedno u grupi. Ma gde se pomerili, stalno ih je čuvalo dvadesetak telohranitelja. Kao i svake noći, ostali su do kasno.

Miki ih je posmatrao duhovno, nevidljiv za njih. Napravio je plan i počeo da ga ostvaruje. Preobratio se u devojku. Neopisiva lepota krasila je njeno lice dok bi njenom telu pozavideli svi vajari sveta. Nigde ni jedan gram sala viška. Kosa plava prosuta po ramenima ukrašavala je i tako neopisivu lepotu ovog

lepog bića. Ni silikoni u rukama hitrog hirurga ne bi dobili ovakav oblik ka-
kav su imale njene grudi. Ni male, ali ni previše velike. Ispod bele majice su
se primećivale tamne bradavice, veličine nokta na malom prstu, koje su kao
dve kupine mamile ljudske poglede. Na bokovima, gde su se završavale duge
noge, suknjica je više otkrivala nego skrivala. Da je vide, sve manekenke sve-
ta bi joj pozavidele.

Pojavila se nedaleko od ulaza u vilu Džona Vesta. Stražari su je odmah pri-
metili izbuljivši oči u nju. "Dobro veče"– čuo se milozvučni glasić ovog divnog
bića. "Dobro veče"– smušeno su odgovorili. "Da li me možete najaviti gospodi-
nu Džonu Vestu?"Primetili su da je jedva sastavila ovu rečenicu na nemačkom
jeziku. Bilo bi mnogo bolje da je tražila nekog od njih, jer bi ostala u njihovom
društvu pa bi možda uspeli da sa njom uživaju, a ovako su morali da je najave
gazdi. Nisu imali pravo ništa da je ispituju. Uključivši skrivene kamere kojima
je mogao uvek da ih kontroliše i videvši kakva je lepotica kod njih, odmah je
zatražio da je dovedu. Pogledi svih stražara i telohranitelja bili su uprti u nju, a
na licima se primećivala požuda. Dežurni telohranitelj je objasnio Franku da je
iz Rusije i da slabo govori nemački. Vrata se zatvoriše. U unutrašnjost vile kao
da uđe neka nova sreća i raspoloženje dok se pred vilom osećalo razočarenje.

„Izvolite, gospođice izvolite"– uvodio je Frank Fišer dok su Džon Vest i
Slim Rasel bili zavaljeni u foteljama. Ušla je u prostran hol i zastala. Uticala je
na njihovu svest jer je Mikijev duh uzeo njeno obličje. Hteo je da svu pažnju
posvete njenoj lepoti i da zaborave na opreznost. „Dobro veče"– pozdravila ih
je dok je pogled usmeravala na sve strane. Na licu joj se primećivalo ushićenje.
Ustali su i prišli da je pozdrave prestavljajući se. I ona se njima prestavila kao
Tatijana ne rukujući se.

„Izvolite Tatijana. Izvolite sednite"– kao pravi domaćin ponudio je da sed-
ne u njegovu fotelju. Dok je Frank Fišer preuzeo ulogu prevodioca oni su zau-
zeli okolne fotelje. Nisu znali da li pre da gledaju u njene prekrštene butine ili
u bradavice koje su privlačile poglede kao magneti metal. „Drago nam je što
ste došli, ali bismo želeli da nam ispričate ko ste, odakle ste i koji je razlog Vaše
posete. Pre nego što počnete da pričate, želeli bi da Vas ugostimo da nešto po-
pijete a ako želite i nešto da pojedete."„Nisam gladna, a mogu popiti neki ne-
gazirani sok."Poslužili su je a onda je ona počela da priča: "Gospodine Džone,
mene su ovde doveli na prevaru. Posetivši me pre par meseci jedan moj prija-
telj je ponudio da se udam u Nemačku. Zahtevao je samo da naučim nemački
da bi mogla koliko toliko da se snađem dok budem komunicirala sa drugima.
Obećao je da će me dovesti kod nekog Sergeja i da ću se od njega udati. On je
čovek kojeg će moj izabranik častiti i preuzeti me. Ispričala sam to još jednoj
mojoj prijateljici i nas dve smo počele da učimo nemački. Dobro nam je išlo i
nakon par meseci smo pozvale mog prijatelja. Bio je više nego zadovoljan na-

šim uspehom a onda je od nas tražio da sa njim vodimo ljubav. Ja nisam želela jer sam još nevina."

Svima su se oči zamaglile od žudnje. Svi su poželeli da oni budu prvi koji će ovoj lepotici oduzeti nevinost.

„Verovatno da nikada ne bismo došle a kamo sreće i da nismo, da nas on nije slikao i naše slike poslao Sergeju. Sergej je od njega zahtevao da nas što pre pošalje. Ipak je iskoristio situaciju vodivši ljubav sa mojom prijateljicom, a onda nam je obezbedio avionske karte. Pre tri dana, na aerodromu u Štutgartu su nas dočekali Sergejevi ljudi.

Pominjanje Sergeja je izazvao oprez, ali je znatiželja nadvladala. Slušali su je upijajući svaku njenu reč. „Tek kada su nas doveli, videle smo da ništa nije kao što su nam pričali. Moja prijateljica je tamo imala buran život pa joj nije bilo teško da ovde nastavi tako da živi, ali ja nisam nameravala da idem tim putem. Želela sam da se udam i da imam jednog čoveka a ne da radim kao prostitutka."

Dok je ona zastala sa svojom pričom, da bi proverila uticaj svojih reči, dotle je Džon razmišljao da je mnogo lepša i izazovnija od Džoane. Tolika požuda se pojavila u njemu da je bio spreman da joj ponudi brak.

„Kažu da postoji anđeo čuvar koji nam, u najtežim trenucima, pritekne u pomoć. Tako se i meni desilo da sam, u toj bezizlaznoj situaciji, ugledala moju školsku drugaricu koja radi kod Sergeja. Objasnila mi je da su i nju tako prevarili i da sada radi sve što od nje zahtevaju. Po potrebi je kuvarica, čistačica ili prostitutka. Mora da radi sve šta joj kažu, ali je odlično plaćena. Zamolila sam je da mi bilo kako pomogne da se izvučem iz tog pakla, našta je ona rekla da će porazgovarati sa svojim ljubavnikom. Nisam znala o kome se radi, ali sam bila spremna da prihvatim bilo koju pomoć. Kasnije su došli ona i Aleksej. I on me je u početku, dok sam mu pričala o mom životu i o tome da sam još nevina, gledao sa puno požude a onda mi je, valjda shvativši da među nama ne može ništa da bude, uputio na Vašu adresu. Rekao mi je da je Vaš čovek od poverenja, da radi kod Sergeja ali da sve važne informacije prenosi Vama. U poslednje vreme niko od posluge i saradnika ne može prepoznati Sergeja, jer se njegovo ponašanje u trenucima može uporediti sa šizofrenijom. Nabavio je sveske sa receptima lekovitog bilja pa time leči narod koji je prethodno lečio drogom koju su njegovi ljudi prodavali. Onda su mu se u noćnim satima počela pojavljivati snojavljenja. Aleksej mi je rekao da je nekoliko puta bio prisutan i tvrdi da se tada ponaša kao duševni bolesnik.

Neprestano je pričala dok su je oni slušali sa svom pažnjom ovoga sveta. Nisu proveravali svog čoveka jer su znali da je on taj, a ujedno su bili ubeđeni da je svaka reč koju je ova lepa devojka izgovorila, istinita. Njena priča bila je toliko zanimljiva da su požudu su potisnuli u drugi plan.

„Brani se od nečeg nevidljivog što ga stalno napada. To niko drugi ne vidi, samo on a posle tog napada je iscrpljen kao da mu je neki vampir isisao poslednju kap krvi iz tela." Njihova lica su prebledela a ona je nastavila:"Davali su mu tablete za smirenje i injekcije ali ništa ne pomaže. Aleksej kaže da je taj čovek koji ga napada neuništiv i da će na kraju ubiti i njega i Juru."

Sada su tela sve trojice podrhtavala od straha. „Sve mi je to ispričao a onda mi dao dve tablete"- počela je da okreće temu da bi kod njih opet pobudila požudu jer je videla da su isuviše prestrašeni. „Rekao je da će me Sergej verovatno silovati i da moram pre nego što se to desi da popijem jednu tabletu. Kada je Sergej kasnije došao, ja sam i njemu ispričala da mi je želja da se udam i da svoju nevinost podarim svom budućem mužu. On se toliko uzbudio da je odmah izbacio sve svoje ljude i počeo da me mazi. Ako se budem protivila, opomenuo me je u Jurinom prisustvu, onda će narediti njegovim ljudima da me ubiju i bace u neki kanal. Izgledaće da je neko iskoristio i ubio neku novopridošlu prostitutku. Uplašila sam se kao nikada do sada. Pomislila sam – ode moja nevinost sa najodvratnijim čovekom u mom životu."

Primetila je da i ova priča zaokuplja njihovu pažnju pa je nastavila: "Počeo je da mi miluje grudi. Nikada u životu to nikom nisam dozvolila, pa mi je, pored toga što me je bilo strah, ipak mnogo prijalo. Ne mogu Vam opisati kako sam se osećala. Neki trnci zadovoljstva su prolazili mojim telom slivajući se u stomak. Nisam želela to a ipak sam uživala kao nikada do sada…" Pričala je praveći se da ne primećuje njihovo meškoljenje, njihovu požudu i napetost. Najteže je bilo Franku Fišeru jer je on sve njene reči morao da prevodi. Od uzbuđenja mu se boja glasa promenila. Samo jedan od njih je trebalo da krene, da napravi mali trzaj i sva trojica bi skočili da je rastrgnu u svojoj požudi.

Sve je to Miki preobražen u ovu lepu devojku znao, ali je kontrolisao sve njihove pokrete i postupke, pa je nastavio dalje sa pričom:"On mi je ljubio čas jednu čas drugu bradavicu lomeći u meni otpor i stvarajući sve veće zadovoljstvo."

Grč strasti je proparao njihova tela koja su gorela vatrom požude. Pomerila je ruke u njihovom pravcu da da oni nisu znali da tim potezom komanduje njihovim telima da se uzdrže i da savladaju najveće uzbuđenje koje su u životu osetili.

„Sve vreme sam među prstima stezala jednu od dve tablete koje mi je Aleksej dao. Prvo sam želela da je upotrebim a onda, kada sam osetila strast i uzbuđenje, odustala od te namere. Želela sam konačno i ja da izgubim nevinost i da doživim nešto što su mnoge cure pre mene doživele." „Lutkice, da li ti se sviđa ovo što radimo? – upitao me je Sergej veoma umilnim glasom.„Jooojjj Seeergeeej… ubrzano sam disala topeći se od njegovih dodira i poljubaca."Ovo mi je nešto najlepše na svetu. Kada mi je sada ovako lepo, kako će mi tek biti kada budemo vodili ljubav! Dok je on pio tabletu za potenciju ja sam popila onu koju mi je Aleksej dao. Ne mogu reći koja je brže delovala, ali sam osetila kako mi se vrti u glavi. Pala sam i počela da se trzam kao da imam epileptične napade. Moji napadi su potrajali više od petnaest minuta. Došao je doktor da mi pruži pomoć, objasnivši mu da sam teški epileptičar i da, ako želi ženu, mora uzeti neku drugu jer mene na taj način može ubiti. Uzeo je prijateljicu sa kojom sam stigla a mene su prebacili u sobu za poslugu da se oporavim. Ubrzo su došli moja prijateljica i Aleksej. Ispričala sam mu šta mi se desilo.

„Tatijana, morate i drugu tabletu držati pri ruci jer će Sergej i sutra pokušati da Vas napadne. Ako mu pođe za rukom, propade moja zamisao. Ako uspem da Vas zaštitim i ako Vas nevinu prebacim kod moga gazde, onda ćete biti najsrećnija žena na svetu, a i mene će veoma bogato nagraditi. Danas sam, pri nekoliko susreta sa Sergejom, odglumila da sam bolesna pa me nije dirao, ali mi je rekao da jedva čeka da se potpuno oporavim pa da nastavimo tamo gde smo stali. Da budem iskrena, posle Aleksejevih reči više nisam želela sa njim da doživim te lepe trenutke. Večeras su me Aleksej i moja prijateljica tajno pustili da odem sa njegovog imanja i evo sam došla ovde.“

Kao da su se svi odjedanput probudili. I dalje su osećali nadraženost, ali su neuporedivo bili smireniji. Postali su svesni da je ova devojka došla i da ne namerava da ode od njih. To ih je posebno obradovalo. Džon je podigao čašu sa viskijem i nazdravio Tatijani. Svi su se kucnuli i popili po jedan gutljaj pića. Bilo im je neophodno potrebno da bi se malo primirili.

„Drago nam je što ste poslušali Alekseja i što ste došli kod nas. Ja vam, kao vlasnik ove vile i kao šef ovde prisutnih, želim dobrodošlicu i želim da Vam uputim jedan interesantan predlog. Naime, nudim Vam brak.“ Svi su zaćutali. Tatijana je podigla obrve u neverici. „Da, da, lepa moja Tatijana. Ja imam ženu od koje sam razveden i decu u Americi, imam ovde ljubavnicu, ali Vama nudim brak. Na Vama je da odlučite.“

Njihovo raspoloženje je poremetilo zvono a onda je brzo ušla neka osoba. Njegov posao je bio da sve radi brzo. Da prikuplja informacije, da ih brzo prosledi i da se brzo vrati na svoje mesto. Čovek koji je stekao poverenje na dve strane, kojem su šefovi dve bande verovali a on je jednoga špijunirao, prenoseći sve važne informacije do kojih je došao, drugom.

Miki preobraćen u Tatijanu ga je odmah prepoznao. Mogao je da utiče na njegovu svest, da ga natera da govori sve ono što on hoće, ali je odlučio da prestane sa ovom igrom. Čudilo ga je koliko ljudi mogu da budu zaslepljeni da veruju osobi koju prvi put vide. Da li je moguće da su poverovali u njenu nevinost a ona je kod njih došla takoreći gola. Grudi bez grudnjaka, prekrivene belom majicom kroz koju se videlo kao kroz zavesu a oko bokova suknjica malo duža od gaćica. Zar bi se tako obukla neka nevina devojka!

Nameravao je da uđe kod njih, da se malo sa njima poigra, da jednog od njih ubije, ostale prestraši i da se vrati. Dosta mu je bilo igre pa je iskoristio Aleksejev dolazak da sve prekine. I inače vreme odvajanja njegovog duha iz tela uskoro ističe.

Džon je ustao, kao i svi ostali, rukujući se sa Aleksejom."Dragi Alekseje, ovo je bio Vaš najbolji potez koji će biti bogato nagrađen. Poslali ste mi najlepšu ženu na svetu a uz to još i nevinu"– govorio je Džon prilazeći Tatijani. Želeo je da je zagrli računajući da je ona već prihvatila njegovu ponudu za brak. Aleksej je odmahivao glavom a onda izgovorio reči koje su na njih delovale kao da ih je polio hladan tuš:"Gazda, ja ovu ženu ne poznajem."

„Trenutak smušenosti dok su pogledi neverice bili usmereni ka Tatijani. Prvi se pribrao Džon Vest. Shvatio je da je ona uljez koji je ubačen u njegovu kuću i sami Bog zna kakav zadatak joj je poveren. Sada će je uhvatiti a onda naterati da sve prizna. Bio joj je najbliži pa je najpre reagovao. Požurio je da je sa obe ruke zgrabi dok su i drugi ustajali i kretali ka njoj. Zastali su kao da su naišli na nevidljivi zid kada su videli da njegove ruke prolaze kroz njeno telo kao kroz maglu. Opet je pokušao da je uhvati i opet su ruke prošle kroz maglu a onda je vrisnuo odskočivši od nje, valjda je tek tada postao i svestan da se pred njim ne nalazi živo biće. Stajala su sva četvorica na jednoj strani dok je ona bila tri – četiri metra udaljena na drugoj. Ona se i dalje smešila dok su njihova tela, napeta od straha, bila gotova da eksplodiraju.

Granice ljudske izdržljivosti su poznate nauci, ali ovo prevazilazi sve što i najjači organizam može izdržati. Izvršio je komandu svesti i pred njihovim očima se pojavljivao preobražaj koji nikada nisu mogli zamisliti. Zbili su se jedan pored drugog nesvesni da uopšte ne dišu. Prelepa Tatijana, u koju su do malopre gledali kao u anđela, kojoj je Džoni Vest ponudio brak, počela je da menja svoj lik. Sjajna plava kosa je počela da dobija prljavo sivu boju, kao da je iskrzana i zapaljena. Prelepo lice je počelo da dobija bore koje su se sve više i više usecale u kožu. Gledali su u nju paralisani od straha dok se njeno telo iz trenutka u trenutak menjalo. Postajala je sve starija i starija. Lice joj se pretvorilo u kost i kožu. U očnim dupljama usahle oči koje dobijaju čudan sjaj. I celo telo joj se pretvorilo u kost i kožu. Majica koja je do malopre jedva zadržavala bujne grudi, sada je visila na ovom staračkom telu. Ruke su postale čvornovate dok su na prstima izrasli nokti dužine skoro kao i sami prsti. Osoba od koje bi se prestrašili i najhrabriji, blago se klatila izazivajući kod prisutnih osećaj da će svakog trenutka pasti. Ipak su se staračke noge pokrenule. Morala je da prođe pored njih da bi izašla. Tako su i oni mislili pomerajući se par koraka. Jedva se kretala veoma sporo napredujući. Sada se pored straha kod njih primećivala znatiželja. Želeli su da vide kako će ovo ostarelo biće napustiti njihov dom. Samo to su želeli, ne pitajući sebe da li je normalno da se za nekoliko trenutaka onako lepa devojka pretvori u ovako nemoćnu staricu koja se jedva pokretala. To ih nije interesovalo. Bili su spremni, ma koliko se plašili da je izguraju da bi ih što pre napustila. Ta njena sporost ih je zavarala. Osetili su se sigurnim zbog njene nemoći. Prišla im je na neka dva metra a onda brzinom na kojoj bi joj pozavideli najveći šprinteri, pojurila u njihovom pravcu. Nisu imali vremena ni da mrdnu, a kamoli da reaguju.

Svojim koščatim rukama je uhvatila Franka Fišera koji je prestrašeno počeo da vrišti. Želeo je da se otrgne iz ovog stiska koji ga je paralisao, ali nije imao snage. Tresao se kao da ga udara trofazna struja. Džon Vest i Slim Rasel su prestrašeno odskočili dok je Aleksej smogao hrabrost i skočio na ovu nakazu da bi pomogao svom prijatelju. Mislio je da će veoma lako njeno slabašno telo odbaciti sa tela svog prijatelja. Rezultat je bio katastrofalan. Čuvši vrisku, telohranitelji su reagovali što su brže mogli. Uleteli su na oba ulaza u vilu sa oružjem spremnim da poseju smrt. Nisu uspeli da reaguju jer su njihove oči samo na tren registrovale sliku neke nakaze na Franku Fišeru, dok je Aleksejevo telo bilo u skoku ka njima a onda je izbilo milijardu iskrica kao da je neko spojio dva kabla sa suprotnim naelektrisanjem.

Nije bilo eksplozije, ali su iskre bljeStale ne paleći ništa oko sebe a onda su naglo prestale. Svi su zaštitili oči. Kada su ih otvorili, osim dva tela koja su ležala na podu, ništa nije pokazivalo da se u kući bilo šta neobično desilo. Nestale su iskrice kao što je nestalo telo starice. Osećao se smrad kao da je neko zapalio meso a na njihovim telima nije bilo opekotina. Dotakli su tela svojih prijatelja i ustanovili da su mrtvi. Međusobno su se dogovorili a onda pozvali policiju. Želeli su da oni preuzmu ovaj slučaj da bi sa sebe otklonili sumnju ovih neobjašnjivih ubistava. Uskoro su došli policajci. Sve su snimali, uzeli izjave mnogih svedoka i na kraju se vratili bez ikakvog traga.

Miki nikada, kada to nije želeo za sobom nije ostavljao trag. Preostala dvojica ovo što im se desilo nisu mogli pripisati Mikiju, mada su na njega najviše sumnjali. Tela su odneta u kapelu, a njih dvojica ostatak noći su probdeli. Pričali su non–stop se nalivajući viskijem. Te noći, još jednom posetom, Miki je hteo da označi kraj njihovih života, ali je, videvši da su skroz pijani, odustao od te namere. Poslednjim atomima snage su unosili žestoko piće u svoja tela. Neka iskrica svesti im je signalizirala da od plaćenih Japanaca više ne mogu očekivati pomoć, ili je njihov mozak, opijen alkoholom, došao do pravog zaključka nisu znali, kao što nisu znali da li su sanjali ili su stvarno videli Mikija, tu u sobi, kako je došao do njih, dobro ih osmotrio a onda nestao.

63.

Pošao je kod Sergeja sa namerom da mu projektuje slike trenutka Džonsonove i Frankove smrti. Nameravao je da ih uplaši i natera da se hiljadu puta pokaju za svoje grehe koje su počinili. Prišavši njihovoj vili osetio je strahovitu napetost. Telo, iako pretvoreno u duha, nije htelo napred. Osećao je teret kao da je neko oko njegovih nogu napravio ogromne čizme u koje je naliveno pola kamiona cementa. Ne samo što je počeo da se suši, nego ga je stezao izazivajući bol i ne dozvoljavajući nogama da krenu napred ni jedan milimetar.

„Stani sine!"– video je đedove ispružene ruke koji mu ne dozvoljava da nastavi dalje. Još nije vreme da ih posetiš. Spremili su ti zamku i čekaju da upadneš u nju. Pazi se. Uortačili su se sa tvojim najvećim neprijateljom i na taj način hoće da te pobede. Svako tvoje neplansko istupanje će im omogućiti da te savladaju. Ovo ti je odlučujuća bitka u životu. Nemoj je započeti pre nego što ukloniš ostale neprijatelje koji ti mogu biti smetnja. Tek onda ih napadaj. Ne dozvoli da se borba prenese na tvoju teritoriju jer će ti tada i porodica biti u opasnosti. Napadni ih pa se povuci, i tako nekoliko puta, da bi oni počeli da te jure. Tada ćeš ti njih pobediti. Sigurni su u svoje moći, ubeđeni da im niko na svetu ništa ne može, pa se zbog toga ničega neće plašiti. Osobama koje se ničega ne plaše popušta oprez pa u toj nesmotrenosti prave nedopustive greške. Tako će i oni u svojoj osionosti, sigurni u svoje moći, napraviti greške koje će ih stajati života. Sine, nedavno si se borio sa jednim slugom nečastivoga koji je mogao da se preobrati u četiri različita demona. Sada ćeš protiv sebe imati četvoricu koji će imati malo manje moći nego što ih je imao onaj Indijac. Kada se saberu moći njih četvorice, biće kao da se boriš protiv tri Indijca. Nemoj se bojati, jer strah sputava moći, ali budi obazriv. Moraš se boriti sam do granice svoje izdržljivosti a ako vidim da ne možeš izdržati, ja ću ti priskočiti u pomoć." Tada je đedo nestao.

Vratio se do preživelih šefova američke bande. Zaspali su na foteljama na kojima su sedeli. Nije ih san oborio zbog želje za snom, niti zbog iscrpljenosti, nego zbog alkoholnih isparenja u mozgu. U početku su osećali blaženstvo alkohola koji je odagnao strah, a onda je i to nestalo. Spavali bi još dugo da patrola policije nije došla da ih uzme. Ne samo njih dvojicu, nego su naredili svim prisutnima koji su sinoć videli tu čudnu devojku da dođu u stanicu i daju izjave. Sve su ih uključivali na detektor laži i svima se pokazalo da govore istinu u koju niko normalan ne bi poverovao. Otpustili su ih ne znajući kako da odgonetnu ovu zagonetku. Zatražili su od suda da im dozvoli da njihova dva detektiva budu uvek prisutni i da im, ako bude potrebno, u svemu pomognu. Istovremeno, ako bilo šta sumnjivo primete, da odmah obaveste načelnika da bi on poslao pojačanje. Džoni Vest je odmah pristao na taj predlog. Rasporedio je ljude svuda po imanju i oko kuće. Detektivi su bili kod njih dvojice u kući. Pratili su šta se sve dešava oko njih. Svaka izgovorena reč je snimana I preneta glavnoj centrali policije gde su šesnaest specijalaca pod punom ratnom opremom očekivali samo jedan mig, pokret ili naređenje, pa da odmah priteknu u pomoć svojim prijateljima. Policijski džipovi u kojima su mogli stati po četvorica, su sve vreme bili upaljeni. Nije se smela izgubiti ni jedna sekunda. Izgledalo je da su ovog puta mere obezbeđenja podignute na najveći nivo.. Činilo se da ni muva ne može proći a da ne bude primećena.

U napornom iščekivanju je prošao ostatak dana. Svima su nervi bili napeti do krajnjih granica, a još se ništa nije dešavalo. Večernju tamu su osvetljavali reflektori udaljeni pet metara od zida koji je okruživao celo imanje, štiteći ovu velelepnu kuću od radoznalih pogleda. Od zida visokog oko tri i po metra do hrastova koji su okruživali vile na imanju bilo je oko pedeset metara brisanog prostora. Sve je bilo osvetljeno tako da se videlo kao u po bela dana. Sa spoljne strane zida su postavljene kamere koje su palile alarme ako bi neko, bez zaštitnog znaka na uniformi, prišao bliže nego što je dozvoljeno. Sa unutrašnje strane ih je bilo još više. Svaki delić imanja su obasjavali reflektori, snimale kamere i pratile budne oči telohranitelja ovog milijardera čijem novcu niko nije tražio poreklo. Uz sve mere obezbeđenja nekoliko stotina metara dalje su čekale specijalne jedinice policije koje su, za nepuni minut mogle priteći u pomoć ovim naoružanim bespomoćnicima.

Nekoliko puta ih je duhovno posetio. Nisu ga videli a i on nije hteo njih da uznemirava. Kada se činilo da će prva polovina noći proteći bez ikakvih problema i da će se napetost smiriti, njegov duh se preobratio u vidljivog starca koji je išao direktno ka glavnoj kapiji. Portiri su ga zaustavljali ali je on nastavljao dalje. Opomenuli su ga da će pucati jer su videli njegov nesiguran hod pa su pomislili da je pijan. Nastavio je lagano napred. Skoro svi su čuli reči opomene koje su mu uputili pa su iz vile dobili naređenje da odmah otvore vatru. Uspeo je da se sakrije iza starog hrasta dok su meci, ispaljeni iz automatskih pušaka sa prigušivačima, dobovali sa obe strane stabla. Činilo se da nije prošlo petnaest sekundi, sa dve strane ulice su uz rotaciona svetla pristigli četiri policijska džipa. Priskakali su u pomoć svojim prijateljima. Čudili su se videvši da se meci ispaljuju u drvo iza kojeg nema nikoga. Uperili su reflektore u krošnju proveravajući da se nepoznata osoba tamo nije sakrila. Javili su prijateljima da iza stabla nema nikog i da vatru usmere u krošnju. I oni su isto uradili. Lišće je letelo na sve strane dok su meci, ispaljeni sa tri različite strane, lomili grane. Za par minuta ogromno drvo je izgledalo kao očerupana kokoška. Za trenutak je sve utihnulo. Gledali su čas u drvo čas ispod drveta tražeći pogledom nešto što bi moglo da liči na ljudsko telo. Ničeg takvog nije bilo. Kako je moguće kada su svi videli da je starac, koji se jedva kretao, nestao iza tog drveta. Sada ga nije bilo.

Preobrativši se u starca, dopustio im je da vide kako se krije iza starog hrasta, a onda je njegov duh postao nevidljiv. Nije nameravao da ubija policiju jer su oni obavljali svoju dužnost, ali nije mogao dopustiti ni oni njega da ubiju iako je bio siguran da nikada nikom nije pošlo za rukom da ubije duha.

Dok su se oni zbunjeno osvrtali tražeći telo na stablu ili ispod njega, dotle se on, nevidljiv za njih, prebacio do vile. Tu je dopustio da ga dva stražara iz kuće primete a onda je postao vidljiv za sve ostale. Bez ikakvog upozorenja su ispalili rafale u njega. Bio je na liniji vatre portira koji su bili na kapiji. Jedan je smrtno pogođen ostao da leži, dok su se ostali, brzo reagujući, posakrivali. I oni kao i pripadnici specijalnih jedinica policije su ga primetili. Došavši do kapije koja je bila otvorena sa oba krila, otvorili su vatru u njegovom pravcu. Prozori i vrata su se rasprskavali dok su po zidovima izbijali gejziri od maltera prouzrokovani ispaljenim mecima. Ni jedno ljudsko biće se ne može izmaći ispred ispaljenog rafala, a ako u njega pucaju šezdeset, sedamdeset ljudi onda ne postoji šansa da ostane živ. Tako su oni mislili. On je znao da nije tako. Gde god se pomerao, meci su rovali po zidu. Ispalili su po dva rafala a onda zastali. Čuo se njegov smeh dok je nepovređen ulazio u kuću.

„Stojte, ne pucajte!"– stigla je odsečna komanda."Moramo paziti da ne povredimo gazdu i detektive"– povikao je šef Džonovih telohranitelja." Pozvao sam u pomoć još pripadnika specijalnih snaga policije, tako da će nas za manje od pet minuta biti više od stotinu. Dovešće dresirane pse, tako da ćemo ubrzo uhvatiti tog starca"– objasnio je šef specijalnih snaga policije."Hajdemo sada da im pomognemo. Naoružajte se noževima a vatreno oružje stavite za pojas da ne biste poubijali naše."

Svi su složno krenuli. Opet je Mikijev duh bio nevidljiv za sve njih. Iako su svakog trenutka pristizala pojačanja policije, iako je bilo sve više i više ljudi iz obezbeđenja, iako se činilo da večeras neće obaviti zadatak zbog kojeg je došao, Miki se nije povlačio. Nisu mogli da ga vide iako je sve vreme, kao duh, bio sa njima. Hiljadama puta je teleportovao svoje telo, tela drugih ljudi ili sve ono što je poželeo, pa je i sada, naočigled svih, želeo to da uradi sa Slimom Raselom.

U kući je bila gužva da su se jedva mimoilazili. Svi su mislili da je svaka opasnost otklonjena, da je starac nestao, jer su uz pomoć dresiranih pasa sve pretražili, a onda je Slim Rasel vrisnuo. Refleksno, iz straha, svi su se odmakli što dalje od vriska. Mnogi su dohvatili noževe, dok je nekolicina u njegovom smeru uperila automate. On je prvo pao na pod, a onda, okrenut naglavačke visio kao da je nečim nevidljivim vezan za plafon. Jednom nogom se batrgao dok mu je druga bila nategnuta zbog tereta tela. Da ga je neko vezao konopcem ili bilo čim drugim, oni bi to prerezali oslobodivši ga, a ovako je visio a oni su bili u nemoći da mu pomognu. Ne samo što njemu nisu mogli pomoći, nego su se svi prestrašili za sopstvene živote. Okrenut naglavačke, Slim se pomerao ka vratima, dok su se prisutni izmicali na dve strane praveći mu put. Kada je došao do vrata, pokušao je rukama da se zadrži, dok su mu iz usta izbijali urlici bola i straha.

Kada jedan lav napadne krdo bivola, oni u masi dobiju hrabrost pa napadnu njega i odbrane napadnutog i povređenog bivola, a lava ili ubiju ili proteraju. U ovoj situaciji, oni nisu mogli da odbrane napadnutog prijatelja jer lava niko nije video. Protiv lava ili protiv bilo koje opasne životinje su mogli da upotrebe razno oružje, a protiv ovog neprijatelja nisu mogli upotrebiti ništa od toga jer je bio nevidljiv. Zato su se prestrašeno izmicali prepuštajući ga sopstvenoj sudbini.

Noge su prošle kroz vrata, a ruke su telo bezuspešno zadržavale. I slobodnom nogom je pokušao da se zadrži. Vrištao je moleći ih da mu pomognu. Strah se uvukao u sve prisutne parališući ih. Izgledalo je kao da ga neka nevidljiva sila podiže i sve više njegovo telo izvlači iz kuće.

Videvši da ne mogu da mu pomognu, neko je prvi zapucao, a odmah su to uradili svi ostali. Telo je, kao bezoblična masa, i dalje visilo a onda se beživotno stropoštalo na pod. Zavladala je tišina dok se lokva sveže krvi širila oko mrtvog tela. Sve prisutne je uzdrmala smrt jednog od vodećih ljudi ove organizacije. Stajali su i nemo posmatrali prijatelja koji je, njihovom krivicom, izgubilo život.

I ovoga puta, njihova brojnost i naoružanje nisu uspeli da sačuvaju onog koga je Miki nameravao da ubije. To je pomislio i Džon kada se na prozoru pojavila slika starca. Izgledalo je kao da ima trista godina. Svi su sekundu – dve zabezeknuto gledali ka njemu, a onda se iz njegovih krezubih usta čuo smeh koji im je ledio krv. Svi do jednog su, iz straha, pritisnuli okidače. Nekoliko hiljada metaka je izrešetalo prozor a stravična prilika se nije pomerila. I dalje se čuo štektavi smeh. Nije bilo municije sa kojom bi se branili, ne znajući šta dalje da preduzmu, stajali su iščekujući šta će im se desiti. Starac je nastavio da se smeje. Njegov smeh im je podizao pritisak tako da su pomislili da će poludeti. Jedan od njih je prestrašeno počeo da vrišti bežeći od ove misteriozne pojave. Za njih, kao po nekoj komandi, svi policajci i njihovi telohranitelji su bezumno počeli da beže vrišteći. Tek nakon nekih stotinak metara su zastali. Mikijeva komanda njihovoj svesti je prestala. Svi su se setili kakav je zadatak pred njim pa su oprezno počeli da se vraćaju.

Videvši da ostaje sam, bez ikakve zaštite, Džon Vest se uhvatio rukama za grudi, zaklatio i pao. Nije osetio nikakav bol jer njegovo srce nije moglo izdržati napetost koju je trpeo sve vreme. Plašio se da će u osudnom trenutku ostati da se bori sam sa Mikijem, pa kada mu se to desilo, srce nije izdržalo. Sam, bez ičije pomoći, dok mu je na uglovima usana izbijala krvava pena, samo se nekoliko puta trznuo u samrtnom grču, a onda umro.

Kako obično biva, kada brod tone, prvo ga pacovi napuštaju, pa je i njega prvo Džoana napustila. Pre nekoliko dana je otišla trudeći se da zametne svaki trag. Plašila se Mikijeve osvete. Pored nje, napustilo ga još nekoliko poverljivih ljudi. Bez obzira što su bili uz nju, nije smela da im ispriča ono malo što je saznala o Mikijevoj tajni. Instinkt joj je govorio da će Džoni poginuti, da se sukobio sa čovekom kome njegove veze i njegove ubice ne mogu naškoditi, da je jači od ostalih ljudi na njoj nepoznat način, pa se zaklela da tajne, ili ono što je znala, nikada nikom neće ispričati. Videla je sa kakvim strahovima se Džoni borio kada bi ga Miki napadao, pa se brinula da i nju nešto slično ne snađe. Ako je on sam u moći da napadne jednu od najmoćnijih bandi Evrope koja je imala veze u svim sferama i da ih pobedi, onda bi njene šanse za preživljavanje bile ravne nuli. Zato je napustila bogatstvo i raskoš i sa nešto ušteđevine pobegla od Džona. Nije znala da ona ne interesuje Mikija i da njoj ne namerava da se osveti.

Tako je Džon ostao potpuno sam. Sam je bio i u prethodnih sat vremena, dok nekolicina najhrabrijih policajaca nisu skupili hrabrost i pošli da provere šta je sa njim. Našli su ga mrtvog. Još mu je na krajevima usana bila krvava pena. Pozvali su još policajaca i nekoliko kola hitne pomoći jer mnogi policajci nisu mogli izdržati ovoliku napetost. Mnogima je bila potrebna medicinska pomoć. Ubrzo su ustanovili uzrok njegove smrti. Medicina je konstatovala njegovu smrt, ali su izjave brojnih očevidaca sve čudile. Svi su pričali isto kao da su svi gledali isti film, ali se u to nije moglo poverovati. Mnogi ljudi ne veruju dok se lično ne uvere u suprotno. Stotine policajaca, inspektora, forenzičara, novinara i ostalih radoznalaca se nalazilo u dvorištu vile u koju do pre par sati niko nije smeo da proviri. Sada su svi tražili neki trag a njega nije bilo.

64.

Nisu znali da duh ne ostavlja tragove, a niko od njih duha nije ni tražio. Osvetivši se, duh, kojeg niko nije tražio, vratio se svojoj kući. Morao je dobro da se odmori, nekoliko dana da sakuplja snagu a onda da napadne i ubije preostale neprijatelje.

Na taj način će osvetiti majku i sačuvati tajne iz dedovih svezaka. Nije znao ko su ta dvojica koje mu je dedo pomenuo, ali je znao da ih on neće prvi napasti, a ako oni budu branili Sergeja i Juru, onda će i njih morati da ubije. Nije hteo o tome da razmišlja nego se prepustio okrepljujućem snu. Oči su mu se sklapale kada mu se još jednom pojavio dedov duh. Njegove moći su bile mnogo jače nego Mikijevih. On se mogao duhovno boriti satima sa neprijateljima, jer je njegov duh napustio telo, dok se Miki duhovno mogao odvojiti od tela samo devet minuta. Mnogi bi pomislili da je devet minuta malo vremena za izvođenje neke složenije akcije, dok je on znao da je to vreme u duhovnom svetu više nego dovoljno da se postignu rezultati koji bi kod običnog čoveka zahtevali nekoliko dana, ako ne i meseci.

„Sine, došao sam da te još jedanput opomenem da se moraš spremiti za najveću borbu svog života jer ćeš protiv sebe, pored četiri osobe koje su svoje duše predali u ruke nečastivog, imati i njihovog vrhovnog gospodara. On će te navoditi na borbu gde njima odgovara, on će te napadati stvarajući kod tebe talase straha, on će sve raditi da te slomi, ali će na kraju tvoju smrt prepustiti svojim slugama. On sam je opasniji ne od njih četvorice, nego od stotinu, pa i hiljadu drugih neprijatelja. Nemoj ga nikako potceniti, jer su i njegove moći neograničene. Moraš zapamtiti da je on bio prvi Božji saradnik i da je svojim moćima hteo Boga da svrgne sa prestola. To će ti biti pouka da se boriš sa gospodarom sila zla. Njegov cilj će biti da te navede da se boriš sa njim, da iscrpiš svu tvoju energiju pa da te onda prepusti svojim slugama. Moraš koristiti snagu njegove energije, i sve ono što on hoće tebi da uradi, ti ćeš proslediti na njegove ljude, tako da će se njima dešavati sve ono što je on namenio tebi. Pre nego što pođeš u odlučujuću borbu, još jednom moraš proći kroz sve vežbe i meditacije da bi potpuno osposobio svoje telo da bude spremno da ostvari pobedu. Za njega nemoj praviti okove, jer njega nećeš moći da okuješ, ali njegove sluge pobedi, njih okuj i baci u večnu tamu paklenih dubina gde si bacio i onog Indijca.“

„Đedo, ti si mi rekao da se borim na njihovoj teritoriji, a ja sam te shvatio da ću opet morati to da uradim u pećini gde su mi sakriveni originali tvojih svezaka.“

„Ne sine, nisi me dobro shvatio. Dobro se sećaš kada si se borio sa Sudrakom, kada si ga pobedio, da te je nečastivi napao i da si poslednjim atomima snage uspeo da se izvučeš iz tame pećine. Da si tamo ostao, samo par trenutaka duže, on bi te, besan zbog gubitka najvernijeg sluge, ubio. Izvukao si se u poslednjem trenutku. Sećaš li se da ti je rekao da će ti se osvetiti. Došao je taj trenutak i on će sve uraditi da bi to ostvario. Ti se moraš boriti na njihovoj teritoriji, stvarajući kod njih ubeđenje da su u ogromnoj prednosti, da bi im na taj način popustila pažnja, pa ih na kraju, kada ih sve pobediš i okuješ, možeš teleportovati i baciti u pećinu.“ „Sada sam sve shvatio đedo.“ „U redu sine. Odmori se malo, pa već od večeras počni sa vežbama u vodi. Ja ću biti sa tobom, tako da ću osetiti kada ti je telo savladalo određenu vežbu pa ću ti tada reći da pređeš na drugu.“ „Đedo, da li to znači da ću opet morati, kao u detinjstvu što sam, da prolazim kroz iste vežbe i iskušenja kroz koja sam prolazio?“ Da sine, sve te to isto čeka, samo ćeš ovoga puta sve to završiti za desetak dana i noći. Dovešćeš svoje telo do potpune iscrpljenosti, a onda će se u njega useliti nova duhovna snaga koja će ti dati još veće moći. Od tada ćeš, sa njima, biti sedmi duhovni čovek na svetu, a ne kao što si do sada bio osmi. I više nikada nemoj žuriti i grešiti jer svaka tvoja greška može biti kobna, ne samo za tebe, nego i za celo čovečanstvo.“

I sada je, kao i uvek, iznenada došao i iznenada otišao. Bez obzira na njegov nestanak, Miki je znao da njegov duh neprestano bdi nad njegovim telom i da ga čuva od svih iskušenja i pakosti na ovome svetu. Pogledao je na svoj ručni časovnik. Ostalo mu je još četrdesetak minuta da počne sa svojim vežbama. Iako nije ni trenuo, njegovo telo se osećalo kao preporođeno kada je bos krenuo ka reci dok je u ruci nosio novi leskov štap, jer mu je stari, sa kojim je nekada vežbao, Sudrak, pretvoren u kosača u borbi na život i smrt u pećini uništio. Posle pola sata stigao je do vode. Svukao se potpuno go, kao nekada kada je bio mali, i ušao u hladnu vodu.

Sećao se đedovih reč da je potrebno da duh vode potpuno obujmi njegovo telo, da mu ni jedan delić odeće ne smeta dok on kroz pore ulazi u njega. Na taj način će telo od sebe odbaciti sve što je zlo, dopuštajući duhovnom da se useli u njega.

Normalno je da se telo u ranim jutarnjim satima u dodiru sa vodom grči i da mu je hladno. Taj grč bi kod mnogih posle par minuta prerastao u paničan bol koji se ne može trpeti, a mnogi bi spas potražili u bekstvu iz vode, ali on nije uradio ništa od toga. I on je osetio hladnoću kao što je osećao strah koji je počeo da prevladava njegovim telom, ali se veoma brzo prepustio meditaciji i smirenju. Za par trenutaka se njegovo telo opustilo. Nestalo je hladnoće, bola, straha i svega što je uzburkan um mogao da zamisli. Za nekoliko sekundi telo mu se opustilo, ugrejalo a on je u duši osećao radost i spokojstvo. To mu je bilo najpotrebnije. Hladna voda je čistila njegovo telo a on je osećao kako ga preplavljuju talasi čiste energije. Prepuštao im se uživajući u njima. Neosetno je prošlo tih sto trideset i tri minuta. Kada je izašao iz vode, imao je osećaj da mu celo telo gori. Doticao je sebe po telu i ustanovio da mu je koža hladna. Mnogo kasnije se sećao izjava mnogih osoba koji su dolazili kod njega na masažu, da imaju osećaj da im celo telo gori a onda bi se, kada bi dotakli svoju kožu, uverili da je ona hladna. Tada se i njemu to desilo tako da je u potpunosti shvatio kakva je moć energije koju je posedovao. Obukao se prethodno očistivši telo peškirom koji je poneo sa sobom. Vratio se bos kao što je i došao do reke. Niko od njegovih ukućana nije ni primetio da on faktički do zore nije ni bio u krevetu. Svi događaji, hladna voda, meditacija i šetnja su iscrpili njegovo telo tako da je zaspao a da glavu još nije dobro namestio na jastuk. Uvek je u trenutku mogao da zaspi, ali je ovaj san bio nešto posebno.

Kao što je on znao da se mora pripremiti za odlučujući obračun, tako je vrhovni gospodar zla Velzevul, satana ili đavo, znao da u tome mora da ga omete. Nije imao mnogo vremena jer će zora uskoro svanuti, ali je želeo da iskoristi njegov dubok san i da mu dokaže da se On, vrhovni gospodar tame i svega zlog na svetu, ne plaši njegovog Boga i da mu je uzaludno da se muči sa vežbama da bi njega savladao. Želeo je na taj način da mu zada strah i da ga natera da odustane. Time bi njegova pobeda bila obezbeđena.

Kao što je Miki imao moći da u tuđem mozgu projektuje slike koje je želeo ili da drugim osobama naredi ono što on hoće, tako je vrhovni gospodar zla ovog puta postupio sa njim. Naterao ga je da sanja ono što on želi. U snu je video sebe kako spava sa suprugom, a sin je bio između njih na njihovom francuskom ležaju. Prozori i vrata su bili dobro zatvoreni, dok se napolju čuo vetar koji je duvao orkanskom snagom povijajući i lomeći grane na drveću. Neki atomi svesti su mu govorili da ovo ne može biti istina, i on je pokušavao da se oslobodi ovog neugodnog sna, ali nije uspeo. Grane drveća su padale po njegovoj kući. Opet je njegova svest, iako u snu, razložno razmišljala i znala da oko kuće nema toliko drveća, da je to plod nečijeg uticaja na njegovu svest, da želi od toga da se oslobodi, ali je uticaj te nepoznate osobe bio mnogo jači. Zbog stanja sna u kojem se nalazio, nije se adekvatno mogao odupreti toj sili. Prevrtao se po krevetu odmahujući glavom na jednu i drugu stranu ali ga taj strašan san nije napuštao. Činilo se da će stakla pući dok su grane udarale po prozorima. Onda je zafijukao vetar a prozori su počeli da popuštaju. Video je sebe kako ustaje i kako se bori da zatvori prozore. Pokušao je da pozove ženu, koja je mirno spavala, da mu pomogne, ali iz njegovih usta nije izašao nikakav glas. Borio se sa prozorima i baš kada je pomislio da će ih zatvoriti, tada su se vrata, zbog naleta vetra sa treskom otvorila. Vetar koji je kroz otvorena vrata i prozore uleteo u sobu je prevrtao stvari i raznosio odeću.

Našao se, u vrtlogu tornada koji ga je vukao u nekom, njemu nepoznatom pravcu. Ka nekom crnom bezdanu iz kojeg su zjapile čeljusti nekog dinosaurusa koji je želeo da ga proždere. Prvi put se susretao sa tim strahotama pa je bilo normalno što oseća strah. To je bio cilj njegovog neprijatelja. Pogledao je prema čeljustima dinosaurusa koje su se otvarale. Izgledalo je da ga ovoga puta ništa na svetu ne može spasiti. Kada su zubi, oštri poput brijača, trebali da prekinu njegovu nogu, on se nekom neobjašnjivom silom odbacio, izleteo iz levka tornada pobegavši od neposredne opasnosti koja mu je pretila.

Opet je video ženu koja mu nije pomagala u ovoj užasnoj borbi kako mirno spava. Bilo mu je krivo što se i ona ne uključi u borbu, da bi mu koliko – toliko pomogla. Opet je hteo da je pozove i opet nije uspeo ni glasa da ispusti, kada je u istom krevetu gde je ona spavala ugledao svoje telo koje se okretalo u pokušajima da se probudi. I ovaj put je, iako previše opterećena, njegova svest razložno donosila zaključke. Možda za samo deseti deo sekunde on je postao svestan da može svoj duh odvojiti od tela, da sada neko napada njegov duh i da uništenjem duha želi uništiti i njegovo telo. Misao koja je pravilno doprela do mozga, prekinuo je oštar bol. Đavo mu nije smeo dopustiti da se oporavi, nego je u njegovom snu proizveo sliku da je iz usta dinosaurusa izbila vatra koja je zahvatila njegovo telo. Bol je bio nepodnošljiv, a osećaj da je sve ovo što se dešava stvarnost. Rukama je lupao po zapaljenoj odeći ne bi li je ugasio. Još jedan nalet vetra je učinio da se vatra po sobi rasplamsa. Žena i sin se u krevetu nisu pomerili dok se njegovo telo u neravnopravnoj borbi koprcalo pokušavajući da se oslobodi. Nije više brinulo za svoje telo, koliko se uplašio za život supruge i sina. Svuda oko njih je gorelo a oni se nisu pomerali. Uskoro će vatra njih zahvatiti, on im ne može pomoći i oni će izgoreti u najtežim mukama.

I slike i misli su bile proizvod komandi koje je đavo vršio na njegovu svest. Kao da je iz beskonačnosti kosmosa u njegovu svest doprela jedina spasonosna misao, on je počeo dozivati Gospoda:"Bože. Bože, pomozi mi!"

Nije znao da je i na taj način đavo želeo da mu pokaže svoju superiornu silu i da je tim potezom želeo da Mikija potpuno slomi, nateravši ga da izgubi veru u jedinu silu koja mu može pomoći. Svaku reč, potez, bol i sve ostalo je dobro smislio da bi u ovoj borbi pokazao da je on gospodar. Tako je sebe prikazivao. Miki ga je sada, potpuno bespomoćan, video u njihovoj sobi. Zid njihove sobe se otvorio a on sedi na svom tronu dok oko njega bukte plameni jezici paklenog carstva.

„Bože, Bože, pomozi mi"– ponavljao je reči koje je Miki uputio Bogu, a onda se nasmejao. Proizvod njegovog smeha su bili plameni jezici koji su sunuli u visinu stvarajući u Mikiju još jedan talas straha.

„Oče naš koji si na nebesima …" Molitva koja je stara koliko i čovečanstvo, sa kojom mnogi grešnici nalaze mir, ovaj put nije Mikiju pomogla. Nije mogla da mu pomogne jer je bio u snu, a đavo je namerno odabrao ovaj način da ga pobedi i da ga natera da klekne pred njim. Kada to bude uradio, i na taj način ga priznao đavola za gospodara, izgubiće sve moći Božjeg Izabranika. Ti trenuci su se neumitno približavali.

„Oče naš koji si na nebesima …" odjekivale su reči koje je sa posprdavanjem ponavljao đavo. Želeo je Miki još da se moli, ali nije mogao da se seti reči molitve koju je milionima puta ponovio. Opet se još jače nasmejao i opet su plameni jezici zaparali nebo. Slike su bile tako jasne i tako strašne, da se Mikiju ledila krv u venama iako je vatra bila svuda oko njega.

„Ne nadaj se, jer ti tvoj Bog ne može pomoći!"– odjekivale su đavolove reči u sobi. On je ništavan u odnosu na mene." Strah i panika su prihvatili ove reči, ali se jedan deo svesti pobunio."Ne može đavo biti jači od Boga!"– prostrujala je misao Mikijevim mozgom.

„Ha, ha, ha, ha…" Smeh su propratili plameni jezici a onda se čuo glas:"Sada ćeš se uveriti da ti tvoj Bog ne može pomoći kada ti budem zapalio ženu i sina!" „Neeee …"– vrisnuo je glas protesta iz njegove svesti. Đavo se nije obazirao na njegov vrisak, svestan da je potpuno iscrpljen i da mu nikako ne može nauditi, sa svog prestola je sa zapaljenom bakljom krenuo ka njegovoj ženi i sinu.

Miki je pružio svoju desnu ruku kojom je pomagao stotinama i hiljadama bolesnih ljudi, da bi sa njom zaustavio ovo strašno biće, dok su mu niz lice tekle suze bola i nemoći, ali nikako nije uspevao da zaustavi njegovo napredovanje.

„Da li više voliš da tvojoj ženi zapalim kosu ili tvom sinu lice?"– upitao je svestan da njegovu zamisao više niko i ništa ne može izmeniti. To je dodatno pojačavalo strah kod Mikija. Došao je trenutak da zbog đedovih tajni izgubi porodicu.

„Nemoj, molim te"– uputio je još jednu molbu ali je i ona ostala bez rezultata. I u ovim teškim trenucima se setio đedovih reči da sveske mora sačuvati i po cenu sopstvenog života. Dao bi on svoj život ne trepnuvši, ali je gospodar tame želeo da mu oduzme nešto što mu je draže od sopstvenog života. „Pusti mi porodicu. Da li si ti gospodar tame koji se bori protiv nemoćne žene i deteta, ili protiv Božjeg Izabranika?"

Moći ljudskog tela i moći ljudskog mozga su nepoznanice za medicinu i sve naučnike ovoga sveta. I sada, dok je njegovo telo bilo bespomoćno, njegov mozak je pokušao nemoguću misiju, da navede ovo monstruozno stvorenje, koje nije imalo osećaja ni sažaljenja, da izmeni svoju odluku i da na taj način sačuva ženu i sina.

Opet se nasmejao i opet progovorio zagrobnim glasom: "Jači si nego što sam mislio, ali ti ni to neće pomoći. Sada ću ti zapaliti ženu i sina a posle ću to isto uraditi sa tvojim ćerkama u drugoj sobi." Grč bola, žalosti i nemoći je stegao njegovo telo. Nije se mogao mrdnuti, samo je slabašno iz njegovog grla dopirala reč –"Neeee ..."

Sada je đavo u rukama držao dve baklje: "Njihov život je u mojim rukama. Jedino im možeš pomoći i spasiti njihove živote ako klekneš i ako mi se pokloniš."

Jednu je prinosio kosi njegove žene, a drugu licu njegovog deteta. Sve je izgubljeno. Sekunda ih je delila od užasne smrti. Da li da klekne i tako spasi svoju porodicu?– u trenutku mu je ta misao prostrujala kroz mozak, jer svaki čovek se hvata za poslednju slamku spasa kada treba da sačuva svoje najmilije.

„Neeeeee ..."– vrisnulo je u njegovoj svesti. "Neću ti se pokloniti. Kakva je razlika da li ćemo umreti pet minuta pre ili kasnije?"– odgovorio mu je staloženo bez imalo straha. Sekunda je bila potrebna da donese takvu odluku. A u toj jednoj sekundi je funkcija njegovog mozga, koja je bila mnogo jača nego kod drugih ljudi, otvorila sećanje koje mu je jedini čovek jači od njega, a prethodni Izabranik, bezbroj puta rekao da se jedino Gospodu Bogu može pokloniti, a kada dođe do iskušenja nečastivog, ma koliko to iskušenje bilo teško, da ga mora odbiti. Tako je i sada uradio.

Neverica se ogledala na đavolovom licu jer je bio uveren da je potpuno slomio Mikijev duh i da će ga, pod uticajem straha i pretnje za njegovu porodicu, naterati da mu se pokloni. Nevericu je zamenio bes a onda je odlučio da mu zapali ženu i sina. Oni su mirno spavali ne sluteći da su im došli poslednji trenuci života. Baklje su se polako približavale njihovim glavama. I to je bio smišljen potez da bi naterao Mikija da se u poslednjem trenutku predomisli. Kada su baklje bile na par santimetara od njihovih glava, koje su se osetivši toplotu počele pomerati, on je zatvorio oči da ne bi gledao poslednje trenutke užasa koji će snaći njegove najmilije. Još jednom je pokušao da se baci na ovo grozno stvorenje, da ga natera da gnev osvete usmeri na njega, a da mu porodicu poštedi, ali se nije mogao pomeriti kao da je bio pritisnut sa hiljadu tona nekog tereta. Grč bola je još jednom prostrujao njegovim telom kada je čuo neobičan zvuk koji je odjeknuo u sobi. Nije znao da li ga je ispustila žena ili sin. Borio se sa iskušenjem da otvori oči i pogleda koga je od njih dvoje đavo prvo kaznio. Neće otvoriti oči i u svojoj memoriji urezati poslednje trenutke života svojih najmilijih. Još ih je jače stezao dok mu je pred njima bleskala neka čudna svetlost.

„Možda nisam dobro čuo. Možda je ono bio vrisak njih oboje pa sada približava vatru mojim očima. Sada će i meni zapaliti glavu"– bile su stravične misli koje su prolazile kroz njegovu svest a onda je opet čuo isti zvuk.

Ne, ovo nije vrisak ljudskog bića, ovo je jutarnje kukurikanje petla. Onda se još jednom kukurikanje ponovilo i on je tek tada otvorio oči. Celo telo mu je bilo obliveno znojem dok je ćebe spalo sa kreveta u njegovom batrganju i pokušaju da se izvuče iz bezizlazne situacije. Kako je moguće da se nalazi na terasi u svom krevetu kada se u snojavljenju nalazio u sobi sa ženom i sinom. Još je bio mrak. Kako je moguće da je petao zapevao a još nije svanulo? Njegov je mozak, oslobođen okova straha i uticaja koji mu je đavo nametnuo, postavljao različita pitanja. Nije znao da odgovori na njih, a onda je ugledao dobro poznati lik svoga đeda. „Što se čudiš sine? Rekao sam ti da ću uvek biti sa tobom i da ću ti uvek u bezizlaznim situacijama pomoći. Tako sam uradio i sada. Opomenuo sam te da je đavo opasniji nego hiljade njegovih slugu i da je borba sa njim za svakog čoveka nemoguća."

„Pa zašto ga đedo Gospod ne uništi i ne oslobodi svet napasti kao što je on?" „Neće sine, jer mu je potreban. On je ravnoteža ovoga sveta između dobra i zla. Bog je svakome dao oči da vidi šta je dobro a šta zlo, tako da se svako može opredeliti kojim putem će da pođe. Ko pođe putem zla, čekaju ga vrata pakla a unutra večna vatra i patnja, a ko odabere put dobrote, čekaju ga vrata raja a unutra smirenje i Božji blagoslov. Zbog toga mu je đavo potreban i zato ga ne uništava." „Đedo, ja nisam imao šanse da se oduprem njegovim moćima." „Ne ti, nego ni jedan čovek nema moći da ga može pobediti. To može samo Bog ali on to neće. Zato sam ti rekao da se ne boriš protiv njega nego da njegovu energiju preusmeravaš na njegove sluge. Još su trenuci borbe sa njegovim slugama daleko i još ti je potrebno da mnogo vežbaš. Čini ti se da nisi dobro ni zatvorio oči, a već će svanuti, a ti ćeš morati da ustaneš da bi ispratio sunčev proces." „– Hoću đedo, uradiću to samo te molim da mi još par nepoznanica razjasniš." „Hoću sine, sve ću ti objasniti. Nemoj da se brineš za svoju porodicu, jer se ništa nije dešavalo u sobi gde oni spavaju. On je u tvoju svest projektovao slike koje je on poželeo kao što si ti radio svojim neprijateljima, i kod tebe stvorio paniku samo da te natera da se pokloniš njemu i njegovom carstvu. Sada si video kakve su stravične trenutke tvoji neprijatelji preživljavali kada si ih duhovno napadao. Postalo ti je jasno, ako bi sveske dospele u pogrešne ruke i ako bi ih ta osoba iskoristila, koliku moć bi stekla i koje bi oružje posedovala. Zato ti je dato da čuvaš tu tajnu po svaku cenu. Kada si ti odbio da se pokloniš i po cenu sopstvene i smrti cele porodice, ja sam iz stomaka proizveo zvuk kao da je petao zapevao i on je izgubio sve moći nad tobom. Tako smo ga pobedili ali ga nismo uništili. Nemoj se brinuti jer njemu nije dato ničiji život da oduzme. To rade Anđeli Božji kojima je Bog namenio tu ulogu. Oni po volji Božjoj odlučuju koga će po njegovim zaslugama poslati u Božji raj ili u pakleno carstvo nečastivog. On njegove moći, a video si da su ogromne, može upotrebiti protiv nekog čoveka sa ovog sveta, oslabiti ga fizički i psihički, a onda dozvoliti svojim slugama, koji su isto sa ovog sveta, da tog čoveka ubiju. Zato se ti sledeći put nećeš boriti protiv njega, nego ćeš biti kao ogledalo od kojeg se odbijaju sunčevi zraci koji pod određenim uglovima padaju u oči njegovih slugu, zaslepljujući ih i ne dozvoljavajući im da te pobede. Ne zaboravi da jutros moraš odgledati čitav sunčev proces."

„Da li to znači da treba da gledam svih četrdeset pet minuta unapred i trideset minuta unazad?"„Ne. Jutros ćeš samo odgledati četrdeset pet minuta unapred, a sutra ujutru ćeš nastaviti i završiti proces."

„Đedo … Đedo…"– imao je mnogo pitanja za njega, ali je on, kao uvek, iznenada nestao.

Obukao se. Pošao do kupatila da se umije hladnom vodom i na tren pogledao u spavaću sobu. Žena i sin su mirno spavali nesvesni bilo čega što se njemu pojavljivalo u snojavljenju. Dok je odlazio da zauzme položaj za jutarnje posmatranje sunčevog procesa, pitao se da li je ono bilo samo snojavljenje. Onda se prepustio meditiranju u stojećem položaju dok su njegove oči upijale izvor najveće energije na ovome svetu. Uskoro će mu biti neophodno potrebna jer će morati da se bori protiv četiri čoveka sa ovoga sveta koji su primili moći gospodara pakla i tame. Zato je svoje telo morao pripremiti da bude izdržljivo do granica nadljudskih moći.

Kada čovek nešto radi, vreme veoma brzo prolazi a kada stoji i gleda u jednu tačku onda je svaka sekunda duga kao večnost. Da ne postoji postupak meditiranja gde se telo opusti, prepusti sasvim drugačijem metodu disanja i iz svesti izbace sva moguća razmišljanja, onda bi ovaj postupak bio nepodnošljiv. Ovako ga je savladavao bez ikakvog problema. Telo se opuštalo, upijalo energiju i prosto uživalo dok je vreme veoma brzo prolazilo. Opet su prolaznici, koji su išli na posao, videvši ga da meditira a ne znajući šta radi, komentarisali njegove postupke: "Evo ga opet onaj čudak sa štapom i njegove još čudnije vežbe."

Osetio je tek posle sunčevog procesa koliko je njegovo telo iscrpljeno. Pre nego što je legao, napisao je poruku na listu papira da ga ne bude, stavivši je na stolčiću blizu kreveta. Mislio je da će onako iscrpljen spavati do podne, ali se probudio u devet. Ta tri sata su njegovom organizmu donela potpuni preobražaj i novu snagu. Žena i deca su sačekali da se probudi pa su svi zajedno doručkovali. Obavezno bi posle jela popio samo jednu kafu. I to je nasledio od svog đeda. Deca su izašla a on je sa suprugom ostao u razgovoru. Pitala ga je zbog čega je napisao da ga ne bude. Objasnio joj je da je skoro cele noći bio budan, da mu se svašta izdešavalo i da je na kraju, onako iscrpljen, mislio da će spavati najmanje do dvanaest sati.„Miki, do kada će sve to trajati?"– reči pune zabrinutosti i ogroman strah koji se ogledao u njenim očima.„Dobro je što joj nisam podrobno ispričao borbu sa nečastivim, jer nikako ne bih mogao umiriti njen i ovako veliki strah"– pomislio je Miki a njoj odgovorio da će ubrzo sve biti gotovo.„Čini mi se da sam više ostarila i više muke pretrpela za ovih nekoliko nedelja, nego za čitav moj život do sada."„Šta ćemo ženo, i to nam je suđeno, pa će se valjda ubrzo završiti."

Njihov razgovor je prekinuo zvuk telefona. Neko od pacijenata je tražio njegovu pomoć i on je pošao da mu je pruži. Tek sada, dok je išao ka kućici, mu je postalo jasno da se broj pacijenata od ubistva njegove majke i od ostalih napada na njegovu kuću drastično smanjio. Svako se plašio za sopstveni život, pa je radije trpeo bolove nego da sebe izloži životnoj opasnosti. Ljudi kao ljudi, uvek su nekom događaju pripisivali mnoge opasnosti dodajući razne izmišljotine, samo da bi bili u centru pažnje. Nisu se pitali da li će tim izmišljotinama nekoga povrediti ni da li će neko zbog toga trpeti. „Malo mu je bilo što je ovde zarađivao, nego se uputio po svetu i tamo upleo u Bog te pita kakvu bandu, pa sada zbog toga mora da ispašta."– govorili su jedni, dok su drugi odgovarali:"Ma to nas baš briga što on sa njima vadi oči, već što je i naše i živote naših porodica doveo u pitanje. Da se ja pitam, ja bih napravio peticiju i od policije zahtevao da ga dobro ispitaju i ako je potrebno, radi bezbednosti svih nas, da ga negde proteraju dok se ovi problemi ne reše. Na kraju krajeva, baš nas briga da li će ga neko ubiti, samo nemoj da diraju nas.","Ta ti je odlična Stevo"– potvrdila su nekolicina."Hajde da se organizujemo i da nas desetak – petnaest potpišemo peticiju, a ti, kao predsednik mesne kancelarije da odneseš u policiju.","Hoćemo. Hoćemo…"– svi i su radosno uskliknuli.

Bio je udaljen stotinak metara kada je osetio prve negativne signale zbog njihovih misli. Svim tim ludima je mnogo puta, bez ikakve novčane naknade, pomogao, a oni su mu uzvraćali na ovaj način. Prilazio im je praveći se da ne zna o čemu su pričali i šta su se dogovarali nazvavši im dobar dan. Niko mu od njih nije odgovorio nego su ga gledali kao da je svima njima poginula majka a da je on krivac za to.

„Komšije, od sada će svak ko dođe kod mene morati da plati za bilo koji vid pomoći koji ću Vam pružiti"– ovim rečima je namerno dolio ulje na vatru da bi ih naterao da ispune svoje pretnje i da ga što pre prijave policiji. Svi su ćutali čekajući da se udalji pa su tek tada počeli da komentarišu.

„Čuste li ovo ljudi? Nije dovoljno što zbog njega imamo probleme, nego nam se još i preti! I ovo Stevo da zapišeš, mi ćemo se potpisati i odmah da se ponese u policiju. Bilo bi odlično ako bi došli dok je on tu, dok masira pacijente pa da ga pred njima obrukamo.“„Ljudi, onda ja ovo neću nositi u policiju nego ću ih odmah po Vašem potpisivanju pozvati i kao predsednik mesne kancelarije zahtevati od njih da dođu na hitnu intervenciju.“„Odlično. Hajde onda da se mi potpišemo, da pokupimo još neki potpis, pa da vidimo kome će se on da preti.“

Brzo su se organizovali, potpisali peticiju, nagovorili još nekoliko komšija da se potpišu i na kraju pozvali policiju.

Miki je već petnaest minuta masirao pacijenta koji je zatražio njegovu pomoć, kada je marica sa šest dobro naoružanih policajaca uz zavijanje sirena stala nedaleko od njegove kuće. Svi su znali šta se prethodno izdešavalo kod njega pa su sada, na poziv predsednika mesne kancelarije, odmah reagovali. Čim su oni stigli, grupa od petnaestak seljaka, među kojima i predsednik mesne kancelarije, su im se priključili. Bili su zadovoljni brzom intervencijom policije pa su svi zajedno pošli ka njegovoj kući. Ohrabreni prisustvom policije, nisu hteli da kucaju na vrata, nego su ih, bez ikakvog upozorenja, otvorili. Očekivao ih je znajući šta će se sve dogoditi, ali je odglumio iznenađenje. Među ostalim policajcima je opet bio onaj hrabri policajac koji je bežao od nepostojeće mečke i koji je sebi utuvio u glavu da će on ovog Mikija naučiti pameti. Čim ga je ugledao kako ulazi među prvima, odmah je znao da će i on biti na strani njegovih komšija. Ulazili su kao banda razbojnika. Pacijent se, videvši policiju, prestrašeno počeo okretati na stolu pokušavajući da objasni da on ništa nije kriv. Miki je izvršio komandu svesti i on je ućutao. Sačekao je da svi uđu a onda upitao:"Ko je vama pretpostavljeni?" Javio se neki kapetan kojeg on nije poznavao a koji je među poslednjima ušao:"Ja sam." Da li ti komanduješ policijom ili bandom razbojnika?" U trenutku ga je zateklo to pitanje a onda se pribrao i veoma oštro odgovorio:"Gospodine Miki, mi smo ovde pozvani na hitnu intervenciju i shodno tom pozivu mi smo tako i reagovali." "Da bi kod mene hitno reagovao, treba ja da te pozovem i zatražim pomoć a ne da slušaš ..." „Prvo : ja nisam sa Vama čuvao ovce da biste mi se obraćali sa ti, a drugo: nećete valjda Vi da me učite šta treba da radimo i kako ćemo hitno da reagujemo!"

„Tako je – čuli su se glasovi iz nekoliko grla."Nije te sramota, kud si kriv nego još tako razgovaraš sa kapetanom." Sada su se ohrabrili i ostali i svi su sve glasnije napadali Mikija. „Napolje"– viknuo je on nadglasavajući galamu.

Naglo su ućutali tako da se moglo čuti da je muva proletela. Nisu znali da im je izvršena komanda svesti i da su zaćutali nemoćni da i jednu reč progovore. Nije im dozvolio da se pomere sa mesta kada je nastavio: "Kapetane, tvoj i upad ostalih policajaca kao i svi ostali postupci su snimani tako da te ovo nedolično ponašanje može stajati posla. Prvo: nemaš sudski nalog za ulazak na privatni posed a drugo, ja ovde radim svoj posao za koji regularno plaćam sve obaveze tako da se pitam ko je zahtevao da hitno intervenišete i da me ometate u svom radu. Pazite, sve se snima a sa ovim dokazima ću vas dobiti na svakom sudu."

Videvši da je vrag odneo šalu, da su se upleli u mnogo opasniju situaciju nego što su sebi smeli da dozvole, mnogi od njih su krivicu želeli da prebace na drugog. "Gospodine Miki, dozvolite da objasnim"– zamolio ga je kapetan. "Od Vaših suseda smo dobili poziv za hitnu intervenciju, s obzirom da znamo šta Vam se sve izdešavalo, morali smo da reagujemo, ali moram priznati da smo malo ishitreno delovali." „Kapetane, primetio sam da si zadnji ušao, da si najmanje kriv jer si savesno obavljao svoju dužnost, ali me interesuje da li ćeš na sudu priznati ko te je zvao i koga ja mogu da tužim za ovaj postupak?"

Svi su se okrenuli ka Stevu dok je kapetan odgovorio da je poziv dobijen od predsednika mesne zajednice koji je zahtevao hitnu intervenciju jer su zbog pretnji mislili da su im životi ugroženi. Stevo, i svi ostali susedi su klimali glavama potvrđujući reči koje je izgovorio kapetan.

„E sad ja moram svima da kažem da su se reči koje ste izgovarali daleko čule pa sam Vam ja, videvši šta se dogovarate, želeo da objasnim da nije sve tako crno kao što ste Vi videli, ali na moje javljanje sa dobar dan, niko mi od vas nije odgovorio. A onda sam rekao da će od sada, ko god dođe kod mene, morati da plati za bilo koji vid pomoći koji ću Vam pružiti. Ćutali ste čekajući da se udaljim, a onda ste rekli da sam kriv i da vam pretim. Onda ste pozvali policiju stvarajući i sebi i meni probleme. Sve je snimano drage komšije i za ovo uznemiravanje će neko morati da odgovara."

Videvši da ne mogu upotrebiti lažne izjave o njegovoj pretnji i da su, umesto njega da obrukaju, upali u sopstvenu zamku, počeli su da mu se izvinjavaju i mole da ih ne optuži. „Stani bre komšija, pa nemoj da si takav. Veruj nam da smo se brinuli za sopstvene živote kao i za živote svojih porodica. Nismo imali nikakve loše namere. Komšije smo, pobogu. Pa zar treba međusobno da se svađamo?"

„Dosta ljudi. Kako Vas nije stid? Svi ste vi kod mene dolazili, neko jednom a neko više puta. Svima sam pomagao koliko sam mogao a vi mi uzvraćate na ovaj način. Sramota. Ali neka to bude vaša sramota a ja neću učestvovati u njoj. Želeli ste da me obrukate pred pacijentima a ja vas, iako bih mogao, neću optužiti zbog toga. Slobodno se raziđite i više se nikada ne mešajte u ono što vas se ne tiče. Ja i tako imam dosta problema jer me napadaju, a ne znam ko niti zbog čega, pa pored tih briga moram razmišljati i o vašim smicalicama."

Pacijent kojeg je masirao je davno ustao, obukao se i stajao kao nemi svedok ovog događaja. Nisu čekali da im se dva puta kaže, nego su se odmah porasturali svak svojoj kući. Jedino se kapetan izvinio Mikiju i priznao, ne samo svoju, mada je ona bila najveća, nego i grešku svih policajaca i suseda koji su sve ovo zamesili. Zahvalio se što ih nije tužio a onda je sa ostalim policajcima napustio mesto događaja. Otišao je i pacijent a Miki je ostao sam sa svojim mislima. Opet se setio dedovih reči:„Sine, zapamti da će te mrzeti mnogi kojima ćeš pomoći. Takav je naš narod, ne voli nikog ko je uspešan. Mnogi će se smeškati pred tobom, lupkati te rukom prijateljstva po ramenu, ali ako im se pruži prilika, istom tom rukom će ti zabosti nož u leđa. Izdali su sina Božijeg, pa što neće tebe izdati. Ne smeš im se zbog toga svetiti nego im moraš oprostiti i ako im zatreba pomoć, obavezno im je pruži. To je tvoja misija. Da praštaš i pomažeš.“

„Da dedo, oprostio sam im i ako treba ja ću im pomoći“– govorio je sam sa sobom.„Ali im neću dozvoliti da me ponižavaju, gaze i da mi zabadaju nož u leđa.“„U pravu si sine“– odjeknuo je glas njegovog đeda iz dela sobe gde njegov pogled nije bio usmeren. „Đedo, ti si ovde?“„Jesam sine, ja sam uvek sa tobom. Došao sam samo da ti kažem da si im odličnu predstavu priredio. Želeli su tebi da naprave problem, a napravili su ga sebi. Jedva su se iz njega izvukli. To je manje važno. Važno je da ti kažem da opet večeras u jedan sat dozvoliš duhu vode da obgrli tvoje telo i da u njegovom zagrljaju budeš sto trideset tri minuta. Za sve to vreme moraš izgovarati tajne rečenice koje sam zapisao u mojim sveskama ne dozvoljavajući svesti da bilo šta drugo bude prisutno osim misli o tome što izgovaraš. A onda kada trnci obuzmu tvoje telo, kada kroz kožu izađu sve nečistoće i kada ga obuzme grč hladnoće, tada će duh vode dopustiti tvom telu da izađe iz nje i tada će tvoje preporođeno telo biti spremno da se u njega ulije nova energija kao što se u praznu flašu uliva voda. Naredne dve noći se moraš izdvojiti od bilo čijih znatiželjnih pogleda, otići u neku šumu i tamo, bez ijednog dela garderobe na sebi, dozvoliti duhu vazduha da se u narednih sto trideset tri minuta useli u tvoje telo. Dok budeš stajao go u šumi i dok budeš, kao u prethodnoj vežbi izgovarao reči, ne dozvolivši mislima da odlutaju, tvoje telo će postati nevidljivo za svakog ko prođe u tvojoj blizini. Opasnost je da te neko ne ugleda dok dolaziš ili kada odlaziš a sve vreme dok si u stanju mirovanja tvoje telo će biti sjedinjeno sa prirodom tako da ga niko od slučajnih prolaznika, ili neka od divljih životinja ne mogu primetiti. Da nisi kao dete dok sam te učio da postaneš Izabranik ovo izvežbao, sigurno da sada ne bi uspeo, a ovako, samo obnavljaš i potvrđuješ sve što si naučio. Ovo je tajna i kao tajna mora ostati. Zato radi tajno da bi se rezultati tvog rada videli javno. To su ti zadaci koje moraš raditi noću dok ćeš u tih par dana vežbati da govoriš iz stomaka.“

„Ali dedo …“.„Znam da znaš i da si to izvežbao, ali imam razloga zašto te teram da sve to ponavljaš.“

„Važi đedo sve ću … Đedo."

Opet je nestao a Miki je posle dva sata vežbanja u kućici pošao kući da dopuni ovu vežbu. Istina je da je nekada davno, kada je postao Izabranik, samo nekoliko puta pokušao da je upotrebi. Pošlo mu je za rukom i on je od tada prestao. Sada je sa novim snagama morao da je usavrši. Ušao je u sobu, zaključao vrata, zatvorio prozore da ga neko ne bi čuo i počeo da vežba. Prošlo je nekoliko sati njegovog upornog truda kada mu je žena pokucala na vrata:"Miki, došla je komšinica i pita ko se to svađa u vašoj kući jer se čuju razni glasovi. Rekla sam joj da su ti došli drugovi pa se šalite. Osetila sam da mi nije poverovala." " U redu, prestaću ovde da vežbam."

Sutra će morati da se udalji, da ode daleko u planine gde nema nikog i da tamo provede nekoliko sati vežbajući. Još večeras će se prepustiti vodenom duhu ili noćnom kupanju kako su mnogi nazvali tu vežbu. To zapravo nije noćno kupanje, jer se od njega mnogo razlikuje. Kada bi se kupao, on bi plivao i nogama i rukama, pomerao bi glavu gledajući šta se sve oko njega dešava, dok se u prepuštanju vodenom duhu samo uvuče u vodu do vrata, zatvori oči opuštajući telo koje mu je konopcem vezano za neko drvo na obali i tako, ne pomerajući se, samo izgovara rečenice koje je đedo zapisao. I tako, provede ovde sto trideset tri minuta. Taj ga je proces još večeras čekao a onda će se prepustiti vazdušnom duhu. U međuvremenu će se đedo opet pojaviti govoreći mu koji su mu sledeći zadaci.

Veče kao i naredna dva dana su prošli u njegovom napornom vežbanju. U jutro je završio vežbu sunčevog procesa, tj. od četrdeset pet minuta se spustio na petnaest. Na taj način je još jednom obnovio svoje energetske baterije i u svoj organizam uneo novu energiju.

Udaljavao se i po nekoliko desetina kilometara da bi se izdvojio od ljudi, da bi mogao da vežba siguran da ga niko neće slušati ni gledati. Glas koji je dopirao iz njegovih usta bio je totalno različit od glasa iz njegovog stomaka. U trenucima dok je odmarao u vežbama govora iz stomaka, pomislio je šta li radi njegov drug Saša iz Nemačke. U šumi bez igde ikog, pozdravio ga je kao da je prisutan. Iz stomaka je došao identičan glas kao da mu je Saša uzvratio pozdrav. Začudio se tom novom otkriću. Opet je Saši postavio pitanje i opet je iz stomaka došao odgovor kao da mu je Saša odgovorio. Da li je moguće da iz stomaka može imitirati govor drugih osoba a ne samo svoj! Obratio se svojoj ženi i iz stomaka je došao odgovor kao da je ona odgovorila. Ovo je postalo jako interesantno. Sada je počeo da vežba da ne postavi pitanje nego samo da ga pomisli a da dobije odgovor. Uspeo je u tome. Onda je sa svojom svešću istovremeno postavljao nema pitanje nekom muškarcu i nekoj ženi. Iz stomaka je dobijao odgovor i od jedne i od druge osobe. Sve mu se to svidelo ali je bilo suviše statično. Oba glasa su dolazila sa istog mesta. Onda je usmerio svoju svest postavljajući nemo pitanje nekoj nepostojećoj muškoj osobi udaljenoj desetak metara sa jedne strane, istovremeno drugoj ženskoj osobi udaljenoj desetak metara sa druge strane. Glasovi su dopirali sa željenih strana kao da se tamo zaista nalaze osobe kojima je njegova svest postavila pitanja. U početku su odgovori bili usporeni, a kasnije bi stizali odmah čim bi svest postavila pitanje. Vežbao je na većim i manjim udaljenostima sa jednom ili dve osobe i u svemu postizao odlične rezultate. Tako je proveo više od pet sati i kada je odlučio da se vrati čuo je đedove reči:"Šta misliš, da li su ti dovoljni samo dva saveznika u borbi koja ti prestoji?"

Prvo je pomislio da je njegova svest postavila pitanje i da je dobio odgovor iz stomaka jer đeda nije video, a onda se setio da ga đedo opominje da nastavi sa ovom vežbom, ali da u njoj bude mnogo više osoba. Sada se u potpunosti predao ovoj vežbi. Setio se da je đedo juče ujutro zakukurikao kao petao pa je i on to isto izvežbao. Pored ljudi i žena, kojih je sada bilo mnogo više, svojom svešću je postavljao pitanje raznim životinjama. I tu je bio zadovoljan, jer je svaka životinja odgovarala zvukom kojim se oglašavala. Nekoliko puta je proizveo zvuk čegrtanja zvečarke kada mu se pojavio đedov lik koji ga je opomenuo da zmije može upotrebiti protiv običnog naroda, a da ovoga puta, kada se bori sa nečastivim, zmije ne sme prizivati jer su one sluge nečastivog, koje bi se neverovatnom brzinom usmerile protiv njega.

„Lako ćeš uništiti ono što oni proizvedu protiv tebe, ali ako ti sam nešto proizvedeš, onda bi oni trebali tvoj proizvod da unište, a oni neće uništiti saveznike koji će im pomoći da te pobede. Tebi će tada biti mnogo teško da se boriš protiv njih i protiv samoga sebe, jer ako stvoriš zmije, pacove, slepe miševe, gavrane ili druge životinje ili insekte koji služe nečastivog, onda će se one okrenuti protiv tebe. Imitiraj pored ljudi i žena životinje kao što su pas, konj ili petao. One će uvek biti uz tebe a petao će najavljivati zoru onemogućujući njihovim moćima da se razvijaju. Uz glas ljudi, lavež pasa, njiskanje konja i kukurikanje petla, projektuj im i slike da bi tvoji neprijatelji imali osećaj da se ne bore samo protiv tebe. Tada će se stvoriti ravnoteža i tada ćeš moći jednog po jednog da okuješ u večne okove i da ih baciš u paklenu tamu. Projekcija slika mora biti verna i njihov nastup agresivan, jer ćeš ih jedino na taj način iznenaditi. Napravi više okova teleportujući ih u šumu do Sašine kuće jer će se tamo odvijati odlučujuća borba. Sada nastavi da vežbaš a večeras se odmori i naspavaj."

Prošlo je više od šest sati kada je umoran a ipak zadovoljan krenuo kući. Izvežbao je toliko da se svakog trenutka komanda njegove svesti izvršavala. Kod kuće su ga željno dočekali. Videvši da je iscrpljen, nisu mu mnogo dosađivali, nego su dozvolili da posle voćne večere ode u svoj krevet na terasu da bi se naspavao. Odmor mu je bio neophodno potreban. U sami osvit zore mu se pojavio đedov duh.

„Sine, morao sam da te probudim jer ćeš morati, pored svih vežbi koje ćeš obnavljati, da izvežbaš i ovu koju do sada nisi radio. Znam da su ti ruke tople i da će ti biti teško to da postigneš, ali se moraš potruditi jer bez ove vežbe nećeš uspeti da ih savladaš. Da li se sećaš reči koje sam zapisao u drugoj svesci na sto trideset trećoj stranici?"

Veoma kratka pauza a onda pitanje sa Mikijeve strane:"Da li su to one rečenice povezane sa ledom i snegom iz ruku? Pitao sam te kada sam ih pročitao, kakav ću ja bioenergetičar postati ako ovo vežbam i ako mi iz ruku, umesto toplote, izbija hladnoća?" „To je to. A da li se sećaš rečenica koje su zapisane?" „- Sećam đedo jer su one totalna suprotnost od rečenica koje sam izgovarao da bih povećavao bioenergiju u organizmu." „Odlično što si se svega setio. Narednih nekoliko dana moraš vežbati da pomeraš sve što poželiš ujedno ćeš vežbati da iz tvojih ruku izbijaju sneg i led. Početak će ti biti težak jer su ti ruke tople. Po dva sata vežbaj da pomeraš stvari, sebe i druge osobe a po osam do deset sati vežbaj da postigneš hladnoću u rukama. Požuri, jer nemaš suviše vremena. Neprijatelji se spremaju, ako ti njih u bliskoj budućnosti ne napadneš, onda će oni napadnuti tebe. Moraćeš uveče izvršiti jedan manevar da bi ih zavarao i da bi, na taj način, kupio još nekoliko dana da u njima možeš slobodno vežbati."

Nestao je kao što se pojavio a Miki je ustao i odmah pošao da bi u planinskom miru mogao slobodno da vežba. Znao je da ga đedo ne bi ovoliko mučio i forsirao da vežba da situacija nije ozbiljna preko svake mere. Isto je znao šta bi se desilo kada bi sveti spisi koji su povereni njemu na čuvanje pali u ruke osobama koji su svoju dušu prodali nečastivom. Ovo više nije borba za osvetu njegove majke i njene nepravedno prolivene krvi, ovo je borba za opstanak čovečanstva i zaustavljanje prolivanja nedužne krvi nekoliko milijardi ljudi. Naježio se od te pomisli. Onda je pomislio: šta li će njegovi ukućani reći kada vide da je negde otišao, da nije doručkovao i da ništa sa sobom nije poneo da jede. Neće mu to biti prvi dan bez jela jer je do sada stotinama puta gladovao, mnogo puta jedan, dva, tri a najviše četrdeset jedan dan. Telo mu je naviklo na sva iskušenja i on ih je sa lakoćom savladavao.

Došao je na isto mesto na kojem je vežbao već nekoliko dana. Bilo je tu dosta drveća ali je nedaleko bilo i stena. Odmah je počeo sa vežbama. Prvo je manje kamenje pomerao a onda je počeo da ga usmerava pogađajući određeni cilj. Onda je to uvežbavao dok je u pokretu. Iz jednog smera bi se okrenuo ka drugom naređujući svojoj svesti da istom preciznošću pogodi željenu metu. Veoma lako iz svih smerova je postizao odlične rezultate sa kamenjem veličine pesnice. Onda je izdvojio deset kamenova raznih veličina. Usmerivši svoju svest, sve ih je pokretao. Kao kiša meteora bi se usmerili ka željenom cilju. Sitniji su besprekorno pogađali dok su neki, veličine polovine ljudskog tela padali u blizini ne pogađajući cilj. Stavio je u red nekoliko komada te veličine i još nekoliko duplo većih. Pojačao je snagu svog delovanja i opet sa manjim pogađao cilj dok je sa duplo većim promašivao. Neko vreme je vežbao samo sa većim kamenjem prebacujući ga sa jedne na drugu stranu. Onda je počeo da prebacuje kamenje veličine dva ljudska trupa. Išlo je malo teže, ali je uspevao. Onda je to veliko kamenje bacao po nekoliko metara od sebe. Zbog drveća na tom mestu nije mogao potpuno da radi šta hoće pa se udaljio na drugu stranu. Tu je imao potpunu komociju a i kamenje je bilo veće. Opet je vežbao i sa manjim i sa mnogo većim kamenjem bacajući ga i po nekoliko desetina metara daleko od sebe. Sa manjim kamenjem je stopostotno pogađao cilj, dok je veće kamenje padalo bliže nego ranije ali još nije pogađalo tamo gde je on poželeo. Pomislio je šta bi se desilo kada bi neko od njegovih neprijatelja usavršio samo ovu vežbu. Sigurno bi je iskoristio ušavši u neki grad, razbijajući zgrade, izloge, automobile i sve što poželi a da niko ne zna da on to radi. Isti bi scenario ponovio u drugom gradu a onda bi od vlasti zahtevao da mu isplate velike sume novca da se to ne bi više ponavljalo. Normalno da bi posle određenog vremena ponovio isto i opet ucenjivao.

Njegov biometrijski sat ga je opomenuo da je prošlo dva sata u tom vežbanju. Znoj na njegovom telu je pokazivao da je ovo bila baš naporna vežba. Dozvolio je svom telu samo par minuta odmora, a onda se upustio u nove izazove.

Ovu vežbu nikada u svom životu nije radio. Biće mu potrebno da natera ruke, iz kojih g reče kao sunce u pustinji, da iz njih hladi kao vetar na severnom polu. Zauzeo je mesto za meditaciju kao što je napisano na sto trideset trećoj stranici đedove druge sveske i počeo nemo izgovarati kontra rečenice od onih koje je izgovarao kada je postajao bioenergetičar. Prvo je njegov mozak morao da ih prihvati a onda da ih sprovede kao komandu svesti. Sitnica, rekli bi drugi a on je znao koliko je vere, upornosti i ljubavi potrebno da se to postigne. Sve što je u životu postizao, postizao je jer je sto posto verovao, jer je sto posto bio uporan i jer je sto posto voleo to što mora uraditi. Tako se i ovom zadatku sasvim posvetio. Nije uspevao kao u prethodnoj vežbi dok je svoje telo prepuštao duhu vazduha da bude nevidljiv. Razlog je što sa ovom vežbom tek počinje. Koliko samo stotina i hiljada puta je ponovio rečenice koje je đedo zapisao do trenutka kada ga je biometrijski sat opomenuo da je prošlo vreme današnjih vežbi. Pipnuo je svoje ruke. Učinilo mu se da su samo za nijansu hladnije nego jutros. Prošlo je dvanaest sati njegovog napornog vežbanja. Bio je srećan i zadovoljan iako nije bilo nekih vidljivih rezultata. Vratio se kući.

Na licu njegove žene se ogledao strah i briga. Suviše dugo je trajala ova neizvesnost da bi bila spokojna. Osetio je sve njene misli pa joj je polako počeo objašnjavati kao da mu je postavljala pitanja. Nije mogao sve da joj objasni jer bi objašnjenjem ugrozio tajne đedovih svezaka, ali joj je rekao da sada obnavlja vežbe koje će mu pomoći da se bioenergija u njegovom telu pojača.

„A šta je sa neprijateljima iz inostranstva koji su te do sada mnogo puta napali?"–zabrinuto je pitala."O njima više ne moraš da brineš. Devedeset devet posto je sve razrešeno, tako da me više neće napadati."

Zazvonio je telefon, ona je pošla da se javi a on je ostao razmišljajući: kakva je svrha da joj objašnjava koji su problemi pred njim i još kakvu bitku mora da izvojuje da bi se sve rešilo. Večeras će ih napasti i videti sa kim ima posla, pa ako ih pobedi, onda će joj sve ispričati, a ako izgubi, onda će biti svejedno što o tome nisu pričali, jer mu ona ni na kakav način nije mogla pomoći.

„Nastavi pobogu, što si se zamislio"– već nekolko puta mu je ponavljala a on je u svojoj zamišljenosti nije čuo."Pa ništa ženo. Oni su oteli falsifikate đedovih svezaka i sa tim nevažećim receptima pokušavaju da leče ljude. Kada se uvere da je to nemoguće, biće im kasno jer će ih vlasti pozatvarati zbog prevare." "A ti se nećeš i njima osvetiti za krv tvoje majke?" "Ja sam se osvetio mnogim osobama, ostale su samo još dve i njima ću se osvetiti." „Pa što se izlažeš ovolikim vežbama? Neki ženski instinkt mi govori da se pred tobom nalaze dva neprijatelja koji su najopasniji od svih sa kojima si se do sada borio."„Nije to ženo. U mom telu je zbog gubitka majke koju su ubili, došlo do energetskog disbalansa. Neki delovi mog tela uopšte ne slušaju i ne osećaju gde mi energija beži. Da bih to doveo u red, moram se opet podvrgnuti svim vežbama i iskušenjima kroz koje sam prošao kao dete."„Pa što mi, pobogu, to nisi ranije objasnio, nego sam precrkla od straha i brige."„Ništa me ni jedanput nisi ni pitala, pa ti zato ništa nisam ni pričao."„Uhh ... Sada mi je mnogo lakše. Više te neću uznemiravati."

Nedugo posle večere je legao da spava. Da li je san bio suviše lak ili je osećaj odigrao svoju ulogu, tek on se probudio dva minuta pre nego što je trebalo. Jedan sat. Posleponoćno vreme kada velika većina ljudi odmara svoje telo da bi ga sutra izložili novim naporima. San. Nešto što je čoveku potrebnije od hrane. Odmor telu i duši. Odmor u kojem se pojavljuju snovi koji su identični istini. Snovi u kojima se pojavljuju slike nekih događaja koji su bili ili koji će tek biti.

65.

Pitao se da li će večeras njegovi neprijatelji biti u toploj postelji, sanjajući svak svoje snove, ili će biti budni očekujući ga. Izdvojio je svoj duh iz tela i pošao ka njima. Napad je najbolja odbrana. Napašće ih po đedovoj preporuci da oni ne bi napadali njega. Nameravao je da napravi veliku pometnju, terajući policiju da interveniše da bi dobio još nekoliko slobodnih dana da može vežbati. Policijska kola su lenjo obilazila ulice osmatrajući da neko od provalnika ne pokuša da obije neku od luksuznih vila najvećih bogataša toga grada. Bilo je u tom kvartu bogataša iz drugih gradova i iz drugih država koji su kupili vile od po nekoliko miliona evra i tu našli svoj mir. Najveće imanje i najlepša vila pripadali su Sergeju. Niko nije pitao odakle tom bogatašu tolike pare i toliko bogatstvo. Nekolicini njih koji su smogli hrabrosti da to pitaju ili su izgorele kuće, ili im eksplodirala kola, ili im se desilo da budu izubijani da su jedva ostajali živi. Napadači nikada nisu pronađeni.

Ko je mogao da ih uhvati kad je iz samog vrha vlasti dolazilo naređenje da se svaki proces protiv ovog čoveka obustavi. Bio je neopisivo moćan. Moćniji nego mnogi ministri a pričalo se da mu ni predsednik nije mogao ništa jer je zahvaljujući njegovom novcu postao to što jeste. Nije potkupio predsednika samo jedne države. Držao je u rukama predsednike najmoćnijih država sveta upravljajući sa njima kako mu odgovara. Ko mu se suprotstavio, znao je da neće dugo živeti a u najboljem slučaju neće više biti predsednik.

Par meseci unazad taj čovek je počeo da menja svoj život. Želeo je da postane čovek o kojem će pričati čitav svet. Njegov najverniji prijatelj, najpouzdaniji čovek njegove bande je oteo sveske sa tajnim spisima od nekog seljaka iz

Srbije i od tada je taj najmoćniji čovek sveta počeo da doživljava krah za krahom. Skrivao je tajnu da se ne sazna da njega i njegovog najvernijeg prijatelja Juru od tada skoro svake noći napada neka sila o kojoj niko ništa ne zna niti ih iko od nje može odbraniti. Ta je tajna zahvaljujući ogovaranjima njegove posluge i određenih špijuna polako izlazila u javnost. Prvo se saznalo da više aktivno ne radi sa drogom niti sa svim ostalim poslovima koji su na crno donosili ogromne zarade, nego se okrenuo proizvodnji melema za najrazličitije bolesti. Dopustio je da mu mnoge od tih poslova drugi preuzmu ali je u nekima i dalje ostao aktivan. Zamišljao je da će u novom biznisu postići svetsku slavu pa je zapostavljao druge stari. Suviše kasno, kada je izgubio sve moguće pozicije, ustanovio je da su recepti u otetim sveskama lažni i da ga je Miki na taj način nadmudrio.

Nije samo to u pitanju. Njegovi, kao i ljudi iz ostalih bandi su svakodnevno ginuli a da se niko nije mogao okriviti. Pre kratkog vremena su izginuli šefovi američke bande koja mu je bila najveća konkurencija. Bio je ubeđen da je Miki krivac za njihovu smrt, ali nije imao nikakvih dokaza. Njegovi ljudi, koji su radili u konkurentskoj bandi, su mu preneli da se i njihovim šefovima dešavalo isto kao i njemu pre nego što su na misteriozan način poginuli. Noćne posete neke nevidljive sile koja ih guši do poslednjeg atoma snage, a onda ih pusti da u strahu provedu ostatak noći. Neizvesnost da li će ih opet ta nevidljiva sila napast, nije dozvoljavala san njihovim očima niti odmor njihovim telima. Strah, taj najveći ljudski neprijatelj, je zavladao njihovim dušama. Iz dana u dan su postajali sve iscrpljeniji i nervozniji. Sve što se dešavalo ostalima, dešavalo se i njemu. Od moćne bande koja je harala Evropom i svetom, ostala su samo dva čoveka – Sergej i Jura. U poslednjem trenutku, kada već nisu znali šta će sa sobom, kada su pomislili da je i njima došao kraj, došla je iznenadna pomoć. Prihvatili su tu šansu nesvesni da sa njom gube sve.

Uortačivši se sa nečastivom silom, u koju više od sedamdeset posto ljudi ne veruje da postoji, dobivši nadljudske moći, spremali su napad na svog najvećeg neprijatelja. Mislili su da će kasnije, kada njega unište, te iste moći upotrebiti da zaplaše ili ubiju određene osobe koje im budu smetale i da opet zauzmu iste, ako ne i bolje pozicije od onih koje su prethodno imali.

Mikijev duh je za nepunih dvadeset sekundi došao do Sergejeve vile. Bio je dedo u pravu kada mu je rekao da nema puno vremena. Pred kućom je bilo nekoliko novozaposlenih telohranitelja a unutra su se njih četvorica spremala da ga u toku noći napadnu. Dogovor je bio da to urade u dva sata posle ponoći. Nisu ga mogli osetiti jer ih je duhovno posetio. Otkrivši kakvi su im planovi, njegov duh je pošao do policijskih kola koja su nedaleko od njegove vile zastala i dvojici policajaca izvršio komandu svesti. Oni su po nekoj, njima nepoznatoj zapovesti, kola usmerili ka Sergejevoj vili, dok se Miki, udaljivši se od njih, približio stražarima i telohraniteljima. Njihovoj svesti je izdao komandu da odmah pucaju na patrolna kola policije. Policajci su veoma sporo napredovali uperivši duga svetla ka kapiji. Prvo su ispaljena dva hica koji su pogodili farove, a onda su nekoliko desetina metaka zasuli kola i iznenađene policajce. Posle prvog hica policajci su reagovali povlačeći se, klizeći dublje u sedišta da bi se zaštitili. Vozaču nije uspelo, jer ga je nekoliko metaka pogodilo, dok je suvozač, ranjen u ruku, uspeo da pozove pomoć. Za nepun minut su još dvoje patrolnih kola pristigla na mesto događaja.

U unutrašnjosti vile, zauzeti pripremama, šefovi nisu znali šta se napolju dešava dok nisu čuli zavijanje sirena i dobovanje metaka koji su ispaljeni iz policijskog oružja. Uzvraćeno im je još žešće, pa su oni odmah zatražili pomoć istovremeno zauzimajući bolji položaj i ispaljujući metke u pravcu iz kog je na njih pucano. Pristizala su nova kola koja su zauzimala položaj i odmah otvarala vatru. Kada je stigla marica i kada je neko od policijskih šefova preko megafona zatražio da se prekine vatra, Jura je kao lud izleteo iz vile zapovedajući svojim ljudima da odlože oružje i da svi podignu ruke u vis. Bunovni kao da su se probudili iz nekog sna, poslušali su njegovo naređenje. Pucnjava je prestala. Sa druge strane zida, policija je zahtevala da podignutih ruku stanu pored kapije gde je prostor bio osvetljen da bi ih mogli kontrolisati. Iz vile je izašao Sergej garantujući da se niko od njegovih ljudi neće pomeriti a kamo li ispaliti metak. Ubrzo je pristiglo još policijskih kola. Funkcioneri na vlasti kojima je javljeno šta se desilo, koje je Sergej postavio na tu funkciju, nisu znali šta da preduzmu. Da li da brane ovog čoveka i na taj način ugroze sebi poziciju, ili da ćute i čekaju dalji razvoj događaja. Javili su im da Sergej i Jura nisu učestvovali u napadu pa su i oni shodno tome izdali naređenje da se učesnici pucnjave uhvate a ostali oslobode. Proveravajući njihovo oružje, policija je ustanovila da su svi učestvovali u pucnjavi, sve su ih strpali u maricu i policijska kola, tako da je Sergej ostao bez stražara i telohranitelja. Policajci su zauzeli njihova mesta, a njih četvorica su ostala u vili onemogućeni da večeras izvrše napad. Ne samo večeras. Napad nisu mogli izvršiti ni u nekoliko narednih noći. U ljutnji, Sergej je želeo da se preobrati u kosača i da svim svojim ljudima prekine glave. Toliko je bio ljut da celu noć nije mogao da zaspi. Okretao je telefone svih političara tražeći da svojim uticajem oslobode njegove ljude. Svi su mu obećavali govoreći da će uraditi sve što mogu. Ta njihova obećanja nisu urodila plodom. Sutradan su i njega i Juru pozvali u stanicu policije da daju izjave. Morali su saznati da li su oni izdali naređenje da se puca na policiju ili je to jedan od stražara samovoljno uradio.

Istraga je utvrdila da se jednom stražaru, koji je ranije lečen od nervnih bolest, i učinilo da neko iz kola koja su upalila duga svetla hoće da puca u njih.

Kako nisu bila upaljena rotaciona svetla, on nije prepoznao da su policajci. Pucao je u njihove farove a ostali stražari su se pridružili ispaljujući metke po kolima. Tada je istraga zapala u ćorsokak, jer su ranjeni policajci tvrdili da su videli kako se sa druge strane spremaju da pucaju u njih. Detektori laži su pokazali da govore istinu, pa su se inspektori odlučili da ovaj put pravdu isteraju do kraja. Rešili su da nekoliko dana svakog ponaosob po nekoliko desetina puta unakrsno ispituju, ne bi li na taj način došli do podataka, odnosno utvrdili istinu. Tako su i uradili. Upotrebili su sve moguće veštine, ali ništa nije pomoglo. Svi do jednog su davali istu izjavu koja ni sa čim nije povezivala i ugrožavala njihovog šefa. Petog dana, posle svih njihovih pokušaja unakrsnog ispitivanja, doveli su hipnotizera. Trebalo je, pod dejstvom njegove hipnoze, da ispričaju sve šta im se tog dana i noći desilo. Odgovori su zapanjili i policiju i hipnotizera jer se uopšte nisu razlikovali od prethodnih koje su dali u svesnom stanju. Hipnotizer ih je doveo do stanja dubokog sna iz kojeg su govorili istinu, jer su pitanja postavljena njihovoj svesti. Nije postojala mogućnost da ih osude, jer je istraga utvrdila da su napadnuti od strane policijske patrole i da su ih u samoodbrani ranili. Ranjeni policajci su bili isuviše iscrpljeni da bi nastavili ovo ispitivanje. Morali su da oslobode zarobljenike, a za to vreme su se političari ulagivali Sergeju da su oni zaslužni što je sa njega i njegovih ljudi skinuta sumnja. Znao je da ga lažu, ali je ipak klimao glavom potvrđujući njihove reči.

U njegovim mislima bilo je nešto sasvim drugo. Zakleo se, kada bude završio sa Mikijem, da će ih sve ponaosob posetiti preobraćen u avet ili u kosača, da će im uterati strah u kosti i da će ih naterati da svaku njegovu naredbu bezpogovorno izvršavaju. Ako bude potrebno, da bi ih više zaplašio, zapretiće i njihovim porodicama. Možda će, da bi ih izbezumio od straha, odrubiti glavu nekom od njihovih slugu. I tada će, kao i do sada, policija istraživati, ali neće pronaći nikakve tragove ni dokaze. A ti uvaženi ministri, premijeri ili predsednici će morati da ćute jer će u suprotnom stradati. Hteo je da iskoristi moći koje je dobio satanizacijom. Kolike bi tek moći stekao da je uspeo da otkrije prave tajne iz Mikijevih svezaka i da je sa njima počeo da ucenjuje ili ubija osobe koje bi mu se suprotstavile! Kada bi usavršio moći uticaja na tuđu svest, šta bi tek tada radio i koliko uticaja bi imao kod predsednika mnogih zemalja. Zaista bi bio vladar iz senke kojem se niko ne bi mogao suprotstaviti!

66.

Izvedena akcija je urodila plodom. Miki je dobio pet dana vremena da usavrši vežbu kojom treba da postigne da iz njegovih ruku izbija hladnoća kao snegovi Kilimandžara ili kao vetar i led sa severnog pola. Uz tu vežbu, posebnu pažnju je usmerio na vežbe čitanja tuđih misli i usmeravanje komande tuđoj svesti. Za ovih pet dana porodica ga je samo dva puta videla. Ženi je objasnio da je to takav proces i da će on trajati samo još nekoliko dana. Ustajao je ujutru u pet, a često dolazio kući u ponoć. Telo mu je bilo napeto do granica ljudske izdržljivosti.

Četvrte noći đedo ga je posetio rekavši mu da se dobro naspava, da sutra nastavi da vežba a uveče će ga opet posetiti. Pete noći, oko dvadeset tri i trideset, đedo ga je opet posetio rekavši mu da je sada potpuno spreman da se bori protiv svojih neprijatelja.

„Nemoj se plašiti, jer strah sputava čoveka i nemoj oklevati, jer ćeš im na taj način pomoći da se pripreme, pa će, umesto ti njih da iznenadiš, oni iznenaditi tebe. Tvom duhu je potrebno dvadeset sekundi da stigne do njih ako se nalaziš kod svoje kuće. Ako teleportuješ svoje telo i ako se stvoriš kod Saše, onda ćeš gubiti nepunih desetak sekundi da bi stigao do njih i da bi se vratio u svoje telo.“

„Đedo, da nije kasno da ga u ove noćne sate budim objašnjavajući mu kakve su mi namere? “„Skoro će ponoć i za pozive je kasno, ali se ti možeš teleportovati i par minuta pre ponoći uticati na njegovu svest da ti otvori vrata. Ne smeš zakasniti, jer i da te posluša, tvoje telo posle ponoći neće dobiti željenu poziciju iz koje ćeš veoma lako izdvojiti svoj duh. Zato požuri. Ne smeš gubiti vreme jer ga imaš malo, nego ih odmah moraš izazvati. Kada prođe osam i po minuta, moraš se vratiti do svog tela, ući u njega i odmah izaći, da bi nastavio da se boriš. Za to vreme, ja ću ih zamajavati skrivajući se i terajući ih da me traže, misleći da si to ti."

Ni sekundu nije oklevao. Udahnuo je vazduh nekoliko puta nateravši svoje telo da se teleportuje hiljadu i dvesta kilometara dalje. Mnogi su uspevali svoje ili tuđe telo da teleportuju par stotina metara ili par kilometara, a ovo što je on uspeo, graničilo se sa nemogućim iako se radilo o duhovnom svetu. Opet su se potvrđivale reči proroka: "Mnogi iz jednog mesta će se kleti da su ga videli u njemu, dok će iz drugog mesta tvrditi da se On sve vreme nalazio u njihovoj blizini." Tako će se stvoriti uverenje da je istovremeno bio u dva grada. I sada, da ga je neko video kod njegove kuće, a samo par minuta kasnije hiljadu i dvesta kilometara dalje, ne bi mogao da poveruje. I Saša, ne znajući šta ga je nateralo u ova četiri minuta pre ponoći, uzeo je svoje kučence pošavši da ga prošeta iako je to uradio pre dva sata. Kučence ga je prvo osetilo, pojurilo ka njemu lajući i skačući na njega od radosti.

„Miki kako si? Kada si došao? Gde su ti stvari? Zašto mi nisi javio da te čekam na stanici?"– ispitivao ga je Saša iščuđujući se šta on radi u ovo doba pred njegovom kućom. Zagrlili su se i poljubili, a onda je Miki je zatražio da ga uvede u kuću i da ode da spava. Zaključao je ulazna vrata i na Mikijevo insistiranje pošao da spava ostavljajući njega u sobi u kojoj je stalno spavao kada je gostovao ili radio kod njega. Želeo je da odgovori na mnoga pitanja oko iznenadne posete svog prijatelja, ali je njegov mozak naređivao da što pre legne. Zaspao je istog trenutka.

Za to vreme Miki je napravivši poslednje pripreme, legao i iz svog tela izdvojio duh. Par minuta pre nego što će se sresti sa Sašom, on je na mnogo mesta po šumi rasporedio gvozdene okove koji će mu trebati da bi pobedio svoje neprijatelje. Prošli put, u borbi sa Sudrakom je napravio grešku. Dočekao ga je telom oslonjenim na improvizovanu stolicu u potpunoj tami pećine, dok mu je duh devedeset posto bio izdvojen iz tela. Sa onih deset posto je trebalo da telo pritisne dugme na agregatu i na reflektorima ali ga je Sudrak, proizvevši ogroman vetar, oborio sa stolice, naterao njegov duh da se vrati u telo i tako stekao ogromnu prednost. Sada nije smeo takvu grešku da ponovi. Ostavio je svoje telo u sobi a on je, svojim duhom koji je postao vidljiv samo za njegove neprijatelje, pošao da ih napadne, da ih izazove da vode borbu u šumi, gde je on sakrio desetak oklopa i ključeva za njih.

„Ne smeš gubiti vreme"– odjeknule su mu đedove reči u svesti i on je zbog toga požurio. Ne, nije žurio toliko da bi napravio greške koje bi ga skupo koštale i zbog kojih bi izgubio sopstveni život, ali je požurio da stigne do njih i da im se, pre ponoći pokaže.

Svi stražari i telohranitelji su bili na svojim mestima. Oni ga nisu interesovali. Sa njima nije želeo da se bori, pa je njegov duh ostao nevidljiv za njih. Oni će cele noći budno paziti da se neko ne približi gazdinoj vili ili da neko iz nje ne izađe, i tako ugrozi sigurnost Sergeja, Jure, Matijasa i Armena koji su se nalazili unutra. Sutra, ako sve bude kako je želeo, ako uspe da ih okuje i baci u večnu paklenu tamu, niko od njih neće moći da objasni gde su im šefovi tokom noći nestali. Njihove izjave, iako izgledaju suludo, će potvrditi snimci kamera koje non–stop obezbeđuju svaki milimetar njihove vile. Njihova tela će odjedanput nestati iz sobe kao da tu nikada nisu ni bila, a njegov duh i tako neće uspeti da snime. Pokušaće policija da utvrdi da neko nije montirao snimak njihovog iščeznuća, ali kao i mnogo puta ranije, neće biti nikakvog rezultata. Sve novine će objaviti njihov nestanak ali im tela neće pronaći.

Te misli su bile u njegovoj svesti kada im se prikazao. Svi su iznenađeno zastali ugledavši njegovu pojavu. Znali su da se sa njim kad tad moraju sukobiti, znali su da su zbog njega pristupili satanizaciji postajući sluge nečastivog i dobijajući nadljudske moći, ali su sva trojica u ovom trenutku poželela negde da pobegnu i da se udalje od ovog čoveka od kojeg su osećali veći strah nego od svih iskušenja kroz koja su u životu prošli. Bili su opet spremni da prođu putem satanizacije i da svoja tela izlože svemu kroz šta su prošli, samo da izbegnu borbu sa njim. Neka sila im nije dozvoljavala da se mrdnu niti da progovore. Samo je Matijas ostao pribran. On ništa od pomenutog nije osećao. Nasmejao se paklenim smehom kao što je činio njegov gospodar. Njegov smeh i njegova sigurnost učiniše da grč straha u njihovim telima popusti. Preuzeo je svu odgovornost na sebe i na taj način ulio sigurnost u njihove duše.

„Mi o vuku a vuk na vrata. Ha, ha, ha.. Vidi se da ne znaš da te ovaj put očekuje ogromno iznenađenje. Ha, ha, ha…"

Govorio je stalno se smejući da bi i kod sebe i kod svojih prijatelja stvorio sigurnost. Miki je stajao u uglu sobe, ćutao čekajući šta će mu sve reći. Trebalo je da njegove reči samo njega uplaše, a kod trojice prestrašenih prijatelja da stvore osećaj opuštenosti, da ih oslobodi straha, pa da sva četvorica zajedno napadnu i pobede Mikija."Došao vuk da zakolje jagnje, a umesto njega, naišao na četiri lava. Ha, ha, ha…"– nastavljao je da govori i da se smeje Matijas. I Jura se nasmejao jer se osećao mnogo sigurnije. Bilo je potrebno je još nekoliko rečenica pa da se i ostali oslobode i odmah nakon toga pređu u kontranapad.

„Objasnili su mi prijatelji koji se nalaze ovde da si dosta moćan i da možeš osetiti mentalnu snagu drugih osoba. Reci nam da li osećaš koliko su naše moći jače od tvojih ? Ha, ha ha…"– opet se nasmejao ali je ovoga puta, pored Jure, uspeo i Armena da natera da se smeje. Oduvek se znalo da su šefovi najveće kukavice, da se skrivaju iza svojih najhrabrijih ljudi i da su sposobni samo za izdavanje naređenja. Kada iskrsne neka opasnost ili tuča, oni su prvi bežali, a po pravilu se najkasnije, kada bi sve bilo završeno, uključivali. Tako se i ovoga puta Sergej najkasnije oslobodio straha i prihvatio da vodi ovu borbu. Njegovi saveznici su izgubili svaki osećaj straha, vičući na Mikija i smejući mu se u lice, dok je u njegovoj duši još poigravao nerv koji ga je opominjao na opreznost. Dobro se sećao kroz šta je sve prošao pa je i dalje, iako je bio svestan kakve je moći posedovao, sumnjao da će tako lako savladati ovog čoveka. Prihvatio je i on njihov smeh kao što je prihvatio da u njihovom društvu postane hrabriji i da slobodno viče na Mikija, ali ga je neka opreznost držala na distanci.

Slušajući ih kako viču i kako postepeno bivaju sve hrabriji, Miki je iz njihovih reči osećao koliko besa skrivaju u sebi.

„Uvek čovek u besu ili u ljutnji kaže reči ili napravi dela koja nikada ne bi uradio kada je smiren. Tada se naprave najveće greške"– sećao se đedovih reči.

I oni su sada pravili ogromne greške koje će veoma brzo morati da iskoristi. Znao je koga će najpre napasti. Sergej je zbog straha najoprezniji, mada se i on dosta oslobodio uz njih, ali će po svemu sudeći, njega ostaviti za kraj. Nije mu to bio konačni plan jer se morao boriti sa svima po cenu života, ali su ga njegov stav i opreznost držali na dovoljnoj udaljenosti tako da će morati da se potrudi da mu se približi i onda napadne i pobedi.

Sada je morao da odglumi vuka koji beži pred čoporom lavova. Povlačiće se polako, dozvoljavajući im da ga jure do šume. Tu će se upustiti u borbu sa njima i tu će svakom ponaosob staviti okove, zaključati ih i za sva vremena zarobiti njihova tela. Tako je razmišljao odmičući ispred njih u nadi da će mu plan uspeti.

U dnevnom boravku gde ih je našao i odakle je počeo polako da uzmiče ispred njih, dozvolio je svom duhu da ga samo oni vide, pa su se oni, preobrativši se, ostavljajući svoje duhove u sobi i postavši odjedanput nevidljivi na snimcima kamera, plutajući kroz prostor, uputili za njim. Najbliži mu je Jura, za njim Matijas, Armen i na kraju, nekoliko koraka iza njih, Sergej. Grupa sa moćima koji bi svakom živom biću uterali strah u kosti. Došao je do mesta gde je ostavio prvi okov. Znao je da je okov za nogu pa je tu zastao. Zastalia su i njih četvorica preobraćeni u kosača, avet, vukodlaka i vampira. Ulogu kosača je preuzeo Jura. Mislio je da će mu se konačno ostvariti želja da ovog omrznutog neprijatelja prepolovi svojim moćnim oružjem. Kada ga bude prepolovio, tada će njegovo telo izdrobiti na stotinu komada. Zato je žurio ispred svojih prijatelja ubeđen da mu Miki ne može naneti nikakve ozlede. Odmah iza njega je bio Matijas preobražen u avet. Po instrukcijama koje je dobio od svog gospodara, ovog čoveka su morali pobediti po svaku cenu. Bio je najiskusniji i sa najdužim stažem u carstvu nečastivog pa se morao pobrinuti o svojim skorašnjim prijateljima, da ne prave greške. U slučaju grešaka, neko od njih bi mogao nastradati, što bi dovelo u pitanje ishod cele predstojeće borbe. Nestrpljenje i velika želja da uspe su Juru vukli napred, pa je on bio odmah iza njega da mu, u slučaju potrebe, pritekne u pomoć. Svi su oni imali jače oružje od Matijasa, ali je on bio njihov oslonac, snaga i nada da će zajedno pobediti. Jura je imao najubitačnije oružje. Kosu kojom je mogao bez ikakvog problema prepoloviti čoveka. Armena preobraćenog u vukodlaka je krasila snaga kojoj se nisu mogli odupreti nekoliko najjačih ljudi na svetu. Bio je malo sporiji nego ostali, ali mnogo jači od svih njih zajedno. Ako mu pođe za rukom da uhvati Mikija, iščupaće mu i ruke i noge iz tela.

Sve je to Miki znao i sve je sa svojom svešću osećao. Znao je da ga ni zubi vampira u kojeg se Sergej preobratio ne bi mimoišli nego bi se rado zaboli u njegovu arteriju i iz nje isisali poslednju kap krvi samo ako mu to dopusti.

Sada je on morao da se odmakne jedan korak da bi se udaljio od ove nenadane opasnosti. Sigurni u svoju brojčanu nadmoć, ne dozvoljavajući mu da pobegne, rasporedili su se na četiri strane da bi ga opkolili. Trznuo je telom kao da će pobeći na stranu vampira ili figure u koju se pretvorio Sergej, a onda se bacio na zemlju i zakotrljao na suprotnu stranu, dohvatajući okov i neverovatnom brzinom ga obavijajući oko noge vukodlaka. Kada se on trznuo telom, sva trojica su skočila u pravcu u kojem je želeo da ih namami, samo je Sergej odskočio korak unazad. Armen je urliknuo kao ranjena zver. Samo nekoliko sekundi ih je to zadržalo, a onda su ga još žešće napali. Sada su sva četvorica išla u istom pravcu. Kosač se najviše odvajao od njih jer su mu smetali da zamahne kosom. Miki mu se jednom približio na kosohvat, on je zamahnuo što je jače mogao, Miki je odskočio i umesto njegovog odrezanog tela, na zemlju je palo stablo njegove debljine.

Mnoge stvari i događaje će pamtiti celoga života. Nikada neće zaboraviti kada mu je Sudrak, preobražen u kosača, kosom odrao kožu sa leđa. Setivši se toga, sa zebnjom je pomislio da ga je kosač ovog trenutka, umesto drveta, mogao prepoloviti. Znao je da je duh i da ga na taj način ne mogu ubiti, ali bi taj potez usporio njegove pokrete dopuštajući im da ga uhvate u svoj zagrljaj. Tu šansu nije smeo više da mu pruži. Odskakao je sa mesta na mesto, sa drveta na drvo i tako izbegavao da ga dohvate. Znao je – ako dopusti samo jednom da ga dohvati, odmah će sledeća trojica doskočiti i on se više nikada neće izvući iz njihovog smrtonosnog zagrljaja. Odmah bi, kao kad jedna hijena obori zebru, ostale dojure i raskomadaju njeno telo. Tako bi se i oni ponašali. Armenu ili vukodlaku je dugi lanac koji se od okova sa noge vukao po zemlji, dosta otežavao kretanje. Ovim potezom Miki je stekao neku milimetarsku prednost u odnosu na početnu poziciju. Odskočio je, odnosno teleportovao svoje telo tridesetak metara, utvrdivši da je neopisivo lak.

„Pa da. Moje telo je vidljivo samo za njih, dok umesto njega postoji samo duh"– zadovoljno se osmehnuo svestan da mu ni kosač ni iko od njih ne može

461

ništa. Sada su bili udaljeni jedan od drugog pa se on zaleteo kao da će napadnuti Sergeja. Njihova svest je i dalje njega prihvatala kao šefa, pa su oni, po stečenoj navici, krenuli svojim telima da ga zaštite. Samo se kosač odmakao par koraka čekajući da on tuda protrči, da zamahne i da ga svojim moćnim oružjem prepolovi na dve identične polovine. Da nije bio duh, silina njegovog udarca bi i njega i vukodlaka, koji je bio duplo veći od njega, odbacila na dve različite strane, a ovako je prošao kroz njih ne ozledivši ih, ali i nepovređen. Uzalud je kosač zamahnuo siguran u pobednički udarac. Kosa je proletela kroz duha a on je pomislio da je promašio. S ovim manevrom je uspeo da jedan od skrivenih okova zakači na ruku aveti. I Matijas je, kao i malopre Armen, vrisnuo u nemoćnom besu. I aveti će ovaj lanac smetati u daljim pokretima.

Još jedan milimetar pomaka sa mrtve tačke u borbi za život i smrt. Ma koliko bio mali, i taj milimetar je nagoveštaj pomeranja ka nekom cilju. A do tog cilja mu predstoji još mnogo borbe. Nije se samo bes ogledao na licu aveti i vukodlaka. Pojavljivala se i upitanost kako će uspeti da uhvate ovog neprijatelja koji im je stalno izmicao i koji se od njih uopšte nije plašio. Drugi bi pred njima precrkli od straha, a on, ne samo što ih se nije bojao, nego im je zadavao udarce koji su kod njih ostavljali vidljive tragove. Sredili su svoje redove izbegavajući da bezglavo jure u uzaludnim pokušajima da ga uhvate. Stajali su svi četvorica zbijeni jedan uz drugog. Ni kosač se nije izdvajao iz grupe. Pokazivali su strpljenje i ekipnu uigranost. Miki je nekoliko puta pokušavao da ih napadne, čas sa jedne, čas sa druge strane, ne bi li ih odvojio, ali se oni nisu udaljavali jedan od drugog.

Znali su da duh ne mogu uhvatiti niti mu naneti bilo koju povredu, osim ako bi ga neko slučajno dotakao ili udario u grudni koš na mestu gde mu se nalazilo srce. Tada bi se njegovo telo trznulo od bola a njegov duh bi morao da se vrati da se telo u tom grču ne bi pomerilo. Drugi ljudi ili životinje ne bi postigli taj cilj pa i da ga namerno udare u tom predelu, ali su oni sledbenici carstva nečastivog i njihov nenamerni dodir bi mu naneo ogromne posledice zbog kojih bi mogao da izgubi bitku.

Kada se borio sa jednim protivnikom, mogao je da kontroliše svaki njegov pokret štiteći srce od iznenadnog udarca, a sa ovoliko neprijatelja, to nije smeo da rizikuje. Hteo je da ih odvoji da ga pojedinačno napadaju, ali su oni uporno ostajali u grupi. Drugi bi se na njegovom mestu ljutili što ne mogu da postignu uspeh, a on je mirno i staloženo obratio pažnju na kamen veličine ljudske pesnice pa ga je, svojom svešću usmerio ka njima. Neko od njih je vrisnuo jer ga je kamen pogodio.

„Upotrebiću svest da usmerim kamenje i grane ka njima da bi ih naterao da se razdvoje." Baš kada je hteo to da uradi, setio se da ih na taj način može ubiti. Kamen može nekog od njih pogoditi u glavu i naneti mu smrtonosnu povredu.

Tada bi duh napustio mrtvo telo, četrdeset i jedan dan bi se vio na zemlji, onda odplutao na nebo i nakon četrdeset jedne godine čišćenja, se uselio u telo nekog novorođenčeta. Na taj način bi sluga nečastivog opet došao na svet. On to nije želeo. Želeo je, kao što ga je đedo naučio, da živa tela a sa njima i duše tih sluga nečastivog okuje i baci u ponor večnog mraka. Na taj način će za sva vremena sinove slugu Božjih osloboditi od njihovih najvećih neprijatelja.

To i jeste misija samo jednog čoveka. To nije običan čovek, već Izabranik. Jedini čovek na svetu kojem je od Boga predodređeno da posle Isusa Hrista sina Božijeg, sačuva ljudski rod, ne dozvoljavajući mu, kada sila nečasivog bude u najvećoj moći, da potpuno posrne i da se umesto carstvu nebeskom prikloni carstvu nečastivog.

Zato je odlučio da upotrebi vatru da bi ih pomoću nje rasterao. Na pola metra udaljenosti sva četvorica su jedan drugom bili okrenuti leđima. Usmerio je svest i u tom prostoru, između njih ubacio nekoliko grana. Bile su krupnije a on nije imao papira i potpalica kojima bi zapalio vatru. Usmerio je svest na grane i ubrzo se pojavila vatra. Pomislio je da se u početku, zato što je bila mala nisu uplašili i pobegli od nje, pa je usmerio svest i ona je postala mnogo veća. Nisu se pomerili iako je ona zahvatila njihova leđa. Iz očiju su im izbijali pakleni plamenovi ali im tela nisu izgorevala. Čudio se tom fenomenu ne znajući da su prošli kroz pakleni oganj da bi postali to što jesu i da bi dobili moći koje poseduju. Te moći im sada ništa nisu koristile. Zabarikadirali su se na jednom mestu očekujući da on napravi grešku. Nije nameravao da je napravi, ali je imao ograničeno vreme. Onda se setio da ga je đedo terao da prebacuje kamenje i teleportuje svoje telo. To je bio ključ rešenja. Mnogo puta je teleportovao svoje ali i tuđa tela pa će to sada učiniti i sa njima. Na taj način će svakog od njih prebaciti do mesta na kojem je ostavio okove. Moraće sve pojedinačno da okuje. Ispružio je svoje ruke usmeravajući ih ka kosaču. Njegovo telo je, nošeno nekom nevidljivom silom, obrćući se kroz vazduh, pošlo ka mestu koje mu je Miki odredio. U tom obrtanju kosa mu je ispala iz ruke pa se sada, bez svog moćnog oružja, osećao bespomoćno. Spala mu je kapuljača, pa mu se na mestu gde je trebalo da bude glava, nalazila crna senka. Misli su brže od svakog ljudskog pokreta tako da je i Miki, videvši ga bez glave, pomislio kako će uspeti da mu stavi kacigu ili šlem. Poželeo je da ga baci, da tresne o zemlju jer se setio da je on jedan od najvećih krivaca za smrt njegove majke, ali se smirio jer je tako mogao prouzrokovati njegovu smrt. Nije želeo tako da pogreši. Želeo je da ih kazni, ali će to uraditi na poseban način. Znao je da njihovim ubistvom, a naročito sada kada su prihvatili carstvo nečastivog, ne bi postigao nikakav cilj. Još jedna đavolova zamka neće uspeti. Nečastivi im je pomagao da pobede, a ako u tome ne uspeju, već ih on poubija, da kasnije, u telima novorođene dece nastani njihove duše koje će postati njegove sluge.

Spustio ga je na zemlju a onda brzo, zaista neverovatno brzo, na jednu pa na drugu ruku prikačio okove. Izgledalo je da kosač razmišlja šta će sada i koji pokret da napravi, kada je Miki dohvatio okov zakačivši ga na njegovu nogu. Nije pokušao da se bori jer mu je neki unutrašnji glas govorio da sam protiv njega nema nikakve šanse. Kao da se probudio iz obamrlosti. Kada se Miki okrenuo da dohvati drugi okov kosač se dao u paničan beg. Lanci koji su se vukli po zemlji su stvarali neobične zvuke dok je on odmicao. Miki je pošao za njim. Delili su ga dva koraka da ga sustigne da bi mu na drugu nogu prikačio okov, kada je on dohvatio kosu koja mu je prethodno ispala. Ujedno su mu i prijatelji priskočili u pomoć. Nemajući drugog izbora, odmakao se od njih da ga ne bi povredili. Okupili su se pokušavajući da mu skinu okove. Nisu mogli, jer nisu imali te moći. Nešto su međusobno razgovarali. Očigledno je samo Matijas, jer je on najduže vremena bio sluga nečastivog, znao kakva je svrha ovih okova. Njemu i Armenu je zakačio po jedan, dok je Juri uspeo da stavi tri. Zakačio bi mu i četvrti da se oni nisu umešali. To ga nije brinulo. Ako je uspeo da stavi tri, staviće i četvrti. Pružio je ruke usmeravajući svoju svest ka Sergeju jer njega još ni sa čim nije ugrozio.

Kada ga je izdigao sa zemlje i počeo okretati po vazduhu, on se koprcao režeći i pokušavajući za bilo šta da se uhvati. Pružao je ruke, prstima hvatao lišće lomeći grančice koje je slučajno zakačio. Ni njemu, kao ni vukodlaku ništa nije pomoglo. Miki ga je spustio na zemlju ne dopustivši mu da padne i na taj način izgubi život. Zamalo je podlegao iskušenju da mu opali takav šamar kojim će mu sve zube polomiti. Ma koliko mrzeo ovog čoveka zbog smrti svoje majke, i ma koliko želeo da mu se osveti, ipak se uzdržao od svakog poteza koji mu ne bi dolikovao. Sergej, znajući šta je sve preživeo od ovog čoveka a smatrajući da ga je delom zarobio, svim silama se batrgao i borio da bi se izvukao iz ovog položaja. U paničnom strahu, nekih pedesetak metara udaljen od svojih drugova mlatarao je i rukama i nogama pokušavajući da ga udari. Nije mu uspelo. Njegovi drugovi, videvši da on pruža herojski otpor, pomisliše da je njegova hrabrost iznad svih granica pa se i oni osmeliše pošavši da mu pomognu. Nije im palo na pamet da se njihov šef uvek zaklanjao iza njih i od njih tražio pomoć za svaki problem, nego su sada u njegovim postupcima videli heroja koji se nije plašio od neobjašnjive sile koja ih je napala.

Sve to je omelo Mikija i on je jedva uspeo da mu na jednu ruku stavi okov. Opet su sva četvorica bila u grupi međusobno se dogovarajući ako bilo kog od njih napadne da mu ostali priskoče u pomoć. Poprilično iznenađen njihovom slogom, znajući da u njihovom carstvu vlada raskol, svađa i nesloga, Miki je rešio da ovog puta napadne Armena koji se preobratio u telo stravičnog vukodlaka. I on je, kao nekada Sudrak kada se preobražavao, bio ogroman, pun snage, sa čeljustima iz kojih su curile bale i sa prstima na čijim su završecima umesto noktiju bile izrasline poput kostiju a oštre kao žileti. Pored ogromne snage, posedovao je neopisivu hitrinu u rukama dok su mu noge bile dosta sporije. Nije mu bilo potrebno mnogo vremena da iz bezizlazne situacije pređe u kontra napad stičući prednost sa kojom bi pobedio sve neprijatelje koji bi ga napali. Niko od ljudi, ma šta vežbali, nije imao šanse protiv njega.

Ne bi ih imao ni Miki da ga je napadao kao ostali ljudi, ali ga je on napadao kao duh i kao takvog vukodlak ga nikada ne može savladati. Zato on može njega. Njegova težina i visina duplo su bile veće od ostalih. Miki ga je sa lakoćom izdvojio iz grupe iako se on rukama čvrsto držao za avet i vampira. Izdižući ga, Miki je jednom tresnuo rukama, njihovi prsti su se raspleli i on je, obrćući se kroz vazduh, poleteo na mesto koje mu je Miki odredio. U trenutku kada ga je izdigao, on je odmah pustio levu ruku a desnom se čvrsto držao za avet koju je svojom snagom podizao sa sobom. Kada je Miki tresnuo rukama, avet je pala među prijatelje a on je vukodlaka teleportovao više od sto metara. Potrčali su ka njemu iako ga nisu mogli videti.

Poučen Sergejevim primerom, i on je počeo da se batrga i brani. Nije uspeo da sačuva drugu nogu. Sada je tu visio lanac, dok mu se odmah iza članka nalazio beočug od okova. Iznerviran, hteo je da te lance svojom ogromnom snagom odmah pokida. Povukao je svom snagom ubeđen da će noga ostati u istom položaj, a da će lanac pući. Prevario se jer nije znao da su ti lanci i okovi napravljeni baš za ovakvu svrhu, da su osveštani svetom vodicom i da nikom od slugu, osim gospodaru carstva nečastivog, nije dato da ih skine sa ruku ili nogu onoga na kome su postavljeni. Taj nagli trzaj je njegovu nogu izbacio iz ravnoteže i on je pao koliko je dug. Padajući levu ruku je ispružio, a Miki je odmah iskoristio prednost i na nju stavio okov. Namestivši se u sedeći položaj, pokušao je desnom rukom da uhvati Mikija za nogu, ali je ona prošla kroz njegovo telo kao kroz vazduh. Tada se, videći da njemu ništa ne može, usmerio ka lancima pokušavajući ugrizom moćnih zuba da ih pokida. Nije uspeo, a nekoliko njegovih zuba je popucalo i iz usta se slivala krv. Zaslepljen bolom, ispravljajući se, nije ni osetio kada mu je Miki na drugu ruku stavio okov. Zakrvavljenih usta, očima prepunim straha, gledao je u okove kao u nešto strašno ili zlokobno što mu se sve više primicalo. Ovog trenutka je shvatio da je odabrao pogrešnu stranu. To strašno saznanje će pobediti i njega i njegove drugove. Kao dobrom matematičaru, pred očima mu je iskrsla formula života: potrebno je devet meseci da se život začne, mnogo godina da čovek postane snažan i razuman a samo jedan tren da umre i da sve to izgubi. Činilo mu se da taj tren upravo kuca na vrata njegovog života. Čuo je svoje drugove kako trče ka njemu.

Miki se odmakao pedesetak metara i posmatrao ih sa jednog uzvišenja. Hteo je da im se nasmeje, ali je tog trenutka dunuo neopisivo jak vetar. Drveće se povijalo, polomljene grane i lišće su leteli na sve strane. Od te huke i grmljavine jedva je video đeda i razabrao reči koje mu je rekao: „Sine vreme je. Moraš se vratiti do svog tela, ostati u njemu deset sekundi i odmah se vratiti ovamo. Stigao je gospodar tame koji bi te, da nije zauzet oslobađanjem okova sa svojih slugu, ovako iscrpljenog pratio, došao do tvog tela dozvoljavajući slugama da te sa puno radosti pobede. Sami Bog zna šta bi u žaru osvete uradili tvom telu. Ja ću ih, ako ih bude oslobodio pre nego što se ti vratiš, zamajavati ne dopuštajući im da krenu tvojim tragom i dođu do tvog tela. Kada dođeš, oni će te ohrabreni prisustvom svog gospodara, sa svih strana napadati terajući te da uzmičeš pred njima. Ne boj se, biću sa tobom. Idi sada i požuri jer nemaš više ni sekunde za gubljenje."

Pošao je i zaista stigao samo dve sekunde pre isteka vremena. Telo je neopisivo bilo iscrpljeno pa ga je dolazak duha osvežio kao pustinjski cvet prolećna kiša. Nekoliko puta je ubrzano udahnuo kiseonik da bi njegovo telo u narednih devet minuta izdržalo dok njegov duh bije odlučujuću bitku. Znao je da predstojeća bitka neće biti ni malo laka. Ohrabreni prisustvom gospodara, sigurno će želeti krvavo da mu se osvete. Lančić koji je visio na zidu a koji je on poklonio svom drugu Saši, sada je stavio oko svog vrata, nameštajući krst na grudi. Ni jedan od njih, pa ni sami gospodar tame, se neće usuditi da ga udari u tom predelu jer će ga štititi krst, večiti simbol istine, pravde i Božjeg blagoslova.

Pošao je ka njima, ka neizvesnosti i stradanju koji ga očekuju. Video je svog đeda u obliku svetleće lopte kako ih napada čas na jednu čas na drugu stranu, i na taj način ih zadržava. Odskočio bi od zemlje, u trenu se ugasio a onda se, nakon par sekundi, ponovo upalio samo nekoliko metara na drugoj strani. Kada god bi izgledalo da su ga opkolili, on bi se ugasio i nestao. Iznenada, kako bi nestao tako se i pojavljivao plašeći ih i stvarajući pometnju među njima. Kada se dovoljno približio, đedova svetleća lopta se usmerila prema njemu. Zbog nekoliko ogromnih stabala, nisu videli da je lopta prošla mimo njega ali su videli da je on izbio iz tog pravca pa su pomislili da je on uzeo njen oblik. Sada je opet on bio on, pa su ga kao takvog odmah napali.

„Ako se odbije žestina prvog napada, svi ostali su slabiji i slabiji"– sećao se reči svoga đeda. Nije znao zbog čega se baš sada toga setio, ali je znao da je opomena veoma važna i da je mora ispoštovati. Sva četvorica, oslobođeni okova a ohrabreni prisustvom svog gospodara su kao četiri sokola poleteli ka nezaštićenom planinskom kuniću. Morao je upotrebiti svoje duhovne moći da bi im se odupreo. Vrteo je sa ispruženim rukama ispred sebe a oni su osetili da su naišli na nevidljivu barijeru. Zastali su nemoćni da nastave dalje. Miki je na sve strane, sa kojih su ga oni napadal,i proizveo slike, imitirajući lavež iz stomaka kao da njih otuda napadaju stotine pasa. Kosač je mahao kosom, vukodlak i vampir su pokušavali da uhvate nepostojeće neprijatelje koje su samo oni videli. Samo je Matijas ili avet znao da je ova projekcija slika i imitacija laveža pasa oslabila silinu prvog napada. Tada se umešao gospodar tame pokazujući svoju neograničenu moć. Dunuo je još jači vetar odnoseći vizije pasa koji su ih napadali. Na nebu su se kovitlali crni oblaci a iz njih su munje parale noć. Na mnogim mestima su gromovi udarili u dalekovode tako da je većina grada ostala bez struje. To njima u šumi ništa nije značilo, oni su i tako i tako bili u tami. Nije se video prst pred okom.

U šumi, pokisli do gole kože, četiri sluge nečastivog su uz pomoć svog gospodara i uz pomoć nevremena koje je on proizveo, ulagali velike napore da nateraju Mikija u neku od svojih zamki.

Ovo vreme ga nije doticalo, ali se cele noći nije mogao igrati mačke i miša. Setio se đedovih reči da se mora boriti na njihovom terenu. Jasno je video sliku da taj teren nije ova šuma. Tu im je pokazao svoje moći skoro ih sve okovavši, a onda je i gospodar tame pokazao da ne zaostaje za njim, oslobodivši ih okova. Njegove misli su prekinute napadom sa dve strane. "Znači, žele da me nateraju da bežim u ovom smeru" – pomislio je Miki dok se pred njim otvarala staza koja je, prolazeći kroz šumu, išla površinom zemlje a onda se, sve više i više, uzdizala spajajući se sa oblacima iz kojih je lila kiša kao iz kabla i iz kojih su munje osvetljavale noćnu tminu.

Ispred njega, na toj stazi, samo njemu vidljiv, stajao je njegov đedo. U jednoj ruci je držao neku flašu na kojoj je bio krst, dok mu je drugom mahao da pođe u tom pravcu. "Sine ovde se možete boriti do beskonačnosti i niko od vas neće izvojevati pobedu. Idi slobodno ovom stazom koja će te dovesti do njihovog carstva u kojem ćeš ih pobediti – čuo je njegove reči i bez bojazni pošao.

Osetio je da mu se neprijatelji sve više približavaju pa je pošao stazom na kojoj više nije video đeda. Nije se plašio da će ga stići, jer je svakog trenutka svoj duh mogao teleportovati i pobeći od njih, ali je u trenutku pomislio da se nečastivi nije preobratio u njegovog đeda i na taj način ga navukao u zamku. Nastavio je ohrabren saznanjem da je ono bio njegov đedo, jer nečastivi ne bi mogao da drži flašu na kojoj je krst.

Staza koja je, dok je vijugala po zemlji bila od sitnog kamena, sada je, kako se izdizala ka nebu, bila od dasaka. Perfektna imitacija lepote. Sa jedne i druge strane staze posađeno najraznolikije cveće a tamo negde, skroz napred, gde se staza završava, kao da stoji sunčeva kugla koja svemu tome daje život. Dok korača po njoj, ima osećaj da daske škripiću pod njegovom težinom. Desetinupetnaest metara iza njega, ležerno hodaju njegovi neprijatelji ne trudeći se da ga požuruju jer su ubeđeni da hoda stazom koja će ga odvesti u carstvo njihovog gospodara iz kojeg, za njega, više neće biti povratka. Otuda se bez otkupa greha nikada niko nije vratio.

Znao je da se tom stazom ide u pakao, ali se nije plašio. Isto je tako znao da postoje stepenice koje su sastavljene od oblaka i da po tim stepenicama samo bezgrešni vernici i anđeli Božji koračaju. Mnogo je teže da se ide tim putem ali kome je od Boga dato tuda da korača, taj će sigurno doći do vrata raja. Što je više po njoj odmicao, to je ona nekoliko metara iza njegovih neprijatelja sagorevala, pretvarajući se u prah, ne dozvoljavajući mu da se vrati tim putem. Hteo je da isproba da li je to moguće. Dok god je išao napred, ništa nije smetalo njegovim nogama, a kada je hteo da napravi prvi korak unazad, desilo mu se kao da je zagazio u lepak za miševe. Neka prozirna želatinasta masa je njegove noge lepila za daske ne dozvoljavajući da napravi ni jedan korak unazad. Širinom cele staze koja je iza njih izgorevala, pretvarajući se u pepeo i zapaljene daske koje su letele u pravcu zemlje, ka njemu su išli njegovi neprijatelji. Okrenuo se nastavljajući u pravcu u kojem je do skora išao, ili u kom su oni želeli. Noge mu se u ovom pravcu nisu lepile u onu želatinastu masu.

„Vode me na njihovu teritoriju. Kada ih tu porazim, dovešću ih do šume gde ću ih okovati a onda teleportovati u pećinu"– razmišljao je Miki dok je išao stazom koju su u tom delu obavili crni oblaci iz kojih je još lila kiša. Ta kiša je namenjena ljudima na zemlji, dok su oni osvajali nebeske visine. Pred njim se ukazaše najlepša vrata koja je u životu video. Visina i širina tih vrata su prosto mamile poglede znatiželjnika šta se iza njih nalazi. Nešto slično je video onog trenutka kada ga je đedov duh spasao iz zamke koju mu je postavio isterivač duhova. Došavši pred otvorena vrata, ugleda sličnu stazu kao ovu kojom je do sada koračao samo što je ona bila još lepša ukrašena cvećem najrazličitijih boja. Lepota koja se rečima ne može opisati. Malo dalje, jednim puteljkom izdvojen od staze, nalazio se izvor. Voda sa tog izvora se u nekoliko slapova slivala na obe strane staze zalivajući prelepo cveće. Malo bolje se zagledao a onda, kao da su slova narasla i sa te daljine je jasno mogao da pročita da je to izvor žive vode ili izvor života. Znao je da se takav izvor nalazi u raju, da sa njega pije Gospod, anđeli i svi njegovi verni podanici. Od pamtiveka se znalo za taj izvor. Mnogi bogataši ga tražiše po zemlji uzaludno trošeći svoje blago, ali ga ne nađoše jer se on nalazaše u raju i za njih beše nevidljiv. Lepo je napisano u svetim knjigama da će ona osoba koja bude pila vodu sa tog izvora imati život večni. Bogataši, ne shvatajući da je on namenjen Gospodu i slugama njegovim, poželeše da sa njega popiju vodu da bi bezgranično živeli trošeći svoje bogatstvo. Ispred tog izvora su stajale devojke neverovatne lepote. Osmeh je krasio njihova lica dok su usne šaputale nežne reči. Zanosna tela prekrivena velom svakim pokretom su mamila da se pođe ka njima.

„Idi, ne boj se"– opet je čuo đedove reči i opet ga samo on video nekoliko koraka ispred sebe. Kada je prekoračio liniju vrata, sve iluzije su nestale. Kao da mu je u trenu bilo krivo zbog toga a onda se setio zbog čega je došao. Iza njega su napredovali njegovi neprijatelji a negde sa strane je ođeknuo gromoglasni smeh paklenog gospodara, gospodara tame, nečastivog, sotone ili đavola. Sve se zaljuljalo kao da je zemljotres.

„Ha, ha, ha …" odekivao je smeh dok je široka staza koju je ukrašavalo cveće postala uska da se po njoj jedva moglo proći. Primicali su mu se neprijatelji koji su sve vreme bili iza njega, pa je on hteo ne hteo morao nastaviti dalje. Umesto cveća, sa obe strane staze se pojavilo bodljikavo rastinje iz kojeg su izbijali plameni jezici. Osećao se nepodnošljivi smrad. Smrad sumpora je bio podnošljiv u odnosu na drugi koji ga je prosto gušio. Taj drugi smrad je pripadao gospodaru tog carstva.

„Gospode Bože, gde li sam ja ovo upao?"glasno se upitao. „Ha, ha, ha.. Gospode Bože, gde li sam ja ovo upao."– njegove reči je nečastivi ponovio sa prizvukom ironije u glasu."I dalje se nadaš da ti tvoj Bog može pomoći. Zar ti nisam dole, na zemlji, pokazao svoje moći i zar ti nisam dokazao da ne možeš očekivati njegovu pomoć kada te ja napadam. Sada si u mom paklenom carstvu i odavde ti nema povratka!"

Dok je on izgovarao te reči, na stazi ispred Mikija su se pojavili gusti oblaci pare koji su mu zaklanjali vidik. I staza mu se gubila iz vidokruga. Oblaci su pomogli njegovim neprijateljima da mu se neopaženo približe. Ispred svih je bio kosač koji je zamahivao kosom u predelu njegovog struka. Osetio je zvuk i talasanje sumporne pare kada je kosa prošla kroz njegovo telo. To ga nije uplašilo jer je znao da mu pojedinačno, a verovatno i zajedno, ništa ne mogu. Pružio je ruke ispred sebe, stvarajući pletenu žicu kao zaštitu. Izbijale su hiljade varnica dok je kosa sekla žicu kao da je od papira.

„Ha, ha, ha…Sa tim si našao da se zaštitiš? Ha, ha, ha… Da li ti je jasno da se od mene ne možeš odbraniti?"vikao je nečastivi a magla je odjedanput nestala. Sada je video sve pred sobom. Da, iste slike kao i onda kada ga je isterivač bacio u paklenu tamu, samo je sada postao svestan da ovo što vidi nisu krateri vulkana, nego nešto slično ogromnim kazanima. Dokle god mu je pogled dosezao i sa jedne i sa druge strane staze su se nalazili kazani ispunjeni sumpornom kiselinom a u njima tela grešnika koji su na ovaj način ispaštali svoje grehe. Svuda je vrilo kao da vulkani izbijaju. Klokotala je kiselina u kazanima sve više sagorevajući tela grešnika.

Samo pokazivanje paklenog carstva trebalo je kod Mikija da stvori blokadu pokreta koju će izazvati strah prilikom pogleda na ovo grozno mesto. Da. Pakao je to a po predanjima, ništa nije strašnije od saznanja na kraju životnog puta šta čeka čoveka koji je grešio. Pogled se pružao u nedogled. Gde god je okrenuo glavu, ugledao je isti prizor. Stravu i paklene muke.

Onda se okrenuo u pravcu iz kojeg je došao glas. Drugi put je u potpunosti video đavola. On je stajao na stazi a sa njegove desne strane se otvorila slika đavolovog prestola. U prvom trenutku kada je ušao u pakao nije je video. Sada je bila potpuno jasna: kraljevska stolica je bila sastavljena od hiljadu ljudskih lobanja iz kojih su, na mestima gde su bile oči, izvirivale glave najotrovnijih zmija, pacova, škorpiona i mnogih drugih najopasnijih insekata ovoga sveta. Puteljak koji je vodio ka njegovom carstvu je bio posut ljudskim kostima između kojih su gmizale zmije kao čuvari ulaza u njegovo carstvo. Po tim kostima je tekla kiselina koja zmijama nije smetala, ali ako bi neko sa zemlje pokušao da mu se približi, kiselina bi mu razjela mišiće na nogama. U krug, oko celog njegovog carstva, tekla je velika reka te kiseline koja se, tekući niz stazu slivala u paklene kazane stalno ih puneći. Njegov tron je bio ogroman. Sa leve strane trona su se videle pećine u kojima je bilo ogromno blago. Setio se Sudrakovih reči da će mu njegov gospodar, ako ga pusti, odati tajnu u kojoj se pećini nalazi Mojsijevo blago. Bogatstvo ga nije interesovalo pa se okrenuo na drugu stranu. Ugledao je stotine baklji koje su bile zakačene na zidu. Pretpostavio je da one služe da bi mu obasjale carstvo. Onda se setio da je njegovo carstvo tame a da mu te baklje verovatno služe da bi sa njima naređivao slugama svojim da potpaljuju vatre koje su se nalazile ispod kazana. Te vatre se sa gornje strane, gde se on sada nalazio, nisu mogle videti, ali su skoro uvek gorele da bi kiselina u kazanima ključala i gorela ljudske duše. Kraj samog trona je stajao on. Gospodar pakla ili đavo. Bio je ogroman. Kada ga je prvi put video u svojoj kući, bio je normalne visine kao i svi ljudi a sada mu Miki nije dosezao do kolena. Slika koja bi svakom živom biću ulila strah u kosti. Okrenuo je glavu gledajući na drugu stranu.

Bilo je tu većih i manjih kazana u kojima su bili jedan, dva, tri i više ljudi i žena. Gusta masa u kazanima ga je podsećala na svinjsku mast koja je počela da se topi a tela ljudi i žena na parčad slanine koja se tope u toj masti. Čas bi potonuli u toj gustoj smesi, čas bi se opet pojavili na površinu. Kiselina je nagrizla njihovu kožu pa su se na mnogim mestima videle žive rane iz kojih je tekla krv. Slike koje bi kod svakog stvorile duševne patnje od kojih se nikada ne bi oporavili. Sve im je bilo uništeno. Nekim osobama, verovatno koje su duže vremena u kazanima, kiselina je nagrizla sve mišiće do kostiju. Iz kazana bi povremeno izvirila kost ruke na kojoj uopšte nije bilo mišića. I takva ruka bi se pružila ka ivici kazana da se nekako spase od ovih paklenih muka. Niko se nikada odatle nije izvukao. Tek kada bi prošlo vreme njihovog ispaštanja greha, onda bi ih đavo izbacivao iz pakla i njihove duše opet vraćao na zemlju.

Sve je to video i sve doživeo kao da mu je neko ispričao tajnu koja je sakrivena od ostatka čovečanstva. Samo je ona osoba koja podlegne iskušenju, prekoračivši granicu lažnog sjaja ili kada uđe kroz vrata pakla, dolazila do tog strašnog saznanja. Još jednom je pogledao ta raspadajuća tela na kojima su samo oči sijale nekim čudnim sjajem. Ne, taj sjaj nije bio sjaj života. Bio je to sjaj saznanja. Dato im je da svojim očima vide i saznaju sve muke i patnje koje ih snalaze. Da pored tuđih, vide i sopstvena tela koja se raspadaju a da nikako ne mogu pomoći ni sebi ni drugima. U tim očima se ogledala nemoć, bes i patnja. Bili su nemoćni da bilo kog novog koji je dolazio, a videli su svaku pridošlicu, bilo kako obaveste šta ga očekuje u paklenim kazanima. Bilo je i takvih osoba kojima se u očima ogledalo da ne žele drugima da pomognu nego jedva čekaju da i oni dospeju kod njih. Neka i oni vide i osete kroz šta sve oni prolaze.

Bes ih je obuzimao jer ništa nisu mogli da progovore sa pridošlicom pre nego što upadne u neki od kazana. Da su mogli, mnogi od njih bi pridošlicu posavetovali da svima u sferi živih oproste grehe koje im počiniše. Jer su se u ovim kazanima ispaštali svi gresi počinjeni na zemlji. Tek kada bi pridošlica upao u kazan, tada se otuda čula paklena buka i svađa. Svako je vrištao, psovao, plakao, cvilio, zapomagao i još mnogo šta što je doprinosilo paklenom haosu.

Patnju, toliko strašnu da ju je teško opisivati, trpeli su oni koji nikada nisu poslušali reči kojima su ih hiljadama puta opominjali: Ne činite drugom ono što ne želite vama da se čini. Tek sada su videli koliko su te reči važne.

Sve je i on shvatio u par sekundi, u pauzi između dva smeha paklenog gospodara koji se sladio što ga je doveo u svoje carstvo pokazujući mu koje ga sve muke čekaju. Pomislivši da mu je zadao dovoljno straha, još jednom se nasmejao upitavši ga: "Da li si sada svestan kolika je moja moć?" Miki je ćutao a on je nastavio:"Doveo sam te u svoje carstvo da vidiš šta radim slugama Božjim i da ti pokažem koliko ih mučim. Niko ih od mene ne može spasiti pa ni Bog u kog se ti uzdaš da će ti pomoći." Opet se nasmejao. Njegov smeh je doprinosio da se stvori još strašnija slika svega što je postojalo i što se dešavalo ispred njega. Sve se ljuljalo, treslo, u kazanima ključala kiselina, dok su duše grešnika ispuštale zastrašujuće krike.

„Svi bi oni veoma rado pristali da mi se sada poklone i na taj način izbave duše od paklenih muka, ali im je kasno. Tebi dajem mogućnost da se odavde izbaviš i budeš jedan od mojih glavnih slugu." Miki je i dalje ćutao pa je on nastavio misleći da se koleba:"Na taj način bi izbavio i sebe i svoju porodicu. Sećaš se, pre par noći sam te napao u tvojoj kući. I tada si video kakve sve moći posedujem. Uzaludno ti je bilo što si dozivao Boga i što si mu se molio jer ti on nije mogao pomoći. Doveo sam te do odlučujućeg trenutka kada si zbog svoje porodice trebao da mi se pokloniš. Ti si odbio, a ja sam u ljutini zamalo napravio grešku i zapalio tvoju ženu i sina. U poslednjem trenutku sam se predomislio. Želim tebe kao saveznika i kao glavnog slugu mog carstva a ne kao osobu koja će izgarati u paklenim plamenovima ili se kuvati u paklenim kazanima. Sada nisam kod tvoje kuće nego ovde u svom carstvu, pa je na tebi da odlučiš da li ćeš pristati sa mnom da sarađuješ ili ćeš osuditi svoju porodicu da izgori u paklenom plamenu."

Pred očima mu se pojaviše slike njegove kuće oko koje sluge nečastivog sa repom u dnu leđa i rogovima na glavi, prosipahu ogromne količine benzina, dok su nekolicina drugih držala baklje spremni da potpale vatru na prvi znak svoga gospodara. Video je dvojicu kako kroz dimnjak prosipaju benzin, kako se on sliva po svim sobama, kako natapa krevete i sve članove njegove porodice koji su bezbrižno spavali.

Stresao se pomislivši da im ovoga puta nema spasa.

Umirio se čuvši šapat svoga đeda da mu đavo projektuje slike kojim želi da ga prestraši da bi postigao željeni cilj: "Sine, ne boj se. I on se tebe plaši. Ne plaši se za sebe, jer i on zna da ga ni ti ni iko sa zemlje može pobediti, ali se plaši za svoje sluge, jer je video šta si uspeo da im uradiš bez njegove pomoći. Bez obzira što si u njegovom carstvu, svi su mnogo oprezniji nego što su bili na početku ove borbe. Nastavi slobodno i znaj da sam sa tobom."

„Jesi li završio šta si imao da mi kažeš?"– prvi put od kada je ušao u carstvo nečastivog Miki je progovorio. Pred njim je bio gospodar pakla u svoj svojoj veličini dok je Miki pred njim izgledao kao patuljak. Mogao je podići svoju nogu, zgaziti ga kao što čovek zgazi mrava, ali ga je neka odlučnost u Mikijevom stavu, oštrina u njegovim rečima zadržala da to ne uradi."Jesam"– odgovor đavo."Mogu li ja sada nešto da kažem?"upita Miki."Šta misliš, da li me je tvoja moć koju si mi prikazao uplašila?"

Nemo je stajao u čudu posmatrajući ovo Božje biće koje je želeo da preplaši i ujedno fascinira svojim moćima. Izgleda da mu ništa od toga nije pošlo za rukom jer je Miki, bez imalo straha, nastavio da govori:"Ja znam da je tvoja moć velika, samo ovde u tvom carstvu, kao što znam da se u ovim kazanima kuvaju duše grešnika ili bezvernika. Isto znam da si stvorio iluzornu sliku moje kuće i porodice, ali znaj da mi ti ne možeš ništa i ja te se ne plašim."

Da li su te reči dospele do duša grešnika u kazanima, nije znao da odgovori, ali se odjedanput paklena buka potpuno umirila. Izgledalo je da su glave svih grešnika izronile na površinu da vide biće koje se po prvi put oduprelo njihovom mučitelju. Muklu tišinu su opet proparale Mikijeve reči:"Želiš da ti se poklonim i postanem tvoj sluga? To se nikada neće desiti, jer ti imaš svoje sluge pa neka ti se oni klanjaju a ja imam samo jednog gospodara u kojeg verujem i kojem se klanjam. A to je Bog."

Kao da je neki vetar dunuo noseći reč koja se razgovetno čula iz svih kazana: "AMIN."

Prvi put od postanka pakla da se tako nešto čulo. I sada se prvi put desilo da je nečastivi u svom carstvu otvoreno napao jednog od Božjih Izabranika kome je Bog dao nadljudske moći. To više nije bila borba čoveka protiv kosača, aveti, vukodlaka i vampira, to je bila borba između dobra i zla. Borba koja se vodila od postanka sveta ili od trenutka kada je nečastivi bio jedan od Božjih anđela koji je pokušao da mu preotme presto. Zato je ova borba bila važna i zato Izabranik ni pod kakvim pretnjama nije smeo da poklekne i da se pokloni novom gospodaru. Tim klanjanjem bi priznao nečastivog kao svog novog gospodara, dozvolio mu da dođe do svetih spisa i na taj način izdao Boga. Izdajom Gospoda Boga on bi nečastivom omogućio da zavlada nebom i zemljom a on bi se, znajući da Boga ne može pobediti, tim moćima svetio onim slugama koji potpuno veruju Božjoj pravdi. Nemilosrdno bi ih uništavao pokazujući drugima, koji su vernici, da Božje carstvo ne postoji i da je on apsolutni gospodar neba i zemlje.

U ovom trenutku desilo se čudo – da li je reč „amin" koja je izgovorena iz usta grešnika, ili neka druga sila uticala, tek, gospodar tame je izgubio onu ogromnu veličinu koju je posedovao. Miki nije smeo da se zavara da gubljenjem njegove veličine nestaju i njegove moći, nego je morao da bude oprezan motreći na svaki njegov pokret. Đavo je to, a đavo nikada ne spava – setio se stare izreke.

Baš tada, iza Mikija su zarežale sluge nečastivog a ispred njega je gospodar pakla, vatru koja je izbijala sa jedne strane staze, usmerio ka njemu. Nije umeo da opiše odakle mu te moći koje je sada osetio, da li mu je tog trena đedo pomogao ili ga je obdario Bog što ga u najkritičnijem trenutku nije izdao, tek, njegovi osećaji su pokazali da će ga sa te strane napasti. Svu vatru sa jedne strane staze koja je izbijala kao iz bacača plamena je nečastivi usmerio ka njegovoj glavi, a on je, pruživši ruku, preusmerio ka njegovim slugama. Sva četvorica su prilikom satanizacije prošla paklenom stazom, svima je on u odsudnom trenutku pomogao, ali sada nisu mogli izdržati toliku toplotu. Verovatno je njihov gospodar sa ovolikom vatrom želeo potpuno da zapali i uništi Mikija. Nisu ga videli od plamena, pa nisu znali šta se sa njim dešava.

Đavo, videvši da je vatru sa jedne strane staze koju je usmerio ka njemu, on preusmerio ka slugama, usmeri još jači plamen sa druge strane staze. Miki je i to sa svojim novim moćima osetio pa je drugu ruku ispružio u tom pravcu. Njegove ruke su privlačile vatru koja je izbijala sa obe strane staze, od ruku se odbijala i praveći krug koji je štitio njegovo telo, prolazila dalje i iza njega još silnije zahvatala sluge nečastivog. Izmicala su se sva četvorica jer nisu mogli podneti toplotu koja je bila stotinama puta veća nego kada su oni pristupali satanizaciji.

„Ha, ha, ha…" odjeknuo je smeh neprikosnovenog gospodara carstva nečastivog. „Da li ćeš mi se pokloniti pristupajući mome carstvu ili ćeš biti izložen novim, još težim iskušenjima koja sam ti spremio?"

„Nikada ti se neću pokloniti a sva nova iskušenja koja si meni spremio će biti preusmerena na tvoje sluge."„Da vidimo kako ćeš se od ovoga odbraniti?"– nije odustajao nečastivi.

Nije znao da li iznad ovih isparenja od kazana postoji drugo nebo, jer se on na jedno popeo stazom koja je iza njega izgorela ali je opet sa novim moćima osetio da će ovaj napad uslediti sa visine. Zauzeo je stav da se od njega zaštiti,

Sa drugog neba je ka njemu počela da pada zapaljiva kiša. Sve je oko njega gorelo, što bi rekli kao u paklu. Setio se reči iz Biblije, setio se Sodome i Gomore. Proizveo je vetar koji je tu kišu odbijao od njega i pod jakim naletima je usmeravao ka svojim neprijateljima.

„Svaki napad koji izvrši na tebe, moraš preusmeravati na sluge njegove"– setio se đedovih reči istovremeno postupajući po njegovim savetima.

I posle ovog preusmerenja napada, sluge nečastivog su se povukle još nekoliko koraka. Skoro su došli do same granice ili sa unutrašnje strane do paklenih vrata. Bilo im je još sasvim malo potrebno da bi se našli sa spoljne strane pakla. Tamo više nije postojala staza po kojoj su stigli do ovog mesta. Ako bi napravili samo nekoliko koraka, ako bi prekoračili crtu lažnog sjaja, njihova tela bi sa nebeskog svoda popadala u pravcu zemlje. Padom bi njihova smrt bez njegove intervencije bila stopostotna. Morao bi im pomoći da bi sa njima postigao ono što želi.

„Nemoj se plašiti i nemoj žuriti"– opet đedove reči opomene. Kao i uvek poslušao ih je. Nije hteo da ih napada da bi prekoračili crtu lažnog sjaja, nego je pustio da njihov gospodar napadne njega, da energiju njegovog napada preusmeri na njih i da ih tako porazi. Još jedan neuspeli napad njihovog gospodara. Još jedna dobijena borba usred njihovog carstva.

A onda jedno pakleno naređenje. Nekoliko trenutaka je izgledalo da ga niko neće poslušati. Kao da su želeli da i njega neko pobedi i da se osveti za sve muke koje je njima zadavao. A onda, kada su đavolove sluge pod kazanima još više potpaljivale vatru, poslušno su počeli da izlaze iz kazana i da napadaju protivnika pred njima. Tek tada je osetio kakav grozan smrad izbija iz ovih leševa. Vođeni naređenjem gospodara pakla, iz kazana su izlazili milioni unakaženih leševa sa kojih se slivala kiselina koja im je razjedala tela i svi su, zbijeni u ogromnu gomilu, išli ka Mikiju. Na kraju staze, odnosno na početku, gde su bila vrata pakla, stajale su četiri sluge nečastivog i nemo zurile u masu davno umrlih tela koja su im se približavala. Nisu znali šta da rade očekujući pomoć svog gospodara. Miki je za to vreme izmicao ispred mase sve više im se približavajući. Masa je nadirala sa svih strana, a njihov gospodar, zanesen trijumfom, nije obraćao pažnju na njih. Gledao je kako se Miki povlači, kako će pred potiskom leševa njegovo telo proći kroz vrata pakla i kako će se, nemajući više staze po kojoj se popeo, sunovratiti sa visine i poginuti negde na zemlji.

Želja za osvetom je kod kosača nadvladala strah od raspadajućih leševa koji su im prilazili. Zamahnuo je kosom na Mikija. Kosa je prošla kroz telo zabadajući se i sekući tela mrtvaca. Još nekoliko puta je zamahnuo sekući sve pred sobom ali je i to bio uzaludan pokušaj. Gospodar pakla ih je žrtvovao da bi sačuvao svoje carstvo. Masa nadolazećih mrtvaca je znala naređenje koje im je gospodar izdao: potiskivati svakog pred sobom dok ne pređe granicu njegovog carstva.

Poslušali su ga gurajući se da još jednom, sa ove visine, željno pogledaju i zemlju na kojoj su nekada živeli. Gurali su uljeze pred sobom, onda su svi počeli da se povlače.

Đavo je sa svog trona, iskolačenim očima, tražio da vidi i Mikijevo telo kako pada, ali ga nije bilo. Onda ga je video, obasjanog Božjim oreolom, kako se izdiže iznad mase leševa i kako uzleće usred njegovog carstva.

„Ni ti, ni ja, ni iko na svetu, osim Gospoda Boga, ga ne može pobediti"– dedove reči su i ovoga puta odjekivale njegovim mozgom, dok je lebdeći nad masom leševa samo on video kako mu maše pokazujući flašu sa krstom. Kao da mu je Božja sila došapnula da se u flaši nalazi sveta voda i da je mora politi po carstvu nečastivog. Nije nameravao ni on da se bori i pobedi đavola, ali je morao da završi misiju zbog koje je ušao u pakao. Neće uspeti da uništi đavola, ali će uspeti da ga omete u nameri da zaštiti svoje sluge. Njihova tela su padala, ali je on imao dovoljno vremena da ih po obavljenom zadatku stigne i spusti na zemlju. Ne sme im dozvoliti da padnu i poginu! Morao je žive da ih okuje i žive baciti u paklene ponore zemlje. Njihova tela i duše se nikada, kroz sva vremena, neće vratiti.

Vodom iz flaše je prskao po kazanima. Iz nekih su izletala tela anđela.

„Ko veruje u mene imaće život večni. Biće izbavljen iz pakla i prebačen u raj, kada dođe Izabranik carstva mojega"– tako je zapisano u svetim knjigama i tako se ostvari. Voda u kazanima je prštala kao da je stavljena u tiganj uzavrele masti. U dodiru sa svetom vodom u kazanima nije više vrela kiselina.

Masa tela koja ga je do malopre, po naređenju svog gospodara potiskivala, sada je zbunjeno stajala. Gospodar tame im je naređivao da uđu u kazane a oni su se dvoumili. Ako bi odmah ušli, onda bi nečastivi imao vremena da siđe na zemlju i zaštiti svoje sluge. Znao je Miki da mu to ne sme dozvoliti. Pružio je svoje ruke spustivši ih u najbliži kazan. Kao da je vreme stalo. Vatre ispod kazana su se gasile a smesa u kazanima se pretvarala u led. Za nekoliko sekundi su svi kazani bili prekriveni ledom.

Završivši taj zadatak, teleportovao je svoj duh ka padajućim telima njegovih najvećih zemaljskih neprijatelja. Đavolu je ostavio ogroman posao koji on neće moći brzo da završi. Mnogo vremena će mu biti potrebno da potpali vatre pod kazanima, da otopi led i da u kazane opet vrati duše grešnika koje su morale do kraja da ispaštaju svoje grehe.

67.

Za to vreme će Miki na zemlji obaviti sve zadatke koji su pred njega postavljeni. Tek tada je svoj duh teleportovao do njihovih tela. Prestrašeni zbog pada, na pola puta do zemlje su izgubili svest. Jednog po jednog ih je svojim duhom prihvatao i velikom brzinom spuštao na zemlju. Još bez svesti, njihova tela, bez uticaja njihovog gospodara, opet dobiše ljudski oblik. Nisu znali šta se sa njima dešava, dok im je Miki stavljao okove. Kada je sve završio, kada je trebalo još kacige da im stavi, naredio je njihovoj svesti i oni se osvestiše. Nisu mogli da se mrdnu, ali su svi želeli nešto da kažu. Nudili su mu sva bogatstva sveta samo da ih oslobodi, ali on nije pristao. Za njih je tog trenutka nastupila večna tama.

Okovani, sa kacigom na glavi, obavijeni svako oko svog ogromnog kamena lancima koji su unakrsno spajali ruke i noge, ostaće tu zauvek. Više prema ovim ljudima, koji su mu ubili majku, nije osećao mržnju nego sažaljenje. Taj osećaj je po milosti Božjoj. „Ne mrzi, nego oprosti."

Nije ih mrzeo, ali nije mogao da im oprosti. Ne samo zbog toga što su ubice, nego zato što su svoju dušu prodali đavolu. Zato je izvršio komandu svesti, njihova tela su se prvo izdigla viseći sa donje strane kamena a onda su, uz poslednje krike, poletela u bezdan.

Tako je završen pokušaj nečastivog da pobedi pravdu Božju. Izgubio je, pored svojih slugu, i sve svoje moći.

Zlo će se opet pojaviti u svetu i on, kao njegov gospodar, će nastojati da to zlo naraste bezgranično, jer narastanjem zla opet će rasti carstvo njegovo.

Za sada je pravda izvojevala pobedu.

Mikijev duh je iz pećine došao u svoje telo. Lagano se iskrao iz Sašine kuće a onda teleportovao telo na svoju terasu...

Sutra će se Saša pitati da li je sanjao ili je Miki stvarno prespavao kod njega. Ko zna, možda mu nekada, kada budu zajedno radili u staračkom domu koji će Saša ubrzo da otvori, ispriča šta se sve desilo te noći. Normalno, sve je toliko neverovatno da će mu biti teško da poveruje. Ali, znajući moći svog prijatelja, neće smeti da posumnja.

Ujutru će zagrliti svoju porodicu, a sada ga čeka zasluženi odmor. Žena će sva srećna, kao što je obećala spremiti svečani ručak i tortu da bi proslavili taj trenutak.

Nehotice, pogleda gore: na beličastom oblaku, kroz prve zrake izlazećeg Sunca, ugleda osmehnutog đeda.

SIŽE

Priča o starcu koji svom nasledniku predaje tajne pradedova, prethodnih izabranika.

Oduvek su tajne prenošene usmenim putem, sa kolena na koleno, a starac Gaco, kao dete u jednom manastiru nauči da čita i piše, pa sve tajne svojih pradedova i mnoge recepte za razne meleme koje on sastavi, zapisa u tri sveske. Izlečenje od mnogih bolesti, za koje savremena medicina nemaše rešenja, nalažahu se u njegovim sveskama.

Kada to blago nasledi od svog đeda, a po njegovom naredjenju, Miki napravi lažne duplikate tih svesaka. Ostavi ih na vidnom mestu, a originale sakri.

Tajne njegovih pradedova behu i posebne vežbe kojima se postižu moći koje poseduje svaki Izabranik. To su: moć hipnoze, teleportacije ljudi i stvari do odredjenog mesta, moć govora iz stomaka, moć razvijanja osetljivosti auričnog polja, moć čitanja tudjih misli, moć komandovanja tudjoj svesti.

Najvažnija moć koja se vežbama postiže je možda najjače oružje na svetu - sposobnost da se izdvoji duh iz tela, sa njim da se tri puta obidje kugla zemaljska za devet minuta, i za to vreme napadnu osobe koje niko ne može da zaštiti.

Po medicini, ljudski mozak funkcioniše sa dvanaest do petnaest, a kod fenomena sa osamnaest procenata. Šta je sa ostatkom koji ne funkcioniše, odnosno - koje će moći čovek dobiti ako aktivira uspavani deo mozga i uspe da pojača njegove funkcije na dvadeset, trideset ili više procenata! To može postići samo jedan čovek na svetu, a to je Izabranik. Pored svih tih moći, duh prethodnog Izabranika će biti u kontaktu sa budućim Izabranikom, štitiće ga i pomagati mu kada ne bude mogao da nadje rešenje.

Reč je o moćima za kojima bezuspešno tragaju svi naučnici sveta. Moćima za koje bi milijarderi bili spremni da daju basnoslovno blago. Moćima koje su date samo Izabraniku, koje on ne sme da zloupotrebi, koje mora da sačuva po cenu sopstvenog, i života cele porodice.

U dramatičnim okolnostim, na moru u Crnoj Gori, upoznaje Sašu koji spasava njegovu ćerku koja se davi. Za uzvrat, Miki masira i leči njega i njegovu porodicu. Saša živi u Nemačkoj. Planira da otvori starački dom i poziva Mikija da radi kod njega. Miki donosi razne meleme koje je nasledio od djeda, a medju njima i melem za izlečenje od raka. Leči i izleči čoveka kojem su lekari dali još deset dana života.

U medjuvremenu, Saši ne polazi za rukom da otvori starački dom jer mu država ne odobrava kredit. Tada on Mikiju priča kako ga je prevario najbolji prijatelj i preoteo mu firmu u Kazahstanu.

Miki stupa u duhovni kontakt sa đedom, prethodnim Izabranikom, i traži od njega dozvolu da pomogne svom prijatelju koji mu je spasao ćerku. Dobija dozvolu i počinje svojim duhom da napada jednog od najvećih moćnika Kazahstana. Budućeg premijera ne uspevaju da zaštite telohranitelji, vojska, policija i državna bezbednost, jer je Mikijev duh, kojim ga napada, nevidljiv za sve njih. Nemoćan da se odbrani, poziva Sašu I Mikija u goste. Saši isplaćuje dogovorenu sumu, dok od Mikija, po svaku cenu, želi da sazna tajne moći.

Za to vreme, nekoliko najmoćnijih bandi na svetu saznaju za Mikijeve meleme. Napadaju njegovu kuću, ubijaju mu majku i kradu lažne duplikate djedovih svesaka.

Miki traži dozvolu od đeda da se osveti. Dobija je. Prvo se sveti članovima bandi koji su učestvovali u napadu, a njihove šefove ostavlja za kraj, ali im u svest reprodukuje slike, za medicinu i policiju misterioznih ubistava, jer duh ubija bez traga. Na kraju, ostaju samo šefovi bandi. Jedan od šefova suparničke bande se dosetio da pomoć potraži od indijskog fakira koji ima slične moći kao i Miki, dok dvojica glavnih krivaca za smrt njegove majke stupaju u proces satanizacije da bi moćima nečastivog pobedili protivnika. Odvlače ga u carstvo nečastivog, odnosno u pakao, i u tom strašnom prostoru nastupa borba duhova, odlučujuća bitka kakva se u poznatom realnom svetu teško može zamisliti.

Knjiga je prepuna uzbudljivih avantura koja će Vas ostaviti bez daha, a koju ćete u dahu pročitati.

CPSIA information can be obtained
at www.ICGtesting.com
Printed in the USA
BVOW06*1627250617
487733BV00005B/8/P